서하객유기 4

徐霞客遊記

The Travel Diaries of Xu Xia Ke

지은이 **서하객**(徐霞客, 1587~1641)은 본명이 서홍조(徐弘祖)이며, 명나라 말의 걸출한 문인이자 지리학자, 여행가, 탐험가로서 세계의 문화명인으로 손꼽히고 있다. 그는 중국의 곳곳을 여행하면서 유람일기인 『서하객유기』를 남겼는데, 이 책은 유기문학의 최고의 성과이자, 명말의 사회상을 반영한 백과전서로 평가받고 있다.

옮긴이 **김은희**(金垠希, Kim, Eun Hee)는 이화여자대학교 중어중문과를 졸업하고 서울대학교에서 문학박사 학위를 취득했으며, 현재 전북대학교 인문대학 중어중문과 교수로 재직하고 있다. 주요 논문으로는 「1920년대와 1980년대의 여성소설 비교 연구」, 「1920년대 중국 여성소설의 섹슈얼리티」 등이 있으며, 저역서로는 『신여성을 말하다』, 『역사의 혼 사마천』 등이 있다.

옮긴이 **이주노**(李珠魯, Lee, Joo No)는 서울대학교 중어중문과를 졸업하고 같은 대학에서 문학박사 학위를 취득했으며, 현재 전남대학교 인문대학 중어중문과 교수로 재직하고 있다. 주요 논문으로는 「魯迅의 「狂人日記」의 문학적 시공간 연구」, 「王蒙 소설의 문학적 공간 연구」 등이 있으며, 저역서로는 『중국현대문학과의 만남-중국현대문학의 인물들과 갈래』(공저), 『중화유신의 빛 양계초』 등이 있다.

서하객유기 徐霞客遊記 **4**

1판 1쇄 인쇄 2011년 10월 20일 **1판 1쇄 발행** 2011년 11월 1일

지은이 서하객 **옮긴이** 김은희 · 이주노 **펴낸이** 박성모 **펴낸곳** 소명출판
등록 제13-522호 **주소** 137-878 서울시 서초구 서초동 1621-18 (란빌딩 1층)
대표전화 (02) 585-7840 **팩시밀리** (02) 585-7848
이메일 somyong@korea.com **홈페이지** www.somyong.co.kr

ISBN 978-89-5626-626-8 94820   값 31,000원   ⓒ 2011, 한국연구재단
ISBN 978-89-5626-622-0(전7권)

이 번역도서는 2005년도 정부재원(교육인적자원부 학술연구조성사업비)으로 한국연구재단의 지원에 의하여 연구되었음.

▲ 대명산(大明山) _사진 : 마이크로포토스

▲ 청수산(青秀山) _사진 : 마이크로포토스

▲ 남단(南丹) 이호(里湖)의 백고요(白褲瑤)의 경작지 _사진 : 마이크로포토스

▲ 광서성 북서부의 묘족(苗族)의 민가 _사진 : 마이크로포토스

서하객 지음 | 김은희 · 이주노 옮김

서하객유기 4

徐霞客遊記

소명출판

1. 역문의 단락은 기본적으로 날짜를 기준으로 나누었으며, 하루의 기록이 긴 경우에는 여정을 기준으로 나누었다.

2. 주석에 기술된 판본은 각각 다음과 같이 간략히 일컬었다. 계회명초본(季會明抄本)은 계본(季本), 서건극초본(徐建極抄本)은 서본(徐本), 양명시초본(楊明時抄本)은 양본(楊本), 양명녕초본(楊明寧抄本)은 영본(寧本), 진홍초본(陳泓抄本)은 진본(陳本), 사고전서본(四庫全書本)은 사고본(四庫本), 서진(徐鑨)의 건륭본(乾隆本)은 건륭본(乾隆本), 섭정갑본(葉廷甲本)은 섭본(葉本), 주혜영교주본(朱惠榮校注本)은 주혜영본(朱惠榮本) 등으로 약칭했다.

3. 역문과 원문의 괄호는 다음과 같은 의미를 지닌다.
 (본문 크기의 글자) : 저본 및 참고문헌의 정리자가 개별적으로 보완한 부분
 (작은 크기의 글자) : 계본이나 건륭본 등의 원문에 주석의 형태로 원래 있던 글자
 [본문 크기의 글자] : 건륭본에는 있으나 계본에 빠져 있는 글자를 보충한 부분
 [작은 크기의 글자] : 계본과 건륭본의 내용이 서로 합치되지만 건륭본의 기술이 계본보다 상세한 부분

4. 매 편마다 해제를 두어 유람의 대강을 설명하고, 이어 날짜에 따라 역문과 역주를 두었으며, 각 편 뒷부분에 원문과 주석을 실었다. 아울러 각 편에 해당하는 여행노선도를 유람일정 혹은 유람노선에 따라 매 편의 앞에 실었다.

5. 권말에 주요 인물과 지명의 색인을 두어 참고하도록 했다.

6. 서하객의 여행노선도에 나타난 지도 기호의 의미는 다음과 같다.

◎	성성(省城)의 소재지	◁▷◁▷	호 수
●	부(府)·직예주(直隸州)·위(衛)의 치소	⌐⌐⌐⌐	성 벽
◉	주(州)·현(縣)·소(所)·사(司)의 치소	天台山	산 맥
○	진(鎭)과 마을	▲	산봉우리 및 동굴
×	요새 및 요충지	←	여행 노선
⊐⊏	교 량	◄-----	추측노선
～	하 천	←→	왕복 노선

7. 유람노선도 일람표

천태산·안탕산 유람노선도	제1권 32쪽	강서 유람노선도	제2권 8쪽
백악산·황산·무이산 유람노선도	제1권 67쪽	호남 유람노선도1	제2권 174쪽
여산·황산(후편) 유람노선도	제1권 120쪽	호남 유람노선도2	제2권 175쪽
구리호 유람노선도	제1권 150쪽	광서 유람노선도(1-2)	제3권 8쪽
숭산·화산·태화산 유람노선도	제1권 166쪽	광서 유람노선도(3-4)	제4권 8쪽
복건 유람노선도(전편)	제1권 216쪽	귀주 유람노선도	제5권 8쪽
복건 유람노선도(후편)	제1권 237쪽	운남 유람노선도(1-4)	제5권 156쪽
천태산·안탕산 유람노선도(후편)	제1권 261쪽	운남 유람노선도(5-9)	제6권 8쪽
오대산·항산 유람노선도	제1권 305쪽	운남 유람노선도(10-13)	제7권 10쪽
절강 유람노선도	제1권 331쪽		

서하객유기(徐霞客遊記) 4 __ 차례

서하객유기 전체 차례

서하객 유람노선도

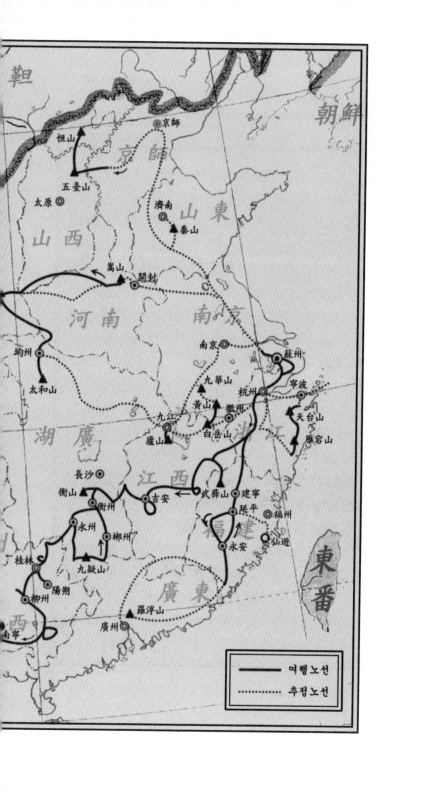

韃

朝鮮

恒山

京師

京師

五臺山

太原

濟南

山東

山西

泰山

嵩山

開封

河南

南京

鈞州

南京

蘇州

太和山

九華山

寧波

黃山

徽州

杭州

九江

天台山

湖廣

廬山

白岳山

浙江

雁宕山

長沙

江西

衡山

武彛山

建寧

東番

衡州

吉安

延平

永州

郴州

永安

福州

仙遊

桂林

九疑山

福建

柳州

陽朔

廣東

西

羅浮山

南寧

廣州

여행노선

추정노선

광서 유람노선도 (3-4)

광서 유람일기3(粵西遊日記三)

해제

　「광서 유람일기3」은 서하객이 광서성 북부와 남동부를 유람한 데 이어 남서부를 유람한 기록이다. 서하객은 1637년 9월 22일 남녕부(南寧府)에서 배를 타고 신녕주(新寧州)를 지나 태평부(太平府)에 이른 뒤, 벗인 등긍당(滕肯堂)의 도움으로 말을 타거나 가마를 타고서 서북쪽으로 태평주(太平州)와 하뢰주(下雷州) 등을 거쳐 북동쪽으로 용영주(龍英州)와 결륜주(結倫州) 등을 지나 12월 10일 남녕부(南寧府)로 되돌아왔다. 이 일대는 일교차가 심하고 기후가 나빠 적응하기가 몹시 어려웠는지라, 서하객 역시 배앓이와 궤양으로 고생이 심했으며, 하인 고씨 역시 풍토병에 걸리기도 했다. 이처럼 어려운 상황 아래에서도 서하객은 각지의 동굴을 탐색하는 한편, 토사(土司)들의 다툼, 현지의 생산활동, 특히 특산품 등을 상세히 기록했을 뿐만 아니라, 유람 중에 목도한 교이(交彝)의 침략상과 그들의 만행을 기록하면서 애국적인 격정을 토로하기도 했다. 이번 여정 동안 남녕에 남겨졌던 정문 스님은 끝내 세상을 떠나고 말았다.

이번 유람의 주요 여정은 다음과 같다. 숭선사(崇善寺) → 요두(窯頭) → 대과만(大果灣) → 신녕주(新寧州) → 나륵(那勒) → 타박(馱樸) → 태평부(太平府) → 태평주(太平州) → 안평주(安平州) → 은성주(恩城州) → 용영주(龍英州) → 하뢰주(下雷州) → 호윤채(胡潤寨) → 향무주(向武州) → 진원주(鎭遠州) → 결륜주(結倫州) → 도결주(都結州) → 융안현(隆安縣) → 나동촌(那同村) → 송촌(宋村) → 숭선사(崇善寺)

역문

정축년 9월 22일

나는 숭선사(崇善寺)로 가서 정문(靜聞) 스님과 작별하고서 [태평부(太平府)로 가는] 배에 올랐다. 나는 짐을 지키면서, 하인 고(顧)씨를 보내 정문 스님을 돌보도록 했다. 이날 밤 건무역(建武驛) 앞의 천비궁(天妃宮) 아래에 배를 댔다.

9월 23일

배는 아침에 출발하지 않았다. 숭선사에 있는 정문 스님이 창문 앞의 갈라진 틈으로 바람이 새어들어올까봐 염려하던 일이 생각났다. 운백(雲白)이 여러 차례 손봐주겠노라고 하면서도 여지껏 손질해주지 않은 일이 마음에 걸렸다. 나는 배가 아직 떠나지 않은 틈을 타서 양(梁)씨의 숙소로 가서 가지고 있던 약간의 돈을 정문 스님에게 건네주면서, 그에게 사람을 구해 대신 손질하라고 했다. 이때 절의 보단(寶檀) 스님이 이미 돌아와 계셨다. 그는 때가 끼고 더러워지는 것을 마다하지 않았으며, 객승인 혜선(慧禪) 스님과 만종(滿宗) 스님 또한 거적을 손질하여 바람을 막아주었다. 운백과는 사뭇 달랐다.

정문 스님은 내가 구입한 신발과 형양(衡陽)의 차를 달라고 했다. 그의 부탁이 매우 간절했다. 나는 정문 스님에게 말했다. "그대가 일어나 걸을 수 있을 즈음에는, 내가 틀림없이 돌아와 안부를 물을 텐데, 이것들을 어찌 꼭 오늘 달라고 하는 거요?" 혜선 스님 역시 거듭 깨우치면서 달랬으나, 그의 바라는 마음은 수그러들지 않았다.

이때 어느덧 배가 떠날 즈음이 된데, 보단 스님이 천녕사(天寧寺)의 승방에 계시다는 이야기를 들었다. 그래서 나는 양씨 집에서 돈을 가져다가 모두 그에게 주고서, 그에게 작별을 고하고자 했다. 집주인 양씨와 함께 보단 스님을 찾아갔더니, 그는 개탄하면서 위급한 사람을 돕는 것이 자신의 맡은 바 일이라고 했다. 나는 배에 올라 남서쪽으로 나아갔다. 4리를 나아가 북서쪽으로 돌아들어 다시 4리를 달려 요두(窯頭)에 배를 댔다.

이때 해는 아직 높이 떠 있었다. 나는 정문 스님이 신발과 차를 달라고 했던 일이 머리에서 끝내 떠나지 않았다. 아마 그는 건강이 회복되면 가만히 앉아 내가 돌아오길 기다리는 게 아니라, 계족산(雞足山)으로 떠날 생각이었던 모양이다. 만약 돌아와서 그와 만나지 못한다면, 이는 내가 바라는 바가 아니며, 만약 그가 틀림없이 죽으리라 예상하여 돌아와 그의 유골을 수습한다면, 이 또한 정문 스님이 바라는 바가 아니다. 차라리 두 가지 물건을 그에게 건네주고 영영 헤어져 돌아올 생각을 하지 말고 아미산(峨眉山)으로 가고자 하는 바람을 이루는 게 나을 성 싶었다.

이에 다시 강언덕에 올라 동쪽으로 나아가 요두촌(窯頭村)을 나왔다. 2리를 가자, 북서쪽에서 흘러오던 조그마한 시내가 이곳에 이르러 동쪽으로 쏟아져 내린다. 시내 북쪽을 건넌 뒤, 시내를 따라 동쪽으로 나아갔다. 다시 2리를 나아가자, 그 물길은 남쪽으로 흘러 강으로 흘러든다. 동쪽으로 1리를 나아가 백의암(白衣庵) 서쪽의 큰 다리를 건너 숭선사에 들어섰다. 해가 어느덧 서산에 걸려 있었다. 절에 들어가 정문 스님과 작별인사를 나누었다. 그와 영원히 이별하고 만 것이다. 서둘러 절을 나와 서쪽으로 백의암의 다리를 넘어 5리만에 요두를 지나 배에 올랐다. 어느덧 날이 저물어 빛깔을 분별할 수 없었다.

9월 24일

닭이 세 번 울자 곧바로 배를 띄웠다. 남서쪽으로 15리를 달려 석부허(石埠墟)를 지났다. 강 오른쪽에 바위 부리가 불쑥 튀어나와 있고, 조그마한 시내가 강 왼쪽에서 흘러든다. 강은 이곳에 이르러 차츰 산과 만난다. 나는 남쪽으로 꺾어져 나아갔다. 8리만에 차구(岔九)를 지나자, 언덕 아래에 바위가 물가에 평평하게 가로누워 있다. 바위의 색깔과 재질은 흙과 구분할 수 없었다. 아마 흙바닥의 바위등이 강물에 씻겨 드러난 것이리라.

이에 서쪽으로 5리를 가고, 북서쪽으로 10리를 갔다가 북쪽으로 10리를 갔다. 서쪽으로 돌아들어 다시 5리를 가니, 우강(右江)의 어귀이다. 우강은 북쪽으로부터, 좌강(左江)은 서쪽으로부터 이곳에 흘러와 만난다.

(좌강은 교지交趾의 광원주廣源州에서 동쪽으로 흘러와 용주龍州를 거친 뒤, 다시 동쪽으로 60리 되는 곳에서 명강明江의 남쪽에서 흘러오는 물과 합쳐진다. 이어 더 동쪽으로 숭선현崇善縣을 지나 통리강通利江 및 나강邏江, 롱수瀧水, 교수敎水의 북쪽에서 흘러오는 물과 합쳐져, 태평부 부성의 동쪽, 남쪽, 서쪽의 삼면을 감아돈다. 이것을 여강麗江이라 하며, 다시 동쪽으로 이곳까지 흘러온다.

우강은 운남雲南의 부주富州에서 동쪽으로 흘러와 상림동上林峒을 거친 뒤, 동쪽으로 이주利州의 남쪽에서 흘러내리는 물과 합쳐진다. 이어 더 동쪽으로 전주田州의 남쪽, 봉의주奉議州의 북쪽을 거쳐 흐르다가, 다시 남동쪽으로 상림현上林縣, 과화주果化州, 융안현隆安縣 등의 여러 주와 현을 지나 이곳에 이른다.

또한 『일통지』에 따르면, "우강은 아리주䍐利州에서 비롯된다"고 했다. 그러나 '아리'를 조사해보니, 그런 곳은 없었다. 다만 귀주貴州의 여아리黎䍐里가 평월부平越府에 있고 아리산䍐利山이 있는데, 장가牂牁 강줄기가 지나는 곳이며, 하류는 대융현大融縣과 유주부柳州府로 흘러내리는 우강이니, 이것과는 아무 상관이 없다. 이주利州에 가면 판려수阪麗水가 있는데, 이 물길이 전주로 흘러내려가지만 '아리'라는 이름은 없다. 『일통지』에서 가리키는 곳이 정확히 어느 곳인지 도무지 알 수 없다. 또한 『로지路志』에 따르면, "여강은 좌강이요, 반강盤江은 우강이다"라고 했는데, 이는 남반강南盤江이 임안부臨安府에서 발원함을 가리킨다. 북반강北盤江의 경우는 진안주普安州를 거쳐 도니강都泥江으로 내려가는데, 이 역시 내빈현來賓縣에서 흘러나와 유주의 우강과 합쳐지니, 이것과는 무관하다.

이렇듯 예전에는 강줄기를 좌와 우로 나누었다. 두 줄기 물길이 합쳐져 횡주橫州에 이르면 다시 울강鬱江이라 일컫는다. 경원부慶遠府의 용강龍江은 귀주貴州의 도균부都勻府와 독산獨山에서 흘러오고, 융현融縣의 담강覃江은 평월위平越衛와 여평부黎平府에서 흘러오며, 천강遷江의 도니강은 진안주의 칠성관七星關에서 흘러온다. 이 세 줄기 물길은 무의武宜를 지나 검강黔江이라 일컬어진다. 울강과 검강의 두 물길은 심주潯州에서 합쳐지는데, 이곳에서는 또 울강을 좌강, 검강을 우강이라 여긴다. 하지만 지금은 이미 좌강도와 우강도가 이 이름을 따라 지어 부르고 있으니, 착오가 일어남은 피할 수 없는 일이다.

또한 『일통지』의 운남雲南 곡정부曲靖府 반강盤江 아래에 달려 있는 주석에 따르면, "반강에는 두 곳의 근원이 점익주霑益州에 있다. 북쪽으로 흘러가는 것을 북반강이라 하고, 남쪽으로 흘러가는 것을 남반강이라 한다. 두 물길은 각기 나뉘어 천여 리를 흘러가다 평벌平伐과 횡산채橫山寨에 이르러 합쳐진다"라고 했다. 이제 고찰해보면, 평벌은 귀주의 용리위龍里衛와 신첨위新添衛에 속하고, 횡산채는 남녕부에 있다. 듣건대 횡산채는 평벌과 천여 리나 떨어져 있다고 하는데, 두 물길이 어떻게 합쳐질 수 있단 말인가?

게다가 용리와 신첨의 물길은 모두 도균에서 용강으로 흘러내리니, 북반강이 지나는 곳이 아니다. 횡산채에는 달리 합쳐지는 물길이 없으며, 합쳐지는 것은 이 좌강과 우강뿐이다. 좌강은 교지에서 발원하니, 반강과 아무 관계도 없는데, 어찌 남반강과 북반강이 이곳에서 합쳐진다고 말하는가?

내가 이전에 분석하여 「복유우공서復劉愚公書」 안에 상세히 기술해놓았다. 이 원고는 형양에서 도적을 만나 잃어버리고 말았다. 내가 몸소 그 물길의 상류에 갔다가 유우공劉愚公에게 질의했던 내용이다. 내가 우강의 물길에 대해 의문을 가지고 전주를 거슬러 올랐을 적에, 배는 백애白隘까지 이르렀다. 백애는 본래 그 이웃의 경내이었는데, 전주의 소속으로 빼앗겼던 곳이다.

또 고찰해보니, 이주에 백려산이 있는데, 판려수가 발원하는 곳이다. 또 '판'이 '홍洚'과 '몽濛'으로 된 두 물길이 있는데, 모두 남쪽의 전주로 흘러내려간다. 백애가 어찌 백려산의 좁은 어귀隘이며, 우강이 아리에서 발원했다는 것이 어찌 이 물길이겠는가? 부주의 물길 또한 어찌 서쪽에서 흘러와 합쳐진 것이겠는가?)

차구에서부터 양쪽 언덕에 흙산이 구불구불 이어지는데, 모두 그다지 높지는 않다. 우강의 강어귀에서 북쪽을 바라보니, 그 안은 온통 높은 강언덕과 평탄한 둔덕뿐, 높은 산은 보이지 않는다. 이에 반해, 좌강의 남쪽 언덕에는 뭇봉우리들의 안에 둥근 언덕이 불쑥 솟아 있어 뭇산과 사뭇 다르다.

다시 서쪽으로 1리를 나아가자, 강은 북쪽으로 돌아들었다. 다시 남쪽으로 1리를 나아가 대과만(大果灣)에 이르렀다. 이곳은 앞으로는 좌강을 굽어보고, 뒤로는 우강에 의지해 있으며, 두 강의 한 가운데의 등성이가 끝나는 곳이다. 그 북쪽에 조그마한 봉우리가 세 개 있는데, 마치 나란히 뒤집어 엎어놓은 종 모양의 바위가 둥글게 이어져 있다. 산은 이곳에 이르러 비로소 바위 형태를 드러낸다. 그 동쪽에 송촌이라는 마을이 있다. 마을은 제법 번성하지만 장터나 가게는 없다. 내가 전에 고찰한 바로는 합강진(合江鎭)이란 곳이 있었다. 두 강 사이에 끼어 있는 큰 장터라고 여겼었다. 그런데 이곳에 이르러 찾아보았으나, 아예 있지도 않았다. 토박이에게 알아보아도 그 이름을 알지도 못했다. 이날 50리를 달려 물굽이 아래에 배를 댔다.

9월 25일

닭이 두 번 울자 배를 띄워 서쪽으로 나아갔다. 굽이굽이 돌아들어 남서쪽으로 15리를 달리자, 강가에 불쑥 튀어나온 바위가 다시 보였다. 잠시 후 배는 남쪽으로 돌아들었다가 동쪽으로 돌아들었다. 2리를 나아가 기나긴 여울에 오르자, 툭 튀어나온 벼랑에 날듯한 바위가 강 북쪽 언덕에 맵시있게 솟구쳐 있다. 벼랑 앞에는 모래가 강물 중간까지 뻗어 있고, 좌우로 나뉜 강물이 모래를 둘러싸고 있다. 배는 물길을 거슬러 올라갔다.

다시 3리를 나아가니 양미(楊美)가 나왔다. 이곳은 대만(大灣)이라고도 하는데, 대체로 굽이진 강물이 양미에서 북쪽의 송촌(宋村)에 이르기까지 두 차례 크게 돌아든다고 한다. 양미에서 서쪽으로 15리를 나아가 어영탄(魚英灘)에 이르렀다. 어영탄의 남동쪽에는 패옥 모양의 산이 있다. 산 가운데에 솟구친 둥근 언덕이 서쪽으로 강물을 맞이하고 있으며, 물길 가운데의 모래섬이 그것과 마주하고 있다.

이곳은 매우 기이했다. 뱃사공에게 물어보니, 이렇게 대답했다. "예전에 저 산 위에 장사를 지낸 자가 있었지요. 속칭 태자지(太子地)라고 합지요. 이게 싫었던 마을 사람들이 그 양쪽 옆을 파버린 바람에, 그 줄기가 손상을 입게 되었던 것이지요." 지금 산마루에 소나무와 바위가 여전히 남아 있으며, 파낸 흔적이 새로웠다. 여울에 올라 다시 5리를 가자, 날이 저물었다. 금죽주(金竹洲)의 상류인 야안(野岸)에 배를 댔다.

9월 26일

닭이 한 번 울자 배를 띄웠다. 10리를 달려 남서쪽으로 소촌(蕭村)을 지나는데, 하늘빛은 여전히 희미했다. 이곳에 이르자, 어느덧 신녕(新寧)의 경내에 들어서 있었다. 여기에 이르러 바위산이 다시 나타났다. [마치 병풍이 늘어선 듯하고 짐승의 뿔이 꼿꼿하게 서 있는 듯하다.] 양쪽 언덕의 강가의 바위 역시 때때로 기이함을 다투고 있다.

다시 5리를 나아가 동쪽으로 꺾어들었다. 강의 남쪽 언덕에는 봉긋한 바위가 동굴을 이루고 있다. 바깥쪽에 갈라진 입구가 많이 있는데, 마치 나란히 서 있는 사자와 코끼리의 사타구니 아래가 비어 있는 듯하다. 강의 북쪽 언덕에는 낭떠러지가 골짜기를 이루고 있다. 그 위에 날듯이 놓인 다리는 마치 무지개가 높이 비추듯 그 양 끄트머리를 이어주고 있다.

다시 5리를 가서 남쪽으로 돌아들자, 바위산과 때로는 마주하고 때로는 등진다. 양쪽 벼랑에는 불쑥 튀어나온 바위가 더욱 기이하다. 그 위로 높이 치솟은 모습은 마치 구름속에 날아오른 날개처럼 비스듬히 쪼개져 있고, 아래로 뒤덮인 모습은 마치 허파잎처럼 거꾸로 드리워진 채, 환상적인 모습이 수시로 바뀌었다. 다만 동굴이 그다지 깊지 않고, 벼랑은 그다지 넓지 않아 누각의 모습을 이루지는 못했다.

다시 북쪽으로 돌아들어 5리를 가자 신장(新莊)이 나오고, 남서쪽으로 돌아들어 3리를 가자 구장(舊莊)이 나왔다. 다시 서쪽으로 2리를 나아가 북쪽으로 돌아들어 3리를 갔다. 이어 다시 남서쪽으로 돌아들자, 또다시 바위산이 앞을 가로막고 있다. 다시 3리를 나아가 서쪽으로 두 산의 겨드랑이를 지났다. 강 북쪽의 바위 봉우리를 끼고서 북쪽으로 돌아들어 그 서쪽 기슭을 따라 나아갔다.

이곳의 동쪽 언덕에는 봉우리가 줄을 짓고 벼랑이 넓게 펼쳐져 있으며, 봉긋한 동굴에 입구가 이어져 있다. 반면 서쪽 언덕에는 물결이 세차게 부딪치고 언덕은 휘감아 돌며, 강가 자갈밭은 적막에 잠긴 채 동굴 구멍을 마주하고 있다. 그 동쪽 언덕의 산에는 남쪽에 두 개의 봉우리가 이어져 있고, 그 가운데 북쪽 봉우리의 동굴에는 세 개의 동굴 입구가 늘어서 있다. 동굴 입구는 비록 바깥이 갈라져 있으나, 모두 훤히 트인 채 안이 널찍하다. 반면 북쪽에는 두 곳의 벼랑이 나란히 늘어서 있고, 그 가운데 남쪽 벼랑의 암벽은 두 층이 매달려 있다. 층마다 동굴이 있는데다, 위아래가 서로 통해 있다. (이곳이 바로 사암獅巖이다.)

북쪽으로 3리만에 나란히 늘어선 벼랑 아래에 이르러, 남쪽으로 돌아들어 나아갔다. 순풍에 돛을 달아 2리를 달리다가 다시 서쪽으로 1리만에 뾰족한 봉우리 아래에 바짝 다가섰다가 계속해서 남쪽으로 돌아들었다. 서쪽 언덕에는 다시금 나란히 늘어선 벼랑이 평평하게 쪼개진 채 우뚝 솟아 강을 굽어보고 있다. (이것이 바로 필가산筆架山이다.) 동쪽 언덕에는 바위 뿌리가 더욱 치솟고 구멍이 더욱 많이 뚫려 있다.

모두 3리를 달려 상석(象石) 아래를 지났다. 이곳은 신녕(新寧)의 서문이다. 바람에 돛을 달아 빠르게 나아가는 참에, 뱃사공이 고향 사람을 만났다. 뱃사공은 이곳에 배를 대더니 갈 길을 멈춘 채 대작했다. 나는 이에 성에 들어가 신녕주의 관아에 올라 의간¹⁾에서 「주기(州記)」를 읽고, 토박이에게 사암 등의 여러 절경에 대해 물어보았다. 돌아와 상석(象石)에 오르자, 해는 어느덧 뉘엿뉘엿 지고 있었다. 끝내 길을 떠나지 못했다. 상석에 기대어 배를 댔다.

신녕주의 관할지는 예전에 사수(沙水), 오종(吳從) 등의 세 곳의 동(峒)이었다. 명나라 초에는 토현²⁾이 되었다가, 사명(思明)의 토부가 공을 세우자 오종 등의 마을을 나누어 그에게 주는 바람에, 차츰 잠식당하게 되었다. 훗날 충주(忠州)가 이를 따라 모방하면서 사명과 서로 다투게 되었다. 그리하여 이 일대는 마침내 이쪽에 붙었다가 저쪽에 붙는 신세가 되고, 인민은 도탄에 빠져 헤어나오지 못하는 처지가 되고 말았다. 실권자들이 그제야 이 일대를 회수하고 무관을 파견하여 지켰다. 토박이 추장 황현상(黃賢相)이 다시 반란을 일으켜 반역했는데, 융경(隆慶) 말에 죄인들이 붙잡히고 나서야 사명과 충주가 아직 토해내지 않았던 지역을 모두 회수했다. 그리하여 병합한 세 곳의 동을 네 곳의 동으로 만들어 주성(州城)을 창립했다.

그 남동쪽 5리 되는 곳은 선화현(宣化縣) 여하(如何, 향의 명칭이다)의 1, 2, 4의 세 둘레인데, 이곳을 잘라내어 주성에 덧붙였다. (바로 소촌 위쪽의 지역이 이곳이다.) 그 북서쪽은 사동(思同)과 타릉(陀陵)의 경계이며, 남서쪽은 강주(江州)와 충주(忠州)의 경계이다. 남서쪽의 나륵에서 흘러온 강물은 성을 감돌아 북서쪽으로 나아가다가 남동쪽으로 돌아들어 흘러간다. 만력 기축년³⁾에 신녕주의 주수(州守)인 강우(江右) 장사중(張思中)이 주성의 성문에 비문을 남겼는데, 그는 신녕주를 세운 뒤 최초로 부임했던 관원이다.

신녕주의 북쪽으로 4리 되는 곳의 강 너머에는 사암산(獅巖山)이 있고, 서쪽으로 2리 되는 곳의 강 너머에는 필가산이 있으며, 남쪽으로 1리 되는 곳에는 서우암(犀牛巖)이 있고, 좀더 남쪽으로 3리 되는 곳에는 천산대암(穿山大巖)이 있다. 이곳들은 모두 바위 봉우리가 우뚝 솟아 있고, 바위동굴이 넓게 툭 트여 기이한 경관을 드러내고 있다. 신녕주의 서쪽 멀리 봉우리가 늘어서 있는 모습은 더욱 기이하다. 코끼리 모양의 바위와 사자 모양의 바위가 모두 함위문(含暉門)의 강 언덕에 있다.

강물은 남쪽의 형양에서 용솟음쳐 흘러오는데, 사자 모양의 바위가 맨 먼저 그 물길의 날카로운 기세를 가로막는다. 물길을 맞아 깎인 바위는 앙상한 뼈마디를 드러내면서 흉측한 모습을 이루고 있다. 하류에는 철썩거리는 물살이 코끼리 모양의 바위를 빚어내고 있다. 높다란 코는 아래로 늘어져 있고 텅 빈 뺨은 안에 물을 머금은 채 둥그런 물굽이의 물길을 끊고 있다. 이곳에 배를 댈 수도 있고 쉴 수도 있는지라, 서문의 부두는 이곳을 따라 자리잡고 있다.

사자 모양의 바위 위쪽은 충구(衝口)라 하며, 하류에는 돌다리가 양쪽 벼랑 사이에 높이 걸쳐져 있다. 돌다리 아래는 갈라진 채 문을 이루고 있다. 나는 이전에 마을의 어르신이 "충구 가까이에 신선이 사는 곳이 있다"고 한 말을 들은 적이 있다. 하지만 기억이 온전치 않고 물어볼 만한 사람도 없는지라, 바로 이곳인지 아닌지 알 수 없다.

남녕(南寧)에서 석부허(石埠墟)에 이르자, 강언덕에 산이 나타나고 강에 바위가 보이기 시작한다. 우강 어귀를 지나자 언덕의 산에는 바위가 드러나기 시작하고, 양미에 이르자 강의 바위에 기이함이 드러나기 시작한다. 소촌을 지나 신녕의 경계에 들어서자 강의 왼쪽에 오로지 바위로만 이루어진 산이 나타나기 시작하고, 신장을 지나 신녕의 북쪽 성곽에 이르자 강 오른쪽에 마주선 봉우리들이 보이기 시작한다.

이곳에서 배는 바위 봉우리 사이를 나아간다. 때로 왼쪽으로 굽이졌다가 때로 오른쪽으로 굽이지며, 잠시 후 벼랑 한 곳을 등졌다가 다시 봉우리를 휘감아돌고, 이쪽에서 빙글 돌았다가 차츰 저쪽에서 치달린다. 비록 하늘에 닿을 듯 높은 골짜기를 이루지는 않았으나, 베틀 북이 씨줄을 넘나들 듯, 나비가 수풀 속을 헤집고 날듯 나아간다. 이처럼 멋진 경관이 쉬지 않고 이어지니 이곳보다 더 나은 곳은 없다.

[또한 강물이 신녕에 닿자, 바위산이 몹시 아름다울 뿐만 아니라 바위 언덕은 더욱 기이하다. 대체로 강물이 철썩거리며 산에 부딪치는 바람에, 산은 깎여 절벽을 이루고, 강물은 모래섬을 감아돌아 흐른다. 솟아나온 바위는 물길 속에 거꾸로 서거나, 혹은 수면에 쳐박혀 있다. 동굴과 구렁은 온통 층층이 열려 있고, 바위의 결은 주름비단과 같다. 강줄기는 이미 여러 차례 꺾여 있고, 언덕의 바위와 산이 앞다투어 강을 받쳐주니, 강과 산 모두가 한층 나름의 기이함을 마음껏 드러낸다.

내 생각에, 양삭(陽朔)의 산은 강가에 가파르게 솟아 있으나 이 언덕의 바위를 지니고 있지 않고, 건계(建溪)의 물길은 거세고 바위가 많으나 이 바위의 기이함을 지니고 있지 않다. 연이은 봉우리들이 가파른 산을 끼고 있으나 멀리 뻗음은 삼협(三峽)에 미치지 못하고, 한데 모여 있으나 촘촘함은 무이산(武彝山)만 못하지만, 성기고 빽빽함과 굽이져 도는 것은 엇비슷하다. 이처럼 온통 영롱하고 구멍 뚫린 풍광이 각별히 신선하면서도 정교한 정취를 드러내니, 삼협과 무이산의 지위를 충분히 빼앗을 만하다.]

1) 예전에는 관서의 대문 안의 문을 의문(儀門)이라 일컫고, 의문 안의 이사당(莅事堂)을 의간(儀間)이라 일컬었다.
2) 명대에는 소수민족의 집단거주지에 세습추장을 현지의 관리로 삼은 토부(土府)를 설치했는데, 토현(土縣)은 토부 아래의 하급 행정단위이다. 이러한 소수민족의 행정기구는 주로 오늘날의 호남성, 사천성, 운남성, 귀주성, 광서성 등지에 설치되었다. 소수민족지구에 설치된 행정기구로는 토주(土州), 토현(土縣), 장관사(長官司), 토순검사(土巡檢司) 등이 있다.
3) 만력(萬曆)은 명대 신종(神宗)의 연호로서, 1573년부터 1619년까지이다. 만력 기축(己丑)년은 1589년이다.

9월 27일

막 닭이 울자, 신녕에서 남서쪽으로 나아갔다. 잠시 후 북서쪽으로 돌아들어 쭉 서쪽 봉우리의 아래까지 바짝 다가섰다. 남쪽으로 돌아들어 8리를 나아가자, 강의 동쪽 언덕에 바위 뿌리가 불쑥 솟아 있다. 위는 덮여 있고 가운데는 비어 있다. 경치가 환상적이다. 문득 돌아드니 두 개의 벼랑이 앞에 불쑥 튀어나와 있고, 물가의 바위가 높이 이어져 있는데, 아래는 마치 문처럼 벌어져 가운데가 통해 있고, 위는 다리처럼 걸린 채 높다랗게 이어져 있다. 환상적인 경치 가운데 더욱 웅장한 경관이다. 다만 안타깝게도 배가 그 앞을 지나는데도 한 번이라도 그 위에 올라갈 수 없는데다, 아무도 아는 이가 없다. 이른바 '사자 모양의 바위'와 '신선이 사는 곳'을 물어보아도 모두들 제멋대로 추측만 할 뿐이니, 맞는지 틀린지 알 수 없다.

다시 1리를 달리자, 한 줄기 물길이 남동쪽에서 흘러와 합쳐졌다. 이 물길은 충강(衝江)이다. 충강은 충주에서 발원한다. 다시 남쪽으로 3리를 달리자, 강의 동쪽 언덕에 봉우리가 대단히 험준하다. 봉우리 북쪽 자락의 빙 두른 겨드랑이가 끊긴 곳에 동굴이 서쪽으로 층층이 이어져 있다. 동굴은 모두 높이 매달려 있고, 그곳으로 오르는 길이 없었다. 다시 서쪽으로 굽이돌았다가 남쪽으로 돌아들어 8리만에 나륵(那勒)을 지났다. 돛에 안은 바람이 순조로운데, 뱃사공이 고향사람을 만나는 바람에 이곳에 배를 멈춘 채 또다시 술을 마셨다. 나는 뭍에 올라 천산(穿山)과 서우암의 두 군데 동굴을 유람했다. 배는 끝내 이곳에 정박했다.

나륵은 강의 동쪽 언덕에 있으며, 주민이 제법 많다. 서우암을 물어보니, 토박이들은 아예 모르거나 남쪽을 향해 있는 목요(穆窯)를 잘못 가리켰다. 이에 두 봉우리 아래를 뚫고 지나 남서쪽으로 3리를 갔다. 남동쪽에서 흘러와 큰 강으로 흘러드는 시내가 있다. 물길은 작으나 물살이 거세어 졸졸 소리를 낸다. 그 위에 갓 쌓은 돌다리가 걸쳐져 있는데, 매우 가지런하다. 이 시내는 강주(江州)에서 발원하며, 토박이들은 이 시내를 횡강(橫江)이라 일컫는다.

다리를 넘어 남쪽으로 내려가자마자, 목요촌(穆窯村)이 나왔다. 마을의 저자는 서쪽의 강변을 굽어보고 있다. 서우암을 물어보았으나 찾지 못한 대신, 대암(大巖)을 알아냈다. 대암은 그 남쪽 1리 되는 곳에 있는데, 뭇봉우리들이 늘어서 있다. 동굴은 봉우리 중턱에 있으며, 동굴 입구는 서쪽을 향해 있다. 벼랑의 바위를 타고서 올라 입구에 이르러서야, 서쪽의 강물이 그 앞을 가로지르고, 산허리는 그 뒤로 통해 있는 것이 보였다. 아울러 산 너머로 뒤쪽 입구의 바깥에 빙 두른 채 비취빛 암벽이 가려져 있는 것이 보였다.

이에 동굴에서 기어올라 동굴 안의 문에 걸터앉으니, 동서로 마주하여 훤히 트여 있고 두 동굴 입구는 서로 통해 있다. 그 위에는 종유석들이 드리워져 양쪽에 맺혀 있다. 안쪽으로는 서쪽이 낮고 동쪽은 높은지라, 동쪽으로 나가는 입구는 서쪽으로 나가는 입구의 꼭대기보다 높다. 그래서 밖에서 바라보면 가운데가 뚫려 있음을 알지 못하며, 반드시 입구를 들어서야만 보인다.

양쪽 입구의 너머에는 온통 천 길 낭떠러지가 하늘에 닿을 듯 높이 늘어서 있다. 동쪽 입구는 지세가 높은데다가, 위쪽의 암벽은 더욱 가파르고 아래쪽의 발치는 더욱 험준한 채, 고리 모양으로 여러 동굴을 마주하고 있다. 입구의 북쪽에서 구불구불 이어져 동쪽으로 돌아들다가 다시 남쪽으로 둘러싼 채 깊은 골짜기가 이루어져 있다. 마치 유달리 비취빛 세계를 열어젖힌 듯하다. 그 아래로 빙글 돌아들어 서쪽으로 나아가자, 골짜기 어귀의 바위 벼랑이 비낀 채 엇섞여 있는지라 엿볼 수 없었다.

다시 앞 동굴에서 산을 내려와 산을 따라 북쪽으로 나아갔다. 1리를 나아가 목요를 지나면서 물어보니, 서우동(犀牛洞)은 기린촌(麒麟村)에 있다고 한다. 돌다리를 지나 북동쪽으로 걸어갔다. 3리를 나아가 기린촌에 닿았다. 기린촌은 나륵의 동쪽 2리 되는 곳에 있는데, 세 곳의 마을이 솥의 세 발처럼 이루어져 있다. 목요는 약간 남쪽에 자리하고 있다. 설사 나륵 사람이 곧장 이곳을 가리켜 알려준다 해도, 어디로 가야 천암(穿巖)에 닿을 수 있을까?

기린촌 마을사람은 서우동이 북쪽 산의 동쪽 봉우리 위에 있다고 가리키는데, 떨어진 거리는 고작 1리 남짓일 뿐이었다. 그 아래에 이르렀으나 길을 찾을 수 없었다. 동굴 아래에서 나무를 베는 소리가 들려오기에 가시덤불을 헤치고 가시나무를 붙든 채 그를 불러보았다. 그러나 아무 대꾸가 없었다. 그를 찾았으나 보이지 않는지라, 다시 큰길가로 나왔다.

이때 어느덧 정오가 지나 있었다. 비록 뱃사공에게는 정오까지 배로 돌아가기로 약속했으나, 설령 배가 떠나고 허기가 질지라도 전혀 개의치 않은 채 오로지 동굴을 찾기만을 바랐다. 길가는 사람들에게 물어보았으나 아는 이가 없었다. 아무래도 산의 북쪽에 있으리라는 생각이 들었다. 그래서 산의 북동쪽 모퉁이를 감돌아 큰길을 따라 나아갔다. [길

의 북서쪽은 온통 바위 봉우리이다.]

2리를 가자 북쪽으로 돌아드는 갈림길이 보이고, 불을 사른 흔적이 있다. 애초에 기린촌의 마을 사람은 "산 아래 이르면 불을 사른 자국이 있을 터이니, 그곳이 바로 동굴로 오르는 길입니다"라고 말했었다. 나는 이곳이 그곳임에 틀림없다고 여겼다. 온힘을 다해 넘어지고 부딪히면서 앞으로 나아가 드디어 북쪽으로 산골짜기에 들어섰다. 골짜기 양쪽에는 봉우리들이 모여 있고 벼랑이 층층으로 겹쳐 있다. 가운데의 길은 평탄하고 곧아, 마차가 다니는 길이 나 있다.

이 길을 따라 1리 남짓 나아갔다. 길옆에 네댓 대의 마차가 멈춰서 있고, 몇 마리의 소가 기슭에 여기저기 흩어져 풀을 뜯어먹고 있다. 몇 사람이 벼랑에 흩어져 땔나무를 하고 있는 모습이 보였다. 이들에게 두루 물어보았지만, 아무도 동굴이 있는 줄을 알지 못했다. 이들은 모두 먼 마을의 사람들인데, 소를 치면서 나무를 해다가 마차에 싣고 있었다. 이곳을 지나자, 마차길이 점점 사라졌다.

1리를 더 들어가자, 골짜기는 동쪽으로 돌아들었다. 사방으로 겹겹의 벼랑을 바라보니 온통 깎아지른 듯하여 길이 없는데, 서쪽의 벼랑이 유독 험준하고 가팔랐다. 마침 서성거리고 있는 참에, 깊은 숲속에서 대나무를 지고 나오는 이가 보였다. 멀리서 그를 불러 물어보자, 그는 손을 흔들면서 "길을 잘못 들었소!"라고 말했다. 내가 "동굴은 어디에 있습니까?"라고 묻자, 그는 "나를 따라 오시오"라고 대꾸했다. 그를 따라 나와 방금 전의, 마차가 멈춰서 있던 곳에 이르렀다. 그에게 자세히 물어보니, 그 사람 역시 막연하여 잘 알지 못했다. 다만 이쪽 길이 끊겨 있다고 생각하여 나를 불러냈을 따름이었다.

이에 나는 그를 버려둔 채 다시 들어가 골짜기의 북쪽에 이르렀다가 다시 그 동쪽에 이르기까지 모두 2리를 걸었다. 골짜기는 둥글게 움푹한 평지를 이루고 있다. 그 가운데는 숫돌처럼 평평하고, 사방은 벼랑에 둘러싸이고 가파른 산에 막혀 있다. 마침내 길이 끊기고 말았다. 그런데 그 속에 마차를 세운 채 소를 방목하고 나무를 하는 이들이 또 있었다. 하지만 그들 역시 이전의 사람들과 마찬가지로 알지 못했다. 나는 잡초 더미와 가시덤불을 들락거리면서 길을 찾았으나 끝내 찾아내지 못했다. 그리하여 낙담한 채 골짜기를 나오고 말았다.

이 골짜기를 가만히 살펴보았다. 밖에서 깊숙이 들어오는데, 가운데는 굽이돌면서도 깊숙하고, 위에는 날듯한 바위가 있으며, 옆에는 달리 길이 없다. 이 또한 멋진 경관이다. 그 동쪽으로 등성이를 넘어 지났다. 곰곰이 생각해보니 배를 타고 가면서 지났던 곳인 듯했다. 동쪽 언덕에 동굴이 층층이 이어져 있다. 다만 벼랑이 깎아지른 듯하여 길이 막힌 채 발을 내딛을 곳이 없었다. 그렇지만 그 깊숙한 곳은 끝까지 가보지 못했어도 주요한 곳은 이미 들추어보았으니, 고생스럽게 굳이 가보지 않아도 좋으리라.

모두 5리를 걸어 계속해서 남서쪽으로 나아갔다. 기린촌 북쪽의 큰길 가에 이르러 앞쪽을 바라보니, 흙언덕 너머에 불을 사른 흔적이 한 군데 남아 있었다. 서둘러 가보니 불을 사른 흔적 사이로 작은 길 한 줄기가 보이는지라, 방금 전에 나무 베는 소리가 났던 곳으로 쭉 달려갔다. 그러나 바위가 숲을 빙 둘러 떨어져 있는지라 금방 찾을 수는 없었다. 나는 이곳이 의심할 여지없이 틀림없으리라 여겼다.

이때 어느덧 오후가 되었다. 배가 몹시 허기졌지만, 이 동굴을 놓쳐서는 절대로 안되겠다는 생각이 들어 더욱 힘을 내어 쭉 앞으로 나아갔다. 가파른 벼랑을 기어오르고 무성한 띠풀숲을 지났다. 그런데 벼랑이 깎아지른 듯한 곳에는 사다리로 삼을 만한 바위가 있고, 띠풀이 무성하게 자란 곳에는 발로 밟은 자국이 길을 뒤덮고 있는지라, 길을 잘못 들었다고는 의심하지 않았다.

이에 오를수록 더욱 멀리 나아갔다. 서쪽으로 남쪽 자락을 바라보니, 가로누운 산등성이와 한데 모인 바위가 벼랑 위로 삐쭉삐쭉 나와 있다. 동쪽으로 남쪽의 불쑥 튀어나온 곳을 바라보니, 빙 에두른 산봉우리와 외로운 벼랑이 꼭대기를 나란히 한 채 우뚝 서 있다. 한 줄기 길을 따라 북쪽으로 올라갔다. 2리를 나아가 높은 봉우리의 꼭대기를 넘었다. 이 동굴은 틀림없이 꼭대기 위에서 나아가야 하리라고 여겼는데, 뜻밖에도 길은 다시 꼭대기를 넘어 북쪽으로 뻗어내렸다.

좀 더 내려가 북쪽의 움푹한 평지를 굽어보니, 바로 방금 전에 잘못 들어섰던 골짜기의, 이른바 '겹겹의 벼랑이 깎아지른 듯한 곳'이다. 그 은밀한 곳으로 깊숙이 들어갔다가 높이 그 산마루를 넘는다면, 내가 동굴을 찾은들 더 이상 힘이 남아있지 않을 터였다. 그런데 길이 더욱 좁아지더니, 서쪽으로 고개의 움푹 꺼진 곳으로 내려가자 띠풀로 가득 찬 웅덩이와 가시덤불이 우거진 골짜기를 이룬 채 길을 가리고 있는지라 나아갈 수 없었다. 한참동안 기어 내려갔으나, 여전히 길이 보이지 않았다.

다시 1리를 나아가 계속해서 왔던 길을 되짚어 남쪽으로 높다란 꼭대기를 넘었다. 다시 2리를 내려가 불을 사른 흔적이 있는 곳에 이르러 살펴보니, 바위 틈새로 길이 있기에 동쪽의 골짜기를 바라보며 올라갔다. 이 길은 바로 우뚝 서 있는 외로운 벼랑 아래에 닿았다. 비로소 기린촌의 마을사람들이 가리켜 준 길과 맞아떨어지는 듯했다. 그제야 길이 지척에 있었음에도 에돌아 스스로 길을 잃어버렸음을 깨달았다. 세 번 길을 잘못 들었다가 세 번 되돌아와서 마침내 찾아냈으니, 산의 영험함과 무관하다고는 할 수 없으리라.

해가 점점 서산에 기우는지라, 서둘러 벼랑을 바라보며 위로 올라갔다. 가파른 돌층계가 몹시 험준했다. 반리를 넘자, 곧바로 외로운 벼랑의 북쪽에 이르렀다. 비로소 이 벼랑이 높은 봉우리 사이에 빙 둘러 솟구쳐 있음을 알았다. 벼랑은 동쪽에서 서쪽으로 돌아드는데, 마치 외뿔이 가운데에 불쑥 돋아있는 듯하다. '서우(犀牛)'라는 명칭은 여기에서 비롯되었을 것이다. 벼랑의 북쪽에 한 줄기 등성이가 있다. 북쪽으로 높다란 봉우리에 이어지고, 동쪽의 벼랑이 돌아드는 곳과 마주하고 있다.

등성이 위에는 거대한 바위가 우뚝 치솟아 있다. 바위는 마치 관문을 가로막고 있는 길짐승과 같은 모습인데, 외뿔과 나란히 선 채 그 겨드랑이를 받쳐주고 있다. 거대한 바위의 가운데는 세로로 갈라져 구멍이 나 있고, 그 안에는 규¹⁾ 모양의 바위가 박혀 있다. 높이가 한 길 남짓의 이 바위는 양쪽의 거대한 바위에 얌전히 끼어져 있으며, 위쪽 또한 덮여 있는지라, 마치 구멍을 파서 그 안에 놓아둔 듯했다. 규 모양의 바위는 갈홍색을 띠고 있어서, 온 산의 바위와 사뭇 다르며, 우(禹)임금의 능묘의 폄석²⁾과 매우 흡사하다. 다만 이 바위는 바깥에 거대한 바위가 덮개 역할을 하고 있어서 훨씬 기이한 느낌을 자아내고 있다.

등성이의 동쪽 아래는 푹 꺼진 채 웅덩이를 이루고 있는데, 깊은 못처럼 깊숙하다. 등성이의 동쪽 위에는 깎아지른 듯한 벼랑이 사방으로 합쳐진 채 고리처럼 빙 두르고 있다. 이 벼랑은 틈새가 전혀 없이 높다란 성벽의 커다란 깃발처럼 서 있다. 위로는 하늘에 닿을 듯 높고 가운데는 그림쇠처럼 둥글다. 등성이 위를 넘자마자, 깊은 못의 밑바닥을 굽어보았다. 남쪽 벼랑의 아래에 북쪽을 향해 있는 동굴이 있다. 동굴 입구는 쩍 벌어져 있고, 그 안은 훤히 트인 채 넓고, 끝을 알 수 없을 정도로 깊숙하다.

사방의 벼랑에는 나무와 덩굴이 빽빽하고, 못의 밑바닥은 더욱 심하다. 벼랑의 옆에는 온통 따라 걸을 수 있는 길이 나 있어 못 밑바닥에 이를 수 있지만, 모두 가려져 나아갈 수 없었다. 만약 나무와 덩굴을 베어내어 말끔하게 만든다면, 빙 둘러 높이 솟구친 벼랑과 손바닥처럼 평평한 밑바닥, 게다가 그 안에 휑하게 깊은 동굴까지 있으니, 신선이 살 만한 명산이 이곳을 제쳐놓으면 그 어디이겠는가?

나는 빽빽하게 우거진 수풀을 헤치며 길을 따라 갔다. 고요하기가 태초의 혼돈과 같으니, 아득히 세상사를 잊었다. 다만 배가 고프고 다리가 피곤한데다 해가 곧 서산에 지려 할 따름이었다. 이에 등성이를 넘어 서쪽으로 내려와 기린촌 북쪽에서 서쪽으로 나아갔다. 2리를 나아가 나룻에 이르러 배에 올랐다. 배는 여전히 떠나지 않았다. 해는 어느덧 서

산 너머로 지고 말았다.

9월 28일

아침 식사를 한 후 나룩에서 배를 띄워 남쪽으로 나아갔다. 얼마 후 북서쪽으로 돌아들어 3리만에 두 곳의 봉우리의 암벽 아래로 곧장 바짝 다가섰다. 다시 남동쪽으로 꺾어져 5리를 나아가자, 조그마한 물줄기가 남동쪽에서 흘러들었다. 이곳은 곧 목요이다. 다시 남서쪽으로 1리를 달려 천산의 서쪽을 지났다. 뱃전에서 멀리 바라보니, 동굴 입구만 보일 뿐 동굴의 뚫린 구멍은 보이지 않는다.

다시 1리를 달려 서쪽의 두 산 사이의 틈으로 들어섰다. 여기에서부터 마치 펄럭이는 깃발처럼 구불구불 북서쪽으로 나아갔다. 다시 5리를 나아가자, 강의 북쪽 언덕에 산벼랑이 가파르기 그지없다. 산벼랑 앞에 조그마한 봉우리가 마치 불탑처럼 꽂혀 있고, 벼랑의 중턱에 [남쪽을 향해 있는] 동굴이 열려 있다. 다시 6리를 나아가자, 산이 굽이굽이 이어지면서 북쪽으로 뻗어간다. 이것은 계패산(界牌山)이며, 이 산의 서쪽은 바로 태평부의 경내이다. 대체로 강의 북쪽 언덕에서는 이 산을 경계로 신녕주와 태평부가 나뉘고, 남쪽 언덕은 온통 신녕주에 속한다.

다시 2리를 나아가, 배는 북쪽으로 돌아들었다. 강의 서쪽 언덕에는 뭇봉우리들이 울쑥불쑥 솟아 있는데, 봉우리 하나가 앞에 툭 튀어나와 있다. 흔히 '다섯 마리 호랑이가 동굴을 나오다(五虎出洞)'라고 부르는 곳이다. (뱃사공이 그곳을 가리키며 말하기를, 옛적에 먼 길을 온 나그네가 지나가다 이 곳에 묻혔는데, 그 집안사람이 얼마 후 과거시험에 우등으로 합격했으나 끝내 이곳에 와서 무덤을 돌보지는 않았다고 한다.)

여기에서 배는 이내 동쪽으로 돌아들었다가 잠시 후 다시 북서쪽으로 달려 북쪽 산의 아래에 이르렀다. 이 산을 따라 서쪽으로 나아가 다시 모두 6리를 달렸다. 안정보(安定堡)를 지나자 북쪽의 산은 끝이 나고, 남쪽의 산이 다시 나타났다. 다시 서쪽으로 그 산을 따라 나아갔다. 3리를 달려 산을 따라 북쪽으로 돌아들어 화리촌(花梨村)을 지났다. 다시 북서쪽으로 돌아들어 강의 북쪽 산을 좇아 2리를 나아갔다가, 서쪽으로 돌아들어 강의 남쪽 산을 좇아 3리를 나아갔다. 저물녘에 3리를 달려 만몽촌(晚夢村)에 배를 댔다. (이곳은 신녕주에 속한다. 이날 모두 40리를 달렸다.)

9월 29일

남쪽 언덕의 산을 따라 2리를 나아갔다가 북쪽으로 돌아들어 다시 1리를 가자, 타당(馱塘)이 나왔다. 다시 2리를 나아가 서쪽으로 돌아들자, 산세가 차츰 트였다. 5리를 더 나아가 남서쪽으로 타로(馱盧)를 지나자 산이 훤히 트이고 물길이 감아돈다. 이곳에는 백 가구의 저자가 강의 북쪽 언덕에 기대어 있다. 예전에는 숭선현의 관할지였는데, 명대 초에는 태평부의 치소를 이곳으로 옮겼다가 얼마 후에 여강으로 옮겨갔으며, 지금은 타박역(馱樸驛)을 이곳에 옮겨서 타시(馱柴)라 일컫고 있다.

대체로 이곳은 비록 널찍하지만, 강 너머가 바로 신녕주의 관할지이고 상류를 통제하고 있으니, 호관(壺關)을 명승지로 삼아야 마땅하리라. 강의 북쪽 언덕은 태평부의 관할지이다. 강 가까이는 비록 대부분 숭선현에 속하지만, 강 안쪽의 바위산 뒤편은 곧 여러 소수민족의 땅이며, 좌주(左州)가 그 경계를 가로지르고 있다. 이 날은 겨우 10리만을 달렸을 뿐이다. 뱃사공은 배를 댄 채 나아가지 않았다.

10월 초하루

날이 채 밝기 전에 타로를 따라 북서쪽으로 5리를 나아갔다. [북쪽 언덕은 좌주의 경계이다.] 약간 남쪽으로 돌아들자, 남쪽 언덕에 바위 봉우리가 또다시 불쑥 튀어나와 있다. 2리를 더 나아가 다시 북서쪽으로 돌아들자, 북쪽 언덕에 역시 바위산이 있다. 3리를 달려 남서쪽으로 봉우리 사이로 들어간 뒤, 이곳에서 돛을 단 채 나아갔다. 5리를 달려 점점 남쪽으로 돌아들자, 강의 동쪽 산간의 움푹한 평지에 마을이 자리 잡고 있다. 이곳은 타목(駄木)이라 일컬으며, 여전히 신녕주에 속해 있다.

다시 남서쪽으로 5리를 달렸다. 강의 서쪽 언덕에는 빙 두른 벼랑이 웅장하고 험준한 채 나란히 물줄기를 가로막고 있다. 이 가운데 남쪽 벼랑이 가장 높은데, 세 곳의 동굴이 동쪽으로 열려 있다. 좀 더 남쪽에 있는 봉우리는 조금 낮지만, 이 봉우리 위의 동굴은 훨씬 커다랗게 열려 있다. 동굴 오른쪽 벼랑에는 바위가 바깥에 걸쳐져 있는데, 봉우리 꼭대기에서 아래로 강가에 꽂혀 있다. 벼랑 오른쪽에는 동굴 입구가 뚫려 있다. 그 안은 툭 트여 넓고 그 바깥은 서로 통하여 있다. 배에서 바라보기만 해도 기이한 느낌을 안겨주니, 그 안에 몸을 둔다면 멋진 경관이 더욱 어떠할지 알 수 없도다!

다시 남쪽으로 2리를 달렸다. 동쪽 언덕의 암벽 역시 마찬가지이다. 이곳의 봉우리와 암벽이 서로 어우러져 비치고, 강이 그 사이를 휘감아 흐르니, 더욱 아름답기 그지없다. 1리를 더 달려 서쪽으로 돌아들어 나아갔다. 다시 5리를 달려 차츰 남쪽으로 돌아들어 나아갔다. 잠시 후 동쪽으로 꺾어지자, 북쪽 언덕에는 두 개의 벼랑이 봉긋 솟아 있다. 벼랑의 중턱마다 남쪽으로 향해 있는 동굴이 있다. 남쪽 언덕에는 바위가 빙 두르고 산부리는 층층이며, 날듯한 바위가 허공에 떠 있다. [뚫리고 패이지 않은 것이 없다.]

2리를 나아가 돌아들어 남서쪽으로 은옹탄(銀甕灘)에 올랐다. [은옹탄에는 거대한 바위가 나타나기 시작하는데, 마치 둑처럼 가운데에 가로 놓여 있다.] 은옹탄의 동쪽에는 뾰족한 벼랑이 솟구쳐 깎아지른 듯한 절벽을 이루고 있다. 마치 독과 같은 모습을 지니고 있다. 『구역지(九域 志)』에는 "예전에 어떤 사람이 신선의 장생불로약을 만들었는데, 그가 남긴 독이 은으로 변했다. 사람들이 그것을 가지러 갔으나 그때마다 찾을 수가 없었으나, 내려와서 바라보면 또다시 뚜렷했다"고 적혀 있다. 『일통지』에는 "남녕부의 경내에 있다"고 적혀 있다. 대체로 강의 동쪽 언덕은 여전히 신녕주에 속해 있다.

서쪽으로 돌아들어 5리를 나아갔다. 다시 북서쪽으로 돌아들어 동쪽 언덕의 깎아지른 듯한 벼랑을 감돌아 2리만에 북쪽 산 아래에 이르렀다. 계속해서 서쪽으로 5리를 갔다가 다시 남쪽으로 돌아들었다. 잠시 후 동쪽으로 돌아들어 1리를 가다가 서쪽을 향해 나아가자, 산이 열리고 강은 드넓어져 한 눈에 확 트여 보였다. 다시 5리를 나아가자 날이 저물었다. 다시 2리를 나아가 날리(捺利)에 배를 댔다. (이곳은 강의 서쪽 언덕에 있으며, 신녕주에 속해 있다.) 강은 텅 비어 있고 언덕은 적막하다. 아무이웃도 없이 배는 외로이 정박해 있다. 밤새도록 적막에 잠겨 있다. (이날 50리를 달렸다.)

곰곰이 생각한 끝에, 내일은 타박에 이르러 뭍에 올라 육로로 갈 작정이다. 오직 길이 험한데다 하인 고씨가 아직도 완쾌되지 않았을까 걱정될 따름이다. 뜻밖에 한밤중에 느닷없이 복통이 일어나더니, 아침이 되자 끝내 배가 북처럼 부풀어 올랐다. 이곳 산속의 풍토병에 걸린 게 틀림없었다. 몸을 이리저리 뒤척이기가 어려웠다. 먼 길을 떠나는 바람이 다시 한번 장애에 부딪쳤다.

10월 초이틀

동이 트기도 전에 북서쪽으로 길을 나섰다. 파아란 하늘은 씻어낸 듯

더할 나위 없이 맑았다. 3리를 나아가 강 북쪽의 깎아지른 듯한 벼랑 아래에 이르렀다. 남쪽으로 돌아들어 2리를 나아가 하과만(下果灣)을 지나자, 강의 서쪽 언덕에 마을이 벼랑에 기댄 채 강을 굽어보고 있다. 5리를 더 나아가자, 물길이 남쪽에서 쏟아져 흘러왔다. 그 물소리가 우레와 같다. 이 물길은 향원(響源)이며, 강주에서 발원한다. 물길의 서쪽 언덕은 곧 강주에 속하며, 이 물길을 경계로 신녕주와 강주가 나뉜다.

물길이 강에 흘러드는 곳에는 천연의 바위 둑이 마치 담처럼 가로막고 있다. 둑의 높이는 한 길을 넘고 동서로 뻗은 길이는 십여 길이다. 바위의 겉은 마치 숫돌처럼 매끈매끈하여, 마치 벽돌을 쌓아 만들어놓은 듯했다. 물길은 그 겉을 타넘어 아래의 강물 속으로 떨어져내린다. 비록 그리 높지는 않아도, 눈꽃 같은 물보라가 가로로 휘날리고, 보기 드문 폭포가 평평하게 쏟아진다. 드넓고도 거센 기세로, 마치 8월의 전당강(錢塘江)에 밀려오는 조수[1]처럼 한꺼번에 내달려 비탈을 흘러내린다. 이 또한 기이한 경관이다.

향수(響水)를 지나자 그 남쪽 언덕은 충주의 경내이다. 이곳은 비록 남녕부에 속하기는 하지만, 강 가까이의 토사(土司)는 사실 여기에서 시작된다. 북쪽 언덕은 상과만(上果灣)이다. 이곳에는 서쪽을 향해 있는 동굴이 강을 굽어보고 있고, 언덕 위에는 마을이 있다. 이곳에서 북쪽으로 돌아들어 1리를 나아가 북쪽의 산 아래에 이르렀다. 북서쪽으로 돌아들어 돛을 달아 나아가는데, 양쪽 언덕의 산이 다시 첩첩이 나타났다. 2리를 가니 송촌(宋村, 강의 남쪽 언덕에 있으며 충주에 속한다)이 나왔다. 이곳에는 이 마을의 절경인 팔선암(八仙巖)이 있다. 다시 3리를 가서 북동쪽으로 돌아들었다. 다시 2리만에 북서쪽으로 돌아들었다가 3리를 더 나아가 또다시 북동쪽으로 돌아들었다. 양쪽 언덕에는 [바위] 벼랑이 층층이 나타나더니 갈마들어 바뀐다. 경관이 기이하지 않은 곳이 없다.

북서쪽으로 돌아들어 5리를 나아갔다가 다시 북쪽으로 돌아들었다. 서쪽 언덕에 벼랑 하나가 하늘을 가리고 있다. 벼랑의 중턱에 동굴이 동쪽을 향해 있다. 처음에는 동굴 입구의 두 개의 구멍이 마치 잇닿은 듯이 보였다. 북쪽의 구멍은 크고 남쪽의 구멍은 작다. 바깥쪽에 바위가 드리워져 있으나, 안쪽으로는 통하여 있다. 얼마 지나지 않아 작은 구멍은 평평해지고 큰 구멍은 더욱 봉긋해지는데, 홀연 금을 긋듯 가운데가 도려내져 밝은 빛이 그 뒤에서 새어나왔다.

배안에서 올려다보니 구멍들은 마치 연이어진 구름이 허공을 내달리는 듯하고, 밝기는 마치 휘영청 밝은 달빛이 그림자를 꿰뚫는 듯하다. 동굴 앞의 위아래는 온통 층층의 낭떠러지에 비취빛이 가득하고, 강물 위에는 그림자가 거꾸로 비친다. 참으로 신선의 경계이고, 토사의 경내에서 으뜸이다. 이곳의 경관을 보자, 중원의 대지는 한결 평범하게 느껴졌다. [남쪽에는 타박촌(馱樸村)이 있는데, 굽이돌아 산에 오른 후에 위로 올라갈 수 있다고 들었다.]

다시 북쪽으로 1리를 가자, 동쪽 언덕이 강을 굽어보고 있다. 환하게 빛난 채 하늘을 가리고 있는 것은 은산(銀山)이다. 쪼개진 벼랑과 잘려나간 산의 절반은 푸른색, 노란색, 붉은색, 흰색의 갖가지 빛깔이 섞여 아름다운 무늬를 이루고 있다. 하늘빛 및 물그림자와 어울려 일렁거리니, 양삭의 화산(畫山)²⁾은 오히려 우스꽝스러울 따름이다.

벼랑 아래에는 위아래로 두 개의 동굴이 있는데, 동굴 입구는 모두 서쪽을 향해 있다. 위쪽 동굴은 특히 널찍하고 깊숙하며, 가운데에 매달려 있는 바위는 관음보살의 모양을 하고 있다. 위에는 층층의 암벽이 박혀 있고 아래에는 빙 두른 못의 가까이에 있다. [안으로 올라갈 수 없다. 그 북쪽에는 구멍들이 어지러이 몹시 많고, 갈라진 주름이 나무 사이로 얼기설기 이어져 있다. 구름 기운을 토해내고 들이키는 모습이 마치 윤기나는 옥을 머금고 있는 듯하다.]

1리를 나아가 서쪽으로 돌아들어 드디어 타박에 이르렀다. 이곳은 백 가구가 모여 사는 정기시장으로, 물가에서 북쪽으로 1리에 위치하여 있다. 남동쪽은 곧 은산이다. 북서쪽에도 층층의 산들이 구불구불 이어진 채 북쪽으로 뻗어 가는데, 가운데에 산길이 나 있다. 시장은 산길에 기대어 있다. 뭍길은 이곳에서 북쪽으로 나 있으며, 좌주(左州)와 양리주(養利州) 등의 여러 곳으로 가는 길이다. 물길은 이곳에서 서쪽으로 나 있으며, 태평부와 사명부(思明府) 등의 여러 곳으로 가는 길이다.

정오에 타박에 닿자, 맨먼저 물가에 올라 길을 물었다. "뚫려 있다"고 말하는 이도 있고, "막혀 있다"고 말하는 이도 있었다. 생각컨대 귀순주(歸順州)가 고평(高平) 사람들에게 공격받아 죽임을 당했기에 길의 상황을 예측할 수 없었던 것이다. 대체적인 뜻은 귀순주의 사람들이 오기를 기다렸다가 그들과 함께 나아가야 한다는 것인데, 사람들이 많이 모여 가야 안전하리라는 것이다. 귀순주의 사람들은 또한 부주(富州)의 사람들이 오기를 기다리는데, 이 또한 마찬가지이다. 두 곳의 사람들이 오기를 기다릴 수야 있지만, 다만 하인 고씨의 병세가 더욱 위중한지라 더욱 초조하고 불안했다. 이날 곧바로 짐을 챙겨들고서 여인숙의 주인집에 묵었다.

타박은 타로에서 50리 길이다. 타로에서 서쪽으로 이곳에 이르기까지 모두 좌주의 남쪽 지역이며, 북쪽으로 용주(龍州)와는 40리 길이다. 서쪽은 여전히 숭선현의 관할지이다. 태평부에 이르는 길 역시 40리이며, 물길은 두 곱의 길이다.

고평은 안남(安南)[3]의 관할지로서, 용주에서 거룻배로 갈아타고서 물길을 거슬러 나흘을 가면 이를 수 있다. 태평부의 [사람들은 이곳을 고이(高彝)라고 부른다.]

용주는 산벼랑이 더욱 기이하다. 벼랑 사이에 용 모양이 있는데, 구불구불 기어가는 모습이 마치 살아있는 듯하다.

사명부의 동쪽에서 거룻배로 갈아타고 물길을 거슬러 나흘을 가면 천룡동(天龍洞)에 이르고, 산을 지나 반나절을 가면 상사주(上思州)에 닿는다. 상사주는 예전에 사명부에 속했는데, 지금은 지방관을 두는 것으로 바꾸고 남녕부에 속하게 했다. 이곳에는 십만산(十萬山)이 있다. 이곳의 물길은 서쪽으로 흘러 명강(明江)이 되어 [용주로 흘러나가며,] 동쪽으로 흘러 팔척강으로 흘러나간다.

고평은 막이(莫彝)이며, 막등용(莫登庸)의 후대이다. 안남은 여이(黎彝)이며, 여리(黎利)의 후대이다.[4]

신녕주에 들어서서부터 이곳에 이르기까지 바위산에는 온통 파두나무[5]와 소목[6]의 두 가지가 자라나 있는데, 두 나무 모두 크지는 않다. 파두나뭇잎은 색깔이 붉은색을 띠며, 겹겹으로 이어진 산에 떼를 지어 자라거나 절벽에 외로이 매달려 있기도 한다. 붉은색과 푸른색이 엇섞여 있는지라, 시커먼 목탄에 서리가 내려앉은 흔적인가 싶었다.

소목은 산속의 움푹 꺼진 곳의 평지에 온통 자라나 있다. 잎은 결명차와 같고, 꽃부리는 까치콩과 같으나, 열매의 길이는 까치콩의 곱절이다. 줄기를 휘감으면서 혹 모양으로 뭉쳐 있는데, 점점이 젖처럼 얽혀 있다. 젖꼭지는 갈고리처럼 늘어서서 찌르고 있는지라, 가까이 다가갈 수 없다. 토박이들이 씨앗을 뿌려 숲을 이루었으나 [수매하는 이들이 오지 않아 그때마다 베어내어 땔감으로 쓰고 있었다. 또한 여러 해 자란 나무의 가는 줄기를 가려내 껍질을 벗겨내니, 젖 무늬로 휘감긴 채 송이송이 호두 모양을 하고 있으며, 색깔은 더욱 희뿌옇고 반들거린다. 내가 이전에 천태산(天台山)에서 만년등(萬年藤)을 찾았을 때, 멀리서 오신 스님이 이것을 가지고 와서 광서의 오랑캐 동굴에서 나온 것이라고 말했었다. 나는 오래된 나무의 기이한 뿌리이겠거니 여겼는데, 소목의 가지임을 몰랐던 것이다.]

---

1) 전당강(錢塘江)은 절강성에 있는 강으로서, 강 하구는 삼각강을 이루면서 항주만(杭州灣)으로 빠져나간다. 이로 인해 조수의 간만의 차가 커서 한사리 때에는 바닷물이 역류하여 대장관을 이루는데, 이를 '전당조(錢塘潮)'라 일컫는다.

2) 양삭(陽朔)은 광서성 북동부 지역에 위치하고 있으며, 계림시(桂林市)에서 65킬로 떨어져 있는 현이다. 화산(畵山)은 계림시를 안고 흐르는 리강(灘江) 중에서 경관이 가장 아름다운 곳으로 손꼽히는 구역이다.

3) 안남(安南)은 교남(交南) 혹은 교지(交趾)라고도 일컬으며, 명나라 당시에 지금의 월남(越南)을 일컫던 명칭이다.
4) 명대 즈음인 1418년, 여리(黎利)는 월남에 여조(黎朝)를 수립했는데, 이 왕조를 980년부터 1009년까지 존속했던 여조(黎朝)와 구별하여 '후여조(後黎朝)'라 일컫기도 한다. 1527년에 권신 막등용(莫登庸)은 여조를 무너뜨리고 막조(莫朝)를 수립했다. 1533년에 여조의 대장군인 완감(阮淦)은 청화(淸化)와 의안(義安) 일대를 거점으로 또다른 왕조를 수립했는데, 형식적으로는 여조를 회복했으나 정권은 완씨의 수중에 있었다. 1545년에 완감이 죽은 뒤 정권은 완감의 사위인 정검(鄭檢)에게 넘어갔다. 이후 반세기 동안 월남의 역사는 '남북조'로 나뉘어졌는데, 막씨 정권이 통치하는 북부를 '북조', 정씨 정권이 통치하는 남부를 '남조'라 일컫는다. 1558년에 순화(順化)의 수비를 맡고 있던 완감의 아들 완황(阮潢)이 순화와 광남(廣南) 일대를 거점으로 점차 세력을 넓혀 영강(靈江)을 경계로 정씨 정권과 맞섰다. 1592년 남조의 대장 정송(鄭松)이 북조를 쳐서 승룡성(升龍城, 지금의 하노이)을 점령함으로써 마침내 남북조를 통일했다. 그러나 막씨 세력은 고평(高平)을 거점으로 여전히 세력을 유지하여 1667년까지 존속했다. 1595년 정송은 왕이라 칭했으며, 이후 정씨의 자손이 왕위를 세습했으나, 여조의 연호를 계속 사용했다. 이 글에서의 '교이(交彝, 혹은 交夷)', '고평(高平), 고평이(高平彝 혹은 高平夷), 막이(莫彝 혹은 莫夷) 등은 모두 막씨 정권을 가리킨다.
5) 파두(巴豆)나무는 파촉(巴蜀) 지역에서 자라는 식물로, 형상이 콩과 흡사하여 파두라 일컫는다. 한의학에서는 이 나무의 열매를 탕에 넣어 사용하는데, 약성이 뜨겁고 맛은 매워 상한(傷寒)을 치유하는 데에 효험이 있다.
6) 소목(蘇木)은 소방목(蘇方木) 혹은 소방(蘇枋)이라고도 하며, 상록의 소교목(小喬木)으로서 중국의 중남부에서 자란다. 이 나무는 약재로서 피의 흐름을 원활하게 하여 어혈이나 통증의 제거에 약효가 뛰어나므로, 한의학에서는 타박손상이나 월경통, 월경폐색, 현훈, 출산 후 각종 증상을 치유하는 데에 사용한다.

10월 초나흘

타박에서 [태평부로 가는 길로 잡아들었다.] 남서쪽으로 1리를 가자, 돌담이 동쪽의 강 언덕에서 시작하여 서쪽의 산에 이어져 있다. 이곳은 좌주와 숭선현이 나뉘는 경계이다. 돌담에서 나와 산을 따라 강을 거슬러 남쪽으로 3리만에 한 줄기 말라붙은 산골물을 넘었다. 4리를 더 나아가자 신포(新鋪)가 나오는데, 몇 가구가 모여 살고 있다. 강물은 정남쪽에서 흘러오고, 물길은 남서쪽으로 굽이돈다.

4리를 나아가 또다시 한 줄기 말라붙은 산골물을 지났다. 산골물 바닥에는 바위가 많고, 위에는 무너진 다리가 있다. 이 다리는 충등교(衝登

橋)라고 한다. (다리 안에 보루가 있다.) 이곳에서 남쪽으로 올랐다. 등성이와 언덕을 휘감아 올라 3리를 나아가자, 다시 강물과 만난다. 강언덕 위에는 병영 몇 채가 있다. 이곳은 붕감(崩勘)이다. 다시 남쪽으로 5리를 나아가 산부리를 굽이돌았다. (그 뒤쪽 산속에는 타축叺쓰이라는 마을이 있다. 그 동쪽 자락을 굽이돌았다.)

산의 남쪽을 좇아 서쪽으로 나아갔다. 이곳에는 휘감아 도는 벼랑이 끊이지 않고 이어진다. 위쪽의 암벽은 몹시 가파르게 쭉 솟구쳐 있고, 아래쪽의 바위는 대단히 영롱하다. 2리를 나아가자, 길의 남쪽에 다시 깎아지른 듯한 봉우리가 불쑥 튀어나와 있다. 드디어 산골짜기로 들어섰다. 산골짜기를 휘감아 올라 다시 1리를 나아갔다가 남쪽으로 돌아들어 2리만에 미랑산(媚娘山)에 올랐다. 이곳은 연이어진 봉우리들이 사방에서 합쳐지고, 가운데에는 흙언덕이 매달린 채 등성이를 이루고 있다.

등성이를 넘어 남쪽으로 내려가 남동쪽으로 3리를 갔다. 길 옆에 둥근 모양의 구덩이(용정龍井이라 일컫는다.)가 있다. 이 구덩이는 대여섯 길이나 푹 꺼져내리고, 사방의 주위에는 크게는 지름이 세 길이나 되는, 온통 한 가지 색깔의 암벽에 빙 에워싸여 있다. 허공에 이어진 돌층계를 따라 아래로 내려갔다. 밑바닥은 대단히 평평하고, 북동쪽에 동굴 입구 하나가 갈라져 있다. 입구를 뚫고 들어가자, 그 안에는 졸졸거리는 물소리가 들리고 길은 어두컴컴하다.

벼랑을 타고서 바위 틈새를 더듬어 나아갔다. 그 아래는 헤아릴 수 없을 정도로 깊었다. 한참 뒤에 빛이 차츰 밝아왔다. 들어왔던 곳을 돌아보니, 바위기둥 하나가 마치 푸른 죽순처럼 가늘게 동굴 사이에 매달려 있다. 바위기둥은 위아래가 서로 맞닿아 있고, 옆에는 평평한 시렁 같은 석판이 있다. 석판은 조각구름처럼 얇은데, 소리는 구리기둥을 치는 듯하다. 이 동굴을 둘러보니, 비록 그다지 널찍하지는 않아도 기묘하기 그지없다. 길옆에서 이곳을 만난 것 또한 기이한 일이다. 웅덩이 위에 정자가 하나 있는데, 곧 무너질 듯하다.

[타박에서 뭍길로 태평부에 이르도록, 볼 때마다 등성이와 비탈이 빙글 휘감아돌고, 사방은 둥글게 에워싸인 채 가운데가 움푹 꺼져 있다. 움푹 꺼져 깊은 곳은 우물이 되고, 얕은 곳은 밭이 되었다. 이들은 위아래로 구멍을 달리하지만 서로 웅덩이를 함께 하고 있다. 대체로 다른 곳의 물이 골짜기를 돌아들어 흘러나올 경우, 물이 새어나오는 입구가 있기 마련이다. 그런데 오직 이곳만은 새어나오는 골짝물이 거의 눈에 뜨이지 않는다. 물이 모두 땅속으로 스며들었기 때문일 것이다. 구멍으로 곧장 떨어지는 경우에는 바닥 모를 정도로 떨어져내리고, 옆으로 통하는 경우에는 바닥이 평평하여 오곡을 심을 수 있다. 길가의 모습은 대체로 모두 이러했다. 다만 용정은 아래로 떨어져내려도 바닥이 있는지라, 내려가 구경할 수 있다.]

여기에서 남서쪽으로 산을 빠져나와 다시 4리를 걸었다. 강물이 호관의 동쪽 자락에서 북쪽을 향해 흘러온다. 물길을 거슬러 다시 남쪽으로 2리를 나아갔다가 등성이와 언덕을 올라 2리만에 호관에 닿았다. 관내에는 이전에 관을 지키는 집이 네댓 채 있었으나, 지금은 채재(茶齋)라는 노스님이 왼쪽에 영하암(映霞庵)을 짓고 또 뒤쪽에 차를 마시는 정자를 지어놓았다.

나는 오후 나절에 암자에 이르렀는지라, 그 안에 머물러 쉬었다. (채재는 북방 사람으로 나이는 예순한 살이며, 나라 곳곳을 두루 찾아다녔다. 먹는 것은 오직 싱거운 채소 두 사발 뿐이며, 쌀 낱알은 먹지 않는다. 이곳이 황량하고 쓸쓸한지라, 특별히 암자를 지어 뭇사람을 맞이하고 있다. 암자에서 쉬고 식사하는 이가 수십 명이며, 오래 지내더라도 인색하지 않았다. 채재의 법명은 여희如喜이고, 제자의 이름은 해윤海潤이다.)

호관은 태평부성의 북쪽 1리 남짓 되는 곳에 있다. 여강(麗江)은 서쪽의 용주에서 흘러와 호관의 서쪽에 이르러 남쪽으로 꺾인 뒤, 태평부성의 남쪽을 감돌아 동쪽으로 돌아들어 북쪽으로 나아가다가, 다시 호관의 동쪽에 이른 뒤 북동쪽으로 흘러간다. 호관의 동서 양쪽은 물길이 조여지는 곳으로, 마치 단지의 목과 같은 형상인데, 서로 떨어진 거리가 1리도 채 되지 않는다. 이것을 연결하여 담을 쌓고 가운데에 관문을 세워 북문의 요새로 만들었다.

요새 남쪽의, 강물이 굽이도는 부분은 마치 단지의 배와 같다. 부성은 이곳에 의지해 있다. 부성은 가로세로로 서로 떨어진 거리가 역시 각각 1리이며, 동·서·남쪽의 삼면은 모두 강에 닿아 있다. 부성 안의 집들은 황량하고 쓸쓸하며, 천호¹⁾의 아문은 온통 띠로 지붕을 이었다. 성밖에는 북동쪽에만 백성들이 기거하는 거리가 있고, 나머지는 한 눈에 보아도 모두 황량한 띠집들 뿐이다.

청련산(靑蓮山)은 부성의 북쪽 20여리 되는 곳에 있다. [겹겹의 산들이 북쪽으로 하늘을 반쯤 가리고 있다. 청련산의 갈래는 남쪽으로 뻗어 있는데, 동쪽으로 뻗어내리는 것은 곧 미낭령(媚娘嶺)이고, 서쪽으로 뻗어내리는 것은] 벽운동(碧雲洞)이다. [벽운동은] 호관의 정서쪽 20리에 있으며, 청련산 남쪽 아래의 갈래이다. [벽운동에는 바위 봉우리가 우뚝 솟구쳐 있다. 동굴은 봉우리 중턱을 꿰뚫고 있으며, 동굴 입구는 동쪽을 향해 있다.

먼저 북쪽 기슭에서 세 번을 꺾어 비탈을 올라 동쪽의 천문天門이라는 바위틈을 뚫고 나오면, 평대가 나타난다. 동굴 입구는 그 위에 치솟아 있으며, 입구는 좁고 높다. 동굴 속은 남쪽으로 돌아들자 드넓고 깊숙하며 어둡다. 위쪽은 산꼭대기로 뚫려 있는지라, 한 줄기 빛이 희뿌옇게 비쳐 내린다. 빛이 비치는 아래에 관음보살을 모신 불감이 북쪽을 향해 있다. 그 가운데에 불상이 앉혀져 있다. 불감의 뒤쪽에는 구덩이가 깊이 패여 있다. 횃불로 비추어보니 깊고도 어둡다. 또 하나의 구멍이 남쪽으로 뻗어가는데, 그 바닥을 알 수 없다. 이것은 아래층이다. 그 위층의 구덩이 너머의 남쪽에 뚫린 문이 있다. 문 앞에는 두 개의 기둥이 늘어서 있고, 위에는 두 개의 둥근 동이가 평평하게 올려져 있다. 이것은 '보분(寶盆)'이라 한다. 먼저 관음보살상의 오른쪽 벽에서 조그마한 구멍을 뚫고 남쪽의 구덩이 옆에 내려와, 두 기둥의 중간을 거쳐 보분 아래에 닿았다. 동굴 입구를 뚫고 들어가니, 처음에는 꽤 좁았다. 잇달아 두 겹의 문을 들어서서 차츰 동쪽으로 돌아들어 올라가자, 봉긋이 높고 드넓으며 빛이 아래로 쏟아져내린다. 남쪽을 향해 뻗은 문 하나는 하늘로 뚫린 구멍을 이루고 있다.

층계를 걸어올라 동굴 입구 밖으로 나오자, 역시 평대가 있다. 아래로 평탄한 구렁을 굽어보니, 동쪽을 향해 있는 입구와 다를 바가 없다. 관음보살상의 왼쪽 벽에서 서쪽으로 조그마한 구멍을 뚫고 구불구불 굽이져 들어갔다. 양쪽 벽은 비좁게 돌아들다가 낮게 엎드린 채 좁은 입구를 이루고 있다. 입구를 뚫고 들어가자, 홀연 위로 빙글빙글 솟은 모습이 마치 종을 엎어놓은 듯하다. 모두해서 네 곳의 입구를 들어갔다가, 빙글빙글 솟아오른 곳 역시 네댓 군데를 지나 나왔다.

관음보살상의 왼쪽 벽의 조금 북쪽에서 다시 서쪽으로 조그마한 구멍을 뚫고서 차츰 북쪽으로 돌아들자, 휑뎅그렁하게 가운데가 통해 있고 산그림자가 평평하게 스며든다. 입구 한 곳이 북쪽을 향한 채 갈라져 있는데, 이곳은 반룡굴盤龍窟이다. 이곳이야말로 동굴 속의 절경이다. 북쪽 입구 바깥에 벼랑의 바위가 산허리를 띠처럼 가로로 두르고 있다. 이 바위는 동쪽으로는 천문에 이르고 서쪽으로는 허공을 날듯한 벼랑 아래에 이른다. 또한 위쪽은 뒤덮여 있고 아래쪽은 움패어 있다. 벼랑은 그다지 높지 않으나 위아래가 온통 절벽인데, 가운데가 텅 빈 채 띠처럼 가로로 두른 곳은 마치 평탄한 복도나 층진 건물처럼 보인다. '뭇봉우리가 비췻빛을 드러내다(群峰獻翠)'라는 이름에 손색이 없다.

북쪽으로 깊이 움푹한 평지를 굽어보니 겹겹의 뭇산이 앞을 두르고 있다. 동쪽과 남쪽의 두 평대와 견주어 또다시 장관을 이루고 있다. 벼랑의 동쪽에서 꽃받침 모양의 바위를 기어올라 서쪽을 바라보았다. 봉우리 꼭대기는 연꽃잎 모양으로 들쭉날쭉하고, 가운데에 있는 바위 하나는 동쪽이 도려내진 채 휑하니 밝다. 덩굴이 높이 자라고 바위가 깎아지른 듯하여 기어오를 수 없다. 계속하여 반룡굴을 좇아 들어가 동쪽의 평대로 나와 동굴 남쪽을 쳐다보았다. 갈라진 봉우리와 쪼개진 벼랑이 골짜기를 빙 두르고 있다.

이에 나뭇가지에 매달리고 바위틈새를 붙잡아 기어올랐다. 골짜기의 봉우리가 한데 모인 곳에 이르자, 동쪽을 향한 동굴이 있다. 동굴 안에는 온통 우뚝 솟은 바위들이 허공에 모여 있고, 갈라진 틈새에 깊은 못이 있다. 깎아지른 듯 가파른지라 발을 내딛을 수 없고, 굽어보아도 그 밑바닥이 보이지 않는다. 돌멩이를 던져보니 소리가 쉬지 않고 똑똑히 들린다. 아래쪽은 바로 관음보살을 모신 불감 속의, 빛이 내리비치던 곳이다. 이곳에 이르러 동굴 밖의 절경은 비로소 끝이 났다.] 이 동굴은 지난날 이름이 없었으나, 만력(萬曆) 계축년²⁾에 참장을 지낸 고봉상(顧鳳翔)이 길을 내고 층계를 쌓은 뒤 벽운이라 이름을 지었다. 여강의 으뜸가는 절경이다. (고봉상은 화정현華亭縣 사람이다.)

백운암(白雲巖)은 호관의 정동쪽 4리 되는 곳에 있다. 길은 부성에서 동쪽으로 강을 건너는데, 이곳은 귀룡촌동(歸龍村峒)이다. (이곳은 강의 동쪽 언덕에 있다. 태평부의 강 너머는 강주에 속했다. 이 마을은 이전에 괴물이 강변에 출몰하여 강주와 태평부에 해를 끼쳤다. 사람들 가운데 그것을 제압하는 이가 없었는데, 사명부의 토사가 홀로 왔을 적에 그것을 죽인 덕분에 재해가 멈추게 되었다. 그래서 강주에서 이 귀룡촌동을 사명부에 넘겨주어 사명부에 속하게 되었다. 오늘날 이 동의 동쪽과 남쪽, 북쪽의 삼면은 모두 강주에 속하고, 서쪽은 강에 이르기까지 태평부이다. 태평부에 가까운 곳 가운데 오직 이 마을만은 멀리 사명부에 속하니, 이 또한 기이하다.)

석문당(石門塘)은 호관 바깥쪽의 북동쪽 반리 되는 곳에 있다. 노호암(老虎巖)은 호관 안쪽의 남서쪽 반리 되는 곳에 있다. 부성 안의 성황묘에 있는 동고[3]는 복파장군의 유물인데, 울리는 소리가 마치 범이 울부짖는 듯하고 모양이 대단히 기이하다. 듣자하니, 총독 아래의 각 도에서도 한두 개를 지니고 있는데, 모두 땅속에서 얻어낸 것이라고 한다. 토박이들은 이를 대단히 소중하게 여기는데, 간혹 그것을 파낼 경우 백마리의 소와 바꿀 만한 값어치가 있다고 한다.

---

1) 천호(千戶)는 고대 무관의 명칭이다.
2) 만력 계축년은 만력 41년으로 1613년이다.
3) 동고(銅鼓)는 중국 고대의 남방에 거주하는 소수민족이 사용했던 기물로서, 구리로 제작되었다. 겉에는 도안이 부조되어 있고, 한 가운데는 햇빛 모양이며, 가장자리에는 개구리나 물고기, 소 등이 입체적으로 장식되어 있다. 겉의 도안은 남방 소수민족의 다채로운 사회상을 반영하고 있다. 이 기물은 취사용의 구리솥에서 발전하여 통치권력의 상징물로 사용되었으며, 후에는 오락 악기로도 쓰였다.

10월 초닷새

아침 식사 후, 곧바로 홀로 귀룡촌동으로 건너갔다. 4리를 걸어 서쪽의 백운암을 따라갔다. 황량한 비탈에는 우거진 잡초가 길을 막았다. 잡초가 머리끝까지 뒤덮고 얼굴을 가리는지라, 위로는 쳐다볼 수도 없고, 아래로는 풀의 까끄라기가 양말과 바지 사이로 뚫고 들어와 발걸음을 옮길 때마다 바늘에 찔리는 듯하여 잠시도 참을 수 없었다. 몇 걸음을 걷다가 양말과 바지를 벗어 털어내어 깨끗이 하고서야, 겨우 다시 발걸음을 옮기건만, 이내 다시 마찬가지였다.

얼마 가지 않아 한 줄기 자그마한 물길이 남동쪽의 골짜기에서 흘러나와 북쪽의 백운암 앞을 휘감아 돌았다. 위에는 등나무 덩굴이 뒤덮여 있고, 아래에는 물속 진창이 밟히는지라, 옷을 걷어부친 채 건너기가 몹시 버거웠다. 시내를 넘어 백운암 아래에 이르렀다. [봉긋 솟은 벼랑이 드높이 펼쳐져 있는데, 아래쪽은 병풍처럼 가파르고, 암벽의 색깔은 옥보다 더 맑고 투명하다.

벼랑 남쪽의 깎아지른 듯한 절벽의 중턱에는 네댓 개의 동굴이 늘어서 있다. 크기는 일정치 않으나 모두 서쪽을 향해 있다. 남쪽의 동굴 하나는 꽤 크다. 아래에 층층이 겹쳐 있는 동굴은 그다지 깊거나 어둡지 않다. 위쪽 동굴은 안이 텅 비어 있고 바깥은 깎아지른 듯하여, 바라보기에 아늑할 듯하다. 하지만 끝내 기어올라 쉬지는 못했다.

남쪽으로 반리를 더 나아가자, 대단히 커다란 동굴이 서쪽을 향해 있다. 동굴 앞에는 커다란 바위가 엇비낀 채 떠받치고 있다. 바위틈을 따라 동굴 입구를 뚫고 들어갔다. 웅덩이가 움푹 꺼져 있는데, 삼백 명은 능히 수용할 만하지만, 안에는 옆으로 통하는 구멍이 없다.

동굴 북쪽에 조그마한 오솔길이 있다. 동쪽으로 산골짜기에 오르자, 길 양쪽에는 깎아지른 듯한 바위가 나란히 솟구쳐 있다. 층계를 기어올라 산속 움푹진 곳을 넘자, 움푹 꺼져내린 웅덩이가 있다. 나무에 가려 있는지라 그 가장자리가 보이지 않는다. 그 북쪽에 솟구쳐 있는 층층의 봉우리, 그리고 서쪽으로 굽어보이는 강줄기와 성가퀴가 모두 발아래에 있다.

다시 북쪽으로 쭉 나아가 백운암 꼭대기로 나왔다. 움푹 꺼진 곳에 웅덩이가 많기는 하지만,] 가시덤불과 덩굴이 빽빽하여 길을 찾을 수 없는데다가, 물어볼 만한 이도 없는지라 이리저리 서성거릴 따름이다. 날은 어느덧 정오가 지나 있었는데도, [암벽 중턱의 동굴에도 내려오지 못했다. 이곳의 동굴은 길이 황폐하여 유별나게 고생했다. 만약 동굴 밖에 사다리를 매달아 놓거나 가운데 구멍에 돌층계를 쌓는다면, 그 굽이도는 기묘하고 멋진 경관이 벽운암보다 훨씬 나을 것이다.]

계속해서 서쪽으로 2리를 나아가 귀룡촌동을 나왔다. 남쪽의 강언덕을 거슬러 3리를 걸어 금궤산(金櫃山)과 장군산(將軍山) 사이에 이르렀다. [금궤산은 강을 굽어보면서 높이 솟구쳐 있다. 벼랑 위의 동굴은 가운데가 휑뎅그렁하여 수백 명의 사람을 들일 수 있다. 띠풀과 가시덤불이 길을 가로막아] 끝내 금궤산의 바위동굴은 찾을 길이 없었다. 그 북쪽과 동쪽, 남쪽의 삼면을 세 번이나 돌고, 또한 그 산마루를 두 번이나 넘었다. [강변의 성을 마주보니 마치 거울 속에서 수염과 눈썹을 보듯이 분명하다. 동쪽은 장군산인데, 한 조각 벼랑이 봉우리 머리맡에 선 채로 강을 맞이하고 있다. 나라를 지키는 방패와 성처럼 위풍당당한 기세이다. 부성 사방을 둘러보니, 봉우리 가운데 유별나게 우뚝 치솟기로는 이곳이 으뜸이다.]

산을 내려와 동쪽 관문에서 나룻배를 기다렸다. 어느덧 날이 저물어 나룻배는 더 이상 오지 않는 터에 몹시 배가 고팠다. 잠시 후 북쪽을 바라보니 배 한 척이 동쪽으로 건너오기에, 강을 따라 돌을 밟으면서 1리 만에 그곳에 닿았다. 그러나 그 배는 서쪽으로 돌아가버렸다. 한참이 지나 고깃배 한 척을 구해 강을 건너 서쪽으로 갔다. 바나나를 파는 이가 보이자, 밥을 구할 짬이 없겠기에 바나나 십여 개를 사먹었다. 서둘러 호관으로 가는 길에, 산비가 느닷없이 내렸다. 저녁 어스름도 찾아들었다.

10월 초엿새

나는 귀순(歸順)과 남단(南丹)의 두 길 가운데 어느 길로 갈지 아직 결정하지 못했다. (나는 귀순에서 부주富州로 가고자 했는데, 뭇사람들이 남단을 거쳐 귀주로 가야 한다고 권했다. 아마 귀주는 멀고 부주는 가까우며, 귀주는 통행할 수 있고 귀순은 고평이高平彝에게 가로막혀 있기 때문이리라.) 반씨(班氏)의 신묘(神廟)에 가서 점을 쳐서 결정하기로 했다. (신묘는 대서문大西門 밖에 있으며, 강을 굽어보고 있다. 신묘의 신령은 부성에서 영험하다고 널리 알려져 집집마다 그를 모셔 제사를 드린다. 이곳에 부임하는 벼슬아치들 가운데 그 신령을 받들어 모시지 않는 이가 없다.)

점을 치고 나자, 유생 몇 사람이 신묘 안에서 제사를 드리고 있기에 귀순으로 가는 길을 물었다. 연세가 지긋하신 한 분이 즉시 나를 위해 글을 써주었다. 서로 잘 아는 토사에게 보내는 글이었다. 내가 그 분의 성함과 별호를 여쭈니 등긍당(滕肯堂)이라 한다. (이름은 조창祚昌이다.) 그들 가운데 가장 나이가 젊은 이는 그의 아들 등빈왕(滕賓王)인데, (이름은 좌佐이다.) 성안의 천호소 앞에 살고 있다. 나는 이에 그의 집을 찾아가기로 약속하고서 영하암(映霞庵)으로 돌아와 식사를 했다.

횃불을 가지고 호관을 나와 서쪽으로 강언덕을 거슬러 1리만에 연무장 북쪽에 이르렀다. 다시 서쪽으로 1리를 더 나아가 벽운동을 찾아가 네 차례나 드나들며 이리저리 둘러보고서 영하암으로 되돌아왔다. 날이 오후에 접어들자, 등긍당이 이미 돌아왔겠거니 여겨 성으로 들어가 그의 집으로 찾아갔다.

등긍당은 한 눈에 마음이 맞아 정담을 나누더니, 곧바로 붙들어 술을 권했다. 그의 술은 자못 맛이 좋았다. 아마 경구(京口)주인 듯하고, 그의 차는 송라차(松蘿茶) 가운데의 하품인데, 모두 이 일대에는 없는 것들이다. 이야기를 나누면서 등긍당이 이렇게 말했다. "귀순에서 가시려면 반드시 참장의 병부(兵符)를 얻어 가시는 게 좋을 것입니다. 내일 아침에 제 아들과 함께 그를 찾아뵙지 않으시겠습니까?" 나는 못난 사람이라고 사양했다. 등긍당은 "정 그러시다면 편지 한 통을 써주시겠습니까?"라고 말했다. 나는 고개를 끄덕였다. 내일 편지를 보내주기로 약속하고서, 이내 그와 작별하여 호관으로 돌아왔다.

10월 초이레

비가 부슬부슬 내리고 추위가 몹시 심했다. 채재 스님께서 내가 홑옷을 입고 있는 것을 보시더니 겹옷을 벗어 나더러 입게 해주었다. 그제야 밖에 나와 바람을 쏘였다. 아침 식사를 마친 후 등긍당이 왔다. 그와 작별한 후 나는 참장에게 보내는 편지를 썼다. 밥을 먹고서 그의 집에 갔다. 그는 호관에서 헤어진 후 곧바로 배에 올라타 아들과 함께 타지로 외출한 상태였다. 날이 곧 저무는데도 그가 돌아오지 않는데다 비까지 다시 내리는지라, 나는 더 이상 기다릴 수 없어 호관으로 되돌아 왔다. 비가 조금 그치자, 서쪽의 노호암을 찾아갔다. 웅덩이를 내려가고 풀숲더미를 헤치며 나아갔지만, 끝내 찾아내지는 못했다.

10월 초여드레

다시 등긍당의 집에 가서 참장에게 보내는 편지를 그에게 건네주었다. (참장은 성이 장章이고 이름은 역易이며, 회계현會稽縣 사람이다. 그는 정과의 전시에 합격하여 호과에 배치되었는데, 신미년[1]에 우리 집안의 사람과 함께 등과했다.) 등긍당은 또다시 나에게 식사를 하라면서 만류하더니, 못에서 그물로 물고기를 잡았다. (못은 문 앞에 있다. 물고기는 크고 작은 두 종류가 있는데, 큰 것은 연어이고 작은 것은 잠어이다. 잠어는 맛이 담백하고 비린내가 나지 않았다. 이른바 '항어'라는 것을 물어보았으나 없었다.) 나무에서 홍귤을 따서 갈랐다. (이 홍귤은 레몬과 흡사한데, 과육은 희고 껍질은 두껍지 않아 조각조각 쪼개 껍질 채 먹는다. 과육과 껍질 모두 달콤하고 향기로와 뭇 홍귤과는 달랐다.)

등긍당은 나에게 그가 지나온 삶을 죄다 들려주었다. (등긍당은 어렸을 적에 학관에서 양곡을 배급받았다. 그는 사람됨이 시원시원하고 의협의 기골을 지니고 있었다. 예전에 외사촌인 효렴孝廉[2] 사씨謝氏와 감정이 썩 좋지 않았다. 사씨가 죽은 후 사씨 집안이 독을 넣었다고 등긍당을 무고하자, 등긍당은 부검을 요구하여 자신의 억울함을 씻어냈다. 이로 인해 사씨 집안은 몹시 난처해졌다. 당시 효렴의 아우는 남녕부 사리의 속관을 지내고 있었는데, 효렴 사씨의 시험관이었던 조趙씨가 복건福建 장주漳州 사람으로 마침 권력을 장악하고 있었다. 그래서 그는 상사를 찾아가 없는 죄를 날조하고, 아울러 부성의 관원을 비방하고 위소의 관병을 구타했다는 등의 있지도 않은 일로 중상했다. 등긍당은 마침내 파면당하여 흠주欽州에서 수자리를 살게 되었다. 얼마 지나지 않아 고향으로 돌아왔으나, 다시 관리들의 중상모략이 그치지 않았다. 이로 인해 웅장한 기개는 끝내 죄다 사그라지고 수염과 귀밑머리가 온통 허옇게 세고 말았다. 그의 아들 역시 나이 젊은 유반[3]으로 이 일대에서 남달리 재주가 뛰어난 사람인지라, 이 일대 사람들이 모두 그를 '백미白眉'라 떠받들었다.)

또한 나에게 어찌하여 이곳에서 잠시 학관을 열지 않는가라고 말하면서, 학관의 여러 벗 모두가 월급을 주어 받들 터이니 이를 노잣돈으로 삼을 수 있으리라고 했다. 나는 다시 한 번 능력이 모자란다며 사양했다. 호관에 돌아오자, 어느덧 저물녘이었다.

남녕부의 숭선사에서 오신 스님 한 분이 계셨는데, 정문 스님이 지난달 28일 자시에 세상을 떠나자 이 스님이 몸소 화장해주었다고 한다. 그가 세상을 떠난 날이 나와 이별한 지 겨우 닷새밖에 되지 않았는데, 운백이 끝내 그를 위해 관조차도 마련해주지 않았다니, 남겨둔 돈과 옷상자를 도대체 어느 누가 몽땅 삼켜버렸단 말인가? 그를 위해 슬퍼해 마지않았다. 밤새 내내 잠을 이루지 못했다.

---

1) 신미년(辛未年)은 숭정(崇禎) 4년인 1631년이다.
2) 효렴(孝廉)은 명청대에 거인(擧人)을 일컫던 명칭이다.
3) 명청대의 과거제도에 따르면, 주현(州縣)의 시험을 거쳐 생원에 뽑힌 자들은 학관에서 공부했는데, 이들을 유반(游泮)이라 일컫는다.

10월 초아흐레

점심을 먹은 후, 다시 성에 들어가 참장에게 올린 글에 대한 답신을 기다렸다. 그런데 등긍당은 뭇사람을 모아 나를 붙들어 이곳에 학관을 열라고 할 작정이었기에, 곧장 글을 올리지 않았다. 내가 올린 글은 곧바로 성이 방(方)씨인 공생에게 뜯겨졌다. 나의 글은 처음 베껴진 뒤 여러 사람의 손을 거쳐 한참이 지난 뒤에야 나의 손에 들어왔다. 이에 다시 글을 봉하여 그에게 어서 올려달라고 부탁하면서, 절대로 이곳에 머물러 있지 않겠노라고 했다.

10월 초열흘

아침 식사 후 길을 나서 석문을 구경했다. 오전에 등긍당의 집에 이르러 자리에 막 앉으려는데, 등빈왕이 참장이 나를 초대한다는 편지를 가져왔다. 나는 그의 초대를 극구 사양했다. 잠시 후 참장부의 중군 당옥병(唐玉屛, 이름은 상주尙珠이며 전주 사람이다)이 마패를 내게 보내왔다. 나는 참장부에 가서 명함을 바치고서 등씨 집으로 돌아와 식사를 했다. 비가 끝내 그치지 않았다. 이날 밤은 등씨의 객사에서 묵었다.

10월 11일

비가 내렸다. 등씨 집에서 식사하고 쉬었다.

10월 12일

비가 내렸다. 등씨 집에서 식사하고 쉬었다. 저물녘에 비가 조금 그치자, 작별을 고하고서 호관의 영하암에 갔다. 이날 밤에 비가 더욱 세차게 내렸다.

10월 13일

비로 호관에 갇혔다.

10월 14일

여전히 비에 갇혔다. 나는 타박으로 고행(顧行)을 부르러 갈 작정이었다. 그러나 길이 진창인데다 풀이 물기를 머금었는지라 머무른 채 가지 않았다.

10월15일

전과 다름없이 비가 내렸다. 멀리서 온 스님 세 분이 호관에서 타박으로 간다기에 비로소 고행에게 글을 부쳐 보낼 수 있었다. 그에게 짐꾼을 불러 짐을 가지고 부성으로 오라고 명했다.

10월 16일

밤비가 더욱 세차게 내리더니 아침이 되도록 그치지 않았다. 나는 이불을 끌어당겨 머리까지 뒤집어 쓴 채 깊이 잠들었다가, 암자의 스님이 식사하라고 불러서야 일어났다. 식사 후 날이 문득 갰다. 중천에 뜬 해가 사람을 끌어내는지라, 관문 앞에서 이리저리 거닐고 있노라니 고행이 왔다. 타향에서 헤어진 지 벌써 열흘이 지났으니, 그를 만나자 몹시 기뻤다. 즉시 서둘러 역참의 말과 짐꾼을 구하라 하고, 18일에 길을 떠나기로 약속했다.

10월 17일

아침에 몹시 추웠다. 자리에서 일어나 날이 밝으려는지 어떤지를 보니, 붉은빛의 밝은 해가 떠올라 흐릿하고 은은히 비추고 있었다. 햇무리인가 싶은데, 또한 비가 내릴 징조일까 걱정스러웠다. 몹시 추운지라 그냥 이불을 뒤집어쓰고 누워 있었다. 얼마 있다가 파란 하늘이 씻은 듯하고 막 떠오른 태양이 밝고도 맑았다. 이에 일어나 식사를 했다.

성에 들어가 등씨와 작별인사를 나누려 했다. 그런데 등씨 부자가 모두 출타했는지라, 다시 영하암으로 돌아와 식사를 했다. 저녁에 성에 들어가 그를 기다렸다. 마침 돌아온 등씨는 붙들어 술을 조금 마시고, 나를 위해 각 토주에게 보내는 편지를 썼다. 한밤중에야 끝이 날 듯했다. 나는 그와 헤어져 암자로 돌아와 묵었다.

10월 18일

날이 채 밝기 전에 성에 들어가 등씨가 써준 편지를 받으러 갔다. 북쪽 관문에 이르니 역참의 말이 이미 와 있었다. 나는 하인 고씨에게 말과 함께 호관으로 돌아가 기다리도록 했다. 등씨 역시 사람을 시켜 써놓은 편지를 보내왔다. 나는 성에 들어가 작별인사를 나누고 암자로 되돌아와 식사를 했다. 채재 스님 역시 돈을 보내왔다.

드디어 호관에서 북쪽으로 길을 떠났다. 호관 밖에는 세 갈래 길이 있다. 북동쪽 길은 타박을 향해 좌주로 뻗어 있는데, 이 길은 지난번에 따라왔던 길이다. 북서쪽 길은 반마(盤麻)를 향해 용주로 뻗어 있는데, 벽운동을 유람할 적에 거쳤던 길이다. 이번에는 그 가운데 길을 취했다. [태평주로 가는 길이다.] 5리를 가자 차츰 산골짜기로 들어섰다. 다시 5리를 걸어 공활한 골짜기를 지나자, 대단히 드넓고도 황량하여 밭으로 경작된 곳이 없다. 3리를 더 나아가 골짜기가 끝나자, 몇 채의 인가가 길 왼쪽에 있다.

이에 서쪽으로 꺾어 2리를 걸어 누답경(樓畓峽)[1]을 올랐다. 양 옆의 산벼랑은 깎아지른 듯 치솟고, 양쪽이 비좁아 바짝 붙어 있다. 비록 그다지 높지는 않지만, 삐죽삐죽한 바위가 늘어서 있는지라 험준하게 느껴졌다. 비좁은 어귀를 넘어 약간 서쪽으로 내려가자, 문득 못이 한 곳 나타났다. 고인 물이 관문을 이루고, 수십 가구가 못에 기대어 있다.

서쪽으로 골짜기 속을 따라 3리를 나아가 이경(二峽)을 넘었다. 이경은 누답경보다 곱절이나 높았다. 서쪽으로 내려가자, 갑자기 벼랑의 바위가 깎아지른 듯 가파르고, 벼랑 사이의 움푹한 평지는 더욱 깊다. 북쪽으로 1리를 나아가 대경(大峴)에 오르자, 곱절이나 더 가파르다. 움푹 꺼진 곳을 넘어 북쪽으로 내려갔다. 골짜기의 절벽은 구름을 뚫고 해를 가리고 있다. 1리를 가자 움푹한 평지의 끝자락은 서쪽으로 돌아들었다. 그 북쪽의 사방의 산은 가운데가 움푹 꺼진 채 웅덩이가 져서, 깊이를 헤아릴 길이 없는 못을 이루고 있다.

다시 서쪽으로 1리를 나아가 비좁은 어귀를 넘어 서쪽으로 내려갔다. 높다랗게 매달린 층계가 겹겹의 벼랑 사이를 빙글빙글 휘감아돌면서 산기슭까지 쭉 뻗어 있다. 층계가 천 개만이 아니었다. [고찰에 따르면 부성 북쪽에 탕평애(蕩平隘)가 있는데, 청련산이 갈라져 골짜기를 이룬 것이라고 한다. 남동쪽의 누답경에서부터 북서쪽의 이곳에 뻗어 나오고, 이 가운데에 경(峴)을 이룬 것이 모두 네 겹이다. 양쪽 벼랑이 겹겹이 이어지고, 물은 모두 구렁 바닥의 구멍에 떨어져 내린다. 그런데 물이 흘러나가는 틈이 없는지라 참으로 꽉 막히고 비좁기 짝이 없다.]

층계를 내려와 산기슭을 따라 북쪽으로 나아갔다. 깊숙한 구덩이가 평탄한 벌판 속에 걸려 있다. 아래는 마치 함정처럼 움푹 꺼지고, 위는 선과 같은 골짜기가 열려 있다. 골짜기는 남북으로 갈라져 있으며, 그 가운데에 다리처럼 걸쳐져 있는 바위를 경계로 둘로 나뉘어 있다. 그 남쪽에는 따라 내려갈 수 있는 층계가 있고, 샘물이 콸콸 흐르고 있다. 힐끗 하늘빛을 올려다보니, 마치 옹기 구멍의 들창을 밟고 있는 듯하다.

북쪽으로 밭두둑 사이를 걸어 5리를 나아가자, 움푹한 평지의 끝자락에서 산은 돌아든다. 다시 서쪽의 고개 한 곳에 올랐다가 내려와, 겹겹의 골짜기 속을 거닐었다. 5리를 걸어 산에서 나오자, 산은 비로소 나란히 치솟고, 그 사이에 우뚝 솟은 수많은 봉우리가 끼어 있다. 다시 5리를 나아가자 능구(陵球)가 나왔다. 띠집 두 채가 있다. 술을 팔고 죽을 끓이는 가게이다. 여기는 이곳 역참의 중간이다. 다시 북서쪽으로 7리를 나아가 토지둔(土地屯)을 지나자, 마을이 자리잡은 움푹한 평지가 길 왼쪽의 산비탈 북쪽에 있다.

다시 2리를 나아갔다. 조그마한 물길이 동쪽의 토지둔 북쪽 고개의 골짜기에서 흘러나와 남서쪽으로 흘러간다. 물줄기를 가로질러 서쪽으로 건너 고개에 올라가자, 콰르릉콰르릉 요란한 물소리가 멀리 산골짜기에 메아리쳤다. 방금 건너온 물길의 상류이리라 생각했다. 홀연 길 오른쪽에 커다란 시내가 흉용했다. 시내의 너비는 용강의 절반이며, 북서쪽에서 남동쪽으로 쏟아진다. 하류는 조그마한 시내와 합쳐져 흘러가고, 상류는 둑의 바위에 걸린 채 흘러내린다. 마치 눈꽃이 휘날리고 우레가 울리는 듯하다.

모두 2리를 걸어 사파촌(四把村)에 이르렀다. 이곳은 바위둑이 흐름을 가로막은 곳이다. 대체로 이 강은 귀순주에서 발원하여 안평주(安平州) 경계에 이른 뒤, 양리주와 은성주(恩城州)의 물길과 합쳐져 산골짜기를 감돌아 이곳에 이르러 네 겹의 둑을 지난다. 파(把)로 물길을 끊은지라 '파'라 일컬으며, 오늘날에는 흔히 둑의 의미로 '수패(水壩)'라 부른다. [숭선현의 하구인 면부촌(綿埠村)으로 흘러내려 용강에 흘러든다. 하구는 태평부성의 서쪽 70리에 있다.]

다시 서쪽으로 돌아들어 2리를 나아갔다. 물길의 남쪽에 멋지게 치솟은 층층의 봉우리가 푸른빛과 비취빛을 끌어모으고 있으며, 물길 가까이에는 조그마한 봉우리가 외로이 불쑥 솟아 있다. 봉우리의 아래쪽은 비스듬히 들려 있고 위쪽은 나뉘어 갈라져 있다. 성난 물길이 그 발치를 철썩이고 있다. 물길의 북쪽에는 거대한 봉우리가 우뚝 치솟아 웅크리고 있다. 마치 하늘을 가로막고 있는 듯하다.

길은 우뚝 치솟은 봉우리의 동쪽에 이르러 북쪽으로 돌아든다. 그 북쪽 기슭을 따라 모두 5리를 나아가 그 서쪽으로 나오자, 마을이 강을 굽어보고 있다. 이곳은 나반촌(那畔村)이며, 숭선현의 북쪽 경계이다. 다시 5리를 나아가 고산촌(叩山村)에 이르렀다. 이곳은 태평주에 속한다. 다시 북서쪽으로 7리를 나아가 저물녘에 태평참(太平站)에 이르렀다. 태평참은 산기슭에 외로이 기대어 있는데, 담을 두른 채 세 칸짜리 집만이 있다.

집은 흙이 무너지고 띠풀이 떨어져 나가 바람과 햇빛을 가리지 못하고, 식사를 하자니 식탁이 없고 누워 잠을 자자니 침상이 없다. 참으로 기가 찰 노릇이다.

이에 앞서 짐꾼은 토지둔에 이르자마자 마을로 들어갔다. 짐꾼을 교체하려 한 것이다. 하인 고씨가 그를 따라 갔다. 나는 말을 타고서 먼저 태평참에 이르러 있었다. 그런데 날이 저물고서 한참동안 하인 고씨와 짐을 기다렸으나, 오지 않아 적이 걱정스러웠다. 일경(一更)이 되어서야 세 사람을 보내왔다. 그제야 간절했던 바람이 이루어진 듯했다. 이날 밤 달은 씻은 듯이 밝았다. 낡은 역참 속에 누워 있자니 마치 얼어붙은 단지 속에서 몸을 씻는 듯했다. 오경이 되어 사나운 바람에 추위를 견딜 수 없어, 이불을 머리끝까지 뒤집어쓴 채 누워 잠이 들었다.

---

1) 경(岭)은 불룩하게 솟은 채 길게 이어진 두둑 모양의 지세를 가리킨다.

10월 19일

새 햇살이 밝고 아름다웠다. 사방의 높은 산은 씻긴 듯이 맑으니, 마치 연꽃에 빛이 어린 듯하다. 서쪽으로 10리를 나아가 강을 건너자, 곧바로 태평주이다. 수천 가구가 줄지어 늘어선 채 강의 서쪽 언덕에 기대어 있다. 남서쪽에 봉우리가 있는데, 온통 깎아지른 듯 가파르게 한데 모여 있다. 북서쪽에는 봉우리 하나가 주성(州城)의 뒤쪽에 우뚝 솟아 있다. 봉우리 아래에는 남쪽을 향해 있는 동굴이 있고, 동굴 입구에는 거대한 바위가 중간에 불쑥 튀어나와 있다. 말을 탄 채로 그 앞을 지나면서도 들어가 살펴볼 겨를이 없으니, 몹시 안타까웠다.

태평주 주성의 주택들은 모두 띠풀을 얹고 흙담을 쌓았다. 오직 관아만이 기와를 얹었으나, 그다지 웅장하지는 않다. 이곳에 온 나그네는 열쇠 관리인에게 객사를 안내받는다. 명함을 건네주고서 들어가자, 곧바로 명함을 들고 나와 답례하면서 여비를 주었다. 이 날은 객사에서 보내온 밥을 먹었다. 길을 나서지는 못했다.

10월 20일

아침에 객사에서 죽을 먹었다. 다시 밥을 지어먹은 후 길을 나섰다. 어느덧 오전이었다. 북서쪽으로 흙담의 좁은 문을 나와 남북의 두 산 사이를 나아갔다. 그 가운데의 평탄한 들판은 서쪽으로 뻗어 있고, 논밭의 두둑이 물고기 비늘처럼 쭉 이어져 있다. 더 이상 띠풀로 가득한 황량한 경관은 아니었다. 홀로 우뚝한 봉우리의 동굴 입구의 남쪽을 지나 3리를 가서 조그마한 돌다리를 넘었다. 마을의 집들이 서로 마주하고 있는데, 강소성(江蘇省)과 절강성(浙江省)의 산골마을과 다를 바가 없다.

다시 3리를 나아가 다리 하나를 막 지나서 다시 다리 하나를 건넜다. 서쪽 산언덕의 길 왼쪽에 구리종이 엎어져 있다. 그 몸체가 대단히 크다. 전해지기로는 무게가 삼천여 근이나 되며 남쪽의 교지에서 날아온 것이라고 한다. 현지 사람들은 그것의 연대를 알지 못하지만, 형태나 색깔이 거푸집에서 막 빚어낸 듯 비바람이나 햇빛에 부식된 흔적이 조금도 없다. 경이롭게 여길 만하다. 하지만 손잡이 부분은 사천 사람들이 파내어 가져가고 말았다. 토박이들은 "다리 아래 산골물 속에 종이 더 있는데, 어지러이 널린 돌무더기에 묻혀 있어서 살펴보아도 가려낼 수가 없다"고 말했다.

다시 북서쪽으로 1리를 나아가자, 문득 서쪽에서 동쪽으로 흘러가는 물줄기가 보였다. 다시 2리를 가자, 북쪽에서 강으로 흘러드는 물길이 있다. 물길 위에는 두 개의 돌다리가 걸쳐져 있다. 이 물길은 앞의 물줄기보다 제법 큰 편인데, 남쪽의 산봉우리 사이에서 솟구쳐 흘러나오는 것이다. 다시 북서쪽으로 5리를 나아가 두 개의 다리를 지나자, 세 줄기의 물길이 남쪽에서 흘러와 만나서 북쪽의 강으로 흘러든다. 이곳의 벼는 풍요롭기 그지없다. 남쪽 산의 물줄기가 가져다준 혜택이리라.

　다시 2리를 나아가자, 평탄한 들판은 서쪽에서 끝이 난다. 두 개의 바위봉우리가 남북의 두 산 사이에 경계를 짓고 있다. 마치 관문을 가로막고 있는 듯하다. 그 가운데를 뚫고서 서쪽으로 나아가 1리를 더 가자, 조그마한 도랑이 남쪽의 산에 이어져 있다. 이곳은 태평주의 서쪽 경계이다. 이곳을 넘어 안평주의 경내로 들어서자, 길 오른편의 산언덕 비탈 사이에 마을이 또 있다.

　다시 서쪽으로 2리를 나아가 안평주에 닿았다. 안평주의 북동쪽에 있는 물길은 안평주 주성 앞까지 비스듬히 흐르다가 남동쪽의 태평주로 달려간다. 또 다른 한 줄기의 물길이 서쪽에서 흘러와 주성 오른편을 감돌아 흘러가다가 북쪽으로 돌아들어 강으로 흘러든다. 이 물길은 바로 『지』에서 말한 농수(隴水)임에 틀림없다.

　그 남서쪽에 벽처럼 치솟은 산이 있고, 그 산 아래에 신선이 살 듯한 동굴이 봉긋 솟아 있다. 동굴 입구는 북쪽을 향한 채 높다랗게 훤히 트여 있다. 동굴의 꼭대기는 팽팽히 붙들어맨 휘장처럼 평평하고, 사방의 구멍 뚫린 벽은 영롱한 빛을 띠고 있으며, 모서리의 잔도는 오르락내리락한다. 동굴 뒤의 높다랗게 걸린 암벽 위에는 관음보살상 하나가 앉혀져 있는데, 구름을 타고 안개를 손에 쥔 듯 황홀했다. 관음보살상 아래에 바위 하나가 가운데에 매달려 있다. 바위 아래에는 두 개의 구멍이 열려 있고, 위에는 겹겹의 누각이 걸쳐져 있으며, 안에는 또 가로로 훤히 트인 채 동굴을 이루고 있다.

　그 오른쪽 구멍을 따라 들어가 틈새를 끼고서 동쪽으로 돌아들자, 대단히 비좁고 깊숙했다. 어둡고 꽉 죄는지라 그만 나오고 말았다. 매달려 있는 바위 너머의 오른쪽에 동굴 입구가 갈라져 있는데, 동쪽 기슭으로 쭉 뚫려 있다. 왼쪽으로 층계를 오르다가 동쪽을 따라 굽이돌았다. 이어 걸쳐진 다리와 허공에 뜬 잔도를 타고서 드디어 매달려 있는 바위의 꼭대기로 나왔다. 그 위에는 둥근 돌그릇 하나가 있다. 지름은 한 자 남짓이고 깊이는 네 치이다. 온통 종유석이 엉켜 이루어진 것이다. 새기고 뚫는다 해도 이것에 미치지는 못할 것이다. 그 곁에는 돌바둑판과 돌침 대가 있다. 도끼로 약간 깎은 것이다.

서쪽을 따라 들어가자 깊숙한 구멍과 깊은 골짜기가 나왔다. 잠시 후에 남쪽으로 돌아들자, 캄캄하여 아무 것도 분간할 수 없었다. 그러나 그 밑바닥은 꽤 평탄하고 골짜기는 자못 비좁은지라 더듬더듬 나아갔다. 한참 후 홀연 남쪽에 은은한 빛이 비쳤다. 그 빛을 바라보면서 앞으로 나아갔다. 남동쪽으로 향해 있는 동굴 입구가 나왔다. 암벽을 뚫고 나가자, 입구 안은 약간 평평하게 쭉 뻗어 있고, 남쪽으로 또 아득한 골짜기를 이루고 있다.

골짜기로 들어서자 차츰 비좁아졌다. 계속해서 나아가자 약간 편안한 곳에 이르렀다. 남동쪽의 동굴 입구를 나왔다. 입구는 매우 좁고, 입구 바깥에는 봉긋 솟은 암벽이 높이 매달려 있다. 남쪽의 평탄한 구렁을 바라보니, 앞의 동굴과는 사뭇 다르다. 한참 후 다시 어둠속에서 돌아들어 앞의 동굴로 나왔다. 벽 사이에 화주(和州)의 관리인 이후(李侯)가 지은 몇 수의 시가 어지러이 새겨져 있다. 그 가운데에서 「추쇄수(鄒灑洙)」 한 수만이 읽을 만했다. (나 역시 두 수를 지어 화답했다.)

잠시 후 동굴을 나와 안평주 주성 앞을 거닐었다. 이곳의 저택은 태평주의 저택에 비해 더욱 가지런했지만, 민가는 미치지 못했다. 객사는 기와를 얹어 비바람을 제법 가릴 수 있었다. 그러나 안평주 주성은 커다란 마을인데도, 좁은 문과 흙담만 있을 뿐 기와지붕은 없었다. (태평주의 관리인 이은사(李恩祀)는 여비를 보내주었다. 안평주의 관리인 이명만(李明輓)은 명함만 있을 뿐이었다. 그는 태평주 관리의 조카뻘이다.)

10월 21일

아침 식사 후 오전에야 짐꾼을 구해 은성주(恩城州)로 떠났다. (비로소 말 타던 것을 수레로 바꾸었다.) 대체로 은성주는 안평주의 북동쪽에 있으며, 안평주에서 북서쪽의 하뢰주(下雷州, 남녕부에 속한다)까지는 하루 반나절 이면 갈 수 있다. 그러나 북동쪽의 은성주로 갔다가 용영주(龍英州)를 거칠 경우, 하뢰주까지는 나흘이 걸린다. 다만 안평주에서 서쪽의 하뢰주의 경계에 이르는 지역은 교이(즉 고평)와 맞붙어 있는데(이른바 십구경十九峽이다), 지금 교이가 약탈을 행할까 염려스러운데다 나무로 길을 가로막고 있는지라 에둘러 용영주로 가지 않으면 안된다.

안평주에서 동쪽으로 1리를 가자 강과 마주쳤다. 서쪽에서 동쪽으로 흐르는 이 물길은 귀순주와 하뢰주에서 발원하는데, 곧 『지』에서 일컫는 바의 나수(灑水)이다. 물살은 약하여 태평주의 절반 정도였다. 대체로 양리주와 은성주를 지나온 물길은 물살이 이 물길과 비슷하다. 이 두 물길이 하류에서 합쳐져 태평주에 이르렀다가 옛 숭선현으로 흘러나온다.

강을 건너자마자, 산이 강의 북쪽 언덕을 가로막고 있다. 산기슭을 따라 동쪽으로 나아갔다. 5리를 가자, 길 북쪽에 봉우리 하나가 나뭇가지마냥 솟구쳐 있는데, 마치 손가락처럼 가파르다. 그 북동쪽의 병풍 같은 벼랑은 사이가 드높이 갈라진 채 가운데가 뚫려 있다. 마치 문이 위에 걸려 있는 듯 험준하여 오를 길이 없었다.

병풍 같은 벼랑의 동쪽 골짜기를 지나 북동쪽으로 돌아들었다. 그 골짜기의 동쪽에 또다시 층층의 봉우리가 치솟아 있는데, 방금 지나온 병풍 같은 벼랑과 마주한 채 북동쪽으로 뻗어있다. 그 사이를 경계로 조그마한 물길이 남쪽으로 흘러 나강(羅江)에 들어간다. 골짜기를 마주한 채 골짜기의 경계에 마을이 있다. 이 마을은 태평주의 경내로서, 더 이상 안평주에 속하지는 않을 듯하다.

마을 뒤로 1리를 가자, 첩첩이 쌓인 바위가 산골짜기 사이로 뻗어 있다. 바위 문을 넘어 북쪽으로 나아갔다. 골짜기 속에 평탄한 들판과 층층의 밭두둑이 나타났다. 이곳은 모두 은성주의 경내이다. 자그마한 물길을 건넌 뒤 물길을 거슬러 북동쪽으로 5리를 나아갔다. [동쪽으로 꺾어들자, 동쪽 봉우리가 약간 끊기는 곳에] 뾰족한 봉우리가 가운데에 걸려 있다. 마치 동쪽을 향해 앉아 있는 사람처럼 보인다.

홀연 동쪽에서 서쪽으로 흐르는 강물이 보였다. 대단히 길고 가지런한 돌다리가 있다. 돌다리는 아래에 다섯 개의 구멍이 뚫린 채 물길을 가로질러 북쪽으로 뻗어 있다. 물길은 다리를 지나자마자 남동쪽의 뾰족한 봉우리의 골짜기 속으로 짓쳐 들어간다. 이 물길은 곧 『지』에서 일컫는 바의 통리강(通利江)이다. 양리주에서 흘러온 이 물길은 하류에서 나수와 합쳐져 태평주로 흘러간다고 한다.

다리를 지나자 곧 움푹한 평지에 마을이 모여 있다. 이곳은 은성주이다. 이곳의 저택의 문은 북쪽을 향해 있으며, 자못 가지런하다. 마을에 바깥담이 없는 것은 안평주와 마찬가지이다. 이날은 고작 15리밖에 나아가지 못했다. 날은 겨우 정오 무렵이었지만, 은성주의 관리인 조(방성, 趙芳聲)이 병으로 누워 있는지라 끝내 짐꾼을 구하지 못한 채 앉아 기다릴 뿐이었다. 객사는 누추하기 짝이 없고, 음식 역시 젓가락을 차마 들 수 없을 지경이었다.

(『일통지』에 따르면, 전주田州에 있는 것은 은성恩城이라 하고, 태평부에 있는 것은 사성思城이라 한다. 이제 전주의 은성은 벌써 사라져버렸고, 이 주의 이름 또한 은성이라 일컫지 사성이라 일컫지는 않는다. 『일통지』와 다르니, 어찌된 까닭인지 모르겠다.)

10월 22일

아침 식사 후 짐꾼이 오자 길을 나섰다. 주성 앞에서 서쪽의 오공교(五䂬橋)를 넘은 뒤 이내 꺾어져 강을 따라 동쪽으로 나아갔다. 5리를 가자 산골짜기는 더욱 좁아지고 강 역시 차츰 작아진다. 바위가 물길을 가로막은지라 물소리가 우레소리와 같다. 대체로 산골짜기가 동쪽으로 끝나는 곳에 봉우리가 가운데에 우뚝 솟구쳐 있고, 남쪽과 북쪽에 있는 커다란 시내는 가운데 봉우리의 서쪽에서 합쳐진다. 이 물길은 비로소 커진 채 강을 이룬다.

　다시 동쪽으로 5리를 나아가 쭉 동쪽 봉우리의 북쪽에 이르자, 북쪽 골짜기의 산이 비로소 끝이 난다. 이에 북쪽 골짜기의 동쪽 벼랑을 따라 [조그마한 시내를 넘어] 가운데 봉우리의 북쪽 물가의 커다란 시내를 거슬러 북쪽으로 양쪽 골짜기 사이를 나아갔다. 2리를 나아가 다시 동쪽으로 돌아들어 조그마한 물길을 넘어 동쪽의 골짜기로 향했다. 북쪽의 커다란 시내를 거슬러 북쪽 벼랑을 따라 나아가면서 차츰 산으로 기어올랐다.

　1리만에 비로소 시내를 떠나, 고개의 움푹 꺼진 곳에 올랐다. 이 고개는 몹시 가파른데다 뾰죽뾰죽한 바위가 들쑥날쑥하다. 날카로운 바위는 발가락을 가르고 매끄러운 바위는 발을 미끄러지게 했다. 북쪽으로 모두 2리를 나아가서야 그 고개마루를 넘었다. 이 고개는 정촉령(鼎促嶺)으로서, 양리주와 은성주의 경계이다. 북쪽으로 2리를 내려오자, 가파르기는 더욱 심해졌다. 깎아지른 듯한 벼랑은 해를 가리고, 산바람은 이슬을 머금은 채 그치지 않으니, 바위는 미끄럽고 진흙은 질척거려 위쪽보다 훨씬 험했다.

　산을 내려오자, 골짜기가 둘러싸고 있다. 사방의 산이 빽빽하게 둘러싸고, 가운데에 평탄한 들판이 있다. 오직 동쪽으로만 약간 트여 있다. 트여 있는 곳을 향해 나아가면서, 나는 물길이 여기에서 흘러나오리라고 여겼다. 1리를 나아가 시내를 거슬러 북쪽으로 나아갔다. 물길이 이내 동쪽에서 서쪽으로 흐른다. 서쪽의 봉우리들이 바짝 한데 모여 있는지라, 어느 골짜기에서 흘러나오는 것인지 알 수 없다. 시내의 남쪽에는 몇 채의 인가가 모인 마을이 있다.

　다시 동쪽으로 1리를 가서 북쪽 산의 동쪽 벼랑을 따라 북쪽으로 나아갔다. 1리를 더 가자, 시내는 동쪽에서 흘러오고 길은 북쪽으로 뻗어나간다. 다시 1리를 가자, 두 산의 골짜기 사이에 돌담이 늘어서 있다. 어느 경계의 터인지 알 수 없었다. 이곳에서 북동쪽으로 울창한 산 사이를 나아갔다. 연이어진 봉우리들이 어지러운 채 문득 나뉘었다가 홀연 합쳐진다. 2리를 걸어 골짜기를 빠져나오니, 그제야 움푹한 커다란 평지가 나타났다. 평지는 동서로 훤히 트인 채 남북으로 골을 이루고 있다. 하지만 그 가운데에 거대한 물줄기가 흐르는지라, 논과 황량한 둔덕이 반반씩 차지하고 있다.

북쪽으로 3리를 나아가, 이 움푹한 평지를 가로건너 쭉 북쪽 벼랑 아래에 이르렀다. [통하는 길이 없는 듯했는데, 여기에 이르니 북동쪽으로 갈라진 틈새 한 곳이 열려 있다. 틈새를 뚫고 들어가자, 골짜기의 봉우리가 가파르게 모여 있는지라, 구불구불 끝까지 갈 수 없으리라는 느낌이 더욱 들었다.] 2리를 나아가 북쪽의 산이 끝나자, 그 동쪽의 산이 다시 훤히 트이고 평탄한 들판 사이에 마을이 있다. 마을에는 동쪽의 양리주로 가는 큰길이 나 있다.

이에 오솔길을 따라 북쪽으로 1리를 간 뒤 북서쪽으로 꺾어져 3리를 나아갔다. 남북 양쪽에 긴 산은 송곳이 삐져나오고 죽순이 삐죽이 내민 듯이 보인다. 기이한 경관이 아닌 곳이 없다. 다시 북쪽으로 1리를 나아가자, 다시 움푹한 커다란 평지가 열린 채 [동서로 이어져 있다. 남북 양쪽의 경계에 있는 산은 남쪽의 움푹한 평지와 마찬가지였다. 그러나 남쪽의 움푹한 평지의 동서 양쪽은 떼를 지은 봉우리들이 멀리 겹겹임에 반해, 이곳은 앞뒤로 툭 트여 있다. 서쪽으로 쭉 나아가면 어느 곳에 닿을지 알 수 없었다.]

이에 북동쪽으로 움푹한 평지를 비스듬히 걸어 모두 5리를 나아가 [북쪽 산의 동쪽 끄트머리에 이르렀다.] 동쪽 산은 더욱 훤히 트이고, 그 남쪽에 마을이 있다. 이 마을은 어느덧 용영주(龍英州)에 속해 있으며, 그 동쪽의 강 너머는 곧 양리주이다. 대체로 양리주의 땅은 북서쪽으로 강에 이르러 끝이 나는데, 5리가 채 안된다. 다시 산을 따라 북쪽으로 1리를 나아가자, 조그마한 바위봉우리가 커다란 봉우리의 동쪽에 나란히 서 있고, 길은 그 사이를 지나 차츰 서쪽으로 돌아든다. [이곳에 이르자,

북쪽 줄기에 흙산이 보이기 시작했다. 흙산은 남쪽 줄기의 바위산과 더불어 움푹한 평지를 이루고 있다.]

다시 3리를 나아갔다. 용동(簹峒)이라는 마을이 북쪽을 향해 있다. 용동참(簹峒站)은 용영주에서 설치한 역참인데, 객사는 비록 허름하지만 역참의 관리자는 자못 살갑다. (이곳은 용영주로부터 아직 40여리나 떨어져 있다.) 역참에 이르자 오후가 되었건만 여태 점심을 먹지 않은 터라, 역참에서 발걸음을 멈추었다. 길을 떠난 지 벌써 닷새째. 비록 가는 길이 구불구불 에돌아 양리주를 겨우 몇 리밖에 지나지 못했지만, 유람한 산천이 대단히 기이한데다 연일 날씨가 상쾌하고 아름다웠다. 봄가을의 날씨라도 이보다 더 나을 수는 없을 것이다.

10월 23일

식사를 마친 후 짐꾼을 기다리는데, 오전에야 당도했다. 즉시 가로로 움푹한 평지를 건넌 뒤 북쪽으로 3리를 나아가 흙산을 따라 올랐다. 북서쪽으로 1리만에 흙산마루를 넘었다. 산마루의 움푹 꺼진 곳의 양쪽에는 온통 밭을 일구어놓았는데, 이곳은 후반령(鱟盤嶺)이라고 한다. 산마루 위를 평평하게 걷다가 다시 북서쪽으로 반리만에 비로소 흙산을 내려와 동쪽으로 갔다. 그 북쪽의 움푹한 평지에는 바위봉우리가 불쑥 솟아있는데, 북쪽으로 내려가자 자못 평평해졌다. 1리 남짓을 걸어 움푹한 평지의 바닥에 이르렀다.

이곳에서 북동쪽으로 바위봉우리의 동쪽 기슭을 감아돌아 북쪽으로 2리를 나아갔다. 또다시 앞쪽에 흙언덕이 가로놓여 있다. [서쪽으로는 멀리 봉우리의 틈새에 이르고, 동쪽으로는 남쪽의 흙산과 이어져 있다.] 흙언덕은 그다지 높지 않았다. 흙언덕의 북쪽을 오르자, 길 사이로 물길이 세차게 쏟아져 내리고, 우거진 나무에는 덩굴이 뒤얽혀 있다. 흙언덕의 위는 숲의 나무가 내리덮고, 아래는 축축이 젖어 있다. 언덕을 내려

올수록 더욱 깊어졌다. 앞쪽의 산봉우리를 바라보니, 빙 두른 구렁이 돌아들고, 밭두둑은 빙글빙글 아래로 휘감아내린다. 그제야 가로 놓인 흙언덕의 남쪽이 여전히 산중턱에 있었음을 깨달았다.

다시 북쪽으로 2리를 걸어 내려가 다리 하나를 건넜다. 남서쪽에서 북동쪽으로 흐르는 물길이 있고, 그 위에 커다란 나무를 걸쳐 다리가 놓여 있다. 다리를 지나니, 물길은 동쪽으로 흘러가고, 길은 북쪽으로 암벽 아래에 이른다. 1리를 나아가자, 홀연 암벽 오른쪽으로 차츰 틈새가 갈라졌다. 틈새를 기어오르자, 삐죽삐죽한 바위가 우뚝 솟아있다. 이곳은 대경(大峴)이다.

반리를 나아가 움푹 꺼진 곳을 건넜다. 남북으로 바위벼랑이 나란히 늘어서 있는데, 몹시 가파르다. 서쪽으로 그 사이를 뚫고서 다시 반리를 걸어서야 내려가기 시작했다. 서쪽으로 반리를 꺼져내려 움푹한 평지 바닥에 이르렀다. 이곳에는 산들이 빽빽하고 암벽이 한데 모여 있으며, 초목이 무성하고 울창하다. [현지인들이 벌목을 하는데, 이들은 모두 대경으로 가져간다고 한다.]

서쪽으로 반리를 나아갔다가 북동쪽으로 돌아들어 1리를 갔다. 다시 북서쪽으로 2리를 나아가 북쪽으로 바라보니, 바위 봉우리 사이에 동굴이 나란히 솟구쳐 있다. 하나는 드넓고 다른 하나는 비좁은 채, 모두 남쪽을 향해 있다. 서쪽에 나 있는 길은 골짜기를 뚫고 북쪽으로 뻗어 있다. 길 사이에 거대한 바위가 끼어 있는데, 위는 우뚝 솟아 있고 아래는 날카롭다.

여기에서 북서쪽으로 모두 2리를 나아가 바위가 움푹 꺼진 곳을 두 번 넘었다. 두 곳 모두 그다지 높지는 않지만, 가파른 바위가 한데 모여 있다. 이곳은 취촌령(翠村嶺)이다. 고개를 넘어 북쪽으로 내려갔다. 산은 남북으로 경계를 이룬 채 동서로 훤히 트여 있으며, 길은 북동쪽으로 그 사이를 가로지르고 있다.

2리를 가자 돌다리가 시내 위에 걸려 있다. 그 시내는 서쪽에서 동쪽으로 흐르고, 양쪽 언덕에는 바위 벼랑이 깊고도 좁다. 물길은 언덕 사이를 휘감아 돌면서 졸졸졸 소리를 낸다. 다리를 건너자, 비석이 보였다. 비석은 이미 닳아져 비문은 거의 없었다. 비석을 닦아낸 뒤 읽어보니 '취강교(翠江橋)'라는 세 글자만 보인다. 이곳을 오가는 이들은 모두들 다리 앞에서 물을 긷고 땔감을 지펴 밥을 지어먹는다. 이곳은 용동에서 용영주로 가는 도중에 있다.

다리를 지나자, 해은 어느덧 기울어 있었다. 하지만 하인 고씨와 짐꾼이 아직 도착하지 않은데다, 주머니에 쌀이 없고 밥을 지어먹을 겨를도 없었다. 하인 고씨가 오기를 기다렸다가 하인 고씨에게는 짐꾼과 함께 가지고 온 찬밥을 먹였다. 나는 채재 스님이 주신 두부 말림을 꺼내 배불리 먹었다.

다시 북동쪽으로 1리를 가다가 북쪽으로 산의 틈새를 뚫고 들어갔다. 골짜기를 따라 산언덕을 넘어 북쪽으로 3리만에 밭의 움푹 꺼진 곳을 나왔다. 다시 북쪽의 흙산이 앞에 가로놓여 있는 것이 보였다. 이에 조그마한 시내를 건너 3리만에 흙산 아래에 이르렀다. 그 남쪽 기슭을 따라 북동쪽으로 올라 1리만에 고개 동쪽을 넘어 북쪽으로 나아갔다. 이어 북서쪽으로 고개 위를 따라 나아갔다.

다시 3리를 걸어 조금 내려왔다가 다시 올라 1리만에 다시 한 겹 고개를 넘었다. 다시 아래로 쭉 1리를 걸어 산의 북쪽에 이르렀다. 동서로 움푹한 커다란 평지를 이루고 있다. 해는 이미 서산에 져버렸다. 이곳에서 움푹한 평지를 따라 서쪽으로 3리를 걸어 북쪽의 산의 틈새 속으로 들어가니, 비로소 마을이 나타났다.

1리를 나아가 북쪽의 돌다리 하나를 건넜다. 이 물길 역시 서쪽에서 동쪽으로 흐르는데, 물살은 횡목계(橫木溪)와 엇비슷했다. 다리의 북동쪽에 바위봉우리가 깎아지른 듯 높이 솟구쳐 있다. 이 산은 바로 『지』에서 일컬은 바 우각산(牛角山)이다. [진운(縉雲)의 정호봉(鼎湖峰)과 영락없이 닮았다.] 다리의 북서쪽에는 또 하나의 봉우리가 우뚝 솟아 있다. 이 두 봉우리 모두 용영주의 강어귀에 있는 산이다. 다시 서쪽으로 1리를 나아갔다. 북서쪽에 홀로 우뚝 솟은 봉우리를 지나 용영주에 이르러 띠풀로 엮은 여인숙에서 묵었다. (용영주의 관리의 이름은 조계종趙繼宗이며, 매우 젊다.)

용영주는 태평부 부성의 북쪽 180리 되는 곳에 있다. (태평부에서 태평참太平站까지 70리이고, 태평참에서 용동참勇峒站까지 70리이며, 용동참에서 용영주까지 40리이다.) 그 서쪽은 하뢰주이고, 동쪽은 명영주(茗盈州), 전명주(全茗州, 두 주는 서로 1리밖에 떨어져 있지 않다)이며, 북쪽은 도강주(都康州), 향무주(向武州)이고, 남쪽은 은성주, 양리주이다. 관할 경내가 자못 넓다. 3년 전에 고평의 막이의 공격으로 점령당하여 백성들이 뿔뿔이 흩어진지라, 텅 빈 아문과 담터만이 남아 있을 뿐이었다. (외성의 담과 저택의 뒷담은 모두 두께가 다섯 자이고 높이는 두 길이다. 무너져내린 곳이 온전한 곳보다 많다.)

토사의 관아는 북쪽을 향해 있다. 아문의 문루는 대단히 장엄하고 아름다우며, 중문과 대청 역시 웅장하고 정연하다. 이런 경우는 남녕부와 태평부의 여러 관아에도 없을 뿐만 아니라, 총독아문 역시 이보다 웅장하거나 장엄하지는 않다. 이 문루는 융경(隆慶) 정묘년[1]에 지어진 것이며, 대청의 편액은 천계(天啓) 4년[2]에 포정사사, 안찰사사 등의 삼사가 하사한 것이다. 이제 훼손되고 망가져버린 탓에, 바깥담의 내벽에 옛터만이 남아 있다. 대청 뒤쪽에는 그 안에 관이 놓여 있다. 생각건대 전임 토사인 조정립(趙政立)의 영구인 듯하다. 현재의 토사의 나이는 열여덟 살이며, 대청 저택의 왼편에 살고 있다. 그는 관을 안치하고나서, 가운데에 기거하리라고 한다.

애초에 조방정(趙邦定)에게는 일곱 아들이 있었다. 그가 죽은 뒤 큰아들인 조정립(趙政立)에게 자식이 없어 둘째동생인 조정거(趙政舉)의 아들인 조계종(趙繼宗)을 후사로 삼았다. 조정근(趙政謹)이란 사람은 그의 큰동생으로, 일찍이 토사병을 이끌고서 요동지방을 구원하고 돌아온 적이 있었다. 그는 맏아들의 지위를 빼앗으려는 마음이 싹텄으나 빼앗지는 못했다. 그런데 조정립이 죽었다. 그의 아내는 하뢰주 토사의 누이였다. 조정근은 형수인 그녀와 사통하여 안에서 도와줄 이로 삼고자 했다. 그러나 여러 토주들은 모두 복종하지 않았다. 조정근은 이에 막이를 부추겨 이곳 토주를 세 번이나 침입하게 하였고, 하뢰주 역시 그를 남몰래 도왔다. 그의 누이는 토주의 관인과 모아놓은 재물을 가지고 하뢰주로 도망쳤다. 막이가 용영주의 저택에 주둔하자 용영주 안에는 남아 있는 이가 한 명도 없게 되었다. 후에 막이가 물러가자 조정근은 용영주의 경내에서 제멋대로 행동했다. 실권자는 문서를 보내 하뢰주에게 관인을 달라고 요구하는 한편, 조정근에게는 어서 나와 주의 업무를 담당하라고 속였다. 조정근이 이에 남녕부에 이르자, 실권자는 곧바로 그를 체포하여 그의 죄를 물었으며, 관인을 조정립이 돌보아 키운 아들인 조계종에게 주었다. 조계종은 이제 열여덟 살 먹은 사람으로, 상처가 아직 아물지 않았다고 한다.

막이가 용영주를 공격하여 점령한 것은 3년 전(갑술년[3]이다)의 일이다. 그들이 귀순주를 공격하여 점령한 것은 수년 전의 일이다. 오늘날 다시 귀순주와 전주가 진안부(鎭安府)를 차지하려고 다투자, 막이는 귀순주를 돕는다는 핑계로 쳐들어왔다. 며칠 전에 하뢰주에서 북쪽으로 진안부에 침입하여 그곳에 소굴을 만들어놓았던 것이다. 내가 용영주에 이르렀을 때, 길은 한창 흉흉했으나 그들이 약탈을 했다는 소리는 듣지 못했다. (약탈은 막이의 각 마을에 흩어진 도적떼들의 짓이며, 막이의 수령은 멋대로 저지르지 않았다.)

애초에 여이(黎彝)에게 핍박을 받던 막이는 천금을 들고 귀순주에 투항한 적이 있었다. 귀순주는 막이를 받아들여 비호하다가 막이의 아내와 밀통했다. 나중에 막이의 수령이 돌아가면서 마음속에 원한을 품었다. 이리하여 진안부는 그를 끌어들여 마침내 귀순주를 격파한 후, 막이의 관인과 족속을 모조리 빼앗아 갔다. 후에 이 일이 진안부에서 비롯되었음을 알게 된 실권자는, 진안부가 막이에게서 관직과 인수(印綬)를 가져간 죄를 물었다. 진안부는 어쩔 수 없이 천금을 가지고 가서 토사의 아우에게 사죄하는 한편, 관인을 실권자에게 돌려주었다. 이리하여 실권자의 요구를 대충 얼버무리고 귀순주의 아우에게 보상을 받을 수 있게 했으나, 토사의 생사는 알 길이 없었다. 나중에 귀순주의 아우가 주의 일을 처리했는데, 주의 관할지의 절반을 차지하고 있던 막이는 해마다 끊임없이 쳐들어와 이익을 요구했다. 주에 황달(黃達)이라는 토사가 있었다. 충성스럽고 용감한 그는 직접 나서서 무리를 모아 막이를 막아내니, 막이 역시 그를 두려워하여 피했다. 이후 귀순주는 오늘날 번성하게 되었다.

진안부와 귀순주는 가까운 친족간이지만, 대대로 원수 사이였다. 진안부가 전에 막이를 끌어들여 귀순주를 깨트리고 그 우두머리를 붙잡아 간 일이 있었다. 실권자가 그의 간계를 간파했으나 다시 그 아우를 매수하여 책임을 대충 얼버무렸으니, 계책을 이루었다고 할 수 있을 것이다. 얼마 지나지 않아 그가 세상을 떠났으나 후사가 없었다. 귀순주에서 후사를 이어야 마땅하건만, 전주가 성이 같다는 이유를 들어 계승권을 다투었다. 귀순주는 힘을 헤아려보니 도저히 전주에 미치지 못한지라, 다시 막이에게 구원을 청했다. 막이는 지금껏 귀순주의 땅을 차지한 채 뱉어내지 않은 터인데, 이번에 또 이것을 공로로 삼고자 대군과 코끼리를 몰아 (일만여 명에 코끼리는 고작 세 마리였다.) 진안부에 쳐들어가 주둔했다. 이리하여 귀순주는 이때 자신의 땅을 막이에게 바치는 대신, 진안부의 땅을 보상으로 차지했다. 막이가 하뢰주를 지난 건 이번 달이었다. (듣자하니 18일에 호윤채胡潤寨를 지났다고 한다.) 아직도 그 일이 매듭지어지지 않았으니, 실권자가 어떻게 처리할 지 알 수 없다.

막이는 조통[4]이라는 대단히 강력한 무기를 지니고 있다. 사람마다 각각 한 자루씩을 가지고 있는데, 총을 쏠 때마다 명중시키지 않은 적이 없다. 하지만 이 무기는 들려온 지 얼마 되지 않았다. 애초에 막이가 여이에게 내쫓겼을 때, 조정에서는 여이에게 봉지를 하사하고 막이를 보존하자는 견해를 세웠다. 그러나 여이가 이를 따르지 않자, 실권자가 그들을 깨우쳐 이렇게 말했다. "예전에 막이는 조정의 명을 받들어 일마강(一馬江)에 여이를 살게 해주었는데, 여이는 어찌 고평에 막이를 살게 해주지 못한단 말인가?" 이에 여이는 말이 막히게 되었으며, 막이는 생존할 수 있게 되었던 것이다. 그런데 이제 막이가 제멋대로 행동하게 된 것이다. 중국의 여러 토사들은 나라의 법을 두려워하지 않으며, 국경 바깥의 오랑캐를 중히 여긴다. 그리하여 차츰 성장할 수 있었으리라! (실권자들 역시 때때로 관리를 파견하여 막이의 수령에게 이야기했으나, 그들이 관리를 후한 뇌물로 매수한지라 돌아서서 "저들은 원한 때문에 서로 시끄럽게 다투는 것이니 중국과는 무관한 일입니다"라고 보고했다. 땅을 차지한 채 뱉어내지 않고, 관리를 업신여긴 채 서로 동맹하는데도, 어찌 중국과 상관없는 일이라고 말하는가?)

---

1) 융경(隆慶)은 명대 목종(穆宗)의 연호이며, 정묘년은 융경 원년인 1567년이다.
2) 천계(天啓)는 명대 회종(熹宗)의 연호이며, 천계 4년은 1624년이다.
3) 갑술년(甲戌年)은 숭정(崇禎) 7년인 1634년이다.
4) 조통(鳥統)은 화약을 넣고 납탄을 재어 쏘는 명대의 총이다.

10월 24일

용영주에서 짐꾼이 오기를 기다렸다. 이족의 규약에는 법도가 있고, 토사의 후손이 끊길 경우 이에 합당한 법령이 있다. 현재 용영주, 진안부는 바로 이 기회를 틈타, 예전에 태평부에 부를 설치했던 옛 일을 좇아 관할지를 다스림이 마땅하다. 그런데 변경에서 불화가 일어날까 두려워하는 담당 관리들은 옛 관례를 그대로 따르는 것이 유리하다고 여겨 이렇게 말할 따름이다. "이것은 토사끼리의 다툼이니, 중국과는 아무 상관이 없습니다." 막이가 귀순주를 도와 진안부를 차지한 뒤, 곧바로 귀순주의 땅까지 차지하려는 의도를 모르고 있다. 이렇게 막이와 귀순주는 모두 얻는 바가 있으나, 조정의 변경은 알지 못하는 사이에 손실을 입고 있다. 그들은 진안부를 잃고서도 되찾기는커녕, 오히려 토사에 귀속된 것이라고 이야기한다. 귀순주가 막이에게 뇌물로 바친 땅을 잃는다면, 남쪽의 이족에게 손해를 입으면서도 그것을 깨닫지 못하는 것이다. 이것은 변경의 일대 재앙일진대, 윗사람들이 어떻게 이 사실을 알겠는가!

10월 25일

용영주에서 짐꾼이 오기를 기다리는 참에 표암(飄巖)을 구경하러 갔다. 주성에서 북쪽으로 몇 리 밖으로 나아가자, 흙산이 에워싸고 있다. 그 안에 붓걸이 모양의 조그마한 바위봉우리가 있다. 곧 용영주의 안산(案山)인 셈이다. (토박이들은 '표飄, 초岇'라고 일컫는데, '초'라는 것은 곧 산의 형태에 따른 명칭이다.) 그 앞에는 평탄한 들판이 자리잡은 움푹한 평지가 서쪽에서 동쪽으로 이어져 있다. 그 안에는 앞쪽에 커다란 시내가 가로로 흐른다. 이 물길은 용영주를 허리띠처럼 두르고 있다. [곧바로 동쪽으로 양리주에 흘러들어 통리강의 원천이 되고, 태평주로 내려가 나수(灕水)에 합쳐진다.]

물길의 동쪽에는 산이 움푹한 평지를 가로막은 채 우뚝 서 있다. 이 산은 표암산(飄巖山)이다. 용영주의 물길 어귀에 있는 이 산은 용영주 동쪽에 우뚝 솟구친 채 몹시 가파르다. [바로 전에 우각산 북서쪽에 우뚝 솟아 있던 봉우리이다.] 그 동쪽의 무너져내린 벼랑 위에는 남동쪽을 향해 있는 동굴이 있다. 아득히 보이는 동굴은 드높이 층층의 구름에 기대어 있고, 아래로는 절벽을 굽어보고 있다.

나는 이곳 용영주가 도적질을 당했을 때 고을 사람들이 모두 낭떠러지로 피신했으며, 교지인이 벼랑 아래를 포위하여 지켰으나 끝내 올라가지는 못했다는 이야기를 들은 적이 있다. 마음속으로 바로 이 동굴이리라 짐작했다. 하지만 고개 들어 바라보니 길이 끊겨 백 길 높이의 사다리를 구해야만 오를 수 있는지라 낙담한 채 떠났다.

　남동쪽의 한길을 따라 나아갔다. 거기에 몇 채의 집이 있다. 그들에게 물어보니, "이곳은 표암(瓢巖)인데, 또 산암(山巖)이라고도 하지요. 여러 차례 교지의 침략을 당했지만 이곳 동굴 덕분에 살아남을 수 있었지요"라고 대답했다. "동굴 안은 얼마나 큽니까?"라고 묻자, "이곳이 약탈당했을 적에, 모든 백성들이 들어갈 수 있을 정도입니다"라고 대답했다. "물이 없을 텐데, 어떻게 하지요?"라고 묻자, "동굴 안에 작은 구멍이 있어서 뱀처럼 기어서 뚫고 들어가면 수십 명이 마실 수 있는 물이 있습니다"라고 대답했다. "지금 오를 수 있는 길이 있습니까?"라고 묻자, 어떤 이는 "오를 수 있지요"라고 대답하나 어떤 이는 "오르기 어렵습니다"라고 대답했다.

　그리하여 한 사람을 붙들어 동굴 아래로 안내하게 했다. 벼랑 사이를 기어오르는 곳마다 대나무로 엮은 사다리가 층층이 매달려 있다. 사다리는 허공 속에 날듯한 벼랑에 기대거나 바위 틈새에 비스듬히 끼워진 채 구불구불 올라간다. 사다리의 길이는 일정치 않은데, 열네 층만에 동굴 입구에 이르렀다. 동굴 입구의 양쪽은 온통 까마득한 암벽이 아래로 움패어 있다. 오직 동굴 입구 아래에만 무너진 벼랑의 흔적이 이어져 있다. 사다리는 구불구불 이곳에 의지해 있다. 동굴 입구 위쪽에 덮인 부분이 몹시 튀어나와 있는데, 대부분 가로놓인 나무에 판자가 걸쳐져 허공을 떠받친 채 구멍을 나누고 있다. 벌집이나 제비집 같다는 생각이 들었다.

　동굴 속 구멍으로 들어갔다. 입구는 매우 좁았으나, 잠시 후 차츰 높아진다. 그 안에 매달려 있는 바위는 두 팔을 벌려 두를 정도이다. 곧추서 있는 비취빛의 옥같은 기둥에서는 쟁쟁거리는 소리가 맑게 울린다. 그 곁에는 두 개의 기둥이 더 있는데, 위에서 드리워져 내리고 아래에서 솟아오르지만, 가운데가 끊긴 채 이어져 있지 않다. 위아래로 서로 마주보는 모습이 마치 저울의 바늘과 같다. 기둥 가에는 울타리를 쳐서 경계를 지은 침상도 있다. 아마 토박이들이 피난할 요량으로 만들어 놓은 것이리라.

기둥의 왼쪽에서 북쪽으로 들어섰다. 동굴은 차츰 어두워지더니, 얼마 지나지 않아 한 줄기 빛이 스며들었다. 토박이들이 또 대나무를 엮어 그 좁은 곳을 막아놓았다. 그곳을 헤치고서 살펴보니 그 빛은 동쪽에서 스며들어온다. 아래에도 대나무를 엮고 나무를 걸쳐놓았다. 들어오는 또 다른 구멍이 있음을 알 수 있다. 다시 나와 기둥의 오른쪽에서 동쪽의 낮은 구멍을 뚫고 들어갔다. 그 입구 역시 비좁은데, 가운데 구멍과 함께 나란히 늘어선 채 두 개의 구멍을 이루고 있다. 서쪽으로 들어서자 어둡고 비좁더니, 그 안은 다시 봉긋 솟아오른다. 어둠 속에서 더듬더듬 나아가니, 그다지 깊지 않았다.

계속해서 가운데 구멍에서 바깥 동굴로 나왔다. 그 왼쪽에 매달려 있는 바위 속에 나무를 엮고 시렁에 판자를 걸쳐 놓았다. 마치 날듯한 누각이 허공 속에 걸려 있는 듯하다. 그 안에는 통발이나 대바구니 등이 여기저기 흩어져 있다. 다시 북쪽에 나무 말뚝 하나가 박혀 있기에 바위 틈새를 뚫고 들어가자, 서쪽으로 들어가는 동굴 하나가 열려 있다. 동굴 입구는 동쪽을 향해 있고, 동굴 속에는 바위조각들이 비석처럼 반듯이 서 있다. 높이는 세 자, 너비는 한 자 다섯 치에 두께는 두 치이며, 양면은 마치 갈아서 만든 듯이 평평하게 깎여 있다. 어찌 태산(泰山)의 무자비(無字碑)와 같은 유적이 아니겠는가? 하지만 크기가 달랐다.

동굴 속을 평탄하게 나아가다가 다시 비좁은 곳을 넘자 약간 넓어졌다. 동굴이 끝나는 곳에 종유석이 매달려 있는데, 나뭇가지의 마디처럼 가늘다. 그 오른쪽에 가운데 구멍의 뒤쪽으로 몰래 통하는 구멍이 있다. 토박이들이 대나무를 엮어 좁은 곳을 막아놓은 곳이다. 그 왼쪽으로 조금 내려가자 구멍이 허공 속에 매달려 있다. 토박이들이 울타리로 그곳을 덮어놓았다. 그 아래를 들여다보니, 역시 대나무를 엮고 나무를 걸쳐놓았다. 다만 어디에서 들어오는지 알 길이 없다.

계속해서 나무를 걸쳐놓은 날듯한 누각을 넘어 사다리를 타고 내려
갔다. 세 번째 사다리를 내려오니 사다리 왼쪽의 깎아지른 듯한 벼랑
사이로 사다리 하나가 또 보였다. 얼른 그것을 잡아당겨 올라탄 뒤, 벼
랑 끄트머리를 따라 가로질러 북쪽으로 나아갔다. 그 좁은 곳은 너비가
한 자이고 길이는 세 자 남짓이다. 토박이들이 나무를 가로놓아 난간을
만들고 나뭇가지를 가져다 손잡이를 만들어놓은 덕분에 두려움은 사라
졌다.

벼랑의 끄트머리에 또 하나의 동굴이 열려 있다. 그 동굴 입구 역시
동쪽을 향해 있다. 앞에는 바위 하나가 입구 왼쪽에서 아래로 몇 길 드
리워져 있다. 참으로 공중에 드리운 날개처럼 보인다. 그 끄트머리에 또
하나의 조그마한 바위가 매달려 있다. 길이는 세 자이고 둥근 곳의 지
름은 한 자이다. 안탕산(雁宕山)의 용비수(龍鼻水)와 영락없이 닮았으나,
때가 마침 겨울인지라 물이 메말라 끄트머리에 물방울이 떨어지지 않
을 뿐이다. 동굴 속은 높고 훤히 트인지라, 가운데 구멍처럼 입구가 낮
고 중간 부분이 어둡지는 않았다. 뒤쪽 암벽에는 바위가 중앙에 매달려
있는데, 틈새를 빙 두르고 있는지라 더욱 구불구불한 느낌을 안겨준다.
이 안에 토박이들이 나무를 걸치고 울타리를 쳐놓았다. 바로 위층에 매
달린 구멍으로 들여다보았던 그곳이다.

각각의 동굴을 이리저리 한참동안 서성거리다가 다시 11개의 사다리
를 밟아 내려왔다. 동굴 아래에는 고개를 치켜든 채 수십 명이 기다리
고 있었다. 모두들 벼랑을 오른 수고를 위로하면서 이렇게 말했다. "이
곳에 남았던 우리 백성들은 모두 이 동굴에 의지하여 교지인의 재난을
두 번이나 모면했지요. 하지만 그저 몸뚱아리만 보존했을 뿐, 집과 방은
재난을 면하지 못했지만요."

내가 보기에 이 동굴은 참으로 깎아지른 듯 험준하지만, 이곳을 장성
으로 삼는 것은 영토를 지킴에 최상책은 아닌 듯했다. 하물며 이른바
물동굴이란 곳도 마침 이런 겨울철에는 틀림없이 물이 넉넉하진 않을

것이다. 내가 두루 찾아보았으나 물길은 찾지 못했으니, 만약 앉아서 곤경에 빠진 채 날이 오래 지난다면, 수레바퀴 자국에 괸 물에 있는 붕어의 근심이 어찌 없을 수 있겠는가? 나는 토박이들에게 이렇게 말했다. "험준한 곳을 지키기 위해 기막힌 계교를 내는 건, 마땅히 힘을 모아 대적함이 상책이지요. 만약 그저 이곳에 숨어 지내기만 한다면, 그건 계교의 하책입니다." 그 사람들은 "예, 예" 하면서 물러났다.

[이 동굴은 길옆에 높다랗게 열려 있어 멀리 가까이에서 모두 볼 수 있다. 다만 용영주의 주성만은 서로 등을 지고 있는지라 볼 수 없다. 내가 서쪽을 유람하면서 올랐던 동굴 가운데, 험준하기로 따진다면 이 동굴을 마땅히 으뜸으로 쳐야 할 것이다. 귀계(貴溪)의 선암(仙巖)은 비록 공중에 매달린 채 시내를 굽어보지만, 그 위는 대단히 비좁은지라 훤히 트인 이 동굴에는 미치지 못한다. 다만 물을 얻을 수 있다는 점에서는 선암이 더 낫다.] 나는 객사로 돌아와 식사를 했다. 객사의 관원이 그제야 마패를 가져와 짐꾼을 모으는 바람에, 길을 떠날 수 없었다.

10월 26일

아침을 먹은 후 가마 두 대와 (열 명의 짐꾼)을 구해 주성의 관아 앞에서 서쪽으로 길을 나섰다. 반리를 가자 조그마한 물길이 주성 뒤쪽의 산옆구리에서 흘러나와 북쪽으로 커다란 시내에 흘러든다. 이 물길을 건너 서쪽으로 반리를 나아갔다. 커다란 시내가 남서쪽의 산골짜기에서 흘러나온다. 다시 시내를 건넜다. 드디어 시내를 거슬러 남서쪽으로 1리를 갔다. 이곳에는 바위산이 한데 모여 빙 두른 채 협곡을 이루고 있으며, 또 하나의 조그마한 물길이 남쪽에서 흘러든다.

계속해서 커다란 시내를 거슬러서 여러 차례 왼쪽과 오른쪽을 반복하여 건너면서 7리만에 등성이 한 곳을 넘었다. 등성이 남쪽에는 시내가 가로막고, 북쪽에는 험준한 벼랑이 기대어 있다. 겹겹의 바위가 성채를 이루고 관문이 세워져 있다. 이곳을 지나자 시내 남쪽으로 흙산이 보이기 시작한다. 흙산은 북서쪽의 바위산과 나란히 서쪽으로 뻗어나간다. 4리를 나아가 시내를 건너 남쪽의 흙고개를 올라 1리만에 고개 위에 올라섰다. 다시 남서쪽으로 1리를 내려가서 남동쪽으로 돌아들어 1리를 간 뒤, 다시 남서쪽으로 돌아들어 계속해서 바위산이 한데 모인 곳으로 들어갔다.

1리를 나아가자, 산은 굽이지고 움푹한 평지가 툭 트였다. 밭두둑이 끝없이 펼쳐져 있고 수십 가구의 집들이 남쪽 산에 기대어 있다. 이 마을은 동촌(東村)이라는 곳이다. 이에 남서쪽으로 밭두둑 사이를 나아가 3리만에 서쪽의 바위 골짜기를 지났다. 오르막길은 많지 않았지만, 삐쭉삐쭉한 바위가 늘어서 있고 양쪽 벼랑이 나란히 합쳐진다. 1리만에 잇달아 두 곳의 바위등성이를 넘고서야 내려가기 시작했다.

오르막은 적고 내리막이 많은 길을 모두 1리를 나아갔다. 계속해서 바위산 속의 움푹한 평지를 가로질렀다. 이곳에 이르자 조그마한 물길이 남쪽으로 흘러간다. 동촌의 물길은 어느덧 남쪽으로 흘러가는데, 아마 북쪽으로 돌아들어 주성 서쪽의 커다란 시내로 흘러들 것이다. 두 곳의 바위등성이 서쪽으로부터 그 물길은 남쪽의 안평주의 서쪽 강으로 흘러든다. 이 강이 이른바 나수이다.

산맥은 이 등성이로부터 남쪽으로 뻗어있다. 한데 모인 봉우리와 우뚝 솟은 낭떠러지가 뒤엉켜 몹시 단단하다. 이 산맥은 남동쪽으로 뻗어가다가 안평주 북동쪽의 통리강과 나수의 두 강이 합쳐지는 곳에서 끝이 난다. 안평주 북서쪽에서 하뢰주에 이르기까지는 겨우 이틀 거리이며, 안평주 북동쪽에서 용영주를 거쳐 하뢰주에 이르기까지는 나흘 거리이다. [수백리를 에돌아가는 셈이다.] 온통 이 산맥과 봉우리가 들쑥날쑥 떼지어 있기에 빙빙 에돌아 여기에 이른 것이다. (안평주 북서쪽에서 하뢰주에 이르는 길은 교이의 경계를 지나야 한다. 이 당시 도적들이 출몰할까봐 나무를 넘어뜨려 길을 가로막았기에 우회하는 길을 따랐던 것이다.)

다시 남서쪽으로 4리를 나아가 소촌(騷村)에서 식사를 했다. 이 마을은 사면이 산으로 둥글게 둘러싸여 있고, 가운데에 띠풀집이 세 채 있다. 띠풀집에 올라가 밥을 지어 식사를 마치자, 어느덧 오후였다. 서쪽으로 1리를 가서 다시 산골짜기에 올랐다. 돌층계를 반리 오르고 골짜기를 평탄하게 반리 나아가서야, 비로소 골짜기를 쭉 내려왔다. 오르막은 적고 내리막이 많은 길을 1리만에 (글자 빠짐). 길가의 돌층계는 산골물과 함께 바위를 다투고 있다. 움푹한 평지로 내려와 다시 남서쪽으로 1리만에 또다시 흙산과 만났다.

이에 서쪽으로 흙산을 따라 올랐다. 얼마 후 남서쪽으로 돌아들어 2리만에 산등성이를 넘었다. 산등성이의 남동쪽으로는 움푹한 평지 너머에 온통 바위봉우리들이 모여 있다. 마치 비취빛 물결이 수만 겹인 듯하다. 또한 산등성이의 북서쪽에는 흙산이 높다랗게 둘러싸고 있고, 그 꼭대기에 바위봉우리가 걸터앉아 있다. 바위 봉우리의 서쪽 벼랑을 따라 북쪽으로 조금 내려왔다. 다시 흙산의 뒤편에 올라 1리만에 흙산의 남쪽을 따라 평탄하게 고개 중턱을 나아갔다.

다시 남서쪽으로 1리를 나아가 마침내 고개를 타넘어 그 북쪽을 넘었다. 여기에서 북서쪽으로 흙산 골짜기 속을 가노라니, 그 북동쪽은 온통 흙산이 높다랗게 휘감아돌고, 남서쪽의 빈틈 속에는 가파르게 우뚝 서 있는 바위봉우리가 보였다. 1리를 나아가 다시 남서쪽으로 꺾어져 골짜기 아래로 내려왔다. 이곳의 물길은 모두 북쪽의 산으로부터 남서쪽으로 흘러간다. 이것은 나수의 상류이다. 물길을 지나자 갈림길이 있어 북쪽으로 산등성이를 오르자, 그 안에 삼가촌(三家村)이 있다.

이때 날은 어느덧 저물어 있었다. 등성마루에서 바라보던 마을 사람들이 다가와 짐꾼을 도와주었다. 다시 남서쪽으로 1리를 나아가 멀리서 바라보았던 바위봉우리 아래까지 곧장 이르렀다. 조그마한 시내를 건너 고개에 올라 추장의 띠집에 이르렀다. 이곳은 안촌(安村)이라는 곳이다. 추장은 밥을 짓고 계란을 삶아 식사를 제공했다. 이날 30여리를 나아갔는데, 산길이 길고 험난했다.

　연일 날씨가 유난히 맑은지라 한낮에는 홑옷만 입어도 괜찮았다. 그
러나 오경에는 매서운 한기가 뼈에 스며들어 우리 고향에 못지않았다.
겨울 추위와 여름 더위는 남방과 북방을 가리지 않으며, 광동과 광서
지역의 따뜻함 또한 태양에 가깝기 때문임을 알았다. 시험삼아 관찰해
보니, 비가 내리자마자 추워지고 밤이 깊자 추워지니, 어찌 태양이 없기
때문이 아니겠는가? 땅기운과는 아무 관련이 없음을 알 수 있다.
　우리 고향에서도 동과[1]를 먹긴 하지만, 그렇게 이름붙인 의미를 늘
이해하지 못했다. 오이는 모두 여름에 익는 것인데, 유독 '겨울(冬)'이라
일컬은 것은 무엇 때문일까 궁금했던 것이다. 이곳에 이르니 먹는 것
도, 거두는 것도 모두 겨울철의 산물이었다. 비로소 우리 고향에 심은
것이 틀림없이 이곳에서 전해졌기에 그 이름을 그대로 따른 것일 뿐임
을 깨달았다.

---

1) 동과(冬瓜)는 일년생 초본식물로서 줄기가 덩굴져 자란다. 열매는 원형 혹은 타원형
이며, 씨앗과 껍질은 약제로 사용하기도 한다.

10월 27일

　동틀 무렵 밥을 먹고서 길을 나섰다. 동쪽의 고개를 내려와 시내 서
쪽에서 고개 북쪽의 움푹한 평지를 따라 서쪽으로 나아갔다. 이곳에는
오랫동안 경작해온 작물들이 산골짜기를 빙 두른 채 매우 풍성하다. 마
을은 벼랑과 움푹한 평지 사이에 흩어진 채 기대어 있는데, 용영주 서
쪽 경계의 비옥한 지역이다.
　1리를 나아가자, 길의 북쪽에는 흙고개 투성이이고, 움푹한 평지의
남쪽에는 바위봉우리가 많다. 흙고개의 남쪽 기슭을 따라 1리를 차츰

올라가 흙고개의 서쪽 모퉁이를 넘어섰다. 고개 옆으로 바위봉우리 서너 곳이 고개를 끼고서 솟아 있다. 길은 그 사이로 뻗어 있다. 북쪽으로 돌아들어 반리를 갔다가 서쪽으로 반리를 내려갔다. 이곳은 흙산이 사방을 빙 둘러싸고 있다. 서쪽으로 조그마한 산골물을 건너 1리만에 서쪽의 등성이 하나를 올랐다. 몇 칸의 띠집이 등성마루에 있다. 아마 수비대가 머물렀던 곳이리라.

다시 남서쪽으로 빙글 돌아 1리를 내려가 산골물을 건넜다. 이 물길은 북쪽에서 남쪽으로 흘러간다. 산골물을 넘어 서쪽으로 나아가서 차츰 길 북쪽의 흙산을 따라 서쪽으로 올라 2리를 갔다. 고개를 넘어 북쪽으로 나아가 길 서쪽의 흙산을 따라 북서쪽으로 산허리를 갔다. 1리만에 고개 갈래를 넘어 북쪽으로 내려가 산골물을 건넜다. 이곳은 곧 전에 건넜던 곳의 상류이다. 이 물길은 서쪽의 흙산의 벼랑 중턱에서 흘러온다. 움푹한 평지를 낀 위아래의 밭들은 모두 이 물길에 의지하고 있다. 산골물 북쪽의 등성이에 오르자, 서너 가구가 서쪽으로 흙산에 의지하여 있는 것이 보였다. 이곳은 어느덧 하뢰주에 속해 있었다.

1리를 가서 북서쪽으로 고개에 올라 반리만에 산마루에 올랐다. 다시 서쪽으로 평탄한 길을 반리 나아가 고개의 북쪽을 넘었다. 비로소 멀리 북동쪽으로 수많은 봉우리가 보였다. 봉우리들은 빈틈없이 빽빽하게 한데 모여 있고, 흙봉우리 가까이에 물길이 서쪽으로 흐르기 시작한다. 여기에서 약간 내려가 길 남쪽의 흙봉우리를 따라 서쪽으로 잇달아 두 곳의 봉우리를 넘었다. 2리를 나아가자 멀리 남서쪽의 바위봉우리가 매우 알팍한 채 북쪽으로 병풍인 양 가로로 꽂혀 있다. 길은 평탄하게 흙산 위로 뻗어나간다.

다시 서쪽으로 2리를 나아가자 북동쪽에서 뻗어와 합쳐지는 길이 있다. 이 길은 영촌(英村)으로 가는 길이다. (역시 하뢰주에 속한다.) 널찍한 이 길과 합쳐진 뒤, 길 서쪽의 흙산을 따라 남쪽으로 나아갔다. 1리를 가서 다시 흙고개 한 곳을 넘은 뒤, 가로 꽂힌 바위봉우리의 서쪽으로 쭉 돌아들었다. 다시 길 서쪽의 흙산의 남쪽을 따라 가다가 서쪽으로 꺾어져서야 비로소 서쪽으로 곧장 1리를 내려갔다. 다시 구불구불 이어진 길을 평탄하게 나아가기를 1리만에 비로소 서쪽 움푹한 평지에 이르러, 다시 바위산 사이를 가로질렀다.

다시 북서쪽의 평탄한 길을 1리 나아가서야 마을이 나타났다. 다시 북서쪽으로 1리를 나아갔다. 커다란 시내가 북쪽에서 남쪽으로 흐르고 그 위에 다리가 걸려 있다. 시내의 서쪽이 바로 하뢰주이다. 동쪽의 관문으로 들어가서 북쪽의 관문으로 나와, 객사에 이르러 행장을 풀었다. 이날 약 18리를 나아갔다. (주성의 관리는 허광조許光祖이다.)

하뢰주의 치소는 커다란 시내의 서쪽 언덕에 있다. 이 시내는 곧 안평주 서쪽 강의 상류인 나수이다. 이 물길은 귀순주 북서쪽에서 발원하여 호윤채를 흘러나와 주성을 지나 남쪽으로 흘러내린다. 주성의 남쪽 30리와 주성 북쪽 30리는 모두 고평과의 접경지역이다. 주성의 서쪽 커다란 산 너머는 이제껏 하뢰주의 속지였으나, 막이에게 점거당한 지 벌써 십여년이 되었다. 서쪽의 경계가 되는 곳은 오늘날 오직 산 하나만 있을 따름이며, [하뢰주의 관아가 이곳에 의지하여 있다.] 그 너머는 모두 막이의 경내이다.

하뢰주의 관아는 동쪽을 향해 있으며, 뒤로는 커다란 산에 기대어 있다. 이 산은 막이와 경계를 이루는 곳이다. 어지러운 바위가 층층이 쌓여 주성의 담장을 이루고 있는데, 대단히 낮았다. 관아 앞의 민가 역시 불타버린지라, 현재 집을 짓고 있는 중이다. (글자 빠짐) 그 사이에 기와로 지붕을 얹은 것도 있다. 이곳의 남쪽은 안평주(安平州)로 이어지고, 북쪽은 호윤채에 이르며, 동쪽은 용영주이고, 서쪽은 교지와 경계를 이루고 있다.

이즈음 교지 사람들이 18일에 호윤채를 지나 진안부에 이르러 그 일대에 병영을 설치했다. 이곳 사람들의 말에 따르면, "전주가 끌어들여 진안부를 위협하는 것이지 귀순주가 위협하는 것은 아니다"라고 한다. 대체로 진안부의 사람들은 귀순주의 셋째 동생을 후계자로 삼고자 하는데, 전주 사람들이 시비를 걸자 막이를 끌어들여 진안부를 위협하는 것이리라. 귀순주의 둘째 동생은 바로 진안부에서 속량하여 하뢰주에 임관한 자이다. 그 셋째 동생 역시 처음에는 후계 자리를 다툴 생각이었으며, 하뢰주의 토사 우두머리인 이원(李園)이 그를 도왔으나, 훗날 후계자가 되지는 못했다. 이원은 사람들에게 쫓겨 고평(高平)의 경내에 숨어 지내면서 호윤채와 아조애(鵝槽隘)를 들락거리며 약탈을 일삼으니, 길 가던 이들이 그에게 고초를 당했다.

10월 28일

하늘이 온통 뿌옇게 흙먼지로 뒤덮였다. 한밤중에 담장이 무너져 몸을 덮치는 꿈을 꾸었다. 마음이 꺼림칙했다. 게다가 듣자하니, 귀순주 남쪽에는 막이가 쳐들어와 노략질하고, 귀순주 북쪽에는 귀조(歸朝)가 가로막고 있다고 한다. 마음이야 되돌아가고 싶지만, 두렵고 당혹스러워 결정을 내리지 못했다. 귀조는 부주와 귀순주 사이에 있는데, 이 두 주와 사이가 좋지 않아 자주 행인을 약탈하는지라 길이 막혔다.

『일통지』를 살펴보았으나 이 이름은 없었다. 어떤 사람은 이렇게 말했다. "귀조는 부주의 옛 주인이라오. 부주에 본래 있던 우두머리는 나중에 조정의 명을 받았으나, 조정에 닿는 길이 없었던 귀조는 오히려 부주의 관할을 받게 되었지요. 이리하여 서로 으르렁거리게 되었다오." 이 말이 맞는지 어떤지는 알 수가 없다.

하뢰주의 북쪽 관문의 두 번째 겹문 위로 둥근 바위가 불쑥 솟구쳐 있다. 바위의 높이는 다섯 길인데, 기대어 의지하는 곳 없이 홀로 강가에 매달려 있다. 층층이 쌓인 바위와 층계를 올라가니, 꼭대기는 크기가 한 길 다섯 자이고 평대처럼 평평하다. 꼭대기에 정자 한 칸을 지어놓고, 그 가운데에 관음보살상을 모시고 있다. 아래로 맑은 물길을 굽어보니 비취빛이 한데 모여 있는데, 남해(南海) 사람 장운(張運)이 지은 시와 보전(莆田) 사람 오문광(吳文光)이 쓴 글이 있다. 글자와 문장이 모두 뛰어나다.

나는 앞길이 험난한지라 관음보살께 점을 쳐서 갈지 말아야할지를 정하려 했다. 그러나 예언이 적힌 대나무 제비를 얻지 못했다. 대나무 산가지를 점칠 도구로 삼고서 먼저 관음보살과 약속하여 이렇게 중얼거렸다. 즉 만약 가는 길이 순조롭고 재난이 없다면 세 괘 모두 양괘, 성괘이고 음괘가 없을 것이며, 만약 약간의 어려움은 있으되 생명의 근심이 없다면 세 괘 가운데 하나의 음괘로 징조를 삼을 것이며, 만약 크나큰 재난으로 나아갈 수 없다면, 두 개의 음괘로 징조를 삼으리라. 맨처음에는 음괘와 성괘, 양괘를 각각 하나씩 얻었다. 다시 보살님께 결정해주기를 청하여 성괘 하나와 양괘 둘을 얻었다.

객사로 돌아와 하인 고씨에게 다시 이전에 약속한대로 가서 간구케했다. 그는 처음에는 성괘, 양괘, 음괘를 각각 하나씩 얻고, 다시 점괘를 구하여 성괘와 양괘 하나를 얻었다. 방금 전에 내가 구한 점괘와 거의 비슷했다. 도중에 어려움이 있더라도 크나큰 재난은 면할 수 있을지 모르겠다.

오전에 안개가 걷히고 날이 화창했다. 짐꾼과 식사를 기다렸으나 모두 오지 않았다. 한참 뒤에야 식사를 하고 관아 앞을 이리저리 거닐다가 관문의 누대에 올랐다. 누대에는 종이 있는데, 만력 19년 신묘년에 토사 허응규(許應珪)가 만든 것이었다. 그 문장을 살펴보니 이러했다. "하뢰주는 송대와 원대의 옛 주로서, 명대 초에 질시하던 관부(진안을 가리킨다.)가 관인을 감춘 채 내놓지 않다가 황제의 은사를 받지 못하여 오랑캐의 거주지로 전락한 지 이백년이 되었다. 나의 부친인 허종음(許宗蔭)이 격문을 받들어 정벌에 나서 여러 차례 공훈을 세우매, 내가 이에 상소문을 올려 주의 치소를 세워줄 것을 다시 청했다." 이 주가 만력 연간에 시작되었음을 비로소 깨달았다. 이것이 『일통지』에 실려 있지 않음은 당연하다.

주성의 남쪽 성 너머에는 높다란 봉우리가 한데 모여 솟아있다. 한 줄기 길이 남서쪽의 산골짜기를 돌아든다. 이 길은 30리에 걸쳐 고평의 경계와 맞붙어 있다. 이 길이 남동쪽의 산골짜기를 돌아들면 곧 물길을 따라 안평주로 내려간다. 십구경(十九峴)으로 가는 옛길이다. 지금은 교이와 왕래할까봐 안평주에서 나무를 넘어뜨려 길을 가로막고 있다. 이 주는 남녕부에 예속되어 있으며, 남녕부로 가는 길은 반드시 동쪽으로 용영주로 나와 태박으로 가야 한다. 만약 북동쪽으로 전주로 간다면 길은 에돌고 험난하다.

이날은 주성에 장이 서는 날이다. 비로소 머리를 풀어헤친 백성들을 보았다. 교이(交彝)가 진안부에 간 소식을 알아보았으나 여전히 아무런 움직임이 없었다. 아마 교이가 전주를 위해 진안부와 다투면서 여자와 말, 돈을 뇌물로 받아 챙겼을 것이라는데, 이 말은 틀림없으리라. 이에 앞서 진안부와 귀순주의 황달이 연합하여 전주를 물리쳤다. 전주의 다친 사람이 수십 명이었기에 교이에게 뇌물을 바쳤다. 그러나 교이 역시 대단히 교활한지라 그저 진안부에 군영을 세우고서 식량을 달라하고 뇌물을 받아 챙기면서 양쪽의 승패를 구경만 할 뿐이었다. 어부지리를 얻으려고 즉시 행동에 나서지 않은 것이라 한다.

짐꾼들이 이르자, 길을 떠났다. 어느덧 정오가 다 되었다. 북쪽 관문을 나와 바위산 동쪽 기슭을 따라 시내를 거슬러 북서쪽으로 나아갔다. 4리를 가자 길 왼쪽의 바위산이 홀연 끊긴 채 북쪽의 흙산과 마주하여 골짜기를 이루고 있다. 서쪽으로 가자 대단히 깊숙하다. 자그마한 물길이 골짜기 속에서 흘러나오고, 골짜기 입구에 가로로 둑이 쌓여 있다. 둑 안쪽에 모인 물은 못을 이룬 채 양쪽 벼랑 사이가 잠겨 있으며, 넘쳐 흐르는 못물이 (글자 빠짐) 흘러나와 커다란 시내로 흘러들었다.

둑을 넘어 서쪽으로 돌아들었다. 길은 비로소 커다란 시내를 벗어났다. 잠시 후 다시 북쪽으로 돌아들어 북쪽 흙산의 서쪽 산허리를 넘었다. 다시 북서쪽에서 흘러오는 시내가 보이고, 길 역시 북서쪽으로 시내를 거슬러 뻗어 있다. 얼마 후 북쪽의 대협곡을 지나 4리를 갔다. 나무 다리가 커다란 시내위에 가로 걸려 있다. 시내의 북쪽을 넘어 커다란 시내의 왼쪽 언덕을 거슬러 올라, 북쪽 경계의 바위산에 의지하여 나아갔다. 시내의 남서쪽을 멀리 바라보니, 흙산이 나타나기 시작했다. 흙산은 시내 북쪽의 바위산과 마주한 채 대협곡을 이루고 있다. 북동쪽의 바위산 사이로 여기저기 물길이 산골짝에서 흘러나와 서쪽으로 커다란 시내에 흘러든다. 가는 길에 여러 번 물길을 건넜다.

북서쪽으로 모두 5리를 가자, 북동쪽 경계의 바위산 아래에 역시 흙산이 빙 둘러 우뚝 솟은 채 서쪽으로 뻗어 있는데, 남서쪽 경계의 흙산과 합쳐지면서 대협곡은 끝이 난다. 커다란 시내 역시 굽이져 남서쪽에서 흘러오고, 길은 비로소 시내를 벗어나 북서쪽으로 흙산 골짜기를 넘어간다. 이곳에서 오르는 길은 온통 흙산 속이다. 다시 3리를 나아가 서쪽의 흙산을 내려갔다. 또다시 북서쪽에서 흘러오는 커다란 시내가 멀리 바라보인다. 흙산의 서쪽 기슭을 따라 차츰 서쪽으로 돌아들어 2리를 나아가 곧바로 커다란 시냇가에 이르렀다. 북쪽 언덕의 흙산 속에 또 한 줄기 자그마한 물길이 남쪽으로 시내에 흘러든다.

시내를 건너 언덕에 오른 뒤, 다시 커다란 시내를 거슬러 북서쪽으로 3리를 나아가 호윤채(胡潤寨)[1]에 당도했다. 그곳 남서쪽에는 교지의 변경으로 통하는 커다란 골짜기가 있고 [고평부까지는 사흘간의 여정이다.] 북서쪽으로는 기다란 골짜기가 있는데, 15리를 들어가 두 봉우리가 합쳐진 곳이 아조애(鵝槽隘)이며, 정서쪽의 큰산의 북쪽이 바로 귀순주이다. [하루 반이면 귀순주에 닿는다.] 정북쪽 아조령(鵝槽嶺)의 북쪽은 진안부이다. [이곳까지는 이틀 반의 여정이다.] 아조애는 귀순주의 동쪽 경계이며, 북동쪽의 겹겹의 산속은 상영동(上英峒)[2]이고, 조금 더 북동쪽은 향무주(向武州)이다.

이날 오후에 호윤채에 도착했다. 교이가 여전히 끊임없이 횡행하고 있으니 길을 나서지 말라고 객사 사람들이 권했다. 나는 요망스러운 꿈이 실제로 이루어질까 두려운지라 되돌아가기로 마음먹고서 [북동쪽의 향무주로 가는 길에 들어섰다.]

---

1) 호윤채(胡潤寨)는 호윤채(湖潤寨)라고도 하며, 지금의 명칭은 호윤(湖潤)이다. 정서현(靖西縣) 남동쪽 모퉁이에 있으며, 나수(灑水)의 근원이다.
2) 상영동(上英峒)은 상영동(上映峒)이라고도 하며, 지금의 명칭은 상영(上映)으로서, 천등현(天等縣) 서쪽 경계에 있다.

10월 29일

아침에 안개가 제법 자욱하더니 오래지 않아 날이 밝자 매우 쾌청했다. 짐꾼을 기다렸으나 오지 않기에 나는 성채 저택의 앞뒤를 이리저리 거닐다가 비로소 커다란 시냇물을 보았다. 북서쪽의 아조애에서 흘러오는 한 줄기 물은 귀순주 남쪽 경계에서 발원하여, 성채 앞을 지나 남쪽으로 하뢰주로 흘러내려간다. 북쪽으로 성채 뒤편의 흙산 골짜기 속에서 흘러오는 다른 한 줄기는 진안부 남쪽 경계에서 발원하여, 성채 뒤에 이르러 합쳐진 다음 두 갈래의 물길로 나누어진다. 하나의 갈래는 성채 저택의 북쪽에서 바위 제방으로 쏟아져 내려 서쪽으로 성채 앞쪽 시내로 떨어져 내리고, 다른 하나의 갈래는 성채 저택의 동쪽에서 성채 뒤로 감아돌아 남쪽으로 흘러 성채 앞쪽 시내와 합쳐진다.

대체로 성채 저택은 시내 가운데의 모래톱에 있다. 저택의 앞쪽에는 귀순주에서 발원하는 시내가 가로 흐르고, 뒤쪽에는 진안부에서 발원하는 물길이 좌우로 나누어 흐르다가 이곳에서 합쳐지니 물줄기가 비로소 커진다. [곧 『지』에서 이르는 바의 나수이다.] 이 물길은 좌강의 북서쪽 근원이며, 용주와 고평에서 흘러오는 물길과 옛 숭선현의 타면부

(馱綿埠)에서 합쳐진다.

호(윤채에는 순검사가 설치되어 있다.) 그 우두머리의 성은 잠(岑)씨이며 역시 토사이다. 그는 하뢰주와 함께 남녕부에 예속되어 있으며, 좌강도에 속해 있다. 아조애를 지나자 (글자 빠짐) 곧 우강도에 속해 있다. 우강도의 여러 토사, 이를테면 전주, 귀순주, 진안부 또한 모두 사은부에 예속되어 있다. 이처럼 하뢰주와 호윤채는 비록 남녕부에 속해 있지만, 동쪽으로는 태평부의 용영주, 양리주의 지역과 떨어져 있고, 북쪽으로는 사은부의 진안부, 전주의 지역과 떨어져 있다. 그리하여 그 경계는 대단히 먼 채 서로 이어져 있지 않다.

좌강과 우강의 구분은 아조령을 경계로 삼아, 남북 두 개의 물길로 나누어진다. 대체로 산등성이는 북서쪽의 부주에서 뻗어와 귀순주와 진안부를 거쳐 동쪽으로 도강주를 지난다. 용영주의 천등허(天燈墟)를 지나 갈래져서 남쪽으로 뻗어내린 것이 청련산이고, 남쪽에 맺혀져 호관 태평부를 이룬다. 용영주의 천등허에서 곧장 동쪽으로 뻗어내려가는 갈래는 합강진(合江鎭)에서 끝나는데, 이곳은 좌강과 우강이 만나는 곳이다.

전주는 진안부를 차지하려고 귀순주와 다툴 때, 교이의 힘을 빌어 자신을 강화했다. 또한 운남의 귀조는 부주와 다툴 때, 역시 교이를 끌어들여 돕게 했다. 이는 여러 토사들이 막이가 있음을 알 뿐, 중국이 있음을 알지 못하는 것이다. (누군가 "진안부에 반란의 우두머리 황회립黃懷立이란 자가 막이를 끌어들였다"고 말했다.)

10월 30일

아침에 대단히 추웠다. 처음에는 안개가 끼었다가 오래지 않아 맑게 개었으나, 짐꾼들이 끝내 오지 않았다. 생각건대 이곳의 포사[1]는 몹시 간교했다. 그는 오직 내가 귀순주에 가는 걸 꺼렸다. (귀순주가 멀다는 이유였다.) 안남의 오랑캐들이 길에 가득 차 있다고 나를 누차 위협했다. 성이 잠(岑)씨인 이곳의 토사는 성채의 주인으로, 교이와 매우 가까웠는데, 역시 교이가 있음을 알 뿐 중국이 있음은 알지 못했다. 오랑캐가 지날 때마다 이들을 후하게 대접하면서도, 중원에서 온 사람들은 냉담하게 대했다. 교이 역시 이곳 성채를 두터이 비호하면서, 사이에 난처한 일이 벌어지지 않게 한다고 한다.

나는 객사에 있던 사람들에게 미혹된 데다가 요망한 꿈이 현실이 될까봐 두려웠다. 그래서 이날 아침에 세 가지 중에 제비를 뽑아 하늘에 도움을 청했다. 즉 하나는 귀순주로 가는 것, 또 하나는 하뢰주로 돌아가는 것, 다른 하나는 향무주로 가는 것이었다. 하늘을 향해 경건하게 기도한 후에 주위들어 결정하니, 향무주로 가는 제비였다. (객관의 사람들도 내가 향무주로 가는 게 낫다고 부추겼다. 대체로 귀순주에 가려면 장거리 짐꾼이 필요하지만, 향무주로 가는 데에는 연도의 마을에서 짐꾼을 갈아 쓰면 되기 때문이리라.)

오후에 짐꾼들이 도착했는데 여덟 명뿐이었다. (두 명이 줄었다.) 짐꾼들 각자가 반찬과 쌀을 가져오지 않은 것으로 보아, 그들이 단거리 짐꾼임을 알 수 있었다. 그러나 더 이상 기다릴 이유가 없었기에, 잠시 후 그들을 따라 길을 나섰다. 성채 저택으로부터 북쪽에서 흘러오는 시내를 거슬러 올라 반리만에 시내 가운데의 흙언덕을 건너 나아갔다. 여기에서 시내는 두 갈래로 나뉘었다가 다시 합쳐진다.

그 사이로 길을 잡아 반리를 나아갔다. 그 서쪽의 등성이 사이에 끼어 흐르는 시내를 건넌 뒤 멀리 바라보니, 흙산 동쪽의 골짜기에서 시내가 흘러오고, 길은 흙산의 서쪽 골짜기 위로 뻗어나간다. 2리를 가자 골짜기는 끝이 났다. 산을 넘어 움푹 꺼진 곳에 올랐다. 1리를 나아가 다시 동쪽으로 내려가자, 커다란 시내와 만났다. 시내 북쪽 언덕을 거슬러 북동쪽으로 나아갔다.

2리를 가자 바위산이 시내의 북쪽 언덕에 불쑥 솟아 있다. 바위산 위에는 덩굴가지와 나무숲이 빽빽하고, 그 아래로는 길이 강변을 휘감아

돌고 있다. 고개를 들어 남북을 바라보니 온통 흙산이 높고도 시원스럽다. 북쪽 산마루는 때때로 험준하고 삐쭉삐쭉한 바위등을 드러내고, 이불쑥 솟은 바위산이 또 길을 막고 있다. 가파르게 우뚝 솟고 비스듬히 기운지라, 길을 나아가기가 몹시 힘들었다. 그러나 길 양쪽의 나무와 띠풀을 베어, 제법 널찍한 길이 나 있다. 이 길은 바로 호윤채에서 진안부로 가는 길로서, 교이가 이 길을 지나면서 낸 길임을 알았다. 나는 교이를 피하여 귀순주로 가지 않으려 했는데, 도리어 교이가 거쳐간 길을 쫓아가고 있는 셈이었다. 객관 사람들에게 속은 게 원망스러워지기 시작했다.

바위산을 따라 북동쪽으로 1리를 가자, 노인 한 분이 길가에서 땔감을 하고 있는 것이 보였다. 가마꾼이 그와 이야기를 나누더니, 이내 그와 함께 앞으로 나아갔다. 반리를 가자 나무가 시내 양쪽 언덕에 비스듬히 넘어져 있고 나뭇가지로 엮은 다리가 있다. 시내를 건너 남쪽으로 나아가니, 이곳은 남롱촌(南隴村)이다. 몇 채의 인가의 시내 남쪽에 있는데, 가마꾼은 가마를 노인의 집에 들여놓고서 곧 떠나버렸다. 나는 억지로 그를 붙잡으려 했으나, 노인이 이렇게 말했다. "우리 마을에서 틀림없이 앞으로 보내드리겠소 오늘은 날이 저물었으니 잠시 쉬면서 내일 아침까지 기다리시지요. 저 짐꾼들이 머물러 있을 필요는 없습니다." 나는 어찌 할 수가 없어 그들이 하는 대로 내버려두었다.

이때 날은 아직 몇 리를 더 갈 수도 있었지만, 노인의 말씀에 따라 그의 띠집으로 올라갔다. 노인은 달걀을 삶고 마실 거리를 주었다. 그의 나이를 물어보니, 벌써 아흔 살이라고 한다. 아들이 몇 명이나 되는지 묻자, "모두 일곱이라오 위로 넷은 이미 세상을 떴고, 아래로 셋만 남아 있지요." 그 일곱 아들의 어머니가 바로 불을 살라 마실 거리를 끓이는 노부인인데, 노인과 서로 공경하며 사랑했다. 이 황량하고도 외진 곳에 이처럼 연세 많으신 분들이 살고 있다니 기이하고 기이하도다!

이 마을 사람들이 하는 말은 도무지 알아들을 수가 없었다. 오직 이 노인만은 중국말을 할 줄 아는데다, 머리를 풀어헤치거나 맨발을 하지 않았다. (하뢰주에서 호윤채에 이르기까지 그곳 사람들 절반이 머리를 풀어헤친 채 묶지 않았다.) 또한 연초나 빈랑을 먹지 않고, 태평부와 남녕부 등의 여러 유관(流官)의 관할지를 알지도 못했다. 노인은 "16일에 교이가 이곳을 지났는데, 나동(羅洞)에서 진안부로 가기에 나는 산으로 도망쳤다오. 그들 역시 아무 것도 건드리지 않고 떠났소"라고 말했다.

---

1) 포사(鋪司)는 역참을 관리하는 기구이다.

11월 초하루

아침에 안개가 자욱했으나, 해가 뜨자 대단히 화창해졌다. 남롱촌에서 북동쪽으로 1리를 나아가 시내의 북쪽 언덕으로 건넜다. 시내를 거슬러 2리를 오르자, 이 시내가 남동쪽 산골짜기에서 요란한 소리와 함께 떨어져 내리는 것이 보였다. 골짜기 어귀 양쪽에 커다란 바위가 둑처럼 가로누워 있는데, 높이는 수십 길에 너비가 십여 길이다. 천둥과 같은 굉음과 쏟아지는 눈보라의 기세가 장엄하기 그지없다. 남서지구에 온 이래로 이런 장관은 본 적이 없다. 여기에서 떨어져 내린 물은 시내를 이룬 채 남서쪽으로 흘러간다. 길은 골짜기 북쪽의 움푹한 평지에서 조그마한 물길을 거슬러 북동쪽으로 뻗어오른다.

1리를 가자 움푹한 평지는 끝이 났다. 이윽고 고개를 넘어 올랐다. 1리를 나아가 고갯마루에 이르러, 십여 명의 교이를 만났다. 절반은 선창 1)(총자루는 모두 붉다)을 쥐고 있고, 절반은 조총을 어깨에 메고 있다. 그들은 등나무 모자를 지니고 있으나 머리에 쓰지는 않았으며, 머리를 풀어헤친 채 맨발 차림에 다른 물품은 메고 있지 않다. 나를 보더니 그저 바라보며 지나쳤다. 가마꾼이 그들과 이야기를 나누었는데, "이미 진안부를 치고 돌아오는 길이다"라고 했다. 속이는 말인 듯했다.

다시 고개 위를 반리 나아가 또다시 예닐곱 명의 교이를 만났다. 쥐고 있는 무기는 이전과 마찬가지인데, 대대가 어느 곳에 있는지 알 수 없었다. 여기에서 고개를 반리 내려와 다시 시내와 만났다. 시내를 거슬러 동쪽으로 반리를 나아가자, 시내는 남쪽에서 흘러오고, 길은 동쪽의 움푹 꺼진 곳 아래로 뻗어 있다. 밭두둑 한 뙈기와 움푹한 평지 한 곳이 보이기에, 그곳을 따라 북동쪽으로 나아갔다.

1리를 가자 커다란 시내위에 다리가 걸려 있다. 이 시내는 북쪽의 바위산 겨드랑이에서 흘러나와 남서쪽의 이곳 움푹한 평지 속을 지난다. 이어 남쪽으로 돌아들어 산을 따라 북쪽으로 흐르다가 동쪽의 움푹 꺼진 곳의 서쪽으로 흘러나간다. 다리의 북쪽에서 시내 북쪽으로 거슬러 들어갔다. 이 길은 곧 진안부로 가는 길로서, 교이가 지나간 곳이다. 다리의 남쪽을 건너 시내를 따라 북동쪽의, 동쪽에서 흘러오는 조그마한 시내를 건너 북쪽으로 나아가면, 나동촌(羅峒村)이 나온다. 조그마한 시내의 남쪽에서 산을 따라 동쪽으로 들어서면 향무주로 가는 길이 나오고, 남동쪽의 산 틈새로 나아가면 상영동(上英峒)[과 도강주]로 가는 길이 나온다.

다리를 건너 반리만에 나동촌에서 짐꾼을 교체했다. 마을은 움푹한 평지 북쪽의 바위산 아래에 의지해 있다. 바위봉우리의 서쪽은 곧 진안부로 가는 길의 길목이고, 바위봉우리의 동쪽은 향무주로 가는 길의 지나는 곳이다. 이제야 교이와 다른 길을 가게 되었다. 한참동안 짐꾼을 기다리는데, 마을 사람이 달걀과 단술을 가져왔다.

계속해서 남쪽의, 동쪽에서 흘러오는 자그마한 시내를 건넜다. 이어 바위산부리를 따라 그 남쪽 골짜기로 돌아들어 동쪽으로 올라 1리 반을 나아가 고개 위에 올랐다. 여기에서 사방에 바위산이 한데 모여 있는 것이 보이고, 산등성이속에 웅덩이물이 떨어져 내리는 것이 보였다. 다시 1리 반을 나아가 언덕을 휘감아 돌아 들어서자, 여러 채의 인가가 있다. 이곳은 용촌(湧村)이다. 다시 짐꾼을 교체하여 동쪽으로 움푹한 평지 속을 나아가 조그마한 물길을 넘었다. 이 물길은 나동촌의 동쪽에서 흘러오는 자그마한 시내의 상류이다.

2리를 나아가 북동쪽의 고개에 올랐다. 제법 가파른 이 고개를 1리를 나아가 고개의 움푹 꺼진 곳에 이르고, 1리를 나아가 고갯마루를 넘었다. 좌우의 바위 벼랑은 하늘을 찌를 듯 험준하기 그지없으며, 고갯길 또한 구불구불 울퉁불퉁 잡초에 뒤덮여 있다. 지금까지의 넓게 트인 일대와는 사뭇 달랐다. 고개를 넘어 고개 위에서 남동쪽의 바위벼랑을 따라 그 북쪽으로 평탄하게 나아갔다. 다시 벼랑을 따라 3리를 올라 등성이 하나를 건넜다. 등성이 동쪽에 또 하나의 벼랑이 솟구쳐 있다. 이어 벼랑을 따라 반리를 간 뒤, 남동쪽으로 구렁 속으로 1리를 내려가 기슭에 닿았다.

여기에서 북동쪽의 밭두둑 사이로 나아가 다시 1리 남짓을 가자, 빙 두른 구렁 속에 마을이 자못 번성했다. 이곳은 하경(下硬)이다. 이곳의 물길은 남동쪽의 산골짜기를 따라 흘러가는 듯하다. 이에 식사를 하고 짐꾼을 교체했다. 날이 곧 저물려 했다. 다시 북동쪽으로 흙산 사이를 오르다가 잠시 후 차츰 북쪽으로 돌아들어 모두 2리를 나아가 상경(上硬)에서 묵었다. 호윤채의 경계는 여기에 이르러 비로소 끝이 난다.

---

1) 선창(線槍)은 조총류 화기의 일종으로 전체적으로 팔각형이다. 총의 몸통은 총신의 절반 정도이고 쇠꼬챙이는 없다.

11월 초이틀

아침에 안개가 끼지 않고 화창했다. 아침 식사가 매우 일렀는데, 마을 사람들이 닭고기로 식사를 대접했다. 상경촌(上硬村)에서 북쪽으로 산골짜기 속으로 접어들어 1리만에 고개에 올라서자, 오른쪽에는 바위봉우리가 많고 왼쪽에는 흙등성이 투성이이다.

반리를 가서 등성이를 넘어 북쪽으로 내려갔다. 오솔길과 밭두둑에 물이 질척거렸다. 길가에 졸졸 흐르는 물은 바깥쪽 밭두둑에서 산기슭의 동굴 속으로 쏟아져 내린다. 평탄하게 반리를 내려가 다시 북쪽으로 밭두둑 사이를 1리 나아가자, 길 오른쪽 봉우리 아래에 마을이 있다. 이 곳은 남록촌(南麓村)이라는 곳이다.

짐꾼을 교체하여 북쪽으로 2리를 갔다. 길 오른쪽 바위봉우리 사이와 길 왼쪽 흙언덕 위마다 마을이 있다. 한 줄기 조그마한 시내가 그 사이에 경계를 이루고 있다. 머리카락처럼 가느다란 물길이 도리어 역류하여 남쪽으로 흘러간다. 대체로 등성이를 넘은 이래 동쪽은 바위, 서쪽은 흙으로 이루어진 산이 끊이지 않는다. 이 물길은 도리어 밖에서 흘러들었다. 땅속으로 스며 떨어지는 물길이리라 생각했다.

물길 가에서 한참동안 짐꾼을 기다리는데, 칼로 베어내듯 배가 아팠다. 짐꾼이 오자 가마를 타고 나아갔다. 별안간 고통을 도저히 견디기 어려웠다. 하늘의 높음과 땅의 낮음을 분별할 수조차 없었다. 북쪽으로 3리를 나아가자 길 왼쪽 산 아래에 마을이 있다. 다시 짐꾼을 교체하여 길을 갔다. 나란히 솟은 바위산이 빙 둘러 있는데, 그 사이로 비탈길을 오르내렸다. 온통 잡초와 띠풀이 가득 자라나 있고, 이전의 밭두둑은 더 이상 보이지 않았다.

북동쪽으로 8리를 가자 복통이 조금 가라앉았다. 길 왼쪽의 바위벼랑 안에 마을이 있다. 소리쳐 불러 짐꾼을 교체했다. 이곳의 산골짜기는 북동쪽으로 뻗어내리고, 길은 북서쪽으로 바위투성이의 움푹 꺼진 곳을 넘어간다. 처음에는 몹시 험준한 길을 반리 올라가 바위산을 넘어 올랐다. 그 안은 온통 흙산이다. 다시 반리를 올라 곧바로 북서쪽의 흙산 골짜기 속을 1리 나아갔다. 다시 평탄한 길을 1리 내려가 북쪽의 움푹한 평지를 따라 1리를 가자, 서쪽의 움푹한 평지에서 흘러오는 조그마한 시내가 보였다.

시내의 왼쪽을 넘은 뒤, 북쪽으로 반리만에 시내를 벗어났다. 서쪽으

로 흙산 골짜기를 꺾어돌아 반리를 가자, 평뢰촌(坪瀨村)이라는 마을이
나왔다. 이때 하인 고씨는 짐꾼을 기다리느라 뒤에 처지고, 나는 마을의
띠집에서 기다리면서 밥을 지었다. 하인 고씨가 이르렀을 때 마침 밥이
다 익고 나의 복통 또한 이미 가라앉아 있었다. 마을 사람들이 시내의
붕어를 음식으로 만들어주니, 억지로 밥 한 사발을 비웠다. 식사를 마친
후 짐꾼들이 왔다. 두 명이 모자란지라 아녀자에게 대신 짐을 지게 했다.

다시 마을 뒤쪽에서 서쪽의 움푹 꺼진 곳을 넘어 1리를 간 뒤, 뒤쪽
의 움푹 꺼진 곳으로 돌아나와 동쪽으로 나아갔다. 움푹한 평지에 이르
러 북쪽으로 돌아들어 모두 1리를 가자, 조금 전의 시내가 남쪽에서 흘
러와 다시 만났다. 시내 왼쪽을 따라 북쪽으로 10리를 간 뒤, 서쪽으로
돌아들어 산골짜기를 반리 들어섰다. 유월(六月)이라는 마을이 있다. 한
참동안 짐꾼을 기다리다가, 두 명의 아녀자에게 가마를 대신 메게 했다.

계속해서 북쪽 산의 중턱에서 동쪽의 골짜기를 나왔다. 반리만에 고
개를 넘어 북쪽으로 1리를 내려갔다가, 다시 밭두둑에서 북동쪽으로 나
아갔다. 잠시 후 다시 남쪽에서 흘러오는 시내와 만났다. 계속해서 시내
를 거슬러 북서쪽으로 1리를 갔다. 몹시 가파른 바위봉우리가 시내 동
쪽에 우뚝 서 있고, 수십 채의 민가가 봉우리에 기대어 시내를 굽어보
고 있다. 시내의 서쪽에는 밭이랑이 빙 두르더니 훤히 트여 움푹한 평
지를 이루고 있다. 이곳은 표동(飄峒)이라는 곳이다. 바위봉우리가 아득
하기에 이렇게 일컫는 것일까? (토박이들은 '뾰족한 산'을 '표飄'라 부르고 있다.)

짐꾼을 교체한 뒤 북쪽으로 고개를 반리 올랐다. 서쪽으로 돌아들어
산골짜기에 들어서서 1리를 간 뒤에 내려갔다. 다시 북서쪽으로 1리 반
을 가자, 서쪽의 움푹한 평지에 띠풀집 몇 채가 있다. 적막한 채 사람이
살고 있지 않다. 이곳은 상공(上控)이라는 곳이다. 재작년 겨울에 진안부
의 도적 왕왜(王歪)에게 노략질당한 바람에, 온 마을이 텅 빈 채 살려 하
는 이가 없었다.

여기에서 다시 북쪽으로 반리를 나아가 남동쪽으로 꺾어들었다. 바

위산의 골짜기로 들어서서 다시 반리를 가자, 상공의 주민들이 이곳으로 옮겨와 살고 있다. 다시 짐꾼을 교체하여 길을 떠났다. 어느덧 날이 저물어 있었다. 골짜기를 가로질러 남동쪽의 바위산을 내려가 1리를 가서 진동(陳峒)에 이르렀다. 진동은 대단히 넓어 훤히 트여 있고, 주민은 매우 많다. 어둠 속에서 외쳐 부르는 소리에 다투어 나와 가마를 멨다.

다시 동쪽으로 1리를 갔다. 길 북쪽의 몹시 가파른 바위산 아래에 마을이 있다. 외쳐 부르는 소리에 주민들이 나오기에 짐꾼을 교체했다. 다시 동쪽으로 1리를 가자 험준한 봉우리의 양쪽이 문을 이루고, 그 가운데로 길이 뻗어 있다. 이곳은 나경(那峽)이라는 곳인데, 지세가 유난히 험준했다. 골짜기를 나와 나경촌(那峽村)에 묵었다. 이날 모두 35리밖에 나아가지 못했다. 여러 차례 짐꾼을 기다리느라 쉬었기 때문이다.

11월 초사흘

하늘에 구름이 짙게 드리웠지만, 비가 내리지는 않았다. 마을의 짐꾼이 날이 채 밝기도 전에 와서 길 떠나기를 기다리고 있었다. 마을이 작은지라 짐꾼도 적어, 반절은 어린 아이로 가마꾼을 대신했다. 밥 먹을 시간도 없이 곧바로 길을 나섰다. 주성이 그리 멀지 않다고 여겼다.

동쪽으로 반리를 나아가니, 바로 앞에 [바위]산이 우뚝 솟아 있다. 남쪽 골짜기 속을 뚫고 흘러나온 커다란 시내는 우뚝 솟은 봉우리의 서쪽 기슭을 지나 그 북쪽에 이르러 꺾어지더니 우뚝 솟은 봉우리 북쪽의 골짜기 속을 요동치면서 동쪽으로 흘러간다. 서쪽에서 뻗어오던 길 역시 우뚝 솟은 봉우리의 서쪽 기슭에 이르러 시내의 제방을 건넌 뒤 기슭을 따라 물길을 좇더니, 역시 북쪽으로 꺾어져 봉우리를 따라 동쪽으로 북쪽의 골짜기 속으로 뻗어든다. 대체로 우뚝 솟은 봉우리와 시내 북쪽의 봉우리는 가파르게 바짝 붙은 채 골짜기를 이루고, 골짜기 속을 요동치며 흐르는 시내는 기세가 대단히 험하고 거칠다.

우뚝 솟은 봉우리는 동쪽의 시내 서쪽을 굽어보면서 벽처럼 우뚝 선 채 거꾸로 꽂혀 있다. 그 북서쪽 모퉁이가 벼랑에 기대어 물길을 가로 막고 있다. 겨우 한 사람만이 비좁은 입구를 기어 동쪽으로 들어설 수 있을 정도인지라 목책을 설치하여 관문을 만들어 놓았다. 이곳이 곧 북안채(北岸寨)이다. 마치 산해관(山海關)이 동쪽을 눌러막고 동관(潼關)이 서쪽에 매달려 있는 것과 같다. 이 모두 물길이 산에 부딪쳐 끊어낸 것이지만, 경관의 크기가 다를 뿐, 깊고 가파른 기세는 훨씬 심했다. 작년 겨울에 교이가 이곳을 공략했으나 점령하지 못한 채 물러서고 말았다. (왕왜가 끌어들여 쳐들어와 상공을 약탈하고서 떠났다.)

관문에 들어서니, 그 산 가운데는 움푹 꺼진 채 남쪽으로 뻗어가다가 다시 동쪽으로 불쑥 솟아나 강을 굽어보고 있다. 중간에 움푹 꺼진 곳은 수백 명이 들어갈 수 있는지라, 성채를 엮어 세우고 우두머리를 두어 지키고 있다고 한다. 성채의 동쪽을 지나 남쪽의 벼랑을 따라가다가, 다시 관문을 나와 남쪽으로 내려갔다. 시내를 건너 관문에 들어선 이래, 이곳에 이르기까지 또다시 반리 길이었다.

여기에서 동쪽으로 산의 움푹한 평지 사이를 나아갔다. 남북의 바위산이 문처럼 늘어선 채 움푹한 평지를 이루고 있고, 가운데에는 평평한 들판이 펼쳐져 있다. 동쪽으로 굽이돌아 나아가자, 그 사이에 커다란 시내가 가로지르고 있다. 구불구불 동쪽으로 나아가는데, 남북의 양쪽 산기슭에 때때로 마을이 기대어 있다. 나경의 짐꾼들은 전처럼 자주 교체하지도 못한데다, 마을은 작고 길도 멀었다. 이곳은 온통 성곽을 끼고서 험준한 요새를 지키는지라 다른 마을과 다르니, 어찌 십리마다의 역참을 한결같이 귀히 여겨지지 않겠는가?

북동쪽으로 평평한 들판 사이를 나아가 커다란 시내를 두 번 건넜다. 시내의 서쪽을 따라 북동쪽으로 5리만에 길 오른쪽의 산벼랑을 따라 남쪽으로 돌아들고서야, 비로소 시내와 헤어졌다. 1리를 가서 길 오른쪽의 마을에서 짐꾼을 교체했다. 어느덧 향무주가 멀리 바라보였다. 향무주의 역참에서 걸음을 멈추고 묵었다.

향무주는 성에 직접 예속되어 있으나 우강도(右江道)에서 관할했다. 그런 탓에 물품을 제공하지도 않으면서 교활하고 완고하기 짝이 없었다. (등긍당의 편지를 전했으나, 끝내 아랑곳하지 않았다.) 향무주의 관원은 황소륜(黃紹倫)으로, 참장[1]을 겸하고 있다. 그의 저택은 북쪽을 향한 채 뒤로 겹겹의 봉우리를 등지고 있다. 저택의 북쪽 산골짜기에 시내가 있다. 『지』에서는 "고용강(枯榕江)은 주성 남쪽에 있다"라고 했지만, 이는 옳지 않다. 한밤중에 비가 내렸다.

---

1) 참장(參將)은 명대에 총병(總兵), 부총병(副總兵)의 다음 가는 지위의 무관이다.

11월 초나흘

역참에서 짐꾼이 오기를 기다렸다. 종일토록 비가 부슬부슬 내렸다. 황소륜에게 보내는 시를 써서, 중군의 호(胡)씨와 사(謝)씨에게 인사드리러 갔다. (두 사람 모두 귀지현貴池縣 출신인데, 제멋대로 나를 붙들고서 나를 위해 황소륜에게 말해주겠노라고 했다.)

11월 초닷새

날이 몹시 추웠다. 오전에 조금 맑아졌다. 짐꾼이 왔는데 여섯 명뿐이다. 주병전(周兵全)이라는 사람은 원주민 가운데 일을 관장하는 자이다. 그는 나의 시를 보자마자 가지고 들어가면서 짐꾼들에게 물러가 있으라 하더니, 나에게 잠시 머물러달라고 붙잡았다. 오후에 황소륜이 서신과 함께 채소, 쌀, 술과 고기를 보내주었다. 저녁 무렵에 다시 나의 시에 화답하는 시를 서신으로 보내왔다.

11월 초엿새

아침 일찍 일어나니, 날이 맑게 갰다. 식사를 한 후 주병전(이름은 상무 尚武이고 자는 문도文韜이다)이 또다시 서신을 가져와 조금만 더 머무르라고 붙잡았다. 하지만 나는 짐꾼이 오면 곧바로 떠나려 한다고 사양했다. 시간이 조금 흘렀는데도 짐꾼이 오지 않았다. 이에 북쪽으로 반리를 나아가 커다란 시내(곧 고용강枯榕江)를 찾았다. 그 지류를 따라 동쪽으로 나아가자, 봉우리 하나가 마치 독수봉처럼 둥글게 솟아 있다. 이 봉우리에는 3층의 동굴이 서쪽을 향해 우뚝 솟아 있다.

아래 동굴은 깊이가 다섯 길인데, 옆으로 갈래진 구멍은 없으나, 유달리 툭 트여 넓다. 그 안팎으로는 모두 위로 다닐 수 없다. 가운데와 위의 두 층을 올려다보니 까마득하다. 높은 사다리를 놓지 않으면 이를 길이 없었다. 잠시 후 동굴을 나와 봉우리의 북쪽과 동쪽의 두 기슭을 빙 돌아 반리를 나아갔다. 모두 1리만에 숙소로 돌아왔다.

마침 짐꾼이 왔기에 떠나려 했다. 주문도가 와서 앉아 붙잡더니, 그의 막료 양문환(梁文煥)에게 어서 가서 노잣돈을 가져오라고 재촉했다. 이에 편지를 써서 황소륜에게 감사드리고, 행장을 꾸린 후 짐꾼을 불러서 떠나고자 했다. 식사를 마친 후 짐꾼들이 왁자지껄 떠들면서 흩어진 채 한 사람도 남지 않았다. 아마 내가 그들을 불러 떠나라고 한 것은 그들을 재촉하여 길을 떠나고자 함이었는데, 그들은 잠시 흩어져 가 있으라는 뜻으로 오해한 것이리라. 식사를 마친 후 하인 고씨에게 그들의 집에 가서 재촉하라고 일렀는데, 모두들 이미 산으로 땔감을 하러 가버렸다기에 내일 아침에 떠나기로 일정을 바꿨다.

나는 이에 사방의 산을 여기저기 거닐다가 저물녘에 역참으로 돌아왔다. 그런데 갑자기 어떤 사람이 오더니 예의를 대단히 깍듯하게 갖추었다. 바로 황소륜의 명을 받아 만류하러 온 사람이었다. 그의 뜻이 매우 도타우면서도 진지했다. 나는 명산에 대한 생각이 간절하여 절대로 머물 수 없다고 완곡하게 사양했다. 잠시 후 사씨와 호씨가 각각 나를 만나러 와 주인의 뜻이라며 만류하고, 앞에 왔던 사자 역시 두세 번이나 왔다갔다 했다. 얼마 후 주문도가 다시 대두목인 위(韋) 수로(수로守老의 현지음은 쑤라오이다)와 함께 나를 만나러 와서 간절하고 공손하게 황소륜의 유지를 전했으나, 나는 극구 사양했다. 날이 저물자, 황소륜이 다시 술과 쌀, 야채와 고기를 보내오고, 아울러 친필의 글로 극력 만류하면서 병이 완쾌되면 한번 뵙자고 했다. 예의를 갖춤이 대단히 공경스러웠다. 나는 마음을 정하지 못한 채 잠자리에 누웠다.

11월 초이레

아침 추위가 뼈속 깊이 스몄다. 우리 고향의 한기도 이 정도는 아니다. 막 동이 터오자 황소륜이 또다시 닭고기와 술, 쌀을 보내왔다. 나는 이에 일어나 답신을 써서 잠시 며칠 머물겠노라고 했다. 이날 날이 유난히 맑게 갰다. 주성 앞에서 또 장이 서기에, 나는 이내 보내온 산닭을 스님에게 보내 대신 키워달라고 부탁했다. 바나나를 사고 고기를 삶아 취하도록 술을 들이켰다.

11월 초여드레

오전에 주문도가 또다시 황소륜의 서신을 가지고 찾아왔다. 그는 돈을 건네면서 처소의 비용으로 쓰라 하고, 오후에 만나기를 청했다. 아마 토사들은 모두 밤을 낮 삼는지라, 오후가 되어서야 일어나 빗질을 하고 세수를 하는 모양이다. 오후에 주문도가 다시 찾아와 뒤의 별당으로 안내하여 황소륜을 만났다. 그는 예의를 깍듯하게 갖추면서 서로 늦게 만나게 됨을 한탄했다. 그는 나보다 세 살이 더 많은, 쉰다섯 살이었다. 처음에는 정성스럽게 만류하는데도, 나는 명산을 참배해야 한다는 이유로 어렵사리 사양했다.

잠시 후 그는 이렇게 말했다. "나는 그대의 고상함을 알고 있습니다. 그대를 새장에 가둘 수 없는 터에, 어찌 가시덤불 속에 감히 봉황더러 머물라 하겠습니까? 다만 이 길이 너무나 험난하고 위험하니, 곧바로 가시기에는 어려우리라 생각합니다. 마침 귀순주에서 사자가 왔으니, 제가 마땅히 서신을 써서 앞서 길을 안내하라 하고, 글을 귀조에 보낸 다면 아마 닿을 수 있을 것입니다." 아울러 호윤채는 그의 사위가 장악 하고 있는데, 그 역시 나를 위해 글을 보내주기로 허락했다.

그리하여 마침내 하루를 늦추어 귀순주의 사신과 함께 가기로 결정 했다. 이에 바둑판을 펼쳐 바둑을 두었다. 각각 한 차례씩 이기고 졌다. 나는 주머니에 간직해온 황석재(黃石齋)의 석각과 담지(湛持)의 친필을 그에게 보여주었다. 그는 나를 이끌어 황제께서 하사하신 편액을 보여주 었다. (위에는 '흠명가장鈙命嘉奬'이란 네 글자가 씌어 있는데, 이는 숭정 8년 10월 15 일에 향무주의 지주인 황소륜에게 참장을 배수하여 세운 것이다.) 이때 편액은 새 로이 단장하여 문 위의 가로대에 높이 매달린 채 겹겹의 돗자리로 보호 하고 있는지라, 모두 치우라 명한 뒤에야 볼 수 있었다. 한참 뒤에 숙소 로 돌아왔다. 뉘엿뉘엿 해가 지고 있었다. 주문도가 다시 황소륜의 서신 을 가지고 와서 방문에 감사를 표했다.

11월 초아흐레

향무주에서 사신을 기다렸다. 이날은 먹구름이 사방에 깔렸다. 백감 암(百感巖)에 가고 싶었으나, 스님이 외출한지라 가지 못했다. 이곳에는 세 곳의 바위동굴이 있다. 맨앞에 있는 것이 표랑암(飄瑯巖)으로, 곧 북쪽 의 둥그런 봉우리에 세 층의 동굴이 겹쳐 있는 것이다. (가운데와 위의 두 층은 오를 수 없다. 이때 마침 향무주의 관원이 사다리를 묶고 받침대를 세워 그곳에 가보려던 참이었다.) 상류에 있는 것은 백암채(白巖寨, 현지음은 불한不汗 혹은 북안北岸이다)로서, 주성의 서쪽 몇 리에 있으며, 이곳에 올 적에 물길을 굽어보며 관문이 세워져 있던 곳이다. 하류에 있는 것은 백감암으로, 주성의 북동쪽 몇 리에 있으며, 고용강이 여기에서 흘러든다. 이 세 동굴을 모두 가보고 싶었던 황소륜이 나와 함께 가기로 약속했으나, 나는 기다릴 수가 없었다.

한가한 틈에 호(胡) 중군(글자 빠짐) 상(尚)과 귀순주의 사자 유광한(劉光漢)을 만났는데, 그들이 나에게 이렇게 말했다. "예전에 진안부의 지역은 대단히 넓어 모두 동(峒)이 열세 곳이었습니다. 오늘날에는 귀순주와 하뢰주가 각각 주성의 치소를 설치하고, 호윤채 역시 성채를 세워 남녕부에 예속되고 말았습니다. 호윤채의 동쪽에 있는 상영동은 여전히 진안부에 속해 있기는 하지요. 예전에는 진안부가 귀순주에 속해 있었는데, 지금은 이미 교이에게 점령당한 바람에, 이 지역이 사분오열 되어버렸습니다. 하지만 그래도 아직 남아 있는 곳이 적지 않습니다. 몇 년 전에 토사인 잠계상(岑繼祥)이 죽었을 때, 그의 아들 잠일수(岑日壽)는 빈주(賓州)에 있었습니다. 그런데 실권자들이 즉시 그를 맞아들이지 않아, 그는 끝내 객사한 채 후사가 끊기고 말았지요. 진안부에서 갈라져나온 곳 가운데 귀순주가 가장 가깝고, 호윤채는 그 다음인 셈입니다. 전주와 사성주는 성은 같지만 조상이 다르고, 각자 세력을 믿고서 계승권을 탐내고 있습니다. 심지어 교이의 세력을 빌어 협박하기도 하는데, 전주가 제일 심합니다."

이어 이렇게 말했다. "귀순주에서 광남주(廣南州)에 이르려면, 남쪽으로 부주를 지나고 북쪽으로 귀조를 지나야 합니다. 귀조의 토사는 성이 심(沈)씨이고 이름은 명통(明通)인데, 숙부와 맞붙어 싸워 여러 차례 소란을 피웠으며, 게다가 부주가 그의 우두머리입니다. 현재 부주의 토사인 이보(李寶)의 선조가 관할했던 곳은 모두 라라족(囉囉族)[1]인데, 높은 산과 험준한 고개 위에 거주하고 있었습니다. 이씨가 그들을 잘 어루만져 그들의 환심을 살 수 있게 되어 그의 세력이 마침내 강해지자, 그의 주군과 맞서 다투었지요. 명나라 초에 끝내 주인(州印)을 훔치자, 주군이던 심씨는 도리어 그의 관할을 받게 되었습니다. 그래서 지금까지 두 집안이 쉬지 않고 치고 받으면서 각기 교이의 세력을 빌어 분을 쏟아내니, 이로 인해 길이 막히는 것입니다."

(나는 주문도가 소장하고 있는 귀순주 종족 도감을 살펴보았다. 잠준岑濬의 아들이 다시 계승했으나 후사가 없는지라 진안부의 둘째 아들이 지위를 계승했다. 잠계상과 잠대륜岑大倫은 여전히 같은 증조부를 모시고 있었다.)

주문도는 이름이 상무이며 본래 귀순주 출신이다. 그는 나에게 이렇게 말했다. "애초에 고평의 막경관(莫敬寬)이 여(黎)씨의 공격을 받아 처자식을 이끌고 귀순주로 도망하자, 귀순주의 주관인 잠대륜이 그를 받아들여주었습니다. 후에 여씨의 병사가 귀순주를 위협하자, 막경관은 다시 귀조로 도망하면서 처자식을 귀순주에 남겨두었습니다. 그런데 그의 처자식을 내놓으라고 여씨에게 끊임없이 시달림을 당하던 끝에, 잠대륜은 끝내 여씨에게 처자식을 넘겨주고 말았지요. 이 바람에 막경관이 원한을 품게 되었습니다. (어떤 이는 그의 아내를 강간했다고 하는데, 아마 그랬을지도 모릅니다.) 고평으로 되돌아와 차츰 인구와 재물을 늘린 막경관은, 진안부와 결탁하여 병사를 이끌고 귀순주를 포위했습니다. 병인년 12월부터 성을 둘러싸서 정묘년 2월[2]에 성을 깨트리고서, 끝내 잠대륜을 포로로 붙잡아 갔습니다. 진안부는 다시 그를 데리고 돌아가 죽였지요."

애초에 성이 포위당하여 긴박해지자, 귀순주의 사람들은 주문도가 선비로서 의를 즐겨 행한다고 여겨 금 천량과 말 사십 필, 비단 오십 필을 거둔 뒤, 몇몇 사람을 붙여 말을 달려 교이에게 바치고 군대를 철수해달라고 간청했다. 매우 교활한 교이 사람들은 약간 후퇴하는 척하여 금을 챙기더니, 방비가 허술한 틈을 타서 다시 성을 포위해버렸다. 성은 거의 함락 직전에 놓였다.

이미 성 아래에 이른 교이는 수행한 이들을 모두 죽이고, 매일 아침 주문도를 장대 위에 매단 채 총을 쏘아 겁을 주면서 어서 항복하라고 협박했다. 며칠 동안 매달려 있자, 그의 늙으신 어머니가 성 위에서 그 광경을 보고서 줄을 매달아 성을 나왔다. 어머니는 장대를 부여안고 아래에서 울고, 아들은 장대를 부여잡고 위에서 우니, 교이 사람들이 의롭다 여겨 장대에서 풀어주고서 대속금을 요구했다.

어머니가 "아들이 가야 혹 은자라도 구할 수 있지, 이 늙은이가 어디에서 구한단 말이요?"라고 말했다. 그리하여 처음에는 주문도를 석방하여 가게 했으나, 몇 걸음 가지 않아 다시 붙들고서, "이 노인네야 인질로서 무슨 가치가 있겠느냐! 아들을 남겨두고 어미를 풀어 돈을 가져오게 하라"고 말했다. 잠시 후 식견있는 이가 나서서, "모자간의 지극한 정을 볼 때, 틀림없이 차마 제 어미를 저버리지는 않을 것입니다"라고 말했다.

이에 주문도를 석방하여 성으로 들여보내자, 백이십냥의 황금으로 어머니를 대속하여 돌아갔다. 그런데 성을 함락시키자, 다시 일가족을 몽땅 붙잡아갔다. 노예로 엮여진 지 몇 달만에, 그의 어머니는 고평의 경내에서 세상을 떠나고 말았다. 후에 방비가 느슨해지자, 그는 온 가족을 이끌고서 도망쳤다. 낮에는 숨고 밤에 길을 걸어 한 달간 황량한 산속을 걸어 귀순주로 돌아왔는데, 처자식 가운데 한 명도 잃지 않았다.

즉시 귀순주에 남아 있던 우두머리 한두 명과 함께 실권자에게 가서, 그들의 주군을 회복시켜달라고 간청했다. 아울러 이웃의 토사들에게 도와달라고 청하는 한편, 잠대륜의 아들 잠계강(岑繼綱)을 세워 후사로 삼았다. 향무주에서는 그의 의로움과 용감함을 어여삐 여겨 우두머리로 남게 하였다. 이리하여 향무주에 살게 되었던 것이다.

진안부의 잠계상(岑繼祥)은 귀순주의 잠대륜의 숙부이다. 전에 교이와 결탁하여 귀순주를 깨트린 뒤, 잠대륜을 데리고 돌아와 죽였다. 얼마 지

나지 않아 잠계상이 죽었으나 후사가 없었다. 귀순주의 둘째 아들 잠계
상(咎繼常)이 뒤를 이을 터이고, 귀순주의 우두머리들도 그에게 마음이
쏠려 있었다. 그러나 전주와 사성주가 서로 옆에서 쟁탈전을 벌이더니,
마침내 외부의 이족과 결탁했다. 이로 인해 두 주의 백성들은 모진 참
상을 겪게 되었다. 비록 쟁탈의 기세가 아직 가라앉지는 않았으나, 천도
는 이처럼 돌고 돌기를 좋아하는 법이다. (애초에 귀순주에는 주군이 없었는
데, 교이가 먼저 둘째 아들 잠계상을 놓아주어 돌아가게 하여 귀순주의 후사를 잇게
해놓고서는, 후에 다시 잠계강(咎繼綱)을 놓아주었던 것이다. 아마 거듭 뇌물을 요구하기
위해서였으리라. 훗날 실권자가 귀순주의 후사를 잠계강에게 넘겨주자, 잠계상은 벼슬
하기 전의 처지로 되돌아갔다.)

---

1) 라라(囉囉) 혹은 라라(羅羅, 儸儸)는 이족(彝族)의 옛 명칭으로, 지금의 사천성 서창
   (西昌)지구 및 대량산(大凉山) 일대에 주로 거주했다.
2) 병인년은 천계(天啓) 6년인 1626년이고, 정묘년은 1627년이다.

11월 초열흘

날이 맑고 화창했다. 해가 뜨기 전에는 몹시 추웠으나, 해가 뜨자 따
스해졌다. 전날 밤에 귀순주의 사자(유광한)를 만났는데, "귀조와 부주로
가는 길은 모두 험난하고 힘들며, 교이는 특히 예측하기 어렵습니다"라
고 말하면서 내게 이 길로 가지 말라고 권했다. 나는 미심쩍어 다시 부
처님 앞에 나아가 점을 쳐보니, 남단과 독산주(獨山州)로 가는 것이 길하
다는 점괘가 나왔다.

정오가 지나자 주문도가 황소륜의 명령을 전하여, "귀순주와 귀조로
가는 길을 따르지 않는다면, 달리 전주와 사성주에 보내는 글을 써줄
수 있으니, 길을 찾아보시지요"라고 말했다. 나는 본래 전주를 믿지 않
았으며, 주문도 역시 이 두 주는 모두 길을 빌어 갈 만한 곳이 아니라고
했다. 그래서 마침내 동쪽으로 가는 길을 따르기로 마음먹었다.

이날 이곳에 다시 장이 섰다. 황소륜이 준 송나라 때의 동전 가운데 각 조대별로 하나씩을 골라 간직하고, 그 나머지로는 베를 사서 발싸개로 삼았다. 생선과 고기를 사서 요리를 했으며, 또 하수오[1]를 커다란 것으로 하나 샀다. 저물녘에 황소륜이 비단옷, 당건,[2] 비단치마를 보내주었다.

---

1) 하수오(何首烏)는 여뀟과의 여러해살이풀로서, 뿌리줄기는 땅속으로 뻗으며, 잎은 어긋나고 달걀 모양 또는 심장 모양이다. 8~9월에 흰색 꽃이 가지 끝에서 피며, 뿌리는 강장·강정·완화제로 쓰고 잎은 나물로 먹는다.
2) 당건(唐巾)은 당대(唐代)의 제왕이 일상적으로 쓰던 모자이다. 나중에는 사대부들이 이 모자를 즐겨 착용했으며, 명대에는 진사건(進士巾) 역시 당건이라 일컬었다.

11월 11일

날이 맑고 화창했다. 동틀녘에는 춥더니 낮에는 따뜻해졌다. 편지지를 찾아 황소륜에게 감사의 서신을 쓰려고 했는데, 편지지를 찾을 수 없었다. 마침 문 맞은편의 집에서 화재가 일어난지라, 멀고 가까이의 사람들 모두가 지붕에 올라가 불길을 막았다. 나는 여행짐을 멀리 드넓은 벌판 속에 가져다놓았다. 대체로 향무주에는 흙성이 없고 관민 모두 띠집에 산다. 오직 관아의 청사와 뒷 별당만 기와를 이었을 뿐이다. 그래서 불이 쉽게 번진다고 한다. 오후에 짤막하게 황소륜에게 답신을 썼다.

11월 12일

날이 맑고 화창했다. 동틀 녘에는 춥더니 낮에는 따뜻해졌다. 홀로 다시 낭산(瑯山)에 가서 동굴을 찾았으나, 사방을 올려다보아도 오를 수가 없는지라 돌아오고 말았다. 향무주는 동쪽으로 옛 주에 이르기까지 50리이다. 30리를 더 가면 조촌(刁村)인데, 이곳은 토사 관할의 상림현(上

林縣) 경계이다. 고용강은 여기에서 우강으로 흘러든다. 다시 30리를 더 가면 토사 관할의 상림현이다. 향무주에서 남서쪽으로 30리를 가면 상 영동 경계에 길상동(吉祥洞)이 있다. 이곳은 앞뒤로 훤히 뚫려 있고, 그 안에 시내가 흐르고 있다. 위(韋) 수로가 거처하는 곳이다. 다시 남동쪽 으로 20리를 더 가면 정임촌(定稔村)이 나온다. 이곳에는 대단히 기이하 고 깊숙한 동굴이 있는데, 온통 알 모양의 바위와 여지 화분으로 가득 차 있다.

11월 13일

위 수로와 함께 나란히 말을 타고서 백감암에 갔다. 먼저 낭산의 동 쪽을 지나 고개를 돌려 바라보니, 동쪽에 높다랗게 매달린 사다리가 있 다. 이 사다리는 최근에 동굴에 오르기 위해 묶어놓은 것이다. 백감암을 나와 가로로 걸린 잔도를 넘어 사다리를 미처 내려오기 전에, 갈림길이 동쪽으로 벼랑을 따라 뻗어 있다. 백감암 동쪽에 동굴이 있었으나, 날이 저물어 오를 겨를이 없었다.

11월 14일

위 수로와 낭암(瑯巖)에 가기로 다시 약속했다. 나는 일찌감치 밥을 먹 고서 곧바로 앞서 떠났다. [주성을 나와 북쪽으로 반리만에 커다란 시 내를 찾았다. 이 시내가 바로 고용강이다. 고용강의 지류를 따라 동쪽의 낭암을 구경했다.] 구경을 마친 후에도 위씨가 오지 않자, 나는 다시 백 감암에 가서 동쪽의 윗동굴을 구경했다.

다시 백감암의 커다란 동굴안에서 어두컴컴한 속을 더듬어 동굴 북 쪽으로 나와 백감촌(百感村)으로 내려갔다. 키가 작달막한 정허(淨虛) 스님 이 술을 가져와 맞아주었다. 물길을 거슬러 수암(水巖)을 구경했다. 바깥쪽 물이 깊어 들어갈 수 없는지라, 내일 뗏목을 엮어 들어가보기로 약속했다.

1리를 나아가 북동쪽으로 다리를 건너 백감의 외촌(外村)에서 남동쪽의 고개를 넘어 2리를 가자, 남쪽의, 동쪽에서 뻗어오는 한길로 나왔다. 서쪽으로 1리를 나아가 관문에 들어섰다. [홍석애(紅石崖) 아래를 지나자, 그 북쪽의 바위산에 남향한 동굴이 있는데, 훤히 트인 채 매우 공활했다.] 달빛 아래 서쪽으로 5리를 나아가 역참의 객사로 돌아왔다.

11월 15일

아침 일찍 일어났다. 동틀 녘에는 추웠으나 낮에는 따뜻했다. 날씨가 대단히 맑고 화창했다. 식사 후에 백감암에 갔다. 낭암을 지났으나 오르지 않은 채, 동쪽의, 남쪽으로 굽이도는 조그마한 시내를 건넜다. 동쪽으로 흐르는 물길을 따라 가자, 길 북쪽에 동굴이 있다. 그 아래에는 가운데의 물길이 동쪽으로 나뉘어 흘러드는 구멍이 있다. 작달막한 스님이 하시는 말씀을 들어보니, "마을 사람들이 주의 명을 받지 못한지라 뗏목을 감히 엮지 못한다"고 하면서 나를 가로막았다.

여기에서 돌아들어 낭암의 북동쪽에 이르러, 고용수(枯榕樹)와 삼분수(三分水)를 둘러보았다. 북쪽은 용항촌(龍巷村)이다. 용항촌의 남서쪽에서 시내 북쪽으로 건너 마을의 동쪽을 넘었다. 이어 갈라진 북쪽 시내를 따라 동쪽으로 비좁은 산 어귀로 들어섰다. 북동쪽으로 모두 5리를 가자, 그 시냇물은 동쪽을 향해 산의 구멍으로 요동치며 들어간다. 동굴의 벼랑 위에 구멍이 있으며, 입구는 서쪽을 향해 있다. 구멍 속은 매우 따스한데, 하얀 단환(丹丸)이 있다. 역참으로 돌아와 다시 관아에 들어가 황소류을 만나 바둑을 두었다. 밤이 되어 조그마한 여지 화분과 알 모양의 바위 네 개를 꺼냈다. 모두 천연의 것이었다.

11월 16일

황소륜이 수암을 구경하라고 사람을 보내왔다.

11월 17일

황소륜이 [은]팔지를 보내왔다.

11월 18일

날이 맑고 화창했다. 짐꾼을 기다리다가 오전에야 길을 나섰다. 주문도, 양심곡(梁心穀)과 무림(茂林) 선사가 멀리까지 배웅해주었다. 훗날 다시 만나기를 기약하고 그들과 헤어졌다. 동쪽으로 홍석애 아래를 지났다. 그 북쪽의 바위산에는 남향한 동굴이 있다. 훤히 트인 채 대단히 공활했지만 아쉽게도 오를 틈이 없었다. [쭉 동쪽으로 나아가 동쪽 관문을 나와 50리를 가면, 옛 주가 나온다. 다시 30리를 더 가면, 조촌이 나온다. 다시 30리를 가면, 토사가 관할하는 상림현에 이른다. 나는 진원주(鎭遠州)로 가는 길로 나아갔다.]

여기에서 남쪽으로 산에 들어서자, 흙산과 바위산이 서로 섞여 나타났다. 5리를 나아가 남쪽의 바위산등성이를 넘자, 역시 관문이 설치되어 있다. 이곳은 경액(峧腋)이라는 곳이다. 고개를 내려와 남동쪽으로 나아갔다. 산골짜기 사이에 밭이 나타나기 시작했다. 다시 5리를 가자 등촌(鄧村)이라는 마을이 있다. 이곳에서 짐꾼을 교체했다.

다시 동쪽으로 산골짜기로 들어서서 등성이 한 곳을 지났다. 도중에 짐꾼을 교체했다. 이곳의 마을은 산의 북쪽에 있는데, 마을 사람을 불러 나오게 했다. 다시 2리를 가서 안촌(唉村)에서 식사를 했다. (마을 사람들은 벌레를 '안唉'이라 부른다. 벌레의 형태는 몸이 긴 귀뚜라미와 같고, 머리에는 두 개의 눈이 있으며 잠자리처럼 빛을 낸다. 역시 특이한 경우이다.) 다시 남동쪽으로 산골짜기 속을 3리 나아가 북쪽 기슭에서 짐꾼을 교체했다.

다시 남동쪽으로 반리를 가서 조그마한 시내를 건넜다. 반리를 나아가 다시 흙산에 오르는데, 고개가 매우 가팔랐다. 반리만에 꼭대기에 오르니, 해는 어느덧 저물고 있었다. 남동쪽으로 산을 내려와 1리를 가서 움푹한 평지에 이르렀다. 다시 어둠속에서 반리를 나아가 어느 마을에 이르렀다.

이때 하인 고씨가 짐꾼을 기다리느라 뒤처져 한참만에야 도착했다. 짐꾼을 구하여 다시 횃불을 들고서 나아갔다. 다시 남동쪽으로 내려가 조그마한 시내를 건넌 뒤, 다시 남쪽으로 물길을 따라 산골짜기 사이로 올랐다. 때때로 졸졸거리는 물소리는 들리나 보이지는 않았다. 모두 5리를 나아가 하녕동(下寧峒)의 동조촌(峒槽村)에 묵었다. (상녕동上寧峒에 대해 물어보니, 이미 이곳 서쪽의 상류에 있었다. 이날 약 30리를 걸었다.)

11월 초사흘에 향무주에 당도했다가 18일에 출발했으니, 모두 열엿새이다. 향무주의 바위봉우리에는 동굴이 매우 많았으나, 내가 구경한 곳은 일곱 군데이다. 백감동과 그 동쪽 동굴, 그 아래동굴 및 뒷 동굴의 물동굴, 그리고 낭산동(瑯山洞)과 그 아래동굴, 그리고 용항촌의 북동쪽 강줄기가 흘러드는 곳의 윗동굴 등이다.

지나가면서도 오르지 못한 곳은 세 군데이다. 하나는 [낭산의 북동쪽 2리에] 중강(中江)이 떨어져내리는 구멍 위의 높은 언덕에 남향한 동굴이고, 다른 하나는 [낭산 남동쪽 2리에] 남강(南江)이 외로운 봉우리를 감돌아가는 곳 위로 남서쪽을 향한 동굴이며, 그리고 또 다른 하나는 주성 북동쪽의 거대한 봉우리에 남향한 동굴이다. [이 동굴은 홍애봉 북쪽에 있다.]

듣기는 했으되 가보지 못한 곳은 두 군데이다. 하나는 길상동이다. (주성의 남서쪽 40리에 있으며 위 수로가 거쳐하는 곳이다.) [동굴 앞뒤가 뚫려 있어서 밝고 그 사이에 시내가 흐른다.] 다른 하나는 정임동(定稔洞)이다. (현지음은 풍련 豊輦인데, 남동쪽 30리에 있다.) 두 동굴 또한 기이함으로 가장 널리 알려진 곳이다.

[이렇게 해서 모두 열두 곳의 동굴이다.] 구경한 곳 가운데 가장 기이한 곳을 든다면, 백감암이 웅장하면서 심오하고 넓으면서 아름답다. 낭산암은 층층이 쌓인 채 뚫려 있으며, 백감암의 동쪽 동굴은 굽이굽이 아늑하고, 백감암의 물동굴은 아득하면서도 그윽하다. 각각의 동굴이 빼어남을 자랑하지만, 이 가운데 백감암이 으뜸이다.

고용강[즉 주성 북쪽의 커다란 시내]은 향무주 남서쪽 경계에서 동쪽으로 흐르는데, 북안채(北岸寨)에서 향무주 북쪽의 용항촌 앞까지 흘러간다. 그 동쪽에 바위봉우리가 하나가 있는데, 동서로 마치 병풍처럼 가로놓여 있다. 강줄기는 바위봉우리의 서쪽 자락에 자리하여 있으며, 세 갈래로 나누어진다.

북쪽 갈래는 동쪽의 봉우리 북쪽을 따라 골짜기로 흘러든다. 이것이 주류이다. 중간 갈래는 동쪽으로 봉우리 남쪽을 따라 흐르는데, 완만하나 물살이 크다. 이것이 중강이다. 남쪽 갈래는 남동쪽으로 밭두둑 사이를 흐르는데, 작으나 물살이 급하다. 이것이 남강이다.

골짜기로 흘러드는 물길은 북동쪽으로 돌아들어 5리를 달리면, 산세가 사방에서 바짝 조여들더니 마침내 동쪽으로 바위벼랑의 구멍 속으로 요동치듯 짓쳐 흘러든다. 그 기세가 마치 말이 나란히 내달리는 듯하다. 산비탈을 내려와 산으로 흘러든 물은 백감암을 지나 북쪽으로 산 아래로 뚫고 흐른다. 이곳이 바로 물동굴이다.

봉우리의 남쪽을 따라 흐르는 물길은 동쪽으로 2리를 흐르다가 갑자기 흙구멍으로 푹 꺼져내린다. (이 물길은 유독 길이가 짧다.) 이어 북쪽의 바위산에 흘러들어 하나가 된다. 가만히 생각건대, 역시 백감암으로 스며 흐르리라.

남쪽의 밭두둑 사이를 흐르는 물길은 동쪽의 평탄한 들판에 우뚝 솟은 두 봉우리의 남쪽을 감돌아, 동쪽의 애문령 서쪽 기슭에 이른 뒤, 북쪽으로 꺾어져 곧바로 백감암 동쪽 동굴 아래로 내달리다가 차츰 동쪽으로 골짜기에 흘러든다. 이어 역시 흙구멍으로 푹 꺼져내려 북쪽의 백감암으로 흘러든다.

이 세 물줄기는 가로로 늘어선 바위봉우리의 서쪽, 산 너머의 갈라진 구렁에서 나누어진다. 이어 모두 땅속 구멍으로 쏟아져내렸다가 다시 백감암의 동굴 속에서 합쳐진 뒤, 북쪽으로 흘러나와 커다란 시내를 이룬다. 그리고 나서 북동쪽의 골짜기를 흐르다가 토사가 관할하는 상림현의 조촌을 거쳐 우강으로 흘러든다.

(백감암 북쪽에는 백감촌이라는 마을이 있다. 마을은 남동쪽을 향해 있고, 농가 아래에 세 줄기의 자그마한 물길이 있다. 이 물길은 바위구멍에서 넘쳐흘러 도랑을 이룬다. 백감암에서 흘러나오는 커다란 시내는 곧바로 이 도랑과 합류한다. 이제야 이 산은 가운데가 온통 텅 비어 있어서, 옆으로 통하여 드나들지 않는 물이 없음을 알게 되었다.)

백감암은 향무주의 북동쪽 7리에 있다. 백감암의 남서쪽은 바로 물길을 가른 채 가로로 늘어선 산이다. 중강의 물이 흘러드는 곳이다. 백감암의 남동쪽은 바로 애문령이 있는 산으로, 북쪽으로 끊임없이 이어진 채 병풍처럼 동쪽에 늘어서 있다. 남강의 물이 꺾어져 북쪽으로 흘러드는 곳이다. 백감암의 북서쪽은 바로 이 산의 뒤편으로, 용항촌의 동쪽에서 들어가는 움푹한 평지가 빙 둘러 있다. 북강의 물길이 요동치듯 짓쳐 떨어지는 곳이다. 백감암의 북동쪽은 바로 이 산의 뒷문으로, 빙 둘러 백감촌을 이루고 있다. 여러 물길이 마을 안에서 보이지 않게 합쳐져 북쪽으로 흘러나가는 곳이다. 이것이 산 너머 사방의 정황이다.

이 동굴은 산 중턱에 가운데가 터져 있다. 남쪽으로 통하는 두 개의 동굴입구는 모두 비좁다. 하나는 앞쪽 입구이고, 다른 하나는 반쪽짜리 구멍이다. 북쪽으로 통하는 문은 넓으나, 북쪽의 층층이 이어진 산들에

막혀 인간세상과 통하지 않는다. 주성에서 오면 반드시 남쪽 동굴입구에서 들어와야 하기에, 입구가 큰 것은 오히려 뒤에 있고 비좁은 것이 앞에 있게 된다. 앞쪽 입구는 겹겹의 벼랑 위에 있고, 그 입구는 남쪽을 향해 있다.

막 산 아래에 이르러 북동쪽의 계단을 기어오르면, 깎아지른 듯한 벼랑은 높이가 수백 길이다. 그 위에 말뚝을 박아 가로로 만든 잔도가 벼랑을 따라 허공에 세워져 있다. 잔도는 마치 허리띠로 산허리를 두른 듯, 동쪽의 구름기운과 더불어 구불구불 뻗어있다. 뒤이어 서쪽의 높다란 사다리를 30계단 올라 벼랑 중턱에 이르면, 손바닥만한 평지가 있고, 바위틈새에 안개가 자욱히 일렁이지만 깊이 갈라져 있다. 그 동쪽에서 벼랑 끄트머리의 층계를 따라 왼쪽으로 나아가면, 동쪽 동굴이 나온다.

그 서쪽에서 잔도를 타고서 오른쪽으로 나아가면, 이 동굴의 앞쪽 입구가 나온다. 잔도의 너비는 두 자이고 길이는 예닐곱 길인데, 바위벼랑의 위아래로 깎아지른 듯 서 있다. 곁에는 가는 구멍이나 조각난 흔적이 전혀 없다. 그러나 구불구불한 나뭇가지와 오래된 나무줄기가 간혹 바깥으로 비스듬히 치켜들려 있거나 위에 거꾸로 매달려 있다. 그때마다 나무를 가로질러 말뚝으로 삼았다. 바깥쪽으로는 나무 끝에 의지하고 안쪽으로는 바위벽에 구멍을 뚫은 다음, 다시 긴 나무를 그 위에 걸쳐 다리로 삼고 짧은 나뭇가지를 잘라 가로로 깔고서, 다시 늘어진 등나무를 가져다가 바깥으로 이어놓았다. 사람이 그 위를 밟고 서면, 안쪽은 깎아지른 듯한 절벽이요, 바깥쪽은 허공에 뜬 나뭇가지요, 위로는 뒤집힌 벼랑이요, 아래로는 까마득한 구렁이다. 백 척 위에 뜬 뗏목인 양 천 길을 굽어보아도 끝이 보이지 않으니, 역시 기이하고 험하기 그지없다.

잔도가 서쪽에서 끝나면, 다시 북쪽으로 매달려 있는 사다리를 10여 계단을 올라 동굴의 앞쪽 입구로 들어간다. 입구는 남쪽을 향해 있는데, 높이는 세 자 다섯 치, 너비는 두 자인지라 몸을 구부려야 간신히 들어갈 수 있었다. 한 길 남짓을 내려가자, 가운데가 평평해지고 바위기둥이 사방을 둘러싼지라 마치 방과 같은 느낌이 든다. 옆으로 조그마한 구멍들이 많아 그 사이로 바깥쪽에서 빛이 반짝이고, 안쪽에는 지난번의 불씨가 남아 있다. 횃불에 불을 붙여 북서쪽의 틈새로 내려가니, 아득하고 멀리 깊숙이 빠져드는 느낌이 절로 든다. 여기는 동굴의 밝은 데에서 어두운 데로 가는 곳이다.

아래로 내려가는 곳에는 30계단의 사다리가 매달려 있다. 그 밑바닥에는 골짜기가 훤히 트인 채 북쪽으로 뻗어있다. 쳐다보니 높고도 가파르다. 사다리 아래로 암벽의 발치에 조그마한 구멍이 엎드려 있다. 토박이가 "남쪽으로 뚫고 나가면 역시 밝은 방이 있는데, 남쪽을 향해 있소"라고 말했다. 이곳은 앞쪽 입구의 아래층으로, 틀림없이 잔교가 매달려 있는 곳의 아래일 것이다.

골짜기에서 북쪽으로 들어가자, 길 서쪽에 우물처럼 평평하게 꺼져 내린 구멍이 있다. 구멍의 깊이를 헤아릴 수 없다. 다시 그 서쪽의 암벽 아래로 내려가자 웅덩이진 구멍이 서쪽으로 비스듬히 패어 있다. 토박이들은 "깊숙이 들어가면 아래로 물이 있는 구멍으로 통하는데, 물을 구할 수 있습니다"라고 말했다. 그러나 모래흙이 무너져 흘러내리는지라 발을 딛을 수가 없다. 서쪽 암벽 위에 그윽한 방이 고리 모양으로 빙글 에워싸인 채 가운데가 툭 트여 있다. 만약 유리등을 하나 매달아 둔다면, 선실 가운데 가장 호젓한 곳이리라.

이곳의 동쪽에서 나와 다시 북쪽으로 비좁은 곳을 지나 30계단의 매달린 사다리를 내려왔다. 밑바닥은 대단히 평탄하고 넓으며, 바위 무늬는 맑고 깨끗한데, 온통 여지 화분 모양을 띠고 있다. 그 서쪽에는 종유석이 무성하게 늘어져 있다. 그 틈을 더위잡아 들어가니, 마치 빽빽한 잎사귀를 헤치고 나아가는 듯하다. 약간 북쪽으로 돌아들어 서쪽으로 올라갔다. 앞에서 스며드는 희미한 빛이 아주 멀기만 하다.

모래비탈을 타고 그곳을 따라 비좁은 입구를 뚫고서 서쪽으로 나왔다. 장엄하고도 아름다운 광경이 펼쳐져 있으니, 마치 용궁이나 대궐과 같다. 또한 남북으로 드높이 봉긋 솟아 있다. 눈부시게 아름다운 광경에 눈과 귀가 번쩍 뜨였다. 이곳은 동굴의 어두운 데에서 밝은 데로 가는 곳이다.

이 동굴은 안쪽으로 남서쪽에 이르러 반쪽짜리 구멍으로 통하고, 바깥쪽으로는 북동쪽에 이르러 뒤쪽 입구로 통한다. 길이는 사십 길이고, 너비는 십여 길이며, 높이는 이십여 길이다. 동굴 위에는 거꾸로 늘어선 바위기둥이 천 갈래 만 갈래로 어지러운 채 끝이 보이지 않는다. 동굴 양쪽에 날듯이 걸쳐진 평대, 구멍을 파낸 듯 둥글게 말린 석실, 바위기둥이 늘어선 채 벼랑을 꿰뚫고 있는 정자, 구름을 밀어낸 채 골짜기를 뚫은 문 등이 위아래로 겹겹이 쌓여 있다. 이 가운데 한 부분만을 떼어내더라도 다른 산의 전체 경관에 맞먹으리라.

동굴 안은 대부분 그 높낮이에 따라 대나무로 간란[1]을 만들어놓았다. 큰 것은 십여 길이고 작은 것은 두세 길이다. 모두가 쉬면서 바라볼 만하다. 동쪽 벼랑에서 좁은 틈새를 올라 남서쪽 동굴 바닥의 위층에 들어섰다. 그 안에는 대나무를 엮어 만든 창고가 있는데, 천 종[2]의 곡식을 놓아둘 만했다.

그 위쪽에 또한 원형의 감실이 있다. 한 가운데에는 불상을 모셔놓고, 자운연좌(慈雲蓮座)라 하는 옆의 작은 감실에는 황소륜의 어머니의 상을 모셔놓았다. 황소륜의 어머니는 수년 전에 이곳에서 불도를 닦았다. 이곳은 그의 어머니가 몸을 숨긴 곳이다. 바깥의 대나무로 엮은 간란은 불당을 열어 불경을 암송하던 곳이며, 곡식 창고는 황소륜이 예측할 수 없을 때를 대비하여 식량을 비축하던 곳이다. 감실의 서쪽에는 반쪽짜리 구멍의 빛이 꼭대기에서 비쳐 내린다. 이곳은 뒤쪽 문에서 이미 멀리 떨어져 있는데도, 이곳까지 빛이 서로 이어져 불야성을 이루고 있다.

가파른 골짜기를 기어올라 서쪽으로 오르는데, 문을 뚫고 지나기에 자못 비좁았다. 이곳은 곧 반쪽짜리 구멍이며, 그 입구는 남서쪽을 향해 있다. 아래로 굽어보니 깊이를 헤아릴 길이 없는 채, 다만 나뭇가지 끝만이 층층이 겹친 바위 사이로 빽빽하게 드러날 뿐이다. 바위산은 높다랗게 매달려 있고 봉우리는 끊겨 있으니, 이곳이 앞산인지 뒷산인지 알 수가 없다.

감실을 다 구경하고서 왔던 길을 되짚어 내려와 북동쪽의 뒷문으로 나아갔다. 뒷문 입구는 북동쪽을 향해 있고, 높이는 이십 길이다. 입구 바깥에는 양쪽의 바위벼랑이 산기슭까지 쭉 꺼져내려 물동굴의 입구를 이루고 있다. 입구 안쪽에는 동굴 바닥의 가운데가 움푹 꺼진 채 역시 산의 밑바닥까지 꺼져내려 물동굴의 안으로 통한다. 움푹 꺼진 곳은 지름이 한 길 다섯 자이고, 주변은 우물과 같다.

예전에 어떤 사람이 위에 도르래를 설치하여 백 길의 밧줄을 늘어뜨려 물을 길렀다. 깊이가 호부(虎阜)[3]의 열 배 이상이다. 누군가 실족할까 염려하여 대나무를 엮어 그 위를 덮고 도르래를 끌어당길 두 개의 구멍만 남겨두었는데, 사람들이 감히 다가가 살펴보지 못했다. 우물 밖은 바로 입구이며, 거대한 바위가 동서에 가로로 솟구쳐 있다. 마치 문지방과 같은 이 바위는 동굴 안의 것보다 다섯 자나 높다.

우물의 동쪽에서 문지방을 딛고 올라 입구에 걸터앉아 안쪽으로 동굴 꼭대기를 바라보았다. 드리워진 용과 춤추는 듯한 교룡 등의 신이한 것들이 출몰하니, 눈이 어지럽고 정신이 아득하다. 바깥으로 동굴 앞을 굽어보았다. 절벽은 구름에 휘감기고 겹겹의 못은 구렁을 가르고 있다. 몸은 선경에 들어서고, 마음은 놀라움을 금치 못한다. 이 문지방은 안이 우물이고 밖은 골짜기이며, 아래는 물동굴 입구로 뚫려 있고, 허공에 걸린 다리도 있다. 다만 기세가 너무나 높고 가팔라서 마주볼 수 없을 따름이다.

문지방 동쪽에서 바위틈을 뚫고 북동쪽으로 내려가자, 돌층계가 절벽에 기대어 있다. 절벽의 바위는 온통 훤히 트인 채 공활하며, 나무뿌리는 틈을 따라 구멍을 뚫고 있다. 돌층계가 끊긴 곳에는 나무가 가로 놓여 있는지라, 날듯이 건너갔다.

1리 반을 내려가니 백감촌이 나타났다. 서(徐)씨는 이 동굴이 밖은 험하고 안은 막혔다고 말했다. 그러나 깊고 멀리 뚫고 들어가자, 홀연 높고 넓게 트인 채 뚫려 있다. 하나의 산의 앞뒤가 통해 있음으로 인해 기이함을 드러내고, 여러 물길이 구렁 바닥에 모여 있어도 알아차릴 수 없으니, 어둡고 환한 두 가지 경관을 아우르고 물과 뭍의 아름다움을 함께 갖추고 있다. 통하는 곳에는 구름이 넘쳐흐르고, 막히는 곳에는 별천지를 이루고 있다. 서쪽 지방을 여행한 이래 으뜸이니, 이곳을 대신한 말한 곳이 없다.

백감암의 동쪽 동굴은 백감암 앞쪽 입구의 동쪽에 있다. 잔도 동쪽의 깎아지른 듯한 벼랑의 끄트머리에서 동쪽의 한 줄기 바위 자국을 따라 수십 걸음을 나아가자, 동굴이 나타났다. 입구는 남쪽을 향해 있다. 입구 속은 그다지 깊지 않으나 높고도 아늑하며, 바위는 오색이 자욱한 모양을 띤 채 [어지러이 갈라진 모습을 이루고 있다.]

골짜기 속에서 동쪽으로 서너 길을 들어서서 북쪽으로 돌아들자, 한가운데에 바위가 우뚝 솟아 있다. 비좁은 곳을 건너 나아가자, 이내 어두워졌다. 그 가운데는 다시 남북으로 골짜기를 이루고 있다. 깊이는 십여 길에 밑바닥은 평평하고 위쪽은 험준하다. 북쪽의 끄트머리에는 거대한 바위기둥이 빙 둘러 있고, 그 바깥은 훤히 트인 채 밝다.

층계를 올라 북쪽으로 올라갔다. 바위구멍이 동쪽으로 비스듬히 뚫려 있는데, 하늘의 빛만 들어올 뿐 사람이 드나들 수는 없다. 바위구멍 속에서 북쪽으로 돌아들자, 다시 두 개의 방이 잇달아 펼쳐져 있다. 하나의 방은 가운데가 통해 있으나 밖으로 막혀 있으며, 안에서 북쪽으로 통하는 곳이다. 또 하나의 방은 북쪽의 끄트머리에 동쪽을 향해 있으며,

깊은 곳을 굽어보면서 멋진 경관을 품고 있는 곳이다.

먼저 가운데가 통해 있는 방으로 들어갔다. 방의 서쪽에는 틈새가 빙 두르고 있다. 틈새는 온통 방이나 침상으로 삼을 만했다. 그 동쪽으로 바깥이 막힌 곳에도 조그마한 구멍들이 많은데, 높이 매달린 빛이 비추어 들어온다. 북쪽으로 골짜기를 뚫고 지나 북쪽 방에 이르니, 그 앞이 툭 트인 채 높은 입구를 이루고 있다. 입구는 동쪽으로 절벽을 굽어보고 있다. 동굴 안에는 가느다란 석순이 앞쪽에 날카롭게 솟아 있으며, 북쪽에는 낭떠러지가 바깥에 거꾸로 매달린 채 안개가 자욱한 경치를 뿜내고 있다. 그 아래로 졸졸 흐르는 물소리가 들려온다. 바로 남강의 강물이다. 물은 북쪽으로 돌아들어 그 아래에 이른 뒤 동굴 구멍으로 흘러드는데, 소리만 들려올 뿐 모습은 보이지 않는다.

동굴 안의 서쪽 벽에도 무리를 지은 종유석이 빙 두른 채 조그마한 감실을 이루고 있다. 감실 아래에는 대나무를 엮어 간란을 가설했다. 역시 옛 사람이 은거했던 곳이다. 작지만 솜씨가 빼어난 이 동굴은 그윽함과 밝음을 함께 갖추고 있는지라, 은거하기에는 참으로 절묘한 곳이다. 다만 동굴 안에 물이 없는지라, 앞쪽의 잔도를 타고서 백감암 뒤쪽의 도르래가 있는 곳으로 들어가 물을 구하거나, 그렇지 않으면 앞쪽의 사다리를 타고서 산 앞으로 돌아들어 산골물을 찾아야 한다. 물을 구하는 길이 대단히 먼 것이다.

백감암 아래쪽의 물동굴은 백감암 뒤쪽 입구 아래, 백감촌의 남쪽에 있다. 백감촌에는 내촌과 외촌의 두 마을이 있다. 산은 백감암을 따라 두 갈래로 나뉜 채 북쪽으로 빙 감아돌다가 내리뻗어 깊이 움푹한 평지를 이룬다. 동굴 아래의 물길은 산을 뚫고서 강을 이룬 뒤, 거세게 내달리면서 구불구불 북쪽으로 흘러간다. (토사의 관할 아래에 있는 상림현과 조촌에서 우강으로 흘러든다.) 마을은 그 가운데를 경계로 이웃하고 있는데, 물길은 길고 토양은 비옥하여 풍성한 수확을 거두고 있다.

동굴은 내촌의 남쪽 200 걸음에 있다. 동굴의 입구는 북동쪽을 향해 높이 솟구쳐 있다. 이곳은 곧 뒤쪽 입구이다. 동굴에서 흘러나온 물은 앞쪽에 모여 넓은 못을 이루고, 중간 부분에서 양쪽 벼랑을 넘쳐 흐른다. 암벽은 물길 바닥에 거꾸로 꽂혀 있다. 못 속에 뗏목을 띄워 들어가 쳐다보니, 동굴 꼭대기가 구름처럼 나부낀다. 이전에 허공을 타넘어 내려왔던 곳임을 누가 짐작이나 하겠는가!

동굴 안의 양쪽 벽은 하늘 높이 솟아 있다. 남쪽으로 들어가자 고인 물이 몹시 깊다. 서쪽 벽에는 나무사다리가 바위 사이에 움팬 채 걸려 있다. 토박이가 그곳을 가리키며 말했다. "이것이 바로 위층에 도르래가 설치되어 있는 곳입니다. 예전에 농지고(農智高)⁴⁾가 있을 적에 동굴에 의지하여 모인 사람들을 지켰던 적이 있었는데, 여기에서 내려가 물을 길었지요. 이것이 바로 그들이 남긴 구조물입니다."

동쪽 암벽의 바위틈새는 중간부분이 훤히 트여 있으며, 꼭대기에는 오두막이 허공 속에 날듯이 지어져 있다. 암벽은 깎아지른 듯이 공중에 스무 길 높게 매달려 있는지라, 기어오를 수가 없었다. 토박이는 이렇게 말했다. "이곳은 무오년⁵⁾에 흉년을 당했을 때, 원주민들이 곡식을 저장하고 도적을 피했던 곳입니다. 반드시 사다리를 묶어 암벽에 매달아 올라야 했는데, 지금은 태평한지라 사용하지 않은 지 오래되었지요."

십여 길을 들어가자, 아래쪽 구렁은 끝이 나고 위쪽 골짜기는 높이 트여 있다. 멀리 남서쪽 골짜기의 동굴 깊숙이 들어가는 곳을 바라보았다. 높은 곳의 빛이 내리비쳐 광채가 번쩍인다. 바위가 가파르고 오를 만한 층계가 없으니, 통하는 곳이 산의 앞인지 오른쪽인지 알 수 없다. 아래쪽 구렁에는 바위 뿌리가 물속에 박혀 있으며, 수면에는 안으로 들어가는 틈새가 없다. 물이 흘러나오는 곳은 아래에서 넘쳐 흘러나오는데, 그 안의 여러 물길이 섞여 합쳐지는 곳이 안으로 막혀 있으니, 알아볼 길이 없다.

이에 뗏목으로 돌아와 동굴을 나왔다. 동굴 입구 밖의 못에서 서쪽의 벼랑을 타고서 입구 왼쪽의 암벽을 올랐다. 골짜기의 동굴을 뚫고 올라가자, 동굴 하나가 열려 있다. 동굴 입구는 동쪽을 향해 있는데, 아래로는 앞쪽의 못을 굽어보고 오른쪽으로는 동굴의 물을 내려다보고 있다. 앞쪽으로 맞은편 언덕 위를 바라보니, 옆의 동굴에는 안개가 자욱하다. 나무를 동굴 입구에 가로걸치면 건너갈 수 있으리라.

열려진 동굴은 속이 넓고 아래가 평평하여 거처할 수도 있고 쉴 수도 있다. 다만 동굴 입구가 비록 훤히 트인 채 넓긴 해도, 맞은편 언덕이 병풍인 양 높은지라 햇빛이 비쳐들지 않아 음산하기 그지없다. 만약 나무를 걸쳐서 맞은편 벼랑으로 통한다면, 드넓고 아득한 신령스러움과 밝고 시원한 기운을 거두지 않음이 없을 것이다.

이 동굴은 물이 가로막고 있으나 근원은 서로 통해 있다. 아득히 어렴풋하고 가린 듯 서로 어울리니, 신선이 거하는 궁전이도다. 연이은 산들이 바깥을 에워싸고 해와 달이 가운데에 갇혀 있으니, 내촌은 이미 세상 밖의 도원을 넘어서 있도다. 하물며 아늑하고 그윽함이 이처럼 빼어남에랴!

백감암 앞쪽의 아래 동굴은 백감암 동굴의 앞쪽 입구 아래에 있으며, 길 서쪽의 웅덩이와 매우 가깝다. 이 동굴의 입구 역시 남쪽을 향해 있으며, 커다란 전당처럼 높고 훤히 트여 있다. 동굴 안에는 거대한 바위들이 무수히 쌓여 있으며, 그 뒤쪽은 차츰 낮아진다. 아마 물이 불어났을 때 산 앞의 물 역시 동굴 밖에서 짓쳐들어왔을 터이나, 지금은 물 한 방울도 보이지 않는다.

동굴의 북동쪽 모퉁이에 골짜기가 있다. 북쪽으로 들어서자, 그 위에는 빛이 스며들고 그 아래에는 겹겹의 바위가 박혀 있다. 겹겹이 쌓인 바위 아래를 굽어보니, 동굴 바닥은 대단히 깊고 물은 깊은 구멍 속에 잠겨 있다. 바위는 온통 양쪽 벼랑 사이로 허공에 떠 있는 듯 이어져 있는지라, 틈새를 비집고 내려갈 수도 없고, 허공을 타고 들어갈 수도 없다. 그저 바위에 기대어 안쪽을 바라보기만 할 따름이다. 북서쪽의 골짜기가 끝나는 곳에도 빛이 안으로 내리비치는데, 갈라진 틈새는 길고도 비좁다. 빛은 물속에 어린 그림자를 되비치면서 번쩍번쩍 떠다닌다. 역시 통하는 곳이 산의 뒤쪽인지 오른쪽인지 알 수 없다.

용항촌 북동쪽의 움푹한 평지의 윗동굴은 향무주 북동쪽 7리, 곧 백감동의 서쪽 벼랑에 있다. 다만 길은 용항촌에서 동쪽으로 뻗어들고, [산은] 북쪽으로 돌아들어 빙글 감아돌아 움푹한 평지를 이루고 있을 뿐이다. 고용강 북쪽 갈래의 큰 강은 갈라져 움푹한 평지 속을 짓쳐 흐른다. 벼랑이 감아돌고 움푹한 평지가 끝나자, 이 물길은 동굴로 떨어져 동쪽으로 흘러간다. 동굴은 그 위를 굽어보고 있으며, 동굴 입구는 서쪽을 향해 있다. 동굴의 좌우는 온통 깎아지른 듯한 벼랑이고, 아래는 급한 물살을 굽어보고 있다.

원래 동굴로 들어가는 길이 없는지라, 동굴의 북쪽에서 실과도 같은 바위 주름을 붙들고서 허공에 매달린 암벽을 밟고 들어갔다. 동굴의 위쪽은 구름이 말려 올라가는 듯하고, 아래쪽은 영지가 겹겹이 펼쳐져 있는 듯하다. 동쪽으로 여섯 길을 나아가자, 홀연 동굴 안이 따뜻해졌다. 동굴 안에 무언가 경계가 지어져 있는 듯하다. 아마 동굴 뒤쪽에 옆으로 빠지는 구멍이 없는지라, 공기가 가득 찬 채 빠져나가지 않아서이리라.

다시 세 길을 나아가 북쪽으로 돌아들어 차츰 올라가자 비좁아졌다. 다시 세 길을 나아가자, 길이 끊겼다. 동굴 안에는 매달린 종유석 또한 많으나, 백감암만큼 많지는 않다. 또한 동굴 아래에는 구슬 모양의 동그란 돌이 있다. 하얗고도 동글동글한 돌은 비탈 사이에 가득 흩어져 있다. 비탈 위에는 맑고 깨끗한 무늬가 주름처럼 촘촘이, 물고기 비늘처럼 빽빽이 가늘게 깔려 있다. 가운데 웅덩이의 가장자리를 빙글 에돌아 수많은 둥근 구슬이 돌무늬 속에 박혀 있다. 그 숫자를 헤아릴 길이 없다. 나는 그중의 둥글고 매끄러운 것을 골라 몇 움큼 손에 쥐었다. 율무라 여기고 밝은 구슬이라 여겼다. 남이 의아하게 여기든 말든 개의치 않았다. (옥사玉砂는 동굴 안에서 대단히 구하기 어려운데, 역시 이처럼 새하얗지는 않다.)

낭산암은 주성의 북쪽 반리에 있으며, 그 형태는 영락없이 독수봉을 닮았다. 얼핏 보니 서쪽을 향해 세 층의 동굴 입구가 있는데, 오를 곳이 오히려 동쪽 봉우리의 중턱에 있는 줄은 몰랐다. 내가 주성에 이른 후, 황소륜은 명을 내려 사다리를 묶고 잔도를 통하게 했다. 아마도 그중의 빼어난 곳을 골라 조용히 수양하는 곳으로 삼고자 한 것이리라.

동쪽의 기슭에서 가파른 사다리를 수백 층이나 기어올라 그 동쪽 입구에 들어섰다. 동굴 입구는 훤히 트인 채 넓고 높았다. 입구 안쪽은 세 갈래로 나누어져 있다. 북쪽 구멍에서 들어가는 갈래는, 굽어진 길이 평탄하게 열리자 곧장 북쪽 입구로 뚫려 있으며, 곧바로 용항촌 뒤의 북쪽 산이 보인다. 서쪽에서 흘러온 커다란 시내는 산 가운데를 나누더니 가로로 갈라진 봉우리 서쪽에 이르러 세 줄기로 나뉜다. 북쪽에는 산들이 아지랑이에 잠겨 있고, 시내는 비취빛으로 물든 채, 멀리 가까이가 온통 손에 잡힐 듯하다.

남쪽 구멍에서 들어가는 갈래는, 반대로 동굴 안을 따라 동쪽으로 꺾여 나온 뒤 바깥이 다시 훤히 트여 넓어지자마자 동쪽 입구의 옆에 뚫린 구멍이다. 첫 번째 바위병풍이 가로로 길을 막고 끊은지라 안쪽 골짜기 속을 따라 구불구불 빠져나왔다. 그 안쪽 아래에는 깊은 웅덩이가 있는데, 깊숙이 떨어져 내리지만 바닥은 평평했다. 그 위에서 벼랑을 따라 다시 남쪽으로 골짜기 속으로 들어가자, 오를수록 차츰 비좁아진다. 그 위에 바위가 가로로 걸쳐 있다. 마치 허공에 뜬 다리처럼 보인다. 다리 아래를 지나 다시 오르자 골짜기는 비로소 남쪽으로 끝이 난다. 동쪽의 벽에는 빙글 에둘러 있는 구멍이 허공에 걸려 있고, 바위틈으로 새어든 빛이 그림자를 거꾸로 드리우고 있다. 서쪽의 구멍은 높이 봉긋 솟아 구불구불 움팬 채 다시 남쪽으로 뚫려 있다. 이곳은 남쪽 입구이다. 그 앞쪽은 바로 주성 북동쪽의 거대한 봉우리와 짝을 이루어 마치 병풍이 앞을 가로막은 듯하다. 남서쪽으로는 온 고을의 인가가 보이지 않고, 남동쪽으로는 전담을 낀 세 굽이의 물길이 눈에 띄지 않으니, 그 아래가 길이 나 있는 골짜기인지 아닌지 알 길이 없다.

서쪽 구멍에서 곧바로 들어가는 갈래는 드높이 봉긋 솟고 곁으로 툭 트여 있다. 열 길 안쪽에는 밀실이 모로 누워 있고, 가운데에는 훤히 뚫린 문짝이 열려 있다. 마치 관문의 가운데가 패여 있는 듯하다. 그러나 그 위쪽은 오두막집처럼 봉긋 솟은 채 빙글 감아돌고, 비좁은 입구 역시 위로 갈라진 채 골짜기를 이루고 있다. 높고 험준함이 더욱 심하다. 관문을 뚫고 서쪽으로 나아가자, 서쪽에 방이 열려 있다. 밝은 빛이 사방에 넘쳐흐르니, 서쪽 입구 가운데 제일 높고 훤히 트인 곳이다. 방의 왼쪽은 남쪽으로 감아 돌아 감실을 이루고 있다. 평평하게 걸쳐진 바위 조각은 침상이 되고, 매달린 바위는 아래로 감겨 받침대 노릇을 하고 있다. 이 모두 자연히 이루어진 기구이다. 방 오른쪽은 북쪽으로 움 패인 채 누각을 이루고 있다. 누각은 전혀 틈새가 없이 둥글게 감아돈다. 앞쪽의 입구에 이르자, 바위문지방이 높다랗게 칸막이를 이루고 있다. 구멍을 뚫고 나가서야, 비로소 입구 아래의 층층의 벼랑에 구멍이 겹겹이 나 있는 것이 보인다. 마치 장기를 쌓아놓은 듯 가파르고, 허공을 나는 해오라기처럼 떠 있다. 대체로 이미 서쪽으로 바라보이는 세 번째 입구 위로 나와 있을 것이며, 가운데 입구는 이 아래에 있으리라.

동굴 입구 위에 앉았다. 나뭇가지는 바깥에 거꾸로 늘어져 있고, 빙글 감아도는 물길은 아래에서 솟구치며, 평탄한 들판에 어지러이 솟은 봉우리는 겹겹으로 뻗어 있고, 끊긴 구렁에 비끼는 놀은 끝없는 허공에 기대 있다. 세 곳의 입구 가운데 가장 훤히 트여 있다. 이 산은 송곳을 꽂은 듯이 둥글다. 그러나 산 위는 중간이 텅 빈 채 바깥쪽이 뚫려 있고, 사방이 입구를 이룬 채, 커다란 전당과 아늑한 밀실, 가운데에 끼어 있는 정자와 날아갈 듯한 용마루 등, 갖추지 않은 것이 없다.

한가로이 여기저기 거닐자 방향이 달라지고, 돌아설 때마다 방향이
바뀌었다. 사방에서 불어오는 산들바람 덕분에, 더위와 답답함은 느낄
수 없었다. 진실로 하늘 저 먼 곳의 기둥에 허공 속의 팔방의 창을 겸했
으니, 은거하여 도를 닦기에는 가장 아득한 곳이면서도 인간 세상에 가
장 가까운 곳이다. 다만 샘물을 길으려면 반드시 사다리를 굽이돌아 올
라야 하며, 어깨에 메거나 등에 질 수 없다.

아래 동굴은 바로 낭산암 서쪽 기슭에 있다. 동굴 입구는 서쪽을 향
해 있는데, 동쪽으로 세 길 남짓 들어가자 끊겼다. 그 위를 올려다보자
층층의 동굴 구멍이 높이 매달려 있고, 잇달아 두 개의 동굴 입구가 겹
쳐 있다. 내가 맨 처음 이곳에 이르렀을 때에는 입구를 바라볼 뿐 오르
지는 못했다. 이튿날 다시 왔을 때에도, 그 위층의 동굴 속이 동쪽으로
통한다는 것을 알지 못했고, 동쪽으로 올라갈 수 있다는 것도 알지 못
했다. 잠시 후 황소륜이 사다리를 묶으라고 명령하는 소리가 들렸다. 얼
마 지나지 않아 그 남쪽 골짜기에서 위 수로와 함께 백감암에 가서 산
의 동쪽으로 나온 후에 고개를 돌려 바라보니, 사다리는 벌써 구불구불
허공에 걸쳐져 있다. 비로소 윗동굴은 동쪽으로 올라가야 하고, 아래 동
굴만 서쪽에서 들어가야 하며, 가운데 동굴은 오를 길이 없다는 것을
깨달았다.

---

1) 간란(干欄)은 고대에 장강 유역과 그 남부의 소수민족지역에서 유행했던 원시형식
   의 주택이다. 이 주거형식은 나무나 대나무로 기둥을 세우고 지면에서 바닥을 띄우
   며, 지층에는 벽을 설치하지 않는다. 지층은 주로 창고나 축사, 작업실 등의 용도로
   쓰이며, 일상생활은 주로 2층이나 3층에서 이루어진다.
2) 종(鐘)은 고대의 용량의 단위로서, 육곡사두(六斛四斗) 혹은 팔곡(八斛), 십곡(十斛)
   등 약간의 차이가 있다.
3) 호부(虎阜)는 강소성 소주(蘇州)에 위치한 호구(虎丘)를 가리킨다.
4) 농지고(儂智高, 1025~1055)는 북송대에 광원주(廣源州)의 장족(壯族)을 지휘했던 수
   령이다. 그는 경력(經歷) 원년(1041년)에 당유주(儻猶州, 지금의 광서성 정서현靖西縣
   동부)로 세력을 넓혀 대력국(大歷國)을 세웠으며, 후에 안덕주(安德州, 정서현 서쪽)

로 옮겨가 남천국(南天國)을 수립했다. 황우(皇祐) 4년(1052년)에 송에 저항하여 병사를 일으켜 옹주(邕州)를 함락시키고 인혜황제(仁惠皇帝)라 칭했다. 여러 지역을 깨트리고 진군하여 광주(廣州)를 포위·공략했으나 끝내 함락하지 못한 채 옹주로 퇴각했다. 황우 5년(1053년)에 송나라는 장군 적청(狄靑)을 파견하여 정벌했으며, 농지고는 대리(大理)로 패주했다.
5) 무오년(戊午年)은 만력 46년인 1618년이다.

11월 19일

새벽에 일어나니 구름이 끼어 있었다. 아침 일찍 식사를 하고서 반리만에 영허(寧墟)를 지난 뒤, [남쪽 골짜기를 나와 천등허(天燈墟)에 이르렀다. 듣자하니 영회동(營懷洞)이 있다는데, 이곳은 용영주(龍英州)와 경계를 이루는 곳이며, 좌강과 우강을 나누는 등성이다.] 동쪽으로 꺾어 산의 움푹한 평지로 들어섰다. 1리를 나아가 북쪽으로 골짜기에 들어섰다. 다시 1리를 나아가 조그마한 등성이를 넘어 북쪽으로 내려갔다. 산을 따라 동쪽으로 돌아든 뒤 다시 2리를 나아가 남나촌(南那村)에서 짐꾼을 교체했다.

북동쪽으로 2리를 나아가다가 동쪽으로 고개 하나를 넘으니, 석방령(石房嶺)이라는 곳이다. 고개를 내려와 동쪽으로 2리만에 석방촌(石房村)에 이르러 짐꾼을 교체했다. 다시 동쪽으로 2리를 가서 다시 산을 올라 반리만에 고개등성마루를 지났다. 등성이는 높지 않다. 등성이 북쪽의 물길은 북동쪽에서 떨어져 내리고, 등성이 남쪽의 물길은 남쪽에서 흘러온다. 이곳은 향무주와 진원주(鎭遠州)의 경계이며, 좌강과 우강 역시 이곳에서 나누어진다.

물길을 따라 남쪽으로 1리를 내려가자, 서쪽에서 뻗어오던 큰길이 합쳐졌다. 동쪽으로 돌아들어 깊은 산의 남쪽을 따라가다가 동쪽으로 평탄한 골짜기를 넘어 1리를 갔다. 큰길이 쭉 동쪽으로 뻗어 있다. 다시 갈림길에서 물길을 따라 남동쪽으로 1리 반을 내려가니, 사방의 산이 빙 둘러 둥그렇게 움푹한 평지를 이루고 있다. 이곳은 용나촌(龍那村)이라는 곳이다. 어느덧 진원주에 속해 있었다.

[막 마을에 도착하여 멀리 집 모퉁이를 바라보니, 노란 꽃이 찬란했다. 국화이겠거니 생각했다가, 국화는 이렇게 무성하게 피지 않는다는 생각이 들어 가까이 다가가 살펴보았다. 조그마한 꽃들이 무더기져 피어 있는데, 그 이름은 알 수 없었다. 흰색의 매화 한 그루가 또 보이기에, 그것을 꺾어보니 오얏나무이다. 노란 꽃과 하얀 오얏이 붉게 물든 잎사귀 사이에 섞여 있으니, 이 또한 한겨울의 진기한 정경이도다.]

식사를 마치고 길을 떠났다. 북쪽으로 고개를 넘어 내려가 모두 1리를 간 뒤, 다시 골짜기 속을 반리 나아가자, 길은 서쪽에서 뻗어온 큰길과 합쳐졌다. 여기에서 물길 형태를 따라 동쪽으로 산골짜기 사이를 나아가 5리를 갔다. 물길 형태는 북동쪽으로 흘러가고, 길은 남동쪽의 산으로 뻗어 오른다. 반리만에 다시 갈림길에서 남쪽의 고개 하나를 넘어 1리만에 내려가니, 남동촌(南峒村)이 나타났다.

마을 사람들은 몹시 완고했다. 짐꾼을 기다렸으나 금방 오지 않아, 해질녘에야 길을 떠났다. 이 산골은 사방의 산들의 등성이가 이어지고, 가운데가 웅덩이져 못을 이루고 있다. 못 위에는 구멍이 있다. 동쪽을 향해 있는 이 구멍에서 물이 넘쳐흘렀다. 물은 산허리를 뚫고 동쪽으로 흘러간다. 못 서쪽은 주민들의 집들이 오순도순 한데 모여 있다.

동쪽으로 고개를 넘어 모두 1리를 내려간 뒤, 동쪽으로 산간의 움푹한 평지 사이를 나아갔다. 8리를 가서 마을 한 곳을 지나자, 다시 동쪽으로 바위산과 마주쳤다. 바위산의 남쪽 벼랑을 따라 갔다. 벼랑 위에는 바위 구멍이 어지러이 널려 있는데, 모두 들어갈 수 있다. 벼랑 아래에는 겹겹이 쌓인 바위가 남쪽 산에 이어져 있다. 벼랑 곁에 설치되어 있는 관문에 들어섰다. 이곳에는 남북의 두 바위산이 병풍처럼 우뚝 솟아 있다. 다시 동쪽으로 1리를 가자 진원주가 나왔다. [태평부에 속해 있다.] 진원주 동쪽의 객사에 묵었다. (진원주 관리의 이름은 조인위趙人偉이다.)

진원주 주성의 관아는 남서쪽을 향해 있다. 이곳은 태평부의 북동쪽 200리에 있다. (남서쪽으로 하룻길이면 전명주全ޯ州에 이르고, 다시 양리주를 지나 태평부에 닿을 수 있다.) 북서쪽은 향무주와 경계(18리이다)를 이루고, 북동쪽은 결륜주(結倫州)와 경계(16리이다)를 이룬다. 동쪽은 결안주(結安州)와 경계를 이루고, 남서쪽은 전명주와 경계를 이룬다. 진원주 주성 앞의 물길은 매우 가늘고, 남쪽의 산골짜기로 흘러든다. 토박이들의 이야기에 따르면, 북동쪽의 결륜주에 이르렀다가 북쪽의 우강에 흘러든다고 한다. 이에 근거하여 이야기한다면, 두 강의 경계가 되는 등성이는 서쪽으로는 진안주, 도강주에서 천등허(이곳은 용영주의 북쪽과 향무주의 남쪽으로, 두 주의 경계가 나뉘는 곳이다)를 거치며, 동쪽으로는 전명주, 영강현, 나양현 등의 여러 땅을 거쳐 합강진에 이른다. 어제 지났던 석방촌 남동쪽의 등성이는 북쪽으로 갈라진 지맥이며, 그 남쪽 아래를 흐르는 물길은 여전히 좌강으로 흘러드는 것이 아니다.

11월 20일

아침에 일어나니 보슬비가 부슬부슬 내리고 있었다. 짐꾼이 오기를 기다렸으나, 식사를 마친 후에야 당도했다. 비는 그쳤으나 구름은 개이지 않았다. 여기에서 동쪽으로 향하다가 산골짜기로 돌아들어 반리를 갔다. 이어 남쪽 벼랑의 산부리를 따라 북쪽으로 돌아들어 가다가 북쪽 벼랑의 (글자 빠짐) 반리만에 관문 한 곳을 나왔다. 서쪽 산의 기슭을 따라 북쪽으로 2리를 가자, 산이 맞닿은 채 산굴을 이루고 있다.

이에 동쪽으로 돌아들어 1리를 간 뒤, 동쪽의 관문을 빠져나오자마자, 곧바로 북쪽 산의 기슭을 따라 나아갔다. 다시 동쪽으로 1리를 가서 고개 한 곳을 1리만에 넘은 뒤 내려왔다. 다시 동쪽으로 1리를 나아가서 조그마한 물길을 따라 북쪽으로 돌아들었다. 이곳의 산골짜기는 동서 양쪽으로 길게 트여 있다. 나는 가운데의 평탄한 들판을 나아갔다.

산에는 온통 나무와 등나무가 빽빽한지라, 흙산인지 바위산인지 분간할
수가 없다.

북쪽으로 2리 반만에 조그마한 물길을 건넌 뒤, 서쪽 기슭을 곁에 끼
고서 북쪽으로 나아갔다. 다시 2리를 가서 약간 북동쪽으로 가다가 평
탄한 들판을 반리 지났다. 잠시 후 다시 북쪽의 골짜기 속에 들어섰다.
골짜기 속에는 물풀들이 진펄에 가득하고, 서쪽 기슭을 따라 나 있는
길은 높고 험하며 비좁다.

2리를 가서 골짜기를 건너 동쪽 고개에 올라 1리만에 고갯마루를 넘
은 뒤, 동쪽으로 1리를 내려가 기슭에 이르렀다. 이 고개는 몹시 가파른
데, 서쪽은 아래가 흙이고 위는 바위이며, 동쪽은 위가 흙이고 아래는
바위이다. 온통 험하고 가파르기 짝이 없다. 이곳은 진원주와 결륜주(結
倫州)의 경계가 나뉘는 곳이다.

다시 동쪽으로 움푹한 평지를 1리를 나아갔다. 이어 약간 올랐다가
내려가 1리만에 자그마한 바위등성이를 넘었다. 다시 북동쪽으로 반리
를 평탄하게 나아갔다. 바위 벼랑 속을 쭉 내려가 반리를 나아가자, 얼
마 후 멀리 결륜주의 마을이 모여 있는 것이 보였다.

잠시 후 내려가서 다시 동쪽의 평탄한 들판을 1리 나아갔다. 남서쪽
의 산골짜기에서 흘러오는 조그마한 물길과 남쪽에서 흘러오는 커다란
물길이 나타났다. 두 물길은 합쳐져 북쪽으로 쏟아져 흘러간다. 북쪽으
로 바라보니 흙산이 훤히 트여 있다. 이에 시내를 건너 동쪽으로 나아
가니, 이곳은 결륜주이다. 객사에서 걸음을 멈추었다. 마침 날이 저물고
가랑비가 내리더니 이내 그쳤다. (결륜주는 커다란 촌락이며, 주의 관원은 풍馬
씨였다. 이날 모두 20리를 나아갔다.)

도강주(都康州)는 진안부의 남동쪽, 용영주의 북쪽, 호윤채와 하뢰주의
동쪽, 항무주의 남서쪽에 있다. 이곳은 좌강과 우강의 주봉(主峰)이 지나
는 곳이며, 좀 더 동쪽은 곧 진원주와 결륜주이다. 토박이들은 자주 길

가는 이들을 납치하여 교이에게 팔아넘기는데, 장정의 경우 금 30냥에 팔 수 있고, 노약자의 경우에도 10냥을 밑돌지는 않는다. 결륜주처럼 토사 관할하의 고을에서 멀리 떨어진 곳에서는 이웃 고을에서부터 여러 차례 되팔아넘긴다. 실권자에게 알려 여러 차례 뒤쫓아가 되사들여오지만, 이런 경우는 열 가운데 두셋 정도에 지나지 않는다. (그들의 관례에 따르면, 한 사람을 납치하여 팔아넘길 때마다 즉시 일곱 사람을 뒤쫓지만 뜻을 이루지는 못한다. 토사 관할하의 마을이 다투고 죽이는 것은 늘 이런 일 때문이다.)

결륜주는 향무주 남동쪽, 도결주(都結州) 남서쪽에 있으며, 토사 관할하의 상림현이 그 북쪽에 있고 결안주는 그 남쪽에 있다. 이곳의 물길은 남서쪽 용영주의 산굴에서 흘러나와 북쪽으로 흘러 결안주를 지난 뒤, 다시 북쪽으로 결륜주에 이르러 주성의 관아 앞을 에돌아 다시 북동쪽으로 산굴로 흘러들었다가, 토사 관할하의 상림현을 빠져나와 우강으로 흘러든다.

11월 21일

먹구름이 자욱하게 깔렸으나 안개는 끼지 않았다. 아무리 기다려도 짐꾼들이 오지 않았다. 식사를 마친 후 동쪽의 언덕을 이리저리 거닐다가 오래된 매화 한 그루를 보았다. 꽃술이 환하게 가득하고, 그윽한 향기가 사람을 사로잡는다. 그 아래에서 이리저리 거닐면서 떠나지 못하다가 기이한 꽃가지 두 줄기를 꺾었다. 모두 구불구불한 가지에 옥구슬 모양의 꽃이 달려 있다.

남쪽의 대나무숲 벼랑 사이에 깊숙한 동굴 하나가 바라보였다. 가시덤불을 무릅쓰고 들어가 보니 입구는 북쪽을 향해 있다. 비좁은 구멍으로 들어가자, 구멍속은 두 갈래로 나뉘었다. 한 갈래는 남쪽으로 들어가고, 다른 한 갈래는 남동쪽으로 내려간다. 모두 그다지 깊지 않다. 객사로 돌아와 불을 구하여 매화가지를 구웠다. 가랑비가 흩날리는 가운데 마을의 탁주를 잡아든 채 매화가지를 마주하노라니, 지금 이곳이 아득히 먼 곳의 세모라는 것을 잊었다.

정오가 지나 비가 개여 날이 희부옇게 밝아지고서야 짐꾼이 왔다. 또 한 명이 모자란지라 한참 후에야 떠날 수 있었다. 남동쪽에서 벼랑 사이의 자그마한 동굴을 감돌아 1리를 갔다. 길은 움푹한 평지를 따라 남쪽으로 뻗어 있다. 조그마한 시내를 건너자, 갈림길은 동쪽으로 흙산에 들어선다. 움푹한 평지에서 남쪽으로 다시 1리를 가자, 갈림길이 남서쪽의 커다란 시내를 거슬러 나 있다. 이 길은 결안주와 양리주로 가는 큰길이며, 이 일대에서 부성으로 들어가는 길이다.

다시 정남쪽으로 1리를 나아가 동쪽으로 꺾어져 흙산의 골짜기로 들어갔다. [이곳의 서쪽은 진원주에서 오면서 넘었던 곳으로서, 바위봉우리가 숲처럼 가파르게 모여 있다. 동쪽은 흙산으로서, 결륜주의 북쪽에서 남쪽으로 가다가 서쪽으로 에돌아 멀리 서쪽의 바위봉우리를 감싸고 있다. 가운데에는 움푹한 커다란 평지가 훤히 트여 있는데, 남서쪽에서 북쪽으로 돌아들어간다.]

흙골짜기 속에서 동쪽으로 1리를 나아가 마침내 흙산을 넘어 올라갔다. 다시 1리를 가서 산마루를 넘자마자 고개를 따라 남쪽으로 나아갔다. 1리를 나아가 남쪽 고갯마루를 나왔다. [동쪽으로 굽이진 골짜기의 동쪽을 바라보니, 또 멀리 늘어서 있는 바위산이 북동쪽에서 남서쪽으로 빙 두른 채 솟구쳐 있다.] 동쪽으로 고개중턱을 따라 1리만에 남쪽으로 돌아들어 반리를 간 뒤, 다시 동쪽으로 반리를 내려가 산기슭에 이르렀다.

움푹한 평지에서 남동쪽으로 2리를 나아가 남쪽에서 흘러오는 조그마한 물길을 건넜다. 다시 북쪽의, 북서쪽에서 흘러오는 조그마한 물길을 넘자, 동쪽의 산 아래에 기대어 앉은 마을이 나타났다. 짐꾼들은 왁자지껄 소리를 지르며 떠나버렸다. 나는 한 사람을 붙들어 물어보았다.

이곳은 구주(舊州)로서 결륜주의 옛 치소인데, 지금은 이미 북서쪽의 큰 시내 위로 옮겨갔음을 알게 되었다. 두 곳은 겨우 흙산 하나를 사이에 두고서 10리밖에 떨어져 있지 않은데, 고을과 역참이 서로 미루고 있었다. 신주(新州)에서 도결주까지는 쭉 동쪽으로 산을 넘어간다. 그런데 지금은 남동쪽으로 굽이져 나아가고 있으니, 나를 구주에 떠맡기려는 수작이리라.

애초에 역참의 담당자는 나를 피해 떠나버렸다. 내가 짐꾼 한 사람을 잡아두고 있는 것을 보고서 한 노인이 나와서 이렇게 말했다. "역참의 담당자는 성이 료(廖)씨인데, 지금은 이미 외출중이라오. 내가 대신 짐꾼들을 재촉해보겠소. 다만 도결까지는 하루가 걸리는 길이니, 내일 가셔야 할 게요." 이렇게 말하고서 내가 간란 위에 올라가 식사하기를 기다렸다. 나는 어쩔 수 없이 그의 말에 따랐다.

짐을 챙겨보니 닭이 두 마리 없어졌다. (이 닭들은 진원주에서 선물로 보내준 것이다.) 여전히 붙잡아둔 짐꾼을 놓아주지 않았다. 한참이 지나 마을 사람 두 명이 닭을 찾아주겠노라고 해서 짐꾼을 놓아 보내주었다. 이날은 겨우 10리밖에 가지 못하고, 구주에서 걸음을 멈추었다.

11월 22일

아침에 일어나니, 하늘에 안개는 끼지 않았지만, 구름이 자욱하게 깔려 있었다. 아침 식사를 마친 후 마을 사람이 두 마리의 닭을 가져왔는데, 전의 것보다 약간 작았다. 얼마 지나지 않아 짐꾼들이 오자 길을 나섰다. 1리를 가서 북동쪽으로 다시 흙산에 올라 4리를 가는데, 줄곧 흙산 등성이를 따라 나아갔다. 얼마 후 움푹한 평지로 내려가자, 물길이 북동쪽으로 흐르고 있다. 나는 북서쪽으로 다시 흙산에 올라 1리를 나아가 등성이를 넘었다. 다시 북동쪽으로 고개 위를 2리 나아간 뒤, 북서쪽으로 돌아들어 2리만에 비로소 결륜주의 서쪽에서 뻗어온 길과 만났다.

이에 산을 내려오자, 육료촌(陸廖村)이 나왔다. 몇 가구가 산 중턱에 모여 살고 있다. 짐꾼들이 왁자지껄 소리를 내지르며 떠나갔다. 나는 한 사람을 붙들어 가지 못하게 했다. 아마도 짐꾼들이 또다시 나를 마을 사람에게 떠맡기려는 수작이리라. 헤아려보니 이곳은 결륜주에서 겨우 십여 리 떨어져 있을 뿐이다. 그런데도 결륜주 사람들은 구주에 떠맡기려 하고, 구주는 이 마을에 떠맡기려고 했기에, 이리저리 빙빙 헤매게 된 것이다.

처음에는 마을 사람들이 짐꾼의 차출을 받아들이려 하지 않았다. 그래서 붙잡혀 있는 짐꾼이 여기저기에 소리쳐 부르짖고, 도망쳤던 짐꾼들 역시 산마루를 다니면서 마을 사람들을 불러 모았다. 한참만에 한 사람이 와서 내게 간란 위로 올라가기를 청하여 닭고기와 기장밥으로 대접하고 짐꾼들을 모았다. 나는 그제야 붙잡아놓은 짐꾼을 풀어주었다.

정오가 되어서야 짐꾼들을 구하여 동쪽으로 올라갔다. 고갯머리에 갈림길이 있다. 북쪽으로 쭉 뻗은 길은 과화주(果化州)로 가는 길이다. 나는 동쪽의 갈림길을 따라 고개 남쪽을 좇아 동쪽으로 나아갔다. 반리만에 북동쪽으로 산을 내려간 뒤, 1리만에 산의 움푹한 평지에 이르렀다. 조그마한 물길이 북쪽의 움푹한 평지에서 흘러와 동쪽으로 꺾어져 흘러가고 있다.

물길을 건너 다시 북쪽의 고개를 올라 1리만에 고개 북쪽을 넘은 뒤, 고개를 따라 동쪽으로 나아갔다. 반리를 가자 갈림길이 동쪽을 향해 고갯가를 따라 뻗어간다. (이 길은 도결주로 통하는 큰길이다.) 마을로 가야 하는 까닭에 나는 북동쪽 갈림길을 따라 산을 내려갔다. 다시 1리를 나아가 산의 움푹한 평지에 이르자, 조그마한 물길이 북쪽에서 흘러오다가 남동쪽으로 꺾어져 흘러가고 있다.

물길을 건너 다시 북동쪽의 자그마한 고개를 넘어 모두 1리 반을 갔다. 방금 전에 건넜던 물길이 남서쪽의 산골짜기를 가로질러 흘러오고, 또 한 줄기 조그마한 물길이 북서쪽 산골짜기에서 흘러내렸다. 두 물길은 한데 합쳐져 동쪽으로 흘러가고, 길은 물길을 따라 뻗어 있다. 여러 차례 왼쪽과 오른쪽으로 번갈아 네 번을 건너 동쪽으로 모두 3리를 나아갔다. 또다시 조그마한 물길이 남쪽의 움푹한 평지에서 흘러와 합쳐진 뒤 북쪽으로 흘러간다.

다시 동쪽으로 물길을 건넌 뒤, 고개를 넘어 1리만에 고개 너머 동쪽으로 내려갔다. 그 물길은 다시 북쪽에서 남쪽으로 흘러가고 있다. 다시 동쪽의 물길을 건너 또다시 산에 올라 물길을 따라 동쪽으로 1리 반을 갔다. 물길은 곧장 동쪽으로 흘러가고, 길은 북동쪽의 골짜기로 꺾어져 들어간다. 1리를 가자 인가가 몇 채 모여 있는데, 이곳은 나인촌(那印村)이다. 짐꾼이 또다시 나를 떠맡기려 하였지만, 마을 우두머리가 출타중이었다. 나는 짐꾼 한 사람을 붙잡아둔 채 그가 오기를 기다렸다.

이제 막 오후였다. 하늘은 다시 맑아졌다. 오늘 걸어온 길은 모두 20여리였다. 물어보니 도결주까지는 여전히 하루의 여정인데다, 도중에 쉴만한 마을이 없으니 내일 아침에 떠나야 했다. 설사 마을의 우두머리가 있다 해도 가기에는 이미 늦은 상태였다. 나는 마음이 울적하여 간란에 올라 앉아 그를 기다렸다. 한참 뒤에 우두머리가 돌아왔다. 어느덧 해가 뉘엿뉘엇 지고 있었다. 그가 붕어로 식사를 대접했다.

11월 23일

아침에 안개가 사방에 자욱했다. 식사를 하고나자, 어느덧 해가 동녘에 떠올라 있었다. 짐꾼들에게 어서 오라고 재촉했다. 계속해서 북동쪽의 움푹한 평지를 따라 나아갈 작정이었다. 나는 우선 도결주로 가는 길을 물어보았다. 마땅히 동쪽의 고개를 넘어야 하리라 여겼다. 그런데 짐꾼들의 생각을 가만히 헤아려보니, 도결주로 가는 길이 먼지라 다시금 나를 마을이 있는 곳에 떠맡기려는 것 같았다.

아마 이곳에서 먼저 과화주(果化州)쪽으로 가면, 마을이 있으니 교대할 수 있다. 하지만 남동쪽의 도결주로 가면, 떠넘길만한 마을이 없다. 그래서 나인촌의 짐꾼들은 한사코 남동쪽으로 가지 않으려는 것이다. 한참 뒤에 한 사람이 내게 와서 권했다. 이곳에서 동쪽의 용촌(龍村, 명칭은 돈룡[屯龍]이며, 결륭이라고도 한다)에 가면, (글자 빠짐) 곧 도결주의 속지인데, 다만 조금만 돌아가면 되고, 한 번 더 짐꾼을 교체할 뿐이라고 했다. 나는 어쩔 수 없어서 그의 말에 따르기로 했다.

이에 북동쪽으로 움푹한 평지 속으로 들어가 반리를 가자, 이전의 남서쪽에서 흘러오는 물길과 다시 만났다. 그 물길을 따라 동쪽으로 나아갔다. 2리를 나아가 움푹한 평지 속으로 내려가자, 홀연 북쪽의 움푹한 평지에 바위산이 빙 두른 채 우뚝 솟아있는 모습이 보였다. 다시 반리를 나아가자, 길 오른편의, 동쪽으로 흘러가는 물길은 다시 남동쪽에서 흘러오는 물길과 만나 합쳐져 북쪽으로 흘러간다. 동쪽을 향해 물길을 건넌 뒤 다시 고개에 올라 북동쪽으로 1리를 가서 고개 위를 넘었다.

다시 북쪽으로 고갯마루를 반리 나아갔다. 멀리 바라보니 북서쪽의 바위산이 이미 오른 적이 있는 흙산과 함께 기다랗게 동쪽으로 뻗어간다. 아래에는 깎아지른 듯한 구렁 너머로 흙등성이 한 줄기가 그 사이에 가로로 이어져 있다. 이전에 건넜던, 북쪽에서 흘러오던 물길은 등성이를 가로질러 움푹한 평지의 구멍 속으로 흘러든다. 물길은 산골짝을 따라 흐르는 것이 아니었다.

길은 고개를 넘어 고개 위를 따라 동쪽으로 3리만에 등성이 한 곳을 지났다. 다시 평탄한 길을 1리 나아가서야 남동쪽으로 내려갔다. 1리 반을 나아가 움푹한 평지 바닥에 이르러 문득 바라보니, 시냇물 한 줄기의 짙푸른 빛이 산골에 가득 차 있다. 시내를 따라 동쪽으로 내려가자 차츰 졸졸 흐르는 물소리가 들려왔다. 등성이로 흘러들었던 물이 이곳에 이르러 흘러나왔으리라는 생각이 들었다.

동쪽으로 반리를 나아가자 또다시 조그마한 물길이 동쪽의 골짜기에서 흘러나왔다. 그 물길을 거슬러 1리를 나아가자, 시내는 사방의 구렁을 감돌아 흐른다. 손바닥만한 시냇가 전답이 보이기 시작했다. 다시 시내를 따라 남동쪽으로 1리를 나아가자, 물길은 다하고 골짜기도 끝이 났다. 동쪽으로 1리를 올라 고개에 올라섰다. 고개 북쪽으로 평탄하게 반리를 나아갔다가 다시 남동쪽으로 평탄하게 내려갔다. 반리만에 등성이 한 곳을 지난 뒤, 다시 북동쪽으로 고개를 넘어 반리를 올랐다.

고개의 북쪽을 넘어가자, 북동쪽의 움푹한 평지 속에 툭 트인 채 밭두둑이 펼쳐져 있다. 다시 북동쪽으로 반리를 나아가 동쪽으로 산을 내려오기 시작했다. 반리만에 정오에 둔룽촌(囤龍村)에 닿았다. 토박이들은 북쪽의 과화주로 가는 것은 받아들였으나, 동쪽의 도결주로는 가지 않으려 했다. 역시 도결주에는 짐꾼을 교체할 마을이 없기 때문이었다. 마을의 우두머리 집에서 식사를 했다.

오후에 짐꾼이 오자, 마씨 성의 우두머리가 내게 이렇게 말했다. "이곳 역시 결륜주에 속해 있다오. 만약 도결주로 간다면, 길은 이미 멀어져 있는데다, 도결주의 마을사람들이 받아들이지 않을까 염려스럽소 그래서 이 마을 사람들이 가기를 꺼려하는 거라오 과화주로 간다면, 그 마을사람들은 온순하여 어기지는 않을 것입니다."

이곳에서 도결주로 가는 길에는 날촌(捺村)이라는 마을이 있기는 하다. 이 마을로 가려면 전에 거쳐온 높은 고개 등성이를 따라 남쪽으로 가지 않으면 안되었다. 나는 어쩔 도리가 없어 그의 말에 따르기로 했다. 가마에 오르자니 여전히 세 사람이 모자랐다. 그래서 산에 들어가 짐꾼들을 이리저리 찾아보았다. 그들이 이르렀을 무렵에는 해가 어느덧 서산에 지고 말았다. 경계심이 들지 않을 수 없었다. (결륜주와 도결주의 토박이는 선량하지 않다고 들었기 때문이다.) 결국 걸음을 멈추고 길을 나서지 않았다.

(이날 정오에 토착민이 쥐고기를 보내 식사를 대접했다. 나는 손사래를 쳐 그들을 물리쳤다. 그들은 메추라기와 같은 작은 새로 바꾸어왔다. 이것은 훈제하여 말린 것인데, 이것을 볶아 식사를 대접했다. 각 집에서 제공한 술은 소주 혹은 막걸리처럼 희멀

건 것인데, 모두 먹을 만했다. 또한 황주도 있었다. 색깔은 흐리지만 맛은 달콤했는데, 시
장에서 파는 것으로 각 마을에는 드문 것이다. 이날은 오전에 20리를 나아갔을 뿐이다.)

11월 24일

아침 일찍 일어나니 날은 씻은 듯이 맑게 개어 있었다. 식사를 할 즈
음 오히려 안개가 사방의 산들을 뒤덮더니, 해가 뜨자 전과 다름없이
맑아졌다. 길을 나섰는데, 토박이들은 과화주로 가고자 할 뿐, 도결주로
는 가려 하지 않았다. 설사 도결주의 마을을 에돌아간다고 해도 역시
가려 하지 않았다. 아마 도결주와 죽일 원수 사이인지라, 그들에게 붙잡
힐까봐 두렵기 때문이리라.

나는 그들에게 강요할 수 없어 끝내 다시 나인촌으로 향하기로 했다.
도결주로 가는 바른 길은 구주(舊州)로 나 있는데, 나인촌으로 가는 길은
온통 굽이져 에도는 노정이다. 마침내 남서쪽의 밭두둑 사이를 나아가
반리를 가서 바위틈을 뚫고서 흙산에 올랐다. 서쪽으로 완만하게 올라
반리만에 산마루에 이르렀다. 다시 반리를 가서 고개를 넘어 남쪽으로
가다가 약간 내려와 등성이 하나를 넘었다. 다시 평탄한 길을 반리 올
라가 산꼭대기를 올랐다가 서쪽으로 내려왔다.

1리를 나아가 움푹한 평지 속에 이르러, 물이 흐르던 흔적을 따라 북
서쪽으로 나아갔다. 1리를 가자, 조그마한 물길이 북쪽의 움푹한 평지
에서 흘러오다가 동쪽에서 흘러오는 물길과 합쳐져 서쪽으로 흘러간다.
다시 그 물길을 따라 서쪽으로 1리를 가자, 다시금 조그마한 물길이 북
쪽의 움푹한 평지에서 흘러오더니 동쪽에서 흘러오는 물길과 합쳐져
남쪽으로 흘러간다. 길은 서쪽의 산으로 뻗어오른다. 위로 곧장 오르기
를 1리 반, 고개를 완만하게 오르기를 2리, 다시 서쪽으로 내려가기를 1
리 반만에 움푹한 평지의 밑바닥에 이르렀다. 문득 남쪽의 골짜기에서
흘러오는 물이 있는데, 푸른 빛을 머금은 채 깊이 서쪽으로 흘러간다.

움푹한 평지를 반리 지나 북쪽의 산에서 서쪽으로 1리를 올라 고개를 타고 다시 1리를 올랐다. 이어 조금 내려와 등성이 하나를 지나 다시 올라갔다. 처음에는 고개 북쪽에 기대어 가다가 조금 뒤에는 고개 남쪽에 기대어 나아가는데, 계속 서쪽으로 고개 위를 평탄하게 나아갔다. 남쪽으로 높이 솟은 고개가 바라보였다. 구주에서 도결주로 가는 곳이다. 3리만에야 남서쪽으로 내려가기 시작하여, 1리 반만에 움푹한 평지에 이르렀다. 이전에 지났던 남쪽 골짜기의 물과 나인촌의 물이 동서 양쪽에 나란히 흘러가다가, 북쪽의 바위산의 구멍으로 흘러든다.

물길을 가로질러 서쪽으로 가다가, 동쪽에서 흘러오는 물길을 거슬러 3리만에 나인촌에서 식사를 했다. 짐꾼을 기다리느라 오후가 되었다. 짐꾼들은 오솔길을 따라 도결주로 가려하지 않은 채 여전히 결륜주로만 돌아가려고 했다. 처음에는 마을 왼쪽에서 북서쪽의 산에 올라 남서쪽으로 돌아들어 1리만에 고개 위로 올라 나아갔다. 남서쪽으로 5리를 가서 약간 내려간 등성이 하나를 넘은 뒤, 다시 올라가 남서쪽의 고개 위로 6리를 나아가 남쪽의 움푹 꺼진 곳으로 돌아 나왔다.

다시 남서쪽으로 6리를 나아가다가 약간 동쪽으로 돌아들었다. 계속해서 남서쪽으로 나아가니, 그제야 동쪽의 구주가 남동쪽 산골짜기에 있고, 결륜주의 뾰족한 산이 남서쪽 산골짜기에 있는 것이 보였다. 다시 서쪽으로 2리를 나아가 내려가기 시작했다. 남쪽의 움푹한 평지의 밭두둑을 건너자, 밭두둑 사이의 물길이 북쪽에서 흘러나오는 것이 보였다. 다시 남쪽의 산을 넘어 반리를 간 뒤, 밭두둑을 건너고 자그마한 산을 넘어 1리를 갔다. 제법 커다란 마을이 나타났다. 어느덧 날이 저물어 있었다.

마을의 남쪽에서 한 줄기 물길을 건넜다. 이 물길은 다시 남쪽에서 흘러오는 커다란 시내와 만났다. 남쪽으로 흙언덕 하나를 넘고 커다란 시내를 거슬러 남서쪽의 밭두둑 사이를 나아가 1리 반만에 결륜주에 이르렀다. 결륜주의 주성의 관아는 담장을 두르지 않았으며, 풍씨 성의 관리는 아직 어린 나이였다. 다시 남쪽으로 커다란 시내를 건너 직무대행인의 집에서 묵었다. (이날 약 40여 리를 나아왔는데, 모두 빙글빙글 에도는 길이었다.)

11월 25일

이른 아침, 직무대행인은 2리길을 배웅해주었다. 북쪽 마을에 이르자, 앉아서 짐꾼을 보내달라고 종일토록 재촉하다가, 오후에야 길을 나섰다. 곧바로 마을에서 남동쪽의 산에 올라 1리를 갔다. 처음에는 북동쪽으로 고개를 오르다가 얼마 후 남동쪽으로 돌아들어 도결주의 뒷산 등성이를 감돌아 나아갔다.

6리를 나아가 등성이에서 잠시 쉬었다가 다시 고갯가를 오르기를 3리만에 다시 조금 내려왔다. 이곳에는 높이 자란 띠풀이 머리끝까지 덮었다. 가마꾼들이 또다시 제멋대로 앞산을 가리키면서 도적떼가 진을 치고 있다고 했다. 우리들이 멀리 바라보았지만, 전혀 눈에 뜨이지 않았다. 다시 앞으로 1리를 내려가 등성이를 넘어서야, 전에 육료촌에 갈 적에 올랐던 산길과 마주쳤다. 동쪽으로 산골짜기를 굽어보니, 구주의 마을이 보였다.

다시 남동쪽으로 반리를 내려가 마침 산기슭에 이르렀는데, 가마꾼들이 왁자지껄 소리를 지르더니 도망쳐버렸다. 이때 해는 뉘엿뉘엿 저물고, 짐들은 모두 풀숲에 버려진 채였다. 나는 서둘러 구주로 달려갔다. 산을 반리 내려갔다가 밭두둑 사이를 1리 나아가 전에 출발했던 역참의 노인집에 당도했다. 어느덧 날이 어둑어둑해져 있었는데, 집집마다 남정네들은 모두 산골짜기로 도망친 채 아무도 없었다. 노인의 아내는 어두운 곳에 누운 채 신음소리를 내고 있었다.

나는 남들에게 짐을 빼앗길까봐 걱정이 이만저만이 아니었다. 그래서 여기저기 사람들을 불렀으나 구할 수가 없었다. 한참만에야 아녀자 두 명을 찾아내어 두려워하지 말라고 말하고서, 나대신 노인 부자를 찾아 돌아와 짐을 가져오게 하라고 명했다. 잠시 후 하인 고씨가 먼저 두 개의 보따리를 들고 도착했으나, 가마와 짐은 여전히 어둠속에 내버려져 있었다. 오래 지나지 않아 앞집에 사는 외지 출신의 사람이 찾아와 묻기에 그더러 짐을 찾으러 가라고 했더니, 그 또한 도망쳐버렸다. 나는 그를 뒤쫓아 앞집의 간란에서 그를 붙들어 억지로 내려오게 한 다음, 하인 고씨와 함께 가서 짐을 가져오도록 시켰다.

한참 뒤 앞서 보냈던 아녀자들이 돌아와 "노인께서는 금방 오실 겁니다"라고 말했다. 나는 아녀자들에게 어서 밥을 지으라고 명했는데, 노인은 여전히 오지 않았다. 아마 곧바로 나를 만나러 오기에 겁이 난지라, 하인 고씨를 따라 짐을 가지러 갔으리라. 한참 뒤에야 그는 함께 왔다. 노인은 내가 자신의 아들이나 손자를 채찍질할까봐 두려워했다. 나는 책망할 뜻이 없음을 알려주었다. 잠시 후 저녁 식사를 했다. 그의 아들이 절뚝거리며 서 있기에, 나는 어서 짐꾼을 찾으러 가라고 꾸짖고서 잠자리에 들었다.

11월 26일

아침 일찍 식사를 했다. 한참이 지나서야 짐꾼 두 명과 말 한 필이 왔다. 나는 가서 짐꾼들 모두를 데려오라고 꾸짖었다. 한참이 지나도 더 이상 오지 않았다. 앞집에 사는 외지 출신의 사람이 내게 와서 이렇게 말했다. "이 길은 멀어서 하루 종일이 걸립니다. 아침 일찍 출발해야 하는데, 지금은 이미 늦었습니다. 내일 아침 일찍 길을 떠나시고 오늘은 절름발이를 풀어주셔서 그에게 짐꾼들을 모아들이라고 명령하시지요." 나는 어쩔 도리가 없어 그의 말대로 했다.

이날 아침에는 구름이 잔뜩 끼었더니 정오에는 햇빛이 많아졌다. 식사 후에 동쪽으로 시내를 따라 바위산골짜기에 들어서서 1리를 갔다. 양쪽의 바위산이 마주하여 죄어들고, 물길과 길은 모두 그 사이로 지나고 있다. 동쪽으로 반리를 더 들어가자, 길이 두 갈래로 나뉘었다. 한 갈래는 북동쪽의 움푹 꺼진 곳을 넘어가고, 다른 한 갈래는 남서쪽으로 골짜기로 들어선다. 물길은 남서쪽을 따라 돌아들다가 우레와 같은 소리를 내면서 아래로 떨어지는데, 높이 자란 띠풀이 빼곡하게 덮여 있어 소리만 들릴 따름이다.

잠시 후 남서쪽의 움푹 꺼진 곳을 넘자, 동서 양쪽 산의 뒷등성이를 마주했다. 시내는 이미 기슭에서 구멍으로 떨어져 내린지라, 그 모습이 더 이상 보이지 않았다. 이에 돌아들어 갈림길이 있던 곳에 이르렀다. 띠풀을 헤치고서 시내를 찾아보았다. 시냇물이 떨어지는 곳을 구경하고 싶었던 것이다. 그러나 시내는 띠풀숲에 깊숙이 파묻혀 있는지라, 층층이 돌아들어도 찾을 수가 없었다.

다시 돌아나와 두 봉우리가 마주한 채 죄어드는 곳에 이르렀다. 물길을 건너서 서쪽 봉우리에 오르다가, 다시 시내를 거슬러 남쪽으로 향했다. 그러나 무성한 띠풀에 길이 막혀 있는지라, 잠시 후 다시 시내의 북쪽으로 나아갔다. 이에 다시금 왔던 길을 따라 되짚어 돌아가는데, 멀리 동쪽 봉우리를 바라보니 벼랑 아래에 남향한 동굴이 있다. 잠시 후 풀숲 속에서 오솔길을 찾아 서둘러 잡초를 헤치고 나아갔다.

그 동굴은 입구가 남쪽을 향해 있고, 그 가운데에 바위가 매달려 있다. 동굴 안은 그다지 넓지 않으나, 동굴 구멍이 두 갈래로 나뉘어 있다. 물속으로 들어가자, 어둡고 비좁다. 동굴을 나와 그 동쪽을 보니, 제법 넓고 깊숙한 동굴이 하나 더 있다. 동굴 입구는 남서쪽을 향해 있고, 동굴 앞에는 둥그런 바위를 경계로 두 개의 입구를 이루고 있는데, 오른쪽 입구가 더 크다. 동굴 속은 오른쪽을 따라 들어갔다. 깊이는 십여 길에 높이가 약 세 길이고, 너비는 높이와 비슷하다. 뒤쪽의 벽은 북쪽으로 돌아들자, 차츰 좁아지고 어두워졌다. 그런데 동굴 속이 봉긋 솟아 대단히 깊다는 느낌이 들었다. 그러나 햇불이 없는지라 들어갈 수가 없었다.

동굴 바깥은 왼쪽을 따라 남쪽으로 넓어지더니, 다시 두 갈래로 나뉘었다. 한 갈래는 북동쪽으로, 다른 한 갈래는 남동쪽으로 뻗어 있다. 들어가는 곳은 모두 깊지 않으나 밝고도 훤히 트여 있으며, 위아래와 옆으로 뚫려 있는 구멍이 있다. 게다가 두 곳의 입구 안은 아래 바닥이 대단히 평평하고, 위쪽에는 푸른 바위가 봉긋하게 덮고 있다. 빙글 휘감은 바위가 옹근 한 자나 되고, 빈틈이 전혀 없이 둥근 돌로 빽빽하다. 또한 노란빛의 바위가 그 사이에 거꾸로 드리워져 있다. 마치 교룡이 춤추는 듯, 꽃받침이 매달려 있는 듯하다. 무늬와 색깔이 온통 기이하다. 두드려볼 수 있는 바위가 있는데, 모두 아름답고 조화로운 소리를 울려낸다. 이 일대의 기이한 경관이라 할 만하다.

동굴에서 나와 1리만에 역참의 간란으로 되돌아왔다. 날이 매우 포근한지라, 겹옷을 입지 않고, 밤에는 솜이불도 덮지 않았다. 이날 손에 부스럼이 크게 생겼다. 아마 전에 결륜주에서 두 차례 준비한 음식 가운데에 어미돼지고기가 섞여 있었기 때문이리라.

11월 27일

아침에 일어나니, 안개가 심했다. 잠시 후 안개가 흩어졌다. 짐꾼과 말이 왔기에 길을 나섰다. 북동쪽을 따라 1리를 나아가 흙산에 올랐다. 전에 육료촌에 가던 길과 그리 멀지 않았다. 1리를 가서 고개에 오르자, 안개는 걷혔으나 구름은 개이지 않은 채, 가끔 햇빛이 비쳤다. 고개 위에서 북쪽으로 1리를 돌아든 뒤, 계속해서 북동쪽으로 2리를 갔다. 다시 1리를 내려가 한 줄기 물길을 건너 다시 북동쪽으로 2리를 올라갔다. 고갯가에는 나무숲이 울창했다.

나무숲속에서 고개 위로 3리를 올라가다가, 숲이 약간 끊기는 곳에서 좌우의 휘감아도는 골짜기 속을 굽어보았다. 나무가 빽빽하고 무성하여 나는 새라도 날아들 수 없을 것 같다. 다시 반리만에 내려가는데 몹시 가팔랐다. 1리 반을 나아가 움푹한 평지에 이르자, 나무로 울창한 산이 다하고, 누런 띠풀이 산골짜기에 가득한 모습이 한 눈에 들어왔다. 움푹한 평지에서 띠풀을 헤치고 나아갔다. 조그마한 물길이 동쪽의 골짜기에 흘러들기 시작한다.

골짜기를 따라 물을 건너 동쪽으로 가다가 남쪽 기슭을 따라 나아갔다. 다시 물을 건너 북쪽 기슭을 따라 올라갔다가 동쪽의 움푹한 평지로 내려와 물을 건넜다. 다시 동쪽의 고개에 올라 1리만에 고갯마루에 올라섰다. 고개 위를 3리 나아갔다가 곧바로 움푹한 평지 속으로 1리를 내려왔다. 방금 전에 보았던 물길은 남쪽에서 북쪽으로 쏟아져 골짜기 속으로 흘러간다.

다시 동쪽의 조그마한 고개를 넘었다. 동쪽의 움푹한 평지에서 흘러오던 물길은 남쪽에서 북쪽으로 감아돌더니, 서쪽에서 흘러오는 물길과 합쳐진다. 동쪽에서 흘러오는 물길을 건넌 뒤, 동쪽의 산을 타고 산마루에 올랐다가 3리를 빙글 감돌아 고개를 빠져나왔다. 2리를 가자 평평한 등성이가 나왔다. 이곳이 여정의 중간이기에, 밥을 가져온 이들은 모두 여기에서 식사를 했다.

식사 후 다시 동쪽의 고개 북쪽을 좇아 나아갔다. 어느덧 차츰 우거진 나무숲 속으로 들어서 있다. 산의 남쪽으로 나와 다시 등성이 하나를 넘었다. 이곳에서 남쪽을 바라보니, 온통 바위봉우리가 늘어서 있는데, 남동쪽의 봉우리 하나만 유난히 뭇봉우리 위로 우뚝 솟아 있다. 북쪽을 바라보니, 흙산이 첩첩이고 나무숲이 울창하게 우거져 있다. 등성이를 지나 조금 내려와 북쪽으로 가다가 동쪽으로 돌아들어 올랐다. [방금 전에] 바라보았던 [남동쪽의 험준한] 바위봉우리의 북쪽으로 쭉 나아가다가, 남동쪽으로 내려가기 시작했다.

1리 반을 가서 움푹한 평지 바닥에 이르렀다. 가느다란 물길이 풀 속에서 흘러가고, 길은 물길을 따라간다. 반리를 나아가 골짜기에 들어서자, 양쪽의 벼랑이 벽처럼 곧추서 있고, 우거진 나무숲이 빽빽하게 뒤덮고 있다. 물길은 골짜기 바닥을 뚫고 흐르고, 길은 그 사이로 뻗어나간다. 반리를 가자 골짜기의 물길이 남쪽에 모여 못을 이룬 채, 곧장 험준한 봉우리의 발치에 철썩이고 있다.

다시 물길을 거슬러 들어갔다. 물속에 나아가기를 1리만에 남동쪽으로 골짜기를 빠져 나왔다. 머리를 들어 하늘빛을 쳐다보고 아래로 밭두둑을 굽어보았다. 여기에서 산은 두 지경으로 나뉘고, 가운데에는 움푹한 평지가 평탄하게 펼쳐져 있다. 마치 딴 세상 같다. 동쪽의 움푹한 평지 속을 나아가니, 평지가 끝났다. 다시 바위 관문을 기어 불룩하게 솟은 갱(岬)을 올랐다. 갱의 바위들은 마치 이리와 호랑이의 이빨처럼 날카롭게 치솟아 있다. 이전에 이처럼 가파르고 험한 곳은 본 적이 없었다.

고개를 넘어 움푹한 평지 속에서 2리를 나아갔다. 이어 고개를 따라 완만하게 1리를 올랐다가 완만하게 1리를 내려가고, 움푹한 평지를 평탄하게 1리 나아갔다가 평탄한 골짜기를 1리 가로질렀다. 골짜기를 뚫고 나와 다시 움푹한 평지 속을 1리를 나아가 고개를 넘었다. 1리를 오르내리자, 비로소 기다란 골짜기가 나타났다. 4리만에 다시 동쪽의 움푹한 평지를 나아가니, 서쪽과 마찬가지이다. 3리를 가서 북쪽 산의 산부리를 넘었다. 남쪽 산의 기슭에 비로소 서너 채의 간란이 나타났다. 여기에서 산의 움푹한 평지가 차츰 트였다. 남쪽 산의 동쪽에는 날카로운 봉우리가 또 솟아 있다. 처음에는 그 봉우리를 바라보며 나아가다가 봉우리의 동쪽을 지났다. 금방 도결주의 치소가 나왔다.

도결주의 관아와 마을은 모두 남쪽 산에 의지한 채 북쪽을 향해 있다. 조그마한 물길이 그 앞을 지나 동쪽으로 쏟아져 흐르고 있다. 저택에는 담이 없고, 관아 역시 허물어져 있다. 역참의 관리는 흉악하기 그지없었다. 그는 끝내 요청을 받아들이지 않았다. 짐꾼도 없고, 물품도 제공해주지 않았다. 영락없이 야랑(夜郎)[1]과 같은 자로다! (주의 관리는 농農씨 성이다.) 이날은 나의 생일인데, 구주에서 만난 짐꾼은 악랄한데다, 저녁 늦게 도착한 역참 역시 이러하니, 어찌하여 닥치는 곳마다 궁지에

몰리는고?

11월 28일

아침에 일어나니 몹시 춥다가 맑아졌다. 역참의 관리는 밥을 보내오
지 않았다. 오전에야 거친 밥 두 사발을 구했으나, 곁들여 먹을 만한 반
찬도 없었다. 명함을 보내려 해도 가려고 하지 않았다. 오후에 홀연 마
패를 되던져주면서 "기왕 지체 높은 집안의 선비라 하시니, 글을 보여
주시오"라고 말했다. 나는 글이 없다고 하여 거절하고는 시 한 수를 그
에게 주자, 명함을 들고 갔다. 한참 후에 답신의 명함을 가져왔는데, 그
안에는 "덕이 있는 사람은 반드시 훌륭한 말을 하고, 훌륭한 말을 하는
사람 역시 [반드시 덕이 있다]"[1]라는 말이 씌어 있었다. 따분하기 짝이
없었다. 그래서 대나무 광주리에 기대어 먹을 갈아, 그의 명함 뒤에 되
는 대로 글을 지어 그에게 주었다.

떠났던 그는 저물녘에야 명함에 닭과 술, 쌀과 고기를 덧붙여 가져왔
다. 명함에는 또다시 "자로(子路)가 공손하게 섰더니 자로를 머물러 묵게
했다"[2]라는 제목이 씌어 있었다. 나는 다시금 기름불을 구해 명함 끄트
머리에 글을 써서 그에게 주었다. 밥을 먹고 누웠다. 객사의 관리가 이
날 밤 소고기를 내주어 연회 자리로 삼았다. 잠자리에 들었는데 또 어
떤 사람이 와서는, 내일 나란히 말을 달려 교외로 놀러가자고 약속했으
며, 아울러 객사 관리에게 내일 아침 일찍 아침 식사를 갖추어놓도록
명령했다고 말했다.

1) 『논어 · 헌문(憲問)』에 따르면, 원래 이 문장은 "덕이 있는 사람은 반드시 훌륭한 말을 하지만, 훌륭한 말을 하는 사람이라고 해서 반드시 덕이 있는 건 아니다(有德者必有言, 有言者不必有德)."이다.
2) 이 구절은 『논어 · 미자(微子)』에 실려 있다.

11월 29일

아침에는 춥더니, 해가 뜨자 화창하기 그지없었다. 아침 일찍 일어나 식사를 막 마치자, 말 두 필이 왔다. 한 필은 나를 기다리고, 다른 한 필은 태평부의 공생인 하동현(何洞玄)을 기다렸다. 함께 말을 타고서 동쪽으로 가는데, 또 세 필의 말이 남쪽에서 다가왔다. 그 가운데 앞서 달리는 이가 바로 도결주의 관리인 농씨였다. 각자 말 위에서 손을 맞잡아 읍하고서 동쪽으로 나아갔다.

3리를 가서 한 줄기 시내를 건넜다. 다시 동쪽으로 2리를 달려 시내를 따라 산골짜기로 들어선 뒤, 다시 동쪽으로 5리만에 북동쪽의 고개 하나를 넘었다. 이 고개는 꽤 가파른데, 농씨가 "말을 탄 채로 넘을 수 있으니, 내리실 필요는 없습니다"라고 말했다. 그의 말은 험준한 바위 사이를 날듯이 달렸다. 용이 노니는 기세를 지니고 있었다. 고개를 넘어 모두 2리를 가자, 산골이 제법 트여 있다. 나린(那吝)이라는 마을이 있는데, 마을 한 가운데에 수십 채의 인가가 있다. 인가는 모두 띠로 각각 간란을 엮은지라, 서로 이어져 있지는 않았다.

마을을 지나 동쪽으로 2리를 더 간 뒤, 다시 동쪽으로 고개 하나를 넘었다. 이 고개는 가파르기가 한층 심했다. 모두 2리를 달려 고개를 넘었다. 다시 동쪽으로 1리를 가서 움푹한 평지를 평탄하게 나아갔다. 서쪽에서 동쪽으로 흐르던 한 줄기 물길은 이곳에 이르러 약간 북쪽으로 꺾여 흐르고, 남쪽에 두 길 남짓 고인 산골물은 출입을 금한 채 양어장으로 이용하고 있다. 이곳은 상촌(相村)이다.

여기에 이르니 이미 그 위에 띠로 만든 간란이 엮어져 있다. 바닥에 자리를 잡고 앉았다. 마을의 여러 장정들이 서쪽의 물길에서 쪽대를 들고서 물고기를 몇 마리 잡았다. 물고기의 크기는 겨우 한 자 다섯 치요, 비단잉어와 푸른 쏘가리뿐이다. 그러다가 문득 수십 마리의 소를 몰아 물속을 짓밟았다. 잠시 후 다시 쪽대를 펼쳐 몇 마리를 잡았는데, 그 나머지는 모두 손가락만큼 가늘었다. 이에 커다란 물고기를 가늘게 썰어 회로 만든 뒤 큰 주발에 담아 파와 생강 썬 것을 소금 및 식초와 비벼 먹었다. 그 맛이 기가 막히다고 한다. 나는 차마 그들을 따라 먹지 못한 채, 그저 고기를 먹고 술을 마실 따름이었다.

식사를 마치자, 해가 어느덧 서쪽에 기울어 있었다. 5리를 나아가, 나린촌(那吝村)으로 돌아왔다. 띠로 엮은 간란에 올랐다. 이 집에서는 돼지를 잡고 닭을 갈라 신에게 제사를 드린 후에 먹는데, 물고기를 썰어 회로 먹는 것 또한 방금 전과 다를 바가 없었다. 저물녘에 10여리를 나아가 주성에 이르러 말을 탄 채로 농씨와 작별했다. 역참으로 돌아와 묵었다.

11월 30일

날은 화창하고, 추위는 약간 누그러졌다. 「말을 타고 노닐다(騎遊詩)」라는 두 수를 지어 농씨에게 보냈다. 이때 남녕부의 제(諸)씨 성의 유생이 왔는데, 소매에 한 편의 글을 가지고 왔다. 바로 어제의 제목이었다. 어제 상촌에서 오는 길에 이 유생을 만나 인사를 나누었다. 어젯밤에 주성 관아에 이르렀을 때 어제의 제목으로 글을 지으라 명했던 것이다. 그의 글을 보니 전혀 순서가 맞지 않는데도, 하(何)씨 성의 유생은 터무니없이 뛰어난 글이라 여겼다. 농씨에게 들여보내자, 과연 그는 좋고 나쁨을 금방 가려냈다. 그는 급히 사람에게 나를 모셔오라 명하면서 이렇게 말했다. "방금 남녕의 유생의 글은 조리가 닿지 않습니다. 선생님의 작품을 보여주면, 틀림없이 깜짝 놀라 가버릴 것입니다." 이에 바둑판을 펼쳐 바둑을 두었다. 저물녘에 그는 성대한 음식을 차려 대접했다. 그는 자신의 친족인 농국호(農國瑚)가 비방하여 고소한 일에 대해, 해명서를 써서 실권자에게 진실을 밝혀달라고 나에게 부탁하면서, 하루만 더 늦추어 떠나라고 굳이 붙들었다.

12월 초하루

도결주의 역참 객사에 있었다. 아침에 일어나니 먹구름이 사방에 드리워져 있었다. 그럼에도 길을 떠나려 했는데, 또다시 주성의 관리인 농국기(農國琦)가 억지로 붙들면서 안찰원과 분순도에 보낼 해명서를 지어달라고 했다. 농국기는 이때 사촌형인 농국호 때문에 직위 승계문제로 서로 소송을 벌이고 있었다. 날이 저물도록 먹구름이 개이지 않았다. 저녁 식사를 마치고 나서야 농국기가 여비를 주었다.

12월 초이틀

아침에 일어나니 먹구름이 여전했다. 식사를 마친 지 한참만에야 짐꾼이 왔다. 길을 나서 동쪽으로 3리를 갔다. 며칠 전에 물고기 잡이를 구경갔던 길이다. 얼마 후 시내를 건너 북쪽의 시내 북쪽 언덕을 따라 동쪽으로 나아가 다시 2리를 갔다. 바위봉우리가 동쪽의 골짜기 속에 우뚝 솟아 있다.

남북으로 경계지은 두 산이 주성의 서쪽 8리에서부터 문처럼 쭉 늘어서 뻗어오고, 그 가운데에 움푹한 평지가 펼쳐져 있다. 그 사이에 물길이 흐르고 있다. 여기에 이르자 동쪽의 바위봉우리가 가운데에 우뚝 솟아 있고, 움푹한 평지는 끝나기 시작한다. 시냇물은 바위봉우리의 남쪽에서 동쪽의 골짜기 속으로 내달린다. 어제 농씨를 따라 들어섰던 곳이다.

오늘 가는 길은 바위봉우리의 북쪽에서 동쪽으로 북쪽의 움푹한 평지로 뻗어 있다. 3리를 더 가자, 움푹한 평지에 나현(那賢)이라는 마을이 있다. 다시 동쪽으로 2리를 가자, 움푹한 평지가 이내 크게 펼쳐지고, 밭두둑이 층층이 이어진다. 남쪽의 움푹한 평지로 통하는 길이 있다. 바로 나륜으로 가는 길이다.

다시 동쪽으로 5리를 가자, 산속의 움푹한 평지는 다시 끝이 났다. 이에 북쪽으로 꺾어졌다가 동쪽으로 움푹 꺼진 곳을 넘었다. 1리를 가서 움푹 꺼진 곳의 동쪽을 넘고 움푹한 평지 속을 나아가 1리만에 동쪽의 산골짜기를 뚫고 지났다. 그 골짜기는 대단히 비좁으나 속은 평탄하다. 다만 뾰족뾰족한 바위부리가 마치 만 자루의 칼이 모로 모여 있는 듯하여, 발을 딛을 수가 없었다.

골짜기를 나오자 길이 갑자기 내려가더니, 잠시 후 남쪽의 바위구렁 속으로 돌아들었다. 이어 어지러운 바위 사이로 오르락내리락 3리를 가자, 산이 차츰 툭 트이기 시작했다. 문득 길 왼쪽을 바라보니, 구불거리는 바위 구멍이 떨어져내려 두 개의 못을 이루고 있다. 못 속에 고인 맑은 물줄기는 사람의 마음과 눈을 비추고 있다. 못 남쪽의 움푹한 평지에는 띠집 두 채가 있고, 못 동쪽의 움푹한 평지에는 띠집 한 채가 있다. 모두 고요한 채 사람이 보이지 않았다. 가마꾼에게 물어보았더니, "이곳은 상촌(湘村)입니다. 전에 만승주(萬承州)에게 공격을 당했던지라 주민들이 집을 버리고 떠났습니다"라고 대답했다.

상촌에서 동쪽으로 가자 길 북쪽에 또 시내가 있다. 곧 두 곳의 못에서 흘러나온 것이다. 동쪽의 움푹한 평지를 2리 나아가, 어제 물고기를 잡던 못의 남쪽을 지났다. 다시 동쪽으로 3리를 가서 북쪽의, 서쪽에서 흘러오는 시내를 건넜다. 시냇물은 바위구렁을 뚫고 흐르고, 길 또한 시내를 따르니, 물과 바위가 어지러이 섞여 있다. 1리를 가서 시내에서 북쪽으로 나아가다가 북쪽 구렁으로 돌아들었다.

1리를 가자, 물길이 다시 남쪽에서 흘러온다. 그 물길을 건너 동쪽으로 나아갔다. 다시 1리를 가자, 물길이 다시 북쪽에서 남쪽으로 흘러온다. 또다시 그 물길을 건너 동쪽의 골짜기를 나왔다. 문득 골짜기에서 1리를 떨어져 내려오자, 골짜기 동쪽에 평탄한 들판이 보이기 시작했다. 들판은 북쪽에서 남쪽으로 널찍하게 툭 트여 있다. 도결주의 관할지가 쭉 서쪽 산의 정상까지임을 알게 되었다.

산을 내려오자, 곧 융안현(隆安縣)의 경계이며, 또한 태평부와 남녕부가 나뉘는 곳이기도 하다. 이곳의 지세가 느닷없이 달라졌다. 서쪽 봉우리의 동쪽 기슭을 따라 북쪽으로 1리를 가자 시내물이 졸졸 흐른다. 시내를 거슬러 오르자, 마을 하나가 나타났다. 이곳은 곧 암촌(巖村)이다. 비로소 주민들의 기와집과 높은 걸상이 보이고, 다시금 한족 관리의 위엄이 드러나기 시작했다. 여기에 이르니, 날도 개었다. 어느덧 정오가 지나 있었다. 교체할 짐꾼이 오자, 바로 길을 떠났다. 남쪽을 향해 평탄한 들판 사이를 나아갔다. 2리를 가서 앞마을의 등(藤)씨의 집에서 식사를 했다.

식사를 마치고 다시 시내의 서쪽 언덕으로 건너가 남쪽으로 1리 반을 나아갔다. 그 서쪽의 산골짜기 속이 훤히 트여 있다. 봉우리는 층층이고 움푹한 평지가 겹겹이다. 서쪽 산간의 움푹한 평지에 양촌(楊村)이라는 마을이 있다. 다시 남쪽으로 1리 반을 가자, 양촌에도 서쪽의 움푹한 평지에서 남쪽으로 흘러가는 시내가 있다. 이 시내는 북쪽의 시내와 합쳐져 커졌다. 시내의 서쪽을 건너 남쪽으로 1리를 가자, 물길은 동쪽으로 흘러 동쪽에 경계를 이룬 흙산의 산허리로 쏟아져 흘러간다. 길은 남서쪽으로 1리를 나아가 서쪽에 경계를 이룬 바위산 아래에 이르자, 흑구촌(黑區村)이라는 마을이 나타났다.

짐꾼을 교체한 후 서쪽에 경계를 이룬 바위산을 따라 남쪽으로 나아갔다. 그 봉우리는 마치 곧추선 송곳처럼 날카롭고, 그 바위는 날개짓하여 허공에 날아오르는 듯 갈라져 있다. 그 움팬 바위 아래를 나아가 다시 남쪽으로 4리를 가자, 서쪽으로 봉우리가 촘촘한 곳에 커다란 마을이 있다. 용촌(龍村)이라는 곳이다.

다시 짐꾼을 교체하여 남쪽으로 가다가, 이내 동쪽에 경계를 이룬 흙산을 따라 나아갔다. 그제야 흑구촌에서 여기까지는 온통 산골짜기 안의 움푹한 평지이지만 산골물이 없다는 것을 알게 되었다. 양촌에서 합쳐진 물길이 앞서 이미 동쪽의 흙산에 흘러들었기 때문이다. 여기에 이르자, 용촌 서쪽의 움푹한 평지에서 흘러나온 물길이 남쪽으로 흘러 조그마한 산골물을 이루고 있다. 산골물의 동쪽으로 3리를 나아갔다. 흙산의 남동쪽 자락을 돌아들자, 벌뢰(伐雷)라는 마을이 나왔다. 이 마을에서 짐꾼을 교체했다. 다시 저물녘에 남동쪽으로 3리를 나아가, 파담촌(巴潭村)의 황(黃)씨 집에서 묵었다.

12월 초사흘

파담촌의 황노인이 5경에 일어나, 닭을 잡고 못의 물고기를 잡아 식사를 대접했다. 아침 식사를 마친 후 남동쪽으로 2리를 나아가, 벌련촌(伐連村)에서 짐꾼을 교체했다. 짐꾼이 오기를 한참동안 기다렸다가, 남동쪽의 흙산골짜기를 넘어 1리를 갔다. 시냇물이 북서쪽의 바위산 아래에서 동쪽으로 꺾어 흘러오는데, 비로소 콸콸 소리를 내고 있다.

시내를 따라 남쪽으로 나아갔다. 서쪽에 경계를 이룬 바위산은 여기에 이르러 끝났다. 서쪽으로 돌아들어 나아갔다. 동쪽의 불쑥 튀어나온 바위봉우리 하나가 마치 문지도리처럼 남쪽 골짜기 가운데에 솟구쳐 있다. 이 때문에 물길은 동쪽으로 굽이져 흙산의 기슭에 이르렀다가, 다시 골짜기 가운데에 솟구친 바위봉우리를 남쪽으로 에돌았다. 물길은 비로소 평탄한 밭두둑을 남쪽으로 흘러내리다가, 용장(龍場)에서 우강으로 흘러든다.

시내를 따라 1리를 나아가, 남쪽 산을 돌아들었다. 남서쪽에는 평탄한 구렁이 훤히 열려 있다. 바위봉우리의 남쪽에는 산이 끝났으나, 바위는 끊이지 않았다. 이곳의 평탄한 들판과 굽이진 밭두둑 사이로 괴이한 모양의 바위가 빽빽하게 늘어선 채 나뉘었다가 합쳐진다. [높낮이가 일정치 않으며, 맑은 샘물이 때로 바위에 철썩이면서 밭두둑을 에돌았다. 만약 이 가운데 집을 한 칸 짓는다면, 바위수풀 가운데 조용히 수양하기에 이보다 더 나을 곳은 없으리라.]

바위 사이로 1리를 나아갔다. 물은 정남쪽으로 흘러간다. 동쪽의 산기슭을 오르자, 파정촌(把定村)이라는 매우 큰 마을이 나타났다. 마을사람들은 몹시 교활했다. 짐꾼을 기다리다 해가 기울어서야, 비로소 말 한 필과 짐꾼 두 명을 보내왔다. 이에 북동쪽으로 흙고개를 넘어 1리 반을 갔다. 북쪽으로 조그마한 물길을 건너 북쪽으로 고개에 올랐다. 다시 1리를 가서 고갯마루를 넘은 뒤, 북쪽의 고개 위를 1리 나아갔다. 동쪽 기슭에 융안현(隆安縣)의 성곽이 보였다.

이에 고개를 따라 북동쪽으로 몇리를 내려오다가 다시 동쪽으로 1리를 나아갔다. 서문으로 들어서서 북문에 이르렀다. 북문 안에서 남쪽으로 돌아들어, 현의 관아 앞의 여관에서 걸음을 멈추었다. 이날 구름이 자욱하여 햇빛이 비치지 않았다. 때는 어느덧 오후였다. 밥을 구해 먹었다. 하인 고씨에게 역참에 가서 말을 구하여 내일 아침에 떠나도록 약속해놓으라 명령했다. 그렇지만 짐꾼들은 현에 가서 구하지 않으면 안되었다.

이때 현의 관원인 하(何)씨는 창고 관리를 맡은 아전에게 소송을 당하여 부성에 갔고, 순검인 이(李)씨가 현의 정사를 대리하고 있었다. 명함을 찾아들고서 짐꾼을 구하러 갔다. 먼저 북쪽 관문 밖에서 공각(鞏閣)에 이르렀다. 우강이 북서쪽에서 흘러와 공각 아래를 지나 동쪽으로 흘러가는데, 강의 벼랑이 깊고도 가파른지라 멀리 바라보아도 보이지 않았다. 벼랑 아래에서 [남녕으로 가는] 배를 구해 내일 떠나기로 약속했다. 나는 이때 종기가 심해진 상태인지라 기꺼이 배를 타고 갈 작정이었다. 이렇게 하면 현에서 번거롭게 짐꾼을 구하지 않아도 될 터이므로 배로 가기로 마음먹었던 것이다. 하인 고씨에게 역참에 가서 말을 은자로 바꾸게 했다. 배삯으로 사용할 요량이었다. 이에 여관으로 돌아와 묵었다.

12월 초나흘

아침에 일어나 밥을 먹고 배에 올랐다. 이 배는 갑자기 날짜를 바꾸어 초여드레에야 떠난다고 한다. 이는 당시 지방을 순시하던 사자가 남녕부에 이르러 전날 밤 옥중에서 죄수를 끄집어내어, 현의 육방의 의견을 듣고 살피는 관리와 함께 이 배로 가고자 했는데, 한밤중에 갑자기 죄수 한 명이 도망치는 바람에 아전이 날짜를 바꾸었다고 한다. 나는 이때 이미 말값으로 배삯을 치루었는지라 배안에 머물러 있었다. 종기가 발작하여 신음하는데다, 먹구름은 짙게 드리우고 있다. 세모의 추위 속에 마을 밖은 황량하고, 날 저물녘에 풍토병은 강변에 가득하니, 나의 심정을 알 수 있으리라.

12월 초닷새

배 속에 앉거나 누워 지냈다. 오후에 하인 고씨가 "한 해가 저무는데, 어찌 오래도록 여기에만 앉아 기다린단 말입니까! 현에서 짐꾼을 구해 내일 길을 떠날 준비를 하시지요"라고 말했다. 나는 그렇게 하기로 했다.

좌강과 우강의 나뉨은 양촌과 파정촌 서쪽의 바위산을 경계로 삼는다. 그렇기에 바위산 안쪽은 지세가 갑자기 높아진다. 이곳은 토사가 관할하는 지역이며, 도결주와 만승주는 태평부에 속한다. 반면 바위산의 아래는 움푹한 평지가 갑자기 푹 꺼져내린다. 이곳은 융안현이며, 가정 연간에 왕건신(王新建)이 세운 현으로 남녕부에 속한다. 이것은 다스리는 경계를 기준으로 나눈 것이다. 서쪽에서 뻗어온 산등성이는 귀순주, 진안부, 도강주, 용영주 북쪽 경계의 천등허에서, 다시 전명주, 만승주를 거치더니 바위산은 차츰 끝이 나고, 다시 동쪽으로 합강진에 이르면 선화현에 속한다. 그 산등성이의 북쪽은 진원주, 결륜주, 결안주, 도결주, 만승주의 북동쪽 변경이다. 이곳의 물길은 땅속 구멍으로 흘러들기도 하고 산골짜기를 굽이돌아 흐르기도 하며, 토사 관할하의 상림현을 거치거나 용안현을 지나 우강으로 흘러든다. 그래서 이 네 곳의 토주 관할하의 물길은 우강으로 흘러들긴 하지만, 지역은 좌강의 관할지이다. 산등성이가 멀리 에돌고 깊은지라 분별해낼 수 없다.

융안현은 북동쪽의 우강을 굽어보고 있다. 이 지역은 북쪽의 무연현(武緣縣)의 경계로부터 140리 떨어져 있고, 남쪽의 토사 관할하의 만승주의 경계로부터 40리 떨어져 있으며, 동쪽의 선화현의 경계로부터 120리 떨어져 있고, (대탄역大灘驛이 있다.) 서쪽의 토사 관할 하의 귀덕주(歸德州)의 경계로부터 80리 떨어져 있다. 이 마을사람들에게 비로소 기와집과 책걸상이 보이고, 마을사람들은 평평한 바닥에 거주하며, 부뚜막에서 밥을 지어먹기 시작했다. 토사 관할지역과는 확연히 달랐다.

토박이들은 모두 대나무를 엮어 간란을 만들었다. 간란의 아래에는 소와 돼지를 기르고 위에는 불을 때고 잠을 자는 곳을 두었다. 엮어맨 틀은 높이가 대여섯 자이고, 쪼개어 가른 커다란 대나무의 지름은 한 자 남짓이다. 집의 틀과 벽, 처마물받이 등은 죄다 대나무를 사용했다. 불을 피우는 곳은 서너 자 길이의 네모진 판자를 대나무 틀 가운데에 깔고 재를 놓아 불을 붙이며, 돌로 솥을 받쳐 밥을 짓는다. 솥 위의 서너 자 되는 곳에 대나무 광주리를 걸어놓고 날마다 벼알을 구워 찧는다. (쌀 찧기는 커다란 나무를 자그마한 배 모양으로 파고, 그 가운데에 구멍을 낸 다음 두 개의 나무절구로 찧는다.)

아녀자들은 네 개의 대나무통을 매고서 시내에서 물을 긷는다. (대나무통은 길이가 네댓 자이다.) 실을 잣거나 베를 짜는 이도 있다. (베를 짜는 경우 바디도 있고 잉아도 있으나,[1] 다만 높지 않고 평평하다. 아녀자들은 책상다리를 한 채 베를 짠다. 실을 잣는 것 역시 마찬가지이다.) 남정네들은 나무 신발을 신는다. (나무조각으로 신발 밑바닥을 만들고, 앞쪽 끝에 두 가닥의 가죽을 비끄러매고 엄지발가락 사이로 교차시킨다. 교지交趾라는 명칭이 혹시 여기에서 비롯된 게 아닐까?) 부인들 가운데에 맨발차림이 아닌 이가 없다. 머리에는 대여섯 자의 베를 휘감았으며, 커다란 매듭장식으로 이마 위를 장식하여 아름답게 꾸몄다. 간혹 푸른 베나 꽃무늬 베로 꾸민 이도 있다. 아녀자 가운데에 대오리를 엮은 삿갓을 쓰고 가슴 앞에 붉은색 실 두 가닥을 드리운 이가 있다. 이 사람은 바로 추장의 아내이다. 치마는 백 가닥의 가는 주름이 잡혀 있으며, 간혹 꽉 졸라매 걸어다니기에 편하게 만든 것도 있는데, 등 뒤로 엉덩이 뒤쪽에 크게 매듭을 묶는다.

토박이 추장과 토사들은 대부분 털로 짠 모자를 쓰고 있다. 다만 외지에서 이곳에 이주한 사람들은 그물로 머리를 묶는다. 추장이나 토사와는 사뭇 다르다. (향무주의 왕진오王振吾만이 두건을 쓰고 있었다.) 교지 사람들은 머리를 풀어헤쳐 몸 뒤로 늘어뜨린 채, 베로 머리카락을 묶지 않았다. 어쩌다 머리카락 밖으로 털모자를 덮어쓴 이도 있는데, 머리카락은 여전히 아래로 늘어뜨리고 있다. 대부분 긴 겹치마를 입고 있으며, 발은 모두 맨발차림이다.

교지의 비단은 가볍고 가늘어 마치 내 고향의 겸사[2]와 흡사하다. 색깔이 노란 것은 목주(睦州)의 노란 생사로 짠 깁처럼 보이나, 그에 비해 더 촘촘하고 균일하다. 한 필에 두 길 다섯 자이고, 가격이 은 4전이다. 휘장으로 만들 만하다.

향무주에는 하수오가 많은데, 바위산의 구멍 속에서 나며 큰 것은 네댓 근이나 된다. [나는 주성에 장이 서는 날 12전을 주고 세 뿌리를 샀는데, 무게가 약 열다섯 근이었다.] 내가 『일통토물지(一統土物志)』를 살펴보니, 광서 서부에 마종랑(馬椋榔)이 있다고 하지만, 그것이 무엇인지 몰랐다. 이곳에 와 보니 이곳 사람들이 모두들 하수오를 자른 조각을 물쑥잎과 버무려 손님에게 대접하고, 빈랑 대신에 마빈랑이라 일컫는다. 마종랑이 하수오일지도 모르겠다.

융안현 현성은 우강의 남서쪽 언덕에 자리잡고 있다. 내가 전에 남녕부에 이르러 관아에 들어가 병풍 위에 그려진 남녕부 지도를 살펴본 적이 있는데, 이 현이 우강의 북쪽 언덕에 그려져 있었다. 그래서 나는 도결주에서 오는 길에 파정촌을 지나면서, 반드시 강을 건넌 이후에야 현성에 이르리라고 생각했다. 이제 현성에 이르고 보니, 융안현 현성이 앞에 있고 강은 뒤에 있다. 몸소 가보지 않더라도, 남녕부의 지도는 그다지 믿을 만하지 않다.

---

1) 바디는 베틀에 딸린 기구의 하나로서, 가늘고 얇은 대오리를 참빗살처럼 세워, 두 끝을 앞뒤로 대오리를 대고 단단하게 실로 얽어 만든다. 살의 틈마다 날실을 꿰어서 베의 날을 고르고 북의 통로를 만들어 주며 씨실을 쳐서 베를 짜는 구실을 한다. 잉아는 베틀의 날실을 한 칸씩 걸러서 끌어 올리도록 맨 굵은 실을 가리킨다.
2) 겸사(兼絲)는 모시와 명주실을 섞어 짠 베를 가리킨다.

12월 초엿새

아침에 안개가 사방에 자욱했다. 식사를 마치자, 마침 현의 명령을 받아 마을의 짐꾼들이 도착했기에 곧바로 길을 떠났다. 처음에는 남문의 신시가지의 남쪽에서 남쪽으로 나아가 3리를 간 뒤 다시 산에 들어섰다. 산언덕을 넘어 반리를 내려가 두 차례 동쪽으로 쏟아지는 가느다란 물길을 건너 세 번째 물길에 이르렀다. 이 물길은 제법 크고, 그 위에 광사도교(廣嗣度橋)라는 다리가 걸려 있다.

다시 남쪽으로 1리 반을 올라, 가운데에 끼어 있는 등성이 하나를 나왔다. 산 남쪽의 움푹한 평지가 북서쪽에서 남쪽으로 널찍하게 펼쳐져 있다. 남쪽으로 흙산을 내려와 1리를 갔다. 흙산은 끝이 나고, 다시 송곳 모양의 바위산이 가운데를 가로막고 있다. 그 바위산의 서쪽에서 남쪽으로 6리를 나아가 또다른 바위산 아래에 이르렀다. 이 바위산은 북쪽으로 멀리 바라보니 마치 병풍이 늘어선 듯하더니, 가까이 그 서쪽 기슭을 따라가자 더욱 병풍처럼 평평하게 펼쳐져 있다.

얼마 후 그 남쪽을 에돌았다가 동쪽으로 돌아들어 3리를 나아갔다. 바위산은 홀연 동서 양쪽의 암벽이 빙 둘러 늘어선 채 앞으로 뻗어 있고, 중앙은 뒤로 물러나 북쪽으로 뻗어 있다. 온통 깎아지른 듯한 벼랑이 갈라져 있는데, 삼면은 빙 둘러져 있고 남쪽으로만 틈이 나 있다. 그 앞뒤에는 흙언덕이 마치 문입구를 가로막고 있는 문지방처럼 동서 양쪽 봉우리의 끄트머리까지 가로로 이어져 있다. 그 뒤에는 바위벽이 마치 높은 하늘을 둘러싼 옥결처럼 높다랗게 펼쳐져 있다.

이에 앞서 『백월지(百粤志)』의 기록에 따르면, 융안현에 금방산(金榜山)이 있는데, 마치 성처럼 겹쳐 있다고 했다. 내가 현성에 이르러 물어보았으나, 아는 이가 없었다. 또한 근처의 현성을 둘러보았으나 온통 흙산인데다, 종기를 앓고 있는 몸이라 멀리 찾아볼 짬이 나지 않았다. 그런데 이 바위산에 이르자 기이한 마음이 들었다. 그래서 마을의 남정네들에게 물었더니 모두들 "금방산이라는 곳은 모르겠는데요"라고 대답했다. "이 산은 이름이 무엇입니까?"라고 묻자, "그저 석암산(石巖山)이라고 부를 뿐인데, 산에 도적을 피할 수 있는 동굴이 있기 때문이지요"라고 대답했다. 그 말을 들은 나는 하인 고씨에게 짐꾼과 함께 앞쪽 마을에서 기다리라고 명했다.

나는 북쪽을 향해 산으로 들어갔다. 반리를 가서 흙언덕을 넘어 내려갔다. 흙언덕 안쪽의 지세는 오히려 웅덩이지면서 꺼져 내렸다. 그 동서 양쪽의 벼랑은 온통 허공을 가른 채 앞쪽을 둘러싸고 있고, 흙언덕이 가로로 벼랑의 양쪽 끝을 잇고 있다. 북쪽 벼랑 아래까지 쭉 이르러 동쪽 벼랑 위를 바라보았다. 양쪽 벼랑의 갈라진 틈새로 빛이 새어드니, 마치 밝은 달이 거울이 달린 화장대에 높이 매달려 있는 듯하다.

다시 서쪽 벼랑 위를 바라보았다. 문처럼 갈라진 틈새가 층층이 매달리고 겹겹이 이어져 있다. 마치 구름으로 이루어진 문짝이 허공 속에 새겨들어간 듯하다. 나는 끝까지 살펴볼 경황이 없는지라, 우선 북쪽 벼랑의 기슭에서 구멍으로 들어갔다. 구멍의 입구는 남쪽을 향해 있으며, 움팬 암벽은 방이 되고 갈라진 틈새는 문을 이루고 있다. 층층이 올라가자, 안은 그다지 넓지 않으나 밖은 층층이 훤히 뚫려 있다.

잇달아 두 겹을 넘으니, 마치 누각이 높이 기대어 있고 날듯한 집이 아래를 굽어보는 듯하다. 툭 트이고 밝아 쉴 만했다. 그 왼쪽의 암벽을 돌아들었다. 서쪽으로 깊이 갈라진 틈새 하나가 벼랑의 꼭대기에서 아래로 쭉 기슭의 바닥까지 뻗어내리고 있다. 틈새를 기어오르니, 다만 어깨를 움츠릴 수 있을 뿐, 호매한 기분을 기탁할 수는 없었다.

이에 다시 층층이 내려와 높이 매달린 두 겹의 틈새를 빠져나와, 서쪽 벼랑에 높이 매달린 문짝을 바라보며 나아갔다. 그 입구는 동쪽을 향해 있다. 쳐다보니 온통 까마득한 벼랑인지라 건널 길이 없고, 오직 북쪽 벼랑에만 기어오를 만한 선과 같은 흔적이 있다. 이에 다시 더위잡아 기어올라 두 번이나 깎아지른 듯한 골짜기를 감아돈 뒤, 내려왔다가 다시 올라가서야 비로소 동굴 입구에 이르렀다. 입구 안쪽에는 틈새가 북서쪽으로 봉긋 솟아 있고, 입구 바깥쪽에는 틈새가 벼랑의 기슭을 따라 푹 꺼져 내린다.

아래쪽의 골짜기는 깊이가 몇 길이나 되는데, 앞에 우뚝 서 있는 거대한 바위가 골짜기를 가리고 있다. 그래서 아래에서 바라보아서는 벼랑의 바위가 높다랗게 걸려 있다고만 알 뿐이지, 그 안에 골짜기가 있다는 것은 알 수 없다. 하지만 골짜기의 암벽이 깎아지른 듯 가파른지라, 위에서 바라보기는 하여도 내려갈 수 없다. 그래서 동굴 입구 안쪽의 틈새를 기어오르려 했으나, 안쪽의 틈새 역시 비스듬히 기운지라 기어오르기가 쉽지 않았다. 골짜기 안쪽을 들여다보니 차츰 어두워졌다. 그리하여 방금 전에 했던 방법대로 낭떠러지를 기어 내려왔다.

이에 남쪽의 한길로 나왔다. 짐꾼을 보내준 이가 앞쪽 마을에서 돌아와 내가 나오기를 기다렸다가 떠나갔다. 동쪽으로 5리를 나아가자 길 왼편에 어오(魚奧)라는 마을이 있다. 막 마을로 들어가 짐꾼을 구하려 하는데, 마을사람이 멀리서 "이미 짐을 나르는 사람들과 함께 앞쪽 마을로 갔습니다"라고 외쳤다.

[마을 사람이 나를 위로하면서 "금방산의 큰 동굴은 재미있게 구경하셨습니까?"라고 말했다. 나는 그제야 금방산이 바로 이 산임을 깨달았다. 그래서 급히 "큰 동굴은 어떻습니까?"라고 묻자, 그는 이렇게 대답했다. "이 산은 삼면이 둥근 고리 모양으로 감싸고 있고, 오직 서쪽만이 병풍과 같습니다. 큰 동굴은 앞쪽 벼랑 뒤의 높은 봉우리 중턱에 있는데, 동굴 속에 네 개의 동굴 입구가 트여 있어서 웅장하고도 밝으며 신령스러운 기운이 스며들어 있지요" 나는 이에 내가 유람했던 곳이 앞쪽 벼랑의 조그마한 동굴이지, 큰 동굴이 아님을 깨달았다.]

다시 동쪽으로 5리를 가서 백랑촌(百浪村)에서 하인 고씨 일행을 따라잡았다. 마을사람의 집에서 식사를 했다. 여기에서 짐꾼을 교체하여 남동쪽으로 2리를 나아갔다. 다시 우강이 북쪽에서 흘러오는 게 보였다. 우강을 따라 남쪽으로 나아가다가 강가에 이르렀는데, 서쪽의 바위골짜기 속에서 흘러오던 물길이 우강으로 쏟아져 들어왔다. 그 물길 역시 대단히 깊고 드넓어 배를 띄울 수 있을 듯한데, 골짜기 속에 바위가 많은지라 배가 들어갈 수 없을 따름이었다. 그 아래에 나룻배가 있다. 이곳은 용장도(龍場渡)이다. 아마 파정촌과 용촌의 물길은 그 근원이 도결주의 남쪽 경계와 만승주를 경계로 삼으리라.

시내 어귀를 건너 다시 남쪽의 고개에 올랐다. 강물은 꺾어져 북쪽으로 흘러가고, 길은 남동쪽으로 나아간다. 다시 6리를 가서 등염촌(鄧炎村)에서 짐꾼을 교체했다. 다시 남동쪽으로 8리만에 조그마한 산의 등성이를 넘은 뒤, 다시 남쪽으로 2리만에 나종촌(那縱村)에 닿았다. 마을 속을 가로질러 나아가 다시 2리를 가서 갑장[1]의 집에서 짐꾼을 교체했다. 날이 어느덧 저물어 있었다.

다시 가마를 구해 달밤에 2리를 갔다. 길 오른편에 거대한 못에 물결이 일렁거리는 모습이 보였다. 한 눈에 보아도 구불구불 고인 물이 대단히 길었다. 다시 4리를 가서 돌다리를 건넜다. 남서쪽에서 흘러온 커다란 시내가 다리를 지나 북동쪽으로 흘러가고 있다. 다리를 넘어 동쪽으로 2리를 더 가서 나동촌(那同村)에서 하룻밤을 묵었다. 밤 이경에 비바람이 세차게 몰아쳤다.

---

1) 명대에는 호구의 편제제도로서 이갑(里甲)제도를 실시했는데, 부역(賦役)을 부담하는 호(戶) 110호로 1리(里)를 편성하되, 이 가운데 부유한 10호를 이장(里長)으로 선발했다. 나머지 100호를 10갑으로 나누고, 10호의 갑마다 갑장을 두어 관리하도록 했다.

12월 초이레

아침에 일어나니 꽤 추웠다. 비는 그쳤으나 구름이 자욱하게 끼어 있었다. 식사를 마친 후 짐꾼이 오고서야 대나무 의자를 묶어 가마를 만들어 동쪽으로 길을 나섰다. 1리를 가자 길 왼편에 큰 강이 북쪽에서 흘러온다. 전에 건넜던 다리 아래를 흐르던 커다란 시내는 남서쪽의 큰 강으로 흘러들더니, 굽이져 동쪽으로 흘러간다. 길 역시 강을 따라 뻗어 있다. 반리를 가자 강은 북동쪽으로 굽이져 흘러가고, 길은 남동쪽으로 향해 있다. 다시 반리를 가서 나염촌(那炎村)에서 짐꾼을 교체했다.

다시 짐꾼이 오기를 기다려 가마를 묶고서 남동쪽으로 나아갔다. 2리를 가서 길 왼편에 또다시 강과 만났다. 얼마 지나지 않아 강은 다시 북동쪽으로 흘러간다. 다시 남동쪽으로 4리를 가서 차츰 흙산을 올랐다. 1리만에 흙산을 넘어 내려오자, 깊은 골짜기가 나타났다. 물길은 남서쪽에서 골짜기 바닥을 뚫고서 북동쪽의 큰 강에 흘러든다.

물길을 가로질러 다시 산등성이에 올랐다. 반리를 나아가 고개 옆을 넘어서자, 다시 큰 강이 북쪽에서 흘러오더니 동쪽으로 꺾여 흘러간다. 길 역시 강을 따라 뻗어 있다. 남쪽 산의 중턱을 따라 동쪽으로 1리를 가자, 남쪽 산은 끝이 났다. 휘감아도는 구렁에 못이 이루어져 있다. 못의 바깥쪽에는 강을 굽어보는 둑이 쌓여 있고, 안에는 고인 물이 기슭에 철썩이고 있다.

둑을 넘어 동쪽으로 나아갔다. 강은 북동쪽으로 흘러가고, 길은 남쪽으로 돌아든다. 모두 1리를 가자, 객관이 북쪽으로 큰 강을 향해 있고, 마을은 남쪽으로 빙 두른 언덕에 기대어 있다. 이곳은 매규(梅圭)라는 곳이다. 다시 동쪽으로 갈림길을 따라 3리를 나아가 진루촌(振樓村)에서 식사를 했다. 짐꾼을 기다리면서 가마를 묶은 지가 한참이 되었다. 남쪽으로 10리를 나아가서야 매규 북서쪽에서 뻗어오는 한길과 합쳐졌다.

다시 남동쪽으로 12리를 나아가 평륙촌(平陸村)에 닿았다. (이미 선화현의 속지이다.) 마을사람들은 가마를 매려 하지 않고, 우마차로 대신하려 했다. 한참동안 실랑이를 벌이는데, 보슬비가 부슬부슬 내렸다. 잠시 후 사다리에 대충 나무를 묶고서 길을 나섰다. 어느덧 어두컴컴해져 있었다. 모두 4리를 가서 나길(那吉)에서 묵었다. [토박이들은 둔길(屯吉)이라 일컬었다.]

12월 초여드레

아침에 일어나니, 비가 그치지 않았다. 식사를 마친 후 가마를 묶었다. 한참이 지나자, 비는 더욱 거세졌다. 드디어 우산을 받쳐들고 가마에 올랐다. 남동쪽으로 5리를 가자, 비가 그쳤다. 인촌(麟村)에서 짐꾼을 교체하고, 가마를 묶은 뒤 길을 떠났다. 남동쪽으로 3리를 가자 길이 두 갈래로 나뉘었다. 돌아들어 남동쪽을 따라가는 길로 나아가, 차츰 다시 흙산을 넘어갔다. 3리를 나아가 산을 넘어 동쪽으로 나아가자, 북쪽에서 꺾여 흘러오던 우강이 여기에 이르러 남동쪽으로 돌아들어 흘러간다. 강을 따라 나아갔다.

다시 2리를 나아가 대탄(大灘)에 이르렀다. 강 서쪽 언덕에 몇 채의 인가가 모여 있다. (땅에 주택을 짓는 간란식 주택으로, 평지 위에 거주하는 형태이다.) 곧 예전의 대탄역(大灘驛)인데, 역참은 만력 초기에 이미 송촌(宋村)으로 옮겨갔다. 강 속에는 하류를 가로지르는 바위가 가로누워 있고, 우레와 같은 여울의 물소리가 2~3리 밖에서도 들린다. 대탄이라는 이름은 여기에서 비롯되었다. 우강은 이곳에 이르러서야 물소리를 내기 시작했다.

짐꾼을 교체하고 가마를 묶었다. 마을 동쪽을 따라 남동쪽의 고개를 넘어 3리만에 고개 남쪽을 넘었다. 양미(楊美)에서 흘러내린 좌강은 북동쪽으로 굽이쳐 흘러내리다가, 여기에 이르러 남동쪽으로 꺾어져 흘러간다. 이에 강 북쪽 언덕에서 물길을 따라 동쪽으로 나아가 2리를 갔다. 다시 산등성이로 들어서자, 비가 다시 주룩주룩 내렸다. 비탈길을 오르내려 2리만에 평봉촌(平鳳村)에서 짐꾼을 교체했다.

다시 동쪽으로 2리 반을 나아가 송촌에 이르렀다. 곧 올 적에 좌강과 우강의 두 물줄기가 만나는 곳이며, 남쪽을 향한 채 강을 굽어보고 있는 곳이 바로 대과만(大果灣)이다. 이곳의 마을은 두 강 사이에 끼어 있다. 실은 예전의 합강진(合江鎭)인데, 토박이들 가운데 그 이름을 아는 이가 없었다. 만력 초기에 대탄역을 이곳에 옮겨 왔으나, 우정국이나 역참은 보이지 않고 그저 민간에게 말을 공급할 따름이었다. 그래서 내가 이전에 이곳을 지날 적에 대탄역을 찾았으나 어디에 있는지 알지 못했는데, 이번에 이르러서야 알게 되었다.

식사를 기다리고 짐꾼을 기다리느라 한참만에야 길을 떠났다. 비가 그치지 않았다. 이곳의 남쪽은 바로 대과만이다. 좌강을 건너면 양미에서 태평부로 가는 길이며, 정동쪽으로 1리를 가면 좌강과 우강이 만나는 강부리이다. 이번 길은 북동쪽을 따라 1리 남짓을 나아가 우강을 건넜다. 남쪽을 바라보니, 두 강이 반리 너머에서 만난다. 며칠 전에 배를 타고 강어귀를 지나면서 강 안쪽의 그곳을 바라보았었다.

우강의 동쪽 언덕으로 건너 강줄기를 거슬러 북동쪽으로 나아갔다. 얼마 후 동쪽으로 산을 넘어 3리를 간 뒤 내려가는데, 비는 끝내 쏴쏴 쏟아져내렸다. 다시 1리를 가서 왕궁촌(王宮村)에 이르러 발걸음을 멈추고 쉬었다. 빗소리가 세찬지라, 날이 저물도록 더 이상 길을 나서지 못했다. (왕궁촌은 큰강의 북쪽 언덕 1리 남짓되는 곳에 있다.)

12월 초아흐레

한밤중에 여러 차례 세차게 내리는 빗소리가 들렸다. 날이 밝아서도 먹구름이 사방에 자욱하게 깔려 있었다. 한참을 꾸물거리다가 일어나 식사를 한 후, 길을 나섰다. 거의 오전이 다 되었다.

왕궁촌의 왼편에 북쪽의 산골짜기로 들어서는 길이 있다. 예전에 대탄역으로 가던 샛길이다. 마을 앞에서 남동쪽으로 2리만에 고개 하나를 넘어 내려가자, 북쪽 골짜기에서 흘러오던 조그마한 물길이 남서쪽의 큰 강에 흘러든다. 물길을 넘어 동쪽으로 다시 1리를 간 뒤 약간 북쪽으로 돌아들어 북쪽 산을 따라 나아갔다. 한길이 동쪽에서 서쪽으로 뻗어 있다. 큰 길을 따라 동쪽으로 가기 시작했다.

쭉 서쪽으로 조그맣게 움푹 꺼진 곳을 넘었다. 이곳 또한 예전에 대탄역으로 가던 길인데, 아마도 남녕부에서 융안으로 가는 바른 길은 바로 이 길일 것이다. 그러나 역참이 두 강 사이의 송촌에 있기에 길을 에돌아 그곳으로 나아갔으리라. 다시 동쪽으로 3리를 나아가 돌아들어 북쪽의 산언덕을 오른 뒤, 안촌(顏村)에서 짐꾼을 교체했다. 다시 남동쪽의 고개 하나를 넘어 내려가다가 서쪽으로 돌아들어 5리만에 등과촌(登科村)에서 짐꾼을 교체했다.

다시 남동쪽으로 2리를 가서 낭과촌(狼科村)에서 짐꾼을 교체했다. 산속에 내리는 비가 거세게 내렸다. 짐꾼을 기다려도 오지 않기에 대나무숲 사이로 달려가 비를 피해보았다. 그러나 머리끝에서 발끝까지 비에 흠뻑 젖는지라, 이에 산장의 처마 아래로 달려가 비를 그었다. 한참이 지나서야 짐꾼이 오고, 비 또한 차츰 그쳤다. 다시 남동쪽의 움푹 꺼져 평탄한 곳을 넘어 모두 4리를 가서 석보촌(石步村)에서 식사를 했다.

식사를 마치니, 어느덧 오후가 되었다. 비는 여전히 완전히 그치지 않았으나, 짐꾼이 왔기에 길을 나섰다. 남동쪽으로 언덕마루에 정기시장이 열려 있다. 산언덕을 넘어 반리를 내려가 조그마한 돌다리를 건넜다. 돌다리 아래에 깊고도 몹시 가느다란 산골물이 있다. 아마 남녕부 북쪽의 산이 석보촌에 이르러 서쪽의 강줄기를 가로막았기 때문이리라.

다시 남동쪽으로 나아갔다. 빗줄기는 더욱 굵어져 온몸을 흠뻑 적셨다. 2리를 나아가 다시 깊은 산골물로 내려가 나무다리를 건너 산언덕에 올랐다. 다시 빗속을 뚫고 남동쪽으로 나아가 2리만에 나민촌(羅岷村)에서 걸음을 멈추었다. 짐꾼은 기다려도 오지 않고 비도 그치지 않았다. 젖은 장작에 불을 붙여 옷을 말리다가, 얼마 되지 않아 이내 자리에 누웠다.

12월 초열흘

비구름이 뭉게뭉게 피어올랐다. 식사를 했다. 마을사람이 말로 가마를 대신하고, 다른 한 명이 가마를 메고 뒤따랐다. 비는 다시 부슬부슬 내린다. 여기에서 대부분 남동쪽으로 강언덕을 따라 나아갔다. 5리를 가서 약간 북쪽으로 꺾었다. 안쪽의 움푹한 평지에 북동쪽에서 흘러온 시내가 강으로 흘러간다. 이에 남쪽으로 시내를 건넜다.

다시 산언덕을 올라 2리를 가서 진촌(秦村)에 닿았다. 이 마을은 매우 길쭉했다. 처음의 두세 집은 서로 미루었다. 잠시 후 온 마을의 민가를 내려오더니, 말과 짐꾼은 떠나버렸다. 짐꾼이 오기를 한참동안 기다렸다. 교활한 주민 서너 명이 마패를 달라고 하여 보더니, 마패에는 말만 적혀 있다면서 한사코 짐꾼에 응하려 하지 않았다. 아무래도 성곽 근처의 백성들은 교활하고 난폭하기 짝이 없었다. 참으로 지금까지 거쳐온 지역의 공손함과는 전혀 달랐다. 한참만에야 고작 두 사람에게 짐을 메게 했다. 가마와 말은커녕, 나는 발로 걸어야 했다. 줄곧 가마를 타고서 이미 여러 마을을 거쳐 왔건만, 여기에서는 오히려 이곳 마을사람의 차지가 되어버린 것이다. 다행히 비가 그치고, 산언덕도 차츰 말라갔다.

1리를 가서 산언덕의 북동쪽을 완만하게 넘자, 북동쪽에서 흘러오던 시내가 강으로 흘러든다. 이전의 세 줄기 시내에 비해 상당히 큰 시내이다. 산골물 바닥에 가로놓인 수십 개의 대나무 걸상을 타고서 시내를 건넜다. 이 시내는 아마 신허(申墟)의 하류로서, 나수산(羅秀山)에서 발원한 물길이리라. 다시 남동쪽의 언덕에 올라 1리 남짓을 나아가 요두촌(窯頭村)의 북쪽을 지났다. 하인 고씨는 두 명의 짐꾼과 함께 마을로 들어가 짐꾼을 교체했다. 나는 곧바로 마을 북쪽의 한길에서 동쪽으로 나아갔다.

2리를 가서 북쪽으로 돌다리를 건넜다. 꽤 긴 편인 이 다리는 양쪽 산언덕 사이에 걸쳐져 있다. 그 아래로 흐르는 물길은 가늘다. 이전에 배로 뭍에 올랐다가 요두촌에서 동쪽으로 조그만 다리를 건넌 적이 있는데, 바로 그 하류이다. 다시 동쪽으로 4리를 가자, 기다란 나무다리가 두 산언덕 위에 걸쳐져 있다. 다리를 건너 동쪽으로 가자 백의암(白衣庵)이 나오고, 동쪽으로 더 나아가자 숭선사가 나왔다.

숭선사에 들어가 정문 스님이 세상을 떠난 일에 대해 물었다. 정문 스님은 9월 24[일] 오후 5시에서 7시 사이에 세상을 떠났다고 한다. 내가 길을 떠난 지 하루만이었다. 스님의 안내를 받아 시신을 묻은 곳에 이르렀다. 나무다리가 있는 시내의 동쪽 언덕 중턱이었다. 나는 무덤에 절을 하고 슬피 울었다. 남쪽으로 다리 위를 바라보니, 하인 고씨가 두 명의 짐꾼과 함께 마침 다리 위를 걸어오고 있었다. 이에 스님과 만날 날짜를 약속하고서, 바로 양(梁)씨네 객점으로 달려가 묵었다.

때는 겨우 정오인데, 비가 부슬부슬 그치지 않고 내렸다. 식사를 마친 후 웅석호(熊石湖, 운남, 귀주의 경영인이다)의 집으로 걸어가 운남과 귀주의 객상에 대해 알아보았다. 귀죽(貴竹)에 객상이 있다가 방금 막 떠났고, 지금은 아무도 없다고 한다. 나는 종기의 통증 때문에 저자에서 약을 사고, 아울러 신발과 양말을 사서 돌아왔다. [남녕을 떠난 지 벌써 75일째이다.]

원문

丁丑 九月二十二日 余往崇善寺別靜聞, 遂下[太平]舟. 余守行李, 復令顧僕往候. 是晚泊於建武驛前天妃宮下.

二十三日 舟不早發. 余念靜聞在崇善畏窗前風裂, 雲白屢許重整, 而猶不卽備. 余乘舟未發, 乃往梁寓攜錢少許付靜聞, 令其覓人代整. 時寺僧寶檀已歸, 能不避垢穢. 而客僧慧禪、滿宗又爲整簀蔽風, 迥異雲白. 靜聞復欲索余所買布履、衡茶, 意甚懇. 余語靜聞 : "汝可起行, 余當還候. 此何必索之今日乎!" 慧禪亦開諭再三, 而彼意不釋. 時舟已將行, 且聞寶檀在天寧僧舍, 余欲併取梁錢悉畀之, 遂別之出. 同梁主人覓得寶檀, 寶檀慨然以扶危自任. 余下舟, 遂西南行. 四里, 轉西北, 又四里, 泊於窰頭.

時日色尙高. 余展轉念靜聞索鞋、茶不已, 蓋其意猶望更生, 便復向雞足, 不欲待予來也. 若與其來而不遇, 旣非余心; 若預期其必死, 而來攜其骨, 又非靜聞心. 不若以二物付之, 遂與永別, 不作轉念, 可併酬峨眉之願也. 乃復登涯東行, 出窰頭村, 二里, 有小溪自西北來, 至此東注, 遂渡其北,復隨之東. 又二里, 其水南去入江. 又東行一里, 渡白衣庵西大橋, 入崇善寺, 已日薄崦嵫. 入別靜聞, 與之永訣. 亟出, 仍西越白衣庵橋, 共五里過窯頭, 入舟已暮, 不辨色矣.

二十四 雞三鳴卽放舟. 西南十五里, 過石埠墟, 有石嘴突江右, 有小溪注江左, 江至是漸與山遇, 遂折而南行. 八里過岔九, 岸下有石橫砥水際, 其色並質與土無辨. 蓋土底石骨爲江流洗濯而出者. 於是復西向行五里, 向西北十里, 更向北又十里, 轉而西又五里, 爲右江口. 右江自北, 左江自西, 至此交會. (左江自交趾廣源州東來, 經龍州, 又東六十里合明江南來之水, 又東經崇善縣由通利江及邏、隴、敎北來之水, 繞太平府城東、南、西三面, 是名麗江, 又東流至此. 右江自雲南富州東來, 經上林峒, 又東合利州南下之水, 又東經田州南, 奉議州北, 又東南歷上林、果化、隆安諸州、縣至此. 又按『一統志』, “右江出羪利州.” 查‘羪利’, 皆無其地, 惟貴州黎羪里在平越府, 有羪剗山, 乃群峒所經, 下爲下大融、柳州之右江者, 與此無涉. 至利州有阪麗水, 其流雖下田州, 然無‘羪利’之名, 不識通志所指, 的於何地. 又按, 『路志』曰, “麗江爲左, 盤江爲右.” 此指南盤之發臨安者. 若北盤之經普安州, 下都泥, 亦出于來賓, 合柳州之右江, 與此無涉. 此古左、右二江之分也. 二水合至橫州又名鬱江, 而慶遠之龍江自貴州都勻、獨山來, 融縣之潭江自平越、黎平來, 遷江之都泥自普安、七星關來, 三水經武宜, 是名黔江. 二江俱會於潯. 於是又以鬱江爲左, 黔江爲右者. 而今已左、右二江道因之, 彼此互稱, 不免因而紕繆[1]矣. 又按『一統志』於雲南曲靖府盤江下注云, “盤江有二源, 在霑益州, 北流曰北盤江, 南流曰南盤江, 各分流千餘里, 至平伐橫山寨合焉.” 今考平伐屬貴州龍里、新添二衛, 橫山寨在南寧. 聞橫山寨與平伐相去已千餘里, 二水何由得合? 況龍里、新添之水, 由都勻而下龍江, 非北盤所經. 橫山寨別無合水, 合者, 此左、右二江耳. 左江之源出于交趾, 與盤江何涉, 而謂兩盤之合在此耶? 余昔有辨, 詳著于『復劉愚公書』中. 其稿在衡陽遇盜失去. 俟身經其上流, 再與愚公質之. 余問右江之流, 溯田州而上, 舟至白隘而止. 白隘本其都境, 爲田州奪而有之. 又考利州有白麗山, 乃阪麗水所出. 又有‘阪’作‘泓’、‘濛’二水, 皆南下田州者. 白隘豈卽白麗山之隘, 而右江之出于羪利者, 豈卽此水? 其富州之流, 又西來合之者耶?) 自岔九來, 兩岸土山透迤, 俱不甚高. 由右江口北望, 其內俱高涯平隴, 無崇山之間; 而左江南岸, 則衆峰之內, 突兀一圓阜, 頗與衆山異矣. 又西一里, 江亦轉北, 又南一里, 是爲大果灣. 前臨左江, 後倚右江, 乃兩江中央脊盡處也. 其北有小峰三, 石圓亘如駢覆鐘, 山至是始露石形. 其東有村曰宋村, 聚落頗盛, 而無市肆. 余夙考有合江鎮, 以爲江夾中大市, 至是覓之, 烏有也. 徵之土人, 亦無知其名者. 是日行五十里, 泊於灣下.

二十五日 雞再鳴, 發舟西向行. 曲折轉西南十五里, 復見有突涯之石, 已而舟轉南向, 遂轉而東. 二里, 上長灘, 有突崖飛石, 娉立江北岸. 崖前沙亘中流, 江分左右環之, 舟俱可溯流上. 又三里, 爲楊美, 亦名大灣, 蓋江流之曲, 南自楊美, 北至宋村, 爲兩大轉云. 自楊美西向行十五里, 爲魚英灘. 灘東南有山如玦, 中起一圓阜, 西向迎江, 有沙中流對之. 其地甚奇. 詢之舟人, 云: "昔有營葬於上者, 俗名太子地. 鄉人惡而鑿其兩旁, 其脈遂傷." 今山巓松石猶存, 鑿痕如新也. 上灘又五里而暮, 泊於金竹洲之上流野岸也.

二十六日 雞初鳴, 發舟. 十里, 西南過蕭村, 天色猶熹微也. 至是已入新寧境, 至是石山復出, [若屛列, 若角挺] 兩岸瀕江之石, 亦時時競異. 又五里, 折而東, 江南岸穹石成洞, 外裂多門, 如獅象駢立, 而空其跨下; 江北岸斷崖成峽, 上架飛梁, 如虹霓高映, 而綴其兩端. 又五里, 轉而西南, 與石山時向時背. 兩崖突石愈奇, 其上巘如翅雲斜劈, 下覆如肺葉倒垂, 幻態時時變換; 但洞不甚深, 崖不甚擴, 未成樓閣耳. 又北轉五里, 爲新莊, 轉西南三里, 爲舊莊. 又西二里, 轉而南五里, 轉而北三里, 復轉西南, 更有石山當前矣. 又三里, 西透兩山之腋, 挾江北石峰北轉, 而循其西麓. 於是東岸則峰排崖拓, 穹洞連門; 西岸則波激岸迴, 磯空竅應. 其東岸之山, 南連兩峰, 北峰洞列三門, 門雖外分, 皆峽峒內擴; 北駢兩崖, 南崖壁懸兩疊, 疊俱有洞, 復高下中通. (此即獅巖.) 北行三里, 直抵駢崖下, 乃轉南行. 順風掛帆二里, 又西行一里, 逼一尖峰下, 仍轉向南. 西岸復有駢崖平剖, 巍臨江潭, (即筆架山也.) 而東岸石根愈聳愈透. 共三里, 過象石下, 即新寧之西門也. 風帆方駛, 舟人先有鄉人泊此, 遂泊而互酌. 余乃入城, 登州廨, 讀「州記」於儀間, 詢獅巖諸勝於土著. 還登象石, 日已薄暮. 遂不成行, 依象石而泊.

新寧之地, 昔爲沙水、吳從等三峒, 國初爲土縣, 後以思明土府有功, 分吳從等村界之, 遂漸次蠶食. 後忠州從而效尤, 與思明互相爭奪, 其地遂朝秦暮楚, 人民塗炭無已, 當道始收其地, 以武弁守之. 土酋黃賢相又構亂倡逆, 隆慶末, 罪人旣得, 乃盡收思明、忠州未吐地, 並三峒爲四, 創立州治. 其東南五里即宣化、如何(鄉名.)一、二、四三圍, 並割以附之; (即蕭村以上是也.) 其西北爲思同、陀陵界; 西南爲江、忠二州界. 江水自西南那勒來, 繞城西北, 轉而東南去. 萬曆己丑, 州守江右張思中有記在州門, 乃建州之初任者.

州北四里, 隔江爲獅巖山, 州西二里, 隔江爲筆架山, 州南一里爲犀牛巖, 更南三里爲穿山大巖, 皆石峰聳拔, 石洞崆峒, 奇境也. 州西遠峰排列更奇, 象石、獅石俱在含暉門江岸. 江流自南衡湧而來, 獅石首扼其銳, 迎流剡骨, 遂成猙獰之狀. 下流蕩爲象石, 巍準下倚, 空颏內含, 截水一灣, 可泊可憩, 而西門之埠因之. 獅石之上曰衝口, 下流有石梁高架兩崖間, 下闢成門. 余先聞之邑父老云: "近衝口有仙源洞府." 記憶不眞, 無可問者, 不識即此否?

自南寧來至石埠墟, 岸始有山, 江始有石; 過右江口岸, 山始露石; 至楊美, 江石始露奇; 過蕭村入新寧境, 江左始有純石之山; 過新莊抵新寧北郭, 江右始有對峙之岫. 於是舟行石峰中, 或曲而左, 或曲而右, 旋背一崖, 復瀠一嶂, 旣環乎此, 轉騖[1]乎彼, 雖不成連雲之峽, 而如梭之度緯, 如蝶之穿叢, 應接不暇, 無過乎此 [且江抵新寧, 不特石山最勝, 而石岸尤奇. 蓋江流擊山, 山削成壁, 流迴沙轉, 雲根迸出, 或錯立波心, 或飛嵌水面, 皆洞壑層開, 膚痕縠縐, 江旣善折, 岸石與山輔之恐後,[2] 益使江山兩擅其奇. 余謂陽朔山峭瀬江, 無此岸之石, 建溪水激多石, 無此石之奇. 雖連峰夾嶂, 遠不類三峽; 湊泊一處, 促不及武彝; 而疏密宛轉, 在伯仲間. 至其一派玲瓏通漏, 別出一番鮮巧, 足奪二山之席矣.]

---

1) 목(鶩)은 무(騖)와 같으며, '질주하다, 치닫다'를 의미한다.
2) 공후(恐後)는 곧 공후쟁선(恐後爭先)으로서, '뒤쳐질까 겁내어 앞을 다투다'를 의미한다.

二十七日 雞初鳴, 自新寧西南行. 已轉西北, 直逼西峰之下, 乃南轉, 共八里, 江東岸石根突兀, 上覆中空, 已爲幻矣. 忽一轉而雙崖前突, 蝄石高連, 下闢如閶闔中通, 上架如橋梁飛亘, 更巧幻中雄觀也. 但恨舟過其前而不得一登其上, 且無知者, 質之所謂'獅石' '洞府', 皆以意測, 是耶? 非耶? 又一里, 有水自東南來會, 所謂衝江也. 其源發自忠州. 又南三里, 則江東岸一峰甚峭, 其北垂環腋轉截處, 有洞西向者累累, 然皆懸而無路. 又西曲南轉, 共八里, 過那勒, 風帆甚利, 舟人以鄉人泊此, 復泊而飮. 余乃登陸爲穿山、犀牛二巖之游, 舟竟泊此.

那勒在江東岸, 居民頗盛. 問犀牛巖, 土人皆莫知, 誤指南向穆窰. 乃透兩峰之下, 西南三里, 有溪自東來入大江. 流小而悍, 淙淙有聲, 新甃石梁跨其上, 甚整. 其源發自江州, 土人謂之橫江. 越梁而南, 卽爲穆窰村, 有市肆西臨江滸. 問犀牛巖不得, 得大巖. 巖在其南一里, 群峰排列, 巖在峰半, 其門西向. 攀崖石而上, 抵門, 始西見江流橫其前, 山腹透其後. 又見隔山迴環於後門之外, 翠壁掩映. 乃由洞上躋, 踞其中局, 則東西對闢, 兩門交透. 其上垂石駢乳, 凝結兩旁; 其內西下東上, 故東透之門, 高出西門之頂, 自外望之, 不知中之貫徹, 必入門而後見焉. 兩門外俱削壁千丈, 轟列雲表, 而東門地勢旣崇, 上壁尤峭, 下趾彌峻, 環對諸巖, 自門北迤邐轉東, 又南抱圍成深谷, 若另闢一翠微世界. 其下旋轉西去, 谷口石崖交錯, 不得而窺也.

復自前洞下山, 循山北行. 一里, 過穆窯, 問知犀牛洞在麒麟村, 乃過石梁東北行. 三里, 至麒麟. 蓋其村在那勒東二里, 三村鼎足, 而穆窯稍南. 使那勒人卽指此, 何由向彼得穿巖耶? 麒麟村人指犀牛洞在北山東峰之上, 相去衹里許耳. 至其下, 不得路. 聞巖下伐木聲, 披荊攀棘, 呼之不應, 覓之不見得, 遂復出大路旁. 時已過午, 雖與舟人期抵午返舟, 卽舟去腹朌, 亦俱不顧, 冀一得巖. 而詢之途人, 竟無知者. 以爲尙在山北, 乃盤山東北隅, 循大道行. [道西北皆石峰.] 二里, 見有岐北轉, 且有燒痕焉. 初, 麒麟村人云: “抵山下燒痕處, 卽登巖道.” 余以爲此必是矣, 竭蹙前趨, 遂北入山夾. 其夾兩旁峰攢崖疊, 中道平直, 有車路焉. 循之里餘, 見路旁有停車四五輛, 有數牛散牧於麓, 有數人分樵於崖. 遍叩之, 俱不知有巖者. 蓋此皆遠村, 且牧且樵, 以車爲載者. 過此, 車路漸堙. 又入一里, 夾轉而東, 四眺重崖, 皆懸絶無徑, 而西崖尤爲峻峭. 方徘徊間, 有負竹而出深叢者, 遙呼問之, 彼搖手曰: “誤矣!” 問: “巖何在?” 曰: “可隨我出.” 從之出, 至前停車處, 細叩之, 其人亦茫然不知, 第以爲此中路絶, 故呼余出耳. 余乃舍而復入, 抵其北, 復抵其東, 共二里, 夾環爲塢, 中平如砥, 而四面崖迴嶂截, 深叢密翳, 徑道遂窮. 然其中又有停車散牛而樵者, 其不知與前無異也. 余從莽棘中出沒搜徑, 終不可得, 始悵然出夾. 余觀此夾, 外入旣深, 中蟠亦邃, 上有飛巖, 旁無餘徑, 亦一勝境. 其東向踰脊而過, 度卽舟行所過. 東岸有洞累累者, 第崖懸路塞, 無從着足. 然其肺腑未窮, 而枝幹已扶, 亦無負一番跋履[1]也. 共五里, 仍西南至麒麟村北大路旁, 前望隔塍有燒痕一圍, 亟趨, 見痕間有微徑, 直趨前所覓伐木聲處, 第石環叢隔, 一時莫得耳. 余以爲此必無疑矣. 其時已下午, 雖腹中餒甚, 念此巖必不可失, 益賈勇直前, 攀危崖, 歷叢茅. 然崖之懸處, 俱有支石爲梯; 茅之深處, 俱有踐痕覆地, 並無疑左道[2]矣. 乃愈上愈遠, 西望南垂, 橫脊攢石, 森森已出其上; 東望南突, 迴峰孤崖, 兀兀將並其巓, 獨一徑北躋. 二里, 越高峰之頂, 以爲此巖當從頂上行, 不意路復踰頂北下. 更下瞰北塢, 卽前誤入夾中所云‘重崖懸處’也. 旣深入其奧, 又高越其巓, 余之尋巖亦不遺餘力矣. 然徑路愈微, 西下嶺坳, 遂成

茅窪棘峽, 翳不可行. 猶攀墜久之, 仍不得路. 復一里, 仍舊路南踰高頂. 又
二里, 下至燒痕間, 見石隙間復有一路望東峽上, 其徑正造孤崖兀兀之下,
始與麒麟人所指若合符節. 乃知徑當咫尺, 而迂歷自迷, 三誤三返而終得
之, 不謂與山靈無緣也. 但日色漸下, 亟望崖上躋, 懸磴甚峻. 逾半里, 卽抵
孤崖之北. 始知是崖迴聳於高峰之間, 從東轉西向, 若獨角中突, '犀牛'之
名以此. 崖北一脊, 北屬高峰, 與東崖轉處對. 脊上巨石巍峙, 若當關之獸,
與獨角並而支其腋. 巨石中裂豎穴, 內嵌一石圭, 高丈餘, 兩旁俱巨石謹夾,
而上復覆之, 若剜空而置其間者. 圭石赭赤, 與一山之石迥別, 頗似禹陵[3]
窆石, 而此則外有巨石爲冒, 覺更有異耳. 脊東下墜成窪, 深若迴淵, 其上
削崖四合, 環轉無隙, 高塘大蠶, 上與天齊, 中圓若規. 旣踰脊上, 卽俯下淵
底. 南崖之下, 有洞北向, 其門高張, 其內崆峒, 深不知所止; 四崖樹蔓蒙密,
淵底愈甚; 崖旁俱有徑可循, 每至淵底, 俱則翳不可前. 使芟除淨盡, 則環
崖高拱, 平底如掌, 復有深洞峆岈其內, 洞天福地, 捨此其誰? 余披循深密,
靜若太古, 杳然忘世. 第腹枵足疲, 日色將墜, 乃踰脊西下, 從麒麟村北西
行. 二里, 抵那勒下舟, 舟猶未發, 日已沉淵矣.

---

1) 발리(跋履)는 '여행길에 고생을 무릅쓰며 이리저리 바삐 다니다'를 의미한다.
2) 좌(左)는 '그르다, 어긋나다'를 의미하며, 좌도(左道)는 '어긋난 길, 잘못 든 길'을 의
미한다.
3) 우릉(禹陵)은 하(夏)나라 우임금의 능묘를 가리키며, 절강성 소흥에 있다. 능묘의 옆
에는 우왕의 사당과 폄석정(窆石亭)이 있다.

二十八日 晨餐後, 自那勒放舟南行. 旋轉西北三里, 直逼雙峰石壁下, 再
折東南五里, 有小水自東南來入, 卽穆窯也. 又西南一里, 過穿山之西, 從
舟遙望, 只見洞門, 不見透穴. 又一里, 西入兩山隙, 於是迴旌, 多西北行矣.
又五里, 江北岸山崖陡絶, 有小峰如浮屠挿其前, 又有洞[南向]綴其半. 又
六里, 又有山蜿蜒而北, 是曰界牌山, 西卽太平境矣. 蓋江之北岸, 新寧、
太平以此山分界, 而南岸則俱新寧也. 又二里, 舟轉北向, 江西岸列岫嵯峨,

一峰前突, 俗名'五虎出洞'. (舟人指昔有遠客過而葬此, 其家旋掇巍科,[1] 然終不敢至此治塚也.) 由此舟遂東轉, 已復西北抵北山下, 循之西向行, 又共六里矣. 過安定堡, 北山旣盡, 南山復出, 又西循之. 三里, 隨山北轉, 過花梨村. 又西北轉, 隨江北山二里, 轉而西, 隨江南山三里, 又暮行三里, 泊於晩夢村.[2] (屬新寧. 是日共行四十里.)

---

1) 외과(巍科)는 과거에서 뛰어난 성적으로 합격한 장원(壯元)과 방안(榜眼), 탐화(探花), 전려(傳臚) 및 회원(會元) 등을 가리킨다.
2) 만몽촌(晩夢村)은 원래 효몽촌(曉夢村)으로 되어 있으나, 사고본과 건륭본에 의거하여 고쳤다.

二十九日 循南岸山行二里, 轉北又一里, 爲馱塘. 又二里轉而西, 山勢漸開, 又五里, 西南過馱盧, 山開水繞, 百家之市, 倚江北岸. 舊爲崇善地, 國初遷太平府治於此, 旋還麗江, 今則遷馱樸驛於此, 名曰馱柴. 蓋此地雖寬衍, 而隔江卽新寧屬, 控制上流, 自當以壺關爲勝也. 江北岸太平之地, 瀕江雖多屬崇善縣, 內石山之後, 卽爲諸土州地, 而左州則橫界焉. 是日止行十里, 舟人遂泊而不行.

十月初一日 昧爽, 循馱盧西北五里, [北岸爲左州界,] 稍轉而南, 南岸石峰復突. 又二里, 復轉西北, 北岸亦有石山. 三里, 西南入峰夾間, 於是掛帆而行. 五里, 漸轉南向, 有村在江東山塢間, 曰馱木, 猶新寧屬也. 又西南五里, 江西岸迴崖雄削, 駢障江流; 南崖最高, 有三洞東啓; 又南一峰稍低, 其上洞闊尤巨. 洞右崖石外跨, 自峰頂下揷江潭; 崖右洞復透門而出, 其中崆峒, 其外交透. 自舟望之已奇, 若置身其內, 不知勝更何若矣! 又南二里, 東岸石壁亦然, 此地峰壁交映, 江濚其間, 更爲勝絶. 又一里, 轉向西行, 又五里, 漸轉南行. 已而東折, 則北岸雙崖高穹, 崖半各有洞南向; 南岸磯盤觜疊, 飛石凌空, [無不穿嵌透漏.] 二里, 轉向西南, 上銀甕灘. [灘始有巨石, 中橫如壩.] 灘東, 尖崖聳削絶壁, 有形如甕, 『九域志』謂 : "昔有仙丹成, 遺甕成銀, 人往取之, 輒不得, 而下望又復儼然."『一統志』謂: "在南寧府境." 蓋江東岸猶新寧也. 轉西五里, 復轉西北, 盤東岸危崖二里, 抵北山下. 仍西向去, 五里, 又南轉. 旣而轉東一里, 乃西向行, 山開江曠, 一望廓然. 又五里而暮. 又二里泊於捺利. (在江西岸, 屬新寧.) 江空岸寂, 孤泊無鄰, 終夜悄然. (是日行五十里.) 計明日抵馱樸, 望登陸行, 惟慮路險, 而顧奴舊病未痊. 不意中夜腹痛頓發, 至晨遂脹滿如鼓, 此嵐瘴所中無疑. 於是轉側俱難, 長途之望, 又一阻矣.

初二日 昧爽, 西北行. 碧空如洗, 晴朗彌甚. 三里, 抵江北危崖下. 轉而南二里, 過下果灣, 有村倚崖臨江, 在江西岸. 又五里, 有水自南來注, 其聲如雷, 名響源, 發於江州. 水之西岸卽爲江州屬, 而新寧、江州以此水分界焉. 水入江處, 有天然石壩橫絕水口如堵牆, 其高踰丈, 東西長十餘丈, 面平如砥, 如甃築而成者. 水踰其面, 下墜江中, 雖不甚高, 而雪濤橫披, 殊瀑平瀉, 勢闊而悍, 正如錢塘八月潮, 齊驅下坂, 又一奇觀也. 過響水, 其南岸忠州境, 雖轄於南寧, 而瀕江土司實始於此; 北岸則爲上果灣, 有巖西向臨江, 上亦有村落焉. 於是轉北行一里, 抵北山下. 轉西北掛帆行, 兩岸山複疊出. 二里爲宋村, (在江南岸, 忠州屬.) 有八仙巖, 爲村中勝地. 又三里, 轉東北, 又二里, 轉西北, 又三里, 更轉東北, 兩岸[石]崖疊出遞換, 靡非異境. 轉西北五里, 又北轉, 而西岸一崖障天, 崖半有洞東向. 始見洞門雙穴如連聯, 北穴大, 南穴小, 垂石外間而通其內; 旣而小者旁大者愈穹, 忽劃然中剜, 光透其後. 舟中仰眺, 碧若連雲駕空, 明如皎月透影, 洞前上下, 皆危崖疊翠, 倒影江潭, 洵神仙之境, 首於土界, 得之, 轉覺神州凡俗矣. [南有馱樸村, 轉登山後, 聞可攀躋.] 又北一里, 東岸臨江, 煥然障空者爲銀山, 劈崖截山之半, 青黃赤白, 斑爛綴色, 與天光水影, 互相飛動, 陽朔畫山猶爲類大者耳.[1] 崖下有上下二洞, 門俱西向. 上洞尤空邃, 中懸石作大士[2]形, 上嵌層壁, 下瀕迴潭, [無從中躋. 其北紛竅甚多, 裂紋錯綴樹間, 吐納雲物, 獨含英潤]焉. 一里, 轉而西, 遂爲馱樸, 百家之市, 尙在涯北一里. 東南卽銀山, 西北又起層巒夾之, 迤邐北去, 中成蹊焉, 而市倚之. 陸路由此而北, 則左州、養利諸道; 江路由此而西, 則太平、思明諸境也. 午抵馹樸, 先登涯問道, 或云: "通", 或云: "塞." 蓋歸順爲高平殘破, 路道不測, 大意須候歸順人至, 隨之而前, 則人衆而行始便. 歸順又候富州人至, 其法亦如之. 二處人猶可待, 惟顧奴病中加病, 更令人惴惴耳. 是日, 卽攜行李寄宿逆旅主人家.

馹樸去馹盧五十里. 自馹盧西至此, 皆爲左州南境, 北去龍州四十里. 西仍爲崇善地, 抵太平亦四十里, 水路倍之.

高平爲安南地, 由龍州換小舟, 溯流四日可至, 太平[人呼之爲高彝.]

龍州山崖更奇, 崖間有龍蜿蜒如生. 思明東換小舟, 溯流四日至天龍洞, 過山半日卽抵上思州. 上思昔屬思明, 今改流官,3) 屬南寧, 有十萬山. 其水西流爲明江, [出龍州,] 東流出八尺江.

高平爲莫彝, 乃莫登庸之後; 安南爲黎彝, 乃黎利之後.

自入新寧至此, 石山皆出土巴豆樹、蘇木二種. 二樹俱不大. 巴豆樹葉色丹映, 或隊聚重巒, 或孤懸絕壁, 丹翠交錯, 恍疑霜痕黔柴. 蘇木山坳平地俱生, 葉如決明, 英如扁豆, 而子長倍之, 繞幹結癭, 點點盤結如乳, 乳端列刺如鉤, 不可響邇. 土人以子種成[林, 收賈不至, 輒刈用爲薪; 又擇其多年細幹者, 光削之, 乳紋旋結, 朵朵作胡桃痕, 色尤蒼潤. 余昔自天台覓萬年藤, 一遠僧攜此, 云出粤西蠻洞. 余疑爲古樹奇根, 不知卽蘇木叢條也.]

---

1) 건륭본과 사고본에는 '猶爲類大者耳'가 '竟遜一籌'라 되어 있다. 대(大)는 견(犬)의 오자일 가능성이 있으며, 류견(類犬)은 묘호류견(描虎類犬), 즉 호랑이를 그리려다 잘 못하여 개와 비슷하게 되었다는 의미에서 우스꽝스러움을 뜻한다.

2) 대사(大士)는 흔히 부처나 보살을 가리키는데, 여기에서는 관음보살을 의미한다.

3) 유관(流官)은 명청대에 사천, 귀주 및 운남 등의·소수민족지구에 파견한 지방관을 가리킨다. 세습되거나 토착화되지 않고 관직에 일정한 임기가 있어 유동적이기에 유관이라 일컫는다.

初四日 自馹樸[取道至太平.] 西南行一里, 有石垣東起江岸, 西屬於山, 是爲左州、崇善分界. 由垣出, 循山溯江南行, 三里, 越一涸澗, 又四里爲新鋪, 數家之聚. 江流從正南來, 陸路逾西南轉. 四里, 復過一涸澗, 澗底多石, 上有崩橋, 曰衝登橋. (其內有堡.) 從此南上, 盤陟崗阜三里, 復與江遇. 其上有營房數家, 曰崩勘. 又南五里, 轉一山嘴, (其後山中有村曰馱竺, 盤其東垂.) 乃循山南西向行, 於是迴崖聯蹁,[1] 上壁甚峻拔, 下石甚玲瓏. 二里, 路南復突一危峰, 遂入山夾. 盤之而西又一里, 轉南二里, 登媚娘山. 其處峰巒四合, 中懸一土阜爲脊. 越之而南下, 東南三里, 路側有窞一圓, (名龍井.) 下墜五六丈, 四圍大徑三丈, 俱純石環壁. 墜空綴磴而下, 下底甚平, 東北裂一門, 透門以入, 其內水聲潺潺, 路遂昏黑. 踐崖捫隙, 其下忽深不可測. 久之, 光漸啓, 迴見所入處, 一石柱細若碧筍, 中懸其間, 上下連屬, 旁有石板平庋, 薄若片雲, 聲若戛金樹. 至其洞, 雖不甚宏而奇妙, 得之路旁, 亦異也. 其上有一亭, 將就圮. [自馱樸陸行至太平, 輒見岡陀盤旋, 四環中墜, 深者爲井, 淺者爲田, 上下異穴, 彼此共窞. 蓋他處水皆轉峽出, 必有一洩水門, 惟此地明洩澗甚少, 水皆從地中透去, 竅之直墜者, 下陷無底; 旁通者, 則底平可植五稼. 路旁大抵皆是. 惟龍井下陷猶有底, 故得墜玩焉.] 由此西南出山, 又四里, 而江自壺關東垂北向而至. 溯之復南二里, 升陟崗阜又二里, 抵壺關. 關內舊惟守關第舍四、五間, 今有茱齋老和尚建映霞庵於左, 又蓋茶亭於後. 余以下午抵庵, 遂留憩於中. (茱齋, 北人. 年六十一歲, 參訪已遍海內. 所食惟淡茱二盂, 不用粒米, 見此地荒落, 特建庵接衆, 憩食於庵者數十人, 雖久而不斬[2]焉. 茱齋法名如喜, 徒名海潤.)

壺關在太平郡城北一里餘. 麗江西自龍州來, 抵關之西, 折而南, 繞城南, 東轉而北, 復抵關之東, 乃東北流去. 關之東西, 正當水之束處, 若壺之項, 相距不及一里. 屬而垣之, 設關於中, 爲北門鎖鑰. 其南江流迴曲間, 若壺之腹, 則郡城倚焉. 城中縱橫相距亦各一里, 東西南三面俱瀕於江. 城中居舍荒落, 千戶所門俱以茅蓋. 城外惟東北有民居闤闠, 餘俱一望荒茅舍而已.

靑蓮山在郡城北二十餘里, [重巒北障天半. 其支南向, 東下者卽媚娘嶺,西下爲]碧雲洞. [洞在壺關正西二里, 靑蓮山南下之支也. [石峰突兀, 洞穿峰半, 門東向. 先從北麓上三折坂, 東向透石隙曰天門, 得平臺焉. 洞門峙其上. 門狹而高, 內南轉, 空闊深暗, 上透山頂, 引光一線空濛下. 光下有大士龕, 北向, 中坐像, 後有窞深陷, 炬燭之沉黑; 又一穴南去, 不知其底. 此下層也. 其上層隔窞之南, 復闢爲門; 門前列雙柱, 上平庋兩盆曰'寶盆'. 先由大士像右壁, 穿小穴南下窞側, 由雙柱中抵寶盆下. 透門入, 始頗隘; 連進門兩重, 漸轉東上, 則穹然高張, 天光下迸, 一門南向出爲通天竅. 歷級上, 出洞門外, 亦有臺甚平, 下瞰平埜, 與東向門無異. 由大士像左壁西穿小穴曲折入, 兩壁狹轉, 下伏爲隘門; 透門進, 忽上盤如覆鐘; 凡進四門, 連盤而上者, 亦四五處, 乃出. 於大士像左壁稍北, 又西穿小穴, 漸北轉, 則岈然中通, 山影平透, 裂一門北向, 號曰盤龍窟. 此洞中勝也. 北門外, 崖石橫帶山腰, 東達天門, 西抵一飛崖下, 上覆下嵌. 崖不甚高, 上下俱絶壁, 中虛而橫帶者, 若平廊複榭, 無愧'群峰獻翠'名. 北瞰深塢, 重巒前拱, 較東南二臺, 又作一觀. 由崖東攀石萼西望, 峰頂蓮瓣錯落, 中有一石, 東剜空明, 爲蔓深石削, 不得攀接. 仍從盤龍窟入, 出東臺, 仰眺洞南, 峰裂岐崖, 迴環一峽. 乃攀枝援隙上, 直歷峽峰攢合中, 復有東向洞, 內皆聳石攢空, 隙裂淵墜, 削不受趾, 俯瞰莫窺其底, 石塊投之, 聲歷歷不休, 下卽大士龕中承受墜光處也. 至此洞外勝始盡.] 此洞向無其名, 萬曆癸丑參戎[3]顧鳳翔開道疊礮, 名之曰碧雲, 爲麗江勝第一. (顧乃華亭人.)

　雲巖在壺關正東四里, 路由郡城東渡江, 是爲歸龍村峒. (在江東岸. 太平隔江卽江州屬. 是村昔有怪出沒江潭, 爲害江州, 太平. 人俱莫能制, 而思明獨來時而殺之, 其害乃息. 故江州以此一峒界思明, 爲思明屬. 今此峒東, 南, 北三面俱屬江州, 而西抵于江, 爲太平府, 近太平城者, 惟此一村, 而又遠屬思明, 亦可異也.)

　石門塘在壺關外東北半里. 老虎巖在壺關內西南半里. 銅鼓在郡城內城隍廟, 爲馬伏波遺物, 聲如吼虎, 而狀甚異. 聞制府各道亦有一二, 皆得之地中者. 土人甚重之, 間有掘得, 價易百牛.

1) 런편(聯翩) 혹은 런편(聯翻)은 끊이지 않고 계속 이어지는 모양을 가리킨다.
2) 근(靳)은 아까와하거나 인색함을 의미한다.
3) 참융(參戎)은 명청대의 무관인 참장(參將)의 속칭이다.

初五日 晨餐後, 卽獨渡歸龍, 共四里, 西循白雲巖. 荒坡草塞, 沒頂蒙面, 上旣不堪眺望, 下復有芒草攢入襪褲間, 擧足針刺, 頃刻不可忍, 數步除襪解褲, 搜刷淨盡, 甫再擧足, 復仍前矣. 已有一小水自東南峽中出, 北瀠巖前, 上覆藤蔓, 下踔江泥, 揭涉甚艱. 過溪, 抵巖下. [穹崖高展, 下削如屛, 色瑩潔逾玉. 崖南峭壁半列洞四、五, 大小不一, 皆西向. 南面一洞較大, 下複疊一洞, 不甚深昧, 而上洞中空外削, 望之窈窕, 竟不得攀憩. 再南半里, 有洞甚大, 亦西向, 前俱大石交支. 從石隙透門入, 窪敞可容三百人, 內無旁通竇. 洞北有小徑, 東上山夾, 兩旁削石並聳. 攀級而登, 踰山坳南, 亦有窪下陷, 木翳不能窺其泆. 其北更聳層峰, 西瞰江流城堞, 俱在足底. 再北直出白雲巖頂, 其坳中窪窅雖多, 然]棘藤蒙密, 旣不得路, 復無可詢, 往返徘徊, 日遂過午, [終不能下通巖半洞也. 此處巖洞, 特苦道路蕪阻, 若能巖外懸梯, 或疊磴中竇, 其委曲奇勝, 當更居碧雲上.] 仍西二里, 出歸龍, 南溯江岸三里, 抵金櫃、將軍兩山之間. [金櫃瞰江嶬, 崖洞中空, 大容數百人. 茅棘湮阨], 竟金櫃山巖洞不得, 三週其北東南三面, 又兩越其巓, [對矚江城, 若晰鬚眉於鏡中. 東卽將軍山, 片崖立峰頭迎江, 有干城趩趩[1]勢. 環郡四眺, 峰之特聳者此爲最.] 下候東關渡舟, 已暮不復來, 腹餒甚. 已望見北有一舟東渡, 乃隨江躑石一里, 抵其處, 其舟亦西還. 遷延久之, 得一漁舟, 渡江而西. 見有賣蕉者, 不及覓飯, 卽買蕉十餘枚啖之. 亟趨壺關, 山雨忽來, 暮色亦至.

1) 규규(趩趩)는 씩씩하고 헌걸찬 모양, 위용이 넘치는 모양을 가리킨다.

初六日 余以歸順、南丹二道未決, (余欲走歸順至富州, 衆勸須由南丹至歸州. 蓋歸州遠而富州近, 歸州可行, 而歸順爲高平彝所阻也.) 趨班氏神廟求籤決之.(廟在大西門外, 臨江. 其神在郡極著靈異, 家尸而戶祝之,[1] 有司之莅其境者, 靡不嚴事焉.) 求籤畢, 有儒生數人賽[2]廟中, 余爲詢歸順道. 一年長者輒欲爲余作書, 畀土司之相識者. 余問其姓字, 乃滕肯堂也. (名祚昌祚昌.) 其中最年少者, 爲其子滕賓王.(名佐.) 居城中千戶所前. 余乃期造其家, 遂還飯於映霞庵. 攜火炬出壺關, 西溯江岸, 一里抵演武場北, 又西一里, 探碧雲洞, 出入迴環者數四, 還抵映霞. 見日色甫下午, 度滕已歸, 仍入城叩其堂. 滕君一見傾蓋, 卽爲留酌. 其酒頗佳, 略似京口, 其茶則松蘿之下者, 皆此中所無也. 坐中滕君爲言 : "欲從歸順行, 須得參戎一馬符方妙. 明晨何不同小兒一叩之乎?" 余謝不敏. 滕曰 : "無已, 作一書可乎?" 余頷之. 期明日以書往, 乃別而返壺關.

初七日 雨色霏霏, 醞寒殊甚. 荼齋師見余衣單, 爲解夾衣衣我, 始可出而見風. 晨餐後, 滕君來. 旣別, 余作畀參戎書. 飯而抵其家, 則滕自壺關別後, 卽下舟與乃郎[1]他棹, 將暮未返, 雨色復來, 余不能待而返壺關. 雨少止, 西覓老虎巖, 墜窪穿莽, 終不可得.

初八日 余再抵滕, 以參戎書畀之. (參戎姓章, 名易, 爲會稽人. 其有名正宸[1]者, 合在戶科, 爲辛未年家.[2]) 滕復留飯, 網魚於池. (池在門前. 魚有大、 小二種. 大者乃白鱐, 小者爲鮛魚. 鮛魚味淡而不醒, 問所謂「香魚」, 無有也.) 剖柑於樹, (其柑如香櫞, 瓤白而皮不厚, 片剖而共食之, 瓤與皮俱甘香, 異衆柑.) 因爲罄其生平. (滕君少年廩[3]於學宮. 其人昂藏有俠骨, 凤與中表[4]謝孝廉有隙. 謝死, 其家以毒誣滕, 滕求檢以白其誣, 謝遂大窘. 時孝廉之弟, 爲南寧司李掾[5]而孝廉之房考[6]趙, 爲閩漳州人, 方當道, 竟

羅織於憲訪,[7] 且中以訕府道、殿衛所諸[莫]須有事, 遂被黜, 戍欽州. 未幾歸, 復爲有司
齮齕[8]不已, 雄心竟大耗, 而鬚鬢俱皤然矣. 其乃郞亦靑年游泮, 爲此中錚錚出穎者, 此中
亦共以「白眉」推之.) 且謂余何不暫館於此, 則學宮諸友俱有束脩[9]之奉, 可爲
道路資. 余復謝不敏. 透出壺關, 已薄暮矣. 有僧自南寧崇善寺來, 言靜聞
以前月廿八子時回首, 是僧親爲下火而來. 其死離余別時纔五日, 雲白竟
不爲置棺, 不知所留銀錢並衣篋俱何人乾沒也? 爲之哀悼, 終夜不寐.

---

1) 정신(正宸)은 3년마다 한 번씩 열리는 정과(正科)의 전시(殿試)에 합격함을 의미한다.
2) 년가(年家)는 과거를 보아 같은 해에 등과한 집안이 서로 일컬었던 호칭이다.
3) 름(廩)은 곳집, 쌀광을 의미하며, 여기에서는 관부에서 배급하는 양곡을 받았다는
   뜻이다.
4) 고대에 아버지의 자매의 아들을 외형제(外兄弟)라 일컫고, 어머니의 형제자매의 아
   들을 내형제(內兄弟)라 일컬었다. 외(外)는 표(表)이고 내(內)는 중(中)인지라, 이 두 경
   우를 합쳐서 중표라 일컬었다.
5) 사리(司李)는 사리(司理)라고도 하며, 주(州)의 형법을 관장하던 하급관리이다. 연(掾)
   은 고대의 속관의 통칭이다.
6) 방고(房考)는 방관(房官)이라고도 하며, 명청대에 향시나 회시 등의 과거를 치를 때
   수험생을 감독하던 시험관이다.
7) 헌(憲)은 예전에 각 성에 파견되어 근무하던 고급관리를 가리키며, 흔히 상사에 대
   한 존칭으로 사용된다. 헌방(憲訪)은 상사의 방문조사를 의미한다.
8) 기흘(齮齕)은 본래 '깨물어 씹다'를 의미하며, 여기에서는 중상모략을 뜻한다.
9) 속수(束脩)는 본래 열 가지 마른 고기 한 묶음으로서 흔히 예물로 사용되었으며, 훗
   날 학관에 들어가 스승에게 바치는 예물을 가리키게 되었다. 『논어·술이편』에는
   "공자께서 말씀하셨다. '속수의 예를 행한 자에게는 내 일찍이 가르치지 않은 적이
   없다.'(子日, 自行束脩以上, 吾未嘗無誨焉.)"고 적혀 있다.

初九日 午飯後, 再入城候所進參戎書. 而滕氏父子猶欲集衆留余館此, 故
不爲卽進. 其書立爲一初貢方姓者拆. 書初錄, 展轉攜去, 久索而後得之.
乃復緘之, 囑其速進, 必不能留此也.

初十日 晨餐後出遊石門. 上午抵滕君處, 坐甫定, 滕賓王持參戎招余束
來, 余謝之. 已[而]參府中軍唐玉屛(名尙珠, 全州人.) 以馬牌相畀. 余爲造門
投刺, 還飯於滕. 雨竟不止, 是夕遂宿於滕館.

十一日 雨. 食息於縢.

十二日 雨. 食息於縢. 迨暮, 雨少止, 乃別, 抵壺關映霞庵. 是夜, 夜雨彌甚.

十三日 阻雨壺關.

十四日 仍爲雨阻. 余欲往馱樸招顧行, 路濘草濕, 故棲遲不前.

十五日 雨如故. 有遠僧三人自壺關往馱樸, 始得寄字顧行, 命其倩夫以行李至郡.

十六日 夜雨彌甚, 達旦不休. 余引被蒙首而睡, 庵僧呼飯乃起. 飯後天色倏開, 日中逗影, 余乃散步關前, 而顧行至矣. 異方兩地, 又已十餘日, 見之躍然. 卽促站騎覓挑夫, 期以十八日行.

十七日 早寒甚, 起看天光欲曙未曙, 而煥赤騰丹, 朦朧隱耀, 疑爲朝華, 復恐雨徵, 以寒甚, 仍引被臥. 旣而碧天如洗, 旭日皎潔, 乃起而飯. 入別縢君, 父子俱出, 復歸飯映霞. 抵晚入候, 適縢君歸, 留余少酌, 且爲作各土州書, 計中夜乃完. 余別之, 返宿庵中.

十八日 昧爽入城, 取縢所作書. 抵北關, 站騎已至. 余令顧僕與騎俱返候壺關. 縢君亦令人送所作書至. 余仍入城謝別, 返飯於庵. 茱齋又以金贈. 遂自壺關北行. 關外有三岐:東北向馱樸, 走左州, 乃向時所從來者;西北向盤麻, 走龍州, 乃碧雲洞游所經者, 而玆則取道其中焉. [太平州道也.] 五里, 漸入山夾. 又五里, 過一空谷, 甚平廣而荒漠, 無耕爲田者. 又三里, 谷盡, 有數家在路左. 乃折而西二里, 登樓杳岾, 兩傍山崖陡絶, 夾隘頗逼, 雖不甚高, 而石骨嶙峋, 覺險阻焉. 踰隘門少西下, 輒有塘一方, 匯水當關, 數十家倚之. 西從峽中三里, 踰二峽, 高倍於樓岩; 西下, 輒崖石嶄削, 夾塢更深. 北一里, 上大峽, 陡絕更倍之. 踰坳北下, 夾壁俱截雲蔽日. 一里, 塢窮西轉, 其北四山中墜, 下窪爲不測之淵. 又西一里, 踰隘門西下, 則懸蹬旋轉重崖間, 直下山脚, 不啻千級也. [按郡北有蕩平隘, 乃青蓮山中裂成峽者. 東南自樓岩峽, 西北出此, 中爲峽者凡四重, 兩崖重亘, 水俱穴竇底墜, 並無通流隙, 眞阨塞絕隘也.] 旣下, 循麓北行, 有深窅懸平疇中, 下陷如窨, 上開線峽, 南北橫裂, 中跨一石如橋, 界而爲兩. 其南有磴, 可循而下, 泉流虢虢, 仰睇天光, 如蹈甕牖[1]也. 北行畦塍間, 五里, 塢盡山迴, 復西登一嶺, 下蹈重峽. 五里出山, 山始離立, 又多突兀之峰夾. 又五里爲陵球, 有結茅二所, 爲賣酒炊粥之肆, 是爲此站之中道. 又西北七里, 過土地屯, 有村一塢在路左山坡之北. 又二里, 有小水東自土地屯北嶺峽中來, 西南流去. 絕流西渡, 登隴行, 聞水聲衝衝, 遙應山谷, 以爲卽所渡之上流也. 忽見大溪洶湧於路右, 闊比龍江之半, 自西北注東南, 下流與小溪合倂而去, 上流則懸壩石而下, 若湧雪轟雷焉. 共二里, 抵四把村, 卽石壩堰流處也. 蓋其江自歸順發源, 至安平界, 又合養利、恩城之水, 盤旋山谷, 至此凡徑堰四重, 以把截之, 故曰'把', 今俗呼爲'水壩'云. [下抵崇善水口綿埠村, 入龍江. 水口在太平郡西七十里.] 又西轉二里, 水之南有層峰秀聳, 攢青擁碧, 瀕水有小峰孤突, 下斜騫而上分歧, 怒流橫齧其趾; 水之北, 則巨峰巍踞, 若當天而扼之者. 路抵巍峰之東, 轉而北循其北麓, 共五里, 出其西, 有村臨江, 曰那畔村, 爲崇善北界. 又五里, 爲叩山村, 則太平州屬矣. 又西北七里, 暮抵太平站. 孤依山麓, 止環堵三楹, 土頹茅落, 不蔽風日, 食無案, 臥無榻, 可哂也. 先是, 挑夫至土地屯卽入村換夫, 顧奴隨之行; 余騎先抵站, 暮久而顧奴行李待之不至, 心其懸; 及更, 乃以三人送來, 始釋雲霓之望.[2] 是夜明月如洗, 臥破站中如濯冰壺. 五更, 風峭寒不可耐, 竟以被蒙首而臥.

---

1) 옹유(甕牖)는 벽을 뚫어낸 격자창을 가리킨다. 격자창이 둥글어 옹기의 입과 같다고
해서, 옹유라고 한다. 또는 깨진 옹기의 입 부분으로 격자창을 만든 데에서 유래했

다고 한다. 『예기 · 유행(儒行)』에 "쑥대로 엮은 출입문에 옹기 구멍의 들창(蓬戶甕牖)"이라는 구절이 있는데, 이는 선비의 가난하지만 소박하고 고아한 삶을 비유한다.
2) 운예지망(雲霓之望)은 가뭄에 구름과 무지개를 바라는 것처럼, 간절히 바라는 것을 의미한다.

十九日 曉日明麗, 四面碧嶠濯濯, 如芙蓉映色. 西十里, 渡江卽爲太平州, 數千家鱗次倚江西岸. 西南有峰, 俱峭拔攢立; 西北一峰特立州後, 下有洞南向, 門有巨石中突, 騎過其前, 不及入探爲恨. 州中居舍悉茅蓋土牆, 惟衙署有瓦而不甚雄. 客至, 館於管鑰者, 傳刺入, 卽以刺答而饋程¹⁾焉. 是日傳餐館中, 遂不及行.

---

1) 궤정(饋程)은 '여비를 주다'를 의미한다.

二十日 晨粥於館, 復炊飯而後行, 已上午矣. 西北出土牆隘門, 行南北兩山間. 其中平疇西達, 畝塍鱗鱗, 不復似荒茅充塞景象. 過特峰洞門之南, 三里, 過一小石梁, 村居相望, 與江、浙山鄉無異. 又三里, 一梁甫過, 復過一梁. 西崗有銅鐘一覆路左, 其質甚巨, 相傳重三千餘斤, 自交南飛至者. 土人不知其年, 而形色若新出於型, 略無風日剝蝕之痕, 可異也. 但其紐爲四川人鑿去. 土人云: "尙有一鐘在梁下水澗中, 然亂石磊落, 窺之不辨也." 又西北一里, 輒見江流自西而東向去. 又二里, 復有水北流入江, 兩石梁跨其上. 其水比前較大, 皆西南山峰間所湧而出者. 又西北五里, 復過兩梁, 有三水自南來, 會而北入於江. 此處田禾豐美, 皆南山諸流之溥其利也. 又二里, 則平疇西盡, 有兩石峰界南北兩山間, 若當關者. 穿其中而西, 又一里, 有小溝南屬於山, 是爲太平州西界. 越此入安平境, 復有村在路右崗陂間. 又西二里, 卽爲安平州. 江水在州之東北, 斜騖其前, 而東南赴太平州去. 又有小水自西而來, 環貫州右, 北轉而入於江, 當卽志所稱隴水也. 其西南有山壁立, 仙洞穹其下, 其門北向, 高敞明潔, 頂平如繃幔, 而四旁竇壁玲瓏, 楞棧高下. 洞後懸壁上坐觀音大士一尊, 恍若乘雲攬霧. 其下一石中懸, 下開兩門, 上跨重閣, 內復橫拓爲洞. 從其右入, 夾隙東轉, 甚狹而深, 以暗逼而出. 懸石之外, 右裂一門, 直透東麓; 左拾級而上, 從東轉, 則跨梁飛棧, 逾出懸石之巓. 其上有石盆一圓, 徑尺餘, 深四寸, 皆石髓所凝, 雕鏤不逮. 傍有石局、石牀, 乃少加斧削者. 從西入, 則深竇邃峽, 已而南轉, 則逾昏黑莫辨. 然其底頗平, 其峽頗逼, 摸索而行. 久之, 忽見其南有光隱隱, 益望而前趨, 則一門東南透壁而出, 門內稍舒直, 南復成幽峽. 入之漸隘, 仍出至少舒處. 東南出洞門, 門甚隘, 門以外則穹壁高懸, 南眺平墅, 與前洞頓異矣. 久之, 復從暗中轉出前洞, 壁間雜鐫和州<u>李</u>侯詩數首, 內惟「鄒灑洙」一首可誦. (余亦和二首.) 旣乃出洞游州前. 其宅較<u>太平州</u>者加整, 而民居不及. 館乃瓦蓋, 頗蔽風雨. 然州乃一巨村, 并隘門土牆而無之也. (太平州帥李恩祀有程儀之餽, 安平州帥爲李明巒, 止有名束, 乃太平姪行.)

二十一日 晨餐後, 上午始得夫, 乃往恩城者. (始易騎而輪.) 蓋恩城在<u>安平</u>東北, 由<u>安平</u>西北向<u>下雷</u>, (南寧屬.) 日半可達; 而東北向<u>恩城</u>, 走<u>龍英</u>, 其路須四日抵<u>下雷</u>焉. 但<u>安平</u>之西達<u>下雷</u>界, 與<u>交彝</u>(卽高平.)接壤, (所謂十九峒也.) 今慮其竊掠, 用木橫塞道路, 故必迂而<u>龍英</u>. 由<u>安平</u>東一里, 卽與江遇. 其水自西而東, 乃發源<u>歸順</u>、<u>下雷</u>者, 卽志所稱<u>邏水</u>也. 其勢減<u>太平</u>之半. 蓋又有<u>養利</u>、<u>恩城</u>之水, 與此水勢同, 二水合於下流而至<u>太平州</u>, 出舊崇善焉. 渡江, 卽有山橫嶂江北岸, 乃循山麓東行. 五里, 路北一峰枝起, 如指之峭, 其東北崖嶂間, 忽高裂而中透, 如門之上懸, 然峻莫可登也. 穿嶂之東峽, 逾東北轉, 其峽之東復起層峰, 與穿嶂對夾而東北去. 有小水界其內, 南流入<u>邏江</u>. 當峽有村界其中, 此村疑爲<u>太平州</u>境, 非復<u>安平</u>屬矣. 村後一里, 壘石橫亘山峽間, 踰門而北, 則峽中平疇疊塍, 皆<u>恩城</u>境矣. 渡小水, 溯之東北行五里, [折而東, 東峰少斷處] 有尖岫中懸, 如人坐而東向者. 忽見一江自東而西, 有石梁甚長而整, 下開五碞, 橫跨北上, 江水透梁卽東南搗尖岫峽中. 此水卽志所稱<u>通利江</u>, 由<u>養利</u>而來者, 其下流則與<u>邏水</u>合而下<u>太平</u>云. 過梁卽聚落一塢, 是爲<u>恩城州</u>. 宅門北向, 亦頗整, 而村無外垣, 與安平同. 是日止行十五里. 日甫午, 而州帥趙(芳聲)病臥, 卒不得夫, 竟坐待焉. 其館甚陋, 蔬飯亦不堪擧箸也. (按『一統志』; 在田州者曰恩城, 在太平者曰思城. 今田州之恩城已廢, 而此州又名恩城, 不曰思城, 與統志異, 不知何故.)

二十二日 晨餐後, 夫至乃行. 仍從州前西越五碧橋, 乃折而循江東向行. 五里, 山夾愈束, 江亦漸小, 有石堰阻水, 水聲如雷. 蓋山峽東盡處, 有峰中峙, 南北俱有大溪合於中峰之西, 其水始大而成江云. 又東五里, 直抵東峰之北, 而北夾之山始盡. 乃循北夾東崖, [渡一小溪,] 溯中峰北畔大溪, 北向行夾峽中. 二里, 復東轉越小水向東峽, 溯北大溪北行, 漸陟山上躋. 一里, 始捨溪, 北躋嶺坳. 其嶺甚峻, 石骨嶙峋, 利者割趾, 光者滑足. 共北二里, 始躡其巔, 是名鼎促, 爲養利 · 恩城之界. 北下二里, 峻益甚, 而危崖蔽日, 風露不收, 石滑土濘, 更險於上. 旣下, 有谷一圍, 四山密護, 中有平疇, 惟東面少豁. 向之行, 余以爲水從此出; 一里, 涉溪而北, 則其水乃自東而西者, 不識西峰逼簇, 從何峽而去也. 溪之南有村數家. 又東一里, 循北山之東崖北向行, 又一里, 溪從東來, 路乃北去. 又一里, 有石垣橫兩山夾間, 不知是何界址. 於是東北行山叢間, 巒岫歷亂, 分合倏忽. 二里, 出峽, 始有大塢, 東西橫豁, 南北開夾. 然中巨流, 故禾田與荒隴相半. 北向三里, 橫度此塢, 直抵北崖下, [若無路可達者; 至則東北開一隙, 穿入之, 峽峰峭合, 愈覺宛轉難竟.] 二里, 北山旣盡, 其東山復大開, 有村在平疇間, 爲東通養利大道. 乃從小徑北行一里, 折而西北行三里, 南北兩夾之山, 引錐標笋靡非異境. 又北行一里, 復開大塢, [東西亘, 南北兩界山如南塢, 但南塢東西俱有叢岫遙疊, 此則前後豁然, 不知西去直達何地也.] 乃東北斜徑塢中, 共五里, [至北山東盡處,]東山益大開, 有村在其南, 已爲龍英屬, 其東隔江卽養利矣. 蓋養利之地, 西北至江而止, 不及五里也. 又循山北行一里, 有小石峰駢立大峰之東, 路透其間, 漸轉而西, [至是北條始見土山, 與南條石山夾成塢.] 又三里, 有村北向, 曰聳峒, 有聳峒站, 乃龍英所開, 館舍雖陋而管站者頗馴. (去龍英尚四十餘里.) 抵站雖下午, 猶未午餐, 遂停站中. 自登程來, 已五日矣, 雖行路迂曲, 過養利止數里, 而所閱山川甚奇, 且連日晴爽明麗, 卽秋春不及也.

二十三日 飯而候夫, 上午始至. 卽橫涉一塢, 北向三里, 緣土山而登. 西北一里, 凌其巔. 巔坳中皆夾而爲田, 是名鱟盤嶺. 平行其上, 又西北半里, 始下土山東去. 其北塢皆石峰特立, 北下頗平, 約里許至塢底. 於是東北繞石峰東麓而北, 二里, 復有一土崗橫於前, [西抵遙峰隙, 東則南屬於土山.] 陟崗不甚高, 踰其北, 卽有水淋漓瀉道間, 叢木糾藤, 上覆下濕, 愈下愈深, 見前山峰迴塹轉, 田塍盤旋其下, 始知橫崗之南, 猶在山半也. 又北二里, 下渡一橋, 有水自西南東北去, 橫巨木架橋其上. 過橋, 水東去, 路北抵石壁下. 一里, 忽壁右漸裂一隙, 攀隙而登, 石骨峻嶒, 是曰大峻. 半里, 躋其坳, 南北石崖騈夾甚峻. 西穿其間, 又半里始下, 乃西墜半里至塢底. 其處山叢壁合, 草木翁密, [州人采木者, 皆取給大峻云.] 西半里, 轉而東北一里, 又西北二里, 北望石峰間有洞並峙, 一敞一狹, 俱南向. 路出其西, 復透峽而北, 皆巨石夾徑, 上突兀而下廉利. 於是西北共二里, 兩涉石坳, 俱不甚高, 而石俱峭叢, 是名翠村嶺. 踰嶺北下, 山乃南北成界, 東西大開, 路向東北橫截其間. 二里, 有石梁跨溪上. 其溪自西而東, 兩岸石崖深夾, 水瀠其間, 有聲淙淙, 而渡橋有石碑, 已磨減無文, 拭而讀之, 惟見'翠江橋'三字. 此處往來者, 皆就橋前取水, 爇木爲炊, 爲篁峒至龍英中道. 過橋, 日已昃, 而顧奴與擔夫未至, 且囊無米, 不及爲炊. 俟顧僕至, 令與輿夫同餐所攜冷飯, 余出茱齋師所貽腐乾啖之, 腹遂果然. 又東北行一里, 北透山隙而入, 循峽踰崗, 共北三里, 出田塢間, 復見北有土山橫於前. 乃渡而小溪, 共三里, 抵土山下. 循其南麓東北上, 一里, 踰嶺東而北, 遂西北從嶺上行. 又三里稍下, 旣下而復上, 共一里, 又踰嶺一重, 遂亘下一里, 抵山之陰, 則復成東西大塢, 而日已西沉矣. 於是循塢西行三里, 北入山隙中, 始有村落. 一里, 乃北渡一石橋. 其水亦自西而東, 水勢與橫木溪相似. 橋東北有石峰懸削而起, 卽志所稱牛角山也, [極似縉雲鼎湖峰.] 其西北又特立一峰, 共爲龍英水口山. 又西一里, 過北西特峰, 抵龍英, 宿於草館. (州官名趙繼宗, 甚幼.)

龍英在郡城北一百八十里. (太平府至太平站七十里, 太平站至聳峒七十里, 聳峒至州四十里.) 其西爲下雷, 東爲茗盈、全茗, (二州相去止一里.) 北爲都康、向武, 南爲恩城、養利, 其境頗大. 三年前爲高平莫彝所破, 人民離散, 僅存空廨垣址而已. (外城垣與宅後垣俱厚五尺, 高二丈, 仆多於立.) 土官州廨北向, 其門樓甚壯麗, 二門與廳事亦雄整, 不特南、太諸官廨所無, 卽制府[1]亦無比宏壯. 其樓爲隆慶丁卯年所建, 廳事堂區爲天啓四年布按三司[2]所給. 今殘毀之餘, 外垣內壁止存遺址, 廳後有棺停其中, 想卽前土官趙政立者. 今土官年十八歲, 居於廳宅之左, 俟殯[3]棺後乃居中云.

初, 趙邦定有七子. 旣沒, 長子政立無子, 卽撫次弟政擧之子繼宗爲嗣. 而趙政謹者, 其大弟也, 嘗統狼兵援遼歸, 遂萌奪嫡心, 爭之不得. 政立死, 其妻爲下雷之妹, 政謹私通之, 欲以爲內援, 而諸土州俱不服. 政謹乃料莫彝三入其州, 下雷亦陰助之, 其妹遂挈州印並貲蓄走下雷, 而莫彝結營州宅, 州中無子遺焉. 後莫彝去, 政謹遂顓州境. 當道移文索印下雷, 因給政謹出領州事. 政謹乃抵南寧, 遂執而正其辟,[4] 以印予前政立所撫子繼宗, 卽今十八歲者, 故瘡痍未復云.

莫彝之破龍英, 在三年前. (甲戌年.) 其破歸順, 則數年前事也. 今又因歸順與田州爭鎭安, 復有所祖而來, 數日前自下雷北入鎭安, 結巢其地. 余至龍英, 道路方洶洶然, 不聞其抄掠也. (抄掠者, 乃莫彝各村零寇, 而莫酋則不亂有所犯.)

初, 莫彝爲黎彝所促, 以千金投歸順, 歸順受而庇之, 因通其妻焉. 後莫酋歸, 含怨於中, 鎭安因而糾之, 遂攻破歸順, 盡擄其官印、族屬而去. 後當道知事出鎭安, 坐責其取印取官於莫. 鎭安不得已, 以千金往贖土官之弟並印還當道. 旣以塞當道之責, 且可以取償其弟, 而土官之存亡則不可知矣. 後其弟署州事, 其地猶半踞於莫彝, 歲入徵利不休. 州有土目黃達者, 忠勇直前, 聚衆拒莫, 莫亦畏避, 今得生聚[5]焉.

鎭安與歸順, 近族也, 而世仇. 前旣糾莫彝破歸順, 虜其主以去, 及爲當道燭其奸, 復贖其弟以塞責, 可謂得計矣. 未幾, 身死無後, 應歸順繼嗣, 而田州以同姓爭之. 歸順度力不及田, 故又乞援於莫. 莫向踞歸順地未吐, 今且以此爲功, 遂驅大兵象陣, (有萬餘人, 象止三隻.) 入營鎭安. 是歸順時以己地獻莫, 而取償鎭安也. 莫彝過下雷在月之中, (聞十八日過胡潤寨.) 今其事未定, 不知當道作何處置也.

莫彝惟鳥銃甚利, 每人挾一枚, 發無不中, 而器械則無幾焉. 初, 莫彝爲黎彝所蹙, 朝廷爲封黎存莫之說, 黎猶未服, 當道諭之曰: "昔莫遵朝命, 以一馬江棲黎, 黎獨不可以高平棲莫乎?" 黎乃語塞, 莫得以存, 今乃橫行. 中國諸土司不畏國憲, 而取重外彝, 漸其可長乎! (當道亦有時差官往語莫酋者, 彼則厚賂之, 回報云, "彼以仇鬪, 無關中國事." 豈踞地不吐, 狃主齊盟, 尙云與中國無與乎?)

---

1) 제(制)는 문무관원을 조정할 수 있는 권력을 지니고 있음을 가리킨다. 명대에는 총독을 총제(總制)라 했는 바, 여기에서의 제부는 총독아문을 의미한다.
2) 명대에는 각 성의 정치권력을 세 부분으로 나누었는데, 승선포정사사(承宣布政使司)는 행정을 관장하고, 제형안찰사사(提刑按察使司)는 형벌을 관장하며, 도지휘사사(都指揮使司)는 군사를 관장한다. 이 세 사사를 삼사(三司)라 일컫는다.
3) 빈(殯)은 시신을 염하여 장사지내기 전에 일정한 곳에 안치하는 것을 가리킨다. 옛 습속에 따르면, 사람이 죽으면 염을 한 다음 집안에 두었다가 3년이 지나 길일을 택해 장사지낸다.
4) 정(正)은 법에 따라 죄를 다스림을 의미하며, 벽(辟)은 법을 의미한다.
5) 생취(生聚)는 인구가 번성하고 물자가 풍족함을 의미한다.

二十四日 候夫龍英. 糾[1]彝有辟, 土司世絶, 皆有當憲. 今龍英、鎭安正當乘此機會, 如昔時太平立郡故事, 疆理[2]其地. 乃當事者懼開邊釁, 且利仍襲之例, 第曰: "此土司交爭, 與中國無與." 不知莫彝助歸順得鎭安, 卽近取歸順之地. 是莫彝與歸順俱有所取, 而朝廷之邊陲則陰有所失. 其失鎭安而不取, 猶曰仍歸土司, 其失歸順賂莫之地, 則南折[3]於彝而不覺者也. 此邊陲一大利害, 而上人烏從知之!

1) 규(糾)는 약속을 의미한다.
2) 강리(彊理)는 '획분하다, 다스리다'는 뜻이다.
3) 절(折)은 '손해보다, 해를 입다'는 뜻이다.

二十五日 候夫龍英. 因往游飄巖. 州治北向前數里外, 有土山環繞, 內有一小石峰如筆架, 乃州之案山也. (土人名曰'飄﹒峭', 所云'峭'者, 卽山之稱也.) 其前卽平疇一塢, 自西而東, 中有大溪橫於前, 爲州之帶水. [卽東入養利州, 爲通利江源, 下太平州合灑水者也.] 水之東有山當塢而立, 卽飄巖山也. 爲州之水口山, 特聳州東, 甚峭拔, [卽前牛角山西北特立峰也.] 其東崩崖之上, 有巖東南向, 高倚層雲, 下臨絶壁, 望之岈然. 余聞此州被寇時, 州人俱避懸崖, 交人環守其下, 終不能上, 心知卽爲此巖. 但仰望路絶, 非得百丈梯不可, 乃怏怏去. 循東南大路, 有數家在焉. 詢之, 曰 : "此飄巖也, 又謂之山巖. 幾番交寇, 賴此得存." 問 : "其中大幾何?" 曰 : "此州遺黎,[1] 皆其所容." 問 : "無水奈何?" 曰 : "中有小穴, 蛇透而入, 有水可供數十人." 問 : "今有路可登乎?" 或曰 : "可." 或曰 : "難之." 因拉一人導至其下, 攀登崖間, 輒有竹梯層層懸綴, 或空倚飛崖, 或斜挿石隙, 宛轉而上. 長短不一, 凡十四層而抵巖口. 其兩旁俱危壁下嵌, 惟巖口之下, 崩崖綴痕, 故梯得宛轉依之. 巖口上覆甚出, 多有橫木架板, 庋虛分寶, 以爲蜂房燕壘者. 由中寶入, 其門甚隘, 已而漸高, 其中懸石拱把, 翠碧如玉柱樹之, 其聲鏗然. 旁又有兩柱, 上垂下挺, 中斷不接, 而相對如天平之針焉. 柱邊亦有分藩界楊, 蓋皆土人爲趨避計者也. 由柱左北入, 其穴漸暗, 旣得透光一縷, 土人復編竹斷其隘處. 披而窺之, 其光亦自東入, 下亦有編竹架木, 知有別寶可入. 復出, 而由柱右東透低竅, 其門亦隘, 與中寶並列爲兩. 西入暗隘, 其中復穹然, 暗中摸索, 亦不甚深. 仍由中寶出外巖, 其左懸石中有架木庋板, 若飛閣中懸者, 其中筍籃之屬尚遍置焉. 又北杙一木, 透石隙間, 復開一洞西入, 其門亦東向, 中有石片豎起如碑狀. 其高三尺, 闊尺五, 厚二寸, 兩面平削, 如磨礪而成者, 豈亦泰山無字之遺碑? 但大小異製. 平其內, 復踦隘而稍寬. 盡處乳柱懸楞, 細若柯節. 其右有寶潛通中寶之後, 卽土人編竹斷隘處也;

其左稍下, 有穴空懸, 土人以芭覆之. 窺其下, 亦有竹編木架之屬, 第不知入自何所. 仍度架木飛閣, 歷梯以下. 下三梯, 梯左懸崖間, 復見一梯, 亟援之上, 遂循崖端橫度而北, 其狹徑尺, 而長三丈餘, 土人橫木爲欄, 就柯爲援, 始得無恐. 崖窮又開一洞, 其門亦東向. 前有一石, 自門左下垂數丈, 眞若垂天之翼. 其端復懸一小石, 長三尺, 圓徑尺, 極似雁宕之龍鼻水, 但時當冬涸, 端無滴瀝耳. 其中高敞, 不似中竇之低其口而暗其腹. 後壁有石中懸, 復環一隙, 更覺宛轉, 土人架木橫芭於其內, 卽上層懸穴所窺之處也. 徘徊各洞旣久, 乃復歷十一梯而下, 則巖下仰而伺者數十人, 皆慰勞登崖勞苦, 且曰: "余輩遺黎,[1] 皆藉此巖再免交人之難. 但止能存身, 而室廬不能免焉." 余觀此洞洵懸絶, 而以此爲長城, 似非保土者萬全之策. 況所云水穴, 當茲冬月, 必無餘滴. 余遍覓之不得, 使坐困日久, 能無涸轍[2]之慮乎? 余謂土人: "守險出奇, 當以幷力創禦爲上着; 若僅僅避此, 乃計之下也." 其人"唯、唯"謝去. [是洞高張路旁, 遠近見之, 惟州治相背, 反不得見. 余西遊所登巖, 險峻當以此巖冠. 貴溪仙巖, 雖懸空瞰溪, 然其上窄甚, 不及此巖嵉峒, 而得水則仙巖爲勝.] 余返飯於館, 館人纔取牌聚夫, 復不成行.

---

1) 려(黎)는 백성을 의미하며, 유려(遺黎)는 '약탈을 겪은 후 남은 백성'을 가리킨다.
2) 학철(涸轍)은 『장자・외물편』에 나오는 학철부어(涸轍鮒魚), 즉 수레바퀴 자국에 괸 물에 있는 붕어를 의미하며, 매우 위급한 처지에 빠짐을 가리킨다.

二十六日 晨餐後, 得兩肩輿, (十夫.) 由州治前西行. 半里, 有小水自州後山腋出, 北注大溪, 涉之. 又西半里, 大溪亦自西南山谷來, 復涉之. 遂溯溪西南行一里, 於是石山復攢繞成峽, 又一小水自南來入. 仍溯大溪, 屢左右涉, 七里, 踰一崗. 崗南阻溪, 北傍峭崖, 疊石爲壘, 設隘門焉. 過此則溪南始見土山, 與西北石山夾持而西. 四里, 乃涉溪南登土嶺, 一里, 躋其上. 又西南下一里, 旋轉而東南一里, 復轉西南, 仍入石山攢合中. 一里, 山迴塢闢, 畦塍彌望, 數十家倚南山, 是曰東村. 乃西南行田塍間, 三里, 遂西過石峽. 所躋不多, 但石骨嶙峋, 兩崖駢合, 共一里, 連陟二石脊, 始下. 上少下多, 共一里, 仍穿石山塢中, 至是有小水皆南流矣. 東村之水已向南流, 似猶仍北轉入州西大溪者. 自二石脊西, 其水俱南入安平西江, 所云邏水矣. 山脈自此脊南去, 攢峰突崿, 糾叢甚固, 東南盡於安平東北通利、邏水二江合處. 由安平西北抵下雷, 止二日程; 由安平東北自龍英抵下雷, 且四日程, [凡迂數百里,] 皆以此支山巇叢沓, 故迂曲至此也. (安平西北抵下雷, 俱由交彝界上行. 時恐竊發, 方倒樹塞路, 故由其迂者.) 又西南四里, 飯於騷村. 四山迴合, 中有茅巢三架. 登巢而炊, 食畢已下午矣. 西行一里, 復登山峽, 陟石蹬半里, 平行峽中半里, 始直墜峽而下. 上少下多, 共一[缺], 蹬道與澗水爭石. 下抵塢中, 又西南一里, 復與土山值. 遂西向循土山而上, 已轉西南, 共二里, 踰山之岡. 其東南隔塢皆石峰攢合, 如翠浪萬疊; 其西北則土山高擁, 有石峰踞其頂焉. 循石頂之西崖北向稍下, 復上土山之後重, 共一里, 隨土山之南平行嶺半. 又西南一里, 遂踰嶺上而越其北. 於是西北行土山峽中, 其東北皆土山高盤紆合, 而西南隙中復見石峰聳削焉. 一里, 復轉西南, 下至峽底, 其水皆自北山流向西南去, 此邏水之上流也. 過水, 有岐北上山岡, 其內爲三家村. 時日色已暮, 村人自岡頭望見, 俱來助輿夫而代之. 又西南一里, 直抵所望石峰下, 涉一小溪上嶺, 得郎頭[1]之巢, 是爲安村, 爲炊飯煮蛋以供焉. 是日行三十餘里, 山路長而艱也.

連日晴朗殊甚, 日中可夾衫, 而五更寒威徹骨, 不減吾地, 始知冬、夏寒暑之候, 南北不分, 而兩廣之燠, 皆以近日故也. 試觀一雨卽寒, 深夜卽寒, 豈非以無日耶? 其非關地氣可知.

余鄉食冬瓜, 每不解其命名之意, 謂瓜皆夏熟而獨以‘冬’稱, 何也? 至此地而食者、收者, 皆以爲時物, 始知余地之種, 當從此去, 故仍其名耳.

---

1) 랑두(郎頭)는 장족(壯族)의 수령이나 추장을 가리킨다.

二十七日 昧爽, 飯而行. 仍東下嶺, 由溪西循嶺北塢西行. 其處舊塍盤旋山谷, 甚富, 而村落散倚崖塢間, 爲<u>龍英</u>西界沃壤. 一里, 路北皆土嶺, 塢南多石峰. 循土嶺南麓漸上一里, 踰土嶺之西隅, 嶺旁卽有石峰三四夾嶺而起, 路出其間. 轉北半里, 復西下半里, 於是四顧俱土山盤繞矣. 西涉小澗一里, 又西登一崗, 有數茅龕在崗頭, 想汛守[1]時所棲者. 又盤旋西南下一里, 涉一澗, 其水自北而南. 踰澗西行, 漸循路北土山西上, 二里, 踰嶺而北, 循路西土山西北行山半. 一里, 踰支嶺北下過, 踰澗, 卽前所涉之上流, 西自土山涯半來, 夾塢田塍高下皆藉之. 登澗北崗, 見三四家西倚土山, 已爲<u>下雷</u>屬矣. 一里, 西北登嶺, 半里, 攀其巓. 又西向平行半里, 踰其北, 始遙見東北千峰萬岫, 攢簇無餘隙, 而土峰近夾, 水始西向流矣. 於是稍下, 循路南土峰西向連踰二嶺, 共一里, 望見西南石峰甚薄, 北向橫揷如屛, 而路則平行土山之上. 又西二里, 有路自東北來合者, 爲<u>英村</u>之道, (亦下雷屬.) 其道甚闢, 合之遂循路西土山南向行. 一里, 又踰一土嶺, 直轉橫揷石峰之西. 復循路西土山之南, 折而西, 始西向直下一里, 又迤邐坦下者一里, 始及西塢, 則復穿石山間矣. 又西北平行一里, 始有村落. 又西北一里, 則大溪自北而南, 架橋其上, 溪之西卽<u>下雷</u>矣. 入東隘門, 出北隘門, 抵行館[2]而解裝焉. 是日行約十八里. (州官<u>許光祖</u>.)

<u>下雷</u>州治在大溪西岸, 卽<u>安平</u>西江之上流, 所云<u>邏水</u>也. 其源發於<u>歸順</u>西北, 自<u>胡潤寨</u>而來, 經州治南流而下. 州南三十里, 州北三十里, 皆與<u>高平</u>接界. 州治西大山外, 向亦本州地, 爲<u>莫彝</u>所踞已十餘年; 西之爲界者, 今止一山, [州衙卽倚之,] 其外皆<u>莫</u>境矣. 州宅東向, 後倚大山卽與<u>莫彝</u>爲界者. 壘亂石爲州垣, 甚低, 州治前民居被焚, 今方結廬, [缺] 內間有以瓦覆者. 其地南連<u>安平</u>, 北抵<u>胡潤寨</u>, 東爲<u>龍英</u>, 西界<u>交趾</u>.

時<u>交趾</u>以十八日過<u>胡潤寨</u>, 抵<u>鎭安</u>, 結營其間. 據州人言 : "乃<u>田州</u>糾來以脅<u>鎭安</u>者, 非<u>歸順</u>也." 蓋<u>鎭安</u>人欲以<u>歸順</u>第三弟爲嗣, 而<u>田州</u>爭之, 故糾<u>莫彝</u>以脅之. <u>歸順</u>第二弟卽<u>鎭安</u>贖以任本州者. 其第三弟初亦欲爭立,

本州有土目李園助之, 後不得立. 李園爲州人所捕, 竄棲高平界, 出入胡潤、鵝槽隘抄掠, 行道苦之.

---

1) 신(汛)은 명청대에 수비대의 주둔지를 의미하며, 신수(汛守)는 수비대의 초소를 가리킨다.
2) 행관(行館)은 손님이 머무를 수 있도록 정부가 설치한 집을 가리킨다.

二十八日 陰霾四塞. 中夜余夢牆傾覆身, 心惡之. 且聞歸順以南有莫彝之入寇, 歸順以北有歸朝[1]之中阻, 意欲返轅, 惶惑未定焉. 歸朝在富州、歸順之間, 與二州爲難, 時掠行人, 道路爲梗. 考之『一統志』無其名. 或曰: "乃富州之舊主. 富州本其頭目, 後得霑朝命, 歸朝無由得達, 反受轄焉, 故互相齟齬." 未知然否? 下雷北隘門第二重上, 有聳石一圓, 高五丈, 無所附麗.[2] 孤懸江湄. 疊石累級而上, 頂大丈五, 平整如臺, 結一亭奉觀音大士像於中. 下瞰澄流, 旁攬攢翠, 有南海張運題詩, 莆田吳文光作記, 字翰俱佳. 余以前途艱阻, 求大士決籤爲行止, 而無從得籤詩. 叨筊笤[3]先與約, 若通達無難, 三筊俱陽、聖而無陰; 有小阻而無性命之憂, 三筊中以一陰爲兆; 有大害不可前, 以二陰爲兆. 初得一陰並聖、陽各一. 又請決, 得一聖二陽焉. 歸館, 使顧僕再以前約往懇, 初得聖、陽、陰, 又徼得聖一陽, 與先所祈者大約相同, 似有中阻, 不識可免大難否?

上午, 霧開日霽, 候夫與飯俱不得. 久之得飯, 散步州前, 登門樓, 有鐘焉, 乃萬曆十九年辛卯[4]土官許應珪所鑄者. 考其文曰: "下雷乃宋、元古州, 國初爲妒府(指鎮安也)匿印不繳, 未蒙欽賜, 淪於土峒者二百年. 應珪之父宗蔭奉檄征討, 屢建厥勳, 應珪乃上疏復請立爲州治." 始知此州開於萬曆間, 宜『統志』不載也. 州南城外卽崇峰攢立, 一路西南轉山峽, 卽三十里接高平界者; 東南轉山峽, 卽隨水下安平者, 爲十九峒故道. 今安平慮通交彝, 俱倒樹塞斷. 此州隸南寧, 其道必東出龍英抵馱樸焉. 若東北走田州, 則迂而艱矣.

是日爲州墟期, 始見有被髮之民. 訊交彝往鎭安消息, 猶無動靜. 蓋其爲田州爭鎭安, 以子女馬幣賂而至者, 其言是的. 先是, 鎭安與歸順黃達[5]合而拒田州, 田州傷者數十人, 故賂交彝至, 而彝亦狡甚, 止結營鎭安, 索餉受饋, 坐觀兩家成敗, 以收漁人之利, 故不卽動云.

夫至起行, 已近午矣. 出北隘門, 循石山東麓溯溪西北行. 四里, 路左石山忽斷, 與北面土山亦相對成峽, 西去甚深. 有小水自峽中出, 橫堤峽口, 內匯爲塘, 浸兩崖間, 餘波[缺]出注於大溪. 踰堤西轉, 路始舍大溪. 已復北轉, 踰北面土山之西腋, 復見溪自西北來, 路亦西北溯之. 已北徑大峽, 共四里, 有木橋橫跨大溪上, 遂渡溪北, 復溯大溪左岸, 依北界石山行. 迴望溪之西南始有土山, 與溪北石山相對成大峽焉. 東北石山中, 屢有水從山峽流出, 西注大溪, 路屢涉之. 共西北五里, 東北界石山下, 亦有土山盤突而西, 與西南界土山相湊合, 大峽遂窮. 大溪亦曲而西南來, 路始舍溪西北踰土山峽, 於是升陟俱土山間矣. 又三里, 西下土山, 復望見大溪從西北來. 循土山西麓漸轉西行, 二里, 直抵大溪上. 北岸土山中, 復有一小水南注於溪. 涉溪升阜, 復溯大溪西北行, 三里, 抵胡潤寨. 其地西南有大峽與交趾通界, [抵高平府可三日程;] 西北有長峽, 入十五里, 兩峰湊合處爲鵝槽隘; 正西大山之陰卽歸順地, [日半至其州;] 直北鵝槽嶺之北爲鎭安地, [至其府亦兩日半程,] 而鵝槽隘則歸順之東境也; 東北重山之內, 爲上英峒, 又東北爲向武地. 是日下午抵胡潤, 聞交彝猶陸續行道上, 館人戒弗行. 余恐妖夢是踐, 遂決意返轅, [東北取向武州道.]

---

1) 귀죠(歸朝)는 지금의 귀죠(皈朝)이며, 운남성 부녕현(富寧縣) 동쪽에 위치해 있다.
2) 부려(附麗)는 '부착되다, 의지하여 붙어 있다'를 의미한다.
3) 교(筊)는 점을 칠 때의 도구로서, 원래 조개껍질로 만들었으나 후에는 대나무 혹은 나무를 조개껍질 모양으로 잘라 사용했다. 이것을 바닥에 던져 뒤집어지거나 누워 있는 모양으로 길흉을 점친다. 쇼(筊)는 가는 대나무 가지를 엮어 만든 빗자루이다.
4) 만력 19년 신묘년은 명대 신종(神宗) 1591년이다.
5) 주혜영(朱惠榮)본에는 왕달(王達)이라 되어 있다.

二十九日 早霧頗重, 旋明, 霽甚. 候夫不至, 余散步寨宅前後, 始見大溪之水. 一西北自鵞槽隘來者, 發源歸順南境, 經寨前南下下雷; 一北自寨後土山峽中來者, 發源鎭安南境, 抵寨後匯而分二口: 一由寨宅北瀉石堰, 西墜前溪; 一由寨宅東環繞其後, 南流與前溪合. 蓋寨宅乃溪中一磧, 前橫歸順之溪, 後則鎭安之水分夾其左右, 於是合而其流始大, [卽志所謂灑水, 爲]左江西北之源, 與龍州、高平之水合於舊崇善縣之馱綿埠者也.

胡[潤寨有巡]檢,[1] 其魁岑姓, 亦曰土官, 與下雷俱隸南寧府, 爲左江屬. 過鵞槽隘爲[缺]卽右江屬. 而右江諸土司如田州、歸順、鎭安又俱隸思恩府. 是下雷、胡潤雖屬南寧, 而東隔太平府龍英、養利之地, 北隔思恩府鎭安、田州之境, 其界迥不相接者也.

左、右二江之分, 以鵞槽嶺爲界, 其水始分爲南北流. 蓋山脊西北自富州來, 逕歸順、鎭安而東過都康. 過龍英之天燈墟, 分支南下者爲青蓮山, 而南結爲壺關太平府; 由龍英之天燈墟直東而去者, 盡於合江鎭, 則左、右二江合處矣.

田州與歸順爭鎭安, 既借交彝爲重; 而雲南之歸朝與富州爭, 復來糾助之. 是諸土司祇知有莫彝, 而不知爲有中國矣. (或曰: "鎭安有叛目黃懷立往糾之.")

---

1) 원래는 호검(胡檢)이라 되어 있으나 『명사(明史)·지리지(地理志)』에 근거하여 '윤채유순(潤寨有巡)'을 보충했다. 호윤채의 순검사는 진안부에 소속되어 있었다.

三十日 早寒甚. 初霧旋霽, 而夫終不來. 蓋此處鋪司奸甚, 惟恐余往歸順, (以歸順遠也.) 屢以安南彝人滿道恐嚇余. 其土官岑姓, 乃寨主也, 以切近交彝, 亦惟知有彝, 不知有中國. 彝人過, 輒厚款之, 視中國漢如也. 交彝亦厚庇此寨, 不與爲難云. 余爲館人所惑, 且恐妖夢是踐, 是早爲三鬮[1]請於天: 一從歸順, 一返下雷, 一趨向武. 虔告於天而拾決之, 得向武者. (館人亦利余往向武. 蓋歸順須長夫, 而向武可沿村起換也.)

下午夫至, 止八名, (少二名.) 及各夫又不賫蔬米, 心知其爲短夫, 然無可

再待理, 姑就之行. 從寨宅溯北來溪而上, 半里, 渡溪中土崗而行, 於是溪
分爲兩而複合. 取道於中又半里, 渡其西夾崗者, 迴顧溪身, 自土山東峽來,
而路出土山西峽上. 二里, 其峽窮, 逐踰山陟坳. 一里, 復東下而與大溪遇,
乃溯溪北岸東北行. 二里, 有石山突溪北岸, 其上藤樹蒙密, 其下路縈江潭.
仰顧南北, 俱土山高爽, 而北山之巓, 時露峭骨, 而復突此石山當道, 崚嶒
欹側,[2] 行路甚難. 然兩旁俱芟樹披茅, 開道頗闊, 始知此卽胡潤走鎭安之
道, 正交彝經此所開也. 余欲避交彝不往歸順, 而反趨其所由之道, 始恨爲
館人所賣云. 循石山而東北一里, 見一老人採薪路旁, 輿人與之語, 逐同行
而前. 半里, 有樹斜偃溪兩岸, 架橋因其杪, 而渡溪之南, 是爲南隴村. 有數
家在溪南, 輿夫輿入老人家, 逐辭出. 余欲强留之, 老人曰: "余村自當前
送, 但今日晚, 請少憩以俟明晨. 彼夫不必留也." 余無可奈何, 聽其去. 時日
色尚可行數里, 而余從老人言, 逐登其巢. 老人煮蛋獻漿.[3] 余問其年, 已九
十矣. 問其子幾人, 曰: "共七子. 前四者俱已沒, 惟存後三者." 其七子之母,
卽炊火熱漿之嫗, 與老人齊眉者也. 荒徼絶域, 有此人瑞,[4] 奇矣, 奇矣! 一
村人語俱不能辨, 惟此老能作漢語, 亦不披髮跣足, (自下雷至胡潤, 其人半披
髮不束.) 並不食煙與檳榔, 且不知太平, 南寧諸流官地也. 老人言: "十六
日交彝從此過, 自羅洞往鎭安, 余走避山上, 彼亦一無所動而去."

---

1) 구(鬮)는 제비뽑기를 의미한다. 몇 장의 작은 종이 조각에 글자나 기호를 쓴 다음
   둥글게 둘둘 만 다음, 관련된 사람이 임의로 하나를 뽑아 종이 조각에 쓰인 대로 행
   위 여부를 결정한다.
2) 릉증(崚嶒)은 가파르게 높이 솟은 모양을 가리키고, 의측(欹側)은 옆으로 기운 모양
   을 가리킨다.
3) 장(漿)은 약간 신맛이 나는 옛날의 음료를 가리킨다.
4) 인서(人瑞)는 덕행이 있거나 수명이 긴 사람을 가리킨다.

十一月初一日 早霧, 而日出麗甚. 自南隴東北行, 一里, 渡溪北岸. 溯溪上
二里, 見其溪自東南山峽轟墜而下. 蓋兩峽口有巨石橫亘如堰, 高數十丈,
闊十餘丈, 轟雷傾雪之勢, 極其偉壯, 西南來從未之見也. 水由此下墜成溪

西南去, 路復由峽北山塢溯小水東北上. 一里, 塢窮, 逶踰嶺而上. 一里, 抵
嶺頭, 遇交彝十餘人, 半執線槍, (俱朱紅柄.) 半肩鳥銃, 身帶藤帽而不戴, 披
髮跣足, 而肩無餘物. 見余與相顧而過. 輿人與之語云, "已打鎭安而歸." 似
亦詿語. 又行嶺上半里, 復遇交彝六七人, 所執如前, 不知大隊尙在何所也.
從此下嶺半里, 復與溪遇, 溯之而東又半里, 溪自南來, 路出東坳下, 見一
疇一塢, 隨之東北行. 一里, 有橋跨大溪上, 其溪北自石山腋中來, 西南經
此塢中, 乃南轉循山而北, 出東坳之西. 由橋之北溯溪北入, 卽鎭安道, 交
彝所由也. 渡橋南, 循溪東北渡東來小溪北, 爲羅峒村; 由小溪南循山東入,
爲向武道; 又從東南山隙去, 爲上英、[都康州]道. 渡橋共半里, 換夫於羅
峒村. 村倚塢北石山下. 石峰之西, 卽鎭安道所入; 石峰之東, 卽向武道所
踰, 始得與交彝異道云. 待夫久之, 村氓獻蛋醴. 仍南渡東來小溪, 循石山
嘴轉其南峽東向上, 一里半, 登隴上, 於是復見四面石山攢合, 而山脊中復
見有下墜之窪. 又一里半, 盤隴而入, 得數家焉, 曰湧村. 復換夫東行塢中,
踰一小水, 卽羅峒小溪東來之上流. 二里, 乃東北上嶺. 其嶺頗峻, 一里抵
其坳, 一里踰其巔. 左右石崖刺天, 峭削之極, 而嶺道亦崎嶇蒙翳, 不似向
來一帶寬闊矣. 踰嶺, 從嶺上循東南石崖, 平行其陰, 又沿崖升陟者三里,
渡一脊. 脊東復起一崖, 仍循之半里, 乃東南下塹中, 一里, 抵其麓. 於是東
北行田隴間, 又里許, 環塹中村聚頗盛, 是曰下峎, 其水似從東南山峽去.
乃飯而換夫, 日將晡矣. 又東北上土山夾中, 已漸北轉, 共二里, 宿於上峎,
而胡潤之境抵是始盡.

初二日 早無霧, 而日麗甚. 晨餐甚早, 村氓以雞爲黍. 由上峎村北入山夾
中, 一里, 登嶺而上, 其右多石峰, 其左乃土脊. 半里, 踰脊北下, 卽多流踐
水膌, 路旁有流汩汩, 反自外膌奔注山麓穴中. 平下半里, 又北行田隴間者
一里, 有村在路右峰下, 是爲南麓村. 換夫北行二里, 路右石峰之夾, 路左
土壟之上, 俱有村落. 一小水溪界其間, 有水如髮, 反逆流而南. 蓋自度脊,
東石、西土, 山俱不斷, 此流反自外入, 想潛墜地中者. 候夫流畔久之, 然

腹痛如割. 夫至, 輿之行, 頃刻難忍, 不辨天高地下也. 北行三里, 有村在路左山下, 復換夫行. 於是石山復離立環繞, 夾中陂陀高下, 俱草茅充塞, 無復舊塍. 東北八里, 腹痛少瘥, 有村在路左石崖之內, 呼而換夫. 其處山夾向東北下, 而路乃西北踰石坳. 始上甚崚嶒, 半里, 踰石山而上, 其內皆土山. 又上半里, 即西北行土山夾中一里, 又平下者一里, 循北塢而去一里, 見小溪自西塢中來. 路涉溪左又北半里, 捨溪, 又西向折入土山峽半里, 是爲<u>坪瀨村</u>. 時<u>顧僕</u>以候夫後, 余乃候炊村巢. <u>顧僕</u>至, 適飯熟, 余腹痛已止, 村氓以溪鯽爲餉, 爲强啖飯一盂. 飯後夫至, 少二名, 以婦人代擔. 復從村後西踰一坳, 共一里, 轉出後塢, 乃東向行. 止塢, 轉而北, 共一里, 則前溪自南而來, 復與之遇. 循溪左北行十里, 又轉而西向入山峽半里, 有村曰<u>六月</u>. 候夫甚久, 以二婦人代輿. 仍從北山之半東向出峽, 半里, 乃逾嶺北下, 共一里, 復從田塍東北行. 已復與南來溪遇, 仍溯其西北一里, 有石峰峭甚, 兀立溪東, 數十家倚峰臨溪. 溪之西, 田畦環繞, 闢而成塢, 是曰<u>飄峒</u>, 以石峰飄渺而言耶? (土人呼‘尖山’爲‘飄’.) 換夫, 北陟嶺半里, 轉而西入山峽, 一里而下. 又西北一里半, 有草茅數楹在西塢, 寂無居人, 是曰<u>上控</u>. 前冬爲<u>鎮安</u>叛寇<u>王歪</u>劫掠, 一村俱空, 無敢居者. 於是又北半里, 折而東南入石山之夾, 又半里, 有<u>上控</u>居人移棲於此. 復換夫, 行已暮矣. 透峽東南向石山下, 共一里, 是曰<u>陳峒</u>. 峒甚闢, 居民甚衆, 暗中聞聲, 爭出而負輿. 又東一里, 路北石山甚峭, 其下有村, 復聞聲出換. 又東一里, 峭峰夾而成門, 路出其中, 是曰<u>那峽</u>, 嶔崎[1]殊甚. 出峽, 宿於<u>那峽村</u>. 是日共行三十五里, 以屢停候夫也.

---

1) 금기(嶔崎)는 높고 험함을 의미한다.

初三日 天有陰雲而無雨. 村夫昧爽卽候行, 而村小夫少, 半以童子代輿, 不及飯, 遂行, 以爲去州近也. 東行半里, 當前有[石]山巍聳. 大溪自南峽中透出, 經巍峰西麓, 抵其北, 折而搗巍峰北峽中東向去. 路自西來, 亦抵巍峰西麓, 渡溪堰, 循麓沿流, 亦北折隨峰東入北峽中. 蓋巍峰與溪北之峰峭逼成峽, 溪搗其中, 勢甚險阻. 巍峰東瞰溪西, 壁立倒挿, 其西北隅倚崖阻水, 止容一人攀隘東入, 因而置柵爲關, 卽<u>北岸寨</u>也. 若<u>山海</u>[1]之東扼, <u>潼關</u>[2]之西懸, 皆水衝山截, 但大小異觀耳, 而深峭則尤甚焉. 去冬, <u>交彝</u>攻之不能克而去. (王歪糾來, 掠上控而去.) 入隘門, 其山中凹而南, 再東復突而臨水. 中凹處可容寨百人, 因結爲寨, 有大頭目守云. 過寨東, 又南向循崖, 再出隘門南下. 自渡溪入隘來, 至此又半里矣. 於是東向行山塢間, 南北石山排闥成塢, 中有平疇, 東向宛轉而去, 大溪亦貫其中, 曲折東行, 南北兩山麓時時有村落倚之. 而那嶼夫又不同前屢換, 村小而路長, 豈此處皆因附郭守險, 不與鄉村同例, 一貴之十里之<u>鋪</u>[3]者耶? 東北行平疇間, 兩涉大溪, 隨溪之西共東北五里, 循路右山崖南轉, 始與溪別. 一里, 乃換夫於路右村中, 已望<u>向武</u>矣. <u>稅駕</u>[4]於向武鋪司. 此州直隸於省, 而轄於<u>右江</u>, 供應不給, <u>刁頑</u>[5]殊甚. (投牒書, 竟置不理.) <u>向武</u>州官<u>黃紹倫</u>, 加銜參將, 其宅北向, 後倚重峰, 大溪在其北山峽中. 志謂: "<u>枯榕</u>在州南." 非也. 夜半, 雨作.

---

1) 산해(山海)는 산해관(山海關)을 가리키는 바, 명대의 장성의 동쪽 끄트머리에 있으며, 지금의 하북성 진황도시(秦皇島市)이다. 북쪽으로 각산(角山)에 의지하고 남쪽으로 발해(渤海)를 굽어보고 있는데, 지세가 험준하고 관문이 웅장하여 화북에서 동북에 이르는 교통과 군사의 요충지이다.

2) 동관(潼關)은 동한(東漢) 때에 설치한 관문으로, 옛 명칭은 도림새(桃林塞)이다. 지금의 섬서성 동관현 남동쪽에 위치하고 있으며, 섬서·산서·하남의 세 성의 교통과 군사의 요충지이다.

3) 포(鋪)는 예전에 역참의 거리를 계산하는 기본 단위이다. 청대에는 십리를 일포(一鋪)라 했다.

4) 세가(稅駕)는 멍에를 풀고 수레를 멈춤을 의미한다. 세(稅)는 '벗다'를 의미하는 세(挩) 혹은 탈(脫)과 같다.

5) 조완(刁頑)은 교활하고 완고함을 의미한다.

初四日 候夫司中, 雨霏霏竟日. 賦投<u>黃</u>詩, 往叩中軍<u>胡</u>、<u>謝</u>. (二人皆貴池人, 亦漫留之, 爲余通黃.)

初五日 寒甚, 上午少霽. 夫至, 止六名. 有周兵全者, 土人之用事者也, 見余詩輒攜入, 且諭夫去, 止余少留. 下午, 黃以啓[1]送蔬米酒肉. 抵暮, 又和余詩, 以啓來授.

1) 계(啓)는 서신을 의미한다.

初六日 凌晨起, 天色已霽. 飯後, 周(名尙武, 字文韜)復以翰至, 留少停; 余辭以夫至卽行. 旣而夫亦不至. 乃北向半里, 覓大溪, (卽枯榕江.) 隨其支流而東, 一峰圓起如獨秀, 有洞三層, 西向而峙. 下洞深五丈, 而無支竅, 然軒爽殊甚. 而內外俱不能上通, 仰睇中上二層飄渺, 非置危梯, 無由而達. 已出洞, 環其北東二麓, 復半里矣. 共一里, 還抵寓. 適夫至, 欲行. 周文韜來坐留, 復促其幕賓梁(文煥)往攜程儀[1]至. 乃作束謝黃, 裝行李, 呼夫速去. 及飯畢, 而夫闃然[2]散, 無一人矣. 蓋余呼其去, 乃促其起程, 而彼誤以爲姑散去也. 飯後, 令顧僕往催其家, 俱已入山採薪, 更訂期明早焉. 余乃散步四山, 薄暮返鋪司, 忽一人至, 執禮甚恭, 則黃君令來留駕者, 其意甚篤摯. 余辭以名山念切, 必不能留, 託其婉辭. 已而謝·胡各造謁, 俱以主人來留, 而前使又往返再三. 已而周文韜復同大頭目韋守老者來謁, (‘守老’, 土音作‘蘇老’.) 傳諭諄諄,[3] 余俱力辭云. 旣暮, 黃君復以酒米蔬肉至, 又以手書懸留, 俟疾起一晤, 辭禮甚恭. 余不能決而臥.

1) 정의(程儀)는 예전에 길 떠나는 나그네에게 주는 노잣돈을 가리키며, ‘정경(程敬)’이라고도 한다.
2) 홍연(闃然)은 여러 사람이 한꺼번에 소리를 내지르는 모양을 가리킨다.
3) 순순(諄諄)은 간절하고 공손한 모양을 가리킨다.

初七日 早寒徹骨, 卽余地禁寒不是過也. 甫曉, 黃君又致雞肉酒米. 余乃起作束答之, 許爲暫留數日. 是日明霽尤甚, 而州前復墟, 余乃以所致生雞畀僧代養, 買蕉煮肉, 酌酒而醉.

初八日 上午, 周文韜復以黃君手柬至, 餽青蚨[1]爲寓中資, 且請下午候見. 蓋土司俱以夜代日, 下午始起櫛沐耳. 下午, 文韜復來引見於後堂, 執禮頗恭, 恨相見晚. 其年長余三歲, 爲五十五矣. 初致留悃, 余以參禮名山苦辭之. 旣曰 : "余知君高尚, 卽君相不能牢籠, 豈枳棘敢棲鸞鳳? 惟是路多艱阻, 慮難卽前. 適有歸順使人來, 余當以書前導, 且移書歸朝, 庶或可達." 而胡潤乃其婿, 亦許爲發書. 遂訂遲一日與歸順使同行. 乃佈局手談,[2] 各一勝負. 余因以囊中所存石齋翁石刻並湛持翁手書示之, 彼引余瞻欽錫獎額, (上書'欽命嘉獎'四字, 乃崇禎八年十月十五日爲加參將向武知州黃紹倫立.) 時額新裝, 懸於高楣, 以重席襲護, 悉命除去, 然後得見. 久之返寓, 日將晡矣. 文韜又以黃柬來謝顧.

---

1) 청부(靑蚨)는 돈의 별칭이다.
2) 수담(手談)은 바둑을 두는 것을 의미한다.

初九日 待使向武. 是日陰雲四布, 欲往百感巖, 以僧出不果. 此地有三巖 : 當前者曰飄瑤巖, 卽北面圓峰, 累洞三層; (中、上二層不能上, 時州官亦將縛梯纏架窮之.) 在上流者曰白巖寨, (土音曰不汙, 一作北岸.) 在治西數里, 卽來時臨流置隘門處; 在下流者曰百感巖, 在治東北數里, 枯榕江從此入. 此三巖黃將欲窮之, 訂余同行, 余不能待也.

間晤胡中軍[缺]向並歸順使者劉光漢, 爲余言 : "昔鎭安壤地甚廣, 共十三峒. 今歸順、下雷各開立州治, 而胡潤亦立寨隷南寧. 胡潤之東有上英峒, 尙屬鎭安, 而舊鎭安之屬歸順者, 今已爲交彝所踞, 其地遂四分五裂; 然所存猶不小. 昔年土官岑繼祥沒, 有子岑日壽存賓州, 當道不卽迎入, 遂客死, 嗣絶. 其由鎭安而分者, 惟歸順爲近, 而胡潤次之. 田州、泗城同姓不同宗, 各恃强垂涎, 甚至假脅交彝, 則田州其甚者也." 又言 : "自歸順抵廣南, 南經富州, 北經歸朝. 歸朝土官姓沈名明通, 與叔構兵,[1] 旣多擾攘, 又富州乃其頭目. 今富州土官李寶之先所轄皆囉囉, 居高山峻嶺之上, 李能輯撫, 得其歡心, 其力遂強, 齮齕其主, 國初竟得竊受州印, 而主沈反受轄焉. 故至今兩家交攻不已, 各借交彝泄憤, 道路爲阻云." (余觀周文韜所藏歸順宗圖, 岑潗之子再傳無嗣, 遂以鎭安次子嗣之, 繼祥之與大倫, 猶同曾祖者也.)

周文韜名尙武, 本歸順人, 爲余言: "初, 高平莫敬寬爲黎氏所攻, 挈妻子走歸順, 州官岑大倫納之. 後黎兵逼歸順, 敬寬復走歸朝, 而妻子留歸順, 爲黎逼索不已, 竟畀黎去, 故敬寬恨之. (或言姦其妻, 亦或有之.) 及返高平, 漸獲生聚, 而鎭安復從中爲構, 遂以兵圍歸順. 自丙寅十二月臨城圍, 丁卯三月城破, 竟擄大倫以去. 鎭安復取歸殺之." 初, 圍城急, 州人以文韜讀書好義, 斂金千兩, 馬四十匹, 段五十端, 令隨數人馳獻交彝, 說其退師. 交人狡甚, 少退, 受金, 輒乘不備, 複合圍焉, 城幾爲破. 旣抵城下, 盡殺隨行者, 每晨以周懸竿上試銃恐之, 逼之令降. 懸數日, 其老母自城上望之, 乃縋城出. 母抱竿而哭於下, 子抱竿而哭於上, 交人義之, 爲解懸索贖. 母曰: "兒去或可得銀, 余老嫗何從辦之?" 初釋周行, 不數步復留之. 曰: "此老嫗, 寧足爲質者! 必留子釋母以取金." 旣而有識者曰: "觀其母子至情, 必非忍其母者." 乃仍釋周入城, 以百二十金贖母歸. 及城破, 復一家悉縛去, 編爲奴者數月, 母遂死其境. 後防者懈, 得挈家而遁. 晝伏夜行, 經月走荒山中, 得還歸順, 妻子不失一人. 卽與歸順遺目一二人同走當道, 乞復其主. 又遍乞鄰邦共爲援助, 乃得立大倫子繼綱延其嗣. 而向武愛其義勇, 留爲頭目, 乃家向武.

鎭安岑繼祥, 乃歸順岑大倫之叔, 前搆交彝破歸順, 又取歸殺之. 未幾, 身死無嗣. 應歸順第二子繼常立, 本州頭目皆向之. 而田州、泗城交從旁爭奪, 遂搆借外彝, 兩州百姓肝腦塗地. 雖爭勢未定, 而天道好還如此. (初, 歸順無主, 交彝先縱次子繼常歸, 遂嗣州印, 後復縱繼綱. 蓋重疊索賄也. 後當道以州印畀繼綱, 而繼常返初服.)

---

1) 구병(構兵)은 '교전하다'를 의미한다.

初十日 天色明麗. 未日則寒甚, 日出則回和. 先晚晤歸順使[劉光漢], 言：“歸朝、富州路俱艱阻, 而交彝尤不可測.” 勸余無從此道. 余惑之, 復闡於佛前, 仍得南丹、獨山爲吉. 旣午, 周文韜傳黃君命, 言：“不從歸順、歸朝, 可另作田州、泗城書, 覓道而去.” 余素不順田州, 文韜亦言此二州俱非可假道者, 遂決意從東. 是日此地復墟, 以黃君所賜宋錢, 選各朝者俱存其一, 以其餘市布爲裹足, 市魚肉爲蔬, 又得何首烏之大者一枚. 抵暮, 黃君以綿衣、唐巾、紬裙爲賜.

十一日 天色明麗, 曉寒午暖. 覓帖作啓謝黃君, 而帖不可得. 當戶居民有被焚者, 遠近俱升屋驅飛焰, 攜囊遠置曠野中. 蓋向武無土城, 而官民俱茅舍, 惟州宅廳事及後堂用瓦, 故火易延爇云. 下午, 以短摺復黃.

十二日 天色明麗, 曉寒午暖. 獨再往瑯山尋巖, 西面仰望, 不得上而還. 向武東至舊州五十里, 又三十里爲刁村, 爲土上林境, 枯榕江由此入右江. 又三十里爲土上林縣. 向武西南三十里上英峒界有吉祥洞, 前後通明, 溪流其間, 爲韋守所居地. 又東南二十里有定稔村, 有洞甚奇奧, 俱有石丸荔盆.

十三日 同韋守老聯騎往百感巖. 先徑瑯山東, 回望見東面懸梯, 乃新縛以升巖者. 出百感巖, 度橫棧, 未下梯, 有岐東循崖. 有巖在百感東, 晚不及上.

十四日 韋守老再約瑯巖. 余早飯, 卽先行, [出州城北半里, 覓大溪, 溪卽枯榕江. 隨其支流而東遊瑯巖.] 遊畢, 韋未至, 余再往百感, 遊ак上巖. 復從百感大巖內, 暗中穿洞北, 下百感村. 矮僧淨虛以酒來迎, 遂溯水觀水巖. 外水深不得入, 約明日縛棧以進. 遂一里, 東北渡橋, 由百感外村東南踰嶺, 二里, 南出東來大路. 西一里, 入隘門, [過紅石崖下, 其北石山有洞南向, 甚岈峒.] 西向行月下, 共五里, 還鋪舍.

十五日 早起, 曉寒午暖, 晴麗尤甚. 飯後仍往<u>百感</u>. 過<u>瑯巖</u>不上, 東渡南曲小溪, 循東流, 有巖在路北, 其下則東分中流所入穴. 聞矮僧來言: "村氓未得州命, 不敢縛筏." 阻余. 轉乃仍至<u>瑯巖</u>東北, 觀<u>枯榕水</u>、<u>三分水</u>. 北爲<u>龍巷村</u>. 由其西南渡溪北, 越村東, 隨所分北溪東入山隘. 東北共五里, 其水東向搗入山穴. 穴崖上有洞, 門俱西向, 中甚暖, 有白丹丸. 還鋪, 復入見<u>黃君</u>手談. 入夜, 出小荔盆、石丸四, 俱天成.

十六日 <u>黃君</u>命人送遊<u>水巖</u>.

十七日 <u>黃君</u>以[銀]鐲送.

十八日 天色明麗, 待夫, 上午始行. <u>周文韜</u>、<u>梁心轂</u>與<u>茂林</u>師遠送, 訂後期而別. 東過<u>紅石崖</u>下. 其北石山有洞南向, 甚岈峒, 惜不及登, [直東卽出東隘, 可五十里至舊州, 又三十里爲<u>刁村</u>, 又三十里爲<u>土上林縣</u>. 余從鎮遠道, 乃從此南入山, 土石相間而出. 五里, 南踰一石山脊, 亦置隘門, 是名<u>峽腰</u>. 下嶺東南行, 山夾間始有田疇. 又五里, 得一聚落曰<u>鄧村</u>, 換夫. 又東入山峽, 過一脊, 換夫於路. 其處村在山北, 呼之而出. 又二里, 飯於<u>喙村</u>. (村人以蟲爲'喙', 形如長身蟋蟀, 而首有二眼, 光如蜻蜓, 亦一異也.) 又東南行山峽間, 三里, 換夫於北麓. 又東南半里, 渡小溪. 半里, 復上土山, 其嶺甚峻. 半里登其巓, 日已暮矣. 東南下山一里, 抵其塢. 又暗行半里, 抵一村. 時顧奴候夫, 後久而始至. 得夫, 又秉炬行. 又東南下, 渡一小溪, 復南循水上山峽間, 時聞水聲潺潺, 不可睹也. 共五里而宿於<u>下寧峒</u>之<u>峒槽村</u>. (問上寧峒, 已在其西上流. 是日約行三十里.)

自十一月初三至<u>向武</u>, 十八日起行, 共十六日. <u>向武</u>石峰, 其洞甚多, 余所游者七: 爲<u>百感洞</u>, 又東洞, 又下洞, 又後巖水洞; 爲<u>瑯山洞</u>, 又下洞; 爲<u>龍巷</u>東北江流所之上洞. 其過而未登者三: 爲[瑯山東北二里,] <u>中江隆</u>

穴之上, 高岸南向洞; 又爲[瑯山東南二里,] 南江所繞獨峰之上西南向洞; 又爲州東北巨峰南向洞, [洞在紅崖峰北.] 其聞而未至者二: 爲吉祥, (在西南四十里, 韋守老所居.) [洞前後通明, 溪流其間.] 爲定稔 (土音豊輩, 在東南三十里.) 二洞又最以奇著者也. [共十二洞云.] 所游之最奇者, 百感雄邃宏麗, 瑯山層疊透漏, 百感東洞曲折窈窕, 百感水ㅋ洞杳渺幽閟, 各擅其勝, 而百感爲巨擘[1]矣.

枯榕江[卽州北大溪,] 自向武西南境東流, 自北岸寨抵向武北龍巷村之前. 其東有石峰一枝, 東西如屛橫列. 江當其西垂, 分而爲三: 北枝東循峰北入峽, 爲正派; 中枝東循峰南, 停而大, 爲中江; 南枝東南流田塍間, 小而急, 爲南江. 入峽者東北轉五里, 山勢四逼, 遂東搗石崖穴中, 勢若奔馬齊驅. 下坂, 入山而東, 經百感巖, 北透其下, 爲水洞者也. 循山南者, 東行二里, 忽下墜土穴, (此派經流獨短.) 亦北注石山而一, 想亦潛通百感者也. 南行塍間者, 東繞平疇中兩獨峰之南, 又東抵隘門嶺西麓, 折而北, 直趨百感東洞之下, 稍東入峽, 亦下墜土穴, 而北入百感. 三流分於橫列石峰之西, 隔山岐壑, 而均傾地穴, 又均復合於百感一巖之中, 而北出爲大溪, 始東北流峽去, 經土上林之ㅋ村而入右江. (百感巖北, 有村曰百感村. 村東南向, 廬舍之下有小流三派, 從石穴溢而成渠, 大溪自百感巖出, 卽與之合流. 始知此山其中皆空, 水無不出入旁通也.)

百感巖在向武州東北七里. 其西南卽分水橫列之山, 中江之水所由入者; 其東南卽隘門嶺之山, 北邐而屛於東, 南江之水所由折而北入者; 其西北卽此山之背, 環爲龍巷東入之內塢, 北江之水所由搗而下者; 其東北卽此山後門, 繞而爲百感村, 衆江旣潛合於中, 所由北出者. 此山外之四面也. 而其巖則中闢於山之半, 南通二門皆隘: 一爲前門, 一爲偏穴. 北通一門甚拓, 而北面層巒阻閟, 不通人間. 自州來, 必從南門入, 故巨者反居後, 而隘者爲前. 前門在重崖之上, 其門南向. 初抵山下, 東北攀級以上, 仰見削

崖, 高數百仞, 其上杙木橫棧, 緣崖架空, 如帶圍腰, 東與雲氣同其蜿蜒. 既
而西上危梯三十級, 達崖之半, 有坪一掌, 石竅氤氳, 然裂而深. 由其東緣
崖端石級而左, 爲東洞; 由其西踐棧而右, 爲正洞之前門. 棧闊二尺, 長六
七丈, 石崖上下削立, 外無纖竇片痕, 而蚪枝古幹, 間有斜騫於外, 倒懸於
上者, 輒就之橫木爲杙. 外者藉樹杪, 內者鑿石壁, 復以長木架其上爲梁,
而削短枝橫鋪之, 又就垂藤以絡於外. 人踐其上, 內削壁而外懸枝, 上倒崖
而下絕壑, 飛百尺之浮桴,[2] 俯千仞而無底, 亦極奇極險矣. 棧西盡, 又北上
懸梯十餘級, 入洞前門. 門南向, 其穴高三尺五寸, 闊1二尺, 僅容傴僂入.
下丈許, 中平, 而石柱四環如一室, 旁多纖穴, 容光外爍, 宿火種於中. 爇炬
由西北隙下, 則窅然深陷. 此乃洞之由明而暗處也.

下處懸梯三十級, 其底開夾而北, 仰眺高峻. 梯之下, 有小穴伏壁根. 土
人云: "透而南出, 亦有明室一圍, 南向." 則前門之下層, 當懸棧之下者也.
由夾北入, 路西有穴平墜如井, 其深不測. 又入其西壁下, 有窪穴斜傾西隆.
土人云: "深入下通水穴, 可以取水." 然流沙坋瀉, 不能著足也. 西壁上有
奧室圍環中拓, 若懸琉璃燈一盞, 乃禪室之最閟者. 出由其東, 又北過一隘,
下懸梯三十級, 其底甚平曠, 石紋粼粼,[3] 俱作荔枝盆. 其西懸[乳]萎蕤,[4] 攀
隙而入, 如穿雲葉. 稍北轉而西上, 望見微光前透甚遙. 躋沙坂從之, 透隘
門西出, 則赫然大觀, 如龍宮峨闕, 又南北高穹, 光景陸離,[5] 耳目閃爍矣.
此乃洞之由暗而明處也.

其洞內抵西南通偏門, 外抵東北通後門, 長四十丈, 闊十餘丈, 高二十餘
丈. 其上倒垂之柱, 千條萬縷, 紛紜莫有紀極[6]; 其兩旁飛駕之懸臺, 剜空之
卷室, 列柱穿崖之楯, 排雲透夾之門, 上下層疊, 割其一臠, 即可當他山之
全鼎.[7] 其內多因其高下架竹爲欄, 大者十餘丈, 小者二、三丈, 俱可憩可
眺. 由東崖躋隘入西南洞底之上層, 其內有編竹架菌[8]而爲廩者, 可置穀千
鍾焉. 其上又有龕一圍, 置金仙於中, 而旁小龕曰慈雲蓮座, 乃黃君之母夫

人像也. 黃母數年前修西方之業於此, 此其退藏之所; 而外所編竹欄, 則選佛之場[9]; 而廪則黃君儲以備不虞者. 龕西則偏門之光, 自頂射下. 此處去後門已遙, 而又得斯光相續, 遂爲不夜之城. 攀峻峽西上, 透其門頗隘, 卽偏門也. 其門西南向, 下臨不測, 惟見樹杪叢叢出疊石間, 岨懸嶂絶, 不辨其處爲前山、後山也. 龕既窮, 仍由故道下, 東北趨後門. 其門東北向, 高二十丈, 門以外則兩旁石崖直墜山麓, 而爲水洞之門; 門以內, 則洞底中陷, 亦直墜山底而通水洞之內. 陷處徑丈五, 週圍如井. 昔人置轆轤於上, 引百丈綆下汲, 深不啻十倍虎阜. 恐人失足, 亦編竹護其上, 止留二孔以引軸轤, 人不敢涉而窺也. 井外卽門, 巨石東西橫峙, 高於洞內者五尺, 若門之閾. 由井東踐閾, 踞門之中, 內觀洞頂, 垂龍舞蛟, 神物[10]出沒, 目眩精搖; 外俯洞前, 絶壁摶雲, 重淵破壑, 骨仙神聳. 此閾內井外峽, 下透水門, 亦架空之梁, 第勢極崇峻, 無從對矚耳. 閾東透石隘東北下, 磴倚絶壁, 壁石皆崆峒, 木根穿隙緣竅, 蹬斷處, 亦橫木飛渡. 下里半而爲百感村. 徐子曰 : 此洞外險中閎, 既穿歷窅渺,[11] 忽仰透崇宏, 兼一山之前後以通奇, 匯衆流於壑底而不覺, 幽明兩涵, 水陸濟美, 通之則翻出煙雲, 塞之則別成天地. 西來第一, 無以易此.

百感東巖在百感前門之東. 由棧東危崖之端, 東緣石痕一縷, 數十步而得洞. 其門亦南向, 門以內不甚深, 而高爽窈窕, 石有五色氤氳之狀, [詭裂成形]. 由峽中東入三、四丈, 轉而北, 有石中峙. 踰隘以進, 遂昏黑. 其中又南北成峽, 深十餘丈, 底平而上峻; 北盡處有巨柱迴環, 其外遂通明. 躋級北上, 有竅東透而欹側, 祇納天光, 不堪出入也. 由竅內轉而北, 又連闢爲二室 : 一室中通而外障, 乃由內北達者; 一室北盡而東向, 乃臨深而攬勝者. 先由中通之室入, 其西隙旁環, 俱可爲房爲榻. 其東之外障, 亦多零星之穴, 懸光引照焉. 北透一峽, 達於北室, 其前遂虛敞高門. 門乃東臨絶壁, 中有纖筍尖峙於前, 北有懸崖倒垂於外, 極氤氳之致. 其下聞水聲潺潺, 則南江之水, 北轉而低其下入穴者也, 然止聞聲而不見形焉. 其內西壁, 亦有群乳環爲小龕, 下皆編竹架欄, 亦昔人棲隱者. 此洞小而巧, 幽爽兼備, 爲隱眞妙境. 第中無滴瀝, 非由前棧入百感後軸轤取之, 則由前梯轉覓澗山前, 取道其遙也.

百感下水巖, 在百感後門之下, 百感村之南. 百感有內、外兩村. 山從百感洞分兩界, 北向迴環, 下成深塢, 而巖下水透山成江, 奔騰曲折而北去. (從土上林、刁村下右江.) 村界於其中, 源長而土沃, 中皆腴産.[12] 洞在內村之南二百步, 其門東北向, 高聳而上, 卽後門也. 水自洞出, 前匯爲廣潭, 中溢兩崖, 石壁倒揷水底. 從潭中浮筏以入, 仰洞頂飄緲若雲, 孰意乃向之凌跨而下者耶! 洞內兩壁排空, 南向而入, 潆水甚深. 西壁有木梯懸嵌石間, 土人指曰: "此卽上層軸轤之處. 昔儂智高時, 有據洞保聚者, 茲從下汲. 此其遺構也." 東壁石隙中拓, 有架廬絶頂, 飛綴憑空, 而石壁危削虛懸二十丈, 無可攀躋. 土人曰: "此戊午荒歉,[13] 土人藏粟儲糧以避寇者. 須縛梯綴壁以上, 茲時平, 久不爲也." 入十餘丈, 下壑卽窮, 上峽懸透, 遙眺西南峽竇深入處, 高影下射, 光釆燁燁, 而石峻無級可躋, 不知所通爲山之前、山之右也. 下壑石根揷入水間, 水面無內入之隙, 水之所從, 由下泛濫而出, 則其中衆水交合處, 猶崆峒內局, 無從問津焉. 乃返筏出洞, 從門外潭西躡崖登門左之壁. 透峽竅而上, 闢巖一圍, 其門東向, 下臨前潭, 右瞰洞水. 前眺對岸之上, 旁竇氳氳, 可橫木跨洞門而渡也. 闢巖中廣下平, 可棲可憩, 第門雖展拓, 而對岸高屛, 曾無日光之及, 不免陰森. 若跨木以通對崖, 則灝靈爽氣無不收之矣. 此洞阻水通源, 縹緲掩映, 爲神仙奧宮. 若夫重巒外阻, 日月中局, 卽內村已軼桃源, 而況窈窕幽閟, 若斯之擅極者乎!

百感前下巖, 在百感洞前門之下, 路西坑腋間. 其門亦南向, 高拓如堂皇, 中多巨石磊落, 其後漸下. 蓋水漲時, 山前之水亦自洞外搗入者, 而今無滴瀝也. 洞東北隅有峽北入, 其上透容光, 其下嵌重石. 累數石而下窺, 其底淵然, 水涵深竇, 而石皆浮綴兩崖間, 旣不能破隙而下, 亦不能架空而入,惟倚石內望. 西北峽窮處, 亦有光內射, 其隙長而狹, 反照倒影, 燁燁浮動, 亦不知所通爲山之後、山之右也.

龍巷東北塢上洞, 在向武州東北七里, 卽百感之西崖, 第路由龍巷村東入, [山]北轉盤旋成塢. 枯榕北枝大江分搗其中, 崖迴塢絶, 墜穴東入, 而洞臨其上, 其門西向, 左右皆危崖, 而下臨激湍. 原無入路, 由其北攀線紋踐懸壁以入, 上幕雲捲, 下披芝疊. 東進六丈後, 忽烘然[14]內暖, 若有界其中者. 蓋其後無旁竇, 而氣盎不泄也. 又三丈, 轉而北, 漸上而隘, 又三丈而止. 其中懸柱亦多, 不及百感之林林總總. [15] 而下有丸石如珠, 潔白圓整, 散佈滿坡坂間. 坡坂之上, 其紋皆粼粼如纈簇, 如鱗次, 纖細勻密, 邊繞中窪, 圓珠多堆嵌紋中, 不可計量. 余選其晶圓者得數握, 爲薏苡, 爲明珠, 不能顧人疑也. (玉砂, 洞中甚難得, 亦無此潔白.)

瑯山巖在州北半里, 其形正如獨秀. 始見西向有門三疊, 而不知登處反在東峰之半也. 余至後, 黃君始命縛梯通棧, 蓋亦欲擇其尤者爲靜修之地耳. 由東麓攀危梯數百級, 入其東門, 其門谽然高敞. 門以內邃分三徑. 由北竅者, 平開一曲, 卽透北門, 直瞰龍巷後北山, 大溪西來界其中, 抵橫裂峰西而三分之, 北面巒嵐溪翠, 遠近悉攬. 由南竅者, 反從洞內折而東出, 外復谽然, 卽東門之側竅也. 第一石屛橫斷其徑, 故假內峽中曲出, 其內下有深窪, 淵墜而底平. 由其上循崖又南入峽中, 漸上漸隘, 有石橫跨其上, 若飛梁焉. 透梁下再上, 峽始南盡, 東壁旋穴庋空, 透窗倒影, 西竅高穹曲嵌, 復透而南, 是爲南門. 其前正與州東北巨峰爲對, 若屛之當前, 西南不能眺一州煙火, 東南不能把三曲膡流, 而不知其下乃通行之峽也. 由西直入者, 高穹旁拓, 十丈以內, 側堰曲房, [16] 中闢明扉, 若隩門之中闑者. 然其上穹盤如廬, 當隘處亦上裂成峽, 高劇彌甚. 透隘門而西, 則西闢爲堂, 光明四溢, 以西門最高而敞也. 堂左南旋成龕, 有片石平庋爲榻, 有懸石下卷爲拓託, 皆天成器具也. 堂右北分嵌成樓, 圓轉無隙, 比及前門, 則石闑高

欄. 透竅以出, 始俯門下層崖疊穴, 危若累棋, 浮如飛鷁. 蓋已出西望第三
門之上, 而中門在其下矣. 坐其上, 倒樹外垂, 環流下湧, 平疇亂岫, 延納重
重, 斷壑斜暉, 凭臨無限, 三門中較爲最暢矣. 夫此一山, 圓如卓錐, 而其上
則中空外透, 四面成門, 堂皇曲室, 夾榭飛甍, 靡所不備. 徙倚卽殊方, 宛轉
頻易向, 和風四交, 蒸鬱不到, 洵中天之一柱, 兼凌虛之八窓, 棲眞之最爲
縹緲, 而最近人間者也. 惟汲泉須盤梯而上, 不使負戴耳.

　　下洞卽在瑯山西麓, 其門西向, 東入三丈餘而止. 仰其上, 則懸巖層穴,
又連疊門兩重. 余初至此, 望之不能上達. 明日又至, 亦不知其上層之中通
於東, 並不知東之可登也. 旣而聞黃君命縛梯, 旣而由其南峽, 同韋守老往
百感出山之東, 回望見梯已婉蜒垂空, 始知上洞須東上, 下洞獨西入, 而中
洞則無由陟焉.

---

1) 거벽(巨擘)은 원래 엄지손가락을 의미하며, 걸출한 인물이나 어느 방면에 가장 뛰어
　난 인물을 비유한다.
2) 『논어(論語) · 공야장(公冶長)』에는 "도가 행해지지 않으니 뗏목을 타고 바다로 떠날
　까보다(道不行, 乘桴, 浮于海)"라고 했는데, 후에 부부(浮桴)는 '배를 타고 떠다니다'
　의 의미로 쓰이게 되었다. 여기에서 뗏목을 의미한다.
3) 린린(粼粼)은 물이나 바위 등이 맑고 깨끗한 모양을 가리킨다.
4) 위유(葳蕤)는 원래 초목이 무성한 모양인데, 여기에서는 종유석이 많이 늘어져 있는
　모양을 가리킨다.
5) 육리(陸離)는 눈이 부시도록 아름다운 모양을 가리킨다.
6) 기극(紀極)은 '끝, 한도'를 의미하며, '끝나다, 다하다'의 의미로 넓혀 사용된다.
7) 『여씨춘추(呂氏春秋) · 찰금(察今)』에 "갈비살 한 점을 맛보고서도 한 가마의 맛과
　한 솥의 양념을 알 수 있다(嘗一脟肉而知一鑊之味, 一鼎之調)"고 했다. 상정일련(嘗
　鼎一臠)이라는 말은 '고기 한 점으로도 고기 전체의 맛을 알 수 있다'라는 의미로 흔
　히 쓰이는데, 여기에서는 일련(一臠)은 전정(全鼎), 즉 전체의 일부분이라는 의미로
　쓰이고 있다.
8) 균(箘)은 균(篃)과 통하며, 대나무의 일종이다.
9) 당대(唐代)의 단하(丹霞 : 법호는 천연天然)는 애초에 유학에 정통하여 장안으로 과
　거를 보러 가다가 운수납자 스님을 만나게 되었다. 과거를 보러 간다는 그의 말에
　스님은 "부처를 뽑는 것(選佛)만 못하다. 강서의 마조(馬祖)께서 부처를 뽑고 있으니
　거기로 가보라"고 말했다. 단하는 그의 말을 듣고 불문에 귀의했다. 이 이야기에서
　훗날 선불장(選佛場)은 불당을 열어 계율을 설법하고 불도를 닦는 곳을 의미하게 되

었으며, 흔히 불사(佛寺)를 가리키기도 한다.

10) 신물(神物)은 신령스럽거나 괴이한 물건, 혹은 신선을 가리킨다.

11) 요묘(窅渺)는 요묘(窅眇) 혹은 요막(窅邈)이라고 하며, '깊고 멀다'를 의미한다.

12) 유산(腴産)은 풍성한 수확을 의미한다.

13) 황겸(荒歉)은 흉년을 의미한다.

14) 홍연(烘然)은 불같이 뜨거운 모양을 가리킨다.

15) 림림총총(林林總總)은 대단히 많은 모양을 가리킨다. 이 말은 당대의 문인 유종원(柳宗元)의 「정부(貞符)」 가운데 "인류의 초기에는 많은 사람들이 무리지어 함께 생활했다(惟人之初, 總總而生, 林林而群)"는 문장에서 비롯되었다.

16) 곡방(曲房)은 내실이나 밀실을 의미한다.

十九日 曉起, 有雲. 晨餐後, 半里過寧墟. [從南峽去, 抵天燈墟, 聞有營懷洞. 乃龍英分界, 爲左、右二江脊.] 東折入山塢一里, 北入峽一里, 踰小脊北下. 隨山東轉, 又二里, <u>南那村</u>換夫. 東北行二里, 東踰一嶺, 曰<u>石房嶺</u>. 下嶺而東, 又二里, 至<u>石房村</u>換夫. 又東二里, 復上山半里, 過一嶺脊. 脊不高, 其北水從東北墜, 其南水從南流, 是爲向武、<u>鎭遠</u>分界, 而左、右江亦以此分焉. 隨流南下一里, 大路自西來合, 遂東轉循老山¹⁾之南, 東踰平陝一里, 大道直東去, 又從岐隨水東南下一里半, 四山環塢一圍, 曰<u>龍那村</u>, 已<u>鎭遠</u>屬矣. [初至村, 遙見屋角黃花燦爛, 以爲菊, 疑無此盛, 逼視之, 乃細花叢叢, 不知其名. 又見白梅一樹, 折之, 固李也. 黃英白李, 錯紅霜葉中, 亦仲冬一奇景.] 飯而行, 北踰嶺而下, 共一里, 又行峽中半里, 與西來大道合. 於是隨水形東行山峽間, 五里, 水形東北去, 路東南上山. 半里, 又從岐南踰一嶺, 共一里而下, 得<u>南峒村</u>. 村人頑甚, 候夫不卽至, 薄暮始發. 其峒四山連脊, 中窪爲池, 池上有穴, 東面溢水, 穿山腹東出, 池西乃居人聚廬所託也. 東踰嶺而下, 共一里, 東向行山塢間. 八里, 過一村, 又東與石山遇. 循其南崖, 崖上石竇歷亂, 俱可入, 崖下累石屬南山, 傍崖設隘門以入, 於是南北兩石山復崢嶸屛立矣. 又東一里爲<u>鎭遠州</u>, [屬<u>太平府</u>.] 宿於州東之鋪舍. (州官名趙人偉.)

州宅西南向. 其地在<u>太平府</u>東北三百里. (西南一日至全茗, 又經養利而達府.) 西北爲<u>向武</u>界, (十八里.) 東北爲<u>結倫</u>²⁾界, (十六里.) 東爲<u>結安</u>³⁾界, 西南爲<u>全</u>

茗界. 州前流甚細, 南入山峽, 據土人言, 乃東北至結倫, 北入右江者. 由此言之, 則兩江界脊西自鎮安、都康, 經天燈墟, (龍英之北, 向武之南, 二州分界.) 東徑全茗、永康、羅陽卽諸地而抵合江鎮. 昨所過石房村東南之脊, 乃北走分支, 其南下之水, 尚非入左江者也.

---

1) 노산(老山)은 깊은 산을 의미한다.
2) 원래는 길륜(佶倫)으로 되어 있으나, 『명사(明史)·지리지』에 따라 결륜(結倫)으로 고쳤다. 11월 24의 일기에도 '결륜'으로 되어 있다.
3) 원래는 길안(佶安)으로 되어 있으나, 『명사·지리지』에 따라 결안(結安)으로 고쳤다. 12월 초닷새의 일기에도 '결안'으로 되어 있다.

二十日 晨起, 小雨霏霏. 待夫, 而飯後至. 乃雨止, 而雲不開. 於是東向轉入山峽, 半里, 循南崖之嘴轉而北, 循北崖之[缺]共半里, 出一隘門, 循西山之麓北行二里, 山撞而成峒. 乃轉而東一里, 又東出一隘門, 卽循北山之麓. 又東一里上一嶺, 共一里, 踰而下, 復東行一里, 隨小水轉而北. 其處山峽長開東西兩界, 中行平疇, 山俱深木密藤, 不辨土石. 共北二里半, 渡小水, 傍西麓北行. 又二里, 稍東北, 經平疇半里, 已復北入峽中. 其中水草沮洳,[1] 路循西麓, 崎嶔[2]而隘. 二里, 渡峽而東上東嶺, 一里躋其巔, 東下一里, 抵其麓. 其嶺峻甚, 西則下土而上石, 東則上土而下石, 皆極峭削, 是爲鎮遠、結倫分界. 又東行塢中一里, 復稍上而下, 共一里, 踰小石脊. 又東北平行半里, 乃直下石崖中, 半里, 已望見結倫村聚矣. 旣下, 又東行平疇一里, 有小水自西南山夾來, 又一大溪自南來, 二水合而北注, 北望土山開拓. 乃涉溪而東. 是爲結倫, 止於鋪舍. 適暮, 微雨旋止. (州乃大村落, 州官馮姓. 是日共行二十里.)

都康在鎮安東南, 龍英北, 胡潤、下雷東, 向武西南, 乃兩江老龍所經, 再東卽爲鎮遠、結倫. 土人時縛行道者轉賣交彝, 如壯者可賣三十金, 老弱者亦不下十金. 如結倫諸土州隔遠, 則展轉自近州遞賣而去; 告當道, 仍

展轉追贖歸, 亦十不得二三. (其例, 每掠賣一人, 即追討七人, 然不可得. 土州爭殺, 每每以此)

結倫在向武東南, 都結西南, 土上林在其北, 結安在其南. 其水自西南龍英山穴中流出, 北流經結安, 又北至結倫, 繞州宅前, 復東北入山穴, 出土上林而入右江.

---

1) 저여(沮洳)는 썩은 식물이 퇴적하여 이루어진 낮고 물기가 많은 진펄을 의미한다.
2) 기금(崎嶔)은 높고 험한 모양을 가리킨다.

二十一日 濃雲密布而無霧. 候夫未至. 飯後散步東皐, 得古梅一株, 花蕊明密, 幽香襲人. 徘徊其下不能去, 折奇枝二, 皆虯幹珠葩. 南望竹崖間一巖岈然, 披荊入之, 其門北向. 由隘竇入, 中分二岐, 一南向入, 一東南下, 皆不甚深. 還鋪舍, 覓火炙梅枝. 微雨飄揚, 拈村醪對之, 忘其爲天涯歲暮也.

旣午雨止, 日色熹微, 夫始至, 復少一名, 久之乃得行. 從東南盤崖間小巖一里, 路循塢而南, 度小溪, 有岐東向入土山. 從塢南行又一里, 有岐西南溯大溪, 結安、養利大道, 爲此中入郡者. 又正南行一里, 折而東入土山之峽. [其處西爲鎭遠來所蹂, 石峰峭聚如林; 東爲土山, 自結倫北南繞而西, 遙褰西面石峰; 中開大塢, 亦自西南轉北去.] 從土峽中東行一里, 遂躋土山而上. 又一里, 踰山之巔, 即依嶺南行. 一里, 出南嶺之巔, [東望盤谷東復有石山遙列, 自東北環峙西南矣.] 東向循嶺半行, 又一里, 轉南半里, 又東下半里, 抵山之麓. 遂從塢東南行二里, 越一南來小水, 又北越一西北來小水, 得一村倚東山下, 衆夫遂闃然去. 余執一人繫[1]之, 始知其地爲舊州, 乃結倫舊治, 而今已移於西北大溪之上. 兩處止隔一土山, 相去十里, 而州、站乃互相推委. 從新州至都結, 直東踰山去, 今則曲而東南, 欲委之舊州也. 始, 當站者避去, 見余繫其夫, 一老人乃出而言曰: "鋪司姓廖, 今已他出, 余當代爲催夫. 但都結須一日程, 必明日乃可." 候余上架餐飯, 余不得已, 從之. 檢行李, 失二雞, (乃鎭遠所送者.) 仍繫前夫不釋. 久之, 二村人召雞, 釋夫去. 是日止行十里, 遂止舊州.

---

1) 집(繫)은 원래 '가축을 매다, 묶다' 혹은 '가축을 매는 고삐'를 의미한다. 여기에서는 '붙들어 가두다'를 의미한다.

二十二日 早起, 天無霧而雲密布. 飯後, 村人以二雞至, 比前差小. 旣而夫至, 乃行. 一里, 東北復登土山, 四里, 俱從土山脊上行. 已下一塢, 水乃東北行, 遂西北復上土山, 一里蹻脊. 又東北行嶺上二里, 轉而西北二里, 始與結倫西來路合. 乃下山, 得一村曰陸廖村, 數家之聚在山半. 其夫闃然去, 余執一人繫之, 蓋其夫復欲委之村人也. 度其地止去結倫東十餘里, 因其委舊州, 舊州欲委此村, 故展轉迂曲. 始村人不肯承, 所繫夫遍號呼之, 其逃者亦走山巓遍呼村人. 久之, 一人至, 邀余登架, 以雞黍餉而聚夫, 余乃釋所繫者. 日午乃得夫, 遂東上. 嶺頭有岐, 直北者爲果化道, 余從東岐循嶺南而東向行. 半里, 遂東北下山, 一里而及山塢, 有小水自北塢中來, 折而東去. 渡之復北上嶺, 一里蹻嶺北, 循之東向行. 半里, 有岐直東從嶺畔去, (卽都結大道.) 以就村故, 余從東北岐下山. 復一里抵山塢, 有小水自北來, 折而東南去. 渡之, 復東北蹻一小嶺, 共一里半, 前所渡水穿西南山夾來, 又一小水從西北山夾下, 共會而東, 路遂因之. 屢左右渡, 凡四渡, 共東行三里, 又一小水從南塢來合之北去. 又東渡之, 復上嶺, 一里, 蹻嶺東下, 其水復從北而南. 又東渡之, 復上山, 隨之東行一里半, 水直東去, 路折入東北峽. 一里, 得數家之聚, 曰那印村. 夫復委之, 其郞頭他出, 予執一夫繫而候之. 時甫下午, 天復明霽, 所行共二十餘里. 問去都結尙一日程, 而中途無村可歇, 須明日早行, 卽郞頭在亦不及去矣. 余爲快快, 登架坐而待之. 久之郞頭返, 已薄暮矣. 其餉以鯽爲供.

二十三日 早霧四塞, 旣飯而日已東出. 促夫至, 仍欲從東北塢行. 余先問都結道, 當東踰嶺, 窺其意, 以都結道遠, 復將委之有村處也. 蓋其地先往果化, 則有村可代, 而東南往都結, 無可委之村, 故那印夫必不肯東南. 久之, 一人來勸余, 此地東往龍村, (名囮龍, 亦結倫.) [缺]即都結屬, 但稍迂, 多一番換夫耳. 余不得已, 從之. 乃東北入塢中, 半里, 復與前西南來之水遇, 遂循之東向行. 二里, 下塢中, 忽望見北塢石山迴聳. 又半里, 路右東行之水, 又與一東南來水會而北去. 東向涉之, 復上嶺, 東北一里, 踰嶺上. 又北行嶺脊半里, 望西北石山與所登土山分條而東, 下隔絕壑, 有土脊一枝橫屬其間, 前所渡北流之水, 竟透脊而入其塢穴中, 不從山澗行矣. 路既踰嶺, 循嶺上東行三里, 過一脊, 又平行一里, 始東南下. 一里半, 及塢底, 忽見溪水一泓深碧盈澗, 隨之東下, 漸聞潺潺聲, 想即入脊之水至此而出也. 東行半里, 又有小水自東峽而出, 溯之行一里, 溪四[1]墾轉, 始見溪田如掌. 復隨之東南行一里, 水窮峽盡, 遂東上一里, 登嶺. 平行嶺北半里, 又東南坦下者半里, 過一脊, 又東北踰嶺半里而上, 踰其陰, 望東北塢中, 開洋成塍. 又東北半里, 始東向下山, 半里, 午抵囮龍村. 土人承東往果化, 不肯北向都結,[2] 亦以都結無村代也. 飯於郎頭家. 下午夫至, 郎頭馬姓者告余曰: "此地亦屬結倫, 若往送都結, 其徑已迂, 恐都結村人不承, 故本村不敢往; 往果化則其村爲順, 不敢違耳." 蓋其地往都結, 尚有一村曰捺村, 仍須從所來高嶺之脊南向而去. 余不得已, 仍從之. 及升輿, 尚少三人, 遍入山追之. 比至, 日已西入山, 余有戒心, (聞結倫, 都結土人不良.) 競止不行. (是午, 土人以鼠肉供, 麾却之. 易以小鳥鵪鶉, 乃薰乾者, 炒以供飯. 各家所供酒, 或燒酒或白漿, 皆可食. 又有黃酒, 色濁味甜, 墟中有沽者, 各村罕有. 是日上午行二十里而已.)

---

1) 사(四)는 회(回)의 오기인 듯하다.
2) '土人承東往果化, 不肯北向都結'은 두 고을이 위치한 방위에 근거해 볼 때, '土人承北往果化, 不肯東向都結'로 고쳐야 할 것이다.

二十四日 早起, 霽色如洗; 及飯, 反有霧蒙四山; 日出而淨如故. 及起行, 土人復欲走果化, 不肯走都結, 即迂往其村, 亦不肯送. 蓋與都結有仇殺,恐其執之也. 余强之不能, 遂復送向那印. 蓋其正道在舊州, 此皆迂曲之程也. 遂西南行田隴間, 半里, 穿石隙, 登土山, 西向平上, 半里及其巔. 又半里, 越嶺而南, 稍下度一脊. 又平上半里, 復踰巔西下. 一里, 及塢中, 遂循水痕西北行. 一里, 有小水自北塢來, 與東來小水合而西去. 又隨之西一里, 復有小水自北塢來, 與東來之水合而南去. 路西上山, 直上者一里半, 平行嶺上者二里, 又西向下者一里半, 下及塢底, 忽有水自南峽來, 涵碧深沉, 西向去. 過塢半里, 從北山西上一里, 登嶺上又一里, 稍下, 過一脊復上, 始依嶺北, 旋依嶺南, 俱西向平行嶺上. 南望高嶺, 即舊州走都結者. 共三里始西南下, 一里半而及其塢, 則前所過南峽之水, 與那印之水東西齊去, 而北入石山之穴. 截流而西, 溯東來之水三里, 飯於那印. 候夫至下午, 不肯由小徑向都結, 仍返結倫. 初由村左西北上山, 轉西南共一里, 登嶺上行. 西南五里, 稍下, 度一脊復上, 西南行嶺上六里, 轉出南坳. 又西南行六里, 稍東轉, 仍向西南, 始東見舊州在東南山谷, 結倫尖山在西南山谷. 又西二里, 始下, 南渡塢塍, 始見塍水出北矣. 又南踰山半里, 又渡塍踰小山一里, 得一村頗大, 日已暮. 從其南渡一支流, 復與南來大溪遇. 南越一壟, 溯大溪西南行塍間, 又一里半至結倫州. 州宅無圍牆, 州官馮姓向幼. 又南渡大溪, 宿於權州者[1]家. (是日約行四十餘里, 皆迂路也.)

---

1) 권주자(權州者)는 주성 관리의 직무를 임시로 대행하는 이를 가리킨다.

二十五日 凌晨, 權州者復送二里, 至北村, 坐而促夫者竟日, 下午始行. 即從村東南上山一里, 始東北踰嶺, 旋轉東南, 繞州後山脊行. 六里, 少庭脊, 復上行嶺畔者三里, 又稍下. 其處深茅沒頂, 輿人又妄指前山徑中多賊陣, 余輩遙望不見也. 又前下一里, 渡脊, 始與前往陸廖時所登山徑遇, 遂東瞰山谷, 得舊州村落. 又東南下者半里, 時及麓, 輿夫遂闃然遁去. 時日已薄暮, 行李俱棄草莽中. 余急趨舊州, 又半里下山, 又行田塍間一里, 抵前發站老人家, 已昏黑, 各家男子俱遁入山谷, 老人婦臥暗處作呻吟聲. 余恐行李爲人所攫, 遍呼人不得. 久之, 搜得兩婦執之出, 諭以無恐, 爲覓老人父子歸, 令取行李. 旣而顧僕先攜二囊至, 而輿擔猶棄暗中. 已而前舍有一客戶[1]來詢, 諭令往取, 其人復遁去. 余追之執於前舍架上, 强之下, 同顧僕往取. 久之, 前所遣婦歸, 云: "老人旋至矣." 余令其速炊, 而老人猶不至. 蓋不敢卽來見余, 亦隨顧僕後, 往負行李也. 半晌, 乃得俱來. 老人懼余鞭其子若孫, 余諭以不責意. 已晩餐, 其子跛立, 予叱令速覓夫, 遂臥.

1) 객호(客戶)는 외지에서 이주하여 현지에 살고 있는 이를 가리킨다.

二十六日 凌晨飯. 久之, 始有夫兩人、馬一匹. 余叱令往齊各夫. 旣久, 復不至. 前客戶來告余: "此路長, 須竟日. 早行, 玆已不及. 明晨早發, 今且貫跛者, 責令其擧夫可也." 余不得已, 從之. 是日, 早有密雲, 午多日影. 卽飯, 遂東向隨溪入石山峽, 一里, 兩石山對束, 水與路俱從其中. 東入又半里, 路分兩岐, 一東北踰坳, 一西南入峽. 水隨西南轉, 轟然下墜, 然深茅密翳, 第聞其聲耳. 已西南踰坳, 則對東西山之後脊也, 溪已從中麓墜穴, 不復見其形矣. 乃轉至分岐處, 披茅覓溪, 欲觀所墜處, 而溪深茅叢, 層轉不能得. 又出至兩峰對束處, 渡水陟西峰, 又溯之南, 茅叢路寨, 旋復如溪之北也. 乃復從來處度舊路, 望見東峰崖下有洞南向, 已得小路在莽中, 亟披之. 其洞門南向, 有石中懸, 內不甚擴, 有穴分兩岐, 水入則黑而隘矣. 出洞, 見其東復有一洞寬邃, 其門西南向, 前有圓石界爲二門, 右門爲大. 其內從右入, 深十餘丈, 高約三丈, 闊如之, 後壁北轉漸隘而黑, 然中覺穹然甚遠, 無炬不能從也. 其外從左南擴, 復分兩岐, 一東北, 一東南, 所入皆不深, 而明爽剔透, 有上下旁穿者. 況其兩門之內, 下俱甚平, 上則靑石穹覆, 盤旋竟尺, 圓石密布無餘地. 又有黃石倒垂其間, 舞蛟懸蕚, 紋色俱異, 有石可擊, 皆中商呂, 此中一奇境也. 出洞, 仍一里, 返站架. 日色甚暖, 不勝重衣, 夜不勝覆絮. 是日手瘡大發, 蓋前結倫兩次具餐, 俱雜母豬肉於中也.

二十七日 早起霧甚. 旣散, 夫騎至乃行. 仍從東北一里, 上土山, 與前往陸廖道相去不遠. 一里登嶺, 霧收而雲不開, 間有日色. 從嶺上北轉一里, 仍東北二里, 又下一里, 度一水, 復東北上二里, 嶺畔逶多叢木. 從木中行嶺上者三里, 從林木少斷處, 下瞰左右旋谷中, 木密樹叢, 飛鳥不能入也. 又半里乃下, 甚峻. 一里半乃及塢底, 則木山旣盡, 一望黃茅彌山谷間矣. 從塢中披茅行, 始有小水東流峽谷. 隨之涉水而東, 從南麓行, 復渡水從北麓上, 又東下塢渡水, 復東上嶺, 一里登其巔. 行其上者三里, 又直下塢中者一里, 則前水復自南北注向峽中去. 又東踰一小嶺, 有水自東塢來, 自南向北繞, 與西來水合. 旣涉東來水, 復東上山登其巔, 盤旋三里, 出嶺. 二里, 得一平脊, 乃路之中, 齋飯者俱就此餐焉. 旣飯, 復東從嶺北行, 已漸入叢木. 出山南, 又度一脊, 於是南望皆石峰排列, 而東南一峰獨峻出諸峰之上; 北望則土山層疊, 叢木密翳. 過脊稍下而北, 轉而東上, 直造[前所望[東南峻]石峰之北, 始東南下. 一里半而及塢底, 有細流在草中行, 路隨之. 半里入峽, 兩崖壁立, 叢木密覆, 水穿峽底, 路行其間. 半里, 峽流南匯成陂, 直漱峻峰之足. 復溯流入, 行水中者一里, 東南出峽, 逶復仰見天光, 下睹田塍, 於是山分兩界, 中有平塢, 若別一天地也. 東行塢中, 塢盡復攀石隘登峒, 峒石峻聳如狼牙虎齒, 前此無其巉峭者也. 踰嶺從塢中行二里, 循嶺平上一里, 平下一里, 平行塢一里, 穿平峽一里, 穿峽又行塢中一里, 踰嶺上下又一里, 始得長峽. 行四里, 又東行塢與西同. 三里, 踰北山之嘴, 南山之麓始有茅三四架, 於是山塢漸開. 南山之東有尖峰復起, 始望之而趨, 過其東, 則都結州治矣. 州室與聚落俱倚南山向北, 有小水經其前東注, 宅無垣牆, 廨亦隤圮. 鋪司獰甚, 竟不承應, 無夫無供, 蓋宛然一夜郎矣. (州官農姓.) 是日爲余生辰, 乃所遇舊州夫旣惡劣, 而晚抵鋪司復然, 何觸處皆窮也.

二十八日 早起, 寒甚而霽. 鋪司不爲傳餐, 上午始得糯飯二盂, 無蔬可下. 以一刺令投, 亦不肯去. 午後, 忽以馬牌擲還云: "旣爲相公, 請以文字示." 余拒無文, 以一詩畀之, 乃持刺去. 久之, 以復刺來, 中書一題曰: "有德者必有言, 有言者亦[必有德]." 無聊甚. 倚筐磨墨, 卽於其刺後漫書一文畀之.
旣去, 薄暮始以刺饒雞酒米肉, 復書一題曰: "子路拱而立, 止子路宿." 余
復索燈書刺尾畀之, 遂飯而臥. 館人是晚供牛肉爲案. 旣臥, 復有人至, 訂
明日聯騎行郊, 幷令館人早具餐焉.

二十九日 早寒, 日出麗甚. 晨起, 餐甫畢, 二騎至矣. 一候余, 一候太平府貢
生何洞玄. 同行者乃騎而東, 又有三騎自南來, 其當先者, 卽州主農姓也.
各於馬上拱手揖而東行. 三里, 渡一溪, 又東二里, 隨溪入山峽, 又東五里,
東北踰一嶺. 其嶺頗峻, 農君曰: "可騎而度, 不必下." 其騎騰躍峻石間, 有
游龍之勢. 共踰嶺二里, 山峒頗開, 有村名那峇, 數十家在其中央, 皆分茅
各架, 不相連屬. 過而東, 又二里, 復東踰一嶺. 其峻彌甚, 共二里, 越之.
又東一里, 行平塢間, 有水一泓, 亦自西而東者, 至是稍北折, 而南匯澗二
丈餘, 乃禁以爲魚塘, 其處名相村. 比至, 已架茅於其上, 蓆地臨. 諸峒丁各
擧繒[1]西流, 而漁得數頭, 大止尺五, 而止有錦鯉, 有綠鱖, 輒驅牛數十踐踐
其中. 已復匝而繒焉, 復得數頭, 其餘皆細如指者. 乃取巨魚細切爲膾, 置
大碗中, 以蔥及姜絲與鹽醋拌而食之, 以爲至味. 余不能從, 第啖肉飲酒而
已. 旣飯, 日已西, 乃五里還至那峇村. 登一茅架, 其家宰豬割雞獻神而後
食, 切魚膾復如前. 薄暮, 十餘里抵州, 別農馬上, 還宿於鋪.

---

1) 증(繒)은 어망을 뜻하는 증(罾)과 통한다. 양쪽에 나무 막대기나 대나무로 손잡이를
   댄 그물의 일종이다.

三十日 日麗而寒少殺. 作「騎遊詩」二首畀農. 時有南寧生諸姓者來, 袖文
一篇, 卽昨題也. 蓋昨從相村遇此生來謁, 晚抵州官以昨題命作也. 觀其文
毫無倫次, 而何生漫以爲佳. 及入農, 果能辨之, 亟令人候余曰: "適南寧生
文, 不成文理, 以尊作示之, 當駭而走耳." 乃布局手談. 抵暮, 盛饌, 且以其
族國瑚訐告事求余爲作一申文, 白諸當道, 固留再遲一日焉.

十二月初一日 在都結鋪舍. 早起陰雲四布, 欲行, 復爲州官農國琦强留, 作院道申文稿. 蓋國琦時爲堂兄國瑚以承襲事相訟也. 抵暮, 陰雲不開. 旣晚餐, 農始以程儀來饋.

初二日 早起, 陰雲如故. 飯久之, 夫至乃行. 東向三里, 卽前往觀魚道也. 旣乃渡溪而北, 隨溪北岸東行, 又二里, 有石峰東峙峽中. 蓋南北兩界山, 自州西八里卽排闥而來, 中開一塢, 水經其間, 至此則東石峰中峙而塢始盡, 溪水由石峰之南而東趨峽中, 卽昨所隨而入者. 今路由石峰之北而東趨北塢, 又三里, 得一村在塢中, 曰那賢. 又東二里, 塢乃大開, 田疇層絡, 有路通南塢, 卽那倫道也. 又東五里, 山塢復窮. 乃北折而東踰山坳. 一里, 越坳之東, 行塢間又一里, 復東穿山峽. 其峽甚逼而中平, 但石骨稜稜,[1] 如萬刀攢側, 不堪著足. 出峽, 路忽降而下, 已復南轉石壑中, 亂石高下共三里, 山漸開. 忽見路左石穴曲折, 墜成兩潭, 淸流瀦其中, 映人心目. 潭之南塢有茅舍二架, 潭之東塢有茅舍一架, 皆寂無一人. 詢之輿夫, 曰: "此湘村也. 向爲萬承所破, 故居民棄廬而去." 由湘村而東, 復有溪在路北, 卽從兩潭中溢出者. 東行平塢二里, 過昨打魚塘之南, 又東三里, 遂北渡西來之溪, 溪水穿石壑中, 路復隨之, 水石交亂. 一里, 從溪北行, 轉入北壑. 一里, 水復自南來, 又渡之而東. 又一里, 水復自北而南, 又渡之, 乃東向出峽. 忽墜峽直下者一里, 始見峽東平疇, 自北而南, 開洋甚大, 乃知都結之地, 直在西山之頂也. 下山是爲隆安界, 亦遂爲太平、南寧之分, 其高下頓殊矣. 隨西峰東麓北一里, 溪流淙淙, 溯之得一村, 是爲嚴村, 居民始有瓦房、高樓, 復見漢官儀矣. 至是天色亦開霽. 時已過午, 換夫至, 遂行. 於是俱南向行平疇間, 二里, 飯於前村之鄧姓者家. 旣飯, 又渡溪西岸, 南行一里半, 其西山峽中開, 峰層塢疊, 有村在西塢甚大, 曰楊村. 又南一里半, 楊村有溪亦自西塢而南, 與北溪合, 其溪乃大. 幷渡其西, 又南一里, 水東注東界土山腋中; 路西南一里, 抵西界石山下, 得一村曰黑區村. 換夫, 循西界石山南行, 其峰有尖若卓錐, 其巖有劈若飛翅而中空者. 行其下嵌石中, 又南四里,得巨村在西峰叢夾處, 曰龍村. 又換夫而南, 乃隨東界土山行矣. 始知自黑區至此, 皆山夾中平塢而無澗, 以楊村所合之流, 先已東入土山也. 至是復有水西自龍村西塢來, 又南成小澗. 行其東三里, 盤土山東南垂而轉, 得一村曰伐畾, 換夫. 又暮向東南行三里, 宿於巴潭黃姓者家.

---

1) 릉릉(稜稜)은 모가 나서 날카로운 모양을 가리킨다.

初三日 巴潭黃老五鼓起, 割雞取池魚爲餉. 晨餐後, 東南二里, 換夫於伐連村. 待夫久之, 乃東南踰土山峽, 一里, 則溪流自西北石山下折而東來, 始潀潀[1]成聲. 隨之南行, 蓋西界石山至此南盡, 轉而西去, 復東突一石峰峙於南峽之中, 若當戶之樞, 故其流東曲而抵土山之麓, 又南繞出中峙石峰, 始南流平畦, 由龍場入右江焉. 隨溪一里, 南山既轉, 西南平壑大開, 而石峰之南, 山盡而石不盡. 於是平疇曲塍間, 怪石森森, 僛離佹合, [高下不一, 流泉時漱之, 環以畦塍, 使置一橡其中, 石林精舍, 勝無敵此者.] 行石間一里, 水正南去, 路東上山麓, 得一村, 聚落甚大, 曰把定村. 村人刁甚, 候夫至日昃, 始以一騎二擔夫來. 遂東北踰土嶺, 一里半, 北渡一小水, 乃北上嶺. 又一里踰其巓, 又北行嶺上者一里, 則下見隆安城郭在東麓矣.

乃隨嶺東北下者數里, 又東行者一里, 入西門, 抵北門, 由門內轉而南, 稅駕於縣前肆中. 是日雲氣濃郁, 不見日光. 時已下午, 索飯, 令顧僕往驛中索騎, 期以明旦, 而挑夫則須索之縣中. 時縣君何爲庫役所訟往府, 攝尉[2]事者爲巡檢李姓, 將覓刺往索夫, 而先從北關外抵鞏閣, 則右江從西北來, 經其下而東去, 以江崖深削, 故遙視不見耳. 從崖下得一[南寧]舟, 期以明日發. 余時瘡大發, 樂於舟行, 且可以不煩縣夫, 遂定之. 令顧僕折騎銀於驛, 以爲舟資. 乃還宿於肆.

---

1) 괵괵(潀潀)은 물이 흐르는 소리를 가리킨다.
2) 섭(攝)은 대리를 의미하고, 위(尉)는 현의 군사업무를 담당하는 현위(縣尉)를 가리킨다.

初四日 晨起, 飯而下舟; 則其舟忽改期, 初八始行. 蓋是時巡方使者抵南寧, 先晚出囚於獄, 同六房之聽考察者, 以此舟往, 中夜忽逸一囚, 吏役遂更期云. 余時已折騎價, 遂淹留舟中. 瘡病呻吟, 陰雲黯淡, 歲寒荒邑外, 日暮瘴江邊, 情緖可知也.

初五日 坐臥舟中. 下午, 顧僕曰: "歲云暮矣, 奈何久坐此! 請索擔夫於縣, 爲明日步行計." 余然之.

左、右江之分, 以楊村、把定以西石山爲界. 故石山之內, 其地忽高, 是爲土州, 都結、萬承·屬太平; 石山之下, 其塢忽隆, 是爲隆安, 乃嘉靖間王新建所開設者, 屬南寧. 此治界所分也. 若西來之龍脊, 則自歸順、鎭安、都康、龍英北界之天燈墟, 又東經全茗、萬承, 而石山漸盡, 又東抵合江鎭, 則宣化屬矣. 其在脊之北者, 曰鎭遠、結倫、結安、都結, 萬承之東北鄙. 其水或潛墜地穴, 或曲折山峽, 或由土上林, 或由隆安入右江. 然則, 此四土州水入右江而地轄於左江, 則以山脊迁深莫辨也.

隆安東北臨右江, 其地北去武緣界一百四十里, 南去萬承土州界四十里, 東去宣化界一百二十里, (有大灘驛.) 西去歸德土州界八十里. 其村民始有瓦屋, 有欄檻, 邑中始爲平居, 始以竈爨, 與土州截然若分也.

土人俱架竹爲欄, 下畜牛豕, 上爨與臥處之所托焉. 架高五六尺, 以巨竹搥開, 徑尺餘, 架與壁落俱用之. 爨以方板三四尺鋪竹架之中, 置灰爇火, 以塊石支鍋而炊. 鍋之上三四尺懸一竹筐, 日炙稻而舂. (舂用巨木刳爲小舟形, 空其中, 以雙杵搗之.) 婦人擔竹筒四枚, 汲於溪. (其筒長者四、五尺.) 亦有紡與織者. (織亦有扣有綜, 第不高而平, 婦人趺坐而織. 紡亦然.) 男子着木屐, (木片爲底, 端絆皮二條, 交於巨趾間. 豈交趾之稱以此耶?) 婦人則無不跣者. 首用白布五、六尺盤之, 以巨結綴額端爲美觀, 亦間有用青布、花布者. 婦人亦間戴竹絲笠; 胸前垂紅絲帶二條者, 則酋目之婦也. 裙用百駢細襉, 間有緊束以便行走, 則爲大結以負於臀後. 土酋、土官多戴氈帽, 惟外州人寓彼者,束髮以網, 而酋與官俱無焉. (惟向武王振吾戴巾.) 交人則披髮垂後, 並無布束. 間有籠氈帽於髮外者, 髮仍下垂, 反多穿長褶, 而足則俱跣.

交絹輕細如吾地兼絲, 而色黃如睦州之黃生絹, 但比之密而且勻, 每二丈五尺一端, 價銀四錢, 可製爲帳.

向武多何首烏, 出石山穴中, 大有至四、五斤者. [余於州墟以十二錢得三枚, 重約十五斤.] 余按『一統土物志』, 粵西有馬棕榔, 不知爲何物, 至是見州人俱切爲片, 和蔞葉以敬客, 代檳榔焉, 呼爲馬檳榔, 不知爲何首烏也.

隆安縣城在右江西南岸. 余前至南寧, 入郡堂觀屏間所繪郡圖, 則此縣繪於右江之北. 故余自都結來, 過把定, 以爲必渡江而後抵邑. 及至, 乃先邑而後江焉. 非躬至, 則郡圖猶不足憑也.

初六日 早霧四塞. 飯後, 適縣中所命村夫至, 遂行. 初自南門新街之南南向行, 三里, 復入山. 踰崗而下半里, 兩過細流之東注者, 抵第三流, 其水較大, 有橋跨其上, 曰廣嗣度橋. 又南上山一里半, 出一夾脊, 始望見山南大塢自西北開洋南去. 遂南下土山, 一里, 土山南盡, 復有石山如錐當央. 由其西南向行六里, 又抵一石山下, 其山自北遙望若屏斯列, 近循其西麓, 愈平展如屏. 已繞其南, 轉東向行三里, 其山忽東西兩壁環列而前, 中央則後遜而北, 皆削崖轟空, 三面圍合而缺其南; 其前後有土崗橫接東西兩峰盡處, 若當門之闃; 其後石壁高張, 則環霄之玦也. 先是, 按『百粵志』記隆安有金榜山, 合沓如城. 余至邑問之, 無有知者. 又環觀近邑皆土山, 而余方患瘡, 無暇遠索. 至是心異其山, 問之村夫, 皆曰 : "不知所謂金榜者." 問 : "此山何名?" 曰 : "第稱爲石巖, 以山有巖可避寇也." 余聞之, 遂令顧僕同夫候於前村. 余乃北向入山, 半里, 踰土崗而下. 其內土反窪墜, 其東西兩崖俱劈空前抱, 土崗橫亙而接其兩端. 既直抵北崖下, 望東崖之上, 兩裂透壁之光, 若明月之高懸鏡臺也; 又望西崖之上, 有裂罅如門, 層懸疊綴, 若雲扉之嵌空天半也. 余俱不暇窮, 先從北崖之麓入一竅. 竅門南向, 嵌壁爲室, 裂隙爲門, 層累而上, 內不甚寬, 而外皆疊透. 連躋二重, 若樓閣高倚,飛軒下臨, 爽朗可憩. 其左忽轉劈一隙, 西裂甚深, 直自崖巔, 下極麓底, 攀夾縫而上, 止可脅肩, 不堪寄傲. 乃復層累下, 出懸隙兩重, 遂望西崖懸扉而趨. 其門東向, 仰眺皆崇崖莫躋, 惟北崖有線痕可攀, 乃反攀倒躋, 兩盤斷峽, 下而復上, 始凌洞門. 門以內, 隙向西北穹起; 門以外, 隙從崖麓墜下. 下峽深數丈, 前有巨石立而掩之, 故自下望, 祗知爲崖石之懸, 而不知其內之有峽也. 然峽壁峻削, 從上望之, 亦不能下, 欲攀門內之隙, 內隙亦傾側難攀. 窺其內漸暗, 於是復從舊法攀懸下. 乃南出大道, 則所迭夫亦自前村回, 候余出而後去. 乃東行五里, 有村在路左, 曰魚奧. 將入而覓夫, 則村人遙呼曰: "已同押擔者向前村矣." [村人勞余曰: "遊金榜大洞樂乎?" 余始知金榜卽此山. 亟問: "大洞云何?" 曰: "是山三面環列, 惟西面如屏. 大洞在前崖後高峰半, 中闢四門, 宏朗靈透." 余乃悟所遊者爲前崖小洞, 尚非大洞也.] 又東五里, 追及之於百浪村, 乃飯於村氓家. 於是換夫, 東南行二里, 復見右江自北來, 隨之南, 遂下抵江畔, 則有水西自石峽中來注. 其水亦甚深廣, 似可勝舟, 但峽中多石, 不能入耳. 其下有渡舟, 名龍場渡, 蓋卽把定、龍村之水, 其源自都結南境, 與萬承爲界者也. 渡溪口, 復南上隴, 江流折而北去, 路乃東南行. 又六里, 換夫於鄧炎村. 又東南八里, 踰一小山之脊, 又南二里, 抵那縱村. 從村中行, 又二里, 換夫於甲長家, 日已暮矣. 復得肩輿, 行月夜者二里, 見路右有巨塘汪洋, 一望其盤匯甚長. 又四里, 渡一石橋, 有大溪自西南來, 透橋東北去. 越橋又東二里, 宿於那同村. 夜二鼓, 風雨大作.

初七日 早起頗寒, 雨止而雲甚濃鬱. 飯後夫至, 始以竹椅縛輿, 遂東行. 一里, 路左大江自北來, 前所過橋下大溪西南入之, 遂曲而東, 路亦隨之. 半里, 江曲東北去, 路向東南. 又半里, 換夫於那炎村. 又待夫縛輿, 乃東南行. 二里, 路左復與江遇, 旣而江復東北去. 又東南四里, 漸陟土山, 共一里, 踰而下, 得深峽焉, 有水自西南透峽底, 東北入大江. 絕流而渡, 復上山崗, 半里踰嶺側, 復見大江自北來, 折而東去, 路亦隨之. 循南山之半東行一里,南山東盡, 盤壑成塘, 外築堤臨江, 內瀦水浸麓. 越堤而東, 江乃東北去, 路仍南轉, 共一里, 有公館北向大江, 有聚落南倚迴阜, 是曰梅圭. 又東從岐行三里, 飯於振樓村. 仍候夫縛輿久之. 南行十里, 始與梅圭西北來大道合. 又東南十二里, 抵平陸村. (已爲宜化屬矣.) 村人不肯縛輿, 欲以牛車代, 相持久之, 雨絲絲下; 旣而草草縛木於梯架, 乃行, 已昏黑矣. 共四里, 宿於那吉, [土人呼爲屯吉云.]

初八日 晨起, 雨不止. 飯而縛輿, 久之雨反甚, 遂持傘登輿. 東南五里, 雨止, 換夫於麟村, 縛輿就乃行. 東南三里, 路分二岐, 轉從東南者行, 漸復踰土山. 三里, 越山而東, 則右江自北折而來, 至此轉東南向去, 行隨之. 又二里而至大灘, 有數家之聚在江西岸, (始降欄宅土, 有平居也.) 卽舊之大灘驛也, 萬曆初已移於宋村. 江中有石橫截下流, 灘聲轟轟, 聞二三里, 大灘之名以此. 右江至此始聞聲也. 換夫縛輿, 遂從村東東南踰嶺, 三里, 踰嶺南, 則左江自楊美下流東北曲而下, 至此折而東南去. 遂從江北岸隨流東行, 二里, 復入山脊, 雨復紛紛. 上下崗陀間又二里, 換夫於平鳳村. 又東行二里半, 至宋村, 卽來時左、右二江夾而合處, 其南面臨江, 卽所謂大果灣也. 其村在兩江夾中, 實卽古之合江鎭, 而土人莫知其名矣. 萬曆初移大灘驛於此, 然無郵亭、驛鋪, 第民間供馬而已. 故余前過此, 求大灘驛而不知何在, 至是始知之也. 候飯, 候夫, 久之乃行, 雨不止. 其地南卽大果灣, 渡左江爲楊美通太平府道, 正東一里卽左、右二江交會之嘴. 今路從東北行一里餘, 渡右江, 南望二江之會在半里外, 亦猶前日從舟過其口而內望其地也. 渡右江東岸, 反溯江東北行. 已遂東向踰山, 三里而下, 雨竟淋漓大至. 又一里至王宮村, 遂止息焉. 雨淙淙, 抵暮不能復行. (王宮在大江北岸里餘矣.)

初九日 中夜數聞雨聲甚厲, 天明, 雲油然四翳. 遲遲而起, 飯而後行, 近上午矣. 王宮村之左, 有路北入山夾, 乃舊大灘間道. 由村前東南行二里, 踰一嶺而下, 有小水自北夾來, 西南入大江. 越之而東又一里, 稍北轉循北山行, 有大道自東而西, 始隨上東去. 其直西踰小坳者, 亦舊大灘道, 蓋南寧抵隆安, 此其正道, 以驛在宋村兩江夾間, 故迂而就之也. 又東行三里, 轉上北崗, 換夫於顏村; 又東南踰一嶺而下, 轉而西, 共五里, 換夫於登科村. 又東南二里, 換夫於狼科村. 山雨大至, 候夫不來, 趨避竹間, 頂踵淋漓, 乃趨避一山莊廡下. 久之夫至, 雨亦漸止, 又東南踰一平坳, 共四里, 飯於石步村. 旣飯, 已下午矣, 雨猶不全止, 夫至乃行. 東南有墟在崗頭, 踰崗而下共半里, 越小石梁, 下有澗深而甚細, 蓋南寧北面之山, 至石步而西截江流者也. 又東南行, 雨勢大作, 遍體沾透. 二里, 復下一深澗, 越木橋而上崗, 又東南行雨中二里, 止於羅岷村. 候夫不至, 雨不止, 煨濕木以爇衣, 未幾乃臥.

初十日 雲勢油然[1]連連, 乃飯. 村人以馬代輿, 而另一人持輿隨行. 雨復霏霏, 於是多東南隨江岸行矣. 五里, 稍北折, 內塢有溪自東北來入江, 乃南踰之. 復上崗, 二里, 抵秦村, 其村甚長. 先兩三家互推委, 旣乃下一村人家, 騎輿送夫去. 候夫久之, 有奸民三四人索馬牌看, 以牌有馬, 不肯應夫. 蓋近郭之民, 刁悍無比, 眞不如來境之恭也. 久之, 止以二夫肩行李, 輿與馬俱一無, 余以步而行. 一輿來, 已數村, 反爲其人有矣. 幸雨止, 崗漸燥. 一里, 平踰崗東北, 有溪自東北來入江, 較前三溪頗大, 橫竹檯數十渡澗底, 蓋卽申墟之下流, 發於羅秀山者也. 復東南上崗一里餘, 過窯頭村之北, 顧奴同二擔入村換夫, 余卽從村北大道東行. 二里, 北渡一石梁, 其梁頗長, 架兩崗間, 而下流亦細, 向從舟登陸, 自窯頭村東渡小橋, 卽其下流也. 又東四里, 有長木梁駕兩崗上, 渡而東卽白衣庵, 再東卽崇善寺, 乃入寺詢靜聞永訣事. 其歿在九月二十四[日]酉時, 止隔余行一日也. 僧引至茇骨之所, 乃在木梁東岸溪之半. 余拜而哭之. 南顧橋上, 則顧奴與二擔適從梁上過矣. 乃與僧期, 而趨梁店稅駕焉. 時纔午, 雨紛紛不止. 飯後躡履問雲、貴客於熊石湖家, (雲貴經紀.) 則貴竹有客纔去, 玆尚無來耆. 余以瘡痛市藥於肆, 並履襪而還. [一別南寧已七十五日矣.]

1) 유연(油然)은 구름 따위가 뭉게뭉게 이는 모양을 가리킨다.

광서 유람일기4(粵西遊日記四)

해제

「광서 유람일기4」는 광서성 남서부를 유람한 데 이어 북서부를 유람한 일기이다. 서하객은 1637년 12월 11일부터 남녕부에서 병을 앓으면서 정문 스님의 뒷일을 처리한 후 남단위(南丹衛)를 지나 경원부(慶遠府)에 이르고, 북서쪽으로 하지주(河池州)와 남단주(南丹州)를 거쳐 1638년 3월 27일 광서성 경계를 벗어났다. 광서성 북서부를 유람하는 동안 서하객은 장족(壯族)과 요족(瑤族)의 집단거주지를 지났는데, 당시 이들 지역은 도적떼가 횡행하여 대단히 위험했다. 서하객은 대개 말을 타거나 대나무 가마를 타고 여행했으나, 때로 병으로 앓아눕기도 했다. 이 기간에 서하객은 각지의 명승지를 둘러보면서 곤륜관(昆侖關)과 고루관(古漏關)을 고증하고, 각지의 상황과 특산품 등을 기록했다.

이번 유람의 주요 여정은 다음과 같다. 남녕부(南寧府) → 시밤역(施漭驛)

→ 사롱역(思隴驛) → 삼리성(三里城) → 주안진(周安鎭) → 영정사(永定司) → 경원부(慶遠府) → 황요촌(黃窯村) → 다령산(多靈山) → 대헐령(大歇嶺) → 경원부(慶遠府) → 회원진(懷遠鎭) → 덕승진(德勝鎭) → 하지소(河池所) → 남단주(南丹州) → 은촌(銀村)

역문

정축년[1] 12월 11일

밤새 내리던 비가 아침까지 이어졌다. 나는 종기로 고통스러워하다가 한참이 뒤에야 일어났다. 그러나 종기에다 한기로 몸이 피로한지라, 병주(并州)에서의 편안함은 전혀 없었다. 이때 어느 길로 가야 할지 결정을 내리지 못하는 데다, [정문(靜聞)과 헤어질 때 유골을 꼭 계족산(雞足山)에 묻어달라는 정문의 음성이 귀에 쟁쟁했다.] 유골을 가지고 갈까 물었더니 대단히 힘들다고 한지라, 나의 마음은 몹시 걱정스러웠다. 이에 천녕사(天寧寺)의 불상 앞에서 두 개의 제비를 뽑아 간구했더니 가져가라는 괘를 얻었다. 나는 이에 비를 무릅쓰고서 숭선사(崇善寺)로 달려가 보단(寶檀) 스님에게 은자를 주어, 그에게 내일 장례를 치를 수 있도록 음식을 준비해달라고 부탁했다. 밤에 양(梁)씨네 객점에 이르렀다. 비가 그치지 않았다.

---

1) 정축년은 숭정(崇禎) 10년인 1637년이다.

12월 12일

비가 쉬지 않고 내리더니 오후에야 약간 그쳤다. 나는 향촉과 여러 가지 물건을 사서 숭선사로 달려갔다. 보단과 운백(雲白) 두 스님은 정문 스님이 남긴 불경과 옷을 나누어 가질 속셈이었다. 그들은 양씨네 객점 에서 몰래 의논하여 서로 미루기로 계획을 세웠다. 그리하여 두 스님은 나에게 반드시 양씨를 데려와야만 된다고 말했다. 그런데 양씨는 일부 러 뻗대면서 오려 하지 않았다. 나는 거듭 그에게 부탁하느라고 여러 차례 오고갔다. 하지만 이 세 명의 못된 사람들은 서로 이리저리 미루 면서, 이쪽은 오려 하지 않고 저쪽은 가려 하지 않았다. 내가 아예 들어 앉아 재촉하자, 그들은 다시 몰래 쉬지 않고 만났다. 나는 그들이 무엇 때문에 거듭거듭 못된 짓을 하는지 알 수 없었다. 하지만 어찌 할 수 없 었다. 그저 밤낮으로 그들에게 매달렸으나, 그들은 오히려 욕설을 퍼부 으면서 꾸짖었다.

12월 13일

아침에 일어나 양씨에게 숭선사에 한 번 가달라고 부탁했으나, 그는 절대로 가지 않겠노라고 했다. 나는 이에 영수증 한 장을 써서 양(梁)씨 에게 증인이 되어 달라고 부탁했으나, 그는 끝내 서명하지 않았다. 나는 다시 하인 고씨더러 두 스님에게 부탁해보도록 명했으나, 두 스님의 뜻 은 전과 마찬가지였다. 이에 하는 수 없이 관아에 억울함을 하소연할 생각으로, 먼저 거처를 옮기고자 했다. 그래서 성에 들어가 공사[1] 등(鄧) 씨의 낡은 방 한 칸을 얻었다. 이어 성을 나와 사흘치의 방값을 양씨에 게 주고 짐을 옮겨 성으로 들어왔다. 날은 차차 갰다. 그런데 이 처소에 는 솥이 없는지라 단지를 사서 저녁밥을 지었다. 달빛이 휘영청 밝았다. 날이 맑게 개이리라 기대해도 좋으리라.

12월 14일

아침에 관아에서 나막신 소리가 들려오기에 일어나 살펴보았다. 여전히 비가 부슬부슬 내리고 있었다. 하인 고씨에게 밥을 지으라 명하고서 일어나, 호소문을 지어 군의 태수인 오(吳)공에게 보내라고 명했다. 그러나 이날 지방을 순시하는 사자가 무연현(武緣縣)에서 오는지라, 오공은 이미 그를 맞으러 교외로 나간 터였다. 하인 고(顧)씨는 남아서 그가 돌아오는지를 살폈다. 나는 비가 새는 거처에 앉아 있다가 정오가 지나자 도찰원 앞을 이리저리 거닐었다. 좌강도(左江道)에서 준비해온 선물과 선화현(宣化縣)에서 마련한 말먹이가 모두 대단히 풍성했다. 거처로 돌아오니, 하인 고씨가 태수를 만나 뵈는 일 때문에 아직 돌아와 있지 않았다. 다시 숭선사로 가서 스님에게 간청했다. 나는 또다시 글을 써서 하인 고씨를 그들에게 보냈다. 그렇지만 여전히 아무 대꾸도 해주지 않았다.

태평부(太平府)와 남녕부(南寧府)에는 모두 홍귤나무가 있으나 귤은 보이지 않는다. 오히려 나는 향무주(向武州)에서 귤 몇 개를 먹었다. 귤과 홍귤은 모양이 자못 비슷하다.

남녕부에서는 변어[1]가 제법 크고 많다. 이 물고기는 다른 곳에서는 아예 보이지 않는다. 큰 것은 네댓 근이고 작은 것이라도 두세 근인데, 상품(上品)이다. 붕어는 상당히 작고 드물며, 아무리 커봐야 세 치를 넘은 것이 없다.

---

1) 변어(邊魚)는 편어(鯿魚)라고도 하며, 방어의 일종이다.

12월 15일

오경 무렵에 몹시 춥더니, 날이 밝자 맑게 갰다. 초하루 아침부터 지금까지 흐렸으니, 딱 보름만에야 맑게 갠 셈이다. 이날 지방을 순시하는 사자는 남녕부에 머물면서 각각의 아전들을 접견했다. 내가 오전에 가서 알아보니, 오후가 되어서야 태수 오공이 좌강도에서 돌아온다고 했다. 하인 고씨에게 호소문을 가지고 가서 정문 스님의 일을 알리라 했는데, 오공 역시 상대조차 해주지 않았다. 오후에 성을 나와 수레와 짐꾼을 구했으나, 아무것도 구하지 못했다. 걱정스러울 따름이다.

12월 16일

유난히 날이 맑았다. 오경 때에 지방을 순시하던 사자가 태평부로 서둘러 갔다. 그는 사은부(思恩府)에서 왔는데, 왜 이처럼 급박하게 서두르는지 그 까닭을 알 수 없었다. 생각건대 역시 교이(交彝)가 변경을 압박하니 그러했으리라! 그의 일처리가 어떠한지 듣지 못했으며, 이 일대의 위아래 사람 모두가 마치 못들은 척 했다. 계속해서 하인 고씨에게 여기저기 수레와 짐꾼을 구해보라고 했으나, 끝내 구하지 못했다.

남녕부의 부성은 북쪽이 비좁고 서쪽은 툭 트여 있다. (북쪽은 망선파望仙坡에서 뻗어온 산줄기이고, 서쪽은 강에 닿아 있는 곳이다.) 북쪽, 동쪽, 남쪽에 각기 성문이 하나씩 있는데, 모두 성 모퉁이에 치우쳐 있다. 서쪽만은 강을 굽어보고 있으니, 세 개의 성문이 있는 셈이다.

12월 17일

다시 한 번 향촉과 음식을 갖추어 숭선사에 가서 운백 스님에게 음식을 데워 제사를 지내달라고 부탁했다. 다만 승복과 경전, 조그마한 대나무 상자만을 달라고 요구했을 뿐, 돈으로 바꿀 만한 다른 것들은 아예 꺼내지도 않았다. 운백 스님은 여전히 보단 스님이 돌아오기를 기다려야 한다며 미루었다.

이에 우선 무덤을 파서 백골을 거두니, 병 하나에 거의 가득 찼다. 병 속에 재와 흙을 섞어 넣고, 대나무 젓가락으로 하나하나 추려내니 하루 종일 걸렸다. 계속해서 재를 병 속에 집어넣은 다음, 원래의 구덩이를 메우고 나서 종이로 백골을 여러 겹으로 싸서, (가지고 들어오지 못하게 하는지라) 숭선사 바깥에 가져다 놓고 나니, 보단 스님이 돌아왔다.

내가 경전과 대나무 상자를 달라고 하자, 갑자기 도적과 같은 표정을 지으면서 나에게 "스님이 죽어 이미 장사지냈는데, 어찌하여 멋대로 파냈소?"라고 말하더니, 자물쇠를 구해다가 나를 가두어버렸다. 나는 쓴웃음을 지으면서 그의 속내를 헤아려보았다. 아마 그는 나에게 영수증을 한 장 쓰게 하여, 간직하고 있는 여러 물건들을 거짓으로 받았노라고 요구할 심산인 모양이었다.

이때 날은 이미 저물었다. 나는 전에 그가 "내가 스님을 모살했다고 네가 말하던데, 너마저 함께 모살하지 못한 게 한스럽다"라고 말한 것을 들은 적이 있었다. 그가 한 말을 떠올리자 몹시 두려웠다. 그래서 그의 뜻에 따르기로 하여 거짓 영수증을 그에게 주고, 겨우 승복과 경전만을 얻어낸 채 해골을 안고 돌아올 수 있었다.

어두컴컴한 저물녘에 등씨네 거처에 들어와 촛불을 찾아 밝혔다. 다시 유골을 잘 싸고서 절을 올렸다. 그리고서 모두(즉 승복 안에 있던 것들)를 잘 싸서 꿰매어 커다란 대나무 상자 속에 넣으니, 마침 상자 아래층에 가득 찼다. 이날은 다행히 맑게 개인지라 종일토록 물가에서 뼈를 추려낼 수 있었다. 어둠 속에서 돌아오는 길에 모래둑을 보니, 수레가 있다. 내일은 틀림없이 길을 떠날 수 있으려니 생각했다.

12월 18일

아침에 일어나니 궂은비가 부슬부슬 내리고, 길거리는 촉촉이 젖어 있었다. 나는 우산을 들고 짐꾼을 찾아갔으나, 전날 약속한 짐꾼이 가려 하지 않았다. 모래둑으로 나가 수레를 찾아보니, 수레 또한 찾을 수 없었다. 이에 거처로 돌아와 다시 하인 고씨에게 성밖에 가서 여기저기 구해보라 했으나, 끝내 구하지 못했다.

12월 19일

아침에 짐꾼 한 명을 구했는데 삯이 대단히 비쌌다. 어쩔 수 없이 그가 원하는 대로 해주었다. 그런데도 여전히 거듭 미루면서 더 요구하는 바람에, 오전에야 길을 나섰다. 비는 이미 그쳤으나, 먹구름은 말끔히 개지 않았다. 조경문(朝京門)을 나서 오공사(五公祠, 즉 망선파望仙坡)의 동쪽 기슭을 따라 북동쪽으로 나아갔다. 5리를 가서 접관정(接官亭)을 지나자, 조그마한 물길이 북서쪽에서 남동쪽으로 쏟아져들었다. 다시 5리를 가서 산언덕 하나를 넘어 잇달아 남쪽으로 흘러가는 조그마한 물길을 건넜다. 5리를 더 가자 제법 커다란 시내가 있다. 이 시내는 북서쪽에서 남동쪽으로 쏟아져드는데, 이것이 바로 이전에 청수산(清秀山)에 갈 적에 지났던 향상교(香象橋)의 상류이다.

대체로 부성 북쪽의 산은 동서 양쪽으로 병풍처럼 치솟아 있다. 이 산은 서쪽으로는 석보허(石步墟)에 닿아 있고, 동쪽으로는 사반(司叛)의 뾰족한 산에서 끝이 나는데, 온통 높은 봉우리가 병풍에 기댄 듯 쭉 이어져 있다. 그 가운데의 남쪽으로 뻗어나가는 갈래는 여러 차례 오르내리다가 망선파에서 끝이 나고, 남녕 부성으로 끝맺는다. 또한 동쪽으로 뻗어나가다가 다시 남쪽으로 뻗어나가는 갈래는, 남쪽의 청수산에서 끝나 남녕부 아래의 모래를 이룬다.

이 시내는 이 두 산허리의 경계인데, 시내 위에 나무다리가 걸려 있다. 다리를 건너 산언덕에 올랐다. 다시 5리를 가서 가장 높은 언덕등성이를 넘어 동쪽으로 내려오자, 등성이가에 구덩이진 샘이 있다. 이곳은 고정(高井)이라는 곳이다. 여기에서 세 번씩 오르내리면서 여러 번 조그마한 물길을 건넜는데, 이 물길은 모두 남동쪽에서 북서쪽으로 흘러간다. 비로소 건너뛴 등성이가 여전히 동쪽에 있는데, 이곳은 그 등성이가 빙 둘러 돌아든 언덕이며, 북서쪽에서 흘러드는 물길은 서쪽으로 돌아들어 남동쪽의 나무다리 아래를 흐르는 커다란 시내임을 알았다.

모두 4리를 가서 다시 산언덕등성이를 넘어 내려갔다. 이 등성이는 높이가 고정의 반에도 채 미치지 못하며, 실은 북서쪽에서 건너 뻗은 등성이가 청수산으로 내달린 것이다. 등성이를 내려와 다시 2리를 가서 시내 하나를 더 건넜다. 이 물길은 북서쪽에서 남동쪽으로 쏟아져 흘러간다. 시내를 지나 산언덕에 올라 다시 2리를 가자 귀인포(歸仁鋪)가 나오는데, 서너 가구가 언덕마루에 있을 따름이었다. 다시 북동쪽으로 뾰족한 산을 바라보면서 7리를 가니, 하단공관(河丹公館)이 나왔다. 서너 가구가 언덕마루에 있다. 이곳에서 식사를 했다.

다시 북동쪽으로 나아가 남쪽으로 흐르는 조그마한 물길을 여러 차례 건넜다. 5리를 가자, 제법 큰 시내 한 줄기가 나타났다. 그 위에 나무다리가 걸쳐 있다. 앞의 두 시내의 다리보다 훨씬 길다. 이 시내는 대체로 북쪽의 높은 산속에서 흘러오며, 그 상류의 움푹한 평지 안에 제법 흥성한 마을이 기대어 있다. 다리를 지나 동쪽으로 산언덕을 올랐다. 이곳은 교촌허(橋村墟)로, 수십 가구가 모여 있는 마을이었다.

이때 마침 정기시장이 열리고 있는 터라, 사람들 소리가 왁자지껄했다. 이곳에서 북쪽으로 뾰족한 산을 바라보면서 나아가 다시 남동쪽으로 흐르는 조그마한 물길을 여러 차례 건너 12리를 갔다. 북쪽의 제법 커다란 나무다리를 넘은 뒤, 다시 3리를 가서 시밤역(施汢驛)에 이르렀다. 날은 곧 저무려 하는지라, 객점에서 쉬기로 했다.

12월 20일

오경에 일어나 밥을 지어먹고 길을 나섰다. 동은 아직 트지 않았다. 시밤역에서 북동쪽으로 2리를 가서 참허(站墟)에 이르렀다. 다시 1리만에 아래로 내려가 시내 하나를 건넜다. 나무다리가 길었다. 시내 너머 동쪽으로 올라 모두 1리를 가서 산언덕을 넘자, 어느덧 뾰족한 산 너머의 북동쪽에 와 있었다. 도중에 여러 차례 자그마한 물길을 건넜다. 이 물길들은 모두 북쪽에서 남쪽으로 흐른다.

다시 12리를 나아가 평탄한 들판 속을 가로질렀다. 이곳은 북쪽으로는 높은 산에 다가가고, 남쪽으로는 움푹한 평지로 내려가며, 서쪽은 바로 방금 넘어온 산언덕이고, 동쪽은 높은 산의 동쪽 끝나는 곳이다. 남쪽으로 돌아들어 나아가는데, 담에 에워싸인 듯 굽이진 길이 빙 둘러싸고 있다. 다시 동쪽으로 2리를 가니, 커다란 시내가 북쪽 산에서 남쪽으로 움푹한 평지 속으로 흘러든다. 시내 북쪽의 큰 산 아래에 매우 흥성한 마을이 있다. 이곳은 위촌(韋村)이다. 마을 뒤편에는 조저산(朝著山)이라는 큰 산이 병풍처럼 솟아 있다.

시내의 다리를 건너 동쪽으로 높은 언덕에 올랐다. 이곳은 곧 남쪽으로 뻗어내린 산등성이로, 청수산의 동쪽 부성의 두 번째 겹의 아랫줄기이다. 『군지』에 따르면, 동쪽 80리에 있는 높고 험한 횡산(橫山)이 가로로 강줄기를 끊어놓고 있다고 한다. 아마 이 산이 남쪽으로 치달리다가 강을 끊은 채 우뚝 솟은 것이리라. 송나라 때에는 횡산채(橫山寨)를 설치하였으며, 말을 사고파는 시장이었다. 다시 북동쪽으로 2리를 가자 산언덕에 서너 가구가 있다. 이곳은 화갑포(火甲鋪)라고 한다. 여기에서 북쪽으로 내려가 산속 움푹한 평지를 나아갔다. 사방은 온통 산이고, 물길은 남동쪽에서 골짜기를 뚫고 흘러갔다.

가느다란 물길을 여러 차례 건너 5리를 나아가, 마침내 북쪽으로 꺾어져 산골짜기로 들어섰다. 양쪽의 산은 동서로 나란히 서 있다. 그 가운데로 물길을 거슬러 북쪽으로 올라 모두 10리를 갔다. 산골짜기가 좁아지는 곳에 물을 가둔 못이 있고, 서너 가구가 산등성이의 건널목에 기대어 있다. 양쪽 벼랑이 대단히 좁았다. 이곳은 관산(關山)이라 일컫는데, 토박이들은 산심(山心)이라 일컫기도 했다. 『지』에 따르면, 곤륜산(崑崙山)이 부성의 동쪽 90여리에 있다고 했으니, 이곳임에 의심할 여지가 없다. 그런데 토박이들에게 물어보니, 모두들 곤륜관(崑崙關)은 빈주(賓州)의 남쪽에 있다고 대답했다. 사재항(謝在杭)의 『백월지』 또한 그렇게 서술하고 있다.

내 생각으로는, 빈주 남쪽에 있는 것은 고루관(古漏關)이지 곤륜관이 아니다. 세상 사람들은 적무양(狄武襄)[1]이 빈주에 주둔했을 적에 상원절[2]에 장졸들을 위해 연회를 베풀고 밤 이경에 곤륜관에 이르렀다고 한지라, 빈주의 고루관을 곤륜관으로 여기게 되었던 것이다. 오늘에 이르도록 남녕에 있는 것이 그저 관산이라고 알 뿐 곤륜관임을 알지 못하고, 빈주에 있는 것을 곤륜관이라 여긴 채 고루관임을 알지 못하고 있다. 만약 곤륜관이 정말로 빈주 남쪽 10리에 있다면, 양군이 이미 대치하고 있다가 열흘이나 주둔하고 있던 있던 적무양이 밤 이경에 군대를 일으켜 동이 틀 무렵에 적을 쳐부수었다고 해도 그다지 신기하게 여길 만한 일은 아니다.

민가에서 식사를 하고나서 북동쪽으로 산을 내려왔다. 1리를 가자 커다란 시내가 북쪽에서 남쪽으로 흘러오는데, 그 물살이 거셌다. 남녕부 경내에 들어선 이래 이에 비길 만한 것이 없었다. 대체로 관산 남북 양쪽의 물길은 비록 나뉘어 흐르지만, 남쪽의 울강(鬱江)으로 흘러든다. 여기에서 그 물길을 거슬러 북쪽으로 산골짜기를 나아가노라니, 산골짜기의 산이 여러 차례 트였다가 합쳐졌다. 다시 14리를 나아가 백 가구가 모여 사는 마을에 이르렀다. 이곳은 장산역(長山驛)이라는 곳이다. 마을은 시내 서쪽에 있고, 그 북쪽에는 두 줄기의 시내가 흘러와 만났다. 한 줄기는 북서쪽에서, 다른 한 줄기는 북동쪽에서 흘러왔다. 두 물길이 만나는 곳의 북쪽은 좁아진 채 산언덕을 이루고 있으며, 그 위에 매우 번성한 장터 가게들이 있다.

이에 북서쪽에서 흘러오는 시내를 넘어 다리 건너 장터에 오른 뒤, 북동쪽에서 흘러오는 시내의 오른쪽을 따라 물길을 거슬러 나아갔다. 다시 10리를 가자 시냇물이 북동쪽에서 움푹한 평지를 감돌아 흘러오고, 길은 북쪽 기슭을 따라 오르다가 몇 가구가 모여사는 마을이 나타났다. 이곳은 이단허(裏段墟)라는 곳으로서, 옹주(邕州)와 유주(柳州)의 계패령(界牌嶺)의 남쪽 기슭이다. (이곳은 계패령으로부터 10리 떨어져 있으며, 이곳은 선화현宣化縣에 속한다.)

대체로 옹주, 유주의 물길은 계패령에서 나뉜다. 북쪽으로 흘러내리는 물길은 사롱(思籠)에서 서쪽의 무연현 고봉령(高峰嶺) 서쪽으로 돌아들었다가 우강(右江)으로 흘러들고, 남쪽으로 흘러내리는 물길은 울강으로 흘러든다. 이곳 계패령의 남쪽을 흐르는 물길은 장산(長山)을 거쳐 남쪽으로 흐르는데, 나는 영리수(伶俐水)의 상류이리라고 생각했다. 그런데 토박이들은 이렇게 말했다. "영리수는 동쪽으로 산 하나를 격해 있습니다. 이 물길은 대중항(大中港)에서 흘러나오고, 대중항은 영리수의 서쪽에 있습니다." 이날 이단허에 이르기까지 약 60리를 왔다. 때는 고작 정오를 지났을 따름인데, 짐꾼이 짐이 너무 무거워 걷기 힘들다고 했다. 게다가 이곳에서 사롱까지는 40리인데다 온통 산인지라 쉴 만한 마을이 없다. 그리하여 말을 멈춘 채 나아가지 않았다.

---

1) 적무양(狄武襄)은 북송대의 장수인 적청(狄靑, 1008~1057)을 가리킨다. 적청의 자는 한신(漢臣)이며 무양은 그의 시호이다. 농지고(儂智高)가 반란을 일으켜 양광(兩廣)을 함락시켰을 때에 출병하여 토벌했다. 『송사(宋史)·적청전(狄靑傳)』에 그의 생평이 실려 있다.
2) 옛 풍속에 따르면 음력 5월 15일을 상원절(上元節), 7월 15일을 중원절(中元節), 10월 15일을 하원절(下元節)이라 한다.

12월 21일

날이 밝자 이단허에서 북쪽으로 가다가 다시 산을 내려왔다. 북쪽에서 흘러오는 물과 만났다. 그 물길을 거슬러 5리를 들어가자, 물길 좌우마다 지류가 산허리에서 흘러든다. 조그마한 다리를 건넜다. 이곳의 물길은 북서쪽에서 흘러오는 지류이다. 다시 4리를 가서 자그마한 다리를 건너 시내의 동쪽으로 넘어가자, 북동쪽 산골짜기에 또 하나의 지류가 흘러들었다. 북쪽으로 1리를 더 가서 북쪽으로 고개를 오르기 시작했다. 서쪽을 굽어보니, 그 물길이 서쪽의 골짜기에서 흘러나왔다. 이곳은 이단허와 장산의 커다란 시내의 발원지이다.

북쪽으로 반리를 올라갔다가 동쪽으로 비좁은 관문에 들어서자, 그 동쪽에 공관이 있다. 이곳은 옹주와 유주가 나뉘는 경계이다. (관문 안쪽은 빈주에 속한다.) 공관은 본채만 기와를 얹었을 뿐, 양쪽의 곁채는 띠풀로 지붕을 얹었다. 공관의 문은 동쪽을 향하여 있고, 그 앞뒤로 구렁을 빙 둘러 밭이 있으며, 남북 양쪽에는 흙산이 솟아 있다. 물길은 서쪽의 공관의 오른쪽 골짜기 속으로 떨어져 내린다. 아마 방금 전 서쪽 기슭에서 산을 오를 때 보았던, 북동쪽 골짜기에 흘러들던 지류의 상류이리라. 이 비좁은 관문을 토박이들은 계패령이라 일컬으며, 또한 곤륜관이라 가리키기도 했다.

생각건대, 곤륜관은 남녕부의 속지로, 부성으로부터 동쪽으로 95리 떨어져 있다. 그런데 이곳은 빈주와 경계가 나뉘는 곳으로, 남녕부로부터 120리 떨어져 있으니, 이곳이 곤륜관이 아님을 알 수 있다. 이제 이곳을 지나다니는 이들이 이곳에 관문이 있음을 보고서 곤륜관이라 착각해버린 것이다. 그래서 『서사이(西事珥)』에서 "곤륜관은 그다지 웅장하거나 험하지 않으며, 여기에는 갈림길이 많이 있기에 '곤륜관을 지키려면 반드시 샛길을 지켜야 한다'라고 한 것이다"라고 기술했는데, 이 역시 오해하여 이렇게 말한 것이다.

다시 고개 골짜기를 완만하게 나아가자, 밭두둑의 동쪽에 물이 고인 채 못을 이루고 있다. 세 개의 못이 이어져 물이 고여 있다. 반리를 가자 못은 끝이 나고, 다시 둥글게 밭을 이루고 있다. [밭의] 남쪽에는 거대한 산이 가로로 우뚝 솟아 있고, 밭의 북쪽에는 언덕들이 비스듬히 치켜든 채 늘어서 있다. 그 사이에는 밭두둑이 꿰뚫고 있다. 이곳은 곧 산자락이 지나는 곳이며, 그 동쪽에는 물길이 북쪽으로 흐르고 있다.

나는 이 작은 산줄기가 북쪽에서 남쪽으로 뻗어지나가다가 물길을 따라 북동쪽으로 내려간다고 생각했다. 그런데 사롱에 이르러 묻고서야 그렇지 않다는 것을 알게 되었다. 즉 이 물길은 북서쪽의 무연현 남쪽의 고봉(高峰)을 돌아들어 우강으로 흘러나간다. 또한 이 산줄기는 남쪽에서 북쪽으로 건너뛰어 북쪽에서 불쑥 솟아 육몽산(陸蒙山)을 이루었다가, 끊이지 않고 이어져 서쪽으로 뻗어나가 시밤역의 뾰족한 봉우리를 지난다. 다시 서쪽으로 치달려 지맥으로 나뉘었다가 남쪽의 남녕부로 맺혀지고, 그것이 쭉 서쪽으로 뻗어나가 좀더 서쪽으로 나수산(羅秀山)을 이루며, 더 서쪽으로는 석보허이고, 더 서쪽으로 왕궁촌에서 끝이 난다. 왕궁촌은 바로 우강이 울강으로 흘러드는 동쪽 언덕이다.

산자락이 건너뛴 곳에서 다시 동쪽으로 반리를 가서 내려갔다가 다시 반리를 나아가 움푹한 평지속에 닿았다. 물길을 따라 북동쪽으로 나아가면서 바라보니, 앞쪽 산의 봉우리 하나가 뾰족하고도 대단히 높았다. 자욱한 구름이 때로 가득했다가 홀연 바람에 흩어져 모습을 드러내기도 했다. 5리를 가서 차츰 뾰족한 봉우리의 남쪽에 이르렀다. 시내를 건너 북쪽으로 다시 2리를 가서야, 비로소 길 왼쪽의 서쪽 산 아래에 마을이 기대어 있는 것이 보였다.

다시 동쪽으로 시내를 건넌 뒤, 여기에서 시내의 동쪽을 따라 북쪽으로 나아갔다. 3리를 가니, 어느덧 뾰족한 봉우리의 서쪽 기슭으로 빠져나와 있었다. 시냇물은 동쪽의 산기슭 발치에 찰랑대고 있고, 길은 벼랑을 감돌아 북쪽으로 뻗어오르고 있다. 벼랑의 북쪽으로 돌아나와 2리를 가서 북동쪽으로 내려가자, 어느덧 뾰족한 봉우리의 북쪽을 에돌아 나와 있었다.

다시 움푹한 평지 속에 2리를 갔다. 조그마한 물길이 남쪽의 뾰족한 산의 북쪽 골짜기에서 흘러나와, 북쪽의 계패령에서 흘러오는 물길과 합쳐진다. 이곳의 자그마한 다리를 건넜다. 이곳은 상림현(上林縣)의 경계이다. 계패령에서 이곳에 이르기까지는 모두 빈주의 경계이나, 이 물길의 동쪽은 또한 상림현의 경계이다. 상림현의 사롱의 역참 하나가 경계지역에 외로이 매달려 있기 때문이다.

다리를 지나 다시 북동쪽으로 산언덕 비탈을 올라 4리만에 사롱에 이르렀다. 언덕머리에 마을이 있으니, 이곳이 사롱역(思籠驛)이다. 『지』에 따르면, 사롱은 폐기된 현으로, 예전에는 남녕부의 속현이었으나 언제 상림현의 속지로 떼어졌는지 알 수 없다. 이곳의 동쪽과 서쪽, 남쪽은 모두 빈주의 관할 경계이며, 오직 북서쪽으로 50리를 가면 상림현에 이른다. [사롱역 남쪽에는 고첨산(高尖山)이 있고, 북쪽에는 높은 산이 나란히 가로막고 있으며, 동쪽에는 북두산(北斗山)이, 서쪽에는 쇄국령(曬麯嶺)이 있다. 멀리 산이 층층이 쌓여 있는 정서쪽의 것은 육몽산(陸蒙山)이다. 시내는 계패령에서 북동쪽으로 이곳에 흘러오는데, 북쪽 산에서 가로막혔다가 남서쪽으로 돌아들어 흘러간다. 오직 육몽산만이 시내 서쪽에 떨어져 있다.]

이에 앞서, 가랑비가 부슬부슬 내리는지라 처음에는 사롱에 도착하면 발길을 멈출 작정이었다. 그런데 식사를 하고서도 날이 아직 이른데다, 짐꾼이 내일 아침에는 비가 내려 길이 미끄러울까 걱정했다. 그래서 더욱 기운을 내어 나아가기로 했다. 사롱에서 동쪽으로 움푹한 평지 속으로 내려가 가느다란 물길을 거슬러 동쪽으로 1리를 갔다. 밭두둑이 끝나고 다시 물이 고인 채 못을 이루고 있다. 이 못은 길이가 1리에 달하고, 못이 끝나자 다시 밭두둑을 빙 둘러 밭을 이루고 있다. 못의 남북 양쪽은 온통 높은 산과 벼랑골짜기이다. 남쪽은 고첨산의 북동쪽 자락이고, 북쪽은 북두산의 남동쪽 자락이다. 그 사이에는 밭을 이루고 있다.

모두 반리를 가니, 두 산의 산줄기가 건너뛴 등성이이다. 이곳에 이르러 물길은 북동쪽과 남서쪽의 두 갈래로 나뉜다. 북동쪽의 물길은 도니강(都泥江)으로 흘러들고, 남서쪽의 물길은 우강으로 흘러든다. [검강(黔江)과 울강의 두 강이 나뉘는 등성이이다.] 물길의 지류는 이곳에 이르러 나뉘기 시작한 것이다. 등성이를 지나 물길을 따라 북동쪽의 골짜기를 나아가는데, 골짜기가 매우 비좁았다.

다시 반리만에 내려가기 시작하자, 마을이 나타났다. 이곳은 또다시 빈주의 경계지역이다. 대체로 빈주의 경계지역은 동서로 사롱을 그 가운데에 끼고 있으며, 상림현의 남쪽 경계지역은 고작 7리만 가로지르면 된다고 한다. 등성이를 내려오자 산은 더욱 바짝 조여들고, 길은 한결 동쪽으로 굽이돌았다. 어느덧 고첨산의 동쪽 기슭을 넘어와 있었다. 『지』에 따르면, "빈주의 남쪽 45리에 고루산이 있고, 고루의 물길은 여기에서 비롯된다. 이곳의 관문을 고루관이라 한다"고 기술되어 있다. 바로 이곳이건만, 토박이들 가운데에는 이를 아는 이가 없었다.

물길을 따라 동쪽으로 3리를 가자, 산골짜기가 차츰 훤히 열렸다. 다시 6리를 나아가 차츰 산골짜기를 빠져나왔다. 동쪽을 바라보니, 멀리 한 쌍의 봉우리가 나란히 뾰족하게 솟구쳐 있다. 이곳은 백화산(百花山)이다. 물길은 꺾어져 북쪽으로 흘러가고, 길 역시 물길을 따라 뻗어있으며 산이 활짝 펼쳐져 있다.

6리를 가자 쌍봉동(雙峰洞)이 나오고, 남쪽에 진숭의묘(陳崇儀廟)라는 사당이 동쪽을 향해 있다. 이 사당은 송나라의 지주(知州)를 지낸 진서(陳曙)를 제사하는 곳이다. 농지고(儂智高)가 난을 일으키자 진서는 빈주의 지주로서 병사 팔천 명을 이끌고서 곤륜관에서 싸웠으나 패하고 말았다. 경략사¹⁾ 적청(狄靑)이 군법에 따라 그의 목을 베니, 토박이들이 그를 애도하여 제사를 지냈다. 후에 한 도독이 오랑캐를 정벌하다가 주홍빛 옷차림에 흰 말을 탄 채 길을 이끄는 자를 보게 되었다. 바로 진서의 영혼

이 나타난 것임을 알고서 묘당을 확장하여 새로이 했다.

이곳은 어지러운 산이 빙 에돌면서 오르내리지만, 특출나게 솟구친 쌍봉(雙峰)은 없다. 예컨대 나란히 모여 있는 백화산의 한 쌍의 봉우리는 비록 멀리서 바라보면 그렇게 보이지만, 떨어진 거리가 매우 멀다. 그런데 왜 '쌍봉'동이라 일컫는지 알 수 없다. (비문에는 "빈주 30리에 있다"라고 씌어 있다.)

다시 북쪽으로 2리를 가자, 서쪽의 움푹한 평지에서 흘러나온 조그마한 물길이 동쪽의 커다란 시내(즉 고루수古漏水)에 흘러들었다. 다시 3리를 가서 커다란 시내의 동쪽을 건넜다. 시내는 동쪽으로 감아돌고, 길 역시 시내 남쪽에서 시내를 따라 뻗어 있다. 동쪽으로 모두 10리를 가자, 시내 북쪽의 산은 동쪽으로 끝이 나고, 시내 남쪽의 산 역시 차츰 동쪽으로 돌아들었다가 남쪽으로 뻗어있다. 이곳은 산의 어귀이다.

그 동쪽에는 평탄한 들판이 끝없이 펼쳐져 있다. 하늘은 툭 트이고, 산은 공활하다. 뜻밖에 이런 첩첩 산중에도 이처럼 광활하고도 시원스러운 곳이 있다니! 동쪽으로 바라보니 5리 되는 곳은 정교촌(丁橋村)이고, 더 동쪽으로 10리 되는 곳이 빈주이다. 모두 평야 속에 있다. 사조제(謝肇淛)[2]가 "곤륜관은 빈주 남쪽 10리에 있다"고 말했는데, 무슨 근거로 이렇게 말했을까?

산 어귀에서 잠시 쉬면서 길가는 이에게 삼리성(三里城)으로 가는 길을 물어보았다. 길을 안다는 이가 이렇게 말했다. "이곳을 따라 북동쪽으로 가다가 북쪽의 조그마한 고개를 따라 들어가야지요. 구촌(口村)이 나올 겁니다. 이 길은 지름길이니, 빈주로 에돌아가지 않아도 됩니다."

이때 막 오후이고 날씨가 아주 맑은지라, 산 어귀에서 북쪽으로 커다란 시내를 건너 평탄한 들판 속을 나아갔다. 10리를 가서 북쪽 경계의 조그마한 산 아래에 이르렀다. 이 산은 대단히 나지막하다. 산 어귀의 북쪽에서 빙 둘러 북동쪽으로 나아가 이곳에 이르자, 마을이 기대어 있다. 마을 동쪽에서 다시 북동쪽으로 5리를 나아가 산의 북쪽을 넘자, 움푹한 평지가 서쪽에서 동쪽으로 또다시 펼쳐져 있다. 평지를 가로질러 나아가 2리를 갔다. 서쪽에서 동쪽으로 흘러드는 물길이 있고, 그 위에 다리가 걸려 있다. 다리를 건넜다.

다시 북쪽으로 1리를 나아가 곧바로 북쪽의 산 아래에 이르렀다. 이 산은 북쪽의 두 번째 겹의, 동쪽으로 뻗어가는 작은 갈래이다. 물길은 산기슭에 바짝 붙어 서쪽에서 동쪽으로 흐르고, 방금 전의 시내와 마찬가지로 다리가 걸쳐져 있다. 다리를 건너자마자 북쪽으로 산을 올랐다. 산꼭대기에는 보루 한 곳이 있다. 이곳은 죽마보(竹馬堡)이다. 이곳은 2년 전에 태평부의 절도추관 오(吳)씨(이름은 정원鼎元이며, 고주高州 사람이다)가 빈주의 주관을 대리할 적에 지었으며, 토사병 50명을 모집하여 이 요충지를 지켰다.

산에 올라 반리를 간 뒤, 산위에서 북쪽으로 반리를 갔다. 산 북쪽에 못이 있는데, 못물이 산기슭에 철썩이고, 사방은 온통 산골짜기로 둘러싸여 있다. 산을 내려와 다시 반리를 가서 북쪽으로 공촌(公村)을 바라보았다. 이 마을은 움푹한 평지의 북쪽 2리 너머에 있다. 짐꾼이 힘이 부쳐 나아가지 못하는지라, 산 북쪽 기슭에서 동쪽으로 반리만에 조그마한 마을에서 투숙했다. 마을은 한길에 있지 않았다. 마을 사람들은 처음에는 손님을 받지 않으려 했으나, 잠시 후 한 아낙이 머물도록 해주었다. 그녀는 남경(南京) 사람인 이씨의 딸로, 나의 고향 말투를 듣더니 기꺼이 머물도록 해주었다. (그녀의 남편은 등鄧씨이며, 역참의 말을 타고서 남녕에 가고 없었다.)

---

1) 경략사(經略使)는 예전에 변경에 두었던 군사방면의 장관을 가리킨다.
2) 사조제(謝肇淛, 1567~1624)는 복건성 장락현(長樂縣) 사람으로, 자는 재항(在杭)이고 호는 무림(武林), 소초재주인(小草齋主人)이다. 만력 20년(1592년)에 벼슬길에 올라 남경 형부주사(刑部主事), 병부랑중(兵部郎中) 등을 역임했으며, 황제의 명을 받들어 물길을 다스려 공을 세움과 아울러 『북하기략(北河紀略)』을 저술했다. 천계(天啓) 원년(1621년)에 광서안찰사를 역임하다가 광서우포정사로 승진하여 백성들의 생활을 안정시켰을 뿐만 아니라, 소수민족과의 갈등을 해소했다. 그의 저술로는 옛 풍물을 다

량으로 기술하여 명대의 가장 뻬어난 박물학 저작으로 평가받는 『오잡조(五雜組)』
외에, 『월동말의(粤東末議)』, 『백월풍토기(百粤風土記)』 등이 있다.

12월 22일

오늘은 입춘이다. 아침에 일어나니, 먹구름이 사방에서 모여들었다.
식사를 마치고서 북쪽으로 움푹한 평지의 밭길 사이로 나아갔다. 2리를
가서 북쪽 산 아래에 이르렀다. 이곳이 공촌이다. 마을 동쪽에서 산을
넘어 북쪽으로 3리를 내려가 북쪽 기슭에 이르러서야, 비로소 북쪽으로
널찍하게 넓어지고, 불쑥 튀어나온 바위봉우리가 차츰 나타나기 시작했
다. 융안현(隆安縣)의 서쪽 고개에 들어선 이래 흙산의 높낮이가 일정치
않은데다 온통 흙뿐인 채 바위가 보이지 않더니, 이곳에 이르러서야 우
뚝 솟은 면모가 다시 보이기 시작했다.

여기에서 다시 평탄한 들판 속을 나아가 1리만에 북쪽의 나무판자
다리를 지났다. 서쪽에서 동쪽으로 흘러가는 조그마한 물길이 있다. 다
시 북쪽으로 4리를 나아가 북쪽의 자그마한 산 아래에 이르니, 물길이
산 아래에서 남쪽 기슭에 부딪치며 동쪽으로 흘러간다. 그 위에 걸쳐진
다리를 건넌 뒤, 산허리를 뚫고서 북쪽으로 나아갔다.

여기에서 북쪽으로 비탈 사이를 나아가다가 서쪽을 바라보니, 한 쌍
의 봉우리가 몹시 험준하고 운무가 자욱하다. 이곳은 대명산(大明山)이다.
이 산은 [북두산 북서쪽에 있으며,] 상림현과 무연현의 분계선이다.
『지』에 따르면, "상림현과 무연현에는 막야산(鏌鎁山)과 사린산(思鄰山)이
있으며, 두 현의 분계이다"라고 했다. 막야산을 말하면서 대명산(大明山)
을 언급하지 않았으니, 설마 대명산이 바로 막야산이란 말인가?

다시 북쪽으로 5리를 가자, 커다란 시내가 서쪽의 대명산에서 동쪽으
로 흘러간다. 이 또한 빈주와 상림현의 분계선이며, 이 시냇물은 고루수
의 여러 시내보다 더 커다랗기에 다리를 놓아 건널 수 없다. 시내 북쪽

에서 다시 3리를 가서 산언덕에 올랐다. 이곳은 사락허(思洛墟)이다. 빈주 북쪽에서 뻗어오는 큰길은 이곳에 이르러 만난다. 북서쪽으로 나아가 모두 12리를 가서 백허(白墟)를 지나고, 다시 3리만에 목민보(牧民堡)에 이르렀다. 산언덕마루에 밥을 파는 이가 있다. 이곳은 빈주에서 상림현과 삼리성으로 가는 도중이다.

다시 북서쪽으로 10리를 가서 개롱산(開籠山, 일명 계롱산(雞籠山))에 이르렀다. 어느덧 북쪽의 바위산 아래에 바짝 다가와 있었다. 갈림길에서 북쪽의 바위산골짜기 속으로 들어섰다. 이 산은 수많은 산들이 무리를 이루어 나뉘었다가 합쳐져 있다. 산은 비록 작으나, 자태의 변모는 매우 심했다. [세 갈래 나뉘어진 봉우리가 있다. 동쪽 갈래는 크고 높으며, 가운데 갈래는 이에 버금가고, 서쪽 갈래는 유난히 날카로와 마치 대나무 가지처럼 가늘고 괴이하기 짝이 없다. 뭇 봉우리 사이에 우뚝 솟아, 마치 비녀나 붓처럼 드높고 곧은 봉우리도 있다.]

그 서쪽에서 북쪽으로 돌아들어 바위산 속으로 들어갔다. 5리만에 북쪽의 양도(楊渡)에 이르렀다. 커다란 시내 한 줄기가 서쪽의 상림현 높은 산속에서 동쪽의 이곳까지 흘러와 곧장 북쪽의 바위산 아래에 바짝 이르고, 또 한 줄기의 시내가 북쪽의 삼리성 산골짜기에서 남쪽으로 흐르다 커다란 시내에 흘러든다. 이 두 줄기가 합쳐져 더욱 커진 시내는, 바위산을 따라 동쪽으로 흐르다가 천강(遷江)에 이른 뒤 도니강으로 흘러든다.

나룻배를 타고 북쪽 산 아래를 건넜다. 밥을 파는 이들이 길에 늘어서고, 시내를 건너는 이들이 끊이지 않고 이어졌다. 마침내 그 동쪽의, 남쪽에서 흘러오는 시내의 서쪽 언덕을 거슬러 골짜기로 들어섰다. 그 골짜기는 조여졌다가 트이고, 빙글 감돌아 굽이지는데, 좌우에 모두 마을이 있다.

10리를 가자 골짜기는 다시 훤히 트였다. 사방은 산으로 둘러싸이고, 가운데는 커다란 평지를 이루고 있다. 봉우리 하나가 움푹한 평지의 들판 속에 불쑥 솟은 채 사방에 의지할 곳이 없다. 영락없이 계림(桂林)의 독수봉(獨秀峰)이나 향무주(向武州)의 서암(瑞巖)과 흡사하지만, 훨씬 작고 더 험준했다. 그 서쪽을 지나는데, 홀연 나무 그림자가 거꾸로 드리우고 햇빛이 그 사이를 뚫고 나온다. 얼른 동쪽으로 그 속에 들어가니, 그 가운데는 남북으로 뻥 뚫려 있다.

남쪽의 동굴 구멍에는 거대한 바위가 동굴 꼭대기에서 동굴 입구 밖을 가로막고 있다. 바위는 비스듬히 기댄 채 동굴 입구를 둘로 나누고 있다. 입구 안쪽의 갈라진 구멍은 높이가 여러 길이고 너비가 한 길 다섯 자이다. 바위는 곧바로 봉우리 북쪽을 향하여 대여섯 길 뚫려 있다. 북쪽의 동굴 구멍을 나오자, 동굴 위에는 날 듯한 벼랑이 거꾸로 내리덮인 채 동쪽으로 치켜들려 있다. 마치 복도가 허공을 감아도는 듯하고, 매달린 나뭇가지가 아름다운 그림자를 드리운 듯했다.

다시 그 안으로 들어갔다가 다시 서쪽의 구멍을 지나 북서쪽으로 돌아나왔다. 그 속에서 굽이져 돌아들자, 여러 차례 날듯한 다리가 위에 걸려 있다. 등으로 동굴을 떠받친 채 한 층 한 층 뚫으면서 서쪽 입구로 빠져나왔다. 봉우리는 몹시 작지만, 아래에 네 개의 입구가 뚫려 있고, 가운데로는 두 길이 통해 있다. 전체적으로 낭암(瑯巖)의 아름다움을 고루 갖추고 있으나 그래도 부족함이 있다. 다만 낭암은 높고 긴 데 반해, 이곳은 평평하고도 좁다.

동굴 북쪽에서 다시 북쪽으로 3리를 가자 계수교(桂水橋)가 나왔다. 시냇물은 북서쪽에서 흘러와 벼랑에 부딪치고, 남쪽 벼랑은 시내를 굽어보면서 다리에 닿아 있다. 전에 누군가 바위를 쌓아 평대를 만들고 그 위에 정자를 지은 후 내원정(來遠亭)이라 일컬었는데, 이제는 황폐한 터만 남아 있을 따름이다. 다리 동쪽을 넘어 다시 북쪽으로 2리를 가자 삼리성이 나타났다. 이 성은 만력(萬曆) 8년[1]에 지어졌는데, 처음에 참장부[2]를 세워 남단위(南丹衛)[3]를 이곳에 옮기고 팔채(八寨)를 진압했다고 한다.

때는 어느덧 정오가 지나 있었다. 남성 밖의 진(陳)대장의 집에 묵기로 했다. 이 사람은 절강(浙江) 상우현(上虞縣)의 진(陳)씨로서, 이곳에서 이십 년째 살고 있었다. 석양빛이 너무나 고왔다. 나는 성에 들어가 관제묘(關帝廟)를 배알하고, 시장에서 돈을 바꾸었다. 잠자리에 들 무렵, 비가 다시 심하게 쏟아졌다.

---

1) 만력 8년은 1580년이다.
2) 참장(參將)은 명대의 무관의 명칭으로, 총병(總兵), 부총병(副總兵)에 다음가는 직위이다. 참장부는 참장이 지휘하는 단위를 가리킨다.
3) 남단위(南丹衛)는 원래 홍무(洪武) 28년(1395년)에 남단주(南丹州)에 설치되었기에 붙여진 군영의 명칭이다. 남단위는 이후 영락(永樂) 2년(1404년)에 상림현 동쪽으로 옮기고, 정통(正統) 6년(1441년)에 빈주성(賓州城)으로 옮겼다가, 만력 8년에 삼리성으로 옮겼다.

12월 23일

아침에 일어나니 비가 그쳐 있었다. 얼마 후 햇빛이 밝게 비치기에 하인 고씨에게 옷과 이불을 빨게 했다. 나는 육(陸)참장께 보내는 편지를 지음과 함께, 「정문스님을 곡하며(哭靜聞)」 등의 여러 시를 베껴 적어 편지에 봉한 다음, 내일 아침에 전하고자 했다. 저물녘에 해는 다시 먹구름 속으로 들어갔다.

12월 24일

아침에 일어나니 비가 다시 내리고 있었다. 오전에 육(陸)참장에게 편지를 전달했다. 육참장은 진강(鎭江) 사람으로, 이곳에 주둔한 지 6년째였다. (이름은 만리萬里이다.) 그는 편지를 받자마자, 즉시 한 명의 파총에게 명함을 가지고서 나를 맞으라고 명했다. 나는 이에 들어가 그를 배알하여 고향의 정담을 나누다가 한참 뒤에야 헤어졌다. 육참장은 "본디 붙들어 대접해야 마땅하나, 오늘은 자질구레한 일이 많은지라 내일 아침에야 제대로 모실 수 있겠습니다"라고 말했다. 이날은 그의 손자 육백항(陸伯恒)이 성인의 관례를 행하는 날인지라, 남단위의 여러 관원들이 축하 연회를 열었다. 나는 숙소로 돌아왔다. 비가 그치지 않고 내렸다. 주인 진씨가 나에게 마실 술을 가져다주었다. 취하여 잠이 들었다.

---

1) 파총(把總)은 명나라와 청나라 때에 각지의 총병(總兵) 아래에 두었던 하급무관을 가리킨다.

12월 25일

아침에 일어나자 차츰 날이 갰다. 나는 숙소에서 여정의 유람기를 적었다. 오전에 육참장은 친서를 보내 나와 이야기를 나누기로 약속하고, 내가 보낸 선물을 모두 되돌려 보냈다. 내가 다시 편지를 써서 강권하자, 그제야 『금곡추향(金谷秋香)』권을 받았다. 오후에 관아로 들어가 연회에 참석하여 육참장과 그의 아우 육현지(陸玄芝)를 만났다. 형제 모두 공손하고 순박하며 충후하여, 서로를 지극히 아끼고 사랑했다.

12월 26일

아침에 일어나 육참장에게 들어가 인사를 드렸다. 동각에 머물게 되었다. 동각은 관아의 동쪽 모퉁이에 있는데, 높다란 소나무가 하늘 높이 자라 있어 그윽하고 시원한 정취를 함께 갖추고 있다. 육참장은 술과 음식을 풍성하게 차리고, 옷과 양말, 바지와 신발을 선사했다. 그의 은근하고 정성스러운 정의가 친형제보다 나았다.

이날 육참장은 최근 관보와 옛 관보를 꺼내어 내게 보여주었다. 황석재(黃石齋)선생은 이미 북경(北京)에 들어가 또다시 두 번의 상소를 올렸다가 그 집요함을 책망하는 성지를 받아 다시 회답하라는 칙령을 받았는데, 이부주사 웅문거(熊文擧)가 상소를 올려 그를 구해주었다. 아울러 정밀양(鄭崒陽)[1]의 안건은 수자리로 보내기로 했는데, 성지를 받들어 중형을 가하고자 했으나 형부상서 임(任)씨가 세 등급을 강등했다. 6월에 이르러 금의위[2]가 그의 발병을 알렸다. 이와 함께 전목재(錢牧齋)[3]가 오정(烏程)에게 아부하려는 소인배들의 상소를 당하여, 결국 체포되어 북경으로 들어갔으며, 구식사(瞿式耜)[4]마저 하옥되었다. 무녕후(撫寧侯) 주국필(朱國弼) 등이 상소하여 오정을 공격하자, 6월에야 오정은 북경으로 불려왔으나, 정밀양과 전목재의 안건은 아직 해결되지 않았음을 알게 되었다.

1) 정밀양(鄭崒陽)은 황석재의 벗인 정만(鄭鄤, 1594~1639)을 가리키며, 무진(武進) 출신으로 밀양은 그의 자이다. 서하객은 황석재의 소개로 복건성에서 광동성으로 가는 길에 나부산(羅浮山)에서 그를 방문한 적이 있으며, 후에 상주(常州)에서 그를 찾아가기도 했다.
2) 금의위(錦衣衛)는 금의친군도지휘사사(錦衣親軍都指揮使司)를 가리킨다. 원래 황궁을 호위하는 친군이나, 후에는 형옥(刑獄)을 관장하여 황제의 뜻을 받들어 정찰과 체포 등을 담당했다.
3) 전목재(錢牧齋)는 전겸익(錢謙益, 1582~1664)을 가리키며, 강소성 상숙(常熟) 출신으로서 자는 수지(受之)이고 호는 목재(牧齋)이다. 그는 서하객과 그의 유람에 대해 높이 평가했다.
4) 구식사(瞿式耜, 1590~1650)는 강소성 상숙(常熟) 출신으로, 자는 기전(起田) 혹은 가헌(稼軒)이다. 강서성 영풍(永豊) 지현, 호과급사중(戶科給事中) 등을 역임했으며, 명나라가 망하자 홍광(弘光) 정권에 참여하여 청나라에 맞서 싸우다가 청나라 군대에 죽임을 당했다.

12월 27일

비가 내렸다.

12월 28일

날이 조금 갰다. 육참장이 특별히 나를 데리고 위귀암(韋龜巖)에 놀러

갔다. 위귀암은 삼리성의 서쪽 10리에 있다.

12월 29일

다시 비가 내렸다.

12월 30일

또 비가 내렸다.

무인년 정월 초하루

연일 궂은비가 쉬지 않고 내리다가, 초엿새가 되어서야 약간 그쳤다.
육참장이 빈주에 가서 11일에 돌아왔다.

---

1) 무인년(戊寅年)은 숭정 10년 1638년이다.

정월 13일

독산암(獨山巖)을 유람하고, 또 소독산(小獨山)을 유람했다.

정월 15일

빗속에 주박애(周泊隘)에 놀러 갔다. 주박애는 삼리성의 동쪽 25리에
있다. 저녁에 남루(南樓)에서 술을 마시면서 용등을 감상했는데, 대단히
떠들썩했다.

정월 27일

육백항(陸伯恒)과 함께 백애보(白崖堡)의 동굴을 구경했다. 동굴은 양도(楊渡)의 서쪽에 있는데, 북쪽을 향해 있는 3층의 높은 동굴도 있고 남동쪽을 향해 있는 깊은 동굴도 있다. 동굴 안은 두 갈래로 나뉘어 있다. 백애보의 초관(哨官)[1]인 진여(秦餘)의 집에 들어가 묵었다.

---

1) 초(哨)는 옛적 군대의 편제단위이다. 명대 가정(嘉靖) 이후, 초는 비교적 소규모의 편제단위였는데, 3120명으로 구성된 하나의 지(枝)는 중초(中哨), 우초(右哨), 좌초(左哨)로 나뉘었다. 초관(哨官)은 바로 초의 군관이다.

정월 28일

육참장의 형제가 오자, 함께 청사암(靑獅巖)을 유람했다. 청사암은 양도의 남동쪽에 있는데, 나루터를 지나 4리만에 이르렀다. 이 동굴은 동서로 쭉 뚫려 있다. 동쪽 입구는 평평하고 서쪽 입구는 높다. 동굴 안쪽 아래는 대단히 넓고 평탄하며, 위쪽은 두 층 가운데가 텅 빈 채 꼭대기까지 통해 있다. 서쪽 입구 안쪽은 바라볼 수는 있으나 높아서 오를 수 없다. 그래서 산 북쪽의 조그마한 구멍을 통해 벼랑을 기어올라 들어가야만 서쪽 입구의 꼭대기 가까이로 내려갈 수 있다. 다시 동쪽으로 깊이 들어갔다가 북쪽으로 두 개의 동굴 문을 뚫고 나오니, 온통 절벽 위였다. 이날은 동굴 안에서 손(孫)씨, 장(張)씨, 왕(王)씨의 세 지휘사[1]와 함께 술을 마셨다. 잠시 강가에서 고기 낚는 것을 구경하다가 저물녘에 돌아왔는데, 병이 났다.

---

1) 명대의 군대는 위소제(衛所制)를 실시했는데, 여러 곳의 부(府)에 하나의 위(衛)를 설치하고 5600명의 군사를 두었다. 지휘사(指揮使)는 바로 위의 군관이며, 휘사(揮使)라고 약칭하기도 한다.

정월 29일, 30일

나는 병이 들어 동각에 누워 있었다. 비가 또다시 쉬지 않고 내렸다.

2월 초하루

날이 조금 갰다.

2월 초이틀

또 비가 내렸다. 이날 병세가 약간 호전되어 자리에서 일어났다.

2월 초사흘

빗속에 다시 청사담(靑獅潭)에 가서 고기 낚는 것을 구경했다. 이전에 장 지휘사가 청사암의 남쪽에 계룡산이 있으며 커다란 동굴도 있다고 말한 적이 있었다. 그래서 육참장이 말을 보내 나를 이곳으로 데려와 장 지휘사에게 함께 유람하도록 명했다. 빗속에 들어갈 수 없고 오랫동안 유람한 이가 없다면서, 장 지휘사가 한사코 나를 만류하는 바람에, 비를 무릅쓰고 돌아오고 말았다. 그 후에 육참장과 작별하여 떠나려 했는데, 육참장은 13일을 떠날 날짜로 택일했다.

연일 비가 많이 내리다가 초아흐레가 되어서야 조금 갰다. 육참장은 처조카인 유옥지(劉玉池), 유가생(劉嘉生) 형제 및 육현지, 육백항에게 명하여 각자 날을 잡아 나를 위해 송별연을 열게 했다. 그리하여 연무장으로 나가니, 육백항과 두 유씨 형제가 나를 위해 말을 달리면서 화살을 쏘았다. 연무장 주위에는 흙으로 쌓은 성이 있는데, 이것이 바로 봉화현(鳳化縣) 옛터이다. 성의 동쪽에 있다.

2월 11일

아침에 빗소리가 들리기에 길을 떠나는 데 방해될까봐 몹시 걱정했다. 잠자리에서 일어나자, 날은 차츰 환히 갰다. 저녁에 관아 뒷산의 정자에서 나를 위해 송별연을 베풀어주었다. 달빛은 휘영청 밝고 소나무 그림자는 어지러웠다. 마치 얼음을 가득 채운 옥단지에서 목욕하는 듯하니, 이에 취하도록 마셨다.

2월 12일

햇빛이 참으로 아름다웠다. 삼리성에 온 이래로 처음으로 종일토록 맑은 날씨를 보게 되었다. 이날은 육참장이 나를 위해 송별연을 베풀고, 후한 선물을 선사하면서 마패와 추천서까지 건네주었다. 깊고 도타운 정이 지극한데다, 먼 훗날 다시 만나기를 기약했다. 하늘끝 머나먼 곳에서 이러한 지기(知己)를 만날 줄 어찌 생각이나 했으랴! 어찌 우중상(虞仲翔)[1]으로 인해 공융(孔融)이 파안대소하게 된 것이 아니겠는가?

---

1) 우중상(虞仲翔)은 삼국시대 오나라의 경학가인 우번(虞翻)이다. 『역(易)』을 연구한 그의 『역주(易注)』를 본 공융(孔融)은 감탄하며 이렇게 말했다. "살아서 이야기 나눌 이 없고, 죽어서 파리만 조문객이 될지언정, 천하에 지기 한 사람만 있다면, 여한이 없으리(生無可與語, 死以靑蠅爲弔客, 使天下有一人知己, 足以無恨)."(『삼국지 · 오지(吳志) · 우번전』)

2월 13일

오경에 빗소리가 또 들렸다. 잠자리에서 일어나자 비는 그쳤으나, 우레소리가 우르르 쾅쾅 요란했다. 육참장은 몸소 나를 위해 짐을 정리해주었다. 그는 식사를 마치고서 관아의 바깥문까지 배웅하고, 여러 기병들에게 나를 전송케 했다. 동쪽으로 동문을 나서 연무장을 지나 금수교

(琴水橋)에 이르니, 육백항과 소주의 벗 진중용(陳仲容)이 작별인사를 하고 갔다. 또한 왕씨 성의 초관이 말을 타고 달려와 유옥지와 함께 금수교를 건너 배웅했다.

다시 동쪽으로 1리를 나아가 북쪽을 향하여 산에 들어서서 산비탈과 언덕에 올랐다. 북동쪽으로 14리를 가서 가장 높은 바위봉우리의 기슭에 이르자, 흙언덕 하나가 서쪽으로 바위봉우리 아래로 이어져 있다. 이곳은 좌영(左營)이다. (이 바위산의 동쪽이 곧 나홍동羅洪洞의 도적 소굴이다.) 좌영의 북쪽 1리 되는 곳에 장터가 있다. 시장에 가는 이의 대부분은 도적들이다. 시장에는 다른 물건은 없고, 고기와 쌀 뿐이다.

다시 북쪽으로 나아갔다. 온통 동쪽은 바위이고 서쪽은 흙이다. 모두 7리를 가자 길 양쪽에 바위벼랑이 있고, 곧추선 봉우리가 앞을 가로막고 있다. 이곳은 금계산(金雞山)이다. 산허리를 뚫고 2리를 가자, 북쪽으로 또 하나의 골짜기가 열리더니 북쪽으로 뻗어나간다. 다시 10리를 가자 후영(後營)이 나왔다. 후영은 서쪽 흙산 위에 있는데, 동쪽의 갈래는 바위봉우리가 들쑥날쑥하고, 서쪽의 갈래는 흙산이 엇섞여 있다. 군영은 산마루에 있고, 흙산의 모습은 마치 배와 같다. (그 바위산의 동쪽은 나량那良 도적의 산채이다.)

마중을 나온 초관 양(楊)씨의 환대가 매우 은근했다. (양씨의 호는 요선耀先이며, 복건福建 장주漳州 사람이다.) 동암(東巖)에 유람하러 가고 싶었으나, 비가 다시 내리는데다 날이 저물까봐, 이에 발걸음을 멈추었다.

작년 12월 23일 삼리성에 들어온 이래 오늘 2월 13일 삼리성을 떠나기까지 모두 50일간이다.

삼리성은 벽돌을 쌓아 만든 성으로, 주변의 둘레가 3리이다. 동서 양쪽에는 온통 바위산이 늘어서 있고, 후영에서 갈라진 지맥이 남쪽으로 뻗어내린다. 가운데에 있는 흙산 한 갈래는 이곳에 이르러 끝이 나더니,

다시 둥근 거품 모양의 산으로 솟아 있다. 이 산을 성이 에워싸고 있다. 참장부는 둥근 거품 모양의 산에 기대어 아문을 세웠다. (참장부 주위에 있는 백여 그루의 높다란 소나무는 [하늘을 찌를 듯 높다.] 나무줄기가 큰 것은 [세 사람이] 함께 팔을 둘러 안아야 한다. 내 생각에 수백년이나 된 나무였다. 비문에 따르면, 융경隆慶 초에 참장부를 세울 때 심었으며, [심은 지 60년이 지나자] 땅 기운이 이처럼 왕성하게 솟구쳤다고 한다.)

성은 오래되어 무너지고 망루도 없는지라, 육참장이 특별히 증수하여 성가퀴를 손질하고 세 곳의 성문 위에 성루를 세웠다. (동, 서, 남의 세 곳의 문이다. 오직 정북쪽의 관아 뒤에만 문이 없다.) 남문 밖에 또 남루를 세워, 이쪽의 형세를 강화했다. (나에게 『남선루기』가 있다.)

다시 앞으로 나아가자, 동서 양쪽의 시내가 회수교(匯水橋)에서 마주친다. (두 줄기 시내 가운데 서쪽의 것은 크나 동쪽의 것은 작은데, 둘 다 후영의 동쪽과 서쪽의 골짜기에서 발원하여 [합류]한 뒤 양도洋渡로 흘러내려간다.) 또한 중앙에 치솟은 독산암(獨山巖)은 하류의 빗장을 이루고, 앞쪽에 있는 독산촌(獨山村)의 산이 두 번째 겹의 빗장을 이루고 있다.

삼리성의 경계는 남쪽으로 양도(楊渡, 혹은 양도洋渡라고도 한다.)를 넘어 계롱산에 이른다. (모두 20리이다.) 북쪽으로는 후영을 지나 등성마루 고개에 이른다. (모두 50리이다. 옛적에 등성이 북쪽의 나력那歷과 현안玄岸 두 마을과 북쪽의 남간은 모두 순업리順業里에 속했으나, 지금은 이미 도적의 소굴로 전락하고 말았다.) 동쪽으로는 주박애에 이르며 [모두 25리이고,] 서쪽으로는 소갱(蘇坑)에 이르며 (45리이다.) 종횡으로는 모두 70리이다.

삼리라는 이름을 붙인 것은 예전에 도적떼에게 점거당했을 적에 왕문성(王文成)[1]이 팔채(八寨)를 평정하여 그들을 말끔히 쓸어낸 다음, 호구를 세 개의 리(里)로 편성했기 때문이다. 하나는 상무우리(上無虞里)이고, 다른 하나는 하무우리(下無虞里)이며, 또 다른 하나는 순업리이다. (이제 순업리 북쪽 경계와 팔채 접경지역의 10여리, 그리고 나력, 현안 및 남간藍澗은 죄다 도적떼의 소굴이 되어 버렸다.)

일찍이 봉화현(鳳化縣)을 설치한 적이 있으나, (곧 지금의 연무장 주위의 흙성으로, 옛터가 지금도 남아 있다.) 곧바로 폐지되었고, 후에 남단위(南丹衛)를 이곳으로 옮겨 참장부를 설치하여 이곳을 지켰다. 전답의 양곡을 처음에는 남단위에서 거두어들였다가 나중에 상림현으로 돌렸는데, 백성들이 불편하다고 하자 다시 분분히 의논하여 남단위로 되돌렸다.

삼리성은 양도를 앞문으로 삼는다. [이의]강(李依江)이 서쪽의 상림현 대명산에서 발원하여 동쪽의 이곳까지 흘러와 가로로 양도를 이루고 있다. 나루터의 남쪽에 나란히 서 있는 바위봉우리는 마치 표지를 세우고 창을 늘어놓은 듯하다. 나루터의 북쪽에는 바위봉우리가 에워싸고 있는데, 가운데에 골짜기가 갈라져 있고 바깥쪽은 문처럼 한데 모아져 있다. 북쪽에서 남쪽으로 흐르는 조그마한 강이 양도의 하류로 흘러든다. [곧 회수교(匯水橋) 아래에서 합류하는 물길이다.]

조그마한 강의 서쪽 언덕을 거슬러 골짜기에 들어서서, 굽이굽이 온통 두 줄기 바위산 사이를 따라 나아갔다. 북쪽으로 몇리를 가자 두 줄기 바위산이 차츰 툭 트이더니 가운데에 평탄한 들판이 빙 두르고 있다. 그 가운데에 독산촌이 경계를 짓고 있다. [바위산 하나가 시내 서쪽 가운데에 우뚝 선 채로] 바깥쪽 안산을 이루며, 또한 독산암이 안쪽 안산을 이루고 있다.

여기에서 동서 양쪽의 시냇물이 앞쪽에서 만나 남쪽으로 흘러간다. 북쪽의 바위산은 더욱 훤히 트이고, 북쪽에서 뻗어온 흙산은 삼리성의 치소를 이루고 있다. 가운데에 늘어져 있는 성 북쪽의 흙산은 곧장 후영 북서쪽에서 구불구불 뻗어내리다가 여기에 이르러 끝이 난다. 그 동서 양쪽의 두 줄기 바위산은 마치 안듯이 에워싼 채 멀어질수록 더욱 촘촘해진다. 마치 천연의 바위성곽이 가운데에 덮개를 따로이 펼쳐놓은 듯하다.

대체로 서쪽에서 뻗어온 등성이는 높이 치솟아 대명산을 이룬다. 그리고 나서 나누어진 갈래는 동쪽으로 치달리는데, 소갱의 남북에서 둥글게 휘감은 것은 서쪽 경계의 장벽이 된다. 다시 북쪽에서 동쪽으로 돌아들어 후영의 뒤쪽에 이른 뒤, 가운데에서 나누어진 흙산 한 줄기는 곧바로 남쪽으로 40리를 치달려 삼리성으로 맺혀진다. 마치 꽃받침 속의 씨방과 같다. 나누어진 갈래가 동쪽으로 건너뛴 것은 다시 남쪽으로 돌아들어 둥글게 휘감아 동쪽 경계의 장벽을 이룬다.

그러므로 주박애와 소갱 두 곳은 삼리성의 동서 양쪽의 겨드랑이로서, 한 가운데로 성의 치소와 마주하고 있다. 이곳은 [동서] 양쪽이 가장 훤히 트여 있는데, 마치 꽃받침 사이가 갈라진 곳과 같다. 주박애에서 남쪽으로 뻗어내려간 산줄기는 차츰 돌아들어 점점 합쳐지더니, 양도에 이르러 서쪽으로 시내를 굽어본다. 이곳은 바로 청사묘(靑獅廟)의 뒤쪽 벼랑이다. 소갱에서 남쪽으로 뻗어내려간 산줄기는 차츰 돌아들어 점점 합쳐지더니, 양도에 이르러 동쪽으로 시내를 굽어본다. 이곳은 바로 백애보의 동쪽 벼랑이다. 양도에서 모여 합쳐진 이 두 벼랑은 곧 성에 들어서는 앞문으로서, 마치 꽃받침이 합쳐진 뾰족한 부분과 같다.

동서의 두 줄기 시내는 모두 두 줄의 바위산 안에 있다. 흙산은 북쪽의 후영에서 오르락내리락 뻗어오는데, 두 줄기 시냇물은 그 사이에 끼어 함께 흘러온다. 서쪽 줄기의 시내는 남쪽으로 나허(羅墟)의 북쪽에 이르러 다시 서쪽에서 흘러오는 물길과 합쳐진 뒤 구불거리면서 성 서쪽을 감아돈다. 이어 다시 서쪽의 석촌(石村)에 이르러 신당(汛塘)의 물길과 합쳐진 다음, 남동쪽으로 회수교 아래로 흘러 동쪽의 시내와 합쳐진다.

동쪽 줄기의 시내는 남쪽으로 금수암(琴水巖) 동쪽에 이르렀다가 다시 남쪽으로 금수교를 흘러나와 다시 동쪽에서 흘러오는 물길과 합쳐진다. 이어 구불거리면서 남동쪽 바위봉우리 아래에 이른 다음, 산골짜기 속을 뚫고 흐르다가 서쪽으로 흘러나가 서쪽 시내와 합쳐진다. 합쳐진 두 물길은 남쪽으로 흘러 두 곳의 독산을 거쳐 돌아 흐르다가, 다시 남쪽으로 양도의 동쪽으로 흘러든다. 서쪽에서 흘러내려오는 커다란 강은 북쪽에서 흘러내리다가 한데 합쳐져 동쪽으로 흘러간다. 이 물길의 북서쪽에 끼어 있는 곳이 바로 양도이고, 북동쪽에 끼어 있는 곳이 청사묘의 뒤쪽 벼랑이다.

위귀동은 성 서쪽 10리에 있는 위귀촌(韋龜村)에 있다. 서쪽의 신당에서 불자령(佛子嶺)을 넘어 북쪽으로 가는 길은 가까운데 반해, 북쪽의 나허에서 바위산부리를 돌아들어 남쪽으로 가는 길은 멀다. 그 사이에 뭇 봉우리들이 둥글게 에워싸고, 안에는 평탄한 들판이 훤히 트여 있다. 북쪽에서 남쪽으로 흐르는 조그마한 물길은 나뉘어 바위동굴로 흘러간다. 오직 북쪽의 바위산만이 약간 트여 있는데, 외로운 봉우리가 표지처럼 우뚝 솟아 있다.

위귀동이 있는 산은 남동쪽 가운데에 늘어져 있고, 북쪽을 향하여 그것과 마주한 채 홀로 상자의 덮개를 이루고 있다. 산의 물이 온통 역행하니, 참으로 세상 밖의 신선세계로다. 수십 채의 인가가 산의 북쪽 기슭에 기댄 채 종이 만드는 일을 생업으로 삼고 있다. 가옥은 층층으로 높기도 하고 낮기도 한 채, 층층이 바위 틈새에 움패어 들어가 있다. 바라보기만 하여도 나풀나풀 날아오르면서 신선이 될 듯하다.

마을의 서쪽은 곧 동굴 입구인데, 입구는 북쪽을 향해 있다. 처음에 들어설 때에는 매우 비좁고 어둡다가 남서쪽으로 몇 걸음 내려가 바위 틈새를 뚫고나가자, 동굴 안은 홀연 높이 봉긋 솟고 툭 트여 환해졌다. 동굴 안은 사방이 훤히 트이고 꼭대기에 허공에 매달린 구멍에서 동굴 속으로 빛이 내리비춘다. 북쪽으로 바위를 딛고서 올라가니, 종유석 기둥이 앞에 늘어서 있다. 안에는 평대가 둘러 있으며 좌석을 몇 개 펼쳐 놓을 수 있을 만하다.

남쪽으로 층계를 더듬어 내려가니, 검푸른 빛의 물이 고여 있다. 샘이 마르지 않는지라, 마을 사람들 가운데 물을 긷는 이들은 모두 여기로 와서 길어간다. 평대의 앞쪽으로 오른쪽에는 수없이 많은 바위기둥이 서 있고, 우산모양의 돌기둥이 나란히 엇섞여 있다. 무늬가 아름답게 반짝인다. 왼쪽에는 수많은 층층첩첩의 바위들이 있다. 마치 사자와 코끼리가 엇섞여 웅크리고 있는 듯 그 형상과 그림자가 여기저기 수없이 많다. 그 안쪽의 좌우 양쪽으로 더 깊이 들어갈 수 있었다.

횃불을 들고 오른쪽에서 서쪽으로 들어가자, 점점 내려갈수록 동굴이 갈라졌다. 남쪽으로 반리를 나아가니, 다시 구렁이 환히 열리는지라 동굴을 빠져나왔다. 횃불을 들고 왼쪽에서 동쪽으로 들어가자, 점점 기어오를수록 북쪽으로 넘어간다. 반리를 나아간 다음, 동굴 구멍을 돌아들어 되돌아왔다. 들자하니, 오른쪽 구렁에서 사다리를 타고 험한 길을 올라가면 매우 깊숙이 들어갈 수 있다고 한다. 그러나 안내인을 찾아도 구할 수 없는지라, 그저 말만 할 수 있을 뿐 들어가지는 못했다.

이 동굴은 바깥쪽은 촘촘하지만 안쪽은 널찍하다. 또한 위로는 햇빛이 통해 안을 비출 수 있으며, 아래로는 물의 원천이 있는 구멍을 만나는지라 밖에서 물을 구할 필요가 없다. 만약 한 알의 선단(仙丹)만 입에 물고 있다면, 불로장생할 수 있으리라. [삼리성은 동굴과 골짜기가 대단히 많다고 하지만, 이 동굴이 단연 으뜸이다.] 하물며 동굴 밖의 마을 또한 도원(桃源)과 곡구(谷口)의 명승을 독차지하고 있음에랴?

금수암은 성 동쪽 6리에 있는 금수교의 북쪽에 있으며, 가운데의 흙산이 남동쪽으로 끝나는 지점이다. 동쪽의 시내는 북쪽에서 산의 동쪽을 감싸고 있다. 흙산이 끝나자 한 움큼의 바위산이 홀로 드러나는데, 산의 바위들은 들쑥날쑥 층층이 엇섞여 있다. 산의 남쪽에는 몇 가구의 마을이 있다. 동굴은 마을 서쪽의 산중턱에 있으며, 입구는 남쪽을 향해 있다.

막 들어가자 우묵한 곳을 내려갔다. 경사가 대단히 심했다. 북쪽으로 몇 길을 들어서서 횃불을 들고 비좁은 문을 넘은 다음, 서쪽으로 돌아 들어서자 비로소 동굴안은 봉긋 높이 솟아 있다. 서쪽으로는 밝은 구멍으로 통하고, 북쪽에는 컴컴한 구멍이 있다. 밝은 곳에는 너비가 세 길이나 되는 평평한 바위가 있고, 동굴 밑바닥은 꺼져내리는 듯한데, 기어올라가 쉴 만했다. 횃불을 들고서 컴컴한 구멍을 끝까지 가보았다. 몇 길을 가자 좁아졌다. 그 위로 올라가자, 더 이상 깊이 들어갈 수 없었다.

이에 평평한 바위로 되돌아와 서쪽의 구멍을 기어올라 나오니, 산의 서쪽이었다. 산을 내려와 산 앞으로 돌아든 뒤, 말을 타고서 산을 두루 감상했다. 동굴 앞에서 약간 내려오자, 그 동쪽에 역시 동굴이 열려 있다. 동굴 입구는 남쪽을 향해 있으며, 바깥은 높고 속은 얕다. 마을 사람들이 이 안에 땔감을 쌓아 두었다. 그 북쪽에 두 개의 동굴이 더 열려 있는데, 하나는 위쪽에, 다른 하나는 아래쪽에 있다. 위의 동굴은 겹겹의 벼랑에 있는지라 오를 길이 없으며, 아래의 동굴은 물이 많이 고여 있으나 역시 앞쪽과 통할 수 없었다.

불자령의 북쪽 동굴은 성 서쪽 7리에 있는 신당촌(汎塘村)의 서쪽에 있다. 불자령은 서쪽에서 갈래지어 동쪽으로 뻗어나간 바위산이, 동쪽의 신당과 선묘(仙廟) 등의 여러 봉우리를 이룬 것이다. 그 사이에 불자령이 경계를 이루고 있는데, 바위부리가 여기저기 드러나 있다. 고개를 넘어 북쪽으로 내려가자, 위귀촌 서쪽의 움푹한 평지의 물길이 남쪽으로 흐르다가 그 산기슭에 이르러 동굴 안으로 비스듬히 흘러든다.

동굴 입구는 북쪽을 향한 채 매우 널찍하고, 동굴 안은 휘감아돌면서 못을 이루고 있다. 못에 고인 물은 깊고도 맑아 깊이를 헤아릴 수 없으며, 못 사방의 주위는 온통 틈새 하나 없는 암벽이다. 듣자하니, 그 남쪽에 물 아래에 있는 틈새가 있다. 큰비가 와서 그 빗물이 북쪽에서 부딪쳐 흘러내려오면, 동굴을 가득 채우고도 넘쳐서 산 남쪽의 벼랑으로 튀어나온다. 대체로 남쪽 벼랑은 꽤 높은 편인데, 물이 가물면 북쪽에 고인 채 밖으로 새어나오지 않지만, 동굴 안에 가득 차면 안에서 부딪쳐 밖으로 튀어나오며, 연결된 부분의 틈새는 그 사이에 숨어버린다고 한다.

동굴 입구 오른쪽에서 옆구멍을 뚫고 나아가면, 남쪽으로 못의 동쪽 벼랑위에 이른다. 그 위에는 높다란 바위가 못가에 솟아 있는데, 위쪽은 동굴 꼭대기에 닿을락 말락 허공에 한 자 남짓 매달려 있다. 마치 오작교처럼 보인다. 다리 아래에 앉아 깊은 못을 굽어보니, 더욱 아득하다.

불자령 남쪽 동굴은 불자령의 남쪽에 있다. 동굴 입구는 남쪽을 향해 있으며, 앞에는 마치 구유 모양의 천연의 바위골짝이 이루어져 있고, 그 위에 다리가 가로놓여 있다. 마침 이때는 바위골짝에 물이 없는지라, 골짝을 거쳐 동굴로 들어갔다. 동굴 밖의 높은 굴은 층층이 봉긋 솟은 채 옆으로 갈라져 있으며, 훤히 트여 있지는 않았다.

북쪽으로 동굴에 들어서자 겨우 한 사람이 드나들 정도이다. 들어갈수록 점점 어두워졌지만, 마치 다듬은 듯이 매끄러웠다. 동굴 안으로 들어가자 자못 깊숙하다. 곧 북쪽 동굴에서 물이 새어드는 길이다. 대체로 물이 많을 때 북쪽 동굴 안이 가득 차면, 물이 아래로부터 가득 차올라 이곳으로 흘러나온다. 이 물살이 거세고 힘찬지라, 동굴과 골짝이 모두 갈아 다듬어진 듯하다고 한다.

불자령 북서쪽 동굴은 불자령 북서쪽 1리에 있으며, 입구는 동쪽을 향하여 있다. 위[귀]촌 서쪽의 움푹한 평지의 물길은 북쪽에서 흘러오다가 한 줄기 골짝물로 나뉘었다가, 서쪽의 이 동굴 앞에 이르러 갑자기 땅속 구멍으로 떨어진다. 동굴은 그 위를 굽어보고 있다. 바깥 입구는 높고 밝으며, 서쪽으로 서너 길 들어가자 끝이 났다. 동굴 남쪽에 있는 틈새는 비스듬히 기울어져 있으며, 내려갈수록 점점 어두워진다. 남서쪽으로 돌아들었으나 횃불이 없어 나오고 말았다. 듣거니와, 아래쪽은 물길과 만난다기에, 물길을 따라 남서쪽으로 가보니 곧바로 뒷산으로 빠져나온다. 이에 이 마을의 물이 구멍속으로 떨어진 뒤 산허리를 꿰뚫고 있음을 알게 되었으니, 이 또한 향무주의 [백감암]과 마찬가지이다.

독산암은 현재 지주암(砥柱巖)이라 일컬으며, 성 남쪽 4리에 있다. 이곳에는 세 곳의 독산(獨山)이 있는데, 모두 곁에 붙어 있는 산이 없기에 붙여진 이름이다. 하나는 시내의 동쪽 언덕에 있으며 동쪽에 줄지은 바위산과 가까운데, 이 산은 작으나 훨씬 가파르다. 다른 하나는 이 산의 남쪽 5리에 있으며, 시내를 가로막은 채 동쪽으로 시내를 에워싸고 있는데, 이 산은 툭 튀어나와 있으나 기이하지는 않다. 유독 이 산만은 높은데다 그 한 가운데에 있는지라 향무주의 낭산암과 흡사하지만, 성 가운데의 독수봉은 이처럼 높고 빼어나지 않고 이처럼 뚫려 있지도 않다.

이 동굴은 산허리에 자리잡고 있으며, 남북으로 반듯이 통해 있다. 남쪽 입구는 대문이 터져 있듯 높다랗게 갈라져 있고, 입구 앞에 거대한 바위가 있다. 이 바위는 동굴 꼭대기에서 둘로 나뉜 채 걸터 내려와 두 입구의 경계를 이루고 있다. 바른 입구는 동쪽에 있고 다른 쪽 입구는 남서쪽에 있다. 모두 오래된 나무와 구불구불한 덩굴이 그 위에 거꾸로 매달린 채 미풍에 가벼이 휘날리고 출렁이는 비취빛에 향기를 풍기니, 매우 기이했다.

동굴 안은 마치 합장한 손바닥처럼 솟아 있다. 높이는 몇 길이고, [너비는 한 길 다섯 자이며,] 산 뒤쪽으로 평평하게 통하는 길은 [대여섯 길]이다. 위로는 날듯한 벼랑이 밖을 덮고 있고, 아래로는 바위가 마치 난간처럼 솟구쳐 있다. 남북으로 멀리 바라보니, 뭇 산이 줄지어 있는데, 앞에 늘어선 것 가운데 보이지 않는 것이 없다.

동굴 중간에 동굴이 나뉘어져 서쪽으로 뚫려 있다. 북쪽으로 돌아들어 나아가다가 다시 입구 한 곳을 지났다. 이 안에는 이층의 누각이 걸쳐져 있고, 위에는 온통 둥근 구멍이 뚫려 있다. 구멍 아래를 지나니, 마치 다리를 뚫고 나오는 듯하다. 이 동굴은 네 곳의 문이 서로 통해 있으니, 산은 몹시 작으나 동굴 안은 대단히 환상적이다. 다만 동쪽으로는 통해 있지 않다. 산버랑 바깥에 동쪽을 향해 또 하나의 동굴 입구가 있으며, 서쪽으로 들어가는 깊이 또한 몇 길이나 된다. 이곳 또한 각기 입구를 나누어 문을 세운 곳이다.

소독산암(小獨山巖)은 성의 남동쪽 5리에 있으며, 지주암과 동서로 마주한 채 자그마한 강을 사이에 두고 서 있다. 지주암에서 동쪽으로 바라보면, 이 산은 치우친 채 동쪽의 경계와 가까운 듯하고, 이 산에서 서쪽으로 바라보면, 지주암이 치우친 채 서쪽의 경계와 가까운 듯하다. 그러나 이 사이에서 바라보면, 사실 두 산이 각각 동서 양쪽 경계와 떨어져 있는 거리는 똑같다. 이 산은 지주암보다 작으나 몹시 날카로운데, 영락없이 가운데에 탑이 서 있는 듯하다.

산 아래는 동굴 입구로 통하여 있으며 동굴 바깥에 걸쳐 있는 바위는 그다지 높지 않다. 서쪽의 조그마한 틈새를 뚫고 올라가면, 깎아지른 듯한 벼랑 곁에 평평하게 치솟은 바위가 평대를 이루고 있다. 그 위의 험준하기 짝이 없는 곳에 남향한 동굴이 있는데, 대단히 깊숙하다. 사다리와 층계를 타고 오를 수 있다면, 역시 기이한 경관이리라. 지주암을 유람한 날 혼자서 말을 탄 사람의 안내를 따라 강을 떠가면서 이곳의 명승을 모두 둘러보았다.

백애보 남쪽 동굴은 성의 남쪽 16리에 있다. 양도의 북쪽 언덕에서 강을 거슬러 서쪽으로 가다가 산속 움푹한 평지로 돌아들자, 그 안에 이 보루가 있다. 대체로 이 산은 남북으로 에워싼 채 신선이 사는 멋진 경관을 이루고 있다. 동굴은 남쪽 산위에 있으며, 겹으로 된 동굴 입구는 북쪽을 향한 채 만 길의 드높은 암벽 위에 꾸며져 있다. 보루 안에서 바라보니 고개를 드는 순간 발을 딛을 곳이 없다. 동굴 아래에는 바위 자락이 밖으로 꽂혀 있고, 갈라진 채 무늬를 이루고 있다. 처음에 가까스로 몇 군데 틈새를 기어올랐다. 마치 층층의 누각을 오르는 듯했으나, 동굴로부터 대단히 멀리 떨어져 있음을 알지 못했다. 나와서 다시 살펴본 다음에야, 가슴에 큰 뜻을 품지 않는 이는 하늘을 날아오르는 날개를 따를 수 없음을 깨달았다.

잠시 후 토박이인 진여(秦餘)가 와서 나를 위해 횃불을 들고 앞장서서 안내했다. 산어귀에서 나와 남쪽 산의 동쪽을 따라 그 산의 남쪽으로 돌아들어 층계를 오르기 시작하여 남동쪽을 향한 동굴 입구에 이르렀다. 이곳은 뒷동굴이다. [탁필봉(卓筆峰)과 청사암 등의 여러 봉우리와 정면으로 마주보고 있다.] 동굴 안에서 북동쪽으로 오르자 이내 어두워졌다. 횃불이 있어야만 했기에, 다시 북쪽으로 돌아들었다. 그 위쪽은 대단히 가파르다. 멀리 바라보니 햇빛이 뚫고 들어왔다. 더욱 기어서 펄쩍 뛰어 오르다가 손바닥만한 크기의 틈새를 찾아냈다. 그 밖을 들여다보니 거대한 동굴 입구가 있다. 이곳은 윗동굴의 아래층이다. 틈새가 비좁아 몸을 가로 뉘여도 들어갈 수 없는지라 그저 굽어볼 수밖에 없었다.

그 안에서 다시 위로 올라 비좁은 문을 지나 나왔다. 동굴 입구는 휑뎅그렁하고, 북쪽으로 굽어보아도 땅이 보이지 않았다. 지난번에는 멀리 바라보아도 끝간 데가 없더니, 이제 느닷없이 몸이 그 위에 올라와 있다. 이 동굴은 대단히 높아 숨을 쉬면 하늘에 닿을 듯하다. 동굴 앞에 끼어 있는 벼랑은 아래로 움푹 꺼져 내렸으나, 나무를 가로로 걸쳐 패인 곳을 메워놓아 그런대로 쉴 만했다. 하지만 기댄 채 뭇봉우리들을 바라볼 수 있을 뿐, 오래 머물 곳은 아니었다.

계속해서 동굴안의 비좁은 문에서 내려와 다시 그 바깥의 두 번째 층의 동굴을 들여다보았다. 역시 갈 수 없으리라는 생각이 들었다. 잠시 지팡이를 틈새 속에 던져두고서 다시 왔던 길을 되짚어 곧장 내려갔다. 방금 전에 멀리 햇빛을 바라보았던 곳에 이르렀다. 횃불을 밝혀 두루 비춰보니, 동굴 북쪽 벼랑 아래에 구멍이 하나 있다. 이 동굴 입구는 대단히 비좁다. 서둘러 횃불을 끌어당겨 뱀처럼 기어 들어갔다. 동굴 속은 차츰 높아지더니 골짜기를 이루고 있다. 바닥은 매우 평평했다.

몇 길을 나아가 구불구불 돌아들어 동쪽으로 꺾어졌다. 다시 몇 길을 나아가 북쪽으로 뚫고 나오자, 동굴 입구가 북쪽을 향한 채 높이 갈라져 있다. 동굴 속에 얽혀 있는 거대한 나무뿌리가 동굴 바깥에까지 뻗어나와 있다. 이곳은 세 번째 층의 동굴이다. 동굴 앞에는 손바닥만한 매끄러운 바위가 있고, 위아래는 온통 깎아지른 듯한 벼랑이다. 벼랑은 갈라진 채 드높이 매달려 있는데, 오를 만한 층계도 없다. 고개를 돌려 위를 쳐다보니, 층층의 입구가 겹겹이고, 수십 길의 꼭대기보다 높다. 이곳은 곧 윗동굴과 두 번째 층의 동굴이다.

잠시 평평한 바위를 따라 동쪽으로 가자, 골짜기 암벽 사이에 등나무 덩굴이 구불구불 얽혀 있다. 원숭이처럼 덩굴을 더위잡고서 올라갔다. 잠시 후 드디어 두 번째 층의 바깥 동굴에 이르러보니, 방금 전에 던져두었던 지팡이가 분명히 있다. 이 동굴은 깊이가 세 길이고 높이는 다섯 길이며, 위아래의 두 동굴 사이에 움패어 있다. 다만 가운데가 통하지 않아 동굴 밖에서 기어들어가야 한다. 이로 인해 다음과 같은 시를 읊조렸다. "동굴 입구 오랫동안 찾는 이 없는데, 오래된 나무와 덩굴진 등나무는 홀로 누굴 위하는가? 이곳에 지팡이 던졌다가 다시 얻으니, 삼생[2]의 오랜 동안 나와 함께 하자꾸나."

계속해서 나뭇가지에 매달려 내려왔다. 평평한 바위를 따라 횃불을 밝힌 채 세 번째 층의 동굴로 뚫고 들어가, 방금 전에 햇빛을 바라보았던 곳에 다시 이르렀다. 뒷동굴의 한가운데로 되돌아온 것이다. 대체로 이 동굴은 웅크린 호랑이와 같고, 텅빈 동굴 속은 호랑이의 배와 같으니, 윗동굴은 호랑이의 입에 해당되리라. 두 번째 층은 호랑이 목구멍의 밖에 있는데, 방금 전에 틈새로 밖을 내다보았던 곳이 목구멍이다. 사람이 목구멍에서 위로 뚫고 나가면 입이 나오고, 목구멍에서 아래로 떨어져 내려가면 배에 이르는 것과 같은 이치이다. 세 번째 층의 동굴은 호랑이의 배꼽으로 통하는 곳이니, 배의 앞에 있다. 뒷동굴은 호랑이의 꼬리이니, 배의 아래에 있다고 한다.

백애보 남쪽 산의 아래동굴은 뒷동굴의 서쪽 삼백 걸음 되는 곳에 있
다. 동굴 입구는 남동쪽을 향해 있다. 동굴 밖에는 높은 벼랑이 층층이
가로놓여 있고, 동굴 안에는 두 줄기 통로로 나뉘어 있다. 한 줄기는 남
서쪽으로, 다른 한 줄기는 북동쪽으로 향해 있다. 두 곳 모두 약간 내려
와 웅덩이 속을 따라 들어가는데, 반드시 횃불을 사용해야만 한다. 남서
쪽을 따르는 길은 몇 길을 나아간 후 문득 두 층으로 나뉘며, 아래층의
동굴 구멍은 우물처럼 보인다.

우물처럼 보이는 구멍을 따라 아래로 내려가자 평탄한 골짜기가 나
오고, 서쪽으로 세 길을 나아가 다시 깎아지른 듯한 골짜기를 꺼져 내
려가자 다시 평탄한 웅덩이가 나온다. 그 사이로 골짜기와 동굴 구멍이
엇섞인 채 서로 층층이 쌓여 있다. 종유석 기둥이 거꾸로 드리우고 꽃
받침 모양의 바위가 무리지어 모여 있으다. 어찌 수천수만뿐이랴.

호(胡)생(금릉金陵 사람이다)을 뒤따라 종유석 수십 개를 꺾어 따니, 모두
길이는 예닐곱 치에 가운데가 관처럼 비어 있고 밖은 수정처럼 하얗다.
마치 천연으로 이루어진 비녀와 같다. 또한 하얀빛의 연꽃 떨기와 같은
종유석도 있다. 지름은 세 자이고, 가느다란 꽃잎이 한데 모여 동굴 바
닥에 거꾸로 드리우고 있으며, 뿌리는 위쪽의 바위에 평평히 붙은 채
온통 한 선으로 매달려 있다. 열매가 달라붙어 있는 곳의 꼭지는 겨우
주먹만 하여 떼어내기가 무척 쉬웠다. 다만 나가는 구멍이 대부분 비좁
은데다 아래로 이어진 곳이 없는지라, 내려갈 때 그 꽃잎을 상하게 될
까봐 걱정하면서도 차마 쉬이 던져버리지 못했다.

한참동안 빙글빙글 돌다가 문득 한 줄기 밝은 빛이 보였다. 구멍을
뚫고 나가자, 우물 입구는 전과 다름없는데, 방금 전의 우물의 남쪽에
있었다. 다시 위층에서 남서쪽으로 들어서자, 그 사이에 바위등성이가
높거니 낮거니 하고 움푹 꺼져 내린 구덩이가 여러 차례 보였다. 그러

나 깊고 어두워 바닥이 보이지 않는지라, 방금 전에 찾아갔던 아래층이 아닐까하는 생각이 들었다. 깊숙이 들어가자, 역시 서로 에돌면서 엇섞여 있다. 대부분의 종유석 기둥은 한데 무리지어 모여 있다. [가늘기는 손가락에 붙은 군더더기와 같으며, 수많은 가지가 한데 모여 있다.] 길기는 아래층과 겨룰 만하다.

[오직 후영(後營)의 동쪽 동굴만은 종유석 기둥이 많고 크다. 이곳의 종유석은 모두 규룡이 춤추는 듯한 모습으로 드리워져 있는데, 줄지어 늘어서 있는 것이 모두 수십 길이라고 한다.] 북동쪽을 따르는 길은 다섯 길을 채 가지 않아, 북쪽에 2층의 구멍이 움패어 있다. 모두 그다지 깊지는 않다. 동쪽으로 벼랑을 기어올랐다. 들어갈수록 점점 구불거렸다. 서로 엇섞이기는 서쪽 동굴과 마찬가지이나, 깊숙하기는 서쪽 동굴에 비해 약간 뒤진다.

청사암 남쪽 동굴은 성 남쪽 20리에 있으며, 남서쪽의 상림현과 경계를 이루는 곳이다. 이곳에 가는 길은 양도에서 강을 건너 남동쪽으로 4리만에 닿을 수 있다. 이곳 산의 바위봉우리는 우뚝 솟아 있고, 동굴은 산 아래에 있다. 동서 양쪽 두 곳에 동굴 입구가 열려 있다.

동쪽 입구는 평탄하고도 낮다. 입구의 높이는 몇 길이고 너비 역시 몇 길이다. 산의 서쪽으로 쭉 뚫려 있기는 약 30길이며, 평탄하고 툭 트인 채 가지런하다. 동굴 아래는 숫돌처럼 열려 있고 위는 휘장처럼 덮여 있으며, 그 사이에는 바위기둥이 휘장 아래로 거꾸로 드리워져 있다.

동굴의 서쪽 자락에는 또 한 무리의 바위기둥이 있는데, 바깥의 동굴 입구에서 줄지어 늘어서서 동굴 뒤의 서쪽 경계에 이르기까지 달리 기다란 정자를 이루고 있다. 정자에서 바깥의 동굴을 바라보니, 성긴 창살과 아름다운 창문에, 장막을 걷고 구름을 헤친 채 경계가 황홀하게 나뉘어 있다. 서쪽 입구는 높고도 가파르다. 아래에는 거대한 바위가 휘감아 돌면서 겹겹이 쌓인 채 평대를 이루고, 위에는 갑자기 가운데가 휘감은 채 높이 봉긋 솟아 있다.

평대 안을 바라보니, 이미 앞쪽 동굴의 꼭대기는 보이지 않고 높다랗게 감아도는 윗부분만 보인다. 층층이 겹겹으로 빙 두른 사방에는 구름기운이 녹아 맺힌 듯하다. 사방은 온통 구멍들로 연결되어 있고 창살이 늘어서 있으나, 움패어 있는지라 오를 곳이 없다. 평대 밖을 바라보니, 서쪽의 세 갈래로 나뉜 봉우리와 붓을 세운 듯한 산봉우리가 가까이 동굴 입구 한 가운데를 막고 있다. 마치 일부러 배치해둔 것만 같다.

평대에서 북쪽으로 내려가자, 깊은 굴속에 또 하나의 평탄한 동굴이 열려 있다. 밖에는 커다란 바위가 치솟아 장벽을 이루고, 아래는 뚫린 채 가운데가 텅 비어 있다. [마치 허공을 건너는 다리처럼 보인다.] 여기에서 횃불을 들고서 북쪽으로 들어가 동쪽으로 돌아들었다. 이 동굴은 크긴 하지만, 금방 끝이 나고 말았다.

동쪽의 허리부분의 비좁은 곳을 따라 쭉 들어갔다. 이 구멍은 좁고도 몹시 멀었다. 이 구멍이 끝나는 지점을 헤아려보니, 분명코 [15 길에 미치지 못하지는 않을 터이며,] 이미 바깥 동굴의 반을 넘었으리라. 이곳이 아래동굴의 가장 깊숙한 곳이다. 조그마한 구멍을 나와 다시 서쪽 입구의 평대에서 술을 마셨다. 위층의 구름기운이 겹겹이 감싸고 있는 곳을 올려다보니, 한 번 올라보고 싶었으나 그렇게 하지 못했다.

홀연 그 북쪽에 그림자를 놀리는 햇빛이 보였다. 그 바깥으로 통하는 길이라는 것을 알고서, 육참장은 튼튼하고 날랜 자를 시켜 산 바깥에서 벼랑을 기어올라 찾아보도록 했다. 한참만에야 그 사람이 그 위에서 뚫고 들어왔다. 아래에서 바라보니 참으로 구름 꽃송이를 타고서 안개 잎사귀를 말아 올리는 듯했다. 얼마 되지 않아 그 사람이 "어서 횃불을 가지고 오십시오. 더 깊숙이 들어갈 수 있습니다"라고 외쳤다. 나는 그의 말에 따랐다.

이에 서쪽 입구에서 내려와 산기슭을 따라 그 북쪽으로 돌아든 뒤, 다시 남쪽의 벼랑을 기어올랐다. 산중턱에는 북쪽을 향해 있는 동굴 입구가 있다. 바위 구멍을 뚫고서 들어가자, 동굴 안은 아래로 움푹 꺼지면서 환히 밝았다. 굽어보니 여러 사람이 평대 위에서 무리지어 술을 마시고 있었다. 월궁에 올라 하늘문을 더듬으며 속세를 내려다보는 듯했다. 그 위에는 바위가 숫돌처럼 평평하게 시렁처럼 걸쳐 있고, 바위 끄트머리는 허공에 매달려 있으며, 또한 바위기둥이 바깥에 줄지어 선 채 창문과 문을 나누고 있다. 아래에서 바라볼 적에는 구멍이 한둘이 아니었지만, 동굴 안은 사실 옆으로 통해 있다.

여기에서 횃불을 들고서 동쪽으로 들어갔다. 들어갈수록 더욱 깊고 어두워지는데, 가운데는 열려 있는 채 거의 20 길 정도이다. 동쪽으로 들어가 끝까지 간 다음, 북서쪽으로 돌아들자 구멍 하나가 나타났다. 북쪽으로 기어오르자 홀연 거꾸로 된 그림자가 멀리서 비쳐들고, 종횡으로 달리는 골짜기는 높고 깊으며 어지럽다. 그 북동쪽을 기어오르자, 동굴이 높이 걸려 있다. 동굴 안쪽의 골짜기는 험준하고, 바깥쪽의 암벽은 더욱 가파른지라, 그저 빛만 받아들일 뿐 오르내릴 길이 없다.

다시 깊은 굴에서 그 북서쪽을 파고들어 옆을 가로질러 위로 뚫고 나오자, 또 하나의 동굴 입구가 나타났다. 동굴 입구는 평평하고 가지런하며 밝게 툭 트여 있다. 북쪽을 향해 있는 동굴의 입구는 위치가 더욱 높아 바람과 구름을 호흡하고 해와 달을 타고 달리는지라, 더 이상 평범한 경관이 아니었다. 그 북쪽 옆에는 그윽한 곳이 더 있으나, 들어가는 길이 그다지 멀지 않았다. 그 동굴 입구에서 나와 바위를 따라 층계를 찾아 내려가고자 했다. 그러나 그 아래는 온통 깎아지른 듯한 절벽이고 불쑥 불거진 벼랑인지라, 발을 내딛을 곳이 없었다.

이에 다시 동굴 속의 방금 왔던 길을 되짚어 내려와, 높이 매달린 평대 아래로 굽어보는 곳까지 이르렀다. 여러 사람들이 아래에서 떠들썩하게 외치면서 사람들마다 신선이라 떠들어댔다. 나 역시 신선이라는 생각이 들었다. 갑자기 밝아졌다가 갑자기 어두워지고, 느닷없이 끊겼다가 느닷없이 이어지며, 문득 올랐다가 문득 내려오고, 홀연 평범한 사람이었다가 홀연 신선이 되었다. 이는 동굴의 신령함인가, 아니면 사람의 신령함인가? 육참장의 도움이 아니었던들, 어찌 이곳에 올 수 있었으리오!

청사암 북쪽 동굴은 청사담의 북쪽 언덕에 있다. 청사담은 곧 양도의 하류이다. 이곳은 강물이 깊어 물고기떼가 모여드는지라, 참장부에서 그물을 가지고서 출입할 수 없도록 금지한 구역이다. 그 북쪽 벼랑에는 봉긋 솟은 동굴 입구가 많이 있는데, 남쪽 동굴과 강을 사이에 둔 채 마주하고 있다. 나는 빗속에 이곳을 지나느라, 곁눈질로 살펴볼 겨를이 없었다.

서쪽에 있는 것은 청사묘이다. 남서쪽에서 뻗어오던 험한 봉우리는 물가에 이르러 끝이 난다. 양도의 물길은 서쪽에서 흘러오고, 삼리성의 물길은 북쪽에서 흘러오다가, 이곳에 이르러 합류하여 동쪽으로 흐른다. 그 물굽이를 가로지른 봉우리는 더욱 높게 치솟아 보인다. 그 아래에 기대어 있는 청사묘는 더욱 아늑해 보인다.

보북암(堡北巖)은 성의 남쪽 20리에 있는 [거대한] 보루의 북쪽에 있다. [보루는 남쪽으로 양도와 고작 3리밖에 떨어져 있지 않다.] 이 동굴의 입구는 동쪽을 향해 있다. 동굴 속은 깊이가 대여섯 길이며, 뒤쪽은 웅덩이져서 내려가는데 깊이 들어가지는 못했다.

독산촌 북서쪽의 물동굴은 성의 남쪽 8리에 있는 한길의 서쪽에 있다. 동굴 입구는 동쪽을 향해 있다. 앞에 돌길이 있고 돌길 가운데에 다리가 걸쳐져 있다. 아마 큰물이 졌을 때 동굴에서 물이 흘러넘쳐 나올 것이다. 동굴은 서쪽 산 아래에 기대어 있으며, 동굴 입구에는 가파른 바위들이 어지러이 널린 채, 비스듬히 움패어 내려간다. 그 안은 아득하고도 컴컴한지라 들어갈 수 없었다.

지주암 서쪽 봉우리의 물동굴은 성 남쪽의 4리에 있다. 지주암의 서쪽에 봉우리가 우뚝 솟아 있는데, 높이는 지주암에 미치지 못하나 휘감아돌기는 지주암의 배나 된다. 봉우리의 위쪽은 덮여 있고 아래쪽은 가파르다. [물이 줄줄 흐른 흔적은 영락없이 누렇게 익어 떨어진 꽃차가 곁에 서 있는 듯하다.] 그 남쪽에는 수많은 빈틈이 갈라져 동굴 입구를 이루고, 북쪽 기슭에 북쪽을 향한 동굴 입구가 있다. 두 벼랑은 마치 손을 합한 듯 위로 나란하다. 동굴 안은 깊고도 멀며, 남쪽에서 스며든 빛이 있어 대단히 툭 트여 공활한 듯하다. 다만 동굴 입구에 고인 물이 양쪽 물가로 넘치는지라 들어갈 수 없었다. 여러 차례 말을 타고 건너려 했으나, 물 아래에 돌들이 어지러이 많은지라 말을 타고서도 나아갈 수 없었다.

후영의 동산동(東山洞)은 성 북쪽 40리에 있으며, 곧 후영 동쪽으로 줄지어 선 바위산의 서쪽 기슭으로, 후영에서 4리 떨어져 있다. 중간에는 또 한 겹의 조그마한 산이 경계를 이루고 있다. 산속 움푹 꺼진 곳이 끊긴 곳의 앞에 뾰족한 봉우리가 있으며, 역시 독산이라 일컬어진다. 서쪽의 호위병인 셈이다. 곧바로 동쪽 산 아래에 이르면, 둥근 석순이 하나 있다고 한다. (2월 14일에 갖추어 기록되어 있다.)

선묘산(仙廟山)은 성 서쪽 4리에 있으며, 서쪽의 바위봉우리 가운데 가장 성에 가까운 산이다. 바위봉우리는 가운데에 매달린 듯 솟구쳐 있고, 삼면이 가파르다. 오직 남서쪽의 움푹 꺼진 곳에서 벼랑을 기어오르면, 삼리성의 사방 경계가 시야에 들어온다. 예전에 마을 사람이 산에 올라가 나무를 하다가 신선을 만나 득도했다고 하여, 토박이들이 그를 제사 지내고 있다.

신당의 뜬돌[3]은 성 서쪽 5리에 있는 신당(汛塘) 속에 있다. 신당은 곧

선묘산(仙廟山) 남쪽의 움푹한 평지이며, 선묘산 앞에서 서쪽의 사자요(獅子坳)까지 이어져 있다. 움푹한 평지에는 길이가 몇 리나 되는 못이 있는데, 물이 불어나면 커다란 물줄기가 가득 넘치고 큼지막한 물고기가 물길을 거슬러 올라온다. 토박이들이 이로 인해 이익을 보는지라, 터서 밭을 만들지 않고 오히려 물을 막아 못을 만들어 놓았다.

못의 중앙에 바윗골이 있다. 위쪽은 마치 시들어 엎어진 연잎처럼 뜬채 옆으로 넘어져 떠받치고 있고, 가운데는 텅 빈 채 밖으로 물이 새 나온다. 못물이 그것을 둘러싸고 있다. 그 위에 다리를 쭉 뻗고 앉은 모양으로 놓여 있는 바위는, 마치 여러 개의 다리가 모여 있는 듯하며, 물과의 거리는 세 자가 채 안된다. 무지개가 누워 있고 구름이 피어나니 마치 나뉜 듯 합쳐진 듯, 안개가 자욱이 뭉게뭉게 피어나는 기세가 대단하다. 그 북서쪽의 1리 남짓 되는 곳은 신당촌이며, 이 마을은 북쪽 산 아래에 기대어 있다.

주박애(周泊隘)는 성 동쪽 25리에 있으며, 동쪽으로 줄지어선 바위산의 등성이에 있다. 비좁은 어귀는 등성이 가운데에 있는데, 남북으로 드높은 벼랑이 내리누르고, 구름기운이 그 속에서 나타났다 사라졌다 한다. 비좁은 어귀를 넘어 동쪽으로 나아가면, 곧 천강(遷江)의 경계이다. 그 북동쪽의 바위산 안은 팔채의 나홍동(羅洪洞)이다. (『일통지』에 따르면, "나홍동은 상림현의 북동쪽 45리에 있다"고 했다. 이전에도 상림현의 경계에 속해 있었는데, 후에 도적떼의 손에 들어가더니 끝내 회복되지 못한 채 오늘에 이르도록 도적떼에게 점거되어 있다.) 남동쪽의 바위산 안은 마장동(馬場洞)이다. (여전히 삼리성에 속한다. 다만 이곳에는 주민이 살지 않으며, 온통 거대한 나무뿐이다.)

신당 뒤쪽 움푹한 평지의 바위동굴은 성 서쪽 7리에 있다. 서쪽의 산은 동쪽에서 뻗어와 불자령을 넘으면서 두 갈래로 나뉜다. 한 갈래는 쭉 동쪽으로 신당촌의 뒷봉우리를 이루고, 다른 갈래는 북쪽으로 돌아들어 위귀산을 이룬다. 두 산의 북동쪽에는 또 하나의 움푹한 평지가 빙 둘러 있는데, 동쪽의 선묘산이 앞쪽의 장벽이 되고, 가운데에는 갈라진 봉우리가 마주하고 있다.

그 산기슭에 동굴이 있다. 입구는 동쪽을 향한 채, 동굴 앞에 물길을 사이에 두고 있다. 동굴 안을 들여다보니 대단히 깊다. 토박이는 "동굴 속은 천 명이 들어갈 수 있습니다. 예전에 동굴 서쪽에 마을이 있었는데, 지금은 이미 온통 황무지가 되어버렸지요"라고 말했다. 입구가 향하는 동쪽 봉우리 위에도 동굴이 있다. 입구는 서쪽을 향해 비스듬히 높게 매달린 채 풀숲에 가려져 있지만, 올라갈 겨를이 없었다.

삼층각(三層閣)은 참장부 청사의 동쪽에 있으며, 육참장이 새로이 지은 것이다. 높다란 소나무가 빙 둘러 그늘을 드리우고 뭇봉우리가 사방을 둘러싸고 있다. 그윽하여 세상사에서 벗어나고픈 생각이 든다. 송풍정(松風亭)은 관서 뒤쪽의 흙산마루에 있다. 소나무 그늘이 우거지고 산색이 푸르며 멀리 낮은 성벽이 이어지니, 달빛이 더욱 곱다. 나는 [삼]층각에 머물면서 길 떠나야 함을 거의 잊을 뻔했다. 육참장이 송[풍]정에서 나를 위해 송별연을 베풀어주었다. 달밤에 흠뻑 취했기에 글쓰기를 마쳤다.

삼리(三里)는, 하나는 상무우리(上無虞里)이고, 다른 하나는 하무우리(下無虞里)이며, 또 다른 하나는 순업리(順業里)이다.

팔채는 서쪽 경계의 것이 채루(寨壘, 동쪽으로 후영과 마주하고 있다), 도자(都者, 동쪽으로 주안周安과 마주하고 있다), 박정(剝丁, 동쪽으로 소길蘇吉과 마주하고 있다)이고, 동쪽 경계의 것이 나홍(羅洪, 서쪽으로 좌영左營과 마주하고 있다), 나랑(那良, 서쪽으로 후영과 마주하고 있다), 고묘(古卯), 고발(古鉢), 하라(何羅)이다.

삼진(三鎭)은 가운데가 주안(周安)이고, 북쪽이 소길(蘇吉)이며, 남서쪽이 고붕(古鵬)이다.

팔채의 가운데를 관통하는 길은 남쪽의 후영에서 북쪽의 주안에 이르며, 나목도(羅木渡)에서 끝난다. 그 사이에는 나력, 현안, 남간, 교람 등의 여러 마을이 있으며, 남북으로 10여리 길이다. 예전에는 순업리와 주안에 속했으나, 지금은 팔채의 잔당에게 점거되어 있다. (수괴는 남해조藍海潮이다.) 팔채는 서로 통해 있으나, 삼리성의 뒷문은 통하지 않는다.

삼리의 [주위는 바위봉우리이고, 가운데는 흙산이 끝나는 곳이다. 바람기운의 온화함은 유독 이곳이 으뜸이다. 토양이 기름지고 풍요로와 작물이 무성하게 잘 자라니, 다른 곳은 이곳에 미치지 못한다. 심은 농작물은 특히 크고, 성곽 주위에 심은 것은 늘 배나 잘 자라며, 품질이 부드럽고도 맛있으니, 역시 다른 여러 곳에서 자란 것과는 다르다.]

가축 또한 없는 것이 없다. 닭과 돼지 모두 쌀밥을 먹으니, 대단히 살지고 튼튼하다. 오리 가운데 큰 것은 네 근이나 되고 튼실하다. 이 성에서 붕어를 먹기란 대단히 어렵고 길이가 겨우 한 치를 넘는데, [이곳]은 유독 길이가 네다섯 치나 되는 것이 있다. 삼리에서는 공작이 생산된다. 풍속으로 정월 초닷새부터 15일까지 남자와 아녀자들이 노래를 주고받는데, 이를 '타발(打跋)'(혹은 '타복打卜'이라고도 한다.)이라고 한다. 온 지역이 미친 듯, 풍속이 음란하다.

과일에는 남방의 품종으로는 여지가 없고, 북방의 품종으로는 호두가 없을 뿐, 그 나머지는 모두 있다. 초봄에 구기자 싹이 젓가락 크기로 자라면 나무에서 따낸다. 구기자는 높이가 두세 길이지만, 열매를 맺지 않는다. 이 나무의 싹을 데쳐 입에 넣으면 약간 쓰면서 찬 맛을 띠고 있지만, 조금만 지나면 특이한 맛을 풍긴다. 나의 고향에서는 구할 수 있는 것이 아니다.

목면나무는 대단히 높고도 거대하다. 광서성 곳곳마다 이 나무가 있는데, 이곳에는 더욱 많다. 봄철에 피는 목면꽃은 크기가 자목련만하고, 마치 구름 같은 비단이 허공에 떠 있듯 붉게 반짝인다. 백로가 무리를 지어 사방에서 날아올라 목면꽃을 에워싸며, 이 꽃송이를 쪼아 먹고 싶어 한다. 맺혀진 꽃봉오리는 오리알만 하며, 꽃봉오리가 익어 벌어지면 꽃을 토해낸다. 이것이 바로 반지화[4]이다. 거위 깃털이나 양털처럼 보이며, 희고도 빛이 난다고 한다. 사성주(泗城州)의 사람들 가운데에는 이것을 삶아 베를 짜는 이도 있는데, 가늘고 촘촘하여 짜기가 쉽지 않다. 베의 색깔은 연노란색을 띠고 있으며, 명주실을 섞어 짠 듯하다.

상사두[5] 나무는 높이가 서너 길이고, 콩꼬투리는 쥐엄나무의 꼬투리 같으나 약간 가늘다. 가지마다 네댓 개의 꼬투리가 열리는데, 한 군데에 모여 있는 듯하다. 꼬투리의 길이는 한 치 정도이며, 큰 것이라도 손가락만하다. 알갱이 서너 알이 꼬투리 안에 이어져 있다. 겨울이 되면 오래된 꼬투리가 두 조각으로 갈라진다. 그 오그라진 모습이 마치 꽃송이 같고, 알갱이는 여전히 떨어지지 않는다. 그 알갱이는 가느다란 콩과 같으나 약간 납작하고 색깔은 붉은빛을 띠고 있으며, 산호라도 그 빛깔에는 비할 수 없다. 나는 한 움큼 남짓을 구해 얻었다.

대나무 가운데 속이 꽉 차고 밖에는 커다란 가시가 많이 나 있는 품종이 있는데, 무리지어 자라며 몹시 크다. 어떤 대나무는 마디가 길고 가지가 부드러우면서 번잡하지 않으며, 말쑥하면서도 자못 가늘다. 우리 고향의 대나무는 마디가 높고 속이 텅 비어 있는데, 간혹 이러한 대나무가 있기는 하여도 커다란 것은 없다. 또 어떤 대나무는 마디가 가늘고 평평하며 한 가닥으로 이어진 듯하고 흰색을 띠고 있다. 이 대나무는 지팡이로 삼을 만하다. 토박이들은 이 대나무를 종죽(粽竹)이라 일컫는다. 삼진(三鎭) 가운데의 소길(蘇吉)에서 생산된다. 이곳에는 방죽(方竹)이라는 것도 있는데, 다만 아래쪽의 몇 마디만 네모져 있을 뿐 그다지 단정하지는 않다.

---

1) 왕문성(王文成)은 명대의 이학가로서 양명학의 시조인 왕수인(王守仁, 1472~1528)을 가리킨다. 그는 절강성 여요(余姚) 사람으로, 자는 백안(伯安), 호는 양명(陽明)이

며 시호가 문성이다. 그는 여러 차례 각지에서 일어난 농민반란을 진압했는데, 가정(嘉靖) 6년(1527)에 양광총독 겸 순무가 되어 전주(田州)에서 일어난 토관의 반란을 진압하고, 이어 대등협(大藤峽)의 요족(瑤族)이 반란을 일으키자 팔채(八寨)를 공략하여 반란을 평정했다.

2) 삼생(三生)은 불교용어로서 전생(前生)과 금생(今生), 내생(來生)을 의미하며, 흔히 삼세(三世)라고도 일컫는다.

3) 뜬돌은 물위로 반쯤 드러나 마치 떠 있는 듯이 보이는 바위를 가리킨다. 원래 뜬돌(浮石, pumice)은 화산의 용암이 갑자기 식어서 만들어진, 다공질(多孔質)의 가벼운 돌이다.

4) 반지화(攀枝花)는 목면꽃의 별칭이다.

5) 상사두(相思豆) 나무는 콩과의 교목으로 홍두수(紅豆樹)를 가리킨다. 봄철에 하얀색이나 연붉은색의 꽃을 피우며, 씨앗은 대체로 주홍색에 광택을 지니고 있다.

2월 14일

아침에 일어나니 사방에 먹구름이 깔려 있었다. 즉시 말을 구해 동암(東巖) 유람에 나섰다. 동암은 동쪽 바위봉우리의 기슭에 있다. 독산에서 비좁은 어귀로 들어서서 한 겹의 흙산을 넘어 3리만에 그 아래에 이르렀다. 바위 봉우리 서쪽 기슭에 석순 하나가 있고, 동굴은 석순 위에 있다. [멀리서 봉우리 중턱을 바라보니, 동굴 입구 하나가 서쪽을 향한 채 높이 매달려 있으매, 서쪽 동굴 뒤쪽으로는 다른 동굴 구멍으로 뚫려 있다.]

남쪽 기슭에서 올라가자 두 개의 동굴 입구가 나란히 늘어서 있다. 어두운 동굴은 동쪽에 있고, 밝은 동굴은 서쪽에 있으며, 동굴 입구는 모두 남쪽을 향해 있다. 먼저 밝은 동굴에 들어가자, 동굴 안은 높다랗고 널찍하며, 뒤쪽에 바위꽃술이 매달려 있다. 바위꽃술을 뚫고 들어가자, [조그마한 구멍이 움푹 꺼져 있는데, 위쪽에는 종유석이 곱게 늘어진 채 빙 둘러 감실을 이루고 있다. 대단히 영롱하고도 섬세하며 환상적이다. 둥글고도 험준한 감실 안에는 고인 물이 못을 이루고 있는데, 못물에 벼랑의 벽이 비치고 빛그림자가 어린다. 그 푸른빛에 눈이 부셨다.]

동굴 입구를 돌아들어 서쪽으로 나아가자, 또 하나의 입구가 서쪽을 향한 채 열려 있다. 입구는 밝고도 높게 훤히 트여 있으며, 아래로 절벽을 굽어보고 있다. [바로 방금 전에 움푹한 평지에서 멀리 바라보았던, 높이 매달려 있던 곳이다.] 동굴 속에 남쪽 입구와 돌아들어 만나는 곳에 바위기둥이 서 있다. 어떤 것은 솟구쳐 평대를 이루고, 어떤 것은 늘어져 감실을 이루고 있는데, 빛이 스며들고 있다. 참으로 신선이 사는 곳이니, 깎고 새겨서 이룰 수 있는 것이 아니다.

계속해서 남쪽 입구로 나와 그 북동쪽으로 허리를 굽혀 어두운 동굴로 들어갔다. [동굴 입구의 바깥쪽은 좁고, 가운데는 웅덩이져 있다.] 약간 내려가자 동굴이 봉긋 솟아오른다. 햇불을 엮어들고서 북쪽으로 몇 길 들어갔다. 옥 같은 종유석이 거꾸로 드리워진 채 나란히 우뚝 솟아 구불거리며 수없이 많고 [바닥은 대단히 평탄하다.] 종유석 옆구리의 틈새를 뚫고 들어가자 [서쪽으로 갈라진다. 골짜기 동쪽의 틈새는 모두 몇 길 되지 않아 끝나고, 오직 북쪽으로 종유석 틈새를 가로질러 들어가니 안은 다시 넓어진다.]

조금 동쪽으로 돌아들자, 아래로 드리워진 바위기둥이 더욱 많다. 평탄한 바닥 가운데에 네모진 바위가 무더기져 있는데, 토박이들은 이것을 '관재석(棺材石)'이라 일컫는다. 그 모양이 흡사하기 때문이리라. 좀 더 들어가 [관재석의 북동쪽에서 돌아들자, 바위비탈은 오르락내리락하고, 종유석과 석순이 들쑥날쑥 서 있다. 구멍을 헤치고 북쪽으로 들어가자, 다시 매우 커다란 방이 펼쳐져 있다. 방 안에는 종유석이 빙 둘러 있으니, 열리고 닫힘을 헤아릴 길이 없다.]

이곳에서 북서쪽으로 비좁은 어귀를 뚫고 내려갔다. 들어가는 길이 대단히 멀었다. 듣자하니 깊은 곳에 시내가 못을 이루고 있는데, 아래에는 바위가 걸쳐진 채 다리를 이루고, 위에는 허공에서 [밝은 빛이] 스며든다고 한다. 이때 잘못하여 동쪽에서 돌아드는 바람에 결국 다른 구멍을 따라 바위가 무더기진 곳의 옆으로 내려오고 말았다. 좀 더 들어가 북서쪽의 비좁은 어귀를 찾아보려 했으나, 이미 햇불을 많이 써버렸는지라, 일시에 계속 댈 수가 없을까봐 왔던 길을 되짚어 나왔다.

들자하니, 이 동굴은 동쪽의 천강현(遷江縣)으로 통한다고 한다. 꼭 그렇지는 않더라도 산을 뚫고 동쪽으로 나아가면 곧 나랑(那良)의 도적떼 소굴이니, 정말로 그곳으로 나가는 길이 있을지도 모르겠다. 내가 들어갔던 곳은 고작 서너 번을 돌아들었을 뿐이니, 생각건대 십분의 일이밖에 되지 않을 것이다. 그러나 내가 보았던 종유석의 아름다움은 이보다 나은 것이 없었다. 이 동굴은 깊숙함으로써 기이함을 드러내고, 서쪽의 밝은 동굴 역시 밝고도 훤히 뚫림으로써 특이함을 드러낸다. 이 두 곳이 합쳐져 참으로 두 가지 아름다운 경관을 빚어내고 있다.

동굴을 나와 계속해서 산을 내려왔다. 북서쪽으로 나아가 1리 반을 가자 독산(獨山)에 이르렀다. 산 북쪽에서 서쪽으로 다시 1리 반을 가서 후영(後營)에서 식사를 했다. 양(楊)씨가 병사를 거느리고서 말을 탄 채 나를 배웅해주었다. 마침내 산을 내려와 북쪽으로 나아갔다. 동서 양쪽의 산은 하나는 바위산이고 다른 하나는 흙산이다. 이 두 산은 서로 마주한 채 남쪽으로 뻗어내리고, 그 사이로 조그마한 물길이 남쪽으로 흐르다가 후영의 남쪽, 금계애(金雞漄)의 북쪽을 지나 남서쪽의 구렁으로 흘러내린다. 이것은 금수교의 상류이다.

여기에서 북쪽을 바라보니 정북쪽으로는 매우 멀다. 남쪽을 바라보니 금계봉이 마치 동굴 입구를 지키는 표지처럼 보인다. 후영의 흙산은 남쪽에서 비롯되어 북쪽에서 끝나고, 가운데는 두 줄로 늘어선 산 사이에 매달린 채 남서쪽으로 뻗어가다가 삼리성에서 끝나며, 마침내 흙산 줄기의 끄트머리로 맺혀진다고 한다. 북쪽으로 8리를 가자 서쪽에서 동쪽으로 뻗은 흙등성이가 두 줄로 늘어선 사이에 가로로 이어져 있다. 이것은 남북으로 물길을 나누는 등성이인데, 남쪽의 물길은 양도로 흘러들고, 북쪽의 물길은 나목도로 흘러든다.

등성이를 넘어 북쪽으로 2리를 가자 나력촌(那力村)이 나오고, 3리를 더 가자 현안촌(玄岸村)이 나온다. 두 마을은 모두 동쪽의 바위봉우리 아래에 있는데, 예전에는 백성들이 거주했으나 지금은 팔채의 도적떼에게 점거되어 있다. 다시 북쪽으로 3리를 갔다. 물길은 정북쪽에서 흘러가고, 길은 서쪽으로 흙산의 옆을 뚫고 뻗어있다. 서쪽으로 1리를 내려가자, 흙산이 다시 동서 양쪽에 끼어 움푹한 평지를 이루고 있다.

다시 북쪽으로 10리를 나아가 남간(藍澗)에 이르렀다. 이곳은 온통 도적떼의 마을이다. 도적의 수괴는 남해조(藍海潮)로, 그의 집은 서쪽 산 아래에 있다. 산골물이 그 마을 앞에서 북쪽으로 흐르고 있다. 물길을 거슬러 북쪽으로 1리 반을 가자, 바위산이 움푹한 평지 동쪽에 불쑥 솟아 있다. 그 서쪽의 산기슭에서 자그마한 비탈을 넘으니, 바로 주안현(周安縣)의 경계이다.

다시 2리를 가자 동쪽의 산기슭에 조람(朝藍)이라는 마을이 나왔다. 마을 앞의 산골물에 못이 있는데, 고인 물이 깊고도 맑다. 여기에서 북쪽으로 흘러 비취빛 일렁이는 물줄기를 이룬다. '남간(藍澗)'이라 일컫는 것은 바로 이 때문이 아닐까? 남간은 본래 삼리의 순업리에 속했는데, 지금은 남쪽으로 나력촌의 산등성이를 넘어가는 곳에 이르기까지 온통 팔채의 잔당에게 점령당했다. 남해조가 그들의 수괴이다. (남간에서 북쪽으로는 나목도에 이르고, 남쪽으로는 좌영에 이르며, 그 사이에 천연으로 형성된 곧은 골짜기가 펼쳐져 있는데, 모두 흙산이다. 그 두 바위산은 서쪽이 채루, 도자, 박정이고, 동쪽은 나홍, 나랑이며, 동서 모두 도적떼의 은거지이다.) 조람은 예전에 본래 주안현에 속했으나, 지금은 북쪽의 주안현에 이르기까지 역시 온통 반도들에게 점령당했으며, 주안현 또한 매우 위태롭다.

조람에서 산골물의 동쪽 언덕을 따라 북쪽으로 5리를 더 갔다. 이어 동쪽으로 돌아들어 흙산을 넘어 북쪽으로 1리를 내려가서 다시 움푹한 평지 속을 나아갔다. 3리를 나아가 움푹한 평지를 빠져나왔다. 다시 서쪽으로 1리를 가자, 이전의 시내가 흙산의 서쪽가에서 북쪽으로 흘러드는 것이 보인다. 이 시내는 바위산 서쪽 골짜기의 산골물과 합쳐져 동쪽으로 흘러가면서 드넓은 기세를 보인다.

시내를 건너 북쪽으로 올라갔다. 시내 역시 북쪽으로 꺾어졌다. 반리를 채 가지 않아 주안진이 나왔다. 몇 가구가 모여 사는데, 담은 무너지고 터는 황폐한 채 시내의 서쪽 언덕에 자리하고 있다. 시내 동쪽의 비옥한 땅이 죄다 도적떼에게 점령당하는 바람에, 진(鎭)이 되지 못하였다. 진이라고 하면, 이곳이 주안진이고, 이곳 남서쪽은 고붕진이며, 이곳 북쪽은 소길진이다. 이를 합쳐 삼진이라 일컫는데, 대체로 팔채 안에 줄지어 있다. 현재 주안진은 간신히 남아 있고, 고붕진은 완전히 폐지되었으며, 소길진만이 전과 다름이 없다.

예전에 오(吳)씨 성의 토진관(土鎭官)이 있었는데, 미천한 신분으로 빈주에 거주한 채 관직을 계승하지 못했다. 그의 아들이 관직을 이어받았으나 곧 죽고 말았다. 후에 그는 초관 및 고령사(古零司, 구사의 하나이다)를 맡아 겸했으나, 고령사를 담당하기에는 역량이 미치지 못했다. 재작년에 팔채의 도적떼들이 여기에서 상림현의 국고를 약탈했는데, 이 일이 상림현의 현관에 의해 알려졌다. 당국은 다시 오씨가 남긴 고아를 찾아내어 관직을 이어받게 했다. 그 고아의 이름은 승조(承祚)이고, 겨우 열두 살이었다. 그의 아버지는 바로 전에 관직을 이어받자마자 죽은 이였다. 그의 외할아버지는 성이 오(伍)씨이고 호는 오심(娛心)이며, 빈주(賓州)의 명망가 출신으로, 대단한 사람들과 교유하여 널리 이름을 날린 사람이다. 그는 빈주에서 오승조와 함께 진에 이르렀다가, 피폐해진 주안진의 모습을 보고, 오승조에게 스승을 좇아 소길에서 학업을 마치도록 했다. 마침 주안에 돌아온 오(伍)씨는 내가 온 것을 보더니, 가축을 잡아 대접해주었다. (토사는 돼지 등의 맛있는 것을 잡아 손님에게 드리는 것을 예의로 여겼다.) 아마 양씨가 예전에 이 진을 대리로 위임받은 적이 있었는데, 오씨가 나를 환대하는 것을 보니, 새로운 손님을 중히 여길 뿐만 아니라, 옛 주인을 그리워하기 때문이리라.

이날 저녁에 다시 양씨와 오씨 두 분과 함께 북쪽으로 2리를 가서 나은암(羅隱巖)을 구경했다. 나은암은 진의 북서쪽 모퉁이에 있는데, 바위

봉우리가 서쪽으로 끊긴 곳이다. 대체로 커다란 시내가 남쪽의 주안 앞을 지나 북쪽의 이곳에 이른다. 흙담 한 바퀴는 옛 빈주와 남단위의 옛 터로, 만력 8년[1]에 팔채를 정벌할 때 군대를 주둔시켰던 곳이다. 후에 남단위가 삼리성으로 옮겨가고 빈주가 원래 자리로 옮겨간 후, 이곳은 폐허가 되어 오늘날 도적떼의 소굴이 되고 말았으니 한스럽기 짝이 없다.

『일통지』에 따르면, 나홍동은 상림현 북동쪽 45리에 있으며, 위민(韋瓊)이 은거했던 곳이라고 한다. 그렇다면 나홍동은 예전에 역시 상림현에 속했으나, 훗날 도적떼의 손에 넘어간 것이다. 흙담에서 북쪽으로 쭉 가면 소길과 나목도로 가는 큰길이 나오고, 흙담에서 서쪽으로 바위봉우리 비좁은 어귀로 들어가면 몇 채의 가옥이 비좁은 어귀곁에 기대어 있다. 이곳은 나채촌(羅寨村)이다. 마을 앞에는 바위봉우리가 우뚝 솟아 있고, 동굴이 자못 많기는 하지만 얕아서 깊지 않았다. 그 서쪽 기슭은 나은암인데, 가로로 갈라져 있는 동굴은 마치 침상처럼 보인다.

예전에 어느 유생이 이곳을 지나다 투숙할 곳이 없자 이 안에서 기숙하면서 벼랑 위에 시를 적었다. 훗날 사람들이 이곳을 나은암이라 했다. 그의 시구는 비속하지만, 순찰차 이곳을 지나다니던 군관들이 그의 시 아래에 이어 쓴 시가 많이 있었다. 설마 그를 최호(崔浩)[2]로 여겼던 것은 아니겠지? 이날 저녁 주안으로 돌아와 묵었다. 육참장에게 감사의 편지를 써서 양씨에게 건네주었다.

---

1) 만력(萬曆) 8년은 1580년이다.
2) 최호(崔浩, 381~450)는 북위(北魏)의 정치가이자 군사가로서, 자는 백연(伯淵)이며, 사도(司徒)를 역임했다. 그는 『국서(國書)』를 편찬하여 비석에 이를 새겼는데, 전대 황제의 비사와 명예롭지 못한 일을 직필했기에 세조(世祖)의 분노를 일으켜 족멸당했다.

2월 15일

아침에 비가 세차게 내리더니 식사를 하고나자 조금 갰다. 양씨와 작별했다. 오군이 말을 타고서 나를 전송해주는지라, 함께 커다란 시내의 서쪽 언덕을 따라 북쪽으로 나아갔다. [바위봉우리가 길 왼편에 서쪽으로 불쑥 솟아있고, 봉우리 사방에 동굴 구멍이 많이 뚫려 있다. 동굴은 가운데가 텅 비어 있으나, 높아서 오를 길이 없다. 북쪽에 또한 여지암荔枝巖이 있는데, 깊고도 캄캄하여 횃불이 있어야만 들어갈 수 있다. 듣기로 동굴 안에 여지가 자라나 있는 화분이 있다고 한다.]

여기에서 동서 양쪽으로 늘어선 것은 온통 바위봉우리이며, 흙산은 더 이상 섞여 있지 않았다. [먼저 북쪽의 조그마한 물길을 건넌 뒤, 북쪽의 산골물을 건넜다. 물길은 모두 동쪽으로 커다란 시내로 흘러든다. 모두 4리를 가자 조그마한 봉우리가 움푹한 평지를 마주하여 서 있고, 한 가운데에는 움팬 채 구멍이 많다. 이곳은 하류의 주산(主山)으로서, 삼리의 독산과 마찬가지이지만, 남북으로 위치만 바꾸었을 따름이다.]

북쪽으로 6리를 가자 산골짜기 중간이 훤히 트여 있고, 서쪽 봉우리 아래에 마을이 기대어 있다. 이곳이 소길진이다. 오군이 나를 붙들어 우두머리의 간란에 들어가라고 하더니, 오승조와 그의 스승에게 나와 인사를 나누라고 했다. 그들은 한사코 식사를 대접하려고 했지만, 나는 서둘러 인사를 하고 나왔다. 많은 사람들이 나의 길 떠남을 배웅했다.

다시 북쪽으로 3리를 가자, 또다시 흙산이 두 줄로 늘어선 바위산 속에 불쑥 솟아 있다. 여기에서 오르락내리락 양쪽 바위산의 기슭을 따라 나아갔다. 시냇물은 동쪽의 경계에 점점 가까워지지만, 서로의 거리는 제법 멀다. 다시 북쪽으로 15리를 가자, 한 줄기 강물이 서쪽의 수많은 봉우리의 바위골짜기 속에서 비좁은 어귀를 뚫고서 흘러나와 동쪽으로 가로질러 흐르다가, 다시 수많은 봉우리를 뚫고서 골짜기로 흘러든다. 이 강은 곧 도니강이다.

나무를 도려내 만든 거룻배 두 척이 사람을 건네주고, 말은 강물에 떠서 건넜다. 강의 너비는 태평부의 좌강, 융안현의 우강과 비슷하다. 그러나 양쪽 언덕은 몹시 가파르고 강은 깊은 벼랑 사이에 움팬 채 푸르고 깊다. 아마 강물이 마를 때인지라 탁류에 물든 빛깔이 아니리라. 이 강은 곡정(曲靖)의 동산에서 발원하여 점익(霑益)을 거쳐 북쪽으로 흐르다가 보안을 지나 남쪽으로 흐른다. 이른바 북반강(北盤江)이 바로 이 것이다. 토박이들은 "이주(利州)와 나지(那地)에서 이곳으로 흘러온다"고 말하지만, 남반강(南盤江)이 아미주(阿迷州)와 미륵주(彌勒州)에서 발원하는 지, 그리고 이곳에 합쳐지는지의 여부는 알 수 없다.

강을 건너 북쪽으로 가서 나목보(羅木堡)에서 식사를 했다. 나목보는 만력 8년에 팔채를 정벌할 때 세운 곳이다. 보루 안에는 병사의 집이 50 여채 있고, 그 우두머리는 성이 왕(王)씨이다. 왕씨는 내게 울면서 호소 하기를, 현지의 도적떼 황천대(黃天臺)와 왕평원(王平原)의 침략을 받아 거 의 모든 부하들이 부상을 당하고 재물을 빼앗겼으니, 부(府)에 가면 지시 를 청해달라고 부탁했다. 나는 그가 보내준 사람의 숫자가 적은지라 응 락하지 않았다. 이곳은 어느덧 흔성현(忻城縣)에 속해 있지만, 이 보루는 경원부(慶遠府)에 예속되어 있다. 흔성현의 토사이기 때문이다.

빈주현(賓州縣)과 경원부는 이 강을 경계로 남북으로 나뉘어 있다. 보 루의 북쪽에는 동서 양쪽에 줄지은 바위산이 다시 멀리 늘어서 있고, 흙산이 그 사이에 휘감긴 채 엇섞여 있다. 북쪽에도 조그마한 강이 있 다. 이 강은 북쪽의 산채(山寨, 산채는 곧 영정永定의 토사이다)에서 흘러나와 동쪽의 산을 따라 남쪽으로 흐르다가 도니강에 흘러든다.

서쪽 가의 바위산을 따라 북쪽으로 20리를 올라갔다. 서쪽 산의 기슭 에 용두촌(龍頭村)이라는 마을이 기대어 있다. 마을 뒤쪽 바위산의 서쪽 은 모두 요(猺)족의 거주지이다. 대체로 도니강 북쪽으로부터 나목보 서 쪽까지는 이러하다. 용두촌의 동쪽에 물길이 있는데, 북쪽에서 흘러오 는 한 줄기는 영정에서 발원하는 물길이고, 동쪽에서 흘러오는 다른 줄기는 흔성에서 발원하는 물길이다. 두 물길은 마을 앞에서 합쳐진 뒤, 곧바로 남쪽으로 흘러 나목도의 하류와 합쳐진다.

다시 북쪽으로 2리를 나아가 고륵촌(古勒村)에 이르렀다. 마을은 움푹한 평지 속에 있다. 마을 북쪽으로 3리를 간 뒤, 조그마한 산의 서쪽 언덕에 바짝 다가가 나아갔다. 5리를 더 가자 조그마한 마을이 서쪽 봉우리의 기슭에 기대어 있다. 자그마한 물길이 서쪽의 바위봉우리 아래의 구멍에서 솟구쳐 흘러나와 동쪽으로 흐르다가 조그마한 강에 흘러든다. 자그마한 물길을 가로질러 건너 북쪽으로 가다가 다시 동쪽으로 흙비탈을 올랐다. 이곳은 고양참(高陽站)이다. 이 역참은 조그마한 강의 서쪽에 있다.

강을 건너 동쪽의 봉우리 비좁은 어귀를 넘어 들어가 15[리]를 가면 흔성현에 이른다. 또한 조그마한 강을 거슬러 북쪽으로 50리를 가면 영정사(永定司)에 이르고, 60리를 더 가면 경원부에 닿는다. 이 역참 역시 팔채를 정벌할 때 세운 것이다. 역참은 흔성현의 우두머리가 관리하고 있다. (이곳의 바위봉우리 뒤쪽이 바로 요족의 소굴이다. 그 서쪽에는 이강(潕江)이 있는데, 생각건대 나목도의 상류일 것이다. 그 안에 길이 있는데, 동란주(東蘭州)와 나지주에서 남녕부로 가는 이들은 이 길을 따른다. 동쪽 바위봉우리의 뒤쪽은 바로 흔성이다. 그 동쪽 경계는 유주부(柳州府)와 접해 있다. 이 역참은 대나무로 만든 가마를 사용하는데, 아마 현지의 풍속이리라. 삼리에서 말을 타고 주안에 이르고, 주안에서 말을 타고 고양참에 이르며, 고양참에서 가마로 바꾸어 타고서 부성에 이른다. 이곳에는 의외의 일이 일어날 리 없으니, 다닐 만하다.) 이날 모두 50여리를 나아왔는데, 나목도를 건너기 어려웠기 때문이었다.

2월 16일

이른 아침에 일어나니 여전히 흐렸다. 용두촌에서 온 짐꾼은 대나무를 엮어 가마를 만들었다. 얼마 후 북쪽으로 나아갔다. 10리를 가자 동서 양쪽에 줄지은 바위산 사이에 흙산이 차츰 사라졌다. 길 왼편에 바위산이 불쑥 솟아 있다. 그 동쪽에서 조그마한 강이 흘러나오고, 길은 그 서쪽으로 뻗어있다.

북쪽으로 10리를 더 가자, 서쪽에 줄지은 바위산이 불쑥 솟아 동쪽으로 뻗어나갔다. 이것은 횡산(橫山)으로, 흔성현과 영정사의 경계가 나뉘는 곳이다. 산부리를 따라 벼랑을 에돌아 북쪽으로 돌아들자, 가파른 바위가 험준하다. 가운데에 유독 축축하게 젖은 진창이 있고, 간혹 흐르는 물이 틈새에 고여 있다. 벼랑의 길이 자못 높은데도 유독 이러한 것은 위에 겹겹이 치솟은 벼랑에서 물이 방울져 떨어져내리기 때문이다.

그러나 어지러이 쌓인 바위들과 빽빽하게 자란 나무들이 가리고 있어서 위아래 어디로도 들여다볼 수 없었다. 간간히 틈새로 굽어보니 길에 있는 바위 아래에 바위가 갈라진 채 못을 이루고 있다. 푸른 물결은 깊고 맑으며, 잠겨 있는 그림자는 깊고 그윽하다. 또한 간혹 위를 쳐다보면 구름을 밀어내고 허공에 솟구친 험한 산들이 수풀을 뚫고서 보일 듯 말듯, 오르락내리락 사람을 황홀하게 만든다. 북쪽에 이르자, 양쪽으로 줄지은 바위산은 여전히 북쪽으로 펼쳐져 있다.

다시 8리를 가자, 바위봉우리 한 갈래가 가운데에 매달려 있고, 움푹한 평지는 둘로 나뉘어 있다. 하나는 북서쪽으로 통하고, 다른 하나는 북동쪽으로 통하여 있다. 나는 북서쪽의 움푹한 평지를 따라 물길을 거슬러 들어갔다. 다시 5리를 가자, 또 봉우리가 가운데에 불쑥 솟아 있다. 조그마한 강이 그 동쪽을 따라 흘러나오고, 길은 그 서쪽을 넘어 뻗어든다.

2리를 더 가자, 수십 채의 민가가 가운데 봉우리의 북쪽에 기대어 있었다. 이곳은 두규촌(頭奎村)이다. 가운데의 불쑥 솟은 봉우리의 형상이 마치 투구와 같기에 붙여진 이름이다. 마을의 우두머리인 하(何)씨의 집에서 식사를 했다. 횡산의 이북은 죄다 산채의 관할지이다. 홍치(弘治)[1] 연간에 도어사 등정찬(鄧廷瓚)이 영정(永定)에 장관사(長官司)를 설치해달라

고 주청했다. 장관의 성은 위(韋)씨이며, 경원부에 속해 있다. (그 서쪽에
영순사永順司가 또 있으며, 토사의 이름은 등종승鄧宗勝이다. 가정嘉靖 연간에 두 토사
의 군대를 우리 고향으로 이동시켜 왜구를 소탕했으니, 이것이 바로 이른바 낭병狼兵
이다.)

식사를 하고 나니, 날이 갑자기 개었다. 북쪽으로 움푹한 평지 속을
가서야 비로소 동쪽에 줄지은 바위산을 따르기 시작했다. 5리를 가서
영정사에 이르렀다. 이곳은 곧 산채라고 하는 곳이다. 토사가 기거하는
마을은 서쪽에 줄지은 바위산 아래에 있는데, 나를 붙들어 묵어가기를
원했다. 그러나 날이 겨우 정오를 넘었는지라, 들어가지 않은 채 길을
갔다. 차츰 우레소리가 은은히 들려왔다.

북쪽으로 2리를 더 가서 서쪽으로 움푹한 평지를 가로질러 지났다.
움푹한 평지에는 바위못이 끊길 듯 말 듯 이어져 있다. 못 안에 담긴 물
은 곧 자그마한 강의 줄기인데, 물이 많은 곳은 시내를 이루고, 물이 마
른 곳은 땅 아래로 숨어 흐른다. 여기에서 다시 서쪽의 줄지은 바위산
을 따라 북쪽으로 나아가 다시 5리를 갔다. 움푹한 평지에 봉우리가 서
있다. 그 옆을 뚫고 북쪽으로 나아갔다. 움푹한 평지는 서쪽으로 돌아들
고, 이곳에서 산은 다시 남북의 두 줄을 이루고 있다.

이때 먹구름이 북서쪽에서 휘몰아쳤다. 그 기세가 마치 먹을 뿌린 듯
하다. 서둘러 서쪽으로 7리를 달려갔다. 비가 거세게 몰아치자, 석벽보
(石壁堡)의 초막 아래에서 비를 피했다. 석벽보는 북쪽 산의 기슭에 있다.
석벽보는 마침 화재를 입은지라, 그 안에 머물고자 했으나 묵을 곳이
없었다. 잠시 후 비가 그쳤다. 서쪽으로 2리를 가서 고개의 움푹 꺼진
곳을 넘었다. 이곳은 동서 양쪽으로 물길이 나뉘는 등성이이다. 남북은
온통 문과 같은 바위산인데, 문을 넘어 서쪽으로 나가자 비로소 훤히
트이고, 그 사이에는 온통 흙언덕이 오르내리고 있다. [이곳은 곧 영순
사와의 접경지역이다. 남쪽에는 바로 바위봉우리가 한데 모여 있으니,
모두 요족이 모여 사는 곳이다.]

바위봉우리의 서쪽 기슭을 따라 북쪽으로 흙언덕을 올라갔다. 그 위에는 둥글게 에워싼 가운데에 웅덩이가 많은데, 큰 것은 못만 하고 작은 것은 우물만 하다. 웅덩이에는 모두 물이 없고, 굽어보아도 바닥이 보이지 않았다. [물은 땅속으로 흐르는데, 이 웅덩이들은 모두 그 가운데가 움푹 꺼진 곳이다. 태평부에서 보았던 것과 똑같았다.] 북쪽으로 5리를 나아가서야 흙산의 움푹한 평지 속으로 내려오기 시작했다. 물길은 북동쪽으로 흘러가고, 길은 다시 북쪽으로 바위봉우리의 비좁은 어귀를 뚫고 뻗어 있다. 이곳에 또 한 갈래의 바위봉우리가 서쪽에서 동쪽으로 뻗어나간다.

1리만에 비좁은 어귀를 빠져 나와 1리를 더 갔다. 동쪽 봉우리의 기슭에 초당(草塘)이라는 마을이 보였다. 마을사람들은 지휘사인 풍(馮)씨의 일꾼이었다. 동광(東光)이라는 우두머리에 따르면, 그의 주인은 청당(青塘)에 있는데, 오늘은 잠시 남쪽 시골에 갔다고 한다. 나는 육참장이 써준 편지를 꺼내 그에게 속히 전하러 가라 명했다. (지휘사 풍씨의 이름은 윤潤이다. 그는 2년전에 사성주에 갔던 적이 있다. 사성주의 토사인 잠운한岑雲漢은 부총병[2]이라는 직위를 더해 받았는데, 풍씨를 아랫사람의 예로써 대하려고 했다. 이곳의 명나라 관원은 토사 경내에서 늘 손님과 주인을 따졌으므로, 풍씨는 이에 따르지 않았다. 잠운한이 풍씨의 하인들을 붙잡아 옥에 보내고, 풍씨 역시 억류한 채 가지 못하게 했다. 잠운한이 먹을 것을 제대로 주지 않은 바람에, 하인들의 절반이 죽었다. 순시차 이곳에 들른 육참장이 비로소 그를 데리고 나왔다. 육참장의 셋째 아들과 두 하인 역시 감옥 안에서 죽었다. 그래서 육참장이 나에게 사성에 가지 말라고 하였던 것이며, 나를 이곳으로 배웅하여 풍씨와 남단주에게 나를 안내하라고 부탁했던 것이다.) 이날 밤 동광의 간란에서 묵었다.

---

1) 홍치(弘治)는 명대의 제10대 황제로서, 1487년부터 1505년까지 재위했다.
2) 부총병(副總兵)은 총병의 다음 가는 지위이나, 그 직능은 총병과 같다. 여기에서의 부총병은 사성주의 토사에게 내려진 허울일 뿐, 반드시 실질적인 권력을 지니고 있다고는 볼 수 없다.

2월 17일

날이 대단히 맑았다. 초당을 따라 북쪽으로 나아갔다. 이 일대의 동서 양쪽에는 흙산이 늘어서 있다. 먼저 동쪽의 기슭에서 서쪽의 기슭으로 가로질렀다. 움푹한 평지 안에는 고인 물이 못을 이루고 있으나, 끊어졌다 이어졌다하여 시내를 이루지는 못했다. 역시 여전히 산채의 북쪽인 듯하다. 못의 북쪽에서야 비로소 시내를 이루어 북쪽으로 흐르기 시작하고, 길은 시내를 따라 서쪽으로 나아간다.

서쪽 봉우리에서 북쪽으로 5리를 가자, 산이 움푹한 평지 속에 불쑥 솟아 있다. 물길은 그 동쪽을 따라 흐르고, 길은 그 서쪽을 따라 뻗어있다. 골짜기에 들어서서 2리만에 동쪽의 비좁은 어귀를 넘어 1리를 더 갔다. 이어 북쪽으로 7리를 가자 또 하나의 조그마한 물길이 두 산의 북쪽 어귀에 마치 문처럼 가로놓여 있다. 그곳 서쪽의 비좁은 어귀에서 나오자, 동서 양쪽으로 줄지은 산은 모두 북쪽에서 끝이 나고, 그 바깥은 훤히 트인 채 다시 동서로 커다랗게 움푹한 평지를 이루고 있다. 서쪽으로 줄지은 산의 북쪽 끄트머리에는 바위가 봉우리 꼭대기에 불쑥 솟아 있다. 그런데 북쪽의 감실만 유독 붉게 움패어 있다. 이 어찌 이른바 '붉은 마음 북을 향하다(赤心北向)'가 아니랴?

다시 북쪽으로 흙비탈을 5리 올라갔다가 흙골짜기 속으로 내려와 1리를 걸어 골짜기 바닥에 이르렀다. 다시 골짜기 속에서 1리를 가자 오공교(五鞏橋)가 나왔다. 서쪽에서 동쪽으로 흐르는 물길은 다리 아래를 흘러나오는데, 물살이 자못 거세다. 흙산 가운데의 거대한 물길이다. 다리를 넘어 북쪽으로 다시 3리를 가자, 또 한 갈래의 바위산이 서쪽에서 동쪽으로 뻗어 있다. 비좁은 어귀를 뚫고 북쪽으로 나오니, 그 동쪽은 남산사(南山寺)이다. 용은동(龍隱洞)이 거기에 있다. 그 동쪽 골짜기에서 흘러오는 물길이 있다. 이 물길은 곧 오공교 아래의 동쪽으로 흐르는 물로서, 황강(黃崗)에 이르러 두 줄기로 나뉜다. 한 줄기는 동쪽의 유라촌(油羅村)을 지나 용강(龍江)의 하류로 흘러들고, 다른 한 줄기는 북서쪽의 용은암 앞을 거쳐 북쪽의 경원부 동문을 지나 용강으로 흘러든다.

비좁은 어귀를 빠져나와 북쪽으로 나아가니, 온통 흙산이다. 5리를 더 가서 경원부의 남문에 이르렀다. 여기에는 동서로 커다란 골짜기가 펼쳐져 있는데, 남쪽 경계는 용은동과 구룡동(九龍洞) 등의 여러 산이고, 북쪽 경계는 용강 북쪽의 회선산(會仙山)과 청조산(靑鳥山) 등의 여러 산이다. 강물은 곧바로 북쪽의 산 아래까지 바짝 붙어 흐르고, 강의 남쪽은 경원부의 성곽에 의지해 있다. 그 성곽은 동서로는 길고 남북으로는 비좁다. 성곽의 남쪽에서 서쪽으로 나아가 서쪽 성의 바깥에 이르러, 향산사(香山寺)에서 걸음을 멈추었다.

날은 겨우 정오이다. 식사를 기다려 성에 들어갔다가 다시 남문을 나와 남쪽 산에 이르러 용은동을 구경했다. 이에 앞서 나는 후영을 지나 남간에 이를 즈음, 뒤를 돌아보니 다섯 명이 쫓아오고 있었다. 그들에게 물어보니, 경원부에 가려고 했으나 남간에서 저지당하여 들어가지 못했다가, 내가 이 길로 간다는 소리를 들었기에 뒤를 따라온다고 했다. 양씨는 그들 모두 우리 일행과 함께 가도록 했다. 양씨가 작별하여 떠난 후, 가는 길 내내 그들과 서로 의지하여 왔다. 그들은 향산사에 이르러 고맙다고 말하고서 떠나갔다.

내가 홀로 용은동을 구경하러 왔을 때, 홀연 몇 사람이 산에서 내려와 맞이해주었다. 알고 보니, 바로 그들이었다. 그들 역시 경원부의 사람이 아닌지라, 모두들 이곳에 묵고 있었다. 나는 그들의 도움을 빌어 횃불을 엮고 불씨를 가지고 먼저 용은동을 구경한 다음, 이어 쌍문동(雙門洞)을 구경했다. 나와서 보니 이 동굴은 깊고도 많아, 잠간사이에 모두를 둘러볼 수는 없었다. 그렇다고 차마 포기하고 떠날 수도 없었다.

이에 하인 고씨에게 향산사에 묵고 있으라 하고, 사람 한 명에게 함께 가서 침구를 가져오라 하여 이곳에서 묵을 준비를 했다. 나는 이곳에 머물러 두 사람에게 횃불을 묶어달라고 한 다음, 쌍문동의 기이함을 두루 살펴보았다. 동굴을 나오자 어느덧 날이 저물었으나, 다시 용은동에 들어갔다. 두 사람에게 횃불을 들고 끈을 당기도록 한 다음, 동굴 바닥의 깊은 구덩이로 매달려 내려갔다. 이날 밤 용은동에서 묵었다.

2월 18일

날이 대단히 맑았다. 용은동에서 아침을 먹었다. 정암(淨庵) 스님의 안내를 받아 산 북쪽에서 염사동(蚺蛇洞)을 올랐다. 숙소를 빌어 묵었던 두 사람도 함께 동행했다. 산을 내려와 다시 용은동에서 밥을 먹은 후, 두 사람과 함께 남쪽 산의 북쪽을 따라 서쪽으로 2리를 가서 산옆을 가로질러 남쪽으로 나왔다. 이어 산의 남쪽을 따라 서쪽으로 1리 남짓을 가서 용담(龍潭)을 지났다.

다시 서쪽으로 1리를 가서 북쪽으로 흐르는 조그마한 시내를 건넌 뒤, 남쪽의 장단하묘동(張丹霞墓洞)에 들어서서 북동쪽으로 5리를 나아가 향산사로 돌아와 식사를 했다. 다시 한 사람에게 침구를 짊어지게 한 채, 그 뒤를 따라 서문으로 들어갔다가 북문으로 나와 용강을 건넜다. 이어 북쪽의 회선산(會仙山)의 서쪽 기슭을 따라 1리를 간 뒤, 동쪽의 산에 올라 1리를 더 가서 설화동(雪花洞)을 구경했다. 다시 1리 남짓을 나아가 산꼭대기에 올랐다. 이날 밤은 설화동에서 묵었다. 그 사람은 작별을 고하고 떠나면서, 내일 오겠노라 약속했다.

2월 19일

오경에 빗소리가 들리더니 동틀 무렵에 비가 그쳤다. 짐을 짊어줄 사람을 기다렸으나 오지 않았다. 홀로 길을 나서 [심]정[암](深井巖)을 둘러보고, 다시 서생 포심적(鮑心赤)을 좇아 설화동 동쪽의 움푹 꺼진 곳에서 내려와 백자암(百子巖)을 구경했다. 계속해서 설화사(雪花寺)에 올라가 식사를 했다. 산 아래의 와운각(臥雲閣)의 스님이 오셨기에, 그에게 길안내를 부탁하여 중관(中觀)과 동각(東閣) 등의 여러 명승을 구경하고, 침구를 짊어지고서 2리를 내려가 와운각에 침구를 내려놓았다. 이에 횃불을 들고서 중관, 동관, 단류각(丹流閣), 백운동(白雲洞)을 구경하고 와운각에서 점심을 먹었다. 오후에 향산사로 돌아왔다.

2월 20일

성에 들어가 풍씨를 기다렸으나, 여전히 돌아오지 않았다. 성을 나와 서축사(西竺寺)와 황산곡사(黃山谷祠)를 구경했다.

2월 21, 22일

내내 비가 내리는 바람에, 나는 향산사 안에 있었다. 저물녘에 폭우가 내리더니 밤새도록 그치지 않았다. 이날은 전에 따라왔던 다섯 사람 모두가 남쪽 산의 용은암에 머물러 있었는데, 때때로 한 사람을 보내 나를 시중들었다. 저물녘에 홀연 누군가 그들 중의 한 사람이 동굴에서 소치는 아이를 유괴하여 그의 목구멍을 틀어막고 그를 끌어갔다고 말했다. 마을사람이 내게 와 알려주는 이야기에 퍼뜩 의심이 들었다. 그들은 내가 길을 가면 역시 길을 가고, 내가 멈추면 역시 멈추는데, 아무래도 바른 사람이 아닌 듯했다. 그러나 때때로 나를 따라 유람하고 험한 일을 도와주는 그들의 뜻이 은근한 것으로 보아, 나를 해칠 사람들 같지는 않았다. 마음이 떨리고 불안하건만, 헤아릴 길이 없었다.

2월 23일

비가 여전히 내렸다 그쳤다했다. 오늘은 청명절이다. 길가는 나그네

애를 끊나니, 술 파는 주막은 그 어디런고? (이곳은 복숭아와 살구가 모두 섣달에 피었다가 진다.) 오후에 풍 지휘사의 어머니가 술과 안주로써 접대했다. 그의 아들이 돌아올 기약이 없음을 알고서 내가 적이 실망했음을 알고 있었기 때문이다. 가슴이 답답한지라 술을 마시고 누워버렸다.

2월 24일

오경에 빗소리가 쏴쏴 들리더니 잠시 후 우레소리가 들렸다. 잠자리에서 일어나자, 날은 차츰 갰다. 그렇지만 먹구름이 흩어졌다 모였다하면서, 종일 햇볕이 나지 않았다. 얼마 후 향산사의 혜암(慧庵) 스님이 술과 생선을 사와 나에게 술을 권했다. 나는 술에 취하고 말았다. 잠들 즈음에 우레와 함께 비가 다시 쏟아지더니, 날이 밝은 후에야 그쳤다.

2월 25일

오전에 여전히 날이 개이지 않았다. 식사를 마치자 햇빛이 밝아졌다. 이에 앞서 나는 수행한 다섯 사람이 선량하지 않을까 의심하여 점을 쳐보았더니 길한 점괘를 얻었다. 그들은 두 사람에게 나를 따르게 하고, 먼저 그들에게 계약금을 주어 담배를 사도록 했다. 아울러 혜암 스님은 기부장을 꺼내 보시해달라고 요청했다. 나는 어렵사리 사양했다. 잠시 후 그의 뜻을 헤아려 차마 물리칠 수가 없었다. 하지만 주머니에 남아 있는 돈이 없는지라 이리저리 생각해보아도 어찌할 수 없었다. 그래서 육참장에게 돈을 빌려달라는 편지를 써서 사람을 시켜 전하게 했다.

2월 26일

날이 맑게 개었다. 풍윤 지휘사를 기다렸으나 여전히 돌아오지 않았다. 명함을 주고 수비[1] 오(吳)씨를 알현하고자 했으나, 만나지 못한 채 향산사로 돌아와 식사를 했다. 혜암 스님과 함께 구룡동에 갔다. 남서쪽의 밭두둑을 가로질러 구불구불 바위를 헤치며 지났다. 5리만에 북쪽으로 흐르는 시내를 넘어 단하유태동(丹霞遺蛻洞)에 이르렀다. 이곳은 며칠 전에 들어갔던 곳이다. 계속해서 내려가 그 동쪽 기슭을 감돌아 남쪽으로 가서 유태봉(遺蛻峰) 꼭대기를 되돌아보았다. 동굴이 동쪽을 향한 채 높이 봉긋 솟아 있다. 그 위가 대단히 환상적일 듯하여 마음은 한 번 올라가보고 싶었으나, 길이 없어 막히고 말았다.

다시 남동쪽으로 약 반리를 나아가 동쪽 봉우리의 북쪽 기슭에 이르렀다. 길 양쪽을 살펴보니, 온통 물웅덩이가 이어져 있다. 길은 마치 다리처럼 물웅덩이 위를 따라 나 있는데, 알아차리지 못했다. 길 서쪽에는 거대한 단풍나무 한 그루가 있고, 나무 아래에는 구룡신(九龍神)의 비석이 있다. 이곳은 곧 예전의 구룡사(九龍祠)의 옛터이다. 길의 북쪽을 넘었다. 이곳은 전에 용은동에서 올 적에 지났던, 완만한 언덕 속의 못이다. 구룡담(九龍潭)은 구룡사의 남쪽 바위벼랑 아래에 있는데, 물길이 그 사이에서 북쪽으로 길가의 물웅덩이를 거쳐 흘러나와 완만한 언덕의 못을 이루고 있었던 것이다.

구룡동의 산은 부성의 남서쪽 5리에 있으며, 단하유태동의 남동쪽에 있다. 이 산은 유태산(遺蛻山) 뒤에서 동쪽으로 감도는데, 그 북쪽의 벼랑에는 동굴이 있고 아래에는 깊은 못이 마치 커다란 우물처럼 암벽 속에 움패어 있다. 못 속에는 아래로 가로지른 바위가 못을 동서 양쪽으로 나누고 있다. 동쪽의 못은 작고 서쪽의 못은 거대하며, 동쪽의 물은 얕고 서쪽의 물은 높으며, 동쪽의 물은 맑고 서쪽의 물은 흐리다.

생각건대 비가 온 후에, 수원과 통해 있는 서쪽의 물은 뒷산에서 넘친 물이 흘러들어옴에 반해, 동쪽의 물은 늘 물이 고여 있으리라. 서쪽 못의 남쪽에는 높이가 몇 길인 암벽이 아래의 못바닥에 꽂혀 있다. [못에는 큼지막한 물고기가 많다.] 위에는 '구룡동'이라는 세 글자가 커다랗게 새겨져 있다. 글자를 새긴 이는 당시 가로로 나무를 걸치고 말뚝을 박는 데에 얼마나 많은 정력을 쏟았을까?

서쪽 못은 깊어서 끝까지 갈 수 없을 듯했다. 한 타래의 실을 드리운다 해도 알 수 없는 지경이었다. 물가에 동굴이 없으니 깊이 들어가는 동굴 구멍은 틀림없이 물바닥에 잠겨 있을 것이다. 동굴은 못 위로 세 길 남짓에 높이 매달려 있는데, 틀림없이 우물이 있는 벼랑의 끄트머리일 터이다. 그 입구는 북쪽을 향한 채, 동쪽의 구룡동이란 세 글자와 나란히 늘어서 있다. 이 새겨진 글자들은 동굴을 위한 것이지 못을 위한 것이 아님을 알 수 있다.

동굴 입구는 꽤 좁았으나, 안으로 들어서자 높이 봉긋 솟아 있다. 골짜기에서 남쪽으로 나아가 횃불을 들고 골짜기를 따라갔다. 골짜기 바닥은 대단히 평탄하다. 쭉 10여 길을 나아가다가 동쪽으로 돌아들었다. 바닥은 평탄하지만, 바위무늬가 솟구친 채 구불거리면서 고리고리 나누어져 있고, 그 속에는 물이 고여 있다. 그야말로 신선이 사는 곳의 밭을 이루고 있는 것이다. 동쪽으로 2길을 나아가자 홀연 아래로 푹 꺼져 깊은 구덩이를 이루고 있다. 구덩이 위의 남쪽 벼랑에서 허리를 구부려 구덩이의 동쪽으로 나오자, 그 아래 역시 평탄하고 신선이 사는 곳의 밭이 어지럽기는 서쪽과 마찬가지이다. 다만 그 위에 덮인 바위와 매달린 종유석이 아래로 꾹 내리눌러 머리를 치켜들 수 없었다.

틈새를 헤치고 그 안으로 파고들었다. 약간 나아가자 남북으로 갈래가 나뉘어져 있는데, 비좁기가 더욱 심한지라 들어갈 수가 없었다. 계속해서 서쪽으로 나와 구덩이 옆의 벼랑 위에 이르러 횃불을 구덩이 속에 던져놓고 찬찬히 살펴보았다. 아래쪽의 깊이는 세 길 남짓이고, 그 속에 동서로 통해 있는 동굴이 또 있다. 서쪽 동굴은 쭉 들어가자 위쪽의 골짜기와 마찬가지이다. 동쪽 동굴은 가로로 툭 트여 널찍한데, 동굴 위에서 물이 똑똑 떨어지는 걸로 보아 아래에는 물이 고여 있을 것이다.

구덩이의 남쪽에는 벼랑이 마치 잔도처럼 평탄하게 덮여 있다. 오직 북쪽만은 위에서 곧장 구덩이 바닥까지 꽂혀 있다. 구덩이의 갈라진 틈새는 남북으로 너비가 두 길이고, 동서로 길이가 세 길이다. 동굴 꼭대기에는 바위기둥이 거꾸로 드리워진 연꽃처럼 매달린 채, 마침 아래의 구덩이 속까지 꿰뚫고 있다. 바위기둥은 색깔이 희고 맑아 옥처럼 빛났다. 다른 종유석과는 사뭇 다르다.

그 위에서 한참동안 굽어보노라니, 사다리를 가져오고 밧줄을 매달아 남쪽 산에서처럼 깊숙한 바닥 끝까지 가보지 못함이 한스러웠다. [동쪽으로 삼백 걸음을 걸으니 북쪽을 향한 동굴이 또 있다. 깊이는 십여 길이고, 동쪽 봉우리의 벼랑이 등성이를 지나는 곳에 있다.]

구룡동의 서쪽 봉우리에 높이 매달린 동굴은 단하유태동의 동쪽 꼭대기에 있다. 동굴 입구는 동쪽을 향해 있으나, 올라갈 길이 없다. 겹겹의 벼랑에는 바위가 이어진 채 날듯이 불쑥 치솟아 있으니, 거꾸로 기어오르기에는 위험하다. 하지만 칼날 같은 바위가 높고 가파른지라 손가락으로 붙잡을 수 있고 발로 뛰어넘을 수 있을 것이다.

이에 앞서 도사 한 분이 칼을 든 채 가시덤불을 자르면서 앞에서 이끌고, 짐꾼 한 명이 불씨를 들고 뒤따랐다. 나는 그 가운데에 있었다. 잠시 후 산세가 몹시 험해지자, 짐꾼도 따라올 수 없고 도사도 안내할 수 없을 지경이었다. 모두들 나에게 나아가지 말라고 한사코 말렸다. 나는 허공을 타고서 곧바로 뛰어올라 잇달아 몇 층을 오르면서 여러 차례 도사에게 어서 올라오라고 외쳐 기운을 북돋아주었다. 도사가 기운을 내어 올라왔다.

먼저 산 북쪽에서 동굴 한 곳을 찾아냈다. 동굴 입구는 동쪽을 향해 있다. 앞쪽의 골짜기는 대단히 험준한데, 가운데에 뚫려 있는 한 줄기 선은 닿을 듯 말 듯 서로 한 자 남짓밖에 떨어져 있지 않다. 구불구불 세 길을 들어가자, 동굴 안은 홀연 봉긋 솟은 채 훤히 트였다. 남서쪽으로 돌아들어 네댓 길 나아가자, 안은 어두컴컴해졌다. 수행한 짐꾼이 불씨를 가지고 뒤따르지 않는 것이 안타까웠다. 다행히 아래의 바닥은 평탄하여 어둠 속에서 더듬더듬 조그마한 석실로 돌아들어갔다가 다른 틈새가 없는 듯하여 나왔다.

이 동굴은 바깥이 험준하나 안은 평탄하며, 바깥은 비좁으나 안은 깊게 잠겨 있다. 몸을 기탁하여 머물 만하지만, 높다랗게 매달린 동굴은 아니다. 높다랗게 매달린 동굴은 오히려 남쪽 가의 까마득한 벼랑 위에 있으나, 수풀에 덮여 있는지라 쳐다볼 수가 없었다. 잠시 내려와 벼랑 발치를 돌아들어 틈새를 기어올랐다. 기어오른 곳에는 온통 가시덤불 투성이이다. 가시덤불에 옷이 걸리고 머리카락이 당겨지곤 했다.

올라보니 이 동굴 역시 동쪽을 향해 있다. 그러나 앞쪽에는 둥글게 에워싼 채 늘어선 입구가 없다. 몇 길 높이의 동굴은 마치 하늘에 드리워진 구름처럼 허공을 뒤덮고 있다. 동굴 안의 암벽 뒤쪽은 층층이 가파르게 불쑥 솟아 있고, 암벽 위에는 붉은빛의 바위가 그 가운데에 박혀 있다. 잇달아 열려 있는 두 개의 입구가 그 위에 층층이 포개져 있으니, 원숭이라도 오를 수 없을 것만 같다. 그러니 어디에서 열 길의 사다리를 구해 날듯 건널 수 있으리오?

이때 혜암 노스님과 수행하던 짐꾼이 산기슭에서 빈번히 불러대는지라, 왔던 길을 되짚어 내려왔다. 벼랑이 불쑥 솟은지라 내려다볼 수 없고, 발을 내딛을 수도 없었다. 이리저리 매달린 채 바라다보니, 남쪽 위편에 한 줄기 자국이 있다. 가시덤불을 기어오르고 어깨를 모로 뉘여 그 자국을 따라갔다. 한참만에야 바위가 끝나고 흙이 나왔다. 허공에 매달려 기어오르기에는 비록 가파르지만, 떨어져 다칠 염려는 없었다. 산을 내려와 5리만에 향산사로 돌아왔다. 석양노을이 매우 밝았다. 날이 맑을 징조라고 생각했다. 그런데 잠자리에 눕자, 우레소리와 함께 비가 쏟아지더니 날이 밝도록 그치지 않았다.

---

1) 수비(守備)는 명대의 무관직으로, 총병(總兵) 아래에 수비를 두어 성의 초소를 주둔하며 지킨다.

2월 27일

비가 그치자 잠자리에서 일어났다. 나는 말을 구해오라고 하여 길을 떠날 생각이었다. 그러나 지휘사 풍씨의 어머니가 사람을 시켜 며칠만 더 머무르라고 만류했다. 벌써 세 번이나 가서 그의 아들을 재촉했다고 하는지라, 잠시 더 머물기로 했다. 오래지 않아 날이 화창하게 갰다. 다령산(多靈山)에 가고자 했으나 너무 늦어 시간이 촉박했다. 서둘러 식사를 하고서 북문의 커다란 강을 건너 북쪽 언덕 위의 관음각(觀音閣)에 올랐다. 관음각의 앞쪽은 징벽암(澄碧庵)인데, 강쪽 벼랑에는 온통 깎아지른 듯한 바위들이 큰 물줄기 위로 날듯이 불쑥 솟아 있다. 암자는 산세를 따라 이루어져 있다.

다시 북쪽으로 1리를 가서 설화동 아래를 지난 뒤, 시내를 건너 서쪽의 바위산골짜기 속으로 들어섰다. 남쪽으로 돌아들어 고개의 움푹 꺼진 곳을 오르다가 나무꾼을 만나 물어보니, 이 위에는 삼문암(三門巖)이 아니라 우비동(牛陴洞)이 있으며, 삼문암은 북쪽의 산에 있다고 했다. 계속해서 골짜기에서 나와 남쪽에서 뻗어오는 한길을 따라 북쪽으로 2리를 나아가 옛 사당을 지났다.

다시 북쪽으로 가자, 서쪽의 산기슭에서 바위를 뚫고 흘러나오는 물길이 졸졸 물소리를 내며 동쪽으로 쏟아진다. 이 물길은 전에 건넜던, 북쪽에서 남쪽으로 흐르던 조그마한 시내이다. 다시 서쪽으로 반리를 가서 서쪽 산을 따라 돌아들어 서쪽의 움푹한 평지로 들어섰다. 북쪽으로 줄지은 바위봉우리들은 우뚝 솟구치고, 남쪽으로 줄지은 산들은 다시 흙산으로 바뀌었다. 그 가운데에는 흙언덕이 남북으로 가로누워 있다.

다시 반리를 가서 언덕을 넘어 서쪽으로 내려가자, 삼문암이 북쪽 벼랑 사이에 있다. 이에 갈림길에서 북쪽으로 나아가 산 아래에 이르렀다. 이 동굴의 위아래는 온통 깎아지른 듯한 벼랑이고, 가운데에는 가로로 구멍이 열려 있다. 이 일대에 드리워진 기둥은 모서리가 나뉜 채 바깥에 가지런히 늘어서 있다.

돌층계를 따라 올라 먼저 동굴의 동쪽에 이르렀다. 꽃잎 모양의 바위가 떼 지어 모여 있다. 바위틈이 종횡으로 나 있는지라, 어디로든 깊이 들어갈 수 있다. 앞쪽에는 길이 나 있다. 벼랑의 끄트머리를 따라 서쪽으로 나아가니, 동굴 중간이 열려 있다. 동굴의 높이는 두 길 남짓이고 깊이 역시 엇비슷하며, 가로로 네 길 남짓 툭 트이고 위아래 모두 평평하고 가지런하다.

동굴 바깥에는 세 개의 바위가 늘어선 채 네 개의 입구를 이루고 있는데, 모두 남쪽을 향해 있다. 오직 가운데 입구만이 가장 크고, 왼쪽 옆의 입구는 낮게 엎드려 있다. '세 개의 입구(三門)'라고 말한 것은 이 가운데 큰 것만을 거론한 것이다. 서쪽 입구의 동굴 암벽은 이곳에 이르자 더 이상 나아갈 수 없었다. 그 위의 바위 모양은 더욱 기이했다. 동쪽 입구는 틈을 뚫고 나가자 동쪽으로 치우친 채, 종횡으로 나 있는 틈새와 나란히 늘어서 있다. 그리고 가운데 입구의 안에는 가운데에 신상(神像)이 세워져 있다. 그 위에는 '영암(靈巖)'이란 두 글자가 새겨져 있다.

신상 뒤에서 틈을 뚫고 북쪽으로 들어갔다. 구불구불 서너 길을 돌아 시렁 같은 바위를 넘어 기어오르자, 가운데에 동굴 속의 그윽한 방과 같은 감실이 한 곳 있다. 동굴을 나와 동쪽으로 나아갔다. 종횡으로 나 있는 틈새를 헤치면서 구불구불 서너 길을 돌아들자, 비로소 드넓어졌다. 동쪽의 바위문지방을 넘어 올라가자, 그 안은 위아래가 평평하고 가지런하며, 앞쪽 구멍으로 빛이 비쳐들어 특이한 경계를 빚어낸다. 이곳은 곧 동굴 바깥의 그윽한 방이다.

그 앞쪽 구멍을 뚫고 나왔다. 동굴 앞에 바위가 높이 치켜들려 있는데, 위쪽은 평대처럼 평평하다. 그 동쪽에 구불구불한 조그마한 틈새가 또 있다. 마치 무리 지은 꽃잎이나 연꽃의 꽃받침처럼 보인다. 틈새를 헤치고 나아가자, 통하지 않은 곳이 없다. 평대 앞의 조그마한 틈새에서 내려오니, 바로 방금 전에 벼랑의 끄트머리를 따라 서쪽으로 나아갔던 길이다.

　다시 벼랑 끄트머리에서 바위부리로 돌아들어 동쪽으로 나아가 조금 들어가자, 동굴 입구가 안쪽에 열려 있다. 동굴 입구는 남쪽을 향해 있고, 가운데는 깊이가 몇 길이다. 깊고 그윽한 정취를 더욱 갖추고 있다. 계속해서 방금 왔던 길을 되짚어 내려갔다. 산기슭을 따라 동쪽으로 돌아가 북쪽의 움푹 꺼진 곳을 바라보니, 동굴이 가파른 골짜기 위에 드높이 매달려 있다. 기이한 느낌이 들었다.

　이에 북쪽의 움푹 꺼진 곳을 바라보면서 바위를 더위잡아 벼랑을 기어올랐다. 수십 걸음을 나아가 움푹 꺼진 곳을 넘자, 탄부(炭夫)와 나무꾼이 다니는 길이 나왔다. 드높이 매달려 있는 동굴은 여전히 그 동쪽에 있지만, 벼랑의 암벽 사이에 등나무와 가시덤불로 빽빽이 덮여 있는지라 몸을 모로 뉘어도 지나가기가 어려웠다. 이에 뒤따르는 짐꾼에게 나뭇가지를 붙들고 층계를 밟아 벼랑 사이를 건너뛰도록 했다. 백 걸음도 되지 않아 동굴에 들어섰다. 나 역시 그를 뒤따랐다.

　동굴 앞의 깎아지른 듯한 골짜기는 온통 종죽(棕竹)으로 빽빽이 뒤덮여 있다. (종죽은 색깔이 희며, 큰 것은 지팡이로 만들 만하고, 가느다란 것은 젓가락으로 만들 만하다.) 동굴은 골짜기가 돌아드는 곳의 곁에 있다. 동굴의 위아래는 깎아지른 듯 가파르다. 동굴 입구는 남서쪽을 향해 있으며, 입구의 꼭대기는 높고 바닥은 평평하다. 대여섯 길을 나아가 동굴의 가운데에 이르렀다. 멀리 남서쪽을 바라보니, 날카롭게 솟은 봉우리들이 그 앞에 늘어서 있다. 동굴 양쪽의 갈라진 골짜기는 꽃잎처럼 나뉘어 있는데, 온통 끝이 날카로운 채 어지러이 모여 있다.

　동굴 뒤에 뚫려 있는 바위문을 들어갔다. 동굴 속은 세 차례 나뉘어졌다가 세 차례 합쳐지는데, 가운데는 이어지고 아래는 뚫려 있다. 온통 부교가 허공에 걸려 있고, 날듯한 다리의 그림자가 나란히 늘어서 있는 듯하다. 마음으로는 하나하나 그 위에 오르고 싶었지만, 어디에 발을 붙어야할지 몰랐다. 이에 세 개의 다리 안쪽으로 뚫고 들어갔다. 그 안쪽은 넓어지면서도 어두워졌다.

왼쪽 동굴벽을 더듬거리면서 동쪽 벼랑에 기어올랐다. 남쪽으로 서너 길을 나가 마침내 안쪽 다리의 동쪽을 타넘었다. 이 다리의 뒤편은 칼로 깎아낸 듯 우뚝 솟아 있는지라 발을 딛을 수가 없었다. 다리 서쪽 역시 험준한 바위가 동굴을 떠받친 채 색다른 경계를 이루고 있다. 하지만 서쪽으로 건너갈 수가 없었다. 다시 남쪽으로 동쪽 벼랑을 따라 가운데 다리의 동쪽을 타넘었으나, 건너갈 수 없기는 안쪽 다리와 마찬가지였다.

다시 남쪽으로 동쪽 벼랑을 따라 앞쪽 다리의 동쪽을 타넘었다. 다리 뒤편은 평탄하고 가지런히 두 벼랑 사이에 가로로 걸쳐져 있다. 다리 아래는 비어 있고 안쪽은 훤히 트여 있다. 영락없이 천연으로 설치된 다리이다. 다리 뒤편에 평평하게 걸쳐진 끄트머리에는 또 한 자 남짓의 둥근 바위가 그 위에 우뚝 솟아 있다. 영락없이 평대를 앉혀놓은 듯하다. 누군가 잘 다듬어 이곳에 가져다 놓았나보다 생각했는데, 그 발치를 더듬어보니 천연의 바위기둥이다.

다리 서쪽을 건넌 뒤, 북쪽으로 돌아들어 골짜기 어귀로 들어섰다. 골짜기는 가운데와 안쪽의 두 다리의 서쪽 끄트머리에 있는 바위가 줄지어 이루어진 것이다. 골짜기 안은 또 다시 동쪽으로 훤히 트여 있고, 아래로는 다리 뒤쪽으로 통해 있다. 다시 서쪽으로 파고들어 구멍 속을 뚫고 들어갔다. 구멍 속으로 들어가자, 다시 훤히 트인 채 감실을 이루고, 빙 두른 채 문을 이루며, 뻥 뚫린 채 골짜기를 이루고 있다. 구멍 바닥에는 온통 자잘한 모래가 깔려 있는데, [옥처럼 평평하고 깨끗하다.] 그러나 구멍 안은 이미 어두운데다 차츰 좁게 조여드는지라 깊숙이 들어갈 수 없었다.

계속해서 앞쪽 다리의 서쪽까지 나와 서쪽 벼랑의 중턱을 따라 석순을 붙든 채 남쪽으로 내려왔다. 이어 바위굴을 뚫고 나와 동굴 중앙에 이르렀다. 앞쪽으로 날카로운 봉우리를 바라보고, 뒤쪽으로 날듯한 다리를 살펴보니, 이곳이야말로 이 동굴의 장관 가운데 안팎으로 빼어난 두 곳이다.

동굴을 나와 종죽 몇 가지를 꺾었다. 이어 움푹 팬 곳을 가로지르고 매달린 바위를 지난 뒤, 깎아지른 듯한 골짜기를 내려와 기슭에 이르렀다. 기슭의 동쪽을 따라 동쪽으로 백 걸음을 가자, 깎아지른 듯한 벼랑 사이에 '정(丁)'자 모양으로 갈라진 동굴이 있다. 동굴의 위는 가로로, 아래는 곧추선 채 몹시 험준하고, 동굴 입구는 남쪽을 향해 있다.

다시 북쪽을 향하여 벼랑 아래의 거대한 골짜기 앞에 이르자, 커다란 바위가 가로막듯 서 있다. 여러 겹으로 쌓인 바위를 따라 오르는데, 온통 거꾸로 더위잡은 채 매달려 올랐다. 그 위쪽의 바위 하나는 몇 길의 높이에 가파르기 그지없다. 바위에는 붙들고 오를 만한 층계가 없으며, 아래에는 말(斗)만한 크기의 구멍이 있다. 뱀처럼 기어서 뚫고 들어가자, 가운데가 봉긋 솟아 있다. 위로는 높이가 수십 길이고, 밖으로 뚫린 채 솟구쳐 있는데, '정(丁)'자 가운데 수직으로 갈라진 곳이다. 가로로 갈라진 곳은 쳐다볼 수는 있어도, 이곳까지는 도저히 이를 수가 없다.

동굴 안의 양쪽 벽을 따라 들어가 비스듬한 바닥을 내려갔다. 북쪽으로 일여덟 길을 들어갔다가 동쪽으로 꺾어지자, 컴컴해지기 시작한지라 끝까지 살펴볼 수 없었다. 이에 말(斗)만한 크기의 구멍을 나와 겹겹이 쌓인 바위를 내려왔다. 다시 벼랑을 따라 동쪽으로 수십 걸음을 가서 거대한 골짜기에 들어섰다. 골짜기의 어귀는 남쪽을 향해 있고, 앞에는 바위가 경계를 짓고 있다. 잇달아 두 겹의 바위 틈새를 기어오르자, 그 안은 양쪽이 아래로 비스듬히 기울어 있다. 마치 '정(丁)'자 모양의 동굴과 같다.

북쪽으로 대여섯 길을 들어간 뒤 다시 동쪽으로 꺾어지자 평탄해지고 훤히 트였다. 어둠 속에서 더듬어 나아가다가 홀연 발아래에서 빛이 새어들었다. 황홀하기 그지없었다. 혹시 뱀이나 호랑이의 눈이 아닐까 생각했는데, 가까이 다가가 살펴보니 더 이상 보이지 않았다. 대체로 석판 아래에 또 앞쪽 벼랑으로 통하는 아래층의 구멍이 있으며, 위아래로 통하는 곳의 구멍은 말(斗)보다 작다. 멀리서 보면 비스듬히 아래쪽의 빛이 끌려 들어오지만, 가까이서 보면 곧장 떨어지는지라 아무것도 보이지 않는다. 또한 그 구멍은 작은데다 구불거리는지라 뱀처럼 기어서도 내려갈 수 없었다.

멀리서 그 동쪽으로 두세 길을 살펴보니, 석판이 끝나는 곳에도 희미한 빛이 반짝거렸다. 엎드린 채 기어가보니, 그 바깥에 줄지은 바위는 마치 병풍과 같고, 가운데에 지름이 한 치 정도의 조그마한 구멍이 있다. 구불거린 채 서로 모여 있고 뚫려있는 구멍이 하나뿐이 아니다. 밖을 내다보니, 그 아래에 유독 말(斗)만큼 커다란 구멍이 있다.

이에 발을 먼저 내려놓은 다음에 손으로 매달린 채 내려와 아래층에 닿았다. 그 바깥에도 남쪽을 향해 있는 동굴 입구가 있으나, 안으로 들어가 보니 깊지 않다. 동굴 입구 안쪽은 병풍 모양의 바위에서 겨우 두 길 떨어져 있다. 병풍 모양의 바위 아래에는 문구멍이 또 열려 있다. 안으로 들어가 보니 바로 방금 전에 바라보았던 석판 아래의 구멍이다. 밖에서 보기에 어두컴컴하여 그 안으로 뚫려 있는지 알 수 없다.

동굴 입구 밖에서 다시 벼랑을 따라 동쪽으로 몇 길을 나아가자 또 하나의 동굴이 나타났다. 그 동굴의 입구는 남쪽을 향해 있고, 안은 그다지 깊지 않다. 그러나 뒷벽의 바위구멍이 영롱하고 조그마한 구멍들이 옆으로 쪼개져 있다. 몸을 모로 뉘여 틈새를 돌아들 수는 있으나, 그 문구멍을 빠져나갈 수는 없었다. 동굴 앞의 벼랑은 높다랗게 매달려 있는데, 층계는 끊겨 있는지라 동쪽으로 나아갈 수 없었다. 이에 계속해서 서쪽으로 방금 전에 들어왔던 동굴 어귀를 지나 산기슭까지 내려왔다.

다시 동쪽으로 백 걸음을 나아가자, 북쪽 기슭을 마주한 동굴이 나타났다. 동굴 입구는 남쪽을 향해 있다. 동굴로 뚫고 들어갔다. 동쪽으로 돌아들어 골짜기를 뚫고서 네댓 길을 나오자, 동굴 입구는 동쪽으로 훤히 트여 있다. [듣자하니 고성동(古城洞)은 청조산(靑鳥山) 앞에 있고, 동쪽

문에서 강을 건너 3리를 가면 당도할 수 있다고 한다. 양쪽에 마주한 암벽 사이에 채소가 많이 심어져 있다.]

때는 해가 막 지려는 참이었다. 너무 늦으면 나룻배를 타지 못할까 염려스러워, 서둘러 왔던 길을 되짚어 돌아왔다. 5리 남짓만에 용강(龍江)에 이르렀다. 마침 나룻배가 왔기에 곧장 그것을 타고 남쪽으로 건넜다. 성을 1리 가로질러 향산사에 당도하니, 어느덧 저물녘이었다.

2월 28일

날이 매우 맑았다. 아침에 일어나 식사를 하자마자, 혜암 스님과 함께 다령산으로 길을 나섰다. 남서쪽의 안산촌(雁山村)을 지난 뒤 용항촌(龍項村)의 북쪽을 지났다. 8리만에 팽령교(彭嶺橋)를 지났다. 다리 아래의 물은 곧 구룡담에서 북쪽으로 흘러가는 물길이다. 다시 2리를 가서 팽령(彭嶺)을 오르자, 그 남쪽 둔덕에 팽촌(彭村)이라는 마을이 있다.

다시 서쪽으로 고개를 넘어 남서쪽으로 돌아들어 산의 움푹한 평지에 들어섰다. 골짜기 안에 보를 막아 못을 이루고 있는데, 가득 찬 물이 출렁거렸다. 모두 5리를 가서 흙고개를 넘어 내려가 바위산과 마주쳤다. 다시 3리를 나아가 남쪽의 골짜기를 뚫고서 등성이를 넘어 서쪽으로 나아가니, 그 남쪽은 이내 널찍하게 트였다. 바위봉우리의 남쪽 기슭을 따라 서쪽으로 나아가 2리를 가자, 황요촌(黃窯村)이 나타났다. 이 마을의 서쪽에 바위봉우리가 앞으로 불쑥 튀어나와 있다. 이곳은 황요산(黃窯山)이다.

산부리를 돌아들어 서쪽으로 1리를 가자, 남쪽 언덕의 흙골짜기에서 쏟아져 내린 물이 두 갈래로 나뉜다. 한 갈래는 산부리를 따라 동쪽으로 흐르다가 마을 앞을 둥글게 감돌고, 다른 한 갈래는 산기슭에 부딪치면서 북쪽으로 바위봉우리로 흘러들었다가 봉우리 뒤로 흘러나온다. 물을 건너서 물길을 거슬러 언덕위로 올라가자, 상류에 거대한 못이 있다. 산은 이곳에 이르러 남북 양쪽으로 줄지어 있다. 바위봉우리는 멀리 늘어서고, 가운데에는 흙등성이가 가로누워 있다. 동쪽을 바라보니 흙 등성이는 휜히 트인 채 곧장 초당에까지 이르는데, 그 기세가 차츰 낮아지는 느낌이 들었다. 그러더니 언덕과 비탈이 빙 둘러 합쳐지고, 보가 쌓여 못물을 이루고 있다.

못 위에서 서쪽으로 나아가다가 2리를 더 가자, 못물은 점점 서쪽으로 흘러간다. 남서쪽으로 2리를 더 가서 흙웅덩이로 내려갔다. 흙웅덩이 안에는 고인 물이 못을 이룬 채, 북서쪽의 바위봉우리 아래에서 산골물을 이루어 흘러간다. 다시 서쪽으로 4리를 가서 흙언덕에 올라 남쪽 산을 바라보니, 서너 가구의 마을이 있다. 그곳으로 달려가 밥을 지어먹으려 했으나, 마을 사람들이 문을 잠근 채 피하면서 나오지 않았다. 한참만에야 문을 밀치고 들어가 마을 사람에게 약간의 담배를 주자, 시골의 탁주와 산골의 죽순을 내왔다.

식사를 하고서 서쪽으로 4리를 갔다. 바위봉우리가 북서쪽 가운데에서 높이 매달린 채 뻗어오더니 이곳에 이르러 불쑥 치솟아 있다. 이것은 고사산(高獅山)이다. 다시 2리를 가서 산 앞쪽의 흙등성이를 넘어 내려갔다가, 다시 남서쪽으로 4리를 나아가 황량한 터를 지났다. 이곳은 하천촌(下遷村)의 옛터이다. 다시 서쪽의 고개를 넘어 멀리 바라보니, 한 줄기 물길이 남쪽에서, 다른 한 줄기 물길은 동쪽에서 흘러오다가 이곳에 이르러 합쳐져 서쪽으로 흘러간다. 이것은 하천강(下遷江)이다. 이 강은 북서쪽으로 흘러간다. 물길을 가로질러 남쪽으로 건넜다. 물이 불어나 깊은지라 가슴에까지 찼다.

강을 건넌 뒤 남쪽의 둔덕에 올라 3리를 갔다. 남쪽 봉우리의 동쪽 기슭에 마을이 있고, 용문의 물길이 마을을 감아돌아 북쪽으로 흘러간다. 이 마을은 녹교촌(鹿橋村)이며, 한길이 그 고개의 서쪽에 있다. 이에 고개를 내려와 남쪽 봉우리의 동쪽 기슭을 따라 서쪽으로 나아갔다. 흐린 물이 고인 못을 지나 2리만에 등성이를 넘어 내려갔다. 다시 2리를 가서 흙산의 비좁은 어귀를 나왔다. 움푹한 평지가 남북으로 멀리 훤히 트여 있고, 동서 양쪽은 온통 바위산이 줄지어 있다. 바위산 사이에 남쪽에서 북쪽으로 흘러가는 시내가 있고, 길은 물길을 거슬러 남쪽으로 뻗어든다.

2리를 가서 돌다리를 지나 시내에서 남서쪽으로 나아갔다. 다시 2리를 가자, 길 왼편에 정기시장이 있고, 서쪽 산 아래에 마을이 있다. 이마을은 황촌(黃村)인데, 의산현(宜山縣) 남서쪽의 외진 마을이다. 전주(全州) 출신의 성일(惺一)이란 도인이 이곳에 막 띠집을 지었다기에 그의 집에 투숙했다. 이때 해는 아직 지지 않았다. 그러나 나의 발이 짚신에 쓸려 상한데다, 혜암 스님이 초하루에 지주 어르신께서 절에 향을 사른다는 이야기를 들더니 내일 먼저 돌아가겠노라 하는지라, 더 이상 나아가지 않았다.

2월 29일

다시금 황촌의 정기시장에서 안내인을 구했다. 혜암 스님과 작별하여 남쪽으로 나아갔다. 1리를 가자 서쪽 기슭에 우뢰촌(牛牢村)이라는 마을이 있다. 마을 남쪽에 조그마한 물길이 있는데, 서쪽의 산골짜기에서 흘러나와 동쪽의, 남쪽에서 흘러오는 시내로 흘러든다. 길가는 이들은 조그마한 물길을 건너 두 물길 사이에서 남쪽으로 산을 따라 나아간다.

1리 남짓을 더 가자, 동굴이 서쪽 봉우리의 기슭에 불쑥 솟아 있다. 동굴 입구는 동쪽을 향해 있다. 가시덤불을 헤치고 동굴에 들어가자 동굴 안은 평평하고 깊지 않다. 동굴의 남쪽 봉우리는 빙 감아돌고, 그 사이에 움푹한 평지가 끼어 있다. 봉우리에는 바위구멍이 종횡으로 뚫려 있고, 덩굴이 빽빽하게 뒤덮고 있다. 산이 다하고 물길이 끊긴 곳이라 할 수 있다. 수풀이 우거진 사이로 물이 어디에서 흘러오는지 알 수 없으나, 졸졸졸 흐르는 소리만이 발 아래에서 들려온다.

여기에서 반리를 나아가 층계를 밟아 서쪽으로 올라가니, 바위등성이가 높고 험준하다. 움푹 꺼진 곳을 넘어 서쪽으로 나아가 1리만에 바위등성이 아래에 이르렀다. (이곳은 도전애都田隘라고 한다. 동쪽은 의산현이고, 서쪽은 영순사의 경계지역이다.) 남서쪽에서 흘러오는 시내가 보이는데, 움푹 꺼진 곳의 동굴 아래에 이르러 그 구멍을 뚫고서 동쪽으로 흘러나간다. 이 물길은 곧 황촌의 상류이다.

다시 남쪽으로 반리를 가서 그 물길을 건너 남서쪽으로 나아갔다. 산이 다시 열리고, 빙 둘러 움푹한 평지를 이루고 있다. 2리를 가자 서쪽 기슭에 도전촌(都田村)이라는 마을이 있다. 이 마을은 진촌(秦村)이라고도 하는데, 영순사의 숙부 등덕본(鄧德本)이 나누어 관할하는 곳이다. 다시 남쪽으로 2리를 가서 그 물길의 상류를 다시 건넜다. 이 물길은 북서쪽의 산허리에서 발원하는 것으로, 도전애의 서쪽 구멍으로 흘러들었다가 동쪽으로 흘러나와 황촌의 물길이 된다.

다시 남동쪽으로 1리를 가서 흙산 등성이를 올랐다. 여기에서 고개의 움푹 꺼진 곳으로 돌아나와 서쪽으로 흙언덕 위를 오르내리면서 2리를 나아갔다. 이곳은 대헐령(大歇嶺)이다. 바위산이 다시 남북 양쪽에 줄지어서고, 그 사이에는 흙등성이가 휘감아 엇섞여 있다. 비로소 붓걸이 같은 다령산의 세 봉우리가 보인다. 이 봉우리들은 남서쪽 20리 밖에 높이 치솟아 있다. 고개를 내려온 뒤 두 산 사이에 끼어있는 움푹한 평지 속에서 남서쪽으로 3리를 나아가 서쪽의 흙산에 올랐다. 이 흙산은 꽤 높다. 이곳은 영순사와 그 숙부의 관할지의 경계가 나뉘는 곳이며, 산을 내려가면 영순사의 경내이다.

서쪽의 움푹한 평지에서 바위산골짜기로 들어서서 북서쪽으로 차츰 돌아들어 나아갔다. 이곳은 적막한 채 거주하는 이가 아무도 없다. 바위 봉우리가 나란히 솟아 있는데, [색깔은 청백색에 무늬가 지고, 형태는 마치 깎은 듯이 빙글빙글 감돈다.] 색깔과 형태 모두 기이하기 그지없다. 5리를 가자 길 오른편에 두 개의 동굴이 나란히 열려 있다. 동굴 입구는 모두 남쪽을 향해 있다. 동쪽의 동굴은 기슭에 있는데, 구멍을 뚫고서 동쪽으로 나올 수 있으나 애석하게도 너무 얕다. 서쪽의 동굴은 벼랑에 있는데, 바위를 더위잡아 오를 수 있으며, 동굴 안은 대단히 환상적이다.

동굴 입구 뒤에서 허리를 뚫고 북쪽으로 들어가자, 좁은 동굴은 차츰 어두워졌다. 구멍 틈새를 타넘어 올라간 뒤 남쪽으로 돌아들어 나왔다. 어느덧 동굴 위에 올라서 있었다. 동굴 아래의 석판은 숫돌처럼 평평하고 잎사귀처럼 얇았다. 그래서 석판을 밟으면 북 위를 걷는 것처럼 퐁퐁 소리가 났다. 동굴 안은 두세 개의 침상을 들일 만하다. 남쪽에 구멍이 있는데, 아래로 동굴 입구를 굽어보니 마치 층층의 누각의 창문처럼 보인다. 다만 밖에서 바라볼 때에는 그 위쪽의 가운데가 텅 비어 있음을 깨닫지 못했다. 이곳의 구조는 회선산의 백자암과 대단히 흡사하다. 그렇지만 백자암이 거칠고 둔한 반면, 이곳은 환상적이고 정교하며, 백자암이 사람의 힘을 빌린 반면, 이곳은 천연적으로 이루어졌으니, 그 아름다움은 마땅히 백자암의 열 배는 될 것이다.

한참동안 앉아 있다가 남쪽으로 산을 내려왔다가 북서쪽으로 나아갔다. 1리를 가자 길은 차츰 낮아진다. 북쪽을 바라보니, 바위봉우리 꼭대기에 동굴이 우뚝 솟아 있다. 동굴 입구는 남동쪽을 향해 있으며, 밖에는 붉은 자국이 있고, 안에는 밝은 동굴이 뚫려 있다. 돌다리가 봉우리 꼭대기에 날듯이 걸쳐져 있는 것이다. 아래로 구렁을 반리 내려와 남쪽으로 돌아들어서야 비로소 시내와 만났다. 남서쪽의 팔동(八洞)에서 흘러오던 시냇물은 이곳에 이르러 꺾어져 서쪽의 바위산골짜기 속으로 흘러든다.

이에 물길을 건넌 뒤 남쪽으로 2리를 갔다. 서쪽을 바라보니, 산간의 움푹한 평지에 팔동촌(八洞村)이라는 마을이 있다. (도전촌의 동쪽에 팔선동八仙洞이 있는데, 용문龍門으로 가는 길이다.) 남쪽으로 1리를 더 가서 또다시 남쪽의 시내를 건넜다. 시내를 지난 뒤 남쪽으로 올라 산을 따라 1리를 갔다. 이어 남동쪽으로 돌아들어 1리 반을 나아가, 곧바로 다령산 북쪽 기슭에 이르렀다. 길 왼편에 있는 흙산은 다령산에서 구불구불 기세좋게 뻗어내려간다. 흙산 뒤편의 중턱에는 몇 가구의 마을이 있다. 이곳은 분묘촌(墳墓村)인데, 무덤이 어디에 있는지 알 길이 없었다.

마을 앞에서 다시 남서쪽으로 돌아들어 나아가 1리를 가서 산을 내려온 뒤 시내를 건넜다. 이 시내는 남쪽에서 흘러와 석산촌(石山村)의 왼편에 이르는데, 산이 에워싸고 구렁이 끝나자 시냇물은 바위구멍으로 쏟아져든다. 생각건대 팔동계(八洞溪)의 상류이리라. 시내를 지나 다시 반리를 가서 북쪽으로 산기슭에 이르렀다. 이곳은 석산촌이다. 한 늙은이의 집을 두드려 그의 간란에 올라가 식사를 했다. 다령산을 바라보니 바로 마을의 남쪽에 마주하고 있다. 산 위에 대해 물어보니, 오두막집이 있긴 하지만 사는 이가 없다고 한다.

이에 늙은이에게 솥을 빌리고 마을에서 불씨를 가져왔다. 노인이 지팡이를 짚고서 앞장서서 안내해주었다. 시내를 건너 남동쪽의 흙산에 올라 모두 2리를 가자, 언덕 너머에 움푹한 평지가 나타났다. 어느덧 분묘촌의 남쪽에 와 있었다. 다령산과의 사이에 가로막는 비탈이 없었다. 노인은 나에게 산에 오르는 길을 가리키면서 "이 위에는 더 이상 갈림길이 없으니 혼자 가도 괜찮을 게요"라고 말하고서 떠나갔다.

나는 흙산의 기슭을 타고서 남동쪽으로 올랐다. 길은 차츰 띠풀에 가려 막혔다. 띠풀을 헤치면서 북동쪽으로 돌아들어 2리를 나아갔다. 띠풀은 끝이 나고, 대단히 험준한 흙골짜기가 나타났다. 골짜기를 기어올라 바위벼랑 아래에 이르렀다. 나무숲은 울창하게 우거지고 바위벼랑은 깎아지른 듯한데, 벼랑에서 돌층계를 발견했다.

갑자기 개가 짖는 소리가 들리기에 사람이 있다는 생각이 들었다. 한참이 지나도 사람은 보이지 않았다. 그런데 한데 묶어놓은 대나무가 길가에 나란히 놓여 있는 것이 보였다. 아마 다른 마을 사람이 위에 사람이 없는 틈을 타서 그 죽순과 대나무를 훔쳐가려다가, 누군가 오는 걸보고서 대나무를 내버린 채 가파르고 험한 산속으로 피신했으리라. (이 일대의 사람들은 길을 다닐 때에는 반드시 개를 데리고 다닌다.)

여기에서 층계를 기어올랐다. 층계는 그 위에 쌓인 낙엽에 덮여 하마터면 찾아내지 못할 뻔했다. 다시 1리를 가자 커다란 나무가 가로누워 있기에 그 아래로 뚫고 올라갔다. 오래된 다목나무는 세 사람이 안아야 할 정도로 거대했다. [1리를 올라가자] 다시 평지가 나타났다. 띠풀로 엮은 암자는 그곳에 기대어 있다.

이 암자는 북쪽을 향해 있으며, 제법 높다랗고 가지런하다. 대나무 침상과 나무 책상, 좌선하고 청소하는 도구 등이 모두 갖추어져 있다. 두 개의 통에는 아직 한 말 정도의 쌀이 남아 있다. 그러나 아쉽게도 사람이 떠난 지 오래되었는지, 두 개의 문은 잡초에 뒤덮이고 낡은 부뚜막은 이끼에 덮여 있다. 안타깝도다! 무슨 일로 세속을 떠올리게 되었는지 모를 일이로다.

한 사람에게는 아궁이에 불을 지피라 시키고, 다른 한 사람에게는 암자 곁에서 물을 찾아보라 시켰다. 패놓은 땔감과 쌓아놓은 대나무가 있고 취사도구도 매우 많았으나, 물을 구할 수 없었다. 그 사람이 나에게 이렇게 보고했다. "암자 양쪽 모두 없고, 길도 없소. 오직 북동쪽으로 가면 잡초와 나무 사이로 길이 있지만, 벼랑을 따라 아주 멀리 가야 하는데, 어디로 통하는지는 모르겠소." 내가 그의 말대로 가보았더니, 과연 반리를 가서 샘을 찾아냈다.

대체로 산꼭대기의 가파른 벼랑에는 바위들이 이어져 있으나, 이곳 산허리만은 온갖 나무들이 울창하게 우거져 있다. 물은 벼랑의 바위에서 쉬지 않고 똑똑 떨어졌다. 예전에 누군가 자국을 내고 대나무를 이어붙여 놓았다. 물방울을 끌어들임으로써 대나무 통으로 떠먹을 수 있게 해놓은 것이었다. 그 앞에는 깎아지른 듯한 벼랑이 둔덕을 끊어놓았는지라 앞으로 나아갈 수가 없었다. 이에 두 개의 대나무 통에 물을 담아 암자로 돌아왔다. 따라온 짐꾼에게 쌀을 일어 밥을 지으라 했다. 그리고서 나를 안내하라 하여 남서쪽의 대나무숲속으로 들어가 산꼭대기로 오르는 길을 찾아냈다.

처음에는 길의 흔적이 있었다. 이 흔적은 대나무를 가져가고 죽순을 찾는 이들이 다니면서 만들어진 길이었다. 대나무 숲이 끝난 뒤로 더 올라가니, 온통 높다란 띠풀이 이마를 뒤덮었다. 띠풀을 헤쳐보았으나, 도무지 틈새를 찾을 수 없었다. 1리를 나아가서야 서쪽으로 뻗어가는 등성이를 넘었다. 그 등성이의 서쪽에는 봉우리 하나가 옆으로 솟구친 채 거대한 봉우리를 둘러싸고 있다. 아래에서는 보이지 않더니, 이곳에 이르러서야 비로소 오르게 되었다.

다시 등성이에서 동쪽으로 올랐다. 온통 짧은 띠풀에 허리까지 파묻히는지라, 띠풀을 밟을 때마다 깜짝 깜짝 놀랐다. 그 길을 1리를 더 가서야 남쪽으로 뻗어가는 등성이를 넘기 시작했다. 그 등성이의 남쪽에도 봉우리가 옆으로 솟구쳐 거대한 봉우리를 둘러싸고 있다. 북쪽으로는 보이지 않더니, 이곳에 이르러서야 오르게 되었다. [이 두 봉우리는 바로 대험령에서 보았던 것인데, 가운데 봉우리와 합쳐져 붓걸이와 같은 봉우리를 이룬다.]

등성이에서 북쪽으로 올라가자, 짧은 띠풀 또한 끝이 나고, 바위벼랑이 험준하게 드리워져 있다. 바위틈새를 더위잡아 올라갔다. 비록 험준하기 짝이 없어도, 손으로 붙들고 발로 밟으니, 띠풀더미처럼 급방 밀리지는 않았다. 쭉 북쪽으로 1리를 올라가 꼭대기를 타넘었다. 이 꼭대기는 뭇 바위산 위에 홀로 우뚝 치솟아 있다. 바위산은 남북으로는 한 길이 넘고, 동서로는 다섯 길에 이르는데, 오직 남쪽만 오를 수 있을 뿐이다. 동·서·북 세 쪽은 온통 움팬 채 아스라한 낭떠러지인지라 발을 딛을 데가 없었다.

꼭대기의 북쪽에는 꼭대기에서 쭉 갈라져 암자 앞의 돌층계 아래에 떨어져 내리기까지, 온통 거대한 나무숲이 늘어선 채 우거져 있는지라 들여다볼 수 없었다. 오직 멀리 사방을 바라보니 수많은 산들이 겹겹이

한데 모여 있다. 그 줄기는 마치 남서쪽에서 뻗어오는 듯하다. 먼 산이 바깥에 줄지어 서 있다. 맨 북쪽의 산은 오개위(五開衛)와 여평부(黎平府)의 등성이고, 맨 남쪽의 무리지어 뻗어있는 것은 사은부 구사(思恩九司)의 고개이다.

북동쪽으로 약간 트여 있는데, 황요와 이제(裏諸)에서 뻗어오는 것이다. 남쪽 구렁 아래로는 겹겹의 구덩이가 비탈을 사이에 두고 있는데, 때때로 일렁거리는 물이 보였다. 아마 도니강의 한 굽이이리라. 산은 높고 강은 좁은지라 거슬러 오르면 보였다가도, 물길을 따라 돌아들면 다시 보이지 않는다. 이곳은 바로 석언(石堰)의 여러 마을의 지경이다. 산의 남동쪽 자락에는 졸졸 흐르는 조그마한 물길도 있다. 남쪽으로 흘러가는 듯하다. 틀림없이 도니강으로 흘러들 터인데, 그렇다면 이 물길은 등성이가 나뉘는 고개의 남쪽에 있는 것이리라!

토박이들은 이렇게 말했다. "이 산에 오르는 자들은 반드시 며칠간 마음을 맑게 하고 재계해야만 합니다. 그래서 옛적에 왕(王)씨 성의 스님이 재계하지 못한 바람에, 결국 산을 버리고 내려왔답니다. 만약 산을 오르는 자가 정결치 못하면 반드시 길을 잃고 헤매게 됩니다." 내가 보기에 산에는 달리 갈림길도 없는데, 어찌 길을 잃고 헤맨단 말인가?

또 이렇게 말하기도 했다. "산속은 사시사철 봄이고 이름난 꽃과 특이한 과일이 나무에 끊이지 않고 열리지요. 다만 따서 먹을 수 있을 뿐, 품에 안고 내려오면 늘 길을 잃고 만답니다." 내가 보았던 대로라면, 샘물을 끌어들이고 바위가 뒤덮인 곳 위에 가을 해당화처럼 커다란 잎이 있고, 가을 해당화처럼 색깔이 흰 꽃이 있다. 이 꽃의 냄새를 맡아보니 맑고 향기롭기 그지없으나, 무슨 품종인지 알 수 없다.

또한 커다란 나무가 있는 산꼭대기에는 장미가 가지를 따라 꽃을 맺고 있다. 새빨간 빛깔이 선명하게 빛나지만, 그다지 무성하지는 않다. 또한 산초(酸草)도 있는데, 줄기는 손가락만 하고 산호처럼 붉다. 껍질을 벗겨 맛을 보니 대단히 새콤하고 아삭했다. 버려진 채마밭과 남겨진 채

소도 있는데, 어느덧 제법 무성하게 열매를 맺었다. 반면 대나무 아래 죽순은 죄다 몰래 캐가는 사람들에 의해 파헤쳐져 하나도 남아 있지 않았다. 이 사람 역시 틀림없이 길을 잃고 헤매는 대열에 끼었을 터인데, 방금 전에 나를 보고 놀라 달아나 숨은 자 역시 길을 잃고 헤매는 이들 가운데의 한 사람이 아닐까?

봉우리 꼭대기에서 한참동안 바라보다가 왔던 길을 되짚어 내려왔다. 띠풀 암자로 돌아오니, 어느덧 저녁기운이 드리워져 있었다. 서둘러 끓인 죽을 먹자, 굶주렸던 뱃속이 아주 편안해졌다. 불상 앞에 쌓여 있는 땔감으로 등불을 밝혀 케케묵은 음산한 기운을 쫓아내고서, 이내 광주리를 걸어놓고 삿자리를 깔아 드러누웠다.

삼월 초하루

동이 트기 전에 일어나 의관을 갖추어 입고서 불좌 앞에 꿇어앉아 절을 올렸다. 뒤따르던 짐꾼이 산을 내려가 밥을 짓자고 하기에 그의 말에 따르기로 했다. 일단 뜨거운 물로 시장기만 달랜 채 산을 내려왔다. 길을 안내했던 석산촌의 늙은이의 간란에 이르러 쌀을 일어 밥을 지었다. 나는 안내인을 데리고 뒷산의 명승을 찾아나섰다. 바위벼랑의 가장 높은 곳을 올려다보니, 봉곳 솟은 채 매달려 있는 동굴 입구가 보였다.

오솔길을 따라 그 서쪽의 골짜기에 이르렀다. 벼랑을 기어올라갔다가 벼랑 허리를 가로질러 내려올 생각이었다. 그곳의 비좁은 어귀는 몹시 좁았다. 그곳을 넘어 북쪽으로 내려가자, 동쪽 봉우리는 온통 깎아지른 듯한 암벽이고, 서쪽 봉우리는 매달린 구멍투성이이다. 그렇지만 그 가운데에는 바위덩어리가 어지러이 쌓여 있고, 덩굴이 빽빽하게 뒤덮여 있는지라, 기어오를 만한 곳이 없었다.

그 북쪽의 골짜기를 따라 나갔다. 다른 움푹한 평지로 통해 있으나 끝까지 가 볼 수 없었다. 산골마을 앞으로 돌아나와 그 동쪽에서 시냇물이 흘러드는 곳을 찾았다. 동굴 구멍이 산속 움푹 꺼진 곳 아래에 봉긋 솟아 있다. 동굴 입구는 남쪽을 향해 있다. 시냇물이 동굴 속으로 쏟아져 흘러들었지만, 바닥이 평탄하게 흐르는지라 못을 이루지는 않았다. 동굴은 높이가 두 길이고 너비 역시 두 길이며, 깊이는 서너 길이다. 물은 뒷벽에 이르러 옆으로 두 곳의 입구로 나뉘어 흘러든다. 그 안은 어두컴컴하여 더 이상 나아갈 수 없었다.

동굴 앞에는 바위기둥이 오른편 벼랑을 마주하고 있다. 바위기둥을 가로질러 들어가자, 아래에 한 자 남짓의 바위비탈이 있다. 물줄기 옆으로 건너 들어가면, 물을 건너는 번거로움을 피할 수 있을 성 싶었다. 바위기둥 안에서 서쪽의 틈새 한 곳을 오르자, 위에 감실이 하나 있다. 바닥은 평평하고 위는 봉긋 솟아 있으며, 앞에는 바위기둥이 줄지어 선 채, 물동굴과 나란히 향해 있다. 다만 물동굴은 아래에 있는 반면 이 동굴은 위에 있으며, 물동굴은 넓은 반면 이 동굴은 비좁을 따름이다. 동굴 안의 물은 틀림없이 산 뒤로 관통하여 북동쪽의 팔동촌 앞으로 흘러들 것이다.

동굴을 나와 늙은이의 집으로 돌아가 밥을 먹었다. 이어 북동쪽의 흙산을 따라 내려가다가 물길을 건너 팔동촌을 지났다. 이어 북쪽의 물길을 건넌 뒤, 남동쪽으로 돌아들어 바위산의 골짜기로 들어서서 전에 쉬었던 동굴 앞을 지났다. 다시 동쪽으로 겹겹의 움푹한 평지에 들어서서 등성이가 나뉘는 고개를 올랐다. 고개를 내려와 북동쪽으로 움푹한 평지를 나아가다가 다시 언덕을 올라 비탈을 돌아들어 대험령을 넘었다. 이에 북쪽으로 내려와 시내를 건너 진촌(秦村)에서 술을 사서 마셨다.

다시 북쪽으로 시내를 건너 도전촌의 고개를 넘은 뒤, 고개 동쪽에서 동굴 구멍에서 흘러나오는 물을 따라 북쪽으로 나아가 황촌의 암자에 이르렀다. 성일(惺一) 도인이 차를 끓이고 죽순을 삶아 기다리고 있었다. 나는 발에 상처가 난지라 잠시 쉬면서 떠나지 않았다. 이에 뒤따르던 짐꾼이 따온 다령산 꼭대기의 차를 가져다가 솥을 깨끗하게 씻고 약한

불에 볶았다. 내 [고향] 양선(陽羨)의 차 가운데 질 좋은 차에 비교하니, 향기나 색깔이 다를 바가 없었다. (이곳의 찻잎은 모두 장작불로 시커멓게 말리는데, 연기가 대단히 진하다. 또한 차를 끓일 때에는 차가운 물에 집어넣어 미지근한 불로 데우며, 물이 끓은 후에 다시 다른 맛을 섞어 넣는다.)

3월 초이틀

성일 도인과 작별했다. 성일은 나에게 삶아 말린 죽순을 주었다. 북쪽으로 나아가 시내의 다리를 건넌 뒤, 북쪽으로 나아가다가 동쪽으로 돌아들어 산골짜기에 접어들었다. 평탄한 등성이를 넘어 동쪽으로 흐린 물이 고인 못 위의 고개를 지난 뒤, 동쪽으로 녹교(鹿橋)를 바라보며 북쪽으로 나아갔다. 잠시 후 북쪽으로 내려가 커다란 시냇물을 건넜다. 이 물길은 전에는 가슴까지 높이 차올랐는데, 오늘은 배꼽밖에 차지 않았다. 그러나 북쪽의 벼랑을 오르자, 진흙탕이 미끄럽고 발 씻을 만한 곳이 없어 맨발로 나아갔다. 비탈을 넘어 내려가 하정촌의 옛터에 이르렀다. 못이 있기에 발을 씻고 신발을 신었다.

다시 북동쪽으로 산골물을 넘어 동쪽의 고사산(高獅山)의 남쪽 비탈을 올랐다. 등성이를 넘어 동쪽으로 나아가 비탈을 올랐다. 길 양쪽에는 온통 구멍이 뚫리고 구덩이가 패여 있는데, 어떤 것은 깊고 어떤 것은 얕다. 온통 흙산이며, 바위구멍이 겹겹이 끊이지 않는다. 얼마 후 흙언덕 위에서 잠시 쉬었다. 이 남쪽은 절로촌(截路村)이다. 다시 동쪽의 언덕을 넘어 움푹한 평지로 내려오자, 못이 하나 있다. 고인 물은 대단히 맑으며, 북서쪽의 바위봉우리 아래에서 산골에 부딪치면서 흘러간다. 물길은 우거진 수풀에 가려져 있으며, 대단히 길다.

다시 동쪽의 언덕을 넘자, 물은 길가에서 서쪽으로 흐른다. 다시 동쪽으로 나아가자 커다란 못물이 비탈 사이에 고여 있다. 이 물은 북쪽으로 떨어져내려 두 줄기로 나뉜다. 한 줄기는 북쪽의 산굴 속으로 흘러들고, 다른 한 줄기는 동쪽의 산부리를 따라 흐르다가 황요촌 앞을 감돌아 흐른다. 마을의 밭두둑은 모두 이 물을 끌어 물을 대고 있다.

이에 마을의 간란에서 식사를 하고서, 관암(觀巖)으로 가는 길을 물어보았다. 마을 사람은 "바로 산뒤에 있습니다만, 길은 동쪽으로 초협(草峽)을 지나 북쪽의 골짜기 어귀로 빠져나왔다가, 서쪽으로 돌아들어 산의 북쪽을 따라 가야 이를 수 있습니다"라고 대답했다.

그의 말에 따라 동쪽으로 나아갔다. 막 마을을 벗어나와 북쪽 벼랑 중턱을 바라보자, 높이 치솟은 동굴이 보였다. 동굴 입구는 동쪽을 향해 있는데, 대단히 험준하고 멀어 기어오를 수 없었다. 초협의 남쪽에는 두 개의 봉우리가 가운데에 걸려 있고, 또한 흙산이 그 아래에 기대어 있다. 이곳은 이제촌(裏諸村)으로, 매우 번성한 마을이다. 모두 2리 반을 가서 북쪽의 초협에 들어섰다. 다시 북동쪽으로 1리를 나아가 바위등성이를 넘어 지나자, 갈림길이 서쪽으로 뻗어 있다. 갈림길을 따라 가니, 곧 황요촌의 여러 봉우리의 바위산 북쪽이다. 이곳의 산은 줄지어 북서쪽으로 뻗어가다가 북쪽의 고산(孤山)에서 끝난다. 관암이라는 곳은 바로 그 가운데에 있다.

이에 산의 동쪽 기슭을 따라 나아가 3리를 가서 남서쪽으로 꺾어졌다. 이어 반리를 가서 그 아래에 이르자, 깎아지른 듯한 벼랑이 위에 덮여 있고 아래에는 깊은 못이 있다. 물이 못 안에 고여 있으나, 어디에서 흘러오는지 알 수 없다. 다만 동굴 북쪽 모퉁이에서 커다란 입구로 쏟아져들 뿐인데, 깊고도 어두운 동굴 안에는 물소리가 몹시 요란했다. 아마 산의 남쪽에서 흘러와 바닥에 가득 찬 물이 흘러나가다가 고여 이 못을 이루었을 것이다. 틀림없이 황요촌 서쪽의 [커다란 못]에서 갈라져 산굴 속으로 쏟아져 내린 물길이, 바닥에 스며들었다가 이곳에서 솟아오르는 것이리라. 한 번 흘러나온 물이 다시 북쪽의 구멍에 흘러들어가니, 물과 산의 조화로움이 참으로 절묘하도다.

뒤덮인 동굴 위에는 드리워진 바위기둥이 깃발처럼 매달린 채 어지러이 흩어져 있고, 뒤편 암벽의 바위자락은 못 속에 거꾸로 박혀 있다. 그 위쪽에 빙 두른 감실과 구멍 역시 움패어 뚫린 채 한둘이 아니지만, [모두 못 너머에 있는지라 가볼 수가 없었다.] 못의 남동쪽에도 북쪽을 향해 있는 동굴이 있다. 동굴 안은 그다지 깊지 않다.

못의 북동쪽 벼랑 사이에 신묘(神廟)가 있고, 묘당 안에 비석이 있다. 비석을 만져보고서야 소관암(小觀巖)임을 알게 되었다. 신묘의 뒤편은 바로 못 속의 물이 바위동굴 입구로 쏟아져 들어가던 바로 그곳이다. 동굴 입구는 남쪽을 향해 있고 대단히 높다. 동굴 안을 바라보니 툭 트여 있는지라, 뗏목을 띄워 들어가지 않고서는 끝내 들어갈 수 없다.

한참 만에 신묘에서 북동쪽의 평탄한 들판에 나오자, 북쪽으로 통하는 길이 보였다. 이 길을 따라가면 부성으로 들어가는 한길을 만날 수 있으려니 생각했다. 이에 북쪽으로 나아갈수록 독산(獨山)과 회원(懷遠)으로 가는 길임을 알게 되었다. 발걸음을 돌리려는데, 홀연 서쪽 산 아래에 못이 보였다. 자못 깊은 못은 바위벼랑에 바짝 다가서 있고, 벼랑 남쪽에는 구멍이 있다. 방금 전에 북쪽의 동굴 입구로 흘러들던 물길이 다시 이곳을 뚫고 흘러나온다. [생각건대 산허리를 뚫고 흐른 거리는 그다지 멀지 않을 것이다. 만약 물길을 거슬러 들어가면 틀림없이 물소리가 요란했던 곳에 이를 것이다.]

나는 물길을 거슬러 들어가고 싶었다. 그러나 어느덧 해가 서산에 뉘엿뉘엿 지는데다 발아래 길이 몹시 힘든지라, 못 위에서 동쪽으로 밭두둑을 찾아 걸었다. 반리만에 어느 마을에 이를 즈음, 갑자기 구덩이가 푹 꺼져 내렸다. 앞쪽에 있던 못 속의 물은 북쪽으로 흐르다가 남쪽으로 돌아들어 마침내 평탄한 시내로 풀어진 채 마을 남쪽을 감돌아 동쪽으로 흘러간다. 이 시냇물은 대단히 넓으나 깊이는 한 자가 되지 않았다. 안내인이 나를 업고 건넜다. 시내를 건너 아낙네를 만나 부성으로 가는 길이 얼마나 되는지를 물어보니, 아직도 20리나 남아 있었다.

북동쪽으로 높은 벼랑에 올라 동쪽의 마을 앞으로 나오자, 남동쪽에서 뻗어오는 오솔길이 있다. 안내인은 한길을 따라 북동쪽으로 나아갔다. 아마 북서쪽에 큰 마을이 있으니, 부성에서 회원(懷遠)으로 가는 한길이라고 여겼으리라. 이 길이 아니라는 사실을 알고서 비탈길을 내려가 어지러운 밭두둑 사이를 걷다보니, 얼마 지나지 않아 차츰 길을 잃고 말았다. 밭두둑 사이의 물이 종횡으로 흐르는 속에서 엎어지고 넘어지며 5~6리를 갔다. 남쪽에서 오는 두 사람을 만나 물어보니, "한길은 아직 북쪽에 있다"고 대답했다. 다시 풀숲 사이로 2리를 나아가 한길을 찾아 쭉 동쪽으로 나아갔다. 길가는 이에게 물어보니, "부성까지는 아직 10리길이요"라고 대답했다.

되돌아보니 해가 아직 높이 떠 있는지라, 걸음을 늦추어 천천히 동쪽으로 나아갔다. 이 길은 대단히 평탄했다. 5리를 가자 차츰 비탈을 오르고, 길 양쪽에 마른 우물과 푹 꺼져 내린 구멍이 많았다. [태평부와 마찬가지였다.] 여기에서 졸졸거리는 물소리가 들려왔다. 바위구렁이 끊어졌다가 이어지는데, 물이 그 바닥을 흐르고 있었다. 사람이 그 위를 올라 혹 바위를 걸쳐 다리로 삼고 있다. 바닥의 물을 굽어보니, 떨어지는 물길이 한 줄기가 아니었으나, 모두 그다지 크지는 않다. 아마 소관암의 물은 동굴을 나와 시내를 이루었다가, 여러 밭두둑의 두렁 속에 흩어져 흐를 것이다. 이곳의 물은 그 나머지 물로서, 골짜기를 뚫고 흘러 북쪽의 용강으로 흘러드는 물이리라.

다시 동쪽으로 2리를 가서 언덕을 넘어 내려갔다. 또다시 바위구렁이 나타나더니 끊어질듯 이어진다. 물은 그 아래로 흩어져 흐른다. 방금 전의 다리와 마찬가지였다. 이것은 팽령교(彭嶺橋)의 물길로, 구룡동에서 흘러와 밭두둑의 도랑에 흩어져 흐른다. 남는 물이 골짜기를 뚫고 북쪽으로 흘러가는지라, 이곳의 다리 아래를 흐르는 물은 얼마 되지 않다. 다시 동쪽으로 1리 반을 가자 북쪽에 서도암(西道庵)이란 암자가 솟아 있다. 암자 앞에는 대단히 깊고 넓은 못이 있다. 용계(龍溪)의 가느다란 물길이 동쪽에서 흘러 들어오는데, 북서쪽으로는 새나가는 것이 보이지 않았다.

다시 동쪽으로 1리를 나아가 서문의 길거리 어귀에 이르렀다. 이에 남쪽의 용계를 넘어 시내의 남쪽을 따라 동쪽으로 나아가 산곡사(山谷祠)의 뒤편을 지났다. 반리를 더 가서 향산사에 이르니, 벌써 어두컴컴해져 있었다. 지휘사 풍씨를 물어보았으나, 아직도 돌아오지 않았다. 너무나 무더워 서둘러 대야에 물을 받아 몸을 씻고서 잠자리에 들었다.

3월 초사흘

절 안에서 다리를 편히 쉬었다. 부성의 사람들이 절 앞에서 복을 비는 제사를 드리는데, 지부(知府)가 성을 나와 향을 살랐다. 나는 북쪽 처마아래에 기대어 육참장에게 보내는 편지를 썼다. 그런데 어떤 사람이 옆에서 엿보더니 보여주기를 청했다. 그는 지휘사 풍씨의 처남인 진군중(陳君仲)이었다. (그의 이름은 영瑛이며, 글 읽는 선비이다.) 그는 "이 편지를 육참장에게 보내면 풍 아무개는 틀림없이 죄를 얻게 될 것이니, 잠시만 늦추어 주십시오. 제가 편지를 써서 재촉해보겠습니다"라고 말했다. 그는 나의 편지를 함께 가져가면서 "내일 대신하여 인사를 올리겠습니다"라고 말했다.

얼마 지나지 않아 두 사람이 왔다. 한 사람은 사환졸(謝還拙)이고, 다른 한 사람은 진두남(陳斗南)이었다. 공생[1]인 사환졸은 교관이 되어 금의환향한 상태인 반면, 늠생[2]인 진두남은 내쫓거나 다시 무과 시험을 준비하고 있었다. 두 사람은 나의 상자 속에서 문(文)씨와 항(項)씨 등의 여러 사람들의 친필 서신을 보더니, 돌아가 베끼고 싶다고 했다. 나는 조금도 개의치 않은 채 건네주었다.

날이 저문 뒤, 하지소(河池所)의 생원인 두(杜)씨와 증(曾)씨 두 사람이 절로 와서 묵었다. 그들은 내게 "사씨는 썩어빠진 유생이며, 진씨는 진군중의 작은아버지로 흔히 '수정(水晶)'이라 일컫지요. 겉모습은 그럴듯하지만 안은 실속이 없다는 말이지요"라고 말했다.

---

1) 공생(貢生)은 지방의 유생으로서 수도의 국자감에 들어가 학업을 닦은 자를 가리킨다.
2) 늠생(廩生)은 명대의 부(府), 주(州)와 현(縣)의 생원을 가리킨다.

3월 초사흘

아침 일찍 일어나 진두남과 사환졸을 찾아가려고 절 동쪽으로 나서려는 참에, 진씨와 사씨가 왔다. 나는 그들과 함께 절로 되돌아가 한참 동안 이야기를 나누었다. 그들은 또 황석재의 시첩을 보여달라고 청했다. 그들은 한참 후에 돌아갔다. 나는 그들을 뒤따라 답례하러 갔는데, 진씨가 여러 사람의 친필 서신을 되돌려주었다.

그의 집 편액을 보고서야 그의 조부의 이름이 진학기(陳學夔)임을 알았다. 그는 가정 말년에 진사를 지낸 인물로, 일찍이 상주부(常州府)에서 병리(兵吏)를 역임하고, 우리 고향에서도 임직했다. 그는 딸이 세상을 떠나자 서문 밖에 장사지낸 후, 딸을 위해 글을 지어 비석에 이렇게 썼다. "이곳은 병리인 진학기의 딸의 묘이다. 내가 떠난 후 장차 평평하게 깎아 없애버릴지, 아니면 불쌍히 여겨 보존해줄지 알 수 없도다. 이는 상주부의 사람에게 달려 있을 따름이도다."

사씨의 집을 지나는데, 사씨가 나를 붙드는 바람에 술을 마셨다. 수행원이 나를 찾으러 왔다가 돌아가자고 하면서 "진상공께서 절로 술자리를 옮겨와 기다린 지 오래되었습니다"라고 말했다. 나는 사씨의 성의를 차마 물리칠 수 없어, 잠시 머물러 술을 마신 다음에야 떠났다.

절로 돌아와, 진군중과 술자리를 함께 했다. 진씨는 글을 꺼내 바로 잡아달라고 부탁했는데, 그는 이 일대에서 빼어난 이였다. 그가 내게 이렇게 말했다. "우리 이웃에 양씨라는 이가 있는데, (이름은 자승(姿勝)이다) 역시 글 읽는 선비랍니다. 그는 독산주의 난토사(爛土司)[1]의 친족인데,

머지않아 고향으로 갈 작정입니다. 그대가 그와 인사를 나누어 그가 떠날 때 함께 가면, 가는 길에 근심거리가 없을 뿐만 아니라, 앞으로 귀주(貴州) 경내에 들어서더라도 안내인이 있는 셈이니, 아주 편하실 겁니다." 나는 그의 말에 고개를 끄덕였다.

1) 난토사(爛土司)는 독산주의 동쪽에 위치한 합강주(合江洲) 지역을 관할하는 토사이다.

3월 초닷새

아침 일찍 일어나 나는 진씨에게 인사를 드리러 갔다. 위(韋)씨 성의 늙은이가 있는데, 늠생에서 머잖아 공생에 들려 하고 있었다. 그는 전에 4등에 머물렀던지라 이번에 부성에서 보충시험을 치렀다. 그런데 그의 문장이 차마 못볼 지경이라 여긴 지부가 재삼 고쳐 쓰도록 명했다. 그는 나에게 억지로 대신 글을 지어달라고 떼를 썼다. 나는 거듭 고사했으나 어쩔 수 없어 그를 위해 두 편의 글을 지었다. (한 편은 「내 무엇을 붙잡으리오吾何執?」이고, 다른 한 편은 「봉록은 농사를 대신하기에 족하다祿足以代其耕也」이다.) 식사를 마치고서 원고를 위씨에게 건네주고, 진씨에게 인사드리러 갔다. 그러나 진씨는 이미 출타하고 없었다. 이에 절로 돌아와 묵었다.

3월 초엿새

편지 한 통을 수비 오씨에게 건네주고, 그에게서 말을 구할 수 있는 표를 구했다. 위씨 역시 나를 위해 지휘사 척(戚)씨에게서 짐꾼을 구할 수 있는 표를 구해주었다. 말과 짐꾼을 틀림없이 구할 수 있으리라 여겼는데, 막상 구하려 하자 여전히 아무 응답이 없었다. 이날 목욕재계하고서 점을 쳐보니, 사은부는 가도 괜찮으나 남단주는 불길하다는 점괘가 나왔다. 양씨 성의 선비와 동행하기로 한 일은 아무래도 부질없는 없는 일인 듯하다.

3월 초이레

짐꾼과 말을 구하려 했으나 여전히 아무 응답이 없었다. 양자승이 만나러 왔는데, 그는 아미주(阿迷州) 양승무(楊繩武)의 친척이었다. 그는 귀주에 가는 길은 아무래도 늦추어야겠다고 말하면서, 이 일대에서는 역참의 말을 구하기가 대단히 어려우니 말을 사야 갈 수 있다고 했다. 내가 점을 쳐보니 아주 길한 점괘가 나왔다. 얼마 지나지 않아 지휘사 풍씨가 전별금으로 은 한 량과 술, 안주를 보내왔다. 이 예물들을 받아들였다.

정오가 지나자, 소낙비가 대야로 퍼붓듯이 내렸다. 양자승의 거처로 말을 보러 가려다가 끝내 가지 못했다. 오후에 비가 그치자, 나는 쪽지를 써서 진군중에게 나를 대신하여 양자승의 말을 보아달라고 부탁했다. 오늘은 곡우이다. 점치는 이들은 단비를 매우 좋은 길조로 여기는데, 우리 고향에도 이런 단비가 내리는지 모르겠다.

3월 초아흐레

가랑비가 내리고 먹구름이 낀 채 여전히 맑게 개이지 않았다. 군영에서 말을 돈으로 바꾸어 보냈지만, 말을 빌리는 값의 십분의 이도 되지 않았다. 이 일대 사람들의 교활하고 완고함은 참으로 광서 지역에서만 볼 수 있는 것이었다. 떠나려 했으나 진군중이 오지 않았기에 잠시 기다렸다. 정오가 되어서도 오지 않아 끝내 길을 나서지 못했다. 오후에 직접 그의 집에 갔으나, 그는 또 외출하고 없었다. 나는 편지를 써서 그의 책상머리맡에 놓아 작별을 고했다. 숙소로 돌아와 내일 길을 떠날 채비를 했다.

2월 17일에 경원부에 이르러 3월 초열흘에 떠나니 모두 23일간이다.

경원부의 부성은 용강의 남쪽에 있다. 용강은 서쪽의 회원진(懷遠鎭)에 서부터, 북쪽의 인적 드문 산에 바짝 붙은 채 바위구멍을 뚫고 흘러나와 (그 원류는 귀주 도균부郡匀府에서 흘러내린다.) 북쪽에 줄지은 바위산을 따라 동쪽으로 흐른다. 이 물길은 나목도보다 약간 작으나, 양쪽 언덕에 빽빽하게 이어진 숲과 바위는 나목도보다 더하다.

강 북쪽에는 바위봉우리가 우뚝 치솟아 있다. 가운데는 회선산이고, 동쪽은 청조산이며, 서쪽은 의산(宜山)이고, (회선산은 높게 치솟아 있고 의산은 낮고 작다.) 좀 더 서쪽은 천문배상산(天門拜相山)이다. [풍경(馮京)의 조상 묘가 있다.] 모두 강 북쪽에 기대어 굽어보고 있다. 가운데에는 움푹한 평지가 펼쳐져 있는데, 북쪽의 천해[天河, 현의 명칭이다]로 뻗어 있다.

강의 남쪽은 곧 부성이다. 부성의 남쪽 5리에 바위산 한 갈래가 있다. 서쪽에서 동쪽으로 마치 병풍이 늘어선 듯하다. 가운데는 용은동산(龍隱洞山)이고, 동쪽은 병산(屛山)이며, 서쪽은 대호산(大號山)이고, 좀 더 서쪽은 구룡산이다. 모두 부성 남쪽으로 굽이지면서 뻗어나가 줄기를 이루고 있다.

부성의 산줄기는 남서쪽의 다령산에서 비롯된다. 다령산의 남서쪽은 도니강이고, 북동쪽은 용강이며, 다령산은 이 두 강 사이에 끼어 있는 등성이이다. 북동쪽으로 60리를 뻗어나가다가 갈래가 나뉘어 부성에서 끝이 난다. 부성의 5리 밖에 이를 즈음, 먼저 늘어서서 구룡산을 이루고, 다시 북동쪽으로 대호산을 이루며, 다시 북쪽으로 요고산(料高山)이라는 흙산으로 맺혀진다. 요고산은 부성의 안산에 해당한다. 더 북쪽으로 가면 부성이며, 용강이 그 북쪽을 가로지른다.

다령산의 산줄기는 쭉 동쪽으로 뻗어나가 초당보(草塘堡) 남쪽의 흙등성이를 이루고, 동쪽으로 치솟아 석벽산을 이루며, 다시 동쪽으로 쭉 뻗어나가 유주부 유강(柳江)의 남쪽 언덕의 여러 산을 이루고, 다시 남동쪽으로 무의현(武宣縣)의 하류의, 유강과 도니강이 만나는 곳에서 끝이 난다.

용강은 경원부의 주요한 물길이다. 그 북동쪽에는 한 줄기 소강(小江)이 남쪽의 용강으로 흘러든다. 이 강은 천하현 북쪽 경계에서 발원한다. 그 남동쪽에는 오공교 아래의 여러 물길이 북쪽의 용강으로 흘러드는데, 이들 물길은 다령산 동쪽 경계에서 발원하며, 모두 부성의 하류이다. 부성의 남서쪽에는 또 하나의 조그마한 물길이 남쪽의 요고산에서 북쪽으로 흘러오다가 묵지(墨池)에 이르러 서쪽으로 흘러간다. 이것은 용계이다. 또한 부성의 서쪽에는 구룡담(九龍潭)의 물이 구룡산에서 북쪽으로 흐르다가 용계와 합쳐져 북서쪽의 용강으로 흘러든다. 이것은 부성의 상류이다.

서축사(西竺寺)는 부성의 서문 밖에 있다. 건물은 대단히 웅장하여 광서에서는 보기 드문 곳이지만, 몹시 쓸쓸하고 적막하다. 그 남쪽은 향산사이다. 절 앞에는 평지에 바위가 우뚝 치솟아 빙 둘러 선 채, 문을 이루고 골짜기를 이루었으며, 봉우리를 이루고 병풍을 이루고 있다. 대단히 미묘하고도 환상적인데, 마치 영석¹⁾으로 꾸민 분재 소반에 놓여 있는 듯하다. 게다가 조그마한 봉우리 위마다 커다란 나무가 걸터앉아 있다. 나무뿌리는 얽혀 뒤엉킨 채 바위와 일체를 이루고 있고, 나무줄기는 구불구불 아래를 뒤덮고 있다. 영락없이 소주의 분재 가운데 알맞게 묶어 만들어낸 것과 흡사하다.

절 서쪽에는 못이 있는데, 못 안에도 바위가 있다. 못 북쪽에는 군수 악화성(岳和聲)²⁾이 향림서원(香林書院)을 지어놓았으며, 송나라의 조청헌(趙淸獻)³⁾ 공의 옛 자취를 보존하고 있다. 좀 더 북서쪽에는 황문절⁴⁾의 사당(黃文節祠)이 있고, 뒤에는 와룡석(臥龍石)이 있으며, 앞쪽에는 용계가 서쪽으로 흘러간다. 송대에 지부 대리 장자명(張自明)[5]이 황문절의 유풍을 이어받아, 수십만 금을 기부하여 그의 사당과 용계서원(龍谿書院)을 지었다. 오늘날 규모는 이미 황폐해졌으나, 비석의 그림은 사당 안에 여전히 남아 있다. 그 북동쪽은 곧 서축사이다.

성 안팎은 죄다 띠집이 지어져 있으며, 주민들 역시 대단히 궁핍하다. 이곳은 광서의 여러 부성 가운데 가장 빈궁한 곳이다. (혹은 사은부 역시 그러하다.) 들자하니, 예전에 번성했을 적에는 강 북쪽의 강 가까이에 물길을 굽어보는 주민들이 수천 가구 이하로 내려간 적이 없었는데, 무오년[6]의 기근이 발생한 이래 오랑캐와 도적떼가 교대로 출몰하는 바람에, 끝내 황무지로 변하여 20년간 인구와 재물이 늘지 못했다고 한다. 참으로 애달프기 그지없다.

부성을 둘러싸고 있는 명승에는 세 곳이 있다. 하나는 북산, 즉 회선산이고, 다른 하나는 남산, 즉 용은산이며, 또 다른 하나는 서산, 즉 구룡산이다.

용은암은 부성의 남쪽 5리에 있으며, 바위봉우리의 동쪽 모퉁이가 휘감아 돌면서 북쪽으로 돌아드는 곳이다. 앞에는 세 개의 동굴 입구가 있으며, 모두 서쪽을 향해 있다. 뒤로는 산 뒤로 통하고 역시 세 개의 입구가 있으며, 모두 남동쪽을 향해 있다. 동굴 안은 위아래로 층층이 겹쳐 있고 종횡으로 이어져 있는지라, 뚫려 통하지 않은 곳이 없다.

이제 가운데 길이 교차하는 지점에 커다란 바위가 구멍을 가로막은 채, 동굴을 둘로 나누고 있다. 대체로 북쪽으로 치우친 동굴 입구가 가장 높고 넓다. 그 앞에는 불사가 있으며, 정암(淨庵) 스님이 그곳에 살고 있다. 남쪽으로 치우친 동굴의 입구 두 곳은 모두 산허리에 있다. 맨 남쪽의 입구 앞에는 송나라 때의 비각이 있는데, 장자명의 여러 수의 시가 모두 이곳에 새겨져 있다. 그 중간의 입구에는 이미 길이 없다.

나는 먼저 남쪽 입구에서 들어가 북쪽의 어두운 구멍을 뚫고 나아갔는데, 위층에서 굽어볼 수는 있으나 내려갈 길이 없었다. 계속해서 남쪽 입구로 나와 기어오르고 찾아 헤매다 그곳에 이른 뒤, 횃불을 들고 들어가 그 깊숙한 곳까지 다녀왔다.

북쪽 동굴 입구는 서쪽을 향한 채 높이 봉긋 솟아 있고, 앞에는 세 칸의 불사가 늘어서 있다. 동굴이 높은지라 환히 밝기에는 전혀 지장이 없다. 동굴 안에는 금불상이 놓여 있다. 불상 양옆에 새겨진 글씨는 최근 사람의 필적이지, 송나라 사람의 것이 아니었다. 몇 길을 나아가자 약간 좁아지더니, 남쪽가로 치우치자 어두컴컴해졌다.

횃불을 들고 동쪽으로 쭉 들어가 몇 길을 더 가자, 남쪽 벼랑 위에 갈림길이 있다. 나무 사다리를 타고서 올라가 남쪽으로 구멍에 들어갔다. 우물처럼 푹 꺼진 웅덩이가 있다. 위에 가로놓인 나무판자를 타고서 건넜다. 다시 남쪽으로 나아가자 서쪽 암벽 아래에 무늬 한 가닥이 벼랑 발치를 따라 누워 있고, 비늘 같은 등성이가 구불구불거리면서 벼랑발치와 떨어질듯 말듯 붙어 있다. 이것이 바로 용이 '숨은' 것이다. 바깥쪽 비석에 기록되어 있는 바, 이 용은 머리를 쳐들고 발톱을 치켜든 모습이라고 하지만, 그런 모습은 보이지 않았다.

남쪽으로 한 길을 더 들어가 비좁은 어귀를 넘었다. 몸을 구부려 돌 층계를 따라 내려가니, 아래층 구멍으로 가는 길이 남북으로 틈새를 이루고 있다. 남쪽으로 뚫고 들어가니 중간의 동굴 입구 안쪽의 구멍과 통해 있다. 그런데 누가 그랬는지 알 수 없지만 커다란 바위로 막아버렸다. 북쪽으로 두 곳의 비좁은 어귀를 뚫고 지났다. 그 위를 쳐다보니, 가로놓인 나무판자 위로 건넜던 곳이다. 북쪽으로 더 나아가자 구멍이 좁아지더니 끝이 났다. 가로놓인 나무판자의 구멍을 따라 허공을 기어올랐다. 대체로 위에서 내려다볼 적에는 허공에 걸린 채 밑바닥이 없었으나, 아래에서 기어오르니 붙잡고 뛰어 오를 수 있었다.

계속해서 북쪽의 나무 사다리를 내려왔다. 좀 더 동쪽으로 쭉 들어가 비좁은 어귀를 넘자, 갈림길이 나왔다. 남쪽으로 더 갔다. 이 길을 따라 가자 차츰 앞 구멍에 번쩍거리는 빛이 보였다. 어느덧 산을 가로질러 뒤쪽 동굴 입구에 와 있었다. 몇 길을 더 나아가 뒤쪽 동굴 입구에 이르렀다. 동굴 입구는 남동쪽을 향해 있고, 아래로 널찍한 들판이 내려다 보였다. 산기슭에는 한 갈래 시내가 흐르고 있다. 빙글 에돌아 북쪽의 산허리를 가로질렀다. 곧 오공교 동쪽의 물길이 나누어져 북쪽으로 흘러가는 곳이다. 그 앞에는 또 한 갈래의 바위산이 둥글게 에워싼 채 움푹한 평지를 이루고 있다. 신선 세계를 이루고 있는 듯하다.

계속해서 북쪽으로 갈림길이 나뉘어졌던 곳으로 되돌아왔다. 동쪽으로 쭉 들어가 몇 길을 더 나아가니, 커다란 바위가 가운데에 웅크리고 있다. 바위의 북쪽 틈새에서 몸을 모로 누인 채 밀치며 들어갔다. 마른 우물이 움푹 꺼져 있다. 크기는 서너 길이고, 깊이 역시 엇비슷하다. 이에 사다리를 내걸고 횃불을 던져놓고서 한 사람에게는 밧줄을 드리워 내려가게 하고, 두 사람에게는 위에서 밧줄을 끌어당겨 사다리에 매게 했다. 그 사람이 내려간 다음, 나도 그를 따라 내려갔다.

다시 남동쪽으로 구멍에 들어가자, 그 안에 또 구멍이 있다. 꺼져 내려가는 구멍은 몹시 비좁고 깊었다. [박쥐 한 마리가 놀라 달아났다.] 그 남서쪽에서 벼랑을 기어올랐다. 벼랑 안에는 마른 우물이 또 움푹 패여 있다. 불을 비춰보았으나 밑바닥이 보이지 않았다. 그 위를 따라 남서쪽의 구멍에 들어갔으나, 끝내 통하는 곳이 없었다. 이에 계속해서 내려와 매달린 사다리를 따라 밧줄을 붙잡고 올랐다. 왔던 길을 되짚어 쭉 서쪽으로 나아가 앞쪽 동굴의 입구를 나왔다.

남쪽 동굴 입구는 북쪽 동굴에서 남쪽으로 200여 걸음 떨어진 산허리에 있는데, 흔히 쌍문동(雙門洞)이라 일컫는다. 동굴 앞에는 송나라의 비각(碑刻)이 꽤 많은데, 방신유(方信孺)[7]가 지은 '하나의 동굴 속에 세 곳의 길 어귀가 나뉘어 있다(一洞中分路口三)'는 비문 역시 여기에 있다. 그의 시는 『일통지』에 실려 있다. 그 위에는 또 장자명의 「단하절구(丹霞絶句)」도 있는데, "안쪽 옥은 영롱하고 바깥 옥은 크고 높으니, 마치 삼생과 더불어 알고 있는 듯하네. 이 산이 있고서야 이곳이 있으리니(이 부분은 '이 산이 있은 이래 누가 이곳에 있었던고?'로 해야 교묘하리란 생각이 들었다.), 유람객은 이곳에 이르러 차마 떠나지 못하누나." 이 시는 『일통지』에 실려 있지 않다. 그 좌우에는 오랑캐를 평정한 여러 비문도 있는데, 모두 송나라 사람의 년월이 적혀 있다.

동굴 입구에서 동쪽으로 들어가자, 문득 가로로 갈라져 남북으로 나뉘었다. 마치 '정(丁)'자와 같은 모습이다. 남쪽을 향해 홀연 밝은 빛이 산허리를 스며들어온다. 몇 길을 나아가 뒤쪽 동굴 입구로 나오니, 이곳은 뒤쪽 동굴 입구의 맨 남쪽의 입구이다. 북쪽을 향해 안쪽은 두 갈래로 나뉜다. 북쪽을 멀리 바라보니 가물가물 명멸하는 빛이 보인다. 북동쪽의 낭떠러지에 올라가자, 자갈로 겹겹이 쌓은 담이 가로막고 있다.

이에 먼저 쭉 북쪽으로 산허리를 가로질러 평탄하게 들어갔다. 그 아래에는 깊은 구덩이가 있다. 마치 잔도를 밟듯이 그 위를 따라 나아갔다. 몇 길을 나아가 북쪽의, 밝은 빛이 스며드는 곳에 이르렀다. 동굴 입구가 서쪽으로 다섯 길 아래에 열려 있다. 이곳은 북쪽 동굴 입구의 위층이다. 그 앞에 늘어서 있는 바위기둥에는 네모진 창이 나 있는데, 낭떠러지가 아래로 까마득한지라, 아래 동굴과 떨어져 있는 듯하다.

틈새로 몸을 굽혀 아래 동굴을 들여다보았다. 동굴 밑바닥은 평평하고 반듯했다. 발밑에서 깊숙이 들어가자, 동굴 앞은 밝고도 드넓다. 홀연 화려하고 성대하다는 느낌이 들었다. 위층에서 비좁은 어귀를 넘어 북쪽으로 돌아들자, 어두컴컴하여 들어갈 수 없었다. 이에 왔던 길을 되짚어 남쪽으로 돌아나와 남쪽 동굴 입구로 나온 뒤, 북쪽 동굴에서 횃불을 구해 다시 들어갔다. 북쪽으로 갈림길이 나뉘던 곳에 이르러, 북동쪽의 돌담을 넘어 내려갔다. 그 안은 드넓고 그윽하며, 위는 높고 아래는 평평했다.

여러 번 돌아들어 20길을 나아가 동쪽의 동굴 입구로 나오니, 뒤쪽 동굴의 입구 가운데이다. 그 앞에는 겹겹의 바위가 문을 이루고 있는데, 부뚜막이 설치되어 있고 땔나무가 쌓여 있다. 토박이들이 나무를 하다가 식사하고 쉬는 곳이다. 벼랑 옆에는 마침 남겨둔 양식이 있다. 무오년에 도적떼를 피해 도망한 이들이 저장해둔 것이다. 동굴 입구 안으로 다섯 길을 나아가자 갈림길이 나왔다. 남동쪽으로 가다가 남서쪽으로 돌아들어 나아가자, 모두 십여 길만에 끝이 났다.

가운데 동굴의 입구는 남쪽 동굴의 입구에서 북쪽으로 수십 걸음에 있으며, 남쪽 동굴의 입구와 고작 벼랑 하나를 사이에 두고 있다. 동굴 입구는 위아래가 대단히 험준하고, 울창한 대나무숲이 빽빽하게 가리고 있는지라, 반드시 내려갔다가 다시 올라야만 했다. 한참동안 여기저기를 뒤적여서야 동굴 입구를 발견했다. 서둘러 북쪽 동굴에서 횃불을 구하고 불씨를 찾아 동굴 입구에서 동쪽으로 들어갔다. 그 뒤쪽 암벽의 위는 바로 남쪽에서 뻗어오는 위층이다.

그 아래에서 골짜기로 들어갔다가, 골짜기가 끝나자 기어올랐다. 그 남쪽은 곧 위층에서 북쪽으로 돌아드는 곳으로, 방금 전에 굽어보니 어두컴컴하여 내려갈 수 없었던 곳이다. 옆의 비탈을 붙잡아 오르니 나아갈 수 있었다. 그 동쪽으로 쭉 들어가 대여섯 길을 더 나아가자, 구멍이 나왔다. 구멍을 뚫고서 내려가자, 커다란 바위가 가로막고 있다. 이곳은 곧 북쪽 동굴과 통하는 곳이지만, 누군가에 의해 가로막혀 있다.

대체로 북쪽 동굴은 뒤쪽으로 통하는 동굴 입구가 하나이고, 남쪽 동굴은 뒤쪽으로 통하는 동굴 입구가 둘이다. 그러나 가운데 동굴은 남쪽으로는 남쪽 동굴의 위층으로 통하고, 북쪽으로는 북쪽 동굴의 깊숙한 곳으로 통한다. 이 산의 동·서·남 세 쪽은 뚫려 통하지 않은 곳이 없으나, 오직 산의 북쪽만은 통하지 않는다. 산꼭대기에는 염사동이 있는데, 색다른 경계를 펼쳐내고 있다고 한다.

염사동은 용은산의 북쪽 꼭대기에 있다. 산기슭에서 그 북동쪽으로 1
리를 나아가자, 시냇물이 두 산골짜기에서 암벽에 부딪치면서 북서쪽으
로 흘러온다. 물과 바위가 서로 어울려 있으니, 허공을 핥듯이 그림자를
드리우고 비췻빛 물을 끌어당겨 소리를 내면서 절로 구렁을 이루고 있
다. 그윽하고 아늑한 정취를 절로 자아낸다. 물을 건너 모두 1리를 가서
남쪽으로 벼랑에 기어올랐다. 양쪽 벼랑은 쪼개진 박이 거꾸로 매달린
듯하고, 가운데가 움푹 꺼진 곳은 마치 도려낸 듯한데, 불쑥 솟구친 바
위가 겹겹이 쌓여 있다.

벼랑을 따라 위로 올랐다. 양쪽 옆에는 멋진 나무들과 우거진 덩굴이
빽빽하게 덮인 채 바람에 나부껴 흔들리고, 때때로 향기와 바람소리를
풍겨온다. 위로 1리를 올랐다. 봉긋 솟은 채 북쪽을 향해 있는 동굴 입
구는, 마침 부성과 마주하고 있다. 앞쪽의 가운데에 있는 흙산은 시내를
가로막은 채 북서쪽으로 뻗어가다가, 기슭을 둥글게 감돌아 움푹한 평
지를 이루고 있다.

동굴 입구 가운데에는 바위기둥이 영롱하게 첩첩이 쌓여 있고, 앞쪽
은 치켜든 채 평대를 이루고 있다. 그 동쪽에 열려진 동굴은 툭 트여 밝
고, 밖으로 뚫린 구멍이 많다. 동쪽 벼랑이 끝난 후 구멍을 돌아들어 남
쪽으로 들어가자, 어두워지기 시작했다. 횃불을 밝혀 들어가야만 했다.
몇 길을 가도 옆으로 통하는 구멍이 없는지라 나오고 말았다.

동쪽 벼랑 위를 쳐다보니 겹겹의 감실이 있다. 벼랑을 기어올랐다.
바깥쪽 감실은 대단히 크고, 그 위에 안쪽 감실이 또다시 겹겹이 이어
져 있다. 안쪽의 감실에 앉으니, 앞쪽으로 바깥쪽 감실의 북쪽을 마주하
고 있다. 마침 그 가운데에 둥근 구멍 하나가 있다. 마치 깨끗한 거울이
비추고 있는 듯하다. 이 동굴은 대단히 그윽하고 시원하여, 쉴 수도 있
고 기거할 수도 있다. 다만 아쉽게도 떨어지는 물이 없으니, 먼 곳까지

물을 긷는 고충을 어이할꼬?

노승동(盧僧洞)은 용은암 북쪽 동굴의 곁에 있으며, 북쪽으로 수십 걸음 떨어져 있다. 그 동굴 입구는 서쪽을 향해 있으며 대단히 좁다. 현재 그 속에 무덤을 모신 자가 있으니, 참으로 우스운 일이다. 동굴로 들어가자, 그 안에 방이 하나 열려 있다. 북동쪽에서 틈새를 기어오르자, 또 하나의 작은 방이 있다. 그 북동쪽 깊은 곳 위에는 덮개가 드리워져 있고, 아래에는 사람의 머리 모양의 둥그런 석순이 솟구쳐 있다. 바로 이로 인해 노승이라 일컬은 것이리라.

예전에 우강(盱江) 사람 장자명이 수도에서 관리로 선발되기를 기다리다가 스님 한 분을 만났다. 스님이 "그대는 의주(宜州)를 얻게 될 터인데, 그때가 되면 잊지 말아주시오"라고 말했다. "무엇에 근거하여 그 사실을 아신단 말입니까?"라고 묻자, "정해진 운명으로 헤아리는 거지요"라고 대답했다. "어느 곳에 사십니까?"라고 묻자, "남쪽 산입니다"라고 대답하고 나서 한 줄기 향을 그에게 건네면서 "이 향에 의지하여 찾으신다면, 제가 있는 곳을 곧 아실 겁니다"라고 말했다. 훗날 과연 의주를 얻게 되자, 그는 남쪽 산에 와서 그를 찾았다. 그러나 모두들 "스님이 떠나신 지 이미 오래되었으며, 어디에 계시는지 알지 못합니다"라고 말했다. 장자명이 이에 향을 꺼내 불을 사르자, 향의 연기가 곧바로 이 동굴로 들어갔다. 그는 연기를 따라 들어가, 마침내 노승과 만나게 되었다.

내 생각에, 그가 만난 이는 바로 스님의 모습을 띤 이 바위일 것이다. 어떤 사람은 이렇게 말하기도 한다. "노승은 동굴에서 나와 그를 맞아 차를 대접했지요 차 안에는 코에 대는 빨대가 있었는데, 장자명은 마시지 못했지요. 그러자 시중드는 이가 그것을 마셨는데, 마시자마자 훨훨 날아갔답니다. 장자명은 원통하고 분이 나서 죽었는데, 홀연 바람이 관을 불어 올려 구룡동 바위 사이에 장사해주었지요. 그의 관은 수십 년 전까지도 한 모퉁이가 드러나 있었지만 지금은 바위가 합쳐져 몽땅 가리게 되었답니다." 그의 이야기는 괴이하기 짝이 없어 믿을 수가 없었다.

(근거에 따르면, 장자명은 호조戶曹로서 의주宜州의 정사를 대리했는데, 별호는 단하丹霞이며, 일찍이 황문절의 사당黃文節祠, 용계서원을 지어 학술을 진흥하고 문치를 받들어 백성에게 베푼 인정이 매우 두터웠다. 지금 서원의 도면과 비각은 아직 남아 있지만, 『일통지』에는 실려 있지 않으니, 인물에 대한 기록이 빠져 있다고 할 수 있다. 토박이들이 그의 괴이한 일을 극구 찬양하나, 성현에 대한 모독이라 하지 않을 수 없다.)

구룡담은 부성의 남서쪽 5리의 완만한 언덕 위에 있다. 못은 바닥이 보이지 않을 정도로 깊고, 물이 고여 늘 넘쳐흐르며, 북쪽으로 흘러 시내를 이루고 있다. 구룡동의 바위산은 그 남쪽에 있다. 장자명이 기우제를 올려 응답을 얻자 영전(榮典)을 봉해 달라고 주청했던 곳이다. 바위산의 북쪽에는 북쪽을 향해 있는 동굴이 있는데, 앞쪽의 한 가운데에 바위병풍이 버티고서 마치 나무처럼 입구를 가로막고 있다.

서쪽 틈새로 들어갔다. 동굴 속은 훤히 트인 채 커다란 방을 이루고 있으나, 그다지 높지는 않다. 뒤에는 바위기둥이 하나 더 있으며, 동굴 가운데를 막아서고 있다. 그 앞에는 봉긋 솟은 비석이 서 있다. '지부 장자명의 무덤'이라고 씌어 있다. (이 비석은 가정 연간에 지부가 세운 것이다.) 이것은 실제로 바위이니, 어찌 무덤이라 할 수 있겠는가?

무덤의 동쪽 틈에서 횃불을 들고 남쪽으로 들어갔다가 남쪽으로 더 나아갔다. 이내 길이 좁아져 한 사람밖에 다닐 수가 없는데다, 내려갈수록 더욱 낮아지는지라 들어갈 수가 없었다. 이어 동굴 입구로 나오자, 그 앞에 비석이 누워 있다. 비석에는 전서로 '자화단대(紫華丹臺)'라는 네 글자가 커다랗게 새겨져 있는데, 대단히 오래된 것이었다.

양 옆에는 절구가 씌어져 있다. 왼쪽의 시행은 "백 자의 길이로 한 손만으로 들고 있구나, 동쪽과 서쪽에 있는 해와 달을."이라고 쓰여 있고, 오른쪽의 시행은 "약속한 대로 끝맺고서 한가히 노니누나"라는 시구와 다음 구의 '적(赤)'자만 남아 있을 뿐, 그 아래의 글자는 부서져 알

길이 없었다. 이 글자는 초서에 가까운 서체인데, 기세가 힘차고 활달한 묘미를 지니고 있다. 틀림없이 송나라 사람의 필적이리라. 안타깝게도 그 비석은 이미 부서져 버렸고, 시를 쓴 사람의 이름도 없어져 버렸으니, 참으로 원망스럽도다!

동굴의 서쪽 아래에 또 하나의 골짜기 어귀가 있다. 남쪽으로 들어서자 대단히 깊고 비좁다. 횃불을 들고 들어갔으나 십여 길만에 끝나고 말았다. 동굴 바닥에는 단사와 같은 둥근 돌이 많이 있다. 그 색깔이 노란색을 띠고 있을 뿐, 향무주의 것처럼 맑고 희지는 않았다. 동쪽으로 내려가자 덮여 내린 암벽이 있는데, 가로로 훤히 트인 채 대단히 넓고 평탄하다.

지팡이에 기댄 채 북쪽을 바라보니, 복희 황제시대와 그리 멀지 않으리라. [동굴로부터 북동쪽으로 4리 떨어져 있는 곳에 암석이 진을 친 듯이 늘어서 있다. 서쪽에서 동쪽으로 마치 병풍을 꽂아넣은 듯한 암석은 향산사 앞까지 이르러 있다. 이곳은 흔히 '철색계고주(鐵索繫孤舟)'라 일컫는 곳이다.]

구경을 마치자마자, 나는 곧바로 북쪽을 따라 나아갔다. 동쪽의 구룡담에서 북쪽으로 흘러가는 산골물을 건너 북동쪽으로 3리만에 향산사에 이르렀다. 절의 스님은 "구룡동은 아주 깊어서 반드시 여러 개의 횃불을 바꾸어야 합니다. 이 동굴은 단하묘(丹霞墓)이지, 구룡암(九龍巖)이 아닙니다"라고 말했다.

회선산은 용강의 북쪽에 있으며, 남쪽으로 똑바로 부성을 굽어보고 있다. 강을 건너 반리만에 그 산기슭에 이르렀다. 이 산은 험준한 벼랑이 겹겹으로 에돌아 있다. 동·서·남 세 쪽은 모두 오를 만한 곳이 없으나, 오직 북쪽만 산허리 사이로 층계를 따라 오를 수 있었다. 길은 서쪽 기슭에서 북쪽으로 나아가 산의 북서쪽 모퉁이에 이르러 동쪽으로 올라갔다.

첫 번째 층은 갈라져 남쪽으로 백자암을 이루고 있다. 두 번째 층은 남쪽으로 갈라져 설화동을 이루고 있고, 북쪽으로 갈라져 백장심정암(百丈深井巖)을 이루고 있으며, 쭉 동쪽으로 고개등성이에 올라 남쪽으로 돌아들면 꼭대기이다. 이 모두 북서쪽의 명승들이다. 동쪽 기슭에서 북쪽으로 올라 쭉 절벽 아래까지 이르면, 맨 북동쪽의 모퉁이가 바로 단류각(丹流閣)이고, 다시 벼랑을 따라 서쪽으로 나아가면 동관(東觀)이며, 서쪽으로 더 가면 백룡동(白龍洞)이며, 다시 서쪽으로 가면 중관(中觀)이고, 서쪽으로 더 가면 서관(西觀)이다. 이 모두 남동쪽의 명승들이다.

남동쪽의 명승은 절벽 아래에 있으며, 중관이 정남쪽의 한 가운데에 해당된다. 북서쪽의 명승은 꼭대기 위에 있으며, 현제전(玄帝殿)이 정남쪽의 제일 높은 곳에 웅크리고 있다. 정북쪽의 심정(深井)은 위쪽의 산꼭대기에서 아래쪽의 산밑까지 통해 있는데, 중간에 깊은 구멍이 뚫린 채 홀로 한쪽 면을 마주하고 있다.

백자암은 회선산의 서쪽 벼랑의 중턱에 있으며, 동굴 입구는 서쪽을 향해 있다. 아래 동굴의 입구에서 세 길 남짓 들어가 사다리를 타고서 허공을 오르자, 위쪽에 또다시 겹겹이 마치 누각 모양으로 동굴을 이루고 있다. 앞쪽의 동굴 입구에서 다시 아래 동굴의 입구로 나왔다. 동굴은 비록 높거나 깊지 않으나, 두 겹으로 열려 있는지라, 절로 신령스럽고 환상적인 느낌을 자아낸다. 동굴 안에는 송자대사(送子大士)가 놓여 있기에, 백자암이라는 이름이 붙었다. 이 산의 바위색깔은 온통 검푸른 빛인데, 동굴의 바위만 붉은 빛이다. 남쪽에 또 하나의 동굴이 있으며, 위층과 나란히 늘어서 있고, 바위는 푸른색이다.

설화동은 회선산의 서쪽 벼랑, 즉 백자암의 위, 꼭대기의 곁에 있다. 이 동굴은 북서쪽을 향해 있고, 앞에는 관음대사를 모시는 암자가 있다. 곁에는 바위를 쌓아 평대를 만들었는데, 그 위에 스님들이 거처하는 방을 들였다. 대사의 감실 뒤에서 횃불을 들고 들어갔다. 입구는 그다지 넓지 않더니, 점점 들어갈수록 훤히 트이고, 바위기둥과 바위문이 있다. 몇 굽이를 구불거리며 나아가자, 차츰 좁아진다. 아래의 바위는 울퉁불퉁해지기 시작한지라, 더 이상 평탄한 바닥이 아니다. 조그마한 못을 넘어 그 안쪽에서 남쪽으로 돌아들자, 길은 마침내 끝이 났다.

동굴은 가장 높은 곳에 있으나, 아늑하게 깊이 들어갈 수 있다. 또한 바위기둥의 끄트머리에서 물방울이 끊이지 않고 똑똑 떨어진다. 스님이 그릇으로 물을 받아 여러 사람에게 제공하기에 충분한지라, 번거롭게 멀리 물을 길으러 갈 필요가 없다. 이 때문에 이곳에만 스님이 거처하고 있는 것이다. 내가 두 손으로 물을 받아 마셔보니, 달고도 시원하기가 결코 혜천(惠泉)에 뒤지지 않았다. 밤에 동굴 옆의 평대 위에서 묵었다. 삼면이 치솟아 가파르기 그지없는 구렁을 굽어보니, 천지간의 청명한 기운이 하늘에까지 통하는 듯한 느낌이 들었다.

꼭대기는 하늘 높이 매달려 있고, 강줄기는 허리띠처럼 아래쪽에 가로누워 있다. 부성은 바둑판처럼 그 앞에 펼쳐져 있다. 동쪽 경계는 청조산이고, 서쪽 경계는 천문배상산인데, 모두 북쪽에서 남쪽으로 뻗어나가다, 마치 두 날개를 펼친 듯 좌우로 나뉘어 둘러싸고 있다. 또한 가까이 서쪽 겨드랑이에 의산(宜山)이 있다. 산이 낮고 작아서 뭇사람이 오르기에 적합하기에 붙여진 이름이다. 이 산의 훤히 트인 모습이 뭇산을 압도하리라는 것을 알 수 있으리라. 봉우리 꼭대기에는 현제전이 있는데, 자못 크긴 하지만 사는 이는 없다. 현제전 뒤에는 바위조각이 허공에 높이 떠 있는데, 마치 새가 날개짓 하면서 주둥이를 벌리고 있는 듯했다. (장자명의 용계서원도에 따르면, 꼭대기에 제운정霽雲亭이 있는데, 바로 이곳이다.)

심정(深井)은 꼭대기의 북쪽에 있고, 설화동과 같은 높이로 늘어서 있다. 길은 이천문(二天門)에서 북동쪽으로 나아간다. 홀연 산꼭대기에서 움푹 꺼져내리는데, 빙 두른 주위는 수십 길이고 깊이 또한 백 길이다. 사방 모두 도려내듯 아래로 움패어 있고, 빽빽한 나무는 둘러싼 채 늘어져 있으며, 오래된 덩굴이 뒤얽힌 채 휘감겨 있다. 아래를 굽어보니, 그 밑바닥이 보이지 않고, 다만 남쪽의 바위벼랑만이 산꼭대기에서 쭉 갈라져 내려간다.

아래쪽에 동굴이 있다. 동굴 입구는 북쪽을 향한 채 높이 봉긋 솟아 벼랑의 중턱에 이른다. 동굴 안은 아래가 평평한데, 중간은 멀긴 해도 비스듬히 보이기는 했다. 대체로 동굴 위의 벼랑은 가파르고 한 군데의 틈새도 없는지라, 나무조차 자라나 있지 않았다. 벼랑의 북서쪽 봉우리 꼭대기에는 움푹한 곳에 바위가 불쑥 솟아 있다. 그 위에 웅크린 채 동굴 입구와 정면으로 마주보고 있다. 옆에는 숫돌처럼 네모진 평평한 바위가 또 있다. 이 바위는 기평석(棋枰石)이라 일컫는다. 신선이 동굴 아래에서 나와 봉우리 꼭대기에 올라가 바둑을 두었다고 한다.

나는 밤에 설화동에서 묵었는데, 포(鮑)씨 성의 서생의 안내를 받아 가로로 불쑥 솟은 바위 위로 올랐다. 사방을 굽어보니, 마음과 눈이 모두 흔들리는 듯했다. 갑자기 그윽한 경관 속에 바람이 틈새로 스며들자, 난꽃의 향기가 밀려왔다. 어찌 두 날개로 날아오를 듯 할 뿐이랴, 온 몸이 환골탈태할 지경이니, 어디에서 백 길의 푸른 실을 구하여 도르래에 매달아 아래로 드리울 수 있으리오! 스님의 말씀에 따르면, 이 동굴은 산의 남쪽으로 쭉 통해 있고, 강바닥을 뚫고서 남쪽 산으로 빠져나온다고 한다. 산의 남쪽으로 통한다는 말은 그럴 듯하지만, 강을 뚫고서 다른 곳으로 건너간다는 것은 아무래도 억측이리라.

중관(中觀)은 회선산의 남쪽 벼랑 아래에 있다. 바위비탈을 따라 올라가 이곳에 이르니, 깎아지른 듯한 벼랑이 치솟아 있다. 앞쪽의 삼청전(三淸殿)은 이미 무너져 있다. 위에는 현제의 상이 있는데, 벼랑에 바짝 대고 바위에 이어 붙여 그 상을 모시고 있다. 현제(玄帝)의 상 뒤쪽은 동굴 입구이며, 입구는 남쪽을 향해 있다. 등불을 밝혀 들어가 방 하나를 지나자, 문득 뒤쪽 벼랑이 앞에 불쑥 솟아 있다. 기어 올라가자 둥그런 감실이 나타났다. 책상다리를 하고 앉을 수 있으며, 그다지 깊지 않았다. 그 동쪽의 벼랑 위에는 '사우정(四遇亭)'이라는 세 글자가 크게 씌어 있다. 벼랑을 따라 동쪽으로 삼백 걸음을 가자, 백룡암(白龍巖)이 나타났다.

백룡동(白龍洞)은 중관 동쪽의, 깎아지른 듯한 벼랑 아래에 있다. [동굴은 남쪽을 향해 있다.] 동굴 입구에 들어서자마자 서쪽으로 나아가 횃불을 들고서 차츰 북서쪽으로 돌아들었다. 밑바닥은 평탄하고, 들어갈수록 더욱 높고 넓어진다. 스무 길 안쪽에 바위기둥이 가운데에 매달린 채 길게 동굴 꼭대기까지 받치고 있는데, 대단히 웅장하고 아름답다.

그 안에 동쪽으로 오르는 갈림길이 있으며, 북서쪽은 여전히 평탄하다. 들어서서 얼마 지나지 않아 더욱 훤히 트였다. 가운데에는 둥그런 바위가 하나 있는데, 높이는 세 자이고 뾰족하면서도 둥글고 평탄하고도 고르다. 영락없이 한 줄로 늘어서서 지어진 듯하니, 신선의 무덤임에 의심할 여지가 없다. 무덤 뒤에는 커다란 바위가 가운데에 뻗어 있고, 사방은 더욱 넓어진다. 틈새를 뚫고 들어가자, 그 안에는 바위기둥이 더욱 많다.

북쪽으로 몇 길을 들어가 비좁은 어귀를 지난 뒤, 다시 몇 길을 나아갔다. 암벽이 홀연 솟구쳐 올라 마치 연꽃이 아래로 드리운 듯하다. 아래에는 들어갈 만한 옆구멍이 없다. 그 위를 바라보자 깊고 멀어 어두컴컴하다. 땅바닥으로부터 서너 길 떨어져 있으나, 오를 수 있는 층계가 없다.

이에 왔던 길을 되짚어 나가, 계속해서 흰 바위무덤을 지나 동쪽 위의 갈림길에 이르러 기어올랐다. 그 바위는 오르락내리락 층계를 이루고 있는데, 몇 길을 들어가자 양쪽의 바위기둥이 문을 이루고 있다. 바위문의 등성이를 넘어 동쪽으로 내려가자, 그곳은 깊고도 넓으며, 평탄한 바닥에 자갈이 가득 깔려 있다. 차츰 북쪽으로 돌아들었으나 횃불이 부족할까 염려스러운지라, 발걸음을 돌이켜 왔던 길을 되짚어 나왔다.

나는 이 동굴을 유람하고자 운와각의 스님에게 안내를 부탁했다. 동굴 입구에서 건초를 구했으나 횃불을 묶을 틈이 없는지라, 처음에는 흰 바위무덤까지 들어갔다가 나왔다. 다시 건초를 구하여 암벽이 높이 매달린 곳에 이르렀으나, 오를 충계가 없는지라 나왔다. 세 번째로 건초를 구하여 동쪽의 갈림길에서 비좁은 어귀를 넘어 깊은 동굴 바닥에 내려갔다가, 북쪽으로 돌아들어 나왔다. 세 차례나 동굴을 나온 것은 모두 묶지 않은 건초가 금방 타버려 오래 버틸 수가 없었기 때문이었다. 동굴 입구에는 유비(劉棐)의 절구 한 수가 적혀 있는데 대단히 좋은 작품이다. 입구 위에는 '백룡동'이라는 세 글자가 크게 새겨져 있다.

동관(東觀)은 백룡동의 북동쪽 이백여 걸음에 있고, 앞에는 삼모진인전(三茅眞人殿)이 있다. 삼모진인전 뒤에는 봉긋 솟은 동굴이 허공에 덮여 있으며, 동굴 입구는 남쪽을 향해 있다. 동굴 안은 웅장하고 화려하며, 금불상도 놓여져 있다. 동서 양쪽 모두 깊숙한 방이 있다. 동쪽은 깊숙이 내려감에 따라 어두워지고, 서쪽은 깊숙이 올라감에 따라 환해진다. 동굴 앞에는 '운심(雲深)'이라는 두 글자가 크게 씌어져 있다. 명나라 초의 지휘사인 팽(彭)씨의 필적이다. 삼모진인전의 서쪽에는 높이 봉긋 솟은 동굴이 있으며, 동굴 입구는 동쪽을 향해 있다. 동굴 입구 남쪽의 치우친 곳에는 높이가 두 길 남짓의 석순이 있다. 이것을 쪼아 서 있는 불상을 만들었다. 불상은 동쪽으로 동굴 밖을 향해 있다.

동굴 입구 북쪽의 치우친 곳에는 높이가 세 길 남짓의 바위병풍이 있다. 이것을 쪼아 앉아 있는 불상을 만들었다. 불상은 서쪽으로 동굴 안을 향해 있다. 이 동굴은 높고 험준하며 훤히 트여 있다. 서쪽으로 몇 길 들어가자, 갑자기 아래에는 깊은 구덩이로 푹 꺼져내리고 위에는 까마득한 바위가 움패어 있다. 북쪽으로 돌아들어가자, 동굴은 더욱 깊고 드넓어진다.

대체로 아래로 푹 꺼진 구덩이는 바위를 가로질러 북쪽으로 돌아들어 아래에 이르고, 위로 봉긋 솟은 동굴은 바위를 타넘고서 북쪽으로 돌아들어 위에 이른다. 그 가운데에는 온통 비스듬히 움팬 바위가 가로로 걸쳐진 채 옆으로 누워 있는데, 걸쳐져 있으면 다리가 되고, 비어 있으면 깊은 못이 된다. 그러나 피차간에 가로막혀 넘어 건너갈 수가 없는지라, 깊이 들어갈 길이 없다. 그저 아득히 어두운 곳을 바라볼 따름이었다.

이 동굴의 벼랑에 글을 쓴 이가 있는데, '백룡' 혹은 '백룡쌍동'이라 일컫고 있다. 이에 이 동굴에는 원래 두 곳의 동굴이 있음을 깨달았다. 방금 전에 들어갔던 곳은 서쪽 동굴이고, 지금의 동굴은 동쪽 동굴인 것이다. 서쪽 동굴은 길이 평탄하여 다닐 만하지만, 이 동굴은 바위가 움패어 있는지라 발을 딛을 수가 없고, 동굴의 깊이와 멀기도 헤아릴 수가 없었다.

동굴 입구에는 새긴 글들이 제법 많이 있다. 송나라 인물의 필적은 없고, 대부분이 영락(永樂) 연간에 새겨진 것이다. 영락 4년에 여릉(廬陵) 사람으로서 첨도어사를 지낸 곽자려(郭子廬)는 「소기(小記)」에서 "이곳은 육휴복(陸休服) 선옹(仙翁)께서 연단하셨던 곳으로, 바위침상, 아궁이, 복숭아나무, 우물이 그대로 남아 있다"고 말했다. 『백월풍토지』에 따르면, 선옹의 이름은 우신(禹臣)이며 당나라 사람이라 했으니, 이름과 자(字)가 어찌 다를 수 있단 말인가? 동굴 양쪽 곁의 감실에는 구멍이 대단히 많은데, 모두 옛 사람들이 책상다리를 한 채 앉았던 곳이다. 삼모진인전의 동쪽에는 조그마한 방이 있는데, 금방이라도 무너질 것만 같았다.

단류각(丹流閣)은 동관의 북동쪽 이백여 걸음에 있다. 그 위쪽의 가파른 벼랑은 이곳에 이르러 한 차례 꺾어진다. 벼랑 앞에는 조그마한 누각이 겹쳐 있는데, 금방이라도 무너질 것만 같다. 뒤쪽의 누각 가운데에는 문창사명(文昌司命)의 상이 놓여 있다. 누각의 서쪽에 동굴이 있기에, 서쪽으로 들어갔다. 동굴 입구는 동쪽을 향해 있고 대단히 높다. 입구 안에는 바위가 양쪽으로 치솟아 관문을 이루고 있으며, 그 위에 자그마한 거처가 얽여져 있다. 대단히 그윽하고 시원한 곳이다. 옛 사람들이 도를 닦기 위해 머물렀던 곳이다.

동굴 안에서 서쪽으로 수십 길을 들어가자, 차츰 좁아진다. 북쪽으로 돌아드니, 길 역시 차츰 어두워졌다. 깊이 들어갈 곳이 없을 듯하여, 횃불을 밝힐 짬도 내지 못했다. 누각의 북쪽 위에 벼랑이 갈라진 채 고개를 뻗어내려와 거꾸로 떨어지고, 북쪽의 길은 여기에서 끝이 난다. 이곳은 중관 북동쪽의 명승이다. (이곳의 집과 누각은 모두 기거할 만하나, 지금은 모두 퇴락하여 사는 사람이 한 명도 없었다. 물을 구하기가 힘들기 때문이다. 여러 동굴 가운데 설화동에만 물이 있다.)

서관(西觀)은 중관의 서쪽 삼백 여 걸음의 가파른 벼랑 위에 있다. 벼랑은 위아래로 온통 암벽이 깎아지른 듯 매달려 있다. 뒤쪽에는 동굴이 있으며, 역시 남쪽을 향해 있다. 중관에 이르렀을 때, 쳐다보아도 보이지 않기에 동쪽으로 꺾어 나아갔다. 산기슭을 내려와 고개를 돌려 바라보니 동굴이 보였지만, 다시 갈 겨를이 없었다. [듣자하니 회선산 남서쪽의 층층의 벼랑 위에 선고암(仙姑巖)이 있고, 남서쪽 산기슭에서 기어오른다고 한다. 틀림없이 서관의 위층, 설화암과 백자암의 남쪽 벼랑에 있을 터이나, 다닐만한 길이 없었다.] 이곳은 중관 서쪽 벼랑의 명승이다.

의산(宜山)은 회선산의 서쪽, 용강의 북쪽에 있다. 그 동쪽에는 조그마한 바위 한 갈래가 의산과 나란히 솟구쳐 있다. 이것은 소의산(小宜山)이라고 한다. 두 산은 뭇봉우리 사이에 외로이 매달려 있다. 『지』에 따르면, 작고 낮아 일반 백성들이 오르기에 알맞은(宜)지라 의산이라 불리게 되었다고 한다. 옛 의산현은 용강의 남쪽 언덕, 서축사의 서쪽에 있었으니, 바로 이 산과 서로 마주하고 있었다. 어떤 사람은 옛 의산현이 용강 북쪽에 있었다고 하지만, 어찌 이 산 아래에 있었겠는가? 의산현은 오늘날 부곽현(附郭縣)[8]이 되었다.

다령산은 가장 높이 솟구쳐 있다. 산위는 사시사철 늘 봄철인지라, 옥 같은 꽃과 선경의 과일이 나무에 끊이지 않는다. 산마루를 오르자, 사방을 바라보아도 눈에 거칠 것이 없다. 이 산은 부성의 남서쪽 90리에 있고, 영순사 등종승의 관할지이다. 또한 용강의 남서쪽, 도니강의 북동쪽에 있으며, 이 두 강을 나누는 산등성이이다. 뻗어내린 산줄기는 남단주에서 갈래가 나뉘어 남쪽으로 뻗어내려와 이 산에서 맺혀진다. 동쪽으로 뻗어가 청당(靑塘)의 남쪽에 이르러 등성이를 지나면 석벽보산(石壁堡山)을 이루고, 더 동쪽으로 나아가 유강의 남쪽에서 감아돌면 천산역(穿山驛)의 여러 산이 되었다가, 동쪽의 무선현(武宣縣)의 남서쪽 경계, 곧 유강과 도니강의 두 강이 합쳐지는 곳에서 끝이 난다.

와운각(臥雲閣)은 용강의 북쪽 반리에 있으며, 주(周)씨의 별장이다. 주씨 형제는 다섯 명인데, 모두 뛰어난 사람들이다. (오계방五桂坊이란 편액이 있다.) 그들은 이곳에 원림을 조영하여 금곡원(金谷園)이라 이름지었다. 오늘날에는 이미 퇴락한 채 쓸쓸하니, 한 사람도 살고 있지 않다. 오직 세 칸의 누각만이 온전하고 깨끗한데, 누각 앞뒤로 나무가 가려 비치니 사랑스러운 느낌이 들었다. 주인이 이미 희사하여 옥황각(玉皇閣)으로 만들었으나, 안에는 아직 불상이 없다. 마침 노스님 한 분이 설화동에서 나와 이곳을 지키고 있기에, 나는 그와 함께 안에서 한가롭게 거닐었다. 그 남서쪽은 강을 굽어보고 있다. 그곳에 관음각이 있다. 이곳은 자못 아름다운데다 관리하는 이도 있으나, 오를 겨를이 없었다.

---

1) 영석(英石)은 광동성 영덕현(英德縣)의 산골에서 생산되는 바위를 가리킨다. 이 바위

는 연푸른색, 짙은 회색빛, 연두빛 등의 다양한 색깔을 띠고 있으며, 깎아지른 듯한 봉우리들이 이어져 있고 동굴 구멍이 구불구불 이어져 있는 등 갖가지 형태를 띠고 있다. 이로 인해 커다란 바위는 원림(園林)의 가산(假山)을 조영할 때 쓰이고, 작은 바위는 분재를 만들 때 흔히 사용된다.

2) 악화성(岳和聲)은 절강성 가흥(嘉興) 출신으로, 자는 이율(爾律)이고, 호는 석량(石梁)이다. 만력 20년에 벼슬길에 나서, 만력 39년에 광서성 경원부의 지부를 역임했다. 임기 만료 반년 전에 복건성으로 옮겨갔으며, 저서로는 『찬미자집(餐微子集)』 20권이 있다.

3) 조청헌(趙清獻)은 송대의 관료인 조변(趙抃, 1008~1084)을 가리킨다. 그는 아주(衙州) 서안(西安) 출신으로, 자는 열도(閱道)이고 청헌은 그의 시호이다. 송대 신종(神宗) 경우(景祐)초에 어사에 임용된 그는 권신을 탄핵함으로써 당시 철면어사(鐵面御使)로 일컬어질 정도로 강직한 성품을 지니고 있었으며, 송대의 포증(包拯)과 더불어 남조북포(南趙北包)라 일컬어졌다.

4) 황문절(黃文節)은 송나라 시인이자 서예가인 황정견(黃庭堅, 1045~1105)을 가리킨다. 황정견은 강소성 분녕(分寧) 출신으로, 자는 노직(魯直)이고, 호는 산곡도인(山谷道人)이며, 문절은 시호이다. 왕안석(王安石)의 신법당(新法黨)이 기용된 후, 그는 신법을 비난했다는 죄로 1095년 사천성으로 유배되었다가, 1100년에 복직되었으나 1102년 다시 광서성 의주(宜州)로 유배되어 그곳에서 병사했다.

5) 장자명(張自明)은 남송의 건창(建昌) 사람으로 별호는 단하(丹霞)이다. 그는 가정(嘉定) 연간에 의주(宜州)에서 임직할 적에 20만금을 들여 용계서원을 건축했다.

6) 무오년(戊午年)은 만력(萬曆) 46년인 1618년이다.

7) 방신유(方信孺, 1177~1222)는 복건성 보전현(莆田縣) 출신의, 송대의 저명한 문학가이자 서예가, 외교관으로, 자는 부약(孚若)이고, 호는 호암(好庵)이다. 그는 추밀원 참모관, 진주(眞州) 지부, 광서조운관(廣西漕運官) 등을 역임했다. 저서로는 『남해백영(南海百咏)』, 『남관췌고(南冠萃稿)』 등이 있다.

8) 부곽(附郭)이란 부(府)나 주(州)의 치소에 쌓은 성(城)을 함께 하는 현(縣)을 가리키며, 흔히 부곽현이라 일컫는다.

3월 초열흘

아침 일찍 일어나 향산사에서 식사를 했다. 구름기운이 자욱하여 끊이지 않았다. 혜암 스님과 작별하여 길을 나서서 서쪽의 [남단주로 가는 길로 들어섰다.] 용계를 따라 반리를 나아가 그 북쪽을 넘으니, 곧 서문 바깥거리가 끝이 났다.

반리를 더 가자, 서쪽에서 흘러오는 한 줄기 시내가 보였다. 이것은 구룡담의 물길로서, 여러 밭과 구렁을 흩어져 흐르다가 북쪽의 서도당

(西道堂) 앞을 지나 동쪽으로 꺾어져 흘러온다. 용계는 다시 서쪽으로 흐르다가 합쳐진다. 서쪽 거리의 끄트머리에서 합쳐진 두 물길은 이내 길 아래에서 북쪽의 바위구멍으로 들어갔다가 강으로 흘러든다.

다시 반리를 걸어 서도당을 지나 4~5리를 더 나아갔다. 이전에 소관 (小觀)에 갔다가 되돌아오는 길에 지났던, 돌다리가 바위구렁 사이에 걸쳐져 있던 곳을 지났다. 이곳의 물은 소관에서 흘러나오는 지류이다. 다리를 지나자 남서쪽에 갈림길이 있다. 이 길은 이전에 소관에서 왔던 한길이다. 다리 서쪽에서 쭉 나아가자, 회원진(懷遠鎭)으로 가는 한길이 나왔다.

쭉 서쪽으로 나아가 3리를 더 가자, 북서쪽의 강줄기가 북쪽의 산에서 한 굽이 돌아내려오는 것이 보였다. 이 물길은 아마 부성의 서쪽에서 흘러올 터인데, 강의 남쪽 언덕을 따라 나아갈 적에는 강은 깊어 보이지 않더니, 여기에 이르러 한 굽이를 돌아들자 비로소 보이기 시작했다. 강 북쪽 언덕의 산은 의산의 서쪽에서 봉우리들이 연이어 이곳에 이어지더니, 불쑥 솟구쳐 서쪽으로 나아가다가 끝난다. 이 산은 계명산 (雞鳴山)이다. 그 서쪽의 연이어진 봉우리는 다시 계명산 뒤에서 빙 두른 채 뻗어간다. 전에 소관에서 왔을 적에 논을 잘못 건넜었던 기억이 났다. 한길을 찾은 후 곧바로 바위구렁을 건너자, 구렁 위에 바위가 걸쳐져 있다. 그 아래로 물이 졸졸 흐르는데, 깊이는 분명치 않다.

다시 동쪽으로 2리를 간 뒤 바위구렁을 지나자, 그 위에 걸쳐진 바위는 전과 다름없다. 지금 지나는 곳은 다만 동쪽 구렁의 돌다리 한 곳뿐이다. 서쪽 구렁의 것은 길이 이미 그 북쪽으로 나 있으니, 다리는 마땅히 그 남쪽에 있을 터인데, 다리 아래의 북쪽으로 흘러드는 물은 어디에서 흘러나오는지 알 수 없다. 구멍으로 흘러들기에 볼 수 없었던 게 아닐까? 이전에는 두 다리의 물이 하나는 소관, 다른 하나는 구룡담에서 각기 발원하지 않을까 생각했다. 그런데 오늘 살펴보니 모두 소관에서 발원하는 것이지, 구룡담에서 발원하는 것이 아니다.

여기에서 양쪽에 줄지은 바위산은 모두 차츰 북서쪽으로 돌아들었다. 중간의 움푹한 평지에서 다시 10리를 나아가자, 두 줄기 산 가운데에 우뚝 치솟은 산이 있다. 독산이라 일컫는 이 산은 깎아지른 듯 가파르게 홀로 우뚝 서 있으니, 독수봉과 같은 부류이다. 독산의 남쪽에는 수십 가구의 마을이 남쪽 산 아래에 있다. 이 마을은 중화포(中火鋪)이다.

다시 북서쪽으로 1리를 갔다. 흙언덕을 넘어 북서쪽을 바라보니, 커다란 강이 굽이져 서쪽에서 동쪽으로 흘러가고 있다. 북서쪽으로 1리를 더 나아가, 남쪽으로 줄지은 바위산에 바짝 붙어 나아갔다. 길 북쪽에는 흙언덕이 오르내리고, 강 북쪽에는 바위봉우리가 구불구불 이어져 있다. 길은 남쪽 봉우리에 다가서 있고, 강은 북쪽 봉우리에 다가서 있다. 흙산이 에돌면서 그 사이를 경계짓고, 강은 더 이상 보이지 않았다.

이때 산속에 세차게 내리는 비가 마치 양동이를 쏟아붓는 듯 골짜기에 퍼부었다. 시냇물은 북쪽의 강에 흘러든다. 물소리가 요란스레 끊이지 않았다. 5리를 더 나아가자 양쪽의 줄지은 산들 가운데에 또다시 바위봉우리 한 갈래가 치솟아 있다. 길은 그 북쪽을 경계로 뻗어 있고, 강은 그 남쪽을 경계로 뻗어 있다. 비는 점차 그쳤지만, 진흙탕이 미끄러워 발을 딛을 수가 없는지라 나아가기가 몹시 힘들었다.

다시 3리를 나아가 남쪽 경계의 바위부리를 돌아들었다. 바위구덩이 속에 한 줄기 샘이 고여 있다. 샘물은 대단히 맑고 푸르다. 그 서쪽에 동굴이 북쪽을 향해 있고, 앞쪽에는 커다란 바위가 입구를 막은 채 우뚝 솟아 있다. 동굴의 깊이는 다섯 길이다. 동굴 안은 높고 바깥이 막혔으며, 뒤쪽 암벽은 연꽃처럼 잎사귀와 꽃술이 층층이 서로 겹쳐 있다. 이어진 틈새는 납작하고 비좁아, 들여다볼 수는 있으나 들어갈 수는 없었다.

다시 북서쪽으로 2리를 가자, 남쪽의 산은 뒤로 물러선 채 바깥에 한데 모여 있고, 가운데는 구덩이가 탁 트여 있다. 북쪽을 향해 몇 가구가 산에 의지하여 있다. 이 마을은 대동보(大洞堡)이다. 마을로 들어가 간란에서 밥을 지으면서 "동굴은 어디에 있습니까?"라고 물었다. "남산의 뒤쪽에 있습니다. 대동보 뒤에서 남쪽으로 골짜기에 들어가 3~4리를 가면 이를 수 있어요. 하나는 대동(大洞)이고 다른 하나는 천문동(天門洞)이라 일컫는데, 초 땅의 백성들이 골짜기 안을 개간하여 농사를 짓고 있지요." 대동보의 북쪽에서 바라볼 적에, 남쪽 봉우리는 옥결(玉玦)처럼 둥글게 감아돌았다. 들어가 대동보에 이른 후에 보니, 다시 연꽃잎처럼 갈라져 있다. 헤치고 들어갈 수 있을 것 같았다.

대동보를 지나 비탈을 오르내리면서 10리를 더 가서 흙산을 넘어 내려갔다. 남쪽에서 북쪽으로 흐르는 강줄기가 천연의 구덩이를 가로지르고 있다. 그 서쪽 언덕이 바로 회원진이다. 이때 수행하던 짐꾼이 지고 있던 짐의 무게를 이기지 못해 땅에 엎드린 채 나아가지 못한지라, 한참동안 기다린 후에야 건넜다. 강의 너비는 경원부의 절반이며, 회원진의 남쪽 강이다.

(이 강은 여파현荔波縣에서 흘러내려와 하지주河池州 동쪽 지경에 이르러 금성강金城江이 된다. 다시 남쪽의 동강진東江鎭에 이르러 사은현思恩縣의 서쪽에서 흘러오는 물길과 합쳐진 뒤, 남쪽의 영순사 북쪽 지경에 이르러 산굴로 흘러들어 땅속에 숨은 채 몇 리를 굽이굽이 흐르다가 동쪽의 영태리永泰里에서 흘러나온다. 다시 북동쪽으로 중리까지 흐르다가 병풍산屛風山을 지나 동쪽으로 흘러가는데, 황촌과 도전촌의 물길이 이 강으로 흘러든다. 다시 북동쪽으로 이곳을 지난 뒤 북쪽으로 흐르다가 동쪽으로 5리를 가면, 북서쪽에서 흘러오는 북쪽의 강과 합쳐진다. [이것은 용강이다.] 이전에는 병풍산에서 구멍으로 흘러든다고 여겼는데, 잘못된 생각이었다. 병풍산에는 물이 구멍 속으로 흘러든 적이 없으며, 구멍으로 흘러든 곳은 영순사와 영태리 사이이다. 토박이 역시 커다란 판자를 놓아 구멍 속을 떠내려오고 있다. 이로 볼 때, 영순사에는 세 개의 큰 물길이 있으며, 이곳은 북쪽 지류이다. 영순사의 북쪽 5리 되는 곳은 도니강의 북쪽 갈래이고, 영순사의 남쪽과 사은부 구사가 떨어져 경계를 이루는 곳은 도니강의 남쪽 갈래이다. 팔동八峒과 석벽촌의 물은 금성강 하류로 흘러듦을 알 수 있다.)

회원진은 강의 서쪽 언덕에 있으며, 그 북쪽에는 북강(北江)이 있다.

북강은 사은현 북쪽의 총주(總州)에서 흘러오다가 회원진 하류에서 남강(南江)과 합쳐진다. 배로 남강을 거슬러 회원진에 이르러 멈추었다. (그 위쪽은 여울이 높고 물이 얕아 오를 수 없었다. 북강은 거룻배로 다니는데, 사나흘이면 총주에 닿는다.)

이날 밤 회원진의 보정[1]의 집에서 묵었다. 짐꾼 가운데 보루에서 구한 사람은 아직 서쪽의 흙산 위에 있었다. 대체로 이곳의 백성들은 부현(府縣)에 차역(差役)을 제공하고, 군인은 군역(軍役)을 떠맡고 있다.

---

1) 북송의 왕안석(王安石)은 신법의 하나로 보갑제(保甲制)를 실시했는데, 이는 향촌의 치안유지를 목적으로 민가 10호를 1보(保), 5보를 1대보(大保), 5대보를 1도보(都保)로 정하고, 각기 보장, 대보장, 도보정을 두었다.

3월 11일

아침 일찍 일어났다. 보정이 두 명의 짐꾼을 안원보(安遠堡)로 보내고 병부(兵夫)로 교체하는 바람에 한참 뒤에야 길을 떠났다. 멀리 늘어서 있는 바위산은 끊길 듯 이어지고, 그 사이에는 온통 흙산이 휘감아 엇섞여 있다. 북서쪽으로 5리를 나아가 흙산에 오르다가 북쪽으로 돌아들었다. 얼마 지나지 않아 다시 북서쪽의 비탈진 둔덕을 오르내리는데, 어느 곳에나 북쪽으로 흘러가는 조그마한 물길이 있다.

20리만에 중화포를 지났다. 다시 북서쪽으로 3리를 가자, 사표보(謝表堡)가 나왔다. 사표보는 흙산 골짜기 사이에 있는데, 언덕 하나가 외로이 매달려 있을 뿐이다. 이 언덕은 앞쪽으로만 오를 수 있을 뿐이며, 뒤쪽은 산골짜기에 고인 물이 기슭에 찰랑거린 채 못을 이루고 있다. 동서 양옆 역시 물에 둘러싸여 있다. 산 위에 있는 보루에는 몇 채의 집만 있을 따름이다. 짐꾼이 오기를 기다려 한참만에야 길을 떠났다.

다시 북쪽으로 고개 하나를 넘어 5리를 갔다. 동쪽 산 아래에 수십 채의 인가가 있다. 이곳은 구군(舊軍)이라는 곳이다. 이때 어느덧 정오가 지나 있었다. 술 한 주전자를 사서 길 모퉁이의 바위 위에서 마셨다. 바위 사이로 조그마한 물길이 어지러이 [흐르고 있었다.] 그 남쪽에 구멍 하나가 바위구덩이 아래에 숨어 있는데, 뿜어내는 물이 유난히 맑고 시원하다.

다시 북서쪽으로 나아갔다. 움푹한 평지 속은 온통 평탄한 들판을 이루고 있다. 북서쪽의 바위산은 앞쪽에 가로로 늘어서 있다. 8리만에 남쪽으로 줄지은 바위봉우리의 기슭을 따라갔다. 여기에 북서쪽의 바위산과 짝하여 동서 양쪽의 움푹한 평지를 이루고 있다. 길은 그 사이를 지나 돌아들어 서쪽으로 나아가다가 가로로 뻗은 흙등성이를 넘는다. 이곳에서 조그마한 물길은 경계가 나누어진다. 여기에서 서쪽으로 바라보니, 양각산(羊角山)이 양쪽의 줄지은 산봉우리 가운데 굽은 채 높이 솟구쳐 있다. 이것은 양 모양의 바위 가운데 가장 큰 것이다.

다시 서쪽으로 2리를 가서 덕승진(德勝鎭)의 동쪽 병영에 이르렀다. 때는 아직 오후였다. 병영의 우두머리를 기다려도 오지 않는지라, 직접 밥을 지어먹었다. 식사를 한 뒤 하지소(河池所)로 가고 싶었으나, 물어보니 5리나 떨어져 있다고 한다. 위가산(韋家山, 거리의 남쪽은 금강산이다), 원가산(袁家山, 거리의 북쪽은 사자동獅子洞이다), 연화당(蓮花塘)에 대해 물어보니, 모두 덕승진에 있다. 덕승진을 여기저기 걸어다니다가 동쪽 병영으로 돌아와 묵었다. 이날 오후에 날이 개이기에 오래도록 맑을 징조라고 여겼다. 그런데 한밤중이 되자, 비가 다시 내리기 시작했다.

3월 12일

아침 일찍 일어나 식사를 마쳤으나 비는 그치지 않았다. 하인 고씨에게 병영의 병부를 붙들어 짐을 지우고, 먼저 덕승진의 서쪽 병영으로 가라고 명했다. 나는 덕승진 동쪽 골목 어귀에 들어서서 1리를 간 다음, 북쪽으로 꺾어져 반리만에 북쪽 산(원가산이다.) 아래에 이르렀다. 관음암

(觀音庵)을 지나쳐 들어가지 않은 채 관음암 왼쪽을 거쳐 암자에서 산에 올랐다.

동굴은 산꼭대기에 있으며, 동굴 입구는 남쪽을 향해 있다. 입구는 높이가 대략 다섯 길이다. 입구의 뒤쪽에는 커다란 바위기둥이 병풍처럼 가운데를 가로막고 있기에, 동서 양쪽의 틈새를 뚫고서 들어갔다. 두 곳 모두 들어갈 수 있으나, 조금 내려가자 어두워졌다. 나는 먼저 관음암의 비문을 읽어보았다. 암자 뒤쪽이 사자동이라고 적혀 있기에, 이 동굴이 사자동임을 알았다. 또한 토박이에게 "원가산에 동굴이 있는데, 산 뒤쪽까지 깊이 뚫려 있습니다"라는 말을 들었다. 이 동굴을 들여다보니 깊고도 멀다. 틀림없이 이 산이었다.

이때 동굴 밖에는 비가 주룩주룩 내리고 있었다. 산꼭대기에 있는 옥황각에 올라가 횃불을 찾아 동굴에 들어가고 싶었다. 그러나 옥황각의 스님이 마침 산을 내려갔는지라, 안에는 아무도 없었다. 이에 수행한 짐꾼(성명은 왕귀王貴이다)에게 관음암에 내려가 횃불을 구해오라 시키고서, 나는 우산을 들고 산에 올랐다. 바위벼랑 사이에 굽이굽이 이어져 있는 돌층계는 매우 가파르다. 몇 굽이 올라가자, 누각은 승려에 의해 빗장이 질러져 있고, 누각 아래에는 횃불을 만들 만한 땔감이 놓여 있다. 나는 서둘러 그것을 가져다가 벼랑 아래로 던졌다.

벼랑을 두 층 올라가 바라보니, 스님 두 분이 동굴 입구에 있었다. 옥황각의 스님이 아닐까 생각했다. 그곳에 이르러보니, 수행하던 짐꾼도 거기에 있었다. 스님은 관음암의 스님으로, 한 분은 선일(禪一) 스님이고, 다른 한 분은 영옥(映玉) 스님이다. 주지 스님 만실(滿室)의 명을 받들어 나에게 차를 대접했다. 이분들은 나를 동굴로 안내할 스님이다.

마침내 그들과 함께 방금 전에 벼랑 아래로 던졌던 땔감을 가져다가 횃불을 묶어 동굴에 들어갔다. 병풍 같은 기둥의 동쪽 틈새를 거쳐 북쪽으로 몇 길 들어갔다. 동굴은 드높이 훤히 트여 있고, 가운데에는 하늘에 닿을 듯한 기둥, 달을 바라보는 무소, 꾀꼬리 부리, 돌로 만든 배

등의 여러 이름의 형상이 있다.

다시 동쪽으로 꺾어져 몇 길을 가자, 북쪽에 빛이 반짝이면서 위쪽에서 거꾸로 비쳐내렸다. 이곳이 동굴을 나가는 곳이라 생각했다. 그러나 동쪽으로 가자, 길이 어두컴컴해졌다. 횃불을 더욱 밝혀들고서 동쪽으로 찾아가다가 약 다섯 길을 간 뒤 걸음을 멈추고 말았다. 이에 되돌아나와 북쪽으로 가다가 밝은 곳을 향해 그 아래에 이르렀다. 매달린 바위가 높고도 험준한데, 그 위쪽에서 새어드는 빛은 마치 몇 개의 달이 함께 끌어당기는 듯했다. 나는 미심쩍어 바위를 기어올랐다. 홀연 평탄한 골짜기가 나타났다. 그 왼편을 돌아들어 북쪽으로 가로질러 나오니, 북쪽을 향해 있는 동굴 입구가 나왔다. 이곳은 또한 방금 전에 바라보이던, 빛이 새어든 곳의 아래이다.

동굴을 나와 남쪽으로 무더기진 벼랑을 기어올랐다. 꽃받침 모양의 바위가 한데 모여 있다. 마치 연꽃떨기의 잎사귀 위를 걷는 듯하다. 빛이 새어드는 구멍 밖을 따라 지나가니, 마치 발을 드리워 휘장을 친 듯하다. 남쪽으로 산꼭대기에 올라 옥황각 뒤를 따라 들어갔다. 옥황각의 스님은 이미 돌아와 있었다.

옥황각에 올라 바라보니, 덕승진의 수많은 인가가 비늘처럼 늘어서 있고, 뭇봉우리들이 한데 줄지어 서 있다. 모든 경관이 한 눈에 들어왔다. 이어 안내하는 두 스님을 따라 산을 내려왔다. [돌층계가 있는 바위 벼랑 사이를 꺾어져 몇 굽이를 내려와] 사자동 앞을 지났다. 거기에서 내려와 관음암에 들어서서, 만실 스님에게 감사의 인사를 드리고 작별했다.

관음암을 나와, 남쪽으로 반리만에 덕승가(德勝街)를 지났다. (덕승가는 동서로 2리 남짓이다.) 거리에는 마침 장이 서 있었다. 빗속에 시장을 가로질러 남쪽으로 나아갔다. 반리만에 위가산에 이르렀다. 산의 서쪽 기슭에서 층계를 따라 올라가자, 벼랑은 까마득히 매달려 있고 골짜기는 돌아들었다. 그 위에 나무가 거꾸로 드리워져 있다. 마치 규룡이 허공에서

춤을 추는 듯하다. 위에는 또다른 나뭇가지가 동굴 입구를 따라 커다란 나무 끄트머리에 가로로 걸쳐진 채 하나로 합쳐져 있는데, 한데 얽힌 채 위로 치솟다가 떨어져 내리는 모습을 띠고 있다. 가로로 걸쳐져 있는 곳은 나뭇가지만 겨우 꿰뚫을 수 있다. 뚫린 구멍이 마치 새기고 깍아낸 듯하다.

동굴 입구는 위아래의 깎아지른 듯한 벼랑 사이에 있고, 입구는 서쪽을 향해 있다. 앞쪽의 나무 끄트머리를 바라보니, 비좁은 어귀에 의지한 채 문을 이루고 있다. 앞에는 조그마한 평대가 있고, 바위가 벼랑 끄트머리에 가로로 누워 있다. 마치 위험한 곳을 보호하는 난간처럼 보인다.

더 올라가자, 관음각이 동굴 입구를 막아서 있다. 관음각의 오른편에서 동굴로 들어가니, 동굴은 두 갈래로 나뉘어 있다. 한 갈래는 관음각 뒤에서 동쪽으로 들어가 남쪽으로 돌아들자 곧 어두워졌다. 횃불을 들고서 끝까지 가보았으나, 다섯 길만에 끝나고 다른 구멍은 없었다. 다른 한 갈래는 관음각의 서쪽에서 동쪽으로 들어간 뒤 층계를 내려가서 북쪽으로 돌아들자 역시 어두워졌다. 횃불을 들고서 끝까지 가보았으나, 열 길 만에 끝나고 다른 구멍은 없었다.

대체로 이 동굴은 비록 움패어 있긴 하지만, 실제로 그다지 깊이 들어가는 곳이 없으니, 산의 뒤쪽까지 뚫려 있는 사자동만 못했다. 그러나 사자동의 멋진 점이 가운데가 통해 있다는 점이라면, 이 동굴의 멋진 점은 바깥쪽이 움팬 채 허공에 의지하여 깊이 굽어보고 있으며, 위아래의 깎아지른 듯한 벼랑이 흩어져 드리운 채 서로 돋보이게 한다는 점이다.

관음각의 왼편은 스님이 주무시는 감실이고, 위아래는 온통 가파른 바위이다. 스님은 대나무 문짝으로 밖을 막아놓았다. 남쪽의 끄트머리에 한 길 남짓의 빈틈이 있다. 이곳은 마치 평대위에 집이 허공에 매달려 있는 듯한데, 스님은 이곳도 함께 막아놓았다. 나는 그에게 앞쪽에 나무를 가로질러 놓으라고 권하면서, 난간을 만들면 바라보기에 지장이 없으리라고 했더니, 스님은 나의 말대로 하겠노라 했다.

알고 보니 이 스님은 이곳에 온 지 얼마 되지 않은 처지였다. 전해 들기로, 이 동굴 역시 뒤쪽까지 깊이 뚫려 있다고 한지라, 끝까지 가보고 싶은 생각이 들었다. 나는 그에게 돈을 건네주면서 횃불을 많이 준비하여 따라오게 했다. 스님은 기꺼이 하겠노라고 했다. 이때 마침 광동(廣東)에서 온 객상 두 사람이 이 말을 듣더니, 함께 따라가겠다고 했다.

동굴에 들어와 두루 찾아보았으나, 깊이 뚫려 있는 구멍이 없는지라 걸음을 멈추었다. 동굴 입구 아래, 층계가 높이 달려 있는 꼭대기에 동굴 입구가 또 있다. 들어가 보니, 깊이는 네 길을 넘지 않고 몹시 비좁기에 산을 내려오고 말았다. 산 아래에는 여전히 비가 쏴아쏴아 내리고 있었다.

계속해서 반리만에 덕승가 사이로 나와 거리를 따라 서쪽으로 가다가 분사(分司) 아문 앞을 지났다. (이전에는 두 곳의 부(府)가 있었는데, 지금은 없어지고 하지주에서 진(鎭)의 업무를 함께 대리한다.) 다시 1리를 가서 덕승진의 서가문(西街門)을 나왔다. 서쪽으로 1리를 더 가자, 길 북쪽에 덕승영(德勝營)이라는 병영이 있다. 가서 짐을 물어보니, 짐을 지워 하지소로 보냈다고 한다.

계속해서 한길로 나와 약간 서쪽으로 가다가 갈림길 남쪽에서 조그마한 시내를 지났다. 반리를 가자 평원에 바위가 어지러이 모여 있는데, [갈라진 것이 한둘이 아니다.] 그 속에 고인 물은 [풀 한 포기 없이 맑다.] 뾰족한 바위 위에 나뭇가지가 휘감긴 채 걸쳐져 있으니, 향산사 앞의 모습과 흡사하다. [바위조각은 더욱 빽빽하게 모여 있고, 그 사이에 못이 있으니, 더욱 기이했다.]

못의 서쪽에는 바위골짜기가 있는데, 그 속에도 물이 고여 있다. 아래쪽으로 못과 통해 있으리라는 생각이 들었다. 그 위로는 바위들이 쪼개지고 골짜기가 돌아드니, 아름다운 경관이 한둘이 아니었다. 그 남쪽에는 바위 하나가 높고 커다랗다. 스님이 그 위에 띠집을 엮어 놓았다. 이곳은 연화암이며, 역시 향산사 앞의 불사와 모양이 흡사하다. [암자의 문은 바위 틈새에 의지하여 있으며, 동·서·북 세 쪽 모두 조그마한 물길이 암자를 감싸고 있다. 향산사에 비해 유난히 그윽하고 아름답다.] 다만 스님이 골짜기의 암벽 사이에 돼지를 기르는 바람에 가득 찬 오물이 아름다운 경관을 더럽히고 있었다.

골짜기에 고인 물 서쪽에 세 칸의 오래된 사당이 있는데, 빗장이 걸린 채 아무도 없었다. 전에는 암자가 있었으나, 이미 반쯤 무너져 내렸으며, 나무 책상과 커다란 나무의자가 암자 안에 가득 차 있으나, 지키면서 사는 이가 없었다. 바위는 비어 있고 구름은 차가우니, 이로 인해 낙담하여 돌아왔다.

북쪽으로 한길로 나와 다시 서쪽으로 돌다리 하나를 지났다. 다리 아래의 수량은 꽤 적다. 물길은 북쪽에서 남쪽으로 흐르다가, 다시 동쪽의 연화암(蓮花庵)의 동쪽을 감아돈 뒤, 다시 서쪽으로 그 앞을 에돌아 남쪽으로 흘러간다. 이것은 남쪽의 남강으로 흘러드는 물길이다. 다시 서쪽의 낡은 평대의 문을 지났다. 길은 오로지 벽돌로만 쌓여져 있으나, 길가의 집들은 쓸쓸하고도 초라하여 덕승진만 못했다.

서쪽으로 1리를 더 가서 하지소의 동문을 들어섰다. 벽돌로 쌓은 성이 있고, 그 사이에 네 곳의 성문이 열려 있으나, 관청은 모두 무너지고 주민들의 집도 얼마 되지 않았다. 무오년에 흉년이 든데다가, 도적떼에게 불타고 약탈당하는 바람에 온통 황무지로 변하고 말았던 것이다. (덕승진은 온통 타향살이하는 백성들뿐이다. 동란주(東蘭州)와 나지주(那地州)의 토사병을 고용하여 지키도록 한지라 보호를 받아 염려할 일이 없었다. 그러나 이 성의 군사들은 막아내기는커녕 침략을 당하기만 했다.)

짐을 서쪽의 병영에 내려놓았다. 더럽고 누추하기 그지없었다. 이에 옷과 신발을 갈아입고서 동쪽 거리에 이르러 두실징(杜實徵)을 찾아뵈었으나, 그는 집에 없었다. 숙소로 돌아와 동문에 이르니, 두실징이 자신의 서재로 안내했다. 서재는 흙언덕 위의 복산암(福山庵)의 뒷채이었다. 암자의 스님은 궁핍하기 짝이 없어 밥 지을 땔감조차 없었다. 병영에서 밥을 지어 암자로 날라오는 김에, 짐도 함께 옮겨왔다.

오후에 하인 고씨와 수행하던 짐꾼들에게 명하여, 글과 병부(兵符)를 가지고 가서 이곳의 관리인 지휘사 유(劉)씨에게 알리도록 했다. 마침 외출했다가 해질녘에 돌아온 그는 "마땅히 바로 가서 뵈어야 하나, 날이 저물었으니 내일 아침 일찍 가겠습니다"라고 말했다. (성 안팎의 복산사는 모두 영락 연간에 중사[1]인 뇌춘雷春이 창건했는데, 그는 맹영산孟英山으로 광산을 개발하러 가는 길이었다.)

---

1) 중사(中使)는 황제가 사자로 파견한 환관으로서, 군영의 감찰이나 광산의 개발, 세금의 징수 등의 중임을 맡는다.

3월 13일

아침 일찍 일어나 유씨를 만나러 가고자 했다. 시장에 가서 편지지를 구했는데, 유씨가 이미 먼저 와 있었다. (유군의 이름은 홍훈弘勛이고 호는 몽여夢予이다.) 기부받은 여비가 넉넉한지라, 나는 그가 보낸 쌀과 고기 두 가지만 받았다. 얼마 지나지 않아 편지가 오자, 그의 부서로 답례차 방문했다. 그의 부서는 새로 띠를 덮어 만든 곳이었다.

갈 길을 의논했더니, 유씨가 이렇게 말했다. "남단주로 가는 길은 넓고도 멉니다. 게다가 토사 집안에 변란이 일어나 (숭정 9년 겨울에 토사 막급莫伋은 어머니의 생신을 축하하러 온 동생의 아내를 강간했는데, 그녀는 셋째 동생의 아내이다. 이리하여 셋째 동생과 넷째 동생은 모두 분노하여 함께 난을 일으켰다. 막급은 나지주로 도망쳤다. 후에 하사下司,[1] 즉 전에 남단주에 의해 고초를 겪은 적이 있었던 독산주의 난欄토사가 숭정 10년 9월에 기회를 틈타 복수하니, 그 일대가 크게 어지러워졌다. 두 동생이 하사下司에게서 만 명을 빌려와 남단주를 포위하자, 막급은 나지주의 병사를 이끌고 구원하러 왔다. 셋째 동생은 사은현으로 도주하고, 넷째 동생은 상사上司로 도주했으며, 막급은 이에 남단주의 성으로 돌아오게 되었다. 12월에 남단주의 병사를 모아 사은현에서 셋째 동생을 붙잡아 가두었다. 올 봄에 부에서 지휘사 척씨를 파견하여 남단주로 가서 중재에 나서라 한 덕분에, 셋째 동생은 죽음을 면하게 되었다. 그러나 상사에 있는 넷째 동생은 여전히 호시탐탐 기회를 엿보고 있다.) 하사로 가는 길이 막혀버렸습니다. 여파현(荔波縣)을 경유하면, 길은 가까우나 산이 험하고, 요족(瑤族)과 동족(僮族)[2]이 수시로 출몰합니다. 사은부 서쪽 경계에 하배령(河背嶺)이 있는데, 대단히 높고 험준하여 위험스러운 길인지라 종일토록 오가는 이가 없으니, 서쪽의 모람(茅濫)에 이른 후 여파현 경내에 들어서야 비로소 짐꾼을 불러 갈 수가 있습니다. 그러나 이 길은 반드시 사람들이 많아야 갈 수 있습니다."

이에 앞서 지휘사 척씨가 나에게 호송패를 주면서 "만약 여파현을 지나면, 목군 방옥결(房玉潔)에게 전송해달라고 하십시오"라고 말했다. 대체로 여파현의 여러 오랑캐들은 본시 척씨를 두려워하여 복종했다. 방옥결은 그의 그림자와 같은 인물로서, 일찍이 손님과 화물의 운송을 도맡아 오간 적이 있었다. 유씨가 방옥결을 오라 하여 친히 그더러 배웅하라 했다. 방옥결은 '예예'라고 대답하기는 했지만, 실은 갈 뜻이 없었다. 그는 그저 후한 뇌물이나 받으려는 속셈이었다.

부서에서 북쪽 산의 동굴을 바라보니, 마치 병풍 끄트머리에 좁쌀 한 알이 박혀 있는 듯했다. 부서에서 나와 북쪽 산을 유람하려고 하는데, 왕씨(이름은 면冕이고 호는 헌주憲周이다)가 서신을 내밀며 찾아왔다. 그는 유씨가 환대하고자 하니 잠시 머물러달라는 뜻을 전했다. 잠시 후 유씨가 서신을 보내 초대했다. 나는 북쪽의 동굴을 유람하지 않은 채, 유씨의 부서에서 술을 마셨다. 술자리에 함께 한 이는 왕헌주(王憲周), 두실징 및 두실징의 형인 두체건(杜體乾) 등이다. 이들은 모두 하지소의 서생이었다. 증(曾)씨 성의 서생만은 나중에 왔다.

술자리에서 두실징이 그의 장인인 진몽웅(陳夢熊)이 곧 남단주로 갈 거라면서, "이 일대에는 유독 어리석은 이들로 골치가 아플 텐데, 그와 함께 간다면 못된 사람들을 경계할 필요가 없을 것입니다"라고 말했다.

유씨는 어린 시동에게 명하여 그를 불렀으나, 그는 오지 않았다. 나는 이럴까 저럴까 망설였다. 마음속에 의혹이 일었던 것이다.

---

1) 하사(下司)는 독산주 남쪽에 위치한 풍녕(豊寧)을 관할하는 토사이다.
2) 동족(僮族)은 지금의 장족(壯族)으로, 광서성과 운남성에 주로 분포해 있다.

3월 14일

이 달의 기일(忌日)이기에 진씨에게 길 떠나는 것을 잠시 늦추자고 했다. 내가 점을 쳐보니, 남단주로 가는 것은 길한 반면, 여파현으로 가는 것은 좋지 않았다. 다시 점을 쳐보자, 여파현으로 가는 점괘가 나왔다. 나는 의혹이 끝내 풀리지 않았다. 이에 북문을 나서 북쪽 산 유람에 나섰다. 북쪽 산은 성의 북쪽 1리 남짓에 있다. 층계를 따라 1리쯤 올라가면, 세 층의 깎아지른 듯한 벼랑이 나온다. 불사는 두 번째 층 위와 첫 번째 층 아래에 지어져 있다.

북문을 나와 먼저 평탄한 구렁을 따라 나아갔다. 반리도 채 가지 않아, 길모퉁이에 바위가 어지러이 솟구쳐 있다. 바위는 마치 문 같기도 하고 표지 같기도 하며, 병풍 같기도 하고 다리 같기도 하며, 죽순 같기도 하고 영지 같기도 하다. 기이하고 빼어난 곳이 한둘이 아니며, 연화당과 향산사보다 훨씬 기묘했다.

다시 북쪽으로 거의 1리를 가서 북쪽으로 산을 올랐다. 깎아지른 듯한 돌층계가 자욱한 구름 속에 벼랑에 기대어 있다. 층계를 따라 올라 굽이굽이 거의 1리를 갔다. 비좁은 어귀를 들어서자 세 칸의 전당이 나타났다. 스님은 음식을 구하러 내려간 채 문짝을 닫아두었다. 아래에서 보기에는 들어갈 수 없을 듯했으나, 문을 밀어보니 닫아두기만 했을 뿐 잠겨 있지는 않았다.

그 안에 들어가니 위에는 '운심각(雲深閣)'이라는 편액이 있고, 그 오른쪽 편액에는 글이 한 편 적혀 있다. 장원 급제한 동기영(董其英, 곧 이곳 사람이다)의 글이다. 일찍이 이곳에서 공부했으며, 전각의 동쪽에서 소리내는 바위를 발견한지라 띠풀 정자를 지었노라는 내용이었다. 암자에서 나와 정자의 터를 찾아보았으나, 찾아내지 못했다. 그런데 암자의 서쪽으로 깎아지른 듯한 벼랑을 타넘어 가자, 위아래가 온통 절벽인데, 실처럼 가느다란 길이 흔적처럼 남아 있었다.

잠시 후 절벽을 따라 내려가보니, 물이 고인 웅덩이가 있다. 이에 둑을 뚫고 막아놓았다. 막아놓은 곳에서 물방울이 방울방울 떨어지고 있다. 이 물방울은 거꾸로 매달린 벼랑을 따라 흘러내리다가 고여 있다. 이 물은 아침저녁의 용수로 쓰이고 있었다. 암자에는 달리 기이한 점이 없었다. 그저 깊은 곳을 굽어보고 멀리까지 바라다볼 뿐이었다. 남쪽으로 바라보니, 두 번째 겹의 바위봉우리 너머에 있는 다령산이 바로 암자 앞을 막아서는 듯하고, 서쪽의 양각산과 동쪽의 위가산은 암자 아래 동서 양쪽의 표지처럼 보인다.

한참 동안 서성이다가 산을 내려와 성의 북쪽 문 밖에 이르렀다. 동쪽으로 한길을 따라 나아갔다. 얼마 지나지 않아 갈림길에서 북동쪽으로 나아가 1리만에 수산사(壽山寺)에 들어섰다. 어지러운 바위더미 사이로 물이 종횡으로 흐르다 고여 있고, 바위꼭대기에는 서너 곳에 신불을 모시는 방이 꾸며져 있다. 방들은 높낮이가 일정치 않다.

먼저 바위 끄트머리를 따라 한 칸의 방을 찾아갔다. 그 안에는 불상이 모셔져 있다. 그 서쪽에는 바위틈새가 남북으로 꺼져 있고, 거기에 맑은 물이 고여 있다. 마치 홍구(鴻溝)[1]처럼 경계가 분명하다. 돌판으로 만들어진 다리를 건너 서쪽으로 나아가자, 길옆에 바위무더기가 남북으로 나란히 늘어서 있다. 그 위아래에는 마치 문처럼 구멍이 뚫려 있다.

다시 구멍을 뚫고서 서쪽으로 나아갔다. 북쪽을 향해 있는 암자가 있고, 그 앞에는 물이 고여 못을 이루고 있다. 못은 바위에 둘러싸여 이루어져 있다. 암자 뒤에는 솟구친 바위가 홀로 높다랗다. 바위 위에는 세 칸의 집이 있는데, 그 안에는 소상(塑像) 하나가 모셔져 있으며, 소상의 의관은 엄숙하다. 어떤 노인은 이것을 가리켜 장총야(張總爺)[2]라 했지만, 그 안의 여러 유생들은 모두들 문창(文昌)[3]의 소상이라고 했다.

나는 복산사(福山寺)에서 「하양팔경시(河陽八景詩)」를 읽어보았다. 그 안에 오랑캐를 정벌한 장군 장조(張澡)의 발문(跋文)이 있었다. 이 발문에 따르면, 이 소상을 수산(壽山)의 이끼 낀 바위 틈새에서 찾아냈다고 한다. 만력(萬曆) 연간의 무자년[4]에 군대를 거느리고 이곳을 지나갔다고 했으니, 이 소상은 장자명임에 틀림없다. 기록한 글이 없기에 후생들이 채 알지 못한 채, 문창으로 여겨 받들면서 장자명인 줄을 알지 못했던 것이다.

한참 동안 그를 추모한 뒤 남서쪽으로 1리를 갔다. 성의 동문으로 들어와 복산사의 숙소로 돌아왔다. 하인에게 덕승진에서 소금을 사고 짐꾼을 구하여 내일 길을 떠날 채비를 하라고 명했다. 나는 숙소에서 일기를 썼다. 잠시 후 두실징이 그의 장인인 진씨 성의 유생과 함께 찾아왔다. 그는 나를 위해 짐꾼을 구했으며, 내일 함께 남단주로 떠나기로 결정했다. 이날 오후에 날이 개더니, 밤이 되자 씻은 듯 푸르렀다. 달이 동쪽에서 솟아오르자, 마음이 가뻤했다.

---

1) 홍구(鴻溝)는 지금의 하남성에 있는 고대의 운하이다. 한나라의 유방(劉邦)과 초나라의 항우(項羽)가 천하를 다툴 때 양 군대가 대치하던 경계선이 되었다.
2) 총야(總爺)는 과거 무관의 관직에 있는 자에 대한 경칭이다. 장총야(張總爺)는 장자명(張自明)을 가리킨다.
3) 문창(文昌)은 문운(文運)을 주관한다는 문창제군(文昌帝君)을 가리킨다.
4) 만력 연간의 무자년은 만력 16년인 1588년이다.

3월 15일

아침 일찍 일어나니, 날이 씻은 듯 맑았다. 서둘러 식사를 하고 길을 나섰다. 유씨가 배웅하러 오자, 다시금 그에게 가서 감사의 인사를 드렸다. 두실징과 함께 그의 장인인 진씨의 거처로 갔다. 북문을 나오자마자 곧바로 서쪽으로 나아갔다. 산골물을 건너 7리를 가서 양각산의 북쪽을 지나 서촌(西村)에서 짐꾼을 교체하려고 기다렸으나, 짐꾼은 끝내 오지 않았다.

한참 뒤 남쪽의 흙언덕을 넘어 서쪽의 봉우리가 돌아드는 곳을 바라보았다. 산꼭대기에 남동쪽을 향한 동굴이 있다. 동굴 입구는 대단히 커서 신암(新巖)이란 곳이 아닐까 하는 생각이 들었다. 흙언덕의 남쪽에서 산은 다시 동서 양쪽으로 나뉘었다. 움푹한 평지 속에서 남쪽으로 5리를 나아가자, 길 왼편에 물길이 쏴쏴 소리를 내며 흘러가는 것이 차츰 보이더니, 얼마 지나지 않아 조그마한 물길이 북서쪽의 바위산에서 흘러내려와 합쳐진다.

북쪽에서 흘러오는 물을 건너 그것을 따라 남쪽으로 2리를 더 가자 도가촌(都街村)이 나왔다. 몇 채의 인가가 서쪽 산의 기슭에 있다. (이곳에 이르니 온통 동족 도적떼의 소굴인지라, '서소(西巢)'라 일컫는다. 여기에서부터는 짐꾼을 구할 수 없었다.) 남쪽으로 2리를 더 나아가 시내를 따라 흙산골짜기 속으로 들어섰다. 이 골짜기는 대단히 비좁다.

다시 1리 반을 가서 동쪽으로 돌아든 뒤 다시 1리 반을 갔다. 시내는 남쪽으로 흘러가고, 길은 서쪽의 움푹 꺼진 곳을 넘어서야 비로소 험한 곳을 빠져나오기 시작했다. 이곳은 도가롱(都街隴)이라는 곳이다. 둔덕 사이로 초목이 우거져 있다. 이곳은 도적떼들이 은신하는 곳이다. 며칠 전에도 이 일대에서 사람이 지나기를 지켰다는데, 내가 활개를 치면서 지나칠 수 있었다니 참으로 행운이었다.

움푹 꺼진 곳을 내려와 서쪽으로 3리를 나아갔다. 산의 북쪽에 한 칸의 띠집이 있다. 이곳은 세관업무를 보는 곳이다. (덕승진의 업무를 대리하는 자가 이곳의 두목에게 맡겨 관장하도록 하고 있다.) 그 서쪽 1리에 있는 곳은 낙색촌(落索村)이다. 도가촌의 물길은 다시 서쪽으로 돌아들어 이곳에 이르렀다가, 마을 남쪽에서 골짜기로 흘러들어가고, 길은 마을 뒤쪽에서 북쪽의 산으로 뻗어 오른다. (도가촌과 낙색촌 모두 도적떼들이 모여드는 곳이다.)

북서쪽으로 2리 반을 가서 바위 아래를 지났다. 거대한 바위가 길 북쪽에 웅크리고 있고, 그 위에 보리수가 바위를 따라 휘감겨 있다. 다시 서쪽으로 1리를 가자, 길 오른편의 산 중턱에 거대한 동굴이 있다. 동굴 입구는 남동쪽을 향한 채 유난히 높이 매달려 있다. 바라보노라니 가슴이 시원하게 탁 트인다.

마침 짐꾼이 산 아래에 짐을 놓고 쉬고 있기에, 나는 서둘러 기운을 내어 북쪽의 벼랑에 올랐다. 그러나 띠풀에 가로막혀 길이 보이지 않는다. 여러 사람이 아래에서 외치기에, 나는 더욱 힘을 내어 덩굴과 가시덤불을 타넘어 동굴 아래에 이르렀다. 동굴 앞에는 제법 커다란 종죽(棕竹)이 많다. 동굴 입구는 대단히 높고, 동굴 안은 밝고도 훤히 트여 있다. 동굴 속의 깊이는 열 길을 가자 끝이 났다. 오른쪽에는 조그마한 구멍이 있다. 매우 좁지만 가운데가 비어 있으니, 뱀처럼 기어서 들어갈 수 있을지도 모르겠다. 동굴 앞에는 바위가 있는데, 두 갈래로 나뉜 채 그 꼭대기에서 거꾸로 드리워져 있다. 나는 혼자서 쉬고 싶었으나, 진씨가 산 아래에서 나를 기다리고 있기에 되돌아오고 말았다.

다시 서쪽으로 2리를 가서 마초당(馬草塘)의 북쪽 마을에서 묵었다. 이 마을은 북쪽 봉우리의 기슭에 있다. 마을의 서쪽에는 북쪽 골짜기에서 흘러온 강물이 서쪽 골짜기를 뚫고 흘러간다. 이 물길은 동강(東江)의 상류이다. 마을 사람들의 띠풀 간란은 대단히 컸다. 아래에는 온통 나무판자를 깔았고, 앞에는 대나무를 걸쳐 평대를 만들었다. 집 주인은 모려주(茅濾酒)를 내와 나그네에게 권했다. 진씨는 "이들 모두 도적들입니다"라고 말했다.

이날 밤, 동쪽 산에서 솟아오른 달은 씻은 듯이 맑았다. 봄에 접어든 이래로 새벽의 붉은 해와 밤의 밝은 달을 아침부터 저녁까지 종일토록 한 오라기도 가려지지 않은 채 본 것은 오직 오늘뿐이었다.

3월 16일

아침 일찍 일어나니, 구름이 얇게 덮여 있었다. 어젯밤처럼 맑지는 않았다. 식사를 마친 후, 남쪽으로 흙언덕을 넘어 내려갔다. 이곳은 마초당이다. 동서 양쪽 모두 봉우리가 마초당을 둘러싸고 있으며, 못이 낮게 웅덩이져 있다. 참으로 도적떼의 집결지답다.

2리를 가서 남쪽으로 넘은 뒤 다시 서쪽으로 3리를 갔다. 북쪽에서 남쪽으로 흘러오는 강이 까마득한 벼랑 사이에 깊이 움패어 있다. 이것이 바로 동강이다. 그 남쪽에는 언덕의 움푹한 평지 사이에 몇 채의 인가가 있고, 그 아래에 배가 정박해 있다. 마을 사람을 불렀으나 아무도 강을 건네주지 않았다. 하는 수 없이 직접 그 배를 가져다가 서쪽으로 건넜다. 이 강은 너비가 몇 길이나 되고, 깊이는 헤아릴 수가 없다. 이 강은 남쪽으로 몇 리를 더 내려가 금성강(金城江)과 합쳐져 바위구멍 속으로 흘러들었다가, 영태리(永泰里)에서 스며나온 뒤 회원진으로 흘러내려가 남강이 된다.

강 서쪽 언덕에서 북쪽으로 반리를 나아가 서쪽으로 돌아들었다. 다시 4리 반을 내려가자, 계패촌(界牌村)이 나왔다. 이곳은 의산현과 하지주의 경계이다. 마을의 남동쪽에 산이 가운데에 매달려 있으니, 곧 동강의 북서쪽 언덕의 산이다. 산의 남쪽에 움푹한 평지가 훤히 트여 남동쪽으로 뻗어간다. 이미 남쪽 산의 북쪽에 있던 금성강은 이 틈새를 타고 동쪽으로 흘러들어 동강과 합쳐지건만, 다만 이곳에서는 아직 보이지 않을 따름이다.

서쪽으로 2리를 더 나아가자, 길 북쪽에 산이 있다. 병풍처럼 깎아지른 듯 가파른 벼랑 위에는 수많은 무늬가 나 있으며, 벼랑을 따라 구불구불한 가지가 자라나 있다. 어른어른 가려져 있는 사이로, 투구 모양, 창과 방패 모양 등의 여러 모양의 가지가 있다. 토박이들은 이를 남단주의 막씨의 조상이 투구와 갑옷을 걸쳐두어 이루어진 것이라고 말한다. 하지만 이는 모양이 비슷한지라 억지로 갖다 붙인 이야기일 뿐이다.

다시 서쪽으로 1리를 가자, 길 북쪽의 봉우리 꼭대기에 바위가 치솟아 있다. 이 바위는 한 조각 구름처럼 얇게 하늘을 떠받치고, 위에는 뿔 모양으로 갈라진 물건이 있다. 토박이들은 이를 가리켜 무소라고 하나, 무소에게는 뿔이 하나만 있음을 알지 못하기 때문이다.

서쪽으로 1리를 더 가서 대만촌(大灣村)에 이르렀다. 이 마을은 북쪽 산의 기슭에 있다. 마을 동쪽에는 웅덩이진 동굴이 있는데, 물은 북쪽 산의 바위구멍에서 남쪽으로 흘러나와 구덩이 바닥을 세 길 남짓 흘러간 뒤, 남쪽으로 땅속 구멍에 흘러들었다가 강으로 흘러든다. 좀 더 서쪽으로는 길이 강의 북쪽 언덕을 굽어보면서 뻗어 있다. 이 길을 거슬러 서쪽으로 1리를 나아가면, 남서쪽에서 흘러오던 강은 북쪽으로 흘러 이곳에 이르렀다가 동쪽으로 꺾어져 흘러간다.

길은 강이 꺾어진 곳에서 쭉 서쪽으로 뻗어간다. 1리를 나아가 조그마한 돌다리를 지났다. 다리 아래에는 높고 가파른 바위들만 어지러울 뿐, 메마른 채 물 한 방울도 없었다. 그 남쪽의 남산 기슭에 교보촌(橋步村)이라는 마을이 있다. 다시 서쪽으로 3리를 가자 북쪽에서 남쪽으로 흘러오는 강이 있다. 강의 너비는 열길 남짓에, 깊이는 동강과 맞먹는다. 이 강은 여파현에서 흘러온 것인데, 그 원류는 틀림없이 귀주성 남쪽에서 비롯되었을 것이다. 이곳은 금성도(金城渡)이다.

나루터 북쪽의 서쪽 언덕에는 벼랑에 매달린 물길이 평평하게 한두 길을 쏟아져 내렸다. 그 소리가 천둥처럼 우렁차다. 이 물길은 동쪽의 대강으로 흘러드는데, 곧 관촌(官村)의 남쪽에서 흘러오는 물길이다. 대강은 남쪽으로 흐르다가 동쪽으로 돌아들어 대만촌을 지나고 동강과 합쳐진다. 다시 남쪽으로 남소(南巢, 도적떼의 소굴로서, 영순사의 북쪽에 있다)에 이르러 바위구멍으로 쏟아져 들어 몇 리를 흐르다가, 영태리에서 스며나와 회원진으로 흘러내린다.

이때 강의 서쪽 언덕에 나룻배가 있었다. 한참 동안 기다리자, 나룻배가 당도했다. 서쪽 언덕에 오른 뒤, 서쪽으로 나아갔다. 산과 구렁이 굽이돌아 비로소 골짜기가 아니라 동굴을 이루기 시작했다. 3리를 가자 남쪽에서 북쪽으로 흐르는 조그마한 시내가 있다. 시내를 거슬러 남쪽으로 반리를 나아가자, 그 위에 다리가 걸쳐져 있다. 다리는 대단히 높고 가지런하다. 이곳은 남교(南橋)이다.

다리를 넘어 서쪽으로 반리를 갔다. 이곳의 움푹한 평지는 남서쪽으로 돌아드는데, 길 오른편에 누가(壘街)라는 마을이 있다. 다시 남서쪽으로 3리를 가자, 휘장 같은 산들이 돌아들어 훤히 트인다. 남서쪽 산기슭에 관촌이라는 마을이 있다. 길은 남쪽으로 꺾어진다. 시내를 거슬러 서쪽으로 1리만에 관촌 앞을 지났다. 남쪽으로 1리를 더 가서 서쪽 산의 남쪽 부리를 따라 서쪽 골짜기로 돌아들어 반리를 가자, 북쪽 산의 기슭에 거대한 바위가 치솟아 있다. 그 위에 오래된 보리수가 뒤덮고 있는데, 길 가는 이들의 쉼터가 되고 있다.

다시 서쪽으로 1리를 가자, 북쪽 산에 또다시 바위동굴이 솟아 있다. 바위의 색깔이 황백색으로 환히 반짝이니, 이전에 지났던 여러 산과는 달랐다. (바위산은 삼리성 이래로 보이는 건 모두 푸른색과 흰색의 두 가지 색깔로 무늬져 있었다. 자황색 한 가지는 유주부 선혁암仙弈巖 남쪽에서 본 이후로 오래도록 보이지 않았다.) 서쪽으로 반리를 더 가자, 북쪽의 산기슭에 귀암촌(鬼巖村)이라는 마을이 있다. 들어가 마을의 간란에 올라가 쉬었다. 여기에서 마을에 기와를 인 간란이 보이기 시작했다.

대체로 덕승진 일대에서는 대나무가 아니라 기와를 사용하며, 하지소에서는 대나무가 아니라 온통 띠풀로 지붕을 인다. 하지소의 서쪽에서는 집마다 띠풀로 덮지 않은 곳이 없었는데, 유독 이 마을만은 기와로 덮었다. 집 주인의 성은 위(韋)씨이다. 이 집의 늙은이는 이미 취했건만, 젊은이는 자못 어질어 취객에게 맑은 술을 내오고 절인 미나리를 대접했다. 산마을의 청담한 식사를 여러 오랑캐 속에서 대접받으리라고는 생각조차 하지 못했으니, 이 또한 기이한 일이다. 이날 낮에는 날이 흐렸으나, 밤에는 달이 휘영청 매우 밝았다.

3월 17일

날이 밝아서야 식사를 한 뒤, 남쪽으로 길을 떠났다. 반리만에 동쪽에서 뻗어오는 한길을 만났다. 움푹한 평지가 쭉 남쪽으로 뻗어가고, 그 가운데에 정기시장이 열려 있었다. 이곳은 귀암허(鬼巖墟)이다. 다시 서쪽으로 남쪽 산의 북쪽 기슭을 따라 나아갔다. 서쪽으로 1리 남짓을 가자, 남쪽 산의 중턱에 동굴이 있고, 동굴 입구는 북서쪽을 향해 있다. 이곳은 귀암(鬼巖)이다. 동굴 속을 멀리 바라보니 어두컴컴하다. 토박이들이 그 안에서 신상(神像)에게 제사를 지내기에 '귀(鬼)'라고 했던 것이다.

그 아래에서 서쪽의 움푹 팬 곳을 올랐다. 돌층계가 제법 가지런하다. 1리만에 움푹 팬 곳을 넘어 서쪽으로 내려갔다. 여기에서부터 바위산과 흙산이 서로 엇섞여 있으며, 바위에도 흙이 섞여 있다. 양쪽의 줄지은 산은 다시 남북으로 움푹한 평지를 이루고 있고, 가느다란 물길은 움푹한 평지 속을 졸졸 흘러 남쪽으로 흘러간다. 이 물길은 동쪽으로 감돌았다가 북쪽으로 돌아들어 관촌의 앞을 에도는 물길이다.

산을 내려온 뒤 가느다란 물길을 거슬러 북쪽의 움푹한 평지 속을 1리를 나아갔다. 양쪽의 줄지은 산은 다시 돌아들어 동서로 움푹한 평지를 이루고 있다. 계속해서 가느다란 물길을 거슬러 서쪽으로 3리를 나아가자, 가느다란 물길 위에 바위둑이 있다. 이것이 정란언(丁闌堰)이 아닐까 생각했다. 둑 위에 고여 있는 물은 둑의 틈새를 뚫고 동쪽으로 쏟아져 내린다. 이곳이 발원지처럼 보이지만, 근원은 사실 도명령(都明嶺)의 동쪽 기슭에서 비롯된다.

둑을 넘어 남쪽으로 나아갔다. 남쪽 산기슭을 따라 서쪽으로 갔다가, 다시 2리를 가서 노당촌(盧塘村)을 지났다. 대체로 남북 양쪽으로 줄지은 산 사이에는 움푹한 평지가 이루어져 있고, 움푹한 평지의 바닥은 평탄하게 웅덩이져 있다. 이 웅덩이는 가물면 말라붙고, 물이 불어나면 못을 이룬다. 북쪽 산 아래에 마을이 있고, 길은 못을 따라 남쪽으로 뻗어 있다.

1리를 더 가자 둑이 또다시 상류를 가로막고 있다. 다시 둑을 넘어 서쪽으로 2리만에 흙고개를 올랐다. 반리를 나아가 고개의 움푹 꺼진 곳을 넘어 서쪽으로 반리를 더 내려가자, 길 왼편의 바위구멍에서 솟아나온 샘물 한 줄기가 서쪽으로 졸졸 흘러가고 있다. 물이 불거나 말라붙지도 않고, 쉬거나 멈추지도 않는다. 두 손으로 떠서 마셔보니, 몹시 달고도 시원하다. 구멍에서 흘러나온 물은 곧바로 바위구멍에서 떨어져 내려 콸콸 소리를 내며 흘러간다. 이곳의 산은 여전히 동서 양쪽으로 움푹한 평지를 이루고 있다.

북쪽의 줄지은 산을 따라 물길을 좇아 동쪽으로 3리를 내려가자, 남쪽의 산 아래에 도명촌(都明村)이라는 마을이 있다. 마을 뒤의 남산은 끝이 나고, 골짜기가 남쪽으로 뻗어 있다. 나지주로 가는 길이다. 하지주로 가는 길은 북서쪽의 흙둔덕 사이를 나아간다. 다시 2리를 나아가 돌다리를 건너 서쪽으로 갔다. 다리 아래의 물은 북쪽으로 흐르는데, 틀림없이 북동쪽의 금성강 상류에 흘러드는 물일 것이다. 그 근원 가운데의 하나는 동쪽의 도명령의 바위구멍이고, 다른 하나는 남쪽의 하하령(下河嶺)에서 북쪽으로 흘러오는 물인데, 두 물길이 합쳐져 산골물을 이루고 있다.

다시 북서쪽으로 4리를 가서 흙언덕을 올랐다. 언덕 위에서 북서쪽으로 2리를 더 가자, 북쪽 언덕 아래에 두세 가구가 있다. 이곳은 건조촌(乾照村)이다. 이 마을의 간란에서 물을 끓여 밥을 지어먹었다. 마을 곁에서 북쪽으로 흙고개에 올라, 고갯가에서 북쪽으로 모두 3리를 갔다. 이어 서쪽 기슭으로 내려오자, 남쪽에서 북쪽으로 흐르는 커다란 시내가 있다. 이것은 하지강(河池江)이다. 상당히 넓은 강바닥에는 온통 자갈이 평평하게 깔려 있으나, 똑똑 떨어지는 물방울조차 없다.

강을 가로 건너 서쪽 언덕에 올라 북쪽을 바라보니, 바위봉우리가 에워싸고 있다. 물길에는 빠져나가는 곳이 없으니, 이 물길이 불어나면 어디로 빠져나가는지 알 수 없다. 아마 북쪽에 우뚝 솟은 봉우리 아래에 동굴이 있고, 동굴 입구는 남쪽을 향해 있다. 틀림없이 강물이 스며드는 곳이리라. 이곳에는 남북 양쪽에 줄지어 바위산이 늘어서 있으니, 강의 흐름은 서쪽의 하지주의 남쪽에서 동쪽의 이곳까지 흘러온 뒤, 북쪽으로 꺾어져 산으로 쏟아져 들어간다.

다시 서쪽으로 고강(枯江)의 북쪽 언덕을 따라 1리를 나아갔다. 강 바닥의 자갈 사이로 가느다란 물길이 졸졸거리며 흐른다. 서쪽으로 7리를 더 가서 하지주의 동쪽 문에 들어섰다. 하지주의 성은 흙담이고, 위에는 띠풀이 덮여 있다. 성안의 주민은 궁핍하여 띠풀뿐, 기와를 인 집은 없다. 이곳의 산은 남북으로 마주한 채 솟아 있고, 가운데에는 동서로 움푹한 평지를 이루고 있다. 그 가운데를 가로지르고 있는 커다란 시내는 동쪽으로는 건조촌 뒤의 흙산에 이르러 전문계(前門溪)로 가로지르다가 북쪽으로 돌아들어 바위구멍으로 흘러들고, 서쪽으로는 대산령(大山嶺) 바위등성이에 이르러 후약수(後鑰水)의 발원지가 된다.

하지주에 이르렀을 때는 겨우 정오를 지나 있었다. 하지주를 가로질러 서문으로 나와 띠집에 숙소를 정했다. 육참장의 편지와 말을 요청하는 병부를 가지고서 주의 관리인 소공(蕭公, 이름은 내봉來鳳이며, 광동사람이다)에게 말을 내달라고 했다. 소공은 즉시 마표를 발행하고 짐꾼과 마부를 각각 두 사람씩 구해주었는데, 조금도 지체하지 않았다.

3월 18일

아침 식사 후에 두 명의 기병을 구해 일을 시키고, 마부 2명을 짐꾼으로 삼아 부렸다. 얼마 후 소공이 풍성한 예물을 가지고 와 선물로 주었다. 나는 그 가운데에서 삶아 말린 죽순만 받고, 그 나머지는 모두 고

스란히 돌려주었다. 성에 들어가 감사의 편지를 쓸 종이를 사려 했는데, 한참만에야 구했다. 길을 나서니, 홀쩍 오전이었다.

서쪽으로 산속 움푹한 평지를 3리 나아갔다. 북쪽 산에서 남쪽으로 흐르는 시내는 서쪽에서 흘러오는 커다란 시내와 합쳐졌다. 이에 시내를 건너 북쪽으로 커다란 시내의 북쪽 언덕을 거슬러 7리를 갔다. 남쪽 산의 움푹한 평지에 양촌(楊村)이라는 마을이 있는데, 기와집이 있다. (양楊씨 성을 가진 이가 대단한 권력을 지니고 있어서, 이 마을을 보호할 수 있었다.)

북쪽 산기슭을 따라 나아가 다시 2리를 가자, 날듯한 바위가 허공을 덮은 채 튀어나와 길가는 사람의 머리 위를 평평하게 누르고 있다. 잠시 후 깎아지른 듯한 층계에 올라 바라보니, 층계 밖에 깊은 구덩이가 기대어 있다. 구덩이 안에는 구멍이 매달려 있고, 가운데는 텅 빈 채 푹 꺼져 있다. 커다란 물길이 그 바닥에 넘실거리고 있다.

올라서서 산 중턱을 따라 나아갔다. 벼랑을 따라 북쪽으로 돌아들자, 남북으로 골짜기를 이루고 있으며, 산은 한데 모여 동서 양쪽으로 줄지어 있다. 동쪽 벼랑을 따라 물길을 거슬러 3리를 올라간 뒤, 시내를 건너 북쪽으로 나아가 비탈 한 곳을 넘어 내려갔다. 동쪽 골짜기의 암벽이 깎아지른 듯 솟아 있는데, 위에는 봉긋 솟은 동굴이 있고, 아래에는 나란히 늘어선 골짜기가 있다. 우렁찬 물소리가 들려왔다. 골짜기에서 떨어지는 물소리이겠거니 여겼으나, 아무리 둘러보아도 모습이 보이지 않았다.

조금 앞으로 나아가 북쪽에서 흘러오는 시내를 건넜다. 시내를 따라 동쪽의 골짜기 속을 나아가 3리를 갔다. 물은 끝이 나고 골짜기도 다했다. 북쪽의 고개에 올라 1리를 간 뒤, 고갯마루에서 1리를 나아가 두 산 사이의 움푹 꺼진 곳을 나왔다. 두 겹의 돌담이 두 봉우리의 좌우와 연결되어 있다. 이곳은 대산령(大山嶺)으로, 하지주와 남단주(南丹州)의 경계이다.

고개를 넘어 북쪽으로 내려가 남단주의 경내에 이르렀다. 서쪽으로 돌아들어 2리만에 조그마한 물길을 건넜다. 이 물길은 남쪽으로 흘러간다. 다시 남서쪽으로 고개 하나를 넘어 물길과 다시 만났다. 물길을 따라 북서쪽으로 3리만에 다시 물길을 건넜다. 물은 암벽 아래에 고여 있다. 암벽 아래로 가서 식사를 했다. 다시 물길을 따라 골짜기를 빠져 나와 서쪽으로 2리를 가자, 산의 형세는 차츰 훤히 트인다. 가까이의 산들은 온통 바위산에서 흙산으로 바뀌는데, 남쪽 산 아래에 띠집 한두 칸이 있다.

조그마한 물길을 따라 서쪽으로 3리를 나아가 차츰 북쪽으로 돌아들자, 흙산의 움푹한 평지는 끝이 난다. 서쪽 산둔덕 사이에 수십 가구가 기대어 있다. 이곳은 토채관(土寨關)으로, 남단주의 토사가 세금을 징수하는 요새이다. 길은 동쪽 산의 기슭에 있는데, 북쪽의 흙고개에 올랐다. 흙고개의 동쪽에서 흘러오는 물길은, 북쪽으로 흐르는 틈새가 없는 듯하고, 북서쪽에는 커다란 산이 깎아지른 듯 매달려 있는 걸로 보아, 산 아래에서 구멍으로 스며들었다가 대강으로 흘러들어 금성강과 동강으로 흘러내릴 것이라는 생각이 들었다. 다만 이건 두 눈으로 직접 본 것은 아니다.

북쪽으로 흙고개를 내려왔다. 그 움푹한 평지 속의 조그마한 물길 역시 동쪽에서 남서쪽으로 흘러드는데, 가파르게 매달린 커다란 산에 바짝 붙어 흘러가는 듯하다. 여기에서 다시 북서쪽의 고개에 올랐다가 5리만에 돌아들어 고갯마루로 나왔다. 움푹한 널따란 평지는 북서쪽으로 뻗어가기 시작하고, 길은 그 서쪽의 산고개 중턱을 따라 나아간다. 5리를 더 가자 백보촌(百步村)이 나왔다. 띠집 몇 채가 서쪽 산둔덕 위에 있다. 이들은 모두 강우 사람이며, 이곳은 길가는 이들이 잠시 쉬어가는 곳이다.

이때 주석을 파는 짐꾼 삼백여 명이 이미 집을 가득 차지하고 있는지라 발 딛을 곳이 없었다. 북쪽의 산둔덕 앞의 북서쪽 움푹한 평지 속으로 내려왔다. 물길은 이곳에 이르러 남서쪽으로 돌아들어 흘러간다. 그 위에 나무다리가 걸쳐져 있고 정자가 덮고 있다. 이런 광경은 이 일대에서 보기 드문 것이었다.

다리를 건너 둔덕에 올랐다. 움푹한 평지는 동서 양쪽으로 돌아들었다. 여기에서 서쪽으로 5리를 가자, 남쪽의 산둔덕에 네댓 채의 집이 있다. 이곳은 암전촌(巖田村)이다. 그 중에 기와를 인 세 칸의 간란이 제법 커 보였다. 서둘러 달려가 보니, 늙은 아낙과 어린아이가 있고, 방은 텅 비어 궁색하기 그지없다. 위쪽의 기와와 아래쪽의 판자는 깨진 구멍과 헌데 자국투성이이다.

아마 이 집은 우두머리의 집이었을 터인데, 지난번에 하지주에서 난리를 겪을 적에 도적떼에게 약탈당하여 파손되었을 것이다. 살아남은 노파와 어린아이만 오랫동안 타향에서 피난살이를 하다가 비로소 고향에 돌아온 것이리라. 한참만에야 솥 하나를 찾아내어 간신히 죽을 끓여 요기를 했다. 마루바닥에 누워 잠을 잤다.

3월 19일

동틀 무렵에 일어나 밥을 지어먹고 길을 나섰다. 가랑비가 부슬부슬 내렸다. 서쪽으로 흙산 사이를 나아가 세 번이나 오르내리면서 모두 10리를 갔다. 물길이 북동쪽에서 남서쪽으로 흘러드는데, 깊이는 무릎까지도 차지 않고 너비는 대략 대여섯 길이다. 이곳은 대강이다. 대강은 북서쪽의 우거진 산구렁에서 발원하여, 남쪽으로 흐르다가 동쪽으로 돌아든 뒤, 영순사 경내에 이르러 동강과 합쳐져 흘러간다.

강을 건넌 뒤 서쪽으로 고개 한 곳을 넘어 모두 5리를 갔다. 이어 돌아들어 움푹한 평지로 내려갔다. 움푹한 평지 안에는 남동쪽으로 흘러가는 물길이 있다. 물길을 거슬러 가는 길에, 이 물길이 움푹한 평지 속을 구불구불 흐르는지라 여러 차례 물길을 건넜다. 잠깐 사이에 수십 차례였다. 모두 3리를 가자 한 줄기 물길이 북서쪽에서 흘러오고, 또 한 줄기 물길이 정서쪽에서 흘러왔다. 돌아들어 서쪽으로 물길을 거슬러 갔다.

다시 반리를 가자, 북쪽 산의 기슭에 금촌(金村)이라는 마을이 있다. 이곳은 역참의 요지이다. [이곳은 서쪽의 석갱(錫坑)까지 15리밖에 되지 않고, 북서쪽의 남단주까지는 50리 떨어져 있다.] 마을의 간란에 들어가니, 우두머리는 마침 백보허에 갔다고 한다. 앉아서 그를 기다렸다. 비가 오락가락 했다. 진몽웅은 여기에서 석갱으로 들어가기에, 나와 작별하여 떠나갔다. 우두머리를 기다리는데, 그는 밤이 되어서야 돌아왔다.

3월 20일

아침에 일어나니 비가 부슬부슬 내리고 있었다. 식사를 하고서 짐꾼을 기다리는데, 한참만에야 대나무를 엮어 가마를 만들었다. 겨우 한 대만을 구하여, 한 대가 부족한 채로 오전에야 길을 떠났다. 빗속에 북동쪽의 흙산을 넘어 1리 남짓을 가서 산등성이를 넘은 뒤 북서쪽으로 내려왔다. 깊은 띠풀이 길을 뒤덮고 있었다.

다시 1리 남짓을 가서 띠풀을 뚫고서 움푹한 평지 바닥에 이르렀다. 조그마한 물길이 남쪽에서 북쪽으로 흘러가고, 한길 역시 남쪽에서 물길을 따라 뻗어 있다. 이 길은 석갱으로 가는 길이다. 그 길을 따라 북쪽으로 1리를 가자, 남서쪽에서 흘러오는 물길이 있다. 두 물길이 합쳐져 북동쪽으로 흘러간다. 물길 동쪽으로 동쪽의 산 아래에 뇌가촌(雷家村)이라는 마을이 보였다. 산골짜기가 조금 트였다.

다시 1리를 가서 돌아들자, 동서 양쪽에 움푹한 평지가 이루어져 있다. 서쪽에서 흘러오는 커다란 시내는 남쪽에서 흘러오는 조그마한 시내와 합쳐져 동쪽으로 흘러갔다가 남쪽으로 돌아들어 대강을 이룬다. 여기에서 시내를 거슬러 남쪽으로 산의 북쪽 기슭에 올라 서쪽으로 모두 10리를 올라갔다. 남쪽 산의 중턱에 몇 칸의 띠집이 있다. 이곳은 회라창(灰羅廠)이라 일컫는다. 주석을 생산하는 곳이다.

그 아래에서 다시 서쪽으로 1리를 갔다. 움푹한 평지의 서쪽 끄트머리에 흙산이 가운데를 가로지르고 있다. 조그마한 물길이 북서쪽에서, 그리고 커다란 물길이 남서쪽에서 흘러오더니, 두 물길은 횡령(橫嶺) 아래에서 합쳐진다. 여기에서 조그마한 물길을 건너 서쪽으로 횡령에 이르렀다. 고개 동쪽의 길가에 갖가지 마른 우물이 있다. 깊이는 여러 길이나 둥글기는 겨우 우물정도의 크기이다. 파서 만들어진 것 같은데, 바로 주석의 갱도였다.

고개를 넘어 서쪽으로 모두 4리를 가자, 방금 전에 남서쪽에서 흘러오던 커다란 시내와 다시 만났다. 이 시내는 마침 북쪽에서 구불거리면서 남쪽으로 흘러간다. 물길을 가로질러 서쪽으로 나아가자, 골짜기는 다시 동서 양쪽으로 훤히 열려 있다. 시내를 거슬러 골짜기 속을 나아갔다. 여러 번 좌우로 시내를 건너 4리를 가자, 서릉촌(西楞村)이 나왔다. 다시 물길은 북서쪽에서 흘러들어오고, 길은 커다란 시내의 남쪽 언덕에 뻗어 있다.

다시 1리를 가자, 길 왼편에 고개 너머 남쪽으로 나아가는 갈림길이 있다. 석갱으로 가는 길이리라. 다시 서쪽으로 나아갔다. 남쪽 골짜기에서 흘러오던 시내가 합쳐졌다. 이 시내는 서쪽에서 흘러오는 시내만큼이나 제법 크다. 여기에서 다시 남쪽의 시내 어귀를 가로건넌 뒤, 계속해서 서쪽에서 흘러오는 시내의 남쪽 언덕을 거슬러 나아갔다. 5리를 더 가자, 남쪽 산에 대서촌(大徐村)이라는 마을이 있다. 마을의 서쪽에 골짜기가 다시 훤히 열리고, 밭두둑도 이어지기 시작한다. 물길은 그 속을 굽이돌고 있다.

다시 여러 차례 물길을 건너 4리를 가서 서쪽 산 아래에 이르렀다. 물길을 거슬러 북쪽으로 돌아들어 1리를 갔다가, 물길을 건너 서쪽 산에 올랐다. 막 오를 때에는 몹시 가팔랐다. 북쪽의 움푹한 평지를 바라보니, 산이 에워싼 채 구렁은 다했으며, 폭포는 산허리를 따라 허공에 매달린 채 곧장 쏟아져내린다. 비취빛 뭇산 사이에서 마치 옥룡이 백 길이나 드리워진 듯하다.

광서성은 온통 바위산이 빽빽한지라, [물줄기가 허공에 매달려 있기가 대단히 어렵다.] 오직 여기에서만 이러한 경관이 보였다. 떠올려보니, 이전에 전주(全州)의 타구령(打狗嶺)에서도 북쪽으로 이런 모습을 바라본 적이 있었다.[1] 이곳에 이르기까지 이미 수천 리를 굽이돌고 1년 동안 여기저기 떠돌아다니다가, 문득 여기에서 볼 수 있게 되었으니, 이 또한 끝없이 넓은 가운데 이루어진 기이한 만남이도다.

서쪽으로 흙층계를 기어오르는 1리 내내, 폭포를 뒤돌아보면서 아쉬운 발걸음을 차마 떼지 못했다. 어느덧 차츰 고개 남쪽을 넘으니 더 이상 보이지 않았다. 다시 구불거리면서 북쪽 봉우리를 따라 서쪽으로 2리를 올라 등성이 하나를 넘었다. 등성이 북쪽 길모퉁이가 바로 타석관(打錫關)이다. 이곳은 주석장수들이 석갱에서 오는 길이다. 예전에는 이곳에서 세금을 징수하느라 사람이 기거하는 집이 있었으나, 작년에 난리가 난 후 불타버린 바람에 사는 이가 없어지고 말았다.

여기에서 서쪽으로 반리를 내려가자, 구렁이 골짜기 서쪽을 가로막고 있다. 돌아들어 북쪽으로 나아가니, 양쪽의 산이 골짜기를 이루고 있다. 다시 반리를 내려가자, 물길이 산골물을 이루어 북쪽으로 흘러가기 시작한다. 산골물을 따라 다시 반리를 가서 산골물 서쪽으로 건넌 뒤, 벼랑을 따라 북쪽으로 1리 반을 가서 골짜기를 빠져나왔다. 앞쪽의 골짜기는 다시 북동쪽에서 남서쪽으로 뻗어 있다. 이에 벼랑을 따라 남서쪽으로 돌아들어 나아갔다. 폭우가 거세게 쏟아졌다.

얼마 후 여러 차례 산골물을 건넜다. 산골물은 남쪽으로 흘러가고, 길은 서쪽으로 산속의 움푹 꺼진 곳을 넘어간다. 모두 2리를 가서 다시 움푹한 평지 속을 나아가 반리를 간 뒤, 북쪽 산의 벼랑을 따라갔다. 방금 전의 산골물이 다시 남쪽에서 흘러왔다. 그것을 건넜다. 북서쪽으로 반리를 더 가자, 또 한 줄기의 시내가 남쪽 골짜기에서 흘러온다. 이 물길은 제법 큰데, 방금 전의 산골물과 합쳐져 북쪽으로 흐르다가 가로로 뻗어 있는 둑에 고였다. 둑의 서쪽에서 북쪽으로 나아가 1리만에 남단주의 남교(南橋)를 건넜다. 저녁비가 쏟아붓듯 내리고 우레와 번개가 번갈아 쳤다. 서둘러 여인숙을 찾아 투숙했다.

남단주의 물길은 북쪽으로 흘러 남단주 치소의 동쪽을 지난다. 이곳 산은 동서 양쪽으로 나뉘어 줄지어 서고, 치소는 서쪽 산 아래에 있다. 그 동쪽에는 길거리가 있는데, 남북으로 시내를 따라 늘어서 있다. 그 가운데로 한 줄기 거리가 서쪽으로 나 있다. 거리에 들어서자, 돌로 만든 커다란 패방(牌坊)이 그 앞에 버티고 서 있다. 패방에는 '보국의 충성, 높고도 심오하도다(攄忠報國, 崇整精微)'라고 씌어 있다. 이런 것은 광서에서 본 적이 없는 것이었다.

패방 아래에서 거리로 들어서서 서쪽으로 나아가, 거리가 끝나는 곳에서 반원형의 돌문을 들어섰다. 문 안에는 관제묘가 서쪽을 향해 있다. 그 앞에도 패방이 있다. 관제묘 서쪽에는 거대한 못에 물이 고여 있고, 남북 양쪽에는 봉우리가 있다. 봉우리는 서쪽 산에서부터 팔처럼 감싸 안아 앞쪽에 이르고, 못물은 산기슭까지 찰랑대고 있다. 못 안에는 둑이 있는데, 동서로 뻗은 길이가 몇 길이다. 둑의 양 끄트머리에 나무를 걸쳐 다리로 삼았으며, 그 위에 정자가 세워져 있다.

다리 서쪽을 넘어 서쪽으로 황폐해진 정원을 지났다. 남단주의 치소는 남서쪽의 조그마한 바위봉우리 아래에 있다. 관아의 대문은 북쪽을 향해 있고, 앞에는 역시 돌로 만든 패방이 있다. 사방의 흙담은 그리 높거나 가지런하지 않다. 이곳은 아래 관아이다. 주의 관원이 거처하는 곳은 곳집 위였다. 곳집은 바로 관청 뒤의 조그마한 바위봉우리 꼭대기에 있으며, 길은 관청을 따라 올라간다. 집안의 난리를 겪은 후 이곳으로 옮겨온 막공이 의외의 사태를 대비하고자 했던 것이다.

대체로 서쪽으로 줄지어 선 뭇봉우리들은 구불구불 이어지며, 남북 양쪽에 두 갈래가 마치 좌우의 팔처럼 동쪽으로 불쑥 튀어나와 있다. 가운데 아래에는 또 한 갈래가 불쑥 솟아 바위봉우리를 이루고 있다. 아래 관아는 이곳에 기대어 있고, 곳간이 그 위에 세워져 있다. 삼면이 깎아지른 듯 가파르고, 남쪽에만 움푹 꺼진 곳이 있어 오를 수 있었다. 곳간 뒤에는 조그마한 봉우리가 또 솟아 있는데, 마치 말안장 모양으로 곳집 중간과 연결되어 있다. 그 뒤쪽은 높은 산과 나란히 늘어서서 깊은 구덩이를 이루고 있다. 그 아래에는 조그마한 물길이 남동쪽으로 흘러가다가 커다란 시내로 흘러든다. 이곳은 관청 왼편의 첫 번째 층의 물길이다.

돈산(墪山)의 북쪽에 그 산의 서쪽이 끊겨 있는데, 산 아래에 갈라진 동굴이 있다. 동굴 입구는 남동쪽을 향한 채 돈산과 정면으로 마주하고 있다. 동굴 입구의 꼭대기는 대단히 평평하고, 둥그런 기둥이 거꾸로 늘어져 있다. 입구 안에는 두 개의 커다란 바위가 버티고 있으며, 가운데로 겨우 한 자 남짓의 골짜기가 트여 있다. 북쪽으로 서너 길을 들어갔다가 서쪽으로 꺾어져 조금 내려오니, 서쪽의 커다란 바위의 뒤쪽이 나왔다. 동굴 뒤쪽의 벽과는 북쪽으로 한 길 남짓 떨어져 있다. 서쪽으로 두 길 남짓 깊이 들어가자, 어두컴컴하여 아무도 보이지 않는지라, 옆으로 뚫린 구멍이 있는지 없는지 알 수가 없었다.

서쪽의 커다란 바위 위의 표면은 높낮이가 일정치 않으나, 평대 위의 집과 같아 머물 만하다. 다만 사방의 암벽이 깎아지른 듯 하여 오를 만한 층계가 없었다. 동쪽의 바위 역시 마찬가지이지만, 다만 뒤쪽이 동굴의 암벽과 이어져 있어 뒤쪽으로 돌아드는 틈새가 없는데다, 바위 평대의 앞에 바위기둥이 솟구쳐 동굴 꼭대기와 닿아 있다. 이것이 서쪽의 바위와 다를 뿐이다. 서쪽 바위의 서쪽에는 봉긋한 바위에 틈새가 나 있다. 북쪽 골짜기에 한두 층의 사다리가 걸쳐 놓는다면, 곧바로 바위 위로 올라갈 수 있으며, 서쪽의 바위를 따라 두 자 가량의 바위를 걸쳐

놓는다면, 동쪽 바위의 끄트머리에 이를 수 있을 것이다. 그런데 아쉽게도 이 일대 사람들은 꾸밀 줄을 몰랐다.

동굴 앞에서 북쪽으로 반리를 나아가자, 이 산은 다시 훤히 열리면서 동서로 움푹한 평지를 이룬다. 서쪽 산부리를 따라 서쪽으로 돌아들어 나아갔다. 서쪽 골짜기에서 흘러오던 물길은 북동쪽으로 흘러 커다란 시내에 흘러든다. 이것은 청수당(清水塘)의 하류이다. 물길을 거슬러 서쪽으로 나아가 다시 반리를 가서 다리 위의 정자를 지났다. 다리 남쪽에는 바위벼랑이 물길을 막고 있는지라, 안쪽에 물이 고여 있다. 예전에는 물이 다리 아래로 흘러나갔는데, 지금은 벼랑발치에 철썩이면서 동쪽으로 흘러가기에, 북쪽의 다리 아래를 거치지 않는다.

다리를 건너 조금 서쪽으로 나아가 언덕 하나를 넘으니, 곧 청수당이다. 청수당의 남북에는 두 산이 골짜기를 이루고, 그 가운데에는 동서로 움푹한 평지가 열려 있다. 서쪽은 커다란 산이 병풍처럼 그 뒤에 서 있고, 동쪽은 바위벼랑이 물길 어귀를 가로막고 있다. 그 안에 절이 있는데, 동쪽을 향해 서 있다.

문을 들어서자 네모진 못이 있다. 사방에 돌을 쌓아 둘렀으며, 못 안에 고인 물은 깊지는 않으나 매우 맑았다. 앞 층은 못 안에 누각을 걸쳐 놓았고, 누각 뒤쪽으로 못 너머 가운데에 정자가 펼쳐져 있으며, 정자의 남북쪽 못 속에는 바위를 놓아 양쪽에 각각 누각을 세워 좌우의 곁채로 삼았다. 정자의 서쪽은 옥황각이다. 역시 못 속에 바위를 쌓아 토대를 만들고, 가운데로는 물이 통하게 했다.

누각 아래에는 진무대제(眞武大帝)가 자리잡고, 위에는 옥황대제(玉皇大帝)가 자리잡았다. 진무대제 뒤쪽에는 또 못에 한 층의 누각이 세워져 있다. 아래쪽은 물 위를 타넘으니 쉴 만한 곳이 되고, 위쪽은 옥황각과 하나로 연결된 채 삼세불을 모셔놓았다. 불상 뒤에 있는 창문을 통해 서쪽 봉우리를 바라볼 수 있고, 아래로는 땅속에서 끊임없이 솟아오르는 못물의 모습을 굽어볼 수 있다.

못 밖에는 담이 사방을 두르고 있고, 못물 속에는 층층의 누각이 겹겹이 걸쳐져 있으며, 불상들은 모두 가지런하고 아름답다. 이런 광경은 광서성에서 본 적이 없었다. 아쉽게도 안에는 스님이 한 분도 계시지 않았다. 물과 구름 텅 비고 차가운데, 졸졸거리는 시냇물 소리만 들려올 뿐이었다. 절은 천계(天啓) 7년[2]에 막급(莫伋)이 지었다. 그런데 재작년에 어떤 사람이 참소하여 스님을 채찍으로 때려죽인 이후 사는 이가 없어지고 말았다.

절의 남쪽에는 남서쪽의 산허리에서 흘러온 시내가 절 앞을 지나 동쪽으로 흘러간다. 절의 북쪽에는 한길이 서쪽으로 고개 너머로 뻗어있다. 파아(巴鵝)를 거쳐 평주(平洲)로 가는 길이다. 절 앞의 물길은 동쪽으로 흘러 바위벼랑의 물길 어귀를 지난 뒤, 동쪽으로 흐르다가 커다란 시내로 흘러든다. 이것은 관청 왼편의 두 번째 겹의 물길이다.

관청 오른편의 첫 번째 겹의 물길은 곧 방금 전에 오다가 건넜던, 둑 위의 남쪽 골짜기의 물길이고, 두 번째 층은 바로 타석관에서 동쪽으로 흘러오는 산골물이다. 두 물길이 합쳐진 커다란 시내가 남단주의 치소 앞을 지나간다.

---

1) 전주의 타구령에 관한 기록은 정축년(1637년) 윤사월 13일에 나온다.
2) 천계(天啓) 7년은 1627년이다.

3월 21일

동이 틀 무렵에 일어나니, 날은 어느덧 아주 맑게 개어 있었다. 육참장의 편지를 막공에게 주었다. 곳집에 있는 막공을 뵈러 갈 겨를이 없기에 명함만 보낸 채, 나는 처소에서 식사를 기다렸다. 정오가 지나 동쪽 거리를 산보하다가 못의 둑을 건너 치소 앞을 지났다. 이어 서쪽의 돈산의 북쪽 암벽 아래를 따라 1리만에 북쪽 산으로 들어가 남쪽의 동굴로 향했다. 다시 동굴 앞에서 북서쪽으로 반리를 나아가 남서쪽으로 돌아들어 반리를 갔다. 다리 위의 정자를 건너 청수당에 들어갔다가 처소로 돌아오니, 어느덧 오후였다. 막공이 쌀과 고기, 술을 보내왔기에, 고기를 삶아 술을 마셨다. 밤이 되자 그지없이 맑았다.

3월 22일

오경에 사뭇 추워서 일어났더니 구름기운이 자욱했다. 역참의 관원이 짐꾼이 금방 온다고 하기에 서둘러 밥을 지어 먹었다. 식사를 마쳤는데도 짐꾼은 여전히 오지 않았다.

이에 앞서 나는 보낼 만한 예물이 없어 수정 도장 두 개(이 수정은 장주부漳州府 관아에서 얻은 것으로, 대단히 맑고 투명했다)를 함께 보냈는데, 어찌된 일인지 받은 후에 아무런 답신이 없었다. 나는 다시금 답신을 요구했으나, 모두들 서로 미루기만 했다. 내가 가버리면 그만이기를 바라는 듯했다.

나는 하는 수 없이 공문서를 관장하는 유(劉)씨를 찾아 그간의 사정을 이야기했더니, 유씨는 이렇게 말했다. "어제 주사 따위의 하찮은 물건으로 잘못 알고서 방치해두었는데, 뜻밖에 그것이 보물이라니 당장 들어가 말씀드리겠습니다. 다만 지금 일어나지 않으셨으니, 하루만 늦추어 길을 떠나셔야 되겠습니다." 나는 어쩔 수 없이 그의 말에 따르기로 했다. (어제 여러 사람이 제멋대로 밖에 놓아두었기에 답신을 받지 못했는데, 오늘 이렇게 된 후에야 들어가 아뢰었다.) 두 시간 가량 기다렸으나 유씨가 여전히 곳집에 머문 채 돌아오지 않았다. 답답한 마음으로 잠자리에 들었다.

은 공장과 주석 공장 두 곳은 남단주의 남동쪽 40리, 금촌(金村)의 서쪽 45리에 있으며, 그 남쪽의 나지주와도 40리 떨어져 있다. 이곳에는 [광산이 세 군데 있는데,] 하나는 신주(新州)라고 하며 남단주에 속하고,

다른 하나는 고봉(高峰)이라 하며 하지주에 속하며, 또 다른 하나는 중갱(中坑)이라 하며 나지주에 속한다. 이들 모두 은과 주석을 생산해낸다. 세 곳의 거리는 1~2리밖에 되지 않으며, 모두 다른 성의 객상들이 모여든다.

『지』에 따르면 고봉채(高峰寨)가 있는데, 이곳은 고봉에 있는 공장으로 하지주에 속해 있다. 하지만 이곳은 실상 남단주와 나지주 사이에 걸쳐 있으며, 하지주에 가려면 반드시 남단주의 경내를 거쳐야만 한다. 생각건대 광산의 갱도의 위치에 따라 세 곳으로 나누었으리라. (은과 주석은 갱도를 파서 쌀 알갱이와 같은 원석을 꺼낸 뒤, 물로 씻고 불로 달군 다음에 얻어진다. 은의 원석 30근으로 은 2전을 얻을 수 있으며, 주석의 원석으로 얻는 금액은 매번 다르다.)

이밖에도 회라창(灰羅廠, 남단주의 남동쪽 35리에 있으며, 내가 어제 지났던 곳이다)에서는 주석만을 생산하고, 맹영산(남단주의 서쪽 50리에 있으며 망장芒場과 가깝다)에서는 은만을 생산한다. (영락 연간에 중사 뇌춘雷春을 파견하여 이곳에서 광산을 개발했는데, 지금은 산출량이 너무 미미하여 신주에 미치지 못한다. 뇌춘이 맹영산에 이르렀을 적에, 그가 지은 것이 하지소의 성이다.)

3월 23일

짐꾼을 기다려도 오지 않았다. 역참을 총괄하는 서씨가 "어제 예물에 답례가 없었으니, 아무래도 하루 더 기다려야겠습니다"라고 말했다. 나는 떠나기를 요구했다가 떠나지 못한지라, 답답한 심정으로 눕거나 앉아 있을 따름이었다. 오후에 이르러서야 두 개의 수정도장을 내게 돌려주었다. 그런데 그 중의 하나는 망가져 있고, 나머지 오색 도장은 누군가 집어삼켜버렸다. 이날 정오 무렵에 천둥소리와 함께 비가 내리더니, 밤에 맑게 갰다.

은과 주석 공장에서 남쪽으로 나아가 이틀만에 애동(涯洞)에 이르렀는데, 커다란 강이 서쪽에서 동쪽으로 흐르고 있다. 이곳은 나지주와 동란주(東蘭州)의 경계이며, 강의 나루터는 하수도(河水渡)인데, 곧 도니강이다. 이 강의 상류는 사성주의 경내에서 흘러오며, 그 하류는 동쪽으로 영순사를 거쳐 북쪽으로 5리를 나아가 바위둑을 흘러내려와 나목도에 이른다.

남단주에서 동쪽으로 80여리를 가면 대산령에 이르는데, 하지주의 경계이다. 남동쪽으로 40리를 가면 신주를 지나는데, 나지주의 경계이다. 서쪽으로 사흘간 약 150리를 가면 파아에 이르는데, 북쪽은 평주(平洲) 사채(四寨)의 경계이고, 서쪽은 사성주의 경계이다. 북서쪽으로 이틀간 약 100리를 가서 육채(六寨)를 지나면 독산 하사의 경계이다. 북동쪽으로 하루 반 동안 70리를 가서 동쪽 경계에 이르면, 여파현의 경계이다.

남단주의 쌀과 고기 등의 여러 물건은 가격이 타지보다 두 배나 더 비싸다. (쌀은 죄다 독산주, 덕승진 등의 여러 곳에서 가져온다.) 다만 은은 값이 헐하나 품질이 매우 낮다. (사용되는 은은 함량이 7할밖에 되지 않는다.) 이곳의 저울은 대단히 커서, 중국의 은은 사용할 수 없다. 이곳에 이르니 용안수[1]는 없었다. (덕승진에는 대단히 많았다.)

---

[1] 용안수(龍眼樹)는 흔히 아열대지방에서 자라는 피자식물로, 학명은 Euphoria longan 이다. 우리가 흔히 보는 용안(龍眼)은 과실 속의 가짜 씨껍질이며, 용의 눈을 닮았다 하여 붙여진 이름이다.

3월 24일

아침에 일어나자 먹구름이 사방에 드리워 있었다. 오늘은 입하이다. 식사를 마치고서 짐꾼을 기다렸는데, 한참이 지나도 오지 않았다. 오전에 겨우 네 명을 구했을 뿐, 두 명은 오지 않았다. 나는 더 이상 지체할 수 없어 두 명에게 짐을 지우고, 두 명에게 가마를 지도록 하여 길을 나섰다.

거리 북쪽으로 나와 쭉 북쪽으로 산속 움푹한 평지를 나아가 1리 반을 갔다. 커다란 시내가 북동쪽으로 흘러가고, 길은 북서쪽으로 꺾어져 흙고개를 넘는다. 2리 반을 가서 고개를 넘어 서쪽으로 내려가자, 남동쪽에서 흘러온 물길이 북쪽으로 흘러간다. 물길을 건너 남쪽으로 나아갔다. 여기에서 바위봉우리가 다시 나타났다. 봉우리는 빙글 에워싸기도 하고, 바짝 다가선 채 기울어져 있기도 하다. 높다란 나무와 빽빽한 나뭇가지가 내리덮어 깊고도 아름답다. 때는 정오로, 날이 차츰 개이니, 마치 푸른 휘장 속을 걷는 듯하다.

얼마 후 골짜기를 거슬러 서쪽으로 들어가자, 졸졸거리는 물소리가 들려왔다. 숲이 우거져 가로막혀 있으니 물길이 어디에서 흘러나오는 것인지 알 수가 없다. 틀림없이 동쪽으로 흘러가는 물길이겠거니 생각했다. 바위길이 대단히 넓어 남단주 동쪽에서처럼 풀숲 속을 걷느니만 못했다. 모두 3리를 가자, 바위봉우리가 두 산의 골짜기 사이 한 가운데에 서 있다. 봉우리는 뭇산보다 훨씬 높고 뾰족한데다, 양쪽의 암벽이 비좁은지라, 더욱 우뚝 솟구친 듯하다.

그 남쪽의 골짜기에서 서쪽으로 뚫고서 다시 고개를 넘어 1리를 갔다. 남서쪽의 등성이를 넘으니, 그 남쪽은 바로 푹 꺼져 내린 깊은 구덩이이다. 마치 고개 북쪽의 구덩이처럼 빽빽이 우거져 짙푸르다. 고개 위에서 서쪽으로 북쪽 봉우리를 따라 가다가 다시 등성이를 넘어 서쪽으로 내려갔다. 1리 남짓만에 두 산 사이의 골짜기에서 서쪽으로 나왔다. 이곳은 협산관(夾山關)이다.

골짜기 서쪽에는 몇 채의 민가가 북쪽 봉우리 아래에 기대어 있다. 그 뒤에는 깎아지른 듯한 벼랑이 병풍과도 같고, 앞에는 갓 자란 대나무가 빽빽하다. 길은 그 아래를 따라 뻗어 있다. 홀연 북쪽 산의 기슭에 바위벼랑이 날듯이 걸쳐져 있는데, 서쪽에서 흘러오는 조그마한 물길이 바위벼랑의 발치를 스쳐 북쪽으로 바위동굴 속으로 흘러든다.

동굴 입구는 남쪽을 향한 채, 허공에 뜬 벼랑의 동쪽 마을 뒤쪽의, 가파른 벼랑 아래에 있다. 남쪽의 움푹한 평지에서 쏟아져 들어오는 물길은 틀림없이 북쪽 산을 뚫고서 남단주의 하류로 새어나가는 물길이리라. 허공에 뜬 벼랑 아래에서 가느다란 물길을 거슬러 남쪽으로 나아갔다. 그 안에는 밭들이 구렁 가득 빙글 감아돌고, 남쪽 기슭에는 수십 가구의 마을이 있다.

다시 서쪽으로 3리만에 흙산을 넘어 내려가 북서쪽으로 1리를 더 갔다. 남서쪽 흙골짜기 속에서 흘러나온 물길은 동쪽의 바위벼랑 아래에 이르러 북쪽으로 돌아들어 흘러내려가고, 길 역시 물길을 건너 북쪽으로 뻗어 있다. 2리를 가자, 물길은 북동쪽의 움푹한 평지 속에서 흘러간다. 작은 갈림길에서 북서쪽으로 올라갔다가, 언덕을 오르내려 4리만에 고개를 내려왔다. 다시 남서쪽으로 돌아들어 산속의 움푹한 평지에 들어섰다. 이곳은 이주촌(彝州村)이다. 어느덧 오후였다.

밥을 지어 먹고 말을 갈아탔다. 움푹한 평지에서 가느다란 물길을 따라 북동쪽으로 나아갔다. 1리를 가서 시내를 건넌 뒤, 다시 1리를 나아가 움푹 꺼진 곳을 넘어 북서쪽으로 돌아들자, 산골짜기 속을 흐르는 가느다란 물길 역시 북서쪽으로 감아돈다. 얼마 후 북쪽의 골짜기 한 곳을 넘고 북쪽으로 산에 올라 서쪽 산의 중턱을 따라 나아가 2리를 갔다. 봉우리 꼭대기의 돌길은 몹시 험준하다. 산 아래 골짜기 속의 물길은 남쪽에서 북쪽으로 흐르다가 동쪽에서 흘러온 또 한 줄기의 조그마한 물길과 산 아래에서 합쳐져 북쪽으로 흘러간다.

다시 북쪽으로 나아가 고개를 넘어 내려갔다. 골짜기 속에 고인 물이 매우 깊다. 생각건대 방금 전에 물길이 돌아들어 서쪽으로 흐르는 것이리라. 고인 물을 건너 산골물을 따라 북쪽으로 나아갔다. 둑이 산골물을 가로막고 있는지라, 둑 동쪽의 물은 말의 배까지 차올랐다. 모두 1리를 가자, 서쪽 흙골짜기에서 흘러오던 조그마한 물길과 합쳐져 동쪽으로 흘러간다. 두 물길이 합쳐지는 지점에서 물길을 건너 북쪽으로 나아갔다. 동쪽에서 뻗어오는 한길을 이곳에 이르러 다시 만났다. 한길을 따라 북서쪽의 고개에 올랐다.

1리를 가서 흙산의 비좁은 어귀를 넘자, 북쪽의 바위산이 병풍처럼 우뚝 솟아 동쪽으로 뻗어 있다. 길은 남쪽에 줄지은 흙산을 따라 북서쪽으로 나아갔다. 두 줄로 늘어선 산 사이에 밭두둑이 있고, 동서로 움푹한 평지가 펼쳐져 있는데, 조그마한 물길이 그 가운데를 가로질러 동쪽으로 흘러간다. 다시 서쪽으로 2리 남짓을 가자, 움푹한 평지의 남쪽과 북쪽의 산 아래에 마을이 있다. 기와집이 많은 이 마을은 난로촌(欄路村)이다. 한길은 쭉 서쪽으로 산의 틈새로 뻗어간다. 갈림길을 따라 북쪽의 시내를 건너 1리를 갔다. 북쪽에 줄지은 바위산을 넘어 북쪽으로 내려오다가 서쪽으로 돌아들어 반리를 갔다. 납북촌(蠟北村)에서 묵었다.

3월 25일

동이 트기도 전에, 납북촌에서 조금 서쪽으로 나아가다가 북쪽의 산골짜기 속에 들어섰다. 반리만에 조그마한 등성이를 넘어 북쪽으로 내려가다가, 반리만에 뾰족하게 높은 봉우리 아래에 이르렀다. 그곳에는 동굴 하나가 달리 이루어져 있고, 한두 채의 띠집이 뾰족한 봉우리 아래에 기대어 있다. 동굴을 살펴본 뒤 북동쪽으로 2리를 나아가자, 서쪽 산의 기슭에 초촌(肖村)이라는 마을이 있다.

다시 북쪽으로 반리를 가자, 서쪽의 조그마한 산구덩이에 동굴이 있다. 동굴 입구는 남동쪽을 향해 있고, 바깥층은 대단히 넓다. 안쪽의 암벽은 병풍과 같은데, 안쪽에 입구가 또 열려 있고, 매우 깊다. 길은 동쪽의 산벼랑 위를 따라 나아간다. 움푹한 평지 너머로 산벼랑을 바라보니, 등나무 덩굴에 뒤덮여 있다. 그 속에는 동굴 입구에서 졸졸 흘러나온 물이 동굴 앞에서 산골물을 이루어 남쪽으로 흐르다가 서쪽으로 꺾어져 흘러간다.

다시 북동쪽으로 반리를 가서 고개등성이를 넘는데, 상당히 험준하다. 동서 양쪽의 봉우리는 온통 바위벼랑이며, 이 등성이만 흙이다. 등성이를 넘어 북동쪽으로 1리를 내려가자, 또 하나의 동굴이 이루어져 있다. 이 마을은 가방촌(街旁村)이다. 배웅하던 이가 짐꾼과 말을 바꾸고자 했으나, 주민들이 응해주지 않았다. 이에 억지로 배웅하는 이를 다시 나아가게 했다.

여기에서 북서쪽의 고개에 올랐다. 고개 위아래에는 벼랑에 기댄 채 구렁을 따라 많은 집들이 있다. 1리를 나아가 고개를 넘어 내려갔다가 다시 올라갔다. 다시 북서쪽으로 2리를 나아가 고개 서쪽을 넘어 북쪽으로 돌아들어 나아가자, 동쪽 산 중턱에 마을이 대단히 많았다. 동쪽 산을 따라 북쪽으로 2리를 나아갔다. 뾰족한 산이 동쪽 봉우리 위에 솟아 있는데, 매우 날카롭다. 그 아래쪽에 기와집이 있다. 둘러진 대울타리와 에두른 담이 여러 마을과는 사뭇 달랐다.

그 서쪽 경계에 산이 높이 치솟아 있으며, 봉우리 가운데 으뜸이다. 이것이 남쪽으로 뻗어내려가 다령산의 두 강(도니강과 용강)을 나누는 등성이가 되며, 방금 지나온 동쪽 봉우리와의 사이에 움푹한 평지를 이루고 있다. 가운데에 펼쳐진 커다란 구렁은 남쪽에서 북쪽으로 뻗어가는데, 곧 방금 전에 난로촌에서 서쪽으로 나아갔던 한길이다. 구렁은 돌아들어 이곳의 움푹한 평지를 이루고 있다. 움푹한 평지 속의 흙산 위에는 나무숲이 울창하고, 주민들의 집이 즐비하게 늘어서 있다. 이 마을과 동서로 마주하고 있는 마을이 망장(芒場)인데, 한길이 지나는 곳이다.

나는 역참의 말을 마을에 가서 바꾸려고 오솔길로 나아갔다. 마을 사람들을 가가호호 찾아다니면서 바꾸어 달라고 부탁했으나, 모두들 응해주지 않았다. 여러 차례 앞으로 갔다가 멈추어 서서 다그쳐보았으나, 좀처럼 가려 하지 않았다. 어찌할 바를 모르고 있을 때, 마침 칼을 차고 화살을 꽂은 한 젊은이가 오더니 그들에게 어서 가라고 재촉했다. 그는 남단의 막씨가 영전[1]을 들고서 나를 배웅하러 파견한 자였다. 사람들은 그제야 앞으로 나아가기 시작했다.

다시 북쪽으로 고개 하나를 넘어 북쪽으로 1리를 더 가서 벽요촌(壁坳

村)에서 식사를 했다. 몇 가구의 집이 동쪽 봉우리 중턱에 있다. 봉우리 앞에 수많은 바위가 웅크린 채 늘어서 있고, 그 사이에 집이 지어져 있다. 참으로 뛰어난 명승이건만 토박이들 가운데에는 이를 아는 이가 없었다.

식사를 마친 후, 교체할 말이 왔으나 안장이 없었다. 두 명의 짐꾼에게 먼저 짐을 지고 가게 하고, 역참의 짐꾼에게는 망장에 다시 가서 안장을 구해오라고 했다. 한참이 지나도 구해오지 못했다. 대나무를 베어 가마를 엮었다. 가마가 만들어진 후, 짐꾼을 기다렸다. 한참만에야 말이 왔는데, 벌써 오후 나절이었다. 서쪽으로 길을 떠났다.

이에 앞서 벽요촌의 짐꾼이 "북서쪽의 바위산은 험하고 가파르지요. 그 아래에 만왕(蠻王)이라는 마을이 있고, 이 봉우리 역시 만왕봉이라고 합니다"라고 말했다. 이에 그곳을 바라보면서 서쪽으로 나아가 흙언덕을 넘어 서쪽으로 내려갔다. 모두 2리를 가자, 산골물이 남쪽에서 북쪽으로 흐르고 있다. 산골물을 건넌 뒤 북쪽의 고개에 올라 두 겹의 흙산을 넘어 1리만에 흙골짜기 속으로 내려갔다. 조그마한 물길이 북쪽에서 남쪽으로 흐르고 있었다. 이 물길을 거슬러 북쪽으로 1리를 올라가 곧장 만왕봉(蠻王峰) 아래에 이르렀다. 만왕봉은 나란히 불쑥 솟아 있다. 그 맨 남서쪽의 봉우리 꼭대기에는 구부러진 채 솟구친 바위가 몸을 뒤틀어 북쪽을 향해 있고, 그 위는 또 머리처럼 곧추서 있다. 이것이 바로 '만왕'이라는 것일까?

이때 하인 고씨는 만왕촌(蠻王村)에서 짐꾼을 붙들어 짐을 지게 했다. 그는 골짜기를 사이에 둔 채 나를 부르면서 쭉 서쪽으로 한길을 따라 왔다. 그 역시 마을의 짐꾼을 따라 오고 있었던 것이다. 반리만에 봉우리 서쪽에서 그를 만난 뒤, 돌아들어 봉우리 서쪽 골짜기를 따라 북쪽으로 나아갔다. 이 골짜기 속에서 물길과 만났다.

북쪽으로 반리를 오르자, 골짜기 속에 밭이 보였다. 물길은 어느덧 북쪽으로 흘러들었다. 이곳은 북쪽에서 뻗어온 산등성이로서, 만왕봉에 이르러 서쪽으로 건너뛰어 남쪽으로 뻗어내리다가, 우뚝 치솟아 망장 서쪽의 가장 높은 봉우리를 이룬다. 이어 다령산에 이르러 도니강과 금성강 두 강의 경계를 이룬다. 북쪽으로 물길을 따라 반리를 나아가자, 그 물길은 서쪽으로 흘러가고, 길은 다시 북서쪽으로 나아간다.

반리만에 고개를 넘어 반리를 내려갔다. 남서쪽으로 줄지은 산들은 훤히 펼쳐지고, 북쪽의 줄지은 바위산 등성이는 서쪽에서 동쪽으로 뻗어 있다. 등성이 위에 뾰족한 봉우리가 곧추서 있고, 그것을 빙 둘러 남서쪽으로 커다란 구렁을 이루고 있는데, 밭두둑은 높낮이가 다르다. 여러 채의 가옥이 북동쪽의 뾰족한 봉우리 아래에 기대어 있다.

다시 1리 남짓을 가서 교람촌(郊嵐村)이라는 마을의 간란에 올라갔다. 이 마을은 두수참(頭水站)이라고도 한다. 북동쪽의 등성이 사이에서 흘러나오는 물길이 도니강 지류의 상류인지라, '두(頭)'라는 이름을 쓰게 되었다. 마을사람들이 술과 음식을 내왔다. 그것을 먹은 후 말을 바꾸고서 길을 떠났다.

북서쪽으로 1리 반을 가자, 길은 북쪽 골짜기를 넘어 뻗어 있다. 안내인은 갈림길의 서쪽에서 봉우리 남쪽으로 빠져나갔다. 다시 반리를 가서 짐꾼을 교체하고서야 지나온 오솔길이 마을로 가는 길임을 알았다. 서쪽으로 1리를 더 가자, 우레와 함께 비가 거세게 쏟아지더니 얼마 지나지 않아 그쳤다. 서쪽으로 1리를 더 가서 보루에 올랐다. 안내인이 말을 교체하고자 했으나, 그곳 사람들이 말을 듣지 않아 짐꾼만 교체한 채 길에 올랐다.

이에 봉우리를 끼고서 북쪽으로 돌아들어 고개를 넘어 내려갔다. 다시 남서쪽으로 짓쳐내려와 모두 2리를 나아가 산골물을 건넜다. 이어 북서쪽으로 1리를 나아가서야, 비로소 동쪽에서 뻗어온 한길과 만났다. 다시 북서쪽의 고개를 넘어 3리를 가서 북쪽 산을 바라보니, 바위등성이가 우뚝 솟구쳐 있고 여러 채의 집이 그 위에 기대어 있다. 하지만 여전히 구렁 하나를 사이에 두고 있었다.

다시 서쪽으로 나아갔다. 한길은 서쪽으로 뻗어간다. 갈림길에서 북쪽으로 돌아들어 북쪽 산 아래에서 동쪽으로 1리를 나아가 표묘촌(飄渺村)에 이르렀다. 이 마을은 산 중턱에 의지한 채 남쪽을 향해 있다. 동쪽에는 뾰족한 봉우리가 고갯마루에 드높이 꽂혀 있고, 서쪽에는 깎아지른 듯한 벼랑이 언덕 위에 비스듬히 치켜들려 있다. 마을 앞은 완만하게 꺼져내려 구렁을 이루고, 밭두둑이 휘감아 엇섞여 있다. 위에서 바라보니, 구렁 속의 많은 밭두둑이 사방으로 둥글게 에워싼 채 높거니 낮거니 층층으로 감아돌고 있다. 영락없이 칠한 뒤에 무늬를 새긴 기물처럼 보인다.

대체로 만왕봉 서쪽에서 등성이를 넘어 북쪽으로 나아가 이곳에 이르면, 물은 죄다 남서쪽의 도니강에 흘러들고, 구렁은 남김없이 밭으로 일구어져 있다. 주민들의 숫자 또한 대단히 많다. 파평초(巴坪哨)라 불리우는 이곳은 비옥한 땅이라 할 수 있다. 이날 밤, 비가 내린 후 날이 대단히 맑게 겠다.

---

1) 영전(令箭)은 예전에 군중에서 영을 내릴 때 사용하는 조그마한 깃발로서, 막대기 끄트머리에 화살촉을 붙였기에 영전이라 일컫는다. 영기(令旗)라고도 한다.

3월 26일

아침 일찍 일어나 식사를 마친 후, 말을 기다리면서 짐꾼에게 먼저 짐을 지고 떠나라고 했다. 한참동안 기다려서야 말을 구했다. 서쪽 봉우리의 불쑥 튀어나온 벼랑 아래에서 서쪽으로 2리를 나아가, 고개를 넘어 북서쪽의 산속 움푹한 평지로 내려왔다. 이곳 움푹한 평지는 동서로 펼쳐진 채 골짜기를 이루고 있는데, 가운데의 바닥은 매우 평탄하며, 동쪽의 둑에 물을 가두어 못을 이루고 있다. 못을 거슬러 서쪽으로 나아가자, 못은 끝이 나고 풀이 무성한 웅덩이가 이루어져 있다.

서쪽으로 모두 반리를 가자, 길 모퉁이에 파평장(巴平場)이라는 장터가 있다. 그 서쪽에는 깊숙한 골짜기가 북서쪽에서 뻗어오는데, 동서로 뻗은 골짜기의 상류이다. 장터는 오른쪽을 끼고서 돌아드는 곳에 있다. 길은 골짜기를 넘어 서쪽으로 뻗어 나가다가 다시 고개를 오른다. 반리를 가서 등성이를 넘어 서쪽으로 내려가자, 여기에 남북으로 뻗은 골짜기가 이루어져 있다. 길은 북쪽으로 돌아들어 반리를 가자, 골짜기는 동서로 뻗어 돌아든다. 다시 서쪽으로 반리를 가자, 골짜기 가운데는 온통 평평한 바닥에 풀이 무성하게 자라 있다. 밭으로 일구어낼 수 있을 듯하다.

여기에서 다시 서쪽의 비좁은 어귀의 등성이를 넘었다. 등성이의 높이는 기껏 한 길 남짓이다. 등성이 동쪽은 방금 지나온, 풀이 무성한 구렁이고, 등성이 서쪽은 물이 넘쳐흘러 시내를 이루고 있다. 시내를 따라 서쪽으로 반리를 나아가 시내를 건넜다. 북쪽 산 아래를 따라 나아가 움푹 꺼진 곳을 지나자, 서너 가구의 민가가 거기에 기대어 있다. 서쪽으로 반리를 더 가자, 한길이 서쪽으로 쭉 뻗어 있다.

마을에 가서 짐꾼을 구할 요량으로, 남쪽의 갈림길에서 시내를 건너 남쪽의 움푹 꺼진 곳을 넘어 1리를 갔다. 남쪽의 움푹한 평지 속에 담쇄(潭瑣)라는 마을이 나타났다. 마을은 자못 번창하고, 산은 가운데를 돌아들어 에워싼 채로 산굴을 이루고 있다. 식사를 하고서 짐꾼을 기다렸는데, 한참만에야 짐꾼을 구했다. 산을 내려와 반리만에 북서쪽 골짜기에서 나오자, 곧 방금 전에 서쪽으로 흐르던 시내가 나타났다.

시내 남쪽에서 서쪽으로 반리를 나아가자, 시내는 북쪽으로 돌아들고, 길 역시 시내를 따라 뻗어 있다. 여기에서 산은 동서의 두 줄로 펼쳐져 있다. 동쪽으로 줄지은 산들은 모두 동쪽에서 서쪽으로 불쑥 솟은 채 대여섯 개의 봉우리를 이루고 있는데, 서쪽은 모두 매끄럽게 쪼개져 꺼져내린 채 북쪽으로 줄지어 서 있다. 마치 '다섯 노인'이 서쪽을 향해 있는 듯하다. 서쪽으로 줄지은 산들은 흙봉우리가 구불구불 이어진 채 동쪽의 줄지은 산들과 마주보며 늘어서서 골짜기를 이루고 있으며, 산골물은 그 가운데에서 북쪽으로 흘러간다.

산골물의 서쪽에서 서쪽 산의 동쪽 기슭을 따라 북쪽으로 반리를 나아갔다. 조그마한 물길이 동쪽에서 산골물로 흘러든다. 물길을 건너 북쪽으로 1리 반을 더 나아가 고개에 이르렀다. 산골물은 동쪽으로 꺾어져 흘러가고, 길은 북쪽으로 고개를 넘어간다. 1리를 가서 동쪽에서 뻗어온 한길과 만났다. 다시 동쪽으로 1리를 가자, 산골물 또한 동쪽으로 흘러든다. 산골물을 건너 북쪽으로 1리를 더 갔다. 웅덩이의 물이 길가의 나무뿌리 아래의 바위틈새에 있는데, 유난히 맑고 시원했다.

다시 북쪽으로 1리를 더 갔다. 북서쪽의 골짜기에서 흘러온 물길이 동쪽으로 흘러나와, 바위틈새 사이로 흘러나온 물과 합쳐져 북동쪽 골짜기를 뚫고 흘러가는 듯하다. 길은 북서쪽의 골짜기를 거슬러 들어간다. 이 골짜기는 둥글게 에워싼 채 북쪽의 동서(東序, 여섯 성채 가운데의 하나이다)에서 남쪽으로 뻗어온다. 이곳은 양각충(羊角衝)이다. 이 일대는 도적떼들이 악행을 공공연히 거리낌없이 저지르는 곳이다. 가마꾼들이 길가의 넘어진 풀숲을 가리키면서, 며칠 전에 사람이 살해당한 곳이라고 했다. 이곳을 지나자니 가엾은 마음이 들었다.

골짜기에 들어서서 1리를 갔다. 동쪽을 바라보니, 어느덧 동쪽으로 줄지어 불쑥 솟은 산 아래에 바짝 다가와 있었다. 다시 북쪽으로 나아가자 불쑥 솟은 산은 끝이 나고, 움푹한 평지가 크게 펼쳐져 있다. 동쪽을 바라보니, 봉우리가 뾰족하게 솟구쳐 있으며, 가운데가 두 손을 모은 듯 텅 빈 채 뭇봉우리 사이에 드높이 걸려 있다. 빈틈으로 밝은 빛이 아래로 스며들고, 그 위의 합쳐진 곳은 조그마한 다리처럼 모아져 있다. 천 길의 흰 구름이 동쪽의 가파른 봉우리 허리사이를 비추니, 마치 소주(蘇州)의 흰 비단과 같고, 여산(廬山)의 향로봉(香爐峰)에 눈꽃이 쏟아진 듯하다. 어느 것이 산이고 어느 것이 구름인지 더 이상 분간할 수가 없다.

계림(桂林)에서 오면서 구멍 뚫린 산은 대단히 많이 보았는데, 비록 높낮이는 다를지라도 모두 안팎으로 뚫려 있었다. 그런데 이처럼 가운데를 베어낸 채 비취빛으로 휘감고 있는 경우는 본 적이 없었다. 이곳은 광서성에서 가장 궁벽한 곳인데도 이처럼 으뜸가는 기이한 명승을 지니고 있으니, 며칠간 목숨을 걸고 걸어온 것이 헛되지 않았다.

다시 북쪽으로 1리를 가자 서쪽 봉우리의 바위 비탈 위에 마을이 매달려 있다. 동서촌(東序村)이라는 이 마을은, 여섯 성채 가운데 맨 남쪽의 첫 번째 마을이다. 가마를 동여매고 짐꾼을 교체했다. 북동쪽으로 2리를 나아가 다시 짐꾼을 교체했다. 북서쪽으로 나아가 고개 하나를 넘어 모두 1리 반을 내려가자, 육채장(六寨場)이라는 장터가 나왔다. 북쪽으로 돌아들어 동쪽으로 반리를 가자, 시내가 동쪽에서 흘러온다. 외나무다리에서 그 북쪽으로 건너갔다.

1리를 가자 바위봉우리가 두 골짜기 사이에 매달려 있고, 앞쪽에 수십 가구가 기대어 있다. 이곳은 육채초(六寨哨)이다. (이른 바 '육채'는 남쪽의 동서東序에서부터 북쪽의 육채초에 이르기까지 지어져 있는 여섯 곳의 성채를 가리킨다.) 가마를 동여매고 짐꾼을 교체하고서 동쪽 골짜기에서 북쪽으로 1리를 나아간 뒤, 서쪽으로 돌아들어 골짜기에 들어섰다. 골짜기의 물길은 동쪽으로 흐르고 있다.

물길을 거슬러 1리 남짓을 들어가자, 한길은 곧장 서쪽의 비좁은 어귀를 넘어 뻗어 있다. 갈림길에서 북서쪽의 마을로 반리를 다가가니, 혼촌(渾村)이 북쪽 마을 아래에 있다. 위(韋)씨 성의 우두머리가 문서를 내게 보여주었다. 충성스럽고 용맹함으로써 차역을 면제받은 곳임을 알았다. 내가 그에게 배웅해줄 것을 깨우쳐주자, 그는 술과 고기를 내와 대접하고, 말을 타고서 나를 배웅해주었다. 이곳의 북쪽에는 높은 벼랑이 있다. 벼랑 위에는 입구가 남서쪽을 향해 있는 동굴이 높이 매달려 있다. 이곳의 남쪽에는 절벽이 있고, 입구가 북동쪽을 향해 있는 동굴이 있는데, 동굴은 암벽 사이로 깊이 뚫려 있다.

오솔길을 따라 서쪽 비탈을 내려가 한길을 비껴 남쪽으로 2리만에 남동 동굴 앞에 이르렀다. 암벽을 따라 서쪽으로 2리를 더 간 뒤 남쪽의 산골짜기로 돌아들어 남동쪽의 움푹한 평지에 들어서자, 은촌(銀村)이라는 마을이 나타났다. 짐꾼을 한참동안 기다리다가 밤이 늦어서야 가마를 동여매고서 어둠속에서 길을 나섰다. 북서쪽의 산을 따라 골짜기를 빠져나와 서쪽으로 돌아들어 모두 3리를 갔다. 만완남촌(晚宛南村)에서 묵었다.

3월 27일

아침 일찍 일어나 식사할 겨를도 없이, 마을 사람과 가마가 곧바로 떠났다. 서쪽 산을 따라 북쪽으로 나아갔다. 바위구렁 안에는 혼촌 서쪽 기슭에서 흘러오던 물길이 차츰 시내를 이루고 있다. 반리만에 시내를 건너 북쪽으로 반리를 나아갔다. 서쪽 산 아래에 마을이 있다. 마을 앞을 시냇물이 감아돌고, 마을은 동쪽으로 시내를 굽어보고 있다. 이곳은 만완중촌(晚宛中村)으로, 마을의 길이가 반리나 된다.

길은 시내 너머에 있다. 시내를 따라 북쪽으로 1리를 더 가서 다리를 건너 서쪽으로 나아가, 만완북촌(晚宛北村)에서 식사를 했다. 짐꾼을 교체하고서 동쪽으로 다리를 건너 북동쪽으로 1리 반을 나아가 동쪽의 등성이를 넘자, 등성이 북쪽의 높다랗게 매달린 언덕 위에 마을이 있다. 다시 짐꾼을 교체한 후 북쪽으로 언덕을 내려와 산골물을 건너 1리 반을 나아가 북쪽으로 등성이를 올랐다. 이곳은 벽(현지음은 벽이다)알촌(㐀歹村)으로, 남단주 맨 북쪽의 성채이다.

(여섯 성채는 북쪽으로는 벽알에 이르고, 서쪽으로는 파아에 이른다. 예전에 모두 사성주에 속한 지역이었으나, 사성주와는 멀리 떨어져 있기에 후에 남단주의 차지가 되고 말았다. 3년 전에 상소를 올려 변경을 정리할 적에, 틀림없이 그 속에 포함되어 있었을 것이다.) [여기에서 서쪽으로 이틀을 가면 나후라는 곳이 나오는데, 이곳은 사성주의 북동쪽 경계이며, 도니강의 상류가 지나는 곳이다.]

식사를 마치고서 말을 교체했다. 북쪽의 언덕을 내려가다가 산골물을 지났다. 여기에서 북쪽의 언덕에 올라 차츰 움푹 꺼진 곳을 넘어 북쪽으로 나아가 세 번이나 오르내렸다. 움푹한 평지 속은 온통 황량하고 쓸쓸한 채 경작지가 더 이상 보이지 않았다. 물길이 모두 남서쪽으로 흐르는지라, 북동쪽이 바로 커다란 산의 등성이임을 알았다. 모두 5리를 가자 산의 경계가 나타났다. 토박이들은 이곳을 가리켜 귀주(貴州) 하사(下司)와 경계가 나뉘는 지점이라고 여기고 있었다. 하지만 이곳은 남단주의 북쪽 끄트머리일 뿐만 아니라, 사실 광서성 북서쪽 끄트머리이기도 하다.

등성이를 넘어 북쪽으로 내려갔다. 물길은 여전히 남서쪽으로 흐르고 있다. 고개 북쪽에서 흙고개로 좀 더 올라 1리만에 북쪽의 바위산의 비좁은 어귀를 빠져나오니, 이곳은 간평령(艱坪嶺)이다. 바위부리의 모서리는 깎아낸 듯하고, 마주 솟아 문을 이루고 있다. 이곳은 남북의 두 물길이 나뉘는 곳이다. 북쪽으로 1리를 내려오자, 돌길은 겹겹이 험준하고 초목은 빽빽이 무성하다. 말의 발굽이 삐쭉삐쭉한 돌 사이를 뛰어올라 말발굽을 둘 곳조차 없다. 도적떼들이 사용하는 소굴로 안성맞춤이니, 내가 활개를 치며 지날 수 있는 것 또한 행운이로다!

산을 내려온 뒤, 서쪽의 골짜기 속을 나아갔다. 서쪽으로 흐르는 듯한 물길은 빠져나가는 곳이 없는 듯하다. 1리를 가서야 다시 밭두둑이 보이기 시작했다. 서쪽으로 반리를 더 가서 북쪽으로 돌아들자, 골짜기 속에 밭두둑이 훤히 펼쳐졌다. 다시 북쪽으로 1리를 가자, 서쪽의 움푹한 평지에 유이촌(由彝村)이라는 마을이 나타났다. 이곳은 하사(下司) 남동쪽의 첫 번째 마을이며, 귀주성의 남동쪽 첫 번째 마을이기도 하다. 남단주에서 보내준 말, 그리고 영전을 지닌 옥졸이 작별하여 떠났다.

짐꾼을 한참동안 기다리다가 짐을 먼저 보냈다. 말은 해질녘에야 도착했다. 북서쪽으로 2리를 가서 산채에 이른 뒤, 고개를 넘고 산골물을 건너 여러 마을을 지나 밤중에 8리를 나아가 하사에 이르렀다. 그러나 모두들 문을 닫아건 채 열어주지 않았다. 한참만에야 문을 열어주는 집을 찾아냈다. 땅바닥에 누우려 해도 풀도 없었다. 여기저기 찾아 땔나무 한 묶음을 구했다. 밥도 먹지 못한 채, 누워 잠이 들었다.

원문

丁丑十二月十一日 夜雨達旦. 余苦瘡, 久而後起. 然瘡寒體憊, 殊無幷州之安也. 時行道莫決, [聞靜聞訣音, 必定骨雞足山,] 且問帶骸多阻, 余心忡忡, 乃爲二鬮1)請於天寧寺佛前, 得帶去者. 余乃冒雨趨崇善, 以銀畀僧寶檀, 令備蔬爲明日起空之具. 晚抵梁店, 雨竟不止.

---

1) 구(鬮)는 점을 칠 때 골라잡는 제비이다.

十二日 雨不休, 午後小止. 余市香燭諸物趨崇善, 而寶檀、雲白二僧欲瓜分靜聞所遺經衣, 私商於梁店, 爲互相推委計, 謂余必得梁來乃可. 而梁故堅不肯來, 余再三苦求之, 往返數四, 而三惡互推互委, 此不肯來, 彼不肯去. 及余坐促, 彼復私會不休. 余不識其展轉1)作姦, 是何意故? 然無可奈何. 惟日夜懸之, 而彼反以訛言交詈焉.

---

1) 전전(展轉)은 거듭하여 되풀이하는 모양을 가리킨다.

十三日 晨起, 求梁一往崇善, 梁決意不行. 余乃書一領, 求梁作見領者, 梁終不一押.1) 余復令顧僕求二僧, 二僧意如故. 乃不得已, 思鳴之於官, 先爲移寓計. 遂入城, 得鄧貢士家舊房一間. 乃出城, 以三日房錢畀梁, 移囊入城. 天色漸霽. 然此寓無鍋, 市罐爲晚餐, 則月色皎然, 以爲晴霽可望矣.

---

1) 령(領)은 물건을 수령하고 건네주는 증서이고, 압(押)은 공문의 계약서에 서명하거
나 기호를 그려 신빙성을 확인해 주는 것이다.

十四日 早聞衙行躡屐聲, 起視之, 雨霏霏如故. 令顧僕炊而起, 書一揭[1]令
投之郡太守吳公. 而是日巡方使者自武緣來, 吳已往候於郊, 顧僕留偵其
還. 余坐雨寓中, 午餘, 余散步察院前, 觀左江道所備下程及宣化縣所備下
馬飯, 亦俱豐腆. 還寓, 顧僕以郡尊[2]未還, 請再從崇善求之. 余復書, 顧界
之去, 仍不理焉.

太平、南寧俱有柑, 而不見橘. 余在向武反食橘數枚. 橘與柑其形頗相
似.

邊魚南寧頗大而多, 他處絶無之. 巨者四五觔, 小者亦二三觔, 佳品也.
鯽魚頗小而少, 至大無出三寸者.

---

1) 게(揭)는 음모나 부정 따위를 들추어내어 뭇사람에게 알리는, 일종의 호소문을 가리
킨다.
2) 군존(郡尊)은 지부(知府)를 의미하며, 여기에서는 태수를 가리킨다.

十五日 五更峭寒, 天明開霽. 自初一早陰至此, 恰半月而後晴朗. 是日巡
方使者駐南寧, 接見各屬吏. 余上午往觀, 旣午, 吳郡侯還自左江道, 令顧
僕以揭往訴靜聞事, 吳亦不爲理. 下午出城覓車夫, 復俱不得, 忡忡而已.

十六日 明爽殊甚. 五鼓, 巡方使者卽趨太平府. 其來自思恩, 亦急迫如
此, 不知何意. 想亦爲交彝壓境而然耶! 然不聞其調度若何, 此間上下俱
置之若罔聞也. 仍令顧僕遍覓車夫, 終不可得.

南寧城北狹西闊, (北乃望仙坡來龍, 西乃濱江處也.) 北、東、南各一門, 皆偏
於角上, 惟西面臨江, 有三門.

十七日　再備香燭素疏往崇善, 求雲白熟而奠之, 止索戒衣、冊葉、竹撞,[1] 其他可易價者悉不問. 雲白猶委候寶檀回. 乃先起窆白骨, 一瓶幾滿. 中雜炭土, 余以竹箸逐一揀取, 邃竟日之力. 仍以灰炭存入瓶中, 埋之舊處, 以紙數重裹骨, 攜置崇善寺外, (不容帶入.) 則寶檀歸矣. 見余索冊、撞, 輒作盜賊面孔向余曰: "僧死已安窆, 如何輒發掘?" 以索自鎖, 且以鎖余. 余笑而度之, 蓋其意欲余書一領, 虛收所留諸物也. 時日色已暮, 余先聞其自語云: "汝謂我謀死僧, 我恨不謀汝耳!" 余憶其言, 恐甚, 邃從其意, 以虛領畀之, 只得戒衣、冊葉, 乃得抱骸歸. 昏暮入鄧寓, 覓燭, 重裹以拜, 俱(即戒衣內者)包而縫之, 置大竹撞間, 恰下層一撞也. 是日幸晴霽, 故得揀骨涯濱竟日, 還從黑暗中, 見沙堤有車, 以爲明日行可必矣.

---

1) 계의(戒衣)는 승려가 입는 가사를 가리킨다. 책엽(冊葉)은 본래 책의 수와 쪽 수를 가리키는데, 이로써 경전을 의미한다. 죽당(竹撞)은 대껍질을 엮어 만든 조그마한 대나무 상자를 가리킨다.

十八日　早起則陰雨霏霏, 街衢濕透. 余持傘覓夫, 夫之前約者, 已不肯行. 出沙堤覓車, 車又不復得. 乃還寓, 更令顧僕遍索之城外, 終無有也.

十九日　晨得一夫, 價甚貴, 不得已滿其欲, 猶推索再三, 上午乃行. 雨色已開, 陰雲未豁. 出朝京門, 由五公祠(即望仙坡)東麓東北行. 五里, 過接官亭, 有小水自西北注東南. 又五里, 越一崗, 連涉南行小水. 又五里, 有一溪較大, 亦自西北向東南注, 此即嚮往淸秀所過香象橋之上流也. 蓋郡北之山東西屛峙, 西撫於石步墟, 東極於司叛之尖山, 皆崇峰聯屬如負扆. 其中南走一支, 數起數伏, 而盡於望仙坡, 結爲南寧郡治. 又東再南走一支, 南盡於淸秀山而爲南寧之下砂. 此水其腋中之界也, 有木梁架溪上, 渡梁, 邃登崗阜. 又五里, 越一最高崗脊, 東下有泉一窞在脊畔, 是曰高井. 由是三下三上, 屢渡小水, 皆自東南注西北, 始知其過脊尙在東, 此皆其迴環轉折之阜, 流自西北注者, 卽西轉而東南下木梁大溪者也. 共四里, 又越一崗脊而下, 其脊高不及高井之半, 而實爲西北來過脊以趨清秀者也. 下脊又二里, 再渡一溪, 其流亦自西北注東南. 過溪上崗又二里, 爲歸仁鋪, 三四家在崗頭而已. 又東北望尖山而行, 七里爲河丹公館, 亦有三四家在崗頭, 乃就飯焉. 又東北行, 屢涉南流小水, 五里, 一溪頗大, 有木梁架之, 至長於前二溪. 其溪蓋自北崇山中來, 有聚落倚其上流塢中, 頗盛. 越梁東上崗, 是爲橋村墟, 數十家之聚. 時方趁墟, 人聲沸然. 於是北望尖山行, 又屢涉東南流小水, 十二里, 北渡一木梁頗大, 又三里而至施淵驛, 日將晡矣, 歇於店.

二十日 五更起, 飯而行, 猶昧爽也. 由施淵東北行二里, 爲站墟. 又一里, 降而下, 渡一溪, 木梁亦長. 越溪東上, 共一里, 逾一崗, 已越尖山東北矣. 途中屢越小水, 皆北而南. 又十二里, 橫逕平疇中, 其處北近崇山, 南下平塢, 西卽所逾之崗, 東則崇山東盡, 轉而南行, 繚繞如堵牆環立. 又東二里, 復得大溪自北山南注其內, 溪北大山之下, 聚落甚盛, 曰韋村. 大山負扆立村後, 曰朝著山. 渡溪橋, 東上崇崗, 卽南下之脊, 爲清秀之東郡城第二重下砂也. 按『郡志』, 東八十里有橫山, 高險橫截江河, 蓋卽此山南走截江而聳起者也. 宋置橫山寨, 爲市馬之所. 又東北二里, 有三四家在山崗, 曰火甲鋪. 於是北下行山塢間, 四面皆山, 水從東南透夾去. 屢涉細流, 五里, 遂北折入山夾. 兩山東西駢立, 從其中溯流北上, 共十里, 山夾束處匯塘堰水, 有三四家踞山脊中度處. 兩崖山甚逼, 乃名曰關山, 土人又名曰山心. 按『志』, 崑崙山在郡城東九十餘里, 必此地無疑. 然詢之土人, 皆曰崑崙關在賓州南, 卽謝在杭『百粵志』亦云然. 按賓州南者乃古漏關, 非崑崙也. 世因狄武襄駐賓州, 以上元饗士, 夜二鼓被[1]崑崙, 遂以賓州古漏當之. 至今在南寧者, 止知爲關山, 而不知崑崙; 在賓州者, 皆以爲崑崙, 而不知爲古漏. 若崑崙果在賓州南十里, 則兩軍已對壘矣, 武襄十日之駐, 二鼓之起, 及曙之破, 反不足爲神奇矣. 飯於氓舍, 遂東北下山. 一里, 有大溪自北而南, 其流湯湯, 入自南寧境, 尙無比也. 蓋關山南北水雖分流, 猶南下鬱江.

於是溯其流北行山夾間, 其山屢開屢合, 又十四里, 得百家之聚, 曰長山驛. 聚落在溪之西, 其北有兩溪來會, 一自西北, 一自東北. 二水會合, 其北夾而成崗, 有墟舍在其上, 甚盛. 乃渡其西北來之溪, 陟橋登墟, 循東北來溪之右溯之行. 又十里, 溪水自東北盤塢中來, 路由北麓而上, 得數家之聚, 曰裏段墟, 乃邑、柳界牌嶺之南麓也. (其去界牌尙十里. 此地猶屬宣化) 蓋邑、柳之水以界牌嶺而分, 北下者由思籠西轉武緣高峰嶺西入右江, 南下者入鬱江. 此界牌嶺南流之水, 經長山而南, 余以爲卽伶俐水之上流也. 然土人云: "伶俐水尙東隔一山; 此水出大中港, 其港在伶俐之西"云. 是日至裏段, 約行六十里, 日纔過午, 夫以擔重難行, 且其地至思籠四十里, 皆重山, 無村可歇, 遂稅駕不前.

---

1) '被'는 '이르다'의 의미이다.

二十一日 平明, 自裏段北行, 復下山, 仍與北來水遇. 溯之入五里, 水左右各有支流自山腋來注, 遂渡一小橋, 乃西北來支流也. 又四里, 又渡小橋, 越溪之東, 東北山夾又有支流下注. 又北一里, 始北上登嶺, 西瞰其流自西夾中來, 則裏段、長山大溪之發源處矣. 北上半里, 東入一隘門, 其東有公館焉, 是爲邑、柳分界處. (門以內屬賓州.) 公館惟中屋爲瓦, 其門廡俱茅所蓋. 館門東向, 其前後環堅爲田, 而南北更峙土山. 其水猶西隆館右峽中, 蓋卽前西麓登山時所見, 東北夾支流下注之上流也. 其隘土人名爲界牌嶺, 又指爲崑崙關. 按崑崙爲南寧地, 去郡東九十五里; 玆與賓分界, 去南寧一百二十里, 其非崑崙可知. 今經行者見其處有隘, 遂以崑崙當之. 故『西事珥』云: "崑崙關不甚雄險, 其上多支徑, 故曰: '欲守崑崙, 須防間道.'", 亦誤謂此也. 又平行嶺夾, 則田塍之東瀦而爲塘. 三塘連匯, 共半里, 塘盡, 復環爲田. [田]之南巨山橫峙, 田之北列阜斜騫, 而田塍貫其間, 卽過脈處也, 其東, 水北流矣. 余竊以小脈自北南過, 及隨水東北下, 抵思籠而問之, 始知其水猶西北轉武緣南之高峰, 而出右江, 則此脈乃自南而北渡,北起爲陸蒙山, 逶邐西行, 過施淁尖峰, 又西走而分支南結爲南寧, 其直西又西爲羅秀, 又西爲石步, 又西盡於王宮, 則右江入鬱之東岸也. 自過脈處又東半里, 乃下, 又半里, 下抵塢中. 隨水東北行, 望前山一峰尖而甚高, 雲氣鬱勃, 時漫時露. 五里, 漸抵尖峰之南, 渡溪而北又二里, 始見路左西山下有村倚焉. 又東渡溪, 於是循溪東而北向行. 三里, 已出尖峰之西麓, 溪流東齧麓趾, 路乃盤崖北上. 轉出崖北, 二里, 東北下, 已繞尖峰之北矣. 又行塢中二里, 有小水南自尖山北夾來, 北與界牌之水合, 有小橋, 渡之, 是爲上林縣界. 自界牌嶺來至此皆爲賓州境, 而是水之東又爲上林境, 以上林之思籠一驛, 孤懸獨界其中也. 過橋, 復東北升陟崗陀, 四里抵思籠, 村落一區在崗頭, 是爲思籠驛. 按『志』, 思籠廢縣, 昔爲南寧屬, 不知何時割屬上林. 其地東西南皆賓州境, 惟西北五十里至上林縣. [驛南面曰高尖山; 北面崇山並障, 東曰北斗山, 西曰曬麯嶺; 遙山層疊正西者, 曰陸蒙山. 溪自界牌嶺東北至此, 扼於北山, 遂轉西南去. 惟陸蒙隔於溪西也.]

　先是, 雨色濛濛, 初擬至思籠而止; 及飯, 而日色尚早, 夫恐明晨雨滑, 遂鼓勇而前. 由思籠遂東下塢中, 溯細流東行, 一里, 田夾既盡, 復瀦水爲池. 其池長亘一里, 池盡復環塍爲田. 其南北皆崇山壁夾, 南爲高尖之東北垂, 北爲北斗之東南垂, 其中夾而成田. 共半里, 卽二山度脈之脊, 水至是遂分東北與西南二派, 東北者入都泥江, 西南者入右江, [爲黔、鬱兩江脊,] 水之派至是始分. 過脊, 隨水東北行峽中, 其峽甚束. 又半里始降而下, 有坊焉, 復爲賓州界. 蓋賓州之地, 東西夾思籠一驛於中, 爲上林南界者, 橫過僅七里云. 既下, 山愈逼束, 路益東轉, 已越高尖山之東麓矣. 按『志』: "賓州南四十五里有古漏山, 古漏之水出焉. 其關曰古漏關." 卽此矣, 然土人無復知者. 隨水東又三里, 山峽漸闊, 又六里, 漸出峽, 始東望遙峰甚高, 雙尖駢起者, 爲百花山. 水折而北, 路亦隨之, 山乃大闢. 六里, 爲雙峰洞, 陽有廟東向, 曰陳崇儀廟, 乃祀宋守陳曙者. 儂智高之亂, 曙爲賓守, 以兵八千戰於崑崙, 兵潰, 經略狄青以軍法斬之, 土人哀而祀焉. 後韓都督征蠻, 見有白馬朱衣而導者, 知爲曙顯靈, 故拓而新之. 其地亂山迴伏, 無雙峰特聳; 若百花駢擁, 雖望而見之, 然相距甚遙, 不知何以'雙峰'名洞. (碑曰; "在賓州三十里.") 又北二里, 有小水自西塢出, 東注於大溪. (即古漏水.) 又三里, 乃渡大溪之東, 溪乃東轉, 路亦從溪南隨之. 共東十里, 溪北之山東盡, 溪南之山亦漸東轉而南, 是爲山口. 其東平疇一望, 天豁嵐空, 不意萬山之中, 復有此曠蕩之區也! 東望五里, 爲丁橋村, 又東十里爲賓州, 皆在平楚中. 謝肇淛云: "崑崙在賓州南十里." 此何據也?

少憩山口, 徵三里路於途人. 知者云: "當從此東北行, 由北小嶺入, 是爲口村. 其道爲徑, 可無賓州之迂." 時甫下午, 日色大霽, 遂由山口北渡大溪, 從平疇中行. 十里, 抵北界小山下. 其山頗低, 自山口之北迴環東北行, 至此有村落依之. 由村東又東北行五里, 越山之北, 復有塢自西而東, 路橫涉之. 二里, 有水亦自西而東注, 架小橋於上渡之. 又北一里, 直抵北山下, 其山乃北第二重東行小支. 又有水直逼山麓, 自西向而東, 架橋亦與前溪同. 度橋即北向登山, 山巔有堡一圍, 名竹馬堡, 乃二年前太平節推[1]吳(鼎元, 高州人.)署賓州所築, 招狼兵五十名以扼要地者. 上山半里, 又從山上北行半里, 山北有水一塘, 橫浸山麓, 四面皆山峽環之. 下山又半里, 北望公村, 尙在塢北二里外, 擔夫以力不能前, 乃從山北麓東行半里, 投宿小村. 村不當大道, 村人初不納客, 已而一婦留之, 乃南都[2]人李姓者之女, 聞余鄉音而款留焉. (其夫姓鄧, 隨驛騎至南寧.)

---

1) 절추(節推)는 절도추관(節度推官)의 줄임말로, 절도사의 속관으로서 형옥(刑獄)의 조사를 담당했다.
2) 남도(南都)는 남경(南京)을 가리킨다.

二十二日 是爲立春日. 晨起, 陰雲四合. 飯而北行田塢間. 二里, 抵北山下, 是爲公村. 由村東越山而北, 三里下及北麓, 始見北向擴然, 漸有石峰透突. 蓋自隆安西嶺入, 土山崇卑不一, 皆純土而不見石, 至此始復見崢嶸面目矣. 於是復行平疇中, 一里, 北過一板橋, 有小水亦自西而東. 又北行四里, 抵北小山下, 有水從山下漱南麓而東, 架橋渡之, 遂穿山腋而北. 於是北行陂陀間, 西望雙峰峻極, 氤氳雲表者, 大明山也. 其山[在北斗山西北,] 爲上林、武緣分界. 按『志』, 上林、武緣俱有鎮圩、思鄰二山, 爲二縣界, 曰鎮圩而不及大明, 豈大明卽鎮圩耶? 又北五里, 有大溪西自大明山東流而去, 是又爲賓州、上林之界, 其水較古漏諸溪爲大, 故不能梁而涉焉. 由溪北又三里, 登一崗, 是爲思洛墟, 賓州北來大道至墟而合. 遂西北行, 共十二里過白墟, 又三里爲牧民堡, 有賣飯於崗頭者, 是爲賓州往上林、三里中道也. 又西北行十里至開籠山, [一名雞籠,] 已直逼北界石山下. 由岐北入石山夾中, 其山千百爲群, 或離或合, 山雖小而變態特甚. [有分三岐者, 東岐大而高, 中次之, 西岐特銳, 細若竹枝, 詭態尤甚; 有聳立衆峰間, 卓高而直如簪筆者.] 由其西轉而北, 入石山峒中. 五里, 北至楊渡, 一大溪西由上林崇山中東流至此, 直逼北面石山下, 又有一溪北由三里山峽中南向入之, 二流合而其溪愈大, 循石山而東, 抵遷江入都泥焉. 方舟渡北山下, 有賣飯者當道, 渡者屢屢不絶, 遂由其東溯南來溪西岸入峽. 其峽或束或開, 高盤曲峙, 左右俱有村落. 十里, 峽復大開, 四山圍繞, 中成大塢. 有一峰當塢起平疇中, 四旁無倚, 極似桂林之獨秀、向武之瑞巖, 更小而峭. 路過其西, 忽樹影倒垂, 天光中透, 亟東入之, 則其中南北中迸. 南竅復有巨石自洞頂當門外倚, 界洞門爲二, 門內裂竅高數丈, 闊丈五, 直透峰北者五六丈. 出北竅, 其上飛崖倒覆, 騫騰而東, 若複道迴空, 懸樹倩影. 復入其內, 又西通一竅, 西北轉而出, 其中宛轉, 屢有飛橋上懸, 負竇層透, 又透西門焉. 一峰甚小, 下透四門, 中通二道, 亦瑯巖之具體而微者, 但瑯巖高迥, 而茲平狹耳. 由巖北又北三里, 爲桂水橋, 溪水自西北漱崖, 而南崖瞰溪臨橋. 昔有疊石爲臺, 構亭於上者, 曰來遠亭, 今止存荒址矣. 越橋東, 又北二里, 爲三里城. 城建於萬曆八年, 始建參府, 移南丹衛於此, 以鎮壓八寨云. 時已過午, 稅駕於南城外陳隊長家. 其人乃浙之上虞陳氏也, 居此二十年矣. 晚日甚麗, 余乃入城謁關帝廟, 換錢於市而出. 及就寢, 雨復大作.

二十三日 晨起雨止. 旣而日色皎然, 遂令顧僕浣衣濯被, 余乃作與陸參戎書, 並錄「哭靜聞」諸詩械[1]之, 以待明晨投入. 迨暮, 日復墜黑雲中.

---

1) 감(械)은 일부 판본에서는 함(緘)으로 되어 있으며, '편지를 봉투에 넣다'의 의미이다.

二十四日 晨起, 雨復作. 上午以書投陸君. 陸, 鎭江人也, 鎭此六年矣. (名萬里.) 得書卽令一把總以名帖[1]候余, 余乃入謁, 爲道鄕曲,[2] 久之乃別. 陸君曰: "本當卽留款, 以今日有冗, 詰朝耑[3]候耳." 蓋是日乃其孫伯恒初冠, 諸衛官有賀燕也. 余返寓, 雨紛紛不休. 陳主人以酒飮余, 遂醉而臥.

---

1) 명첩(名帖)은 간략히 첩(帖)이라고도 하는데, 붉은 종이에 이름과 관직 등을 적어 관리를 배알할 때 상대에게 전하는 것으로, 오늘날의 명함과 흡사하다.
2) 향곡(鄕曲)은 고향에 대한 정감이나 그리움을 의미한다.
3) 단(耑)은 전(專)과 같다.

二十五日 晨起漸霽, 余作程紀於寓中. 上午, 陸君以手書訂余小敍, 盡返所饋儀. 余再作書强之, 爲受『金谷秋香』卷. 下午, 入宴於內署, 晤陸君令弟玄芝, 昆仲[1]俱長厚純篤, 極其眷愛焉.

---

1) 곤중(昆仲)은 남의 형제에 대한 경칭이다.

二十六日 晨起, 入謝陸君, 遂爲下榻[1]東閣. 閣在署東隅, 喬松浮空, 幽爽兼致, 而陸君供具[2]豐腆, 惠衣襪褲履, 諄諄款曲,[3] 誼逾骨肉焉. 是日, 陸君出新舊諸報見示, 始知石齋先生已入都,[4] 又上二疏, 奉旨責其執坳, 復令回話, 吏部主政熊文擧以疏救之. 又知鄭墅陽之獄擬戍, 復奉旨欲加重刑, 刑部尙書任爲鐫[5]三級焉. 至六月, 錦衣衛以病聞. 又知錢牧齋爲宵人上疏, 以媚烏程, 遂蒙治[6]入都, 並瞿式耜俱下獄. 撫寧侯朱國弼等疏攻烏程, 六月間, 烏程始歸, 鄭、錢獄俱未結.

---

1) 하탑(下榻)은 '기거하다, 묵다'를 의미한다.

2) 공구(供具)는 공구(共具)라고도 하며, '술과 음식을 차리다'를 의미한다.
3) 순순관곡(諄諄款曲)은 은근하고 정성스러운 모양을 가리킨다.
4) 여기에서의 도(都)는 명대의 수도인 북경을 가리킨다.
5) 전(鐫)은 '강등하다, 좌천하다'를 의미한다.
6) 태(迨)는 '붙잡다, 체포하다'의 의미인 '체(逮)'와 같다.

二十七日 雨.

二十八日 稍霽. 陸公特同余游韋龜巖. 巖在三里西十里.

二十九日 復雨.

三十日 復雨.

戊寅正月初一日 陰雨復綿連, 至初六稍止. 陸君往賓州, 十一日歸.

十三日 游獨山巖, 又小獨山.

十五日 雨中往游周泊隘. 隘在三里東二十五里. 晚酌南樓, 觀龍燈甚盛.

二十七日 同陸伯恒游白崖堡巖洞. 洞在楊渡西, 北向高洞三層, 又東南向
深洞, 內分二支. 入宿白崖哨官秦餘家.

二十八日 陸公昆仲至, 同游靑獅巖. 巖在楊渡東南, 過渡四里乃至. 其巖
東西直透, 東門平, 西門高, 洞內下甚寬平, 上兩層中空透頂. 西門內可望
而高不可上, 須由山北小竇攀崖而入, 下臨西門之頂. 又東入深奧, 又北透
重門, 俱在絶壁之上. 是日酌於洞中, 有孫、張、王三指揮使同飮. 旣乃觀
打魚於江畔, 抵暮歸, 乃病.

二十九、三十兩日 余臥痾[1]東閣. 天雨復不止.

---

1) 아(痾)는 '병들다'를 의미한다.

二月初一日 稍霽.

初二日 復雨. 是日余病少愈, 乃起.

初三日 雨中復往青獅潭觀打魚. 先是張揮使言, 青獅巖之南有雞籠山, 亦有大巖, 故陸公以騎送余至此, 命張往同游. 張言雨中不可入, 且久無游者, 固阻余, 仍冒雨歸. 自後余欲辭陸公行, 陸公擇十三日爲期. 連日多雨, 至初九稍霽. 陸公命內姪劉玉池、嘉生昆仲並玄芝、伯恒各分日爲宴餞余. 因出演武場, 伯恒、二劉爲走馬命射. 演武場周圍有土城, 卽鳳化縣址也, 在城東.

十一日 早聞雨聲, 余甚恐爲行路之阻. 及起, 則霽色漸開. 至晚, 餞余於署後山亭. 月色皎然, 松影零亂, 如濯冰壺, 爲之醉歡.

十二日 日色甚麗. 自至三里, 始見此竟日之晴朗. 是日陸公自餞余, 且以厚賵[1]爲餽, 並馬牌、薦書相畀, 極繾綣[2]之意, 且訂久要焉. 何意天末得此知己, 豈非虞仲翔之所爲開頤[3]者乎?

---

1) 신(賵)은 길 떠나는 이에게 주는 노자나 선물을 가리킨다.
2) 견권(繾綣)은 '정의가 깊고 도타움'을 의미한다.
3) 이(頤)는 '턱이나 볼, 넓게는 얼굴'을 의미한다.

十三日 五鼓, 雨聲復作. 旣起, 雨止, 雷聲殷殷. 陸公親爲治裝畢, 旣飯, 送至轅門,[1] 命數騎送余. 遂東出東門, 過演武場, 抵琴水橋, 伯恒與蘇友陳仲容別去. 又一哨官王姓者以騎來, 與劉玉池同送渡琴水橋. 又東一里, 北向入山, 升陟坂壟, 東北十四里, 抵一最高石峰之麓, 有一土阜西綴石峰之下, 是爲左營. (其石山東卽羅洪洞賊.) 營北一里有墟場, 趁墟者多賊人. 然墟無他物, 肉米而已. 又北行, 皆東石西土. 共七里, 有石崖夾道, 豎峰當門, 乃金雞山也. 透山腋二里, 北復開間峽北去. 又十里, 爲後營. 營在西土山之上, 東支則石峰參差, 西支則土山盤錯. 營於山巓, 土山形如船. (其石山東乃那良賊寨.) 哨官楊迎款甚勤. (楊號耀先, 閩漳州人.) 欲往游東巖, 以雨色復來, 恐暮, 乃止.

自舊年十二月廿三日入三里, 至今二月十三日由三里起程, 共五十日.

三里磚城, 週迴大三里. 東西皆石山排列, 自後營分枝南下, 中有土山一支, 至此而盡, 又起一圓泡, 以城環之. 參府卽倚泡建牙.[2] (府週圍喬松百餘, [高刺雲霄], 幹大皆[三人]合抱. 余以爲數百年物. 按碑, 乃隆慶初年建府時所植, [栽踰逾六十年], 地氣湧盛如此) 城久頹, 且無樓櫓, 陸公特增緝雉堞, 創三門樓. (東、西、南三門. 惟直北當府後無門.) 南門之外, 又建南樓, 以壯一方之形勢. [余有『南宣樓記』.] 又前, 則東西二溪交於匯水橋, (二溪, 西大而東小, 俱發源後營之東、西谷, [合]而下洋渡.) 而獨山巖又中峙爲下流之鑰, 前又有獨山村之山爲第二重鑰.

三里之界, 南逾楊渡[或作洋渡.] 抵雞籠山, (共二十里.) 北過後營抵分脊嶺, (共五十里. 昔時脊北那歷、玄岸二村, 北幷藍澗俱順業里屬, 今已淪爲賊窟.) 東抵周泊隘, [共二十五里,] 西抵蘇坑. (四十五里.) 縱橫皆七十里. 名三里者, 以昔爲賊踞, 王文成平八寨, 始淸出之, 編戶三里: 一曰上無虞, 二曰下無虞, 三曰順業里. (今順業北境與八寨接壤者十余里, 那歷、玄岸幷藍澗皆賊踞爲巢.) 曾置鳳化縣, (卽今演武場周圍土城, 遺址尚存.) 隨廢, 後以南丹衛遷此, 而設參府鎭之. 田糧初輸衛收, 後歸上林縣, 而民以不便, 復紛紛議歸衛矣.

三里以洋渡爲前門, 有[李依]江西自上林縣大明山發源, 東流至此, 橫爲楊渡. 渡之南, 則石峰離立, 若建標列戟; 渡之北, 則石峰迴合, 中開一峽,外湊如門, 有小江自北而南, 注於洋渡下流, [即匯水橋下合流水也.] 溯小江西岸入峽, 宛轉俱從兩界石山中, 北行數里, 兩界山漸開漸拓, 中環平疇, 有獨山村界其中, [一石山中立溪西]爲外案, 又有獨山巖爲內案. 於是東西兩溪之水前合而南去. 北面石山愈開, 土山自北而來, 結爲城治焉. 城北土山中懸, 直自後營西北天矯3)而下, 至此而盡. 其東西兩界石山迴合如抱, 愈遠愈密, 若天成石郭, 另闢一函蓋於中者. 蓋西來之脊高峙爲大明山, 分支東走, 環繞於蘇坑南北者, 遂爲西界之障; 又北轉而東抵後營之後, 乃中分土山一支, 直南四十里而結三里, 若蕚中之房; 其分支東度者, 又南轉環繞爲東界之障. 故周泊、蘇坑兩處, 爲三里東西之腋, 正中與城治相對. 其處[東西]最拓, 若蕚之中折處焉. 由周泊而南, 漸轉漸合, 至洋渡而西向臨溪, 則青獅廟之後崖也. 由蘇坑而南, 漸轉漸合, 至洋渡而東向臨溪, 則白崖堡之東崖也. 二崖湊合於洋渡, 即所入之前門, 若蕚之合尖處焉.

東西兩溪, 俱在兩界石山之內, 土山北自後營盤伏而來, 兩源遂夾而與俱. 西界者, 南至羅墟北, 又合一西來之水, 曲折繞城西, 又西抵石村, 合汎塘之水, 乃東南出匯水橋下, 合東溪. 東界者, 南至琴水巖東, 又南出琴水橋, 又合一東來之水, 曲折抵東南石峰下, 又穿流山峽中, 乃西出而合西溪. 二水合而南, 經兩獨山, 濚之, 又南注於洋渡之東. 大江西下, 此水北下, 合併東去. 其西北之夾, 即洋渡; 東北之夾, 爲青獅廟後崖.

韋龜洞, 在城西十里韋龜村. 西由汎塘逾佛子嶺而北, 其路近 : 北由羅墟轉石山嘴而南, 其路遠. 其中群峰環繞, 內拓平疇, 有小水自北而南, 分流石穴而去. 惟北面石山少開, 亦有獨峰中峙若標. 韋龜之山自東南中懸, 北向而對之, 函蓋獨成, 山水皆逆, 眞世外丹丘4)也. 數十家倚山北麓, 以造紙爲業, 棲舍累累, 或高或下, 層嵌石隙, 望之已飄然欲仙. 其西即洞門, 門亦北向. 初入甚隘而黑, 西南下數步, 透出石隙, 忽穹然高盤, 劃然內朗. 其四際甚拓, 而頂有懸空之穴, 天光倒映, 正隆其中. 北向躋石而上, 乳柱前排, 內環平臺, 可布幾席; 南向拾級而下, 碧黛中匯, 源泉不竭, 村人之取汲者, 咸取給焉. 平臺之前, 右多森列之柱, 幢蓋駢錯, 紋理明瑩; 左多層疊之塊, 獅象交踞, 形影磊落. 其內左右又可深入焉. 秉炬由右西向入, 漸下漸岐, 而南可半里, 又開一壑而出. 秉炬由左東向入, 漸躋漸逾而北, 可半里, 又轉一竇而還. 聞由右壑梯險而上, 其入甚深; 然覓導不得, 惟能言之, 不能前也. 是巖外密中寬, 上有通天之影可以內照, 下有逢源之竅不待外求, 一丸塞口, 千古長春. [三里雖巖谷絕盛, 固當以是巖冠.] 況其外村居, 又擅桃源、谷口之勝乎?

琴水巖, 在城東六里琴水橋之北, 中支土山東南盡處也. 東溪自北環山之東. 土山旣盡, 獨露石山一拳, 其石參差層沓. 山南亦有數家之村. 洞在村西山半, 其門南向. 初入窪而下, 甚欹側; 北進數丈, 秉炬逾一陘, 轉而西, 始穹然中高, 西透明穴, 北有暗竅; 當明處有平石闊三丈, 臥洞底如墜, 可攀而憩焉. 秉炬窮暗竅, 數丈而陘, 躋其上, 亦不能深入. 乃仍出至平石, 躋西穴而出, 則山之西面也. 下山, 仍轉山前, 騎而周玩之. 洞前稍下, 其東亦開一巖, 門亦南向, 外高而中淺, 村人積薪於中焉. 其北又開兩巖, 一上一下: 上者在重崖, 無路; 下者多瀦水, 然亦不能與前通也.

佛子嶺北巖, 在城西七里汎塘村之西. 佛子嶺者, 石山自西分支而東, 東爲汎塘、仙廟諸峰, 而嶺界其間, 石骨嶙嶙. 逾嶺而北下, 則韋龜村西塢之水, 南流而抵其麓, 傾入洞焉. 洞門北向甚豁, 中迴環成潭, 潭中瀦水淵澄, 深不可測, 潭四週皆石壁無隙. 聞其南有隙在水下, 大潦從北搗下, 洞滿不能容, 則躍而出於山南之崖. 蓋南崖較高, 水涸則瀦於北而不泄, 中滿則內激而反射於外, 其交關之隙, 則中伏云. 門右穿旁竇, 南抵潭東涯上. 其上有石高碧潭旁, 上與洞頂不卽不離, 各懸尺許, 如鵲橋然. 坐橋下而瞰深潭, 更悠然也.

佛子嶺南巖, 在佛子嶺之南. 其門南向, 前有石澗天成若槽, 有橋橫其上. 時澗中無水, 卽由澗入洞. 洞外高巖層穹側裂, 不能宏拓. 北入洞, 止容一人, 漸入漸黑, 而光滑如琢磨者; 其入頗深, 卽北洞泄水之道也. 蓋水大時北洞中滿, 水從下反溢而出此, 激湧勢壯, 故洞與澗皆若磨礪以成云.

佛子嶺西北巖, 在佛子嶺西北一里, 其門東向. 韋[龜]村西塢之水自北來, 又分流一澗, 西抵此洞前, 忽穴地下墜. 洞臨其上, 外門高朗, 西入三、四丈卽止. 洞南有一隙, 亦傾側而下, 漸下漸黑, 轉向西南, 無炬而出. 聞下與水遇, 循水西南行, 卽透出後山. 乃知此村水墜穴, 山透腹, 亦與向武[百感]一轍也.

獨山巖, 今名砥柱巖, 在城南四里. 此地有三獨山, 皆以旁無附麗得名 : 一在溪東岸, 與東界石山近, 其山小而更峭; 一在此山南五里, 障溪而東環之, 其山突而無奇; 獨此山旣高而正當其中, 與向武之瑯山巖相似, 省中之獨秀無此峭拔, 亦無此透漏也. 其巖當山之腹, 南北直透. 南門高迸如裂闕, 其前有巨石, 自巖頂分跨而下, 界爲兩門, 正門在東, 偏門在西南, 皆有古木虯藤倒掛其上, 輕風飄曳, 漾翠飛香, 甚異也. 巖中如合掌而起, 高數丈, [闊一丈五尺,] 平通山後[者五、六丈.] 上有飛崖外覆, 下有湧石如欄, 南北遙望, 衆山排闥, 無不羅列獻於前. 巖之中分竅西透, 亦轉而北, 又通一門, 其內架閣兩重, 皆上穿圓竅, 人下竅行, 又若透橋而出者. 此一洞四門相通, 山甚小而中甚幻也. 惟東向不通. 其崖外又有一門東向, 而西入深亦數丈, 是又各分門立戶者.

小獨山巖, 在城東南五里, 與砥柱東西相向, 夾小江而立. 自砥柱東望, 似此山偏與東界近; 自此山西望, 又似砥柱偏與西界近; 自其中望之, 其實兩山之去東西兩界各懸絶等也. 山小於砥柱, 而尖銳亦甚, 極似一浮屠中立者. 下亦通一門, 有石跨其外而不甚高. 西透小隙而上, 懸崖之側, 有石平峙爲臺. 其上懸絶處, 有洞南向甚深, 若能梯階而升, 亦異境也. 游砥柱日獨隨一騎導而浮江, 並盡此勝.

白崖堡南巖, 在城南十六里. 由洋渡北岸溯江西行, 轉入山塢則堡在其中. 蓋其山南北迴合, 又成一洞天矣. 洞在南山之上, 重門北向, 高綴萬仞之壁, 自堡中望之, 卽在擧首間, 而無從著足. 巖下石脚外挿, 亦開裂成紋. 初開挓數隙, 如升層樓, 而不知去洞猶甚遠; 復出望之, 而後覺槍榆枋[5]者, 無及於垂天之翼也. 旣而土人秦餘至, 爲秉炬前導, 仍從山口出, 循南山之東而轉其南始拾級上, 得一門東南向, 是爲後洞, [正對卓筆、青獅巖諸峰.] 由洞中東北上躋, 乃暗而需炬, 更轉而北, 其上甚峻, 遙望天光中透矣. 益攀躍以升, 得一隙僅如掌, 瞰其外闢巨門焉, 則上洞之下層也. 隙隘不容側身向外, 祗可俯眺而已. 從其內更上躋, 透隘而出, 則洞門岈然, 北臨無地, 向之仰眺而莫可及者, 今忽身躋其上矣. 此洞甚高, 呼吸可通帝座, 其前夾崖下陷, 以木橫架而補其闕, 卽堪憩托, 然止可憑攬諸峰, 非久棲地也. 仍從內隘下, 再窺其外第二層洞, 亦以爲不可到矣. 姑以杖從隙中投之, 再由故道俯級直墜, 抵前遙望天光處, 明炬遍燭, 於洞北崖下得一穴焉. 其口甚隘, 亟引炬蛇行而入, 其中漸高而成峽, 其底甚平. 數丈後宛轉東折, 又數丈而北透, 則其門北向高裂, 有巨樹盤根洞中, 偃出洞外, 是爲第三層洞. 洞前平石如掌, 上下皆危崖峭壁, 轟懸無級. 回首上眺, 則層門重疊, 出數十仞之巔者, 卽上洞與第二層洞也. 稍緣[6]平石而東, 峽壁間有藤樹虯絡, 乃猱升猿引以登. 半晌, 遂歷第二層外洞, 前所投杖儼然在也. 其洞深三丈, 高五丈, 嵌上下兩洞之間, 而獨不中通, 反由外躋. 因爲吟句曰:"洞門千古無人到, 古乾虯藤獨爲誰? 投杖此中還得杖, 三生長與菖坡[7]隨." 乃仍掛枝下, 循平石篝火穿第三層洞入, 再抵前遙望天光處, 則仍還後洞腹中矣. 蓋是洞如蹲虎, 中空如腹, 而上洞則其口也. 第二層洞在其喉管之外, 向從隙外窺處則喉管也. 人從喉管上透, 出其口, 由喉管下墜, 抵腹中. 第三層洞爲其臍之所通, 故在腹之前. 後洞乃其尾閭, 故在腹之下云.

白崖堡南山下洞, 在後洞之西三百步. 洞門亦東南向, 洞外高崖層亘, 洞內卽橫分二道, 一向西南, 一向東北, 皆稍下從窪中入, 須用炬矣. 從西南者, 數丈後輒分兩層, 下層一穴如井. 由井下墜, 卽得平峽, 西行三丈, 又懸峽下墜, 復得平窪, 其中峽竅盤錯, 交互層疊, 乳柱花萼, 倒垂團簇, 不啻千萬. 隨行胡生(金陵人.) 折得石乳數十條, 俱長六七寸, 中空如管, 外白如晶, 天成白玉搔頭[8]也. 又有白乳蓮花一簇, 徑大三尺, 細瓣攢合, 倒垂洞底, 其根平貼上石, 俱懸一線, 而實黏連處, 蒂僅如拳, 劐而下之甚易. 第出寶多隘, 且下無所承, 恐墜下時傷損其瓣, 不忍輕擲也. 盤旋久之, 忽見明光一縷, 透竅而出, 井口亦如前, 又在前井之南矣. 又從上層西南入, 其中石脊高下, 屢見下陷之坑, 窅黑無底, 疑卽前所探下層也. 深入亦盤錯交互, 多乳柱攢叢, [細若駢枝,[9] 團聚每千百枝] 與下層競遠. [惟後營東洞, 乳柱多而大, 悉作垂龍舞虯狀, 比列皆數十丈云.] 從東北者, 不五丈, 有北嵌之竅兩重, 皆不甚深. 東向攀崖而上, 漸進漸曲, 其盤錯亦如西洞, 而深奧少殺之.

青獅南洞, 在城南二十里, 西南與上林分界處, 路由楊渡過江, 東南四里乃至. 其山石峰卓立, 洞在山之下, 開東西二門. 東門坦下, 門高數丈, 闊亦數丈, 直透山西者約三十丈, 平拓修整, 下闢如砥, 上覆如幔, 間有石柱倒垂幔下. 洞之西垂, 又有石柱一隊, 外自洞口排列, 抵洞後西界, 別成長榭; 從榭中矚外洞, 疏楞綺牖, 牽幬披雲, 又恍然分境也. 西門崇峻, 下有巨石盤疊爲臺, 上忽中盤高穹. 從臺內眺, 已不見前洞之頂, 只見高盤之上, 四面層迴疊繞, 如雲氣融結, 皆有竅穴鉤連, 窗楞羅列, 而空懸無上處. 從臺外眺, 則西面三岐之峰, 卓筆之岫, 近當洞門中央, 若設之供者. 由臺北下, 奧窟中復開平闈一圍, 外峙巨石爲障, 下透中虛, [若橋之度空.] 從此秉炬北入東轉, 其穴大而易窮; 東從腋隘直入, 其竅狹而甚遠. 計其止處, 當[不下十五丈,] 已逾外洞之半. 此下洞之最奧處也. 出小穴, 復酌於西門之臺, 仰視上層雲氣疊繞處, 冀一登, 不可得. 忽見其北有光逗影, 知其外通, 陸公令健而捷者從山外攀崖索之. 久之, 其人已穿入其上, 從下眺, 眞若乘雲朵而捲霧葉也. 旣而其人呼曰: "速攜炬至, 尚可深入." 余從之. 乃從西門下, 循山麓轉其北, 復南向攀崖躋. 山之半, 有門北向. 穿石竇入, 則其內下陷通明, 俯見諸君群酌之臺上, 又若登月窟、捫天門而俯矚塵界矣. 其上有石砥平庋, 石端懸空處, 復有石柱外列, 分窗界戶, 故自下望之, 不一其竇, 而內實旁通也. 於是秉炬東入, 愈入愈深窅, 然中闢亦幾二十丈焉. 東入旣窮, 復轉西北, 得一竇. 攀而北上, 忽倒影遙透, 有峽縱橫, 高深駢杳. 攀其東北, 有穴高懸, 內峽旣峻, 外壁彌削, 祇納光暉, 無從升降. 更從奧窟披其西北, 穿腋上透, 又得一門, 平整明拓. 其門北向, 其處愈高, 吐納風雲, 駕馭日月, 非復凡境. 其北腋尚有餘奧, 然所入已不甚遙. 由其門出, 欲緣石覓磴而下, 其下皆削立之壁, 懸突之崖, 無從著足. 乃復從洞中故道, 降出

至懸臺下瞰處. 諸君自下呼噪, 人人以爲仙, 卽余亦自以爲仙也. 倏明倏暗,
倏隔倏通, 倏上倏下, 倏凡倏仙, 此洞之靈, 抑人之靈也? 非陸公之力, 何以
得此!

青獅北洞, 在青獅潭北岸. 青獅潭者, 卽洋渡之下流也, 江潭深匯, 爲群
魚之宮, 乃參府之禁沼, 罟網所不敢入者. 其北崖亦多穹門, 與南洞隔江相
對. 余雨中過此, 不及旁搜. 又西爲青獅廟. 危峰西南來, 抵水而盡. 洋渡之
水從西, 三里之水從北, 至此合流而東, 峰截其灣, 愈爲岏嶵, 廟倚其下, 遂
極幽閴焉.

堡北巖, 在城南十二里[巨]堡之北. [堡南去洋渡僅三里.] 其門東向, 中
深五六丈, 後窪而下, 不能深入.

獨山村西北水巖, 在城南八里大路之西. 洞門東向, 前有石路, 中跨爲橋,
蓋水發時自洞溢出也. 洞倚西山下, 洞口危石磊落, 歆嵌而下, 其中窅然深
黑, 不能懸入也.

砥柱巖西峰水巖, 在城南四里. 有峰岏突於砥柱之西, 高不及砥柱, 而迴
列倍之, 上冒下削, [其淋漓痕, 儼若黃熟香片10)側立.] 其南多空裂成門, 而
北麓有門北向, 兩崖如合掌上並. 其內深窅, 有光南透, 若甚嶐峒, 第門有
瀦水溢於兩涯, 不能入. 幾番欲以馬渡, 而水下多亂石, 騎亦不前.

後營東山洞, 在城北四十里, 卽後營東界石山之西麓也, 去後營四里. 中
又有小山一重爲界, 山坳中斷處, 有尖峰在前, 亦曰獨山, 則其西護也. 直
抵東山下, 有石筍一圓云. (備記二月十四日.)

仙廟山, 在城西四里, 西面石峰之最近城者也. 石峰中懸, 三面陡絕, 惟
從西南坳中攀崖上, 則三里四境盡在目中. 昔有村氓登山而樵, 遇仙得道,
故土人祀之.

汎塘浮石, 在城西五里汎塘中. 汎塘者, 卽仙廟山南之塢也, 自仙廟山前
西接獅子坳. 塢中有塘長數里, 水漲時洪流漫衍, 巨魚逆流而上, 土人利之,
故不疏爲田, 而障爲塘. 有石墊一區, 當塘之中, 上浮如敗荷覆葉,11) 支撐
旁偃, 中空外漏水, 一潭繞之. 石箕踞12)其上, 又如數梁攢湊, 去水不及三

尺, 而虹臥雲噓, 若分若合, 極氤氳蜿蜒之勢. 其西北里餘卽汎塘村, 倚北山之下.

周泊隘, 在城東二十五里, 東界石山之脊也. 隘當脊中, 南北崇崖高壓, 雲氣出沒其中. 逾隘而東, 卽爲遷江境. 其東北石山內, 爲八寨之羅洪洞. (按『一統志』; "羅洪洞在上林縣東北四十五里." 則昔時亦上林境, 而後淪於賊, 遂不能恢復, 至今爲賊所踞.) 東南石山內, 爲馬場洞. (猶三里屬, 第地無居民, 皆巨木.)

汎塘後塢石洞, 在城西七里. 西山東來, 過佛子嶺分爲兩支, 一支直東爲汎塘村後峰, 一支北轉爲韋龜山. 二山之東北又環成一塢, 東以仙廟山爲前障, 中有支峰對. 其麓有洞, 門東向, 前有水隔之, 內望甚深, 土人云: "中可容千人. 昔其西有村, 今已鞫[13)爲草莽." 所向東峰之上, 亦有洞, 門西向, 高懸欹側, 亦翳於草莽, 俱未及登.

三層閣在參府廳事[14)東, 陸公所新構也. 長松環蔭, 群峰四合, 翛然[15)有遺世之想. 松風亭在署後土山之巓, 松蔭山色, 遙連坤坞,[16) 月色尤佳. 余下榻於[三]層閣, 幾至忘行. 陸公餞余於松[風]亭, 沉醉月夜, 故以終記.

三里: 一曰上無虞里, 一曰下無虞里, 一曰順業里. 八寨: 西界者曰寨疊(東與後營對)、都者(東與周安對)、剥丁(東與蘇吉對), 東界者曰羅洪(西與左營對)、那良(西與後營對)、古卯、古鉢、何羅. 三鎮: 中曰周安, 北曰蘇吉, 西南曰古鵬.

貫八寨之中者, 南自後營, 北抵周安, 極於羅木渡. 其中有那歷、玄岸、藍澗、橋藍諸村, 南北十餘里. 昔乃順業里及周安之屬, 今爲八寨餘黨所踞. (渠魁藍海潮.) 八寨交通, 而三里之後門不通矣.

三里[周圍石峰, 中當土山盡處, 風氣含和, 獨盛於此; 土膏腴懿, 生物苗茂, 非他處可及. 所藝禾稽特大, 恒種一郭, 長倍之, 性柔嘉, 亦異庶土所植] 畜物無所不有. 雞豚俱食米飯, 其肥異常. 鴨大者重四觔而方. 此邦鯽魚甚艱, 長僅逾寸, 而[此地]獨有長四五寸者. 三里出孔雀. 風俗: 正月初五起, 十五止, 男婦答歌曰'打跋', [或曰'打卜'.] 舉國若狂, 亦淫俗也. 菓品南種無丹荔, 北種無核桃, 其餘皆有之. 春初, 枸杞芽大如箸云, 采於樹, 高二三丈而不結實, 瀹其芽實之入口, 微似有苦而帶涼, 旋有異味, 非吾土所能望. 木棉樹甚高而巨, 粤西隨處有之, 而此中尤多. 春時花大如木筆,[17] 而紅色燦然, 如雲錦浮空, 有白鳥成群, 四面翔繞之, 想食啄其叢也. 結苞如鴨蛋, 老裂而吐花, 則攀枝花也, 如鵝翎、羊絨, 白而有光云. 泗城人亦有練之爲布者, 細密難成, 而其色微黄, 想雜絲以成之也. 相思豆樹高三四丈, 有莢如皂莢而細, 每枝四五莢, 如攢一處, 長一寸而大僅如指. 子三四粒綴莢中, 冬間莢老裂爲兩片, 盤縮如花朵, 子猶不落. 其子如豆之細者而扁, 色如點朱, 珊瑚不能比其彩也. 余索得合許. 竹有中實外多巨刺者, 叢生而最大; 有長節枝弱不繁者, 瀟灑而頗細; 如吾地之筍節虛中, 則間有之而無巨者; 又一種節細而平, 僅若綴一縷而色白, 可爲杖, 土人亦曰粽竹, 出三鎭之蘇吉; 其地亦有方竹, 止在下數節而不甚端.

---

1) 원문(轅門)은 장수의 군영이나 독무(督撫) 등의 관청의 바깥문을 가리킨다.
2) 아(牙)는 아(衙)와 같으며, 관부의 아문을 의미한다.
3) 요교(夭嬌)는 굽었다가 펴지면서 구불구불한 모양을 가리킨다.
4) 단구(丹丘)는 신선이 산다는 곳으로, 밤도 낮처럼 밝다고 한다.
5) 『장자・소요유(逍遙遊)』에는 "매미와 작은 새가 그것을 보고 웃으면서 말한다. '우리는 있는 힘껏 팔짝 뛰어 날아야 겨우 느릅나무에 올라 머물 수 있다.'(蜩與學鳩笑之曰：'我決起而飛, 搶楡枋')"라는 구절이 있다. 후에 창유(搶楡)는 겨우 짧은 거리를 날 수 있는 작은 새를 가리키며, 가슴에 큰 뜻을 품지 않은 이를 비유하게 되었다.
6) 연(緣)은 원래 현(懸)으로 되어 있으나, 건륭본에 의거하여 고쳤다.
7) 창파(菖坡)는 창피(猖披)와 통하며, 옷을 입되 띠를 매지 않아 흐트러진 모습을 가리킨다. 여기에서 법도를 지키지 않고 제멋대로 행동하는 나 자신을 의미한다.
8) 소두(搔頭)는 비녀의 별칭이다.
9) 병지(騈枝)는 엄지손가락이나 새끼손가락의 곁에 자라난 쓸모없는 손가락을 가리킨다. 흔히 쓸데없는 군더더기를 의미한다.
10) 향편(香片)은 향기로운 꽃으로 만든 화차(花茶)의 찻잎을 가리킨다.
11) 패하(敗荷)는 가을이 되어 시들어 마르거나 찢어진 연잎을 가리키고, 복엽(覆葉)은 엎어진 잎을 가리킨다.
12) 기거(箕踞)는 두 다리를 쭉 뻗고 앉아 있는 모습을 가리킨다.
13) 국(鞠)은 '모두, 다'의 의미로서, 궁(窮)이나 진(盡)과 같다.
14) 청사(廳事)는 업무를 처리하는 관서의 청당(廳堂)을 가리킨다.
15) 소연(脩然)은 어느 것에도 얽매이지 않고 초탈한 모습을 가리킨다.
16) 비예(埤堄)는 울퉁불퉁하고 구멍이 뚫려 있는, 성벽 위의 낮은 담을 가리킨다.
17) 목필(木筆)은 자목련으로, 꽃이 피기 전에 꽃봉오리에 가느다란 털이 자라는데, 그

모양이 붓과 같기에 목필이라 일컫는다.

十四日 晨起, 陰雲四布, 卽索騎游東巖. 巖在東石峰之麓, 由獨山入隘, 度
土山一重, 共三里抵其下. 有石筍一圓,[1] 傍石峰西麓, 巖在石筍之上. [遙
見當峰半, 一門西向高懸, 則西洞後穿別竅.] 由南麓上躋, 有兩門並列, 暗
洞在東, 明巖在西, 二門俱南向. 先入明巖, 中高敞平豁, 後一石蕊中懸. 穿
蕊而入, [下墜小穴, 上則垂乳窈窕, 圍成龕, 極玲瓏纖幻.] 龕中圓且峻, 貯水
一池, 沉映崖壁, 光影上照, 紺碧奪目.] 轉門而西, 又開一門, 西向, 亦明豁
高爽, 下臨絶壁, [卽前從塢中遙見高懸者.] 其內與南門轉接處, 石柱或聳
而爲臺, 或垂而成龕, 攢合透映, 眞神仙窟宅, 雕鏤所不能就者也. 仍出南
門, 從其東北向, 傴僂入暗洞. [門外隘中窪.] 少下, 洞遂穹然, 篝火北入數
丈, 則玉乳倒垂駢聳, 夭矯繽紛, [底甚平.] 由其腋透隙而入, [岐而西, 峽東
隙皆不數丈盡, 惟直北逾乳隙進, 內復寬.] 少東轉, 垂柱益多. 平底中有堆
石一方, 土人號爲'棺材石', 以形似也. 更入, [從石東北轉, 石坡高下, 乳筍
參差立. 披竅北入, 復闢一最巨室, 乳柱迴環, 閭閻莫測.] 從此西北穿隘而
下, 其入甚遙, 聞深處有溪成潭, 下跨石爲梁, 上則空[明]透影. 時誤從東
轉, 竟從別竇仍下堆石傍. 欲復入覓西北隘, 而易炬已多, 恐一時不繼, 乃
從故道出. 聞此洞東通遷江, 雖未必然, 而透山而東, 卽爲那良賊寨之地,
未知果有從出處耳. 余所入止得三四轉, 度不及其十之一二, 然所睹乳柱
之瑰麗, 無過此者. 此洞旣以深詭見奇, 而西畔明巖復以明透表異, 合之眞
成二美矣.

出洞, 仍下山西北行, 一里半抵獨山. 從其北而西, 又一里半, 飯於後營.
楊君統營兵騎而送余, 遂下山北行. 東西兩山, 一石一土, 相持南下, 有小
水南流於其中, 經後營而南, 金雞隘之北, 乃西南墜壑而去, 卽琴水橋之上
流也. 從此北望, 直北甚遙; 南望則金雞石峰若當門之標. 後營土山頭南尾
北, 中懸兩界之中, 西南走而盡於三里, 遂結爲土脈之盡局云. 北行八里,
有土脊自西而東, 橫屬於兩界之中, 則南北分水之脊也, 南入於楊渡, 而北

遂入羅木渡焉. 逾脊北二里, 爲那力村, 又三里爲玄岸村. 二村俱在東石峰
之下, 昔皆民居, 今爲八寨賊所踞矣. 又北三里, 水從直北去, 路西穿土山
之腋. 一里西下, 則土山復東西夾而成塢. 又北十里, 是爲藍㵎, 俱賊村矣.
賊首藍海潮者, 家西山下. 有㵎從其前北流, 溯之行, 北一里半, 有石山突
於塢東, 由其西麓逾小坡, 卽爲周安界矣. 又二里, 一村在東山麓, 曰朝藍.
前㵎中有潭, 深匯澄澈, 自是而北, 遂成拖碧漾翠之流, 所云'藍㵎'者, 豈以
此耶? 藍㵎本三里之順業里屬, 今南抵那力過脊之地, 俱爲八寨餘孽所踞,
而藍海潮則其魁也. (由藍㵎而北抵羅木渡, 南抵左營, 中開天成直夾, 皆土山也. 其
兩石山, 西爲寨壘、都者、剝丁; 東爲羅洪、那良, 東西皆賊藪) 朝藍昔本周安屬, 今
北抵周安, 亦俱爲諸孽所踞, 倂周安亦岌岌矣. 由朝藍隨㵎東岸又北五里,
轉而東逾土山, 北下一里, 復行塢中. 三里, 出塢. 又西行一里, 始見前溪從
土山西畔北注, 與石山西峽之㵎合而東來, 遂有湯湯之勢. 涉溪北上, 溪亦
折而北, 不半里, 是爲周安鎭. 數家之聚, 頹垣敗址, 在溪西岸, 而溪東膏腴
俱爲賊踞, 不可爲鎭矣. 所云鎭者, 是爲周安, 其西南爲古鵬, 其北曰蘇吉,
總名三鎭. 蓋界於八寨之中者也. 今周安僅存, 古鵬全廢, 惟蘇吉猶故. 昔
有土鎭官吳姓者, 以青衫[2]居賓州, 未襲其職. 其子甫襲而死. 後委哨官及
古零司(九司之一)兼攝之, 而古零鞭長不及. 前年, 八寨賊由此劫上林庫銀,
爲上林縣官所申, 當道復覓吳氏之遺孤仍襲. 其孤名承祚, 才十二歲, 父卽
前甫襲而死者. 其外祖伍姓者號娛心, 乃賓州著姓, 游大人以成名者. 甫自
賓州同承祚到鎭, 見周安凋敝, 以承祚隨師卒業於蘇吉. 而伍適返周安, 見
余至, 輒割牲以餉. (土司以宰猪一味獻客爲敬.) 蓋楊君昔曾委署[3]此鎭, 見其送
余, 非直重新客, 猶戀舊主也. 是晚復同楊、伍二君北二里游羅隱巖. 巖在
鎭之西北隅, 乃石峰西斷處. 蓋大溪南經周安之前而北至此, 有土垣一周,
爲舊賓州南丹衛遺址, 乃萬曆八年征八寨而鎭此者. 後衛移三里, 州移故
處, 而此地遂爲丘墟, 今且爲賊藪, 可恨也. 按『一統志』, 羅洪洞在上林縣
東北四十五里, 爲韋旻隱居之地, 則羅洪昔亦上林屬, 而後淪於賊者也. 由
土垣北直去爲蘇吉、羅木渡大道, 由土垣西向入石峰隘, 有數家倚隘側,

爲羅寨村. 村前石峰特起, 巖穴頗多, 但淺而不深. 其西麓爲羅隱巖, 巖橫裂如榻. 昔有儒生過此, 無托宿處, 寄棲此中, 題詩崖上, 後人遂指爲羅隱. 其題句鄙俚, 而諸繞戎[4]過之, 多有繼題其下者, 豈以其爲崔浩耶? 是晚還宿周安, 作謝陸君書畀楊.

1) 건륭본에 비교하면 '有石筍一圓' 이후의 문단은 빠지거나 들어간 것이 대단히 많다. 여기에서는 주혜영본을 따랐다.
2) 청삼(青衫)은 예전에 지위가 낮은 사람들이 입던 복장이다.
3) 위서(委署)는 관서에 결원이 발생했을 때 다른 관원을 파견하여 대리하도록 하는 것을 가리킨다.
4) 요융(繞戎)은 순찰 나온 군관을 의미한다.

十五日 早雨霏霏, 旣飯少霽, 遂別楊君. 伍君騎而送余, 俱隨大溪西岸北行. [石峰西突路左, 峰四面多開穴竅, 中空, 第高莫能上. 北又有荔枝巖, 深黑, 須炬入, 聞中有荔枝盆.] 於是東西兩界俱石峰, 無復土山中間矣. [先北涉一小水, 又北涉一澗, 水皆東向入大溪. 共四里, 小峰當塢立, 嵌空多穴, 乃下流鎭山,[1] 亦如三里之獨山, 但南北易位耳.] 北六里, 山峽中拓, 聚落倚西峰下, 是爲蘇吉鎭. 伍君留余入頭目欄, 令承祚及其師出見, 欲强飯; 余急辭之出, 乃以多人送余行. 又北三里, 又有土山突兩界石山中, 於是升陟高下, 俱隨兩石山之麓, 而流溪漸薄迫近東界, 相去差遠矣. 又北十五里, 則一江西自萬峰石峽中破隘而出, 橫流東去, 復破萬峰入峽, 則都泥江也. 有刳木小舟二以渡人, 而馬浮江以渡. 江闊與太平之左江、隆安之右江相似, 而兩岸甚峻, 江嵌深崖間, 淵碧深沉, 蓋當水涸時無復濁流漭漫上色也. 其江自曲靖東山發源, 徑霑益而北, 普安而南, 所謂北盤江是也. 土人云: "自利州、那地至此." 第不知南盤之在阿迷、彌勒者, 亦合此否? 渡江而北, 飯於羅木堡, 乃萬曆八年征八寨時所置者. 堡兵五十餘家, 其頭目爲王姓, 泣而訴予, 爲土賊黃天臺、王平原所侵, 近傷其人, 擄其貲, 求余入府乞示. 余以其送人少, 不之許. 其地已屬忻城, 而是堡則隸於慶遠, 以忻城土司也. 賓、慶之分南北, 以江爲界. 堡北, 東西兩界石山復遙列, 而土山則盤錯於中. 北復有小江, 北自山寨而來, (山寨者卽永定土司也.) 循東山而南入都泥. 路循西畔石山北上二十里, 有村倚西山之麓, 曰龍頭村. 村後石山之西, 皆瑤人地. 蓋自都泥江北, 羅木堡西已然矣. 龍頭村之東有水, 一自北來者, 永定之水也; 一自東來者, 忻城之水也. 二水合於村前, 卽南流而合羅木下流者也. 又北二里爲古勒村, 村在平塢中. 村北三里, 復逼小山西岸行, 又五里, 有小村倚西峰之麓, 又有小水西自石峰下湧穴而出, 東流而注於小江. 截流渡小水北, 又東上土坡, 是爲高陽站. 是站在小江之西, 渡江東逾峰隘而入, 共十五[里]而抵忻城; 溯小江北五十里抵永定, 又六十里而至慶遠, 亦征八寨時所置. 站乃忻城頭目所管者. (其地石峰之後卽爲瑤窟. 其西有彝江, 想卽羅木渡之上流. 其內有路, 自東蘭、那地走南寧者從之. 東石峰之后卽忻城. 其東界接柳州. 其站始用竹肩輿,[2] 蓋土俗然也. 自三里馬至周安, 周安馬至高陽, 高陽換輿直送至府. 此地无虞, 可行矣.) 是日共行五十餘里, 以渡羅木難也.

---

1) 진산(鎭山)이란 한 지구내의 주산(主山)을 가리킨다. 예전에 양주(揚州)의 회계산(會稽山), 청주(靑州)의 기산(沂山), 유주(幽州)의 의무려산(醫無閭山), 기주(冀州)의 곽산(霍山)은 이들 지역이 사진(四鎭)이었기에 진산이라 일컬었다.

2) 죽견여(竹肩輿)는 대나무나 새끼줄을 두 개의 긴 대나무 막대기 중간에 얽은 다음, 그 위에 요를 깔아 사람을 태우고 두 사람이 어깨에 메고 가는 지붕 없는 가마이다.

十六日 晨起, 陰如故. 夫自龍頭村來, 始縛竹爲輿, 旣而北行. 十里, 東西兩界石山中土山漸無, 有石山突路左, 小江由其東, 路出其西. 又北十里, 西界石山突而東出, 是爲橫山, 乃忻城、永定分界處也. 緣山嘴盤崖北轉, 巉石嶔崎, 中獨淋漓滑淖, 間有行潦停隙中, 崖路頗高而獨若此者, 以上有重崖高峙, 故水瀝其下耳. 然磊石與密樹蒙蔽, 上下俱莫可窺眺. 間從隙間俯見路石之下, 石裂成潭, 碧波淵澄, 涵影深閟. 又或仰見上有削雲排空之嶂, 透叢而出, 或現或隱, 倐高倐下, 令人恍惚. 旣北, 兩界石山猶拓而北. 又八里, 有石峰一枝中懸, 塢分而爲二, 其一通西北, 其一通東北. 余循西北塢溯流入, 又五里, 復有峰中突, 小江緣其東出, 路逾其西入. 又二里, 有數十家倚中峰之北, 是爲頭奎村, 以中突峰形若兜胄也. 飯於頭目何姓者家. 自橫山之北, 皆爲山寨地. 弘治間, 都御史鄧廷瓚奏置永定長官司, 長官韋姓, 隸府. (其西又有永順司, 土官名鄧宗勝. 嘉靖間調二土司兵至吾鄉剿倭者, 所云狼兵是也.) 既飯, 日色忽霽. 北向塢中行, 始循東界石山矣. 五里, 抵永定司, 卽所謂山寨也. 土官所居村在西界石山下, 欲留余止宿, 余以日纔過午, 不入而行. 漸聞雷聲隱隱. 又北二里, 西截塢而過. 塢中有石潭, 或斷或續, 涵水於中, 卽小江之脈也, 水大時則成溪, 而涸則伏流於下耳. 於是復循西界石山而北, 又五里, 有峰當塢立, 穿其腋而北, 塢遂西向而轉, 於是山又成南北二界矣. 其時黑雲自西北湧起, 勢如潑墨, 亟西馳七里. 雨大至, 避之石壁堡之草蓬下. 石壁堡在北山之麓, 堡適被火, 欲止其間, 無宿處. 半晌雨止, 乃西二里, 逾嶺坳, 此乃東西分水之脊也. 南北俱石山如門, 逾門西出, 始擴[然]大開, 中皆土阜高下, [則永順司接境. 南卽石峯叢合, 皆瑤窟.] 循石峰之西麓, 北向升陟土阜, 其上多迴環中窪, 大者如塘, 小者如井, 而皆無水, 俯瞰不見其底. [水由地行, 此其中墜處, 一如太平府所見.] 北行五里, 始下土山塢中. 其水東北去, 路復北透石峰之隘, 此處又石峰一支自西而東. 一里出隘, 又一里, 於東峰之麓得一村, 曰草塘, 乃馮揮使之家丁也. 頭目曰東光, 言其主在靑塘, 今且往南鄉. 余以陸君書令其速傳去. [馮名潤, 二年前往泗城, 而泗城土官岑雲漢加銜副總兵, 欲馮以屬禮見. 此地明官至土俱以賓主論, 馮不從. 岑拘其從者送獄中, 馮亦淹留不聽行, 夏不給粮, 從者半斃. 陸君以出巡至, 始帶出之. 陸君之第三郎倂兩仆亦死其中. 故陸君不聽余從泗城行, 而送余由此, 托馮與南丹導余焉.] 是晚宿東光欄上.

十七日 天甚晴霽. 從草塘北行, 其地東西兩界復土山排闥. 先從東麓橫過西麓, 塢中有水成塘, 而斷續不成溪, 亦猶山寨之北也. 塘之北始成溪北流, 路從其西. 從西峰北行五里, 有山中塢突, 水由其東, 路由其西. 入峽二里, 東逾一隘又一里, 復北行七里, 又一小水橫亙兩山北口, 若門閾然. 由其西隘出, 於是東西兩界山俱北盡, 其外擴然, 又成東西大塢矣. 西界北盡處, 有石突起峰頭, 北龕獨有紅色一方內嵌, 豈所謂‘赤心北向’者耶? 又北竟土阪五里, 乃下墜土夾中, 一里抵夾底. 又從夾中行一里, 得五峒橋, 有水自西而東出橋下, 其勢頗大, 乃土山中之巨流也. 逾橋北又三里, 復有石山一支自西而東, 穿隘北出, 其東卽爲南山寺, 龍隱洞在焉. 有水自其東谷來, 卽五峒橋東流之水, 至黃崗而分爲二流, 一東徑油羅村入龍江下流, 一西北經龍隱之前, 而北過慶遠東門入龍江. 出隘北又皆土山矣. 又五里, 抵慶遠南門. 於是開東西大夾, 其南界爲龍隱、九龍諸山, 北界卽龍江北會仙、青鳥諸山, 而江流直逼北山下, 江南卽郡城倚之. 其城東西長而南北狹. 從城南西抵西城外, 稅駕於香山寺. 日纔午, 候飯, 乃入城, 復出南門, 抵南山, 游龍隱. 先是, 余過後營, 將抵藍澗, 回顧後有五人者追而至. 問之, 乃欲往慶遠而阻於藍澗不敢入, 聞余從此道, 故隨而往者. 楊君令偕行隊伍中. 及楊君別去, 一路相倚而行, 送至香山寺乃謝去. 及余獨游至此, 忽見數人下山迎, 卽此輩也, 亦非慶遠人, 俱借宿於此. 余藉之束炬攜火, 先游龍隱, 出, 又隨游雙門洞. 旣出, 見此洞奧而多不能卒盡, 而不忍捨去. 乃令顧僕留宿香山, 令一人同往取臥具, 爲宿此計. 余遂留此, 更令兩人束炬秉火, 盡探雙門二洞之奇. 出已暮, 復入龍隱, 令兩人秉炬引索, 懸下洞底深窆. 是夜宿龍隱.

十八日 天色晴霽甚. 早飯龍隱. 僧淨庵引, 由山北登蚺蛇洞, 借宿二人偕行. 旣下, 再飯龍隱, 偕二人循南山北西行二里, 穿山腋南出, 又循山南西行一里餘, 過龍潭. 又西一里, 渡北流小溪, 南入張丹霞墓洞. 遂東北五里, 還飯於香山寺. 復令一人肩臥具, 隨由西門入, 北門出, 渡龍江, 北循會仙山西麓行一里, 東上山又一里, 游雪花洞. 又里餘, 登山頂. 是晚宿雪花洞. 其人辭去, 約明日來.

十九日 五更聞雨聲, 迨曉而止. 候肩行李者不至, 又獨行探[深]井[巖], 又從書生鮑心赤從雪花東坳下, 游百子巖. 仍上雪花寺飯. 有山下臥雲閣僧至, 因乞其導游中觀、東閣諸勝, 并肩臥具下二里, 置閣中. 遂攜火游中觀、東觀、丹流閣、白雲洞, 午餐閣中. 下午, 還香山寺.

二十日 入候馮, 猶未歸. 仍出游西竺寺、黃山谷祠.

二十一、二十二日 皆有雨, 余坐香山寺中. 抵暮, 雨大作, 徹夜不休. 是日前所隨行五人, 俱止南山龍隱庵, 猶時時以一人來侍余. 抵暮, 忽有言其一人在洞誘牧牛童, 將扼其吭而挾之去者. 村人來訴余, 余固疑, 其餘行亦行, 余止亦止, 似非端人; 然時時隨游扶險, 其意慇懃, 又似非謀余者. 心惴惴不能測.

二十三日 雨猶時作時止. 是日爲淸明節, 行魂欲斷, 而沽酒杏花將何處耶?[1] (是處桃杏俱臘中開落.) 下午, 馮揮使之母以酒蔬餉, 知其子歸尙無期, 悵悵, 悶酌而臥.

> 1) 이 구절은 아래의 만당의 시인 두목(杜牧)의 「청명(淸明)」이란 시에서 비롯되었다. "청명날에 비가 부슬부슬 내리니, 길가는 나그네 애를 끊누나. 주막은 어느 곳에 있느냐 물으니, 목동은 말없이 살구꽃 핀 마을을 가리키누나(淸明時節雨紛紛, 路上行人欲斷魂, 借問酒家何處, 有牧童遙指杏花村.)"

二十四日 五鼓, 雨聲猶潺潺, 旣而聞雷. 及起漸霽, 然濃雲或開或合, 終無日影焉. 旣而香山僧慧庵沽酒市魚, 酌余而醉. 及寢, 雷雨復作, 達旦而後止.

二十五日 上午猶未霽. 旣飯, 麗日晶然. 先是, 余疑隨行五人不良, 至是卜之得吉. 彼欲以兩人從余, 先畀定銀與之市煙焉. 又慧庵以緣簿[1]求施, 余苦辭之; 旣而念其意不可卻, 雖橐中無餘資, 展轉不能已, 乃作書貸之陸君, 令轉付焉.

---

1) 연부(緣簿)는 불사에 재물을 희사하기를 권유하는 기부장을 가리킨다.

二十六日 日晴霽. 候馮揮使潤猶不歸, 投謁守備吳, 不見而還香山寺, 再飯. 同僧慧庵往九龍, 西南穿塍中, 蜿蜒排石而過. 五里, 越北流溪, 至丹霞遺蛻洞, 卽前日所入者. 仍下, 繞其東麓而南, 回眺遺蛻峰頭, 有巖東向高穹, 其上靈幻將甚, 心欲一登而阻於無路. 又東南約半里, 抵東峰之北麓, 見路兩旁皆水坑流貫, 路行其上, 若橋樑而不知也. 其西有巨楓樹一株, 下有九龍神之碑, 卽昔之九龍祠遺址. 度其北, 是昔從龍隱來所經平崗中之潭, 而九龍潭則在祠南石崖之下, 水從其中北向經路旁水坑而出爲平崗潭者也.

九龍洞山在郡城西南五里, 丹霞遺蛻洞東南. 其山從遺蛻山後繞而東, 其北崖有洞, 下有深潭嵌石壁中若巨井. 潭中下橫一石, 東西界爲二, 東小而西巨, 東水低, 西水高, 東水淸, 西水渾. 想當雨後, 西水通源從後山溢來, 而東則常瀦者也. 西潭之南, 石壁高數丈, 下挿潭底, [潭多巨魚.] 上鐫'九龍洞'三大字, 不知鐫者當時橫架杙木費幾許精力? 西潭之深莫能竟, 曰垂絲一絡, 亦未可知, 然水際無洞, 其深入之竅當潛伏水底耳. 洞高懸潭上三丈餘, 當井崖之端, 其門北向, 東與'九龍洞'三字並列, 固知此鐫爲洞, 不爲潭也. 門頗隘, 旣入乃高穹. 峽南進, 秉炬從之, 其下甚平. 直進十餘丈, 轉而東, 下雖平, 而石紋湧起, 屈曲分環, 中有停潦, 遂成仙田. 東二丈, 忽下陷爲深坑. 由坑上南崖傴僂而出坑之東, 其下亦平, 而仙田每每與西同. 但其上覆石懸乳, 壓墜甚下, 令人不能擧首. 披隙透其內, 稍南北分岐, 遂逼仄逾甚, 不得入矣. 仍西出至坑崖上, 投火坑中諦視之, 下深三丈餘, 中復有洞東西通透 : 西洞直入, 與上峽同; 東洞則橫拓空闊, 其上水淙淙下滴, 下似有潦停焉. 坑之南, 崖平覆如棧, 惟北則自上直挿坑底. 坑之裂竅, 南北闊二丈, 東西長三丈, 洞頂有懸柱倒蓮, 恰下貫坑中, 色潔白瑩映, 更異

衆乳. 俯窺其上久之, 恨不攜梯懸索, 若南山一窮奧底也. [東三百步, 又有巖北向, 深十餘丈, 在東峰崖過脊處.]

九龍西峰高懸洞在丹霞遺蛻之東頂, 其門東向而無路. 重崖綴石, 飛突屼嵲, 倒攀雖險, 而石鏜嵯峨, 指可援而足可聳也. 先是, 一道者持刀芟棘前引, 一夫賫火種後隨, 而余居其中. 已而見其險甚, 夫不能從, 道者不能引, 俱強余莫前. 余凌空直躍, 連者數層, 頻呼道者, 鼓其速登, 而道者乃至. 先從其北得一巖, 其門東向, 前峽甚峻, 中通一線, 不即不離, 相距尺許; 曲折而入者三丈, 其內忽穹而開; 轉而西南四五丈, 中遂黑暗, 恨從夫不以火種相隨. 幸其下平, 暗中摸索又轉入一小室, 覺無餘隙, 乃出. 此洞外險而中平, 外隘而中局, 亦可棲托, 然非高懸之洞也. 高懸處尙在南畔絶崖之上, 虧蔽不能仰見. 稍下, 轉崖根攀隙以升, 所攀者皆兜衣鉤髮之剌棘也. 旣上, 其巖亦東向, 而無門環迴前列, 高數丈, 覆空若垂天之雲. 而內壁之後, 層削而起, 上有赭石一區嵌其中, 連開二門, 層累其上, 猿猱之所不能升也, 安得十丈梯飛度之? 時老僧慧庵及隨夫在山麓頻頻號呼, 乃仍舊路下. 崖突不能下睨, 無可點足. 展轉懸眺, 覺南上有痕一縷, 攀棘側肩循之. 久之, 乃石盡而得土, 懸攀雖峻, 無虞隕墜矣. 下山五里, 還香山. 返照甚朗, 余以爲晴兆. 旣臥而雷雨復大作, 達旦不休.

二十七日 雨止而起. 余令人索騎欲行, 而馮揮使之母令人再留日, 已三往促其子矣, 姑允其留. 旣而天色大霽, 欲往多靈, 以晚不及. 亟飯而渡北門大江, 登北岸上觀音閣, 前爲澄碧庵, 皆江崖危石飛突洪流之上, 就而結構成之者. 又北一里, 過雪花洞下, 乃渡溪, 遂西向入石山峽中. 轉而南, 登嶺坳, 遇樵者問之, 此上有牛陣洞, 非三門也, 三門尙在北山. 仍出, 由南來大路北行二里, 過一古廟. 又北, 有水自西山麓透石而出, 其聲淙淙東瀉, 卽前所渡自北而南小溪也. 又西半里, 循西山轉入西塢, 則北界石峰崔嵬, 南界之山又轉而爲土矣, 中有土崗南北橫屬. 又半里, 逾崗西下, 則三門巖在北崖之中矣. 乃由岐北向抵山下, 望其巖上下俱危崖, 中關橫竅, 一帶垂柱,分楞齊列於外. 拾級而上, 先抵巖東, 則石瓣駢沓, 石隙縱橫, 皆可深入. 而前則有路, 循崖端而西, 其巖中闢, 高二丈餘, 深亦如之, 而橫拓四丈餘, 上下俱平整, 而外列三石, 界成四門, 俱南向, 惟中門最大, 而左腋一門卑伏. 言'三門'者, 擧其大也. 西門巖壁抵此而莫前, 其上石態更奇; 東門穿隙而出, 卽與東偏縱橫之隙並; 而中門之內, 設神像於中, 上鐫'靈巖' 二字. 由神像後穿隙北入, 宛轉三四丈, 逾皮攀而上, 中有一龕, 乃巖中之奧室也. 出巖而東, 披縱橫之隙, 亦宛轉三四丈, 始闢而大. 東逾石閾而上, 其內上下平整, 前穴通明, 另成一界, 乃巖外之奧室也. 透其前穴出, 有石高擎穴前, 上平如臺. 其東又有小隙宛轉, 如簇瓣蓮萼, 披之無不通也. 由臺前小隙下, 卽前循崖端而西路. 復從崖端轉石嘴而東, 稍入, 有洞門內闢. 其門亦南向, 中深數丈, 彌備幽深之致. 乃仍舊路下, 卽沿山麓東還, 北望山坳間, 有巖高懸絶峽之上, 心異之. 乃北向望坳上, 攀石躋崖以升. 數十步, 逾坳間, 乃炭夫樵豎者所由, 而懸巖尙在其東, 崖壁間之藤棘蒙密, 側身難度. 乃令隨夫緣枝踐級, 橫過崖間, 不百步而入巖, 余亦從之. 巖前懸峽, 皆棕竹密翳, (其色白, 大者可爲杖, 細者可爲筯.) 而洞當轉峽之側, 上下懸峭, 其門西南向, 頂崇底坦. 入五六丈, 當洞之中, 遙望西南銳豎尖峰正列其前, 洞兩旁裂峽分瓣, 皆廉利[1]沓合. 洞後透石門而入, 其內三闢三合, 中連下透, 皆若浮橋駕空, 飛梁駢影, 思各躋其上, 不知何處著脚. 乃透入三橋之內, 其中轉寬而黑. 從左壁摸索而上攀東崖, 南出三四丈, 遂凌內梁之東. 其梁背刀削而起, 不堪著足. 而梁之西亦峻石拄頂, 另隔成界, 不容西渡. 又南緣東崖, 凌中梁之東, 其不可度與內梁同. 又南緣東崖凌前梁之東, 則梁背平整, 橫架於兩崖之間, 下空內谽, 天設徒杠.[2] 其背平架之端, 又有圓石尺許聳立其上, 儼若坐墩. 余以爲人琢而置此者, 捫其根, 則天然石柱也. 渡梁之西, 又北轉入峽門, 卽中內二梁西端之石所界而成者. 其內有又東谽而下通梁後, 又西剜而透穴中. 入穴中, 又拓而爲龕, 環而爲門, 透而爲峽, 下皆細砂鋪底, [平潔如玉,] 但其中已暗而漸束, 不能深入. 仍出至前梁之西, 緣西崖之半, 攀石笋南下, 穿石窟以出, 復至洞中央矣. 前眺尖峰, 後矚飛梁, 此洞之勝, 內外兩絶.

　出洞, 取椶竹數枝, 仍橫度坳脊, 歷懸石, 下危峽而抵麓. 循麓東行又百步, 有洞裂削崖間如 '丁'字, 上橫下豎, 甚峻, 其門南向. 復北向抵崖下巨峽前, 大石如窒, 累數石而上, 皆倒攀懸蹐升之. 其上一石則高削數丈, 無級可攀, 而下有穴大如斗. 蛇穿以入, 中遂穹然, 上高數十丈, 外透而起, 則 '丁'字之豎裂也, 而橫裂則仰之莫及矣. 洞內夾壁而入, 傾底而下, 北進七八丈, 折而東, 始黑暗不可窮詰. 乃出斗穴, 下累石, 又循崖而東數十步, 復入巨峽. 其門亦南向, 前有石界之. 連蹐石隙二重, 其內夾下傾, 亦如 '丁'字巖. 北進五六丈, 亦折而東, 則平而拓矣. 暗中摸索, 忽有光在足下, 恍惚不定, 余疑爲蛇珠虎睛, 及近索之, 復不見. 蓋石板之下, 復有下層窟穴通於前崖, 而上下交通處, 穴小於斗, 遠則斜引下光, 近則直墜莫睹. 且其穴小而曲, 不能蛇伏以下. 遙矚其東二三丈, 石板盡處, 復有微光燁燁. 匍匐就之, 則其外界石如屛, 中有細孔徑寸, 屈曲相攢, 透漏不一, 可以外窺. 而其下有孔獨巨, 亦如斗大. 乃以足先墜, 然後懸手而下, 遂及下層. 其外亦有門南向, 而內入不深. 巖門內距屛石僅二丈, 屛石又開局竅, 內入卽前所望石板下窟穴也, 然外視昏黑, 不知其內通矣. 由門外又循崖而東數丈, 復得一巖. 其門亦南向, 內不甚深, 而後壁石竅玲瓏, 細穴旁披, 亦可挺身轉隙, 然無能破其局也. 巖前崖懸磴絶, 遂不能東, 乃仍西歷前所入洞口, 下及山麓. 又東百步, 有洞當北麓, 其門亦南向. 穿而入, 則轉東, 透峽四五丈而出, 其門又東豁者也. [聞<u>古城洞</u>在<u>靑鳥山</u>前, 東門渡江, 三里可至, 石壁對夾, 中多種蔬者.] 時日將哺, 恐渡舟晩不及濟, 亟從舊路還, 五里餘而抵<u>龍江</u>, 渡舟適至, 遂受之南濟, 又穿城一里, 抵<u>香山</u>已薄暮矣.

---

　1) 염리(廉利)는 끝이 날카로움을 의미한다.
　2) 도강(徒杠)은 걸어서 다닐 수 있는 조그마한 다리를 가리킨다. 몇 개의 나무를 늘어놓은 다리를 교(橋)라 일컫고, 하나의 나무만 걸쳐놓은 다리를 강(杠)이라 한다.

二十八日 天色甚霽. 晨起索飯, 卽同<u>慧庵僧</u>爲<u>多靈山</u>之行. 西南過<u>雁山村</u>,

又過龍項村之北, 共八里, 過彭嶺橋, 其水卽九龍北去之流也. 又二里登彭嶺, 其南隴有村, 是爲彭村. 又西下嶺, 西南轉入山塢, 峽中堰而成塘, 水滿浸焉. 共五里, 逾土嶺而下, 於是遂與石山遇. 又三里, 南穿其峽, 逾脊而西, 其南乃擴然. 循石峰南麓西行, 二里, 爲黃窯村. 其村之西, 石峰前突, 是爲黃窯山. 轉山嘴而西一里, 有水自南崗土峽中瀉下, 分爲二派: 一循山嘴東行, 引環村之前; 一搗山麓北入石峰而出其後. 渡水溯流陟崗而上, 則上流亦一巨塘也. 山至是南北兩界, 石峰遙列而中橫土脊, 東望甚豁, 直抵草塘, 覺其勢漸下, 而崗坡環合, 反堰成此水. 由塘上西行, 又二里, 則其水漸西流. 又西南二里, 下土窪, 中則匯水一塘, 自西北石峰下成澗而去. 又西四里上土崗, 見南山有村三四家, 投之炊, 其家閉戶避不出. 久之, 排戶入, 與之煙少許, 輒以村醪、山筍爲供. 飯而西行, 四里, 有石峰自西北中懸而來, 至此危突, 曰高獅山. 又二里, 逾山前土脊而下, 又西南四里, 過一荒址, 則下遷村之遺也. 又西上嶺, 望見一水自南, 一水自東, 至此合流而西去, 是爲下遷江. 其江西北流去. 截流南渡, 水漲流深, 上及於胸. 旣渡, 南上隴行三里, 有村在南峰東麓, 龍門之流潆之而北, 是爲鹿橋村, 大路在其嶺西. 乃下嶺循南峰東麓西行, 過一渾水塘, 共二里越脊而下, 又二里出土山之隘, 於是塢遂南北遙豁, 東西兩界皆石山矣. 又有溪當石山之中, 自南而北流去, 路乃溯流南入. 二里, 過一石橋, 由溪西南向行. 又一里, 有墟在路左, 又有村在西山下, 是曰黃村, 則宜山西南之鄙矣. 有全州道人惺一者, 新結茅於此, 遂投宿其中. 是日尙有餘照, 余足爲草履所損, 且老僧慧庵聞郡尊時以朔日行香寺中, 欲明日先回, 故不復前.

二十九日 復從黃村墟覓一導者, 別慧庵南向行. 一里, 有村在西麓, 曰生牢村. 有一小水在其南, 自西山峽中出, 東入南來之溪, 行者渡小水, 從二水之中南向循山行. 又一里餘, 有巖突西峰之麓, 其門東向, 披棘入之, 中平而不深. 其南峰迴塢夾, 石竅縱橫, 藤蘿擁蔽, 則山窮水盡處也. 蒙密中不知水何出, 但聞潺潺有聲, 來自足底耳. 從此半里, 躡級西上, 石脊崚嶒.

逾坳而西, 共一里而抵其下, (是曰都田隘. 東爲宜山縣, 西爲永順司分界.) 見有溪
自西南來, 亦抵坳窟之下, 穿其穴而東出, 即爲黃村上流者也. 又南半里,
乃渡其水西南行, 山復開, 環而成塢. 二里, 有村在西麓, 是爲都田村, 一曰
秦村, 乃永順司之叔鄧德本所分轄者. 又南二里, 復渡其水之上流, 其水乃
西北山腋中發源者, 即流入都田隘西穴, 又東出而爲黃村之水者也. 又東
南一里, 陟土山之崗, 於是轉出嶺坳, 西向升降土崗之上, 二里, 爲大歇嶺.
石山又開南北兩界, 中復土脊盤錯, 始見多靈三峰如筆架, 高懸西南二十
里外. 下嶺, 又西南行夾塢中三里, 乃西向升土山. 其山較高, 是爲永順與
其叔分界, 下山是爲永順境.

西由塢中入石山峽, 漸轉西北行, 其地寂無人居, 而石峰離立, [色青白
成紋, 態鬱紆[1]若縷刻,] 色態俱奇. 五里, 路右有二巖駢啓, 其門皆南向. 東
者在麓, 可穿竅東出, 而惜其卑; 西者在崖, 可攀石以上, 而中甚幻. 由門後
透腋北入, 狹竇漸暗, 凌竇隙而上, 轉而南出, 已履洞之上矣. 其下石板平
如砥, 薄若葉, 踐之聲逄逄如行鼓上, 中可容兩三榻. 南有穴, 下俯洞門, 若
層樓之窗, 但自外望之, 不覺其上之中虛耳. 其結構絶似會仙山之百子巖,
但百子粗拙而此幻巧, 百子藉人力, 而此出天上, 勝當十倍之也.

坐久之, 乃南下山, 復西北行. 一里, 路漸降, 北望石峰之頂, 有巖砑然,
其門東南向, 外有朱痕, 內透明穴, 乃石樑之飛架峰頭者. 下墅半里, 轉而
南, 始與溪遇. 其水西南自八洞來, 至此折而西向石山峽中. 乃絶流渡, 又
南二里, 西望有村在山塢中. 是爲八洞村. (都田村之東有八仙洞, 乃往龍門道.)
又南一里, 復南渡溪. 過溪復南上, 循山一里, 轉而東南行一里半, 直抵多
靈北麓. 路左有土山, 自多靈夭矯下墜. 其後過腋處, 有村數家, 是爲墳墓
村, 不知墓在何處也. 從其前又轉而西南行, 一里下山, 絶流渡溪, 其溪自
南來, 抵石山村之左, 山環墅盡, 遂搗入石穴, 想即八洞溪之上矣. 過溪又
半里, 北抵山麓, 是爲石山村. 乃叩一老人家, 登其欄而飯. 望多靈正當其
南, 問其上, 有廬而無居者. 乃借鍋於老人, 攜火於村. 老人曳杖前導, 仍渡
溪, 東南上土山, 共二里, 越崗得塢, 已在墳墓村之南, 與多靈無隔阪矣. 老

人乃指余登山道, 曰: "此上已[無]岐, 不妨竟陟也." 老人始去.

余踐土麓東南上, 路漸茅塞. 披茅轉東北行二里, 茅盡而土峽甚峻. 攀之上, 抵石崖下, 則叢木陰森, 石崖峭削, 得石磴焉. 忽聞犬聲, 以爲有人, 久之不見; 見竹捆駢置路傍, 蓋他村之人乘上無人而竊其筍竹, 見人至, 輒棄竹而避之巉岨間耳. (此間人行必帶犬.) 於是攀磴上, 磴爲覆葉滿積, 幾不得級. 又一里, 有巨木橫仆, 穿其下而上, 則老枋之巨, 有三人抱者. [上一里,] 乃復得坪焉, 而茅庵倚之. 其庵北向, 頗高整, 竹匡, 木几與夫跌跏²⁾灑掃之具俱備. 有二桶尙存斗米, 惜乎人已久去, 草沒雙扉, 苔封古竈, 令人恨不知何事憶人間也! 令一人爇火竈中, 令一人覓水庵側,³⁾ 斷薪積竹, 炊具甚富, 而水不可得. 其人反命曰: "庵兩旁俱無, 亦無路. 惟東北行, 有路在草樹間, 循崖甚遠, 不知何之?" 予從之, 果半里而得泉. 蓋山頂懸崖綴石, 獨此腋萬木攢翳. 水從崖石滴墜不絶, 昔人鑿痕接竹, 引之成流, 以供筒酌. 其前削崖斷峽, 無可前矣. 乃以兩筒攜水返庵, 令隨夫淅米而炊. 令導余西南入竹林中, 覓登頂之道.

初有路影, 乃取竹覓筍者所踐; 竹盡而上, 皆巨茅覆頂, 披之不得其隙. 一里, 始逾一西走之脊. 其脊之西, 又旁起一峰以拱巨峰者, 下不能見, 至是始陟之也. 又從脊東上, 皆短茅沒腰, 踐之每驚. 其路又一里, 而始逾一南走之脊. 其脊之南, 亦旁起一峰以拱巨峰者, 北不能矚, 至是又陟之也. [此兩峰卽大歇嶺所望, 合中峰爲筆架者.] 於是從脊北上, 短茅亦盡, 石崖峻垂, 攀石隙以升, 雖崚極, 而手援足踐, 反不似叢茅之易於顚覆也. 直北上一里, 遂凌絶頂. 其頂孤懸特聳於衆石山之上, 南北逾一丈, 東西及五丈, 惟南面可躋, 而東西北三面皆嵌空懸崖, 不受趾焉. 頂之北, 自頂平分直墜至庵前石磴下, 皆巨木叢列, 翳不可窺, 惟遙望四面, 叢山千重萬簇, 其脈似從西南來者. 遙山外列, 極北一抹乃五開, 黎平之脊; 極南叢亙, 爲思恩九司之嶺; 惟東北稍豁, 則黃窰, 裏諸所從來者也. 南塹之下, 重坑隔阪間, 時見有水汪汪, 蓋都泥之一曲也. 山高江逼, 逆而來則見, 隨而轉又相掩矣. 此卽石堰諸村之境也. 山之東南垂, 亦有小水潺潺, 似從南向去, 此必入都泥者, 其在分脊嶺之南乎! 土人言: "登此山者, 必淸齋數日, 故昔有僧王姓者不能守戒, 遂棄山而下. 若登者不潔, 必迷不得道." 以余視之, 山無別岐, 何以有迷也? 又云: "山間四時皆春, 名花異果不絶於樹. 然第可採食, 懷之而下, 輒復得迷." 若余所見者, 引泉覆石之上, 有葉如秋海棠而甚巨, 有花如秋海棠而色白, 嗅之蕚, 極淸香, 不知何種. 而山頂巨木之巓, 皆薔薇緣枝綴花, 殷紅鮮耀, 而不甚繁密. 又有酸草, 莖大如指, 而赤如珊瑚, 去皮食之, 酸脆殊甚. 亦有遺畦剩茮, 已結子離離. 而竹下龍孫,[4] 則悉爲竊取者掘索已盡. 此人亦當在迷路之列, 豈向之驚余而竄避者, 亦迷之一耶? 眺望峰頭久之, 仍從故道下. 返茅庵, 暝色已合, 急餐所炊粥,[5] 覺枯腸甚適. 積薪佛座前作長明燈, 以驅積陰之氣, 乃架匡展簟而臥.

---

1) 울우(鬱紆)는 빙글빙글 감도는 모양을 가리킨다.
2) 부가趺跏는 다리를 겹쳐 오므려 앉는 것을 의미하는데, 여기에서 좌선(坐禪)을 가리킨다.
3) 원본에는 '令一人覓火庵側'이라 되어 있으나, 앞뒤의 문맥에 따라 '火'를 '水'로 바꾸었다.
4) 용손(龍孫)은 여기에서 죽순의 별칭으로 쓰이고 있다.
5) 원본에는 '急餐所炊粥'이 '急炊所餐粥'으로 되어 있으나, 건륭본과 사고본에 의거하여 바로잡았다.

三月初一日 昧爽起, 整衣冠叩佛座前. 隨夫請下山而炊, 余從也, 但沸湯漱之而下. 仍至石山村導路老人欄, 淅米以炊. 余挾導者覓勝後山, 仰見石崖最高處, 有洞門穹懸, 隨小徑抵其西峽, 以爲將攀崖而上, 乃穿腋而下者也. 其隘甚逼, 逾而北下, 東峰皆峭壁, 西峰皆懸簽, 然其中石塊叢沓, 蘿蔓蒙密, 無可攀躋處也. 其北隨峽而出, 又通別塢, 不能窮焉. 轉山村前, 乃由其東覓溪水所從入, 則洞穴穹然在山坳之下, 其門南向, 溪流搗入於中, 其底平衍而不潭. 洞高二丈, 闊亦二丈, 深三四丈, 水至後壁, 旁分二門以入, 其內遂昏黑莫可進. 洞之前, 有石柱當其右崖, 穿柱而入, 下有石坡尺許, 傍流渡入, 不煩涉水. 由石柱內又西登一隙, 上復有一竅焉. 底平而上穹, 亦有石柱前列, 與水洞幷向, 第水洞下而此上, 水洞寬而此隘耳. 洞中之水, 當卽透山之背, 東北而注於八洞之前者也. 出洞, 還飯老人家. 仍東北循土山而下, 渡水過八洞, 又北渡水, 東南轉入石山之峽, 過前所憩洞前. 又東入重塢, 逾分脊之嶺, 乃下嶺東北行塢, 復陟崗轉陂, 逾<u>大歇嶺</u>, 乃北下渡溪, 沽酒飮於<u>秦村</u>. 又北向渡溪而逾<u>都田</u>之嶺, 又從嶺東隨穴中出水北行而抵<u>黃村</u>庵, 則<u>惺一</u>瀹茶煮筍以待. 余以足傷, 姑憩而不行. 乃取隨夫所摘多<u>靈山</u>頂芽茶,[1] 潔釜而焙之, 以當吾(鄕)<u>陽羨</u>茶中茄,[2] 香色無異也. (此地茶佀茶以柴火烘黑, 烟氣太重. 而瀹時, 又捉入涼水煨之, 旣滾又雜以他味焉.)

---

1) 아차(芽茶)는 어린 싹에서 따온 가늘고 질이 좋은 차를 가리킨다.
2) '茄'는 건륭본과 사고본에는 '茗'으로 되어 있다.

初二日 別<u>惺一</u>, <u>惺一</u>送余以筍脯. 乃北行渡溪橋, 又北, 乃東轉入山峽. 逾平脊, 東過渾水塘上嶺, 東望<u>鹿橋</u>而北行. 已而北下, 渡大溪之水, 其水昔高湧於胸, 今乃不及臍矣. 但北上而崖土淖滑, 無可濯處, 跣而行. 逾坡而下, 抵<u>下阱村</u>舊址, 有淳潦焉, 乃濯足納履. 又東北逾一澗, 乃東上<u>高獅山</u>之南阪. 逾脊又東, 升跋陂陀, 路兩旁皆墜井懸窨, 或深或淺, 皆土山, 石孔累累不盡. 旣而少憩土崗上, 其南卽截路村. 又東逾一崗下塢, 有塘一方, 瀦水甚淸, 西北從石峰下破澗而去, 叢木翳之, 甚遙. 又東逾崗, 水從路側西流. 又東則巨塘匯陂間, 乃北墜而下, 分爲兩流, 一北入山穴, 一東循山嘴, 環於<u>黃窯村</u>前, 諸膛悉取潤焉. 乃飯於村欄, 詢<u>觀巖</u>之路. 其人曰 : "卽在山後, 但路須東逾<u>草峽</u>, 北出峽口, 西轉循山之陰, 而後可得." 從之, 遂東. 甫出村, 北望崖壁之半, 有洞高穹, 其門東向, 甚峻迥, 不可攀. <u>草峽</u>之南, 有雙峰中懸, 又有土山倚其下, 是爲<u>裏諸村</u>, 聚落最盛. 共二里半, 北入<u>草峽</u>. 又東北行一里, 逾石脊而過, 有岐西行, 遂從之, 卽<u>黃窯</u>諸峰石山之陰也. 其山排列西北去, 北盡於<u>獨山</u>,[1] 所謂<u>觀巖</u>者正在其中. 乃循山東麓行, 又三里折而西南, 半里而抵其下, 則危崖上覆, 下有深潭, 水瀦其中, 不知所出, 惟從巖北隅瀉入巨門, 其中窅黑, 水聲甚沸. 蓋水從山南來, 泛底而出, 瀦爲此潭, 當卽黃窰之西[巨塘]分流而搗入山穴者, 又透底而溢於此也. 乃一出而復北上於穴, 水與山和, 其妙如此. 覆巖之上, 垂柱懸旌, 紛紜歷亂, 後壁石脚倒揷潭中. 其上旋龕迴竇, 亦嵌漏不一, [俱隔潭不能至.] 潭東南亦有一巖北向, 內不甚深; 潭東北崖間有神祠焉, 中有碑, 按之, 始知爲小觀巖. 神祠之後, 卽潭中之水搗入石門處, 其門南向, 甚高, 望其中崆峒, 莫須浮筏以進, 不能竟入也. 久之, 仍從神祠東北出平疇, 見有北趨路, 從之, 意可得大道入郡. 旣乃愈北, 始知爲獨山、懷遠道. 欲轉步, 忽見西山下有潭, 淵然直逼石崖, 崖南有穴, 則前北向入門之流, 又透此而出也. [計所穿山腹中, 亦不甚遙, 若溯流入, 當可抵水聲甚沸處.] 余欲溯流而入, 時日已西昃, 而足甚艱, 遂從潭上東向覔畦而行. 半里, 將抵一村, 忽墜坑而下, 則前潭中之水北流南轉, 遂散爲平溪, 縈村南而東去. 其水甚闊, 而深不及尺, 導者負而渡. 渡溪, 遇婦人, 詢去郡路幾許, 知猶二十里也. 東北上崇涯, 遂東出村前, 有小路當從東南, 導者循大路趨東北, 蓋西北有大村, 乃郡中趨懷遠大道. 知其非是, 乃下坡走亂畦中, 旣漸失路, 畦水縱橫, 躑躅者五六里. 遇二人從南來, 詢之, 曰: "大道尙在北." 復莽行二里, 乃得大道, 直東向行. 詢之途人, 曰: "去城尙十里." 返顧日色尙高, 乃緩步而東, 其道甚坦. 五里, 漸陟陂陀, 路兩旁又多智井墜穴, [與太平一轍.] 於是聞水聲淙淙, 則石壑或斷或連, 水走其底, 人越其上, 或架石爲橋, 俯瞰底水, 所墜不一道, 而皆不甚巨. 蓋小觀之水出洞爲溪, 散行諸畦洫中, 此其餘瀝, 穿地峽而北泄於龍江者也. 又東二里, 逾崗而下, 復得石壑, 或斷或連, 水散溜其下, 與前橋同. 此乃彭嶺橋之水, 自九龍來, 亦散衍畦洫, 故餘瀝穿峽而北, 泄者亦無幾也. 又東一里半, 有庵峙路北, 爲西道. 堂前有塘甚深衍, 龍溪細流從東來注, 而西北不見其所泄. 又東一里, 爲西門街口, 乃南越龍溪, 循溪南東行, 過山谷祠之後, 又半里而抵香山寺, 已昏黑矣. 問馮使, 猶未歸也. 暑甚, 亟浴於盆而臥.

初三日 余憩足寺中. 郡人祉會[1]寺前, 郡守始出行香. 余倚北簷作達陸參戎書, 有一人伺其旁, 求觀焉, 乃馮使之妻弟陳君仲也. (名瑛, 庠彦.[2]) 言 : "此書達陸君, 馮當獲罪, 求緩之. 余當作書往促." 幷攜余書去, 曰 : "明日當來代請." 已而又二人至, 一曰謝還拙, 一曰陳斗南. 謝以貢作教將樂而歸; 陳以廩而被黜, 復從事武科者也. 二君見余篋中有文、項諸公手書, 欲求歸一錄, 余漫付之去. 旣暮, 有河池所諸生杜、曾二君來宿寺中, 爲余言 : "謝乃腐儒, 而陳卽君仲之叔, 俗號'水晶', 言其外好看而內無實也."

初四日 余晨起欲往覓陳、謝, 比出寺東而陳、謝至, 余同返寺中, 坐談久之. 又求觀黃石齋詩帖. 久之去, 余隨其後往拜, 陳乃返諸公手書. 觀其堂額, 始知其祖名陳學夔, 乃嘉靖末年進士, 曾任常鎭兵使者, 蒞吾邑, 有愛女卒於任, 葬西門外, 爲之題碑其上曰 : "此兵使者陳學夔愛女之墓. 吾去之後, 不知將夷而去之乎? 抑將憐而存之乎? 是在常之人已." 過謝君之堂, 謝君方留酌, 而隨行者覓至, 請還, 曰 : "有陳相公移酒在寺, 相候甚久." 余以謝意不可卻, 少留飮而後行. 比還寺, 復領陳君仲之酌. 陳出文請正, 在此中亦錚錚者. 爲余言, "其鄰有楊君者, (名姿勝.) 亦庠生, 乃獨山爛土司之族, 將往其地, 君可一拜之, 俟之同行, 不惟此路無虞, 而前出黔境亦有導夫, 此爲最便." 余頷之.

初五日 晨起, 余往叩陳君. 有韋老者, 廩將貢矣, 向以四等停, 茲補試郡中, 郡守以其文不堪, 復再三令改作, 因强余爲捉刀.[1] 余辭再三, 不能已, 乃爲

之作二文. (一曰:「吾何執?」, 一曰:「祿足以代其耕也」.) 旣飯, 以稿畀韋, 而往叩
於陳, 陳已他出矣. 乃返宿於寺.

---

1) 착도(捉刀)는 남을 대신하여 글을 짓는 것을 의미한다.

初六日 以一書畀吳守備, 得其馬票. 韋亦爲余索夫票於戚揮使. 以爲馬與
夫可必得, 及索之, 仍無應者. 是日齋戒而占, 惟思恩可行, 而南丹不吉. 其
楊生之同行, 亦似虛而不實.

初七日 索夫馬仍不得. 楊姿勝來顧, 乃阿迷州楊繩武之族也. 言其往黔尙
遲, 而此中站騎甚難, 須買馬可行. 余占之, 頗吉. 已而馮使以一金來贐, 侑
以蔬酒, 受之. 旣午, 大雨傾盆, 欲往楊處看騎, 不果行. 下午雨止, 余作一
柬, 托陳君仲代觀楊騎. 是日爲穀雨, 占驗者以甘霖爲上兆, 不識吾鄕亦有
之否也?

初九日 零雨濃雲, 猶未全霽. 營中以折馬錢至, 不及雇騎者十之二. 此間
人之刁頑, 實粤西所獨見也. 欲行, 陳君仲未至, 姑待之. 抵午不至, 竟不成
行. 下午, 自往其家, 復他出. 余作書其案頭作別, 遂返寓, 決爲明日步行計.
　自二月十七日至慶遠, 三月初十起程, 共二十三日.

　慶遠郡城在龍江之南. 龍江西自懷遠鎭, 北憑空山, 透石穴而出, (其源從
貴州都勻而下.) 循北界石山而東, 其流少殺於羅木渡, 而兩岸森石嶙峋過之.
江北石峰聳立, 中爲會仙, 東爲靑鳥, 西爲宜山, (會仙高聳, 宜山卑小) 又西爲
天門拜相山, [卽馮京祖墓.] 皆憑臨江北, 中復開塢, 北趨天河[縣名]者也.
江南卽城. 城南五里有石山一支, 自西而東, 若屛之立, 中爲龍隱洞山, 東
爲屛山, 西爲大號山, 又西爲九龍山, 皆蜿蜒郡南, 爲來脈者也.
　郡城之脈西南自多靈山發軔. 多靈西南爲都泥, 東北爲龍江, 二江中夾

之脊也. 東北走六十里, 分支而盡於郡城. 將抵城五里外, 先列爲九龍山,
又東北爲大號山, 又北結爲土山, 曰料高山, 則郡之案也. 又北逡爲郡城,
而龍江截其北焉.

多靈山脈, 直東走爲草塘堡南之土脊, 東起爲石壁山, 又東而直走爲柳
州江南岸諸山, 又東南而盡於武宣之下柳江、都泥交會處.

龍江, 郡之經流也. 其東北有小江南入於龍, 其源發於天河縣北界; 其東
南則五碧橋諸流北入於龍, 其源發於多靈山東境, 皆郡城下流也. 郡城西
南又有小水南自料高山北來, 抵墨池西流, 是爲龍溪, 又西則九龍潭之水
自九龍山北流, 與之合而西北入龍江. 此郡城之上流也.

西竺寺在城西門外, 殿甚宏壯, 爲粤西所僅見, 然寥落亦甚. 其南爲香山
寺, 寺前平地湧石環立, 爲門爲峽, 爲峰爲嶂, 甚微而幻, 若位置於英石盤
中者. 且小峰之上, 每有巨樹箕踞, 其根籠絡, 與石爲一, 幹盤曲下覆, 極似
蘇囷[1]盆累中雕絷而成者. 寺西有池, 中亦有石. 池北郡守岳和聲建香林書
院, 以存宋趙清獻公故跡. 又西北爲黃文節祠, 後有臥龍石, 前有龍谿西流.
宋署守張自明因文節遺風, 捐數十萬錢建祠及龍谿書院, 今規模已廢而碑
圖猶存祠中. 其東北卽西竺寺也.

城內外俱茅舍, 居民亦凋敝之甚, 乃粤西府郡之最疲者. (或思恩亦然.) 聞
昔盛時, 江北居民瀕江瞰流亦不下數千家, 自戊午饑荒, 蠻賊交出, 逡鞠爲
草莽, 二十年未得生聚, 眞可哀也.

繞城之勝有三 : 曰北山, 則會仙也; 曰南山, 則龍隱也; 曰西山, 則九龍也.

龍隱巖在郡城南五里, 石峰東隅迴環北轉處也. 前有三門, 俱西向; 後通
山背亦有三門, 俱東南向. 其中上下層疊, 縱橫連絡, 無不貫通. 今將中道
交加處, 以巨石窒其穴, 洞逡分而爲二. 蓋北偏一門最高敞, 前有佛宇, 僧
淨庵棲之; 南偏二門在山脥間, 最南者前多宋刻, 張丹霞諸詩俱在焉; 其中
門已無路. 余先從南門入, 北透暗穴, 反從上層下瞰得之, 而無從下. 仍出
南門, 攀搜到其處, 再攜炬入, 逡盡其奧裏.

北門西向高穹, 前列佛宇三楹, 洞高不礙其朗. 內置金仙像, 兩旁鐫刻皆

近代筆, 無宋人者. 數丈後稍隘, 而偏於南畔滲暗黑矣. 秉炬直東入, 又數丈, 有岐在南崖之上. 攀木梯而登, 南向入穴, 有一窪下陷如井, 橫木板於上以渡. 又南, 則西壁下有紋一縷, 緣崖根而臥, 鱗脊蜿蜒, 與崖根不卽不離, 此卽所稱龍之'隱'者. 外碑有記, 謂其龍有昂首奮爪之形, 則未之睹矣. 又南數丈, 逾一隘, 逶俯石級下墜, 則下層穴道亦南北成隙. 南透則與中門內穴通, 不知何人以巨石窒而塞之. 北透過二隘, 仰其上, 則橫板上渡處也. 再北, 竇隘而窮, 遂從橫板之竅攀空而上. 蓋上瞰則空懸無底, 而下躋則攀躍可升也. 仍北下木梯, 復東向直入, 又逾一隘, 有岐復南去. 從之, 漸見前竅有光燁燁, 則已透山而得後門矣. 又數丈, 抵後門. 其門東南向, 瞰平疇; 山麓有溪一支, 環而北透其腋, 卽<u>五碧</u>之東流之分而北者; 其前復有石山一支環繞爲塢, 成洞天焉. 仍北返分岐處, 復東向直入, 又數丈, 則巨石中踞. 由其北隙側身挨入, 有眢井憑空下陷, 大三四丈, 深亦如之. 乃懸梯投炬, 令一人垂索而下, 兩人從上援索以摯梯. 其人旣下, 余亦隨之. 又東南入一竅, 中復有穴, 下墜甚隘而深, [一飛鼠驚竄上.] 從其西南攀崖而上, 崖內復有眢井空陷, 燭之不見其底. 循其上西南入穴, 遂無可通處. 乃仍下, 從懸梯攀索而上, 依故道直西而出前門.

南門在北洞南二百餘步出腋間, 俗謂之<u>雙門洞</u>. 洞前<u>宋</u>刻頗多, 而<u>方信孺</u>所題, 一洞中分路口三者, 亦在焉. 其詩載『一統志』. 其上又有<u>張自明</u>『丹霞絶句』曰: "玉玲瓏外玉崔嵬, 似與三生識面來. 自有此山才(‘才’字余謂作‘誰’字妙.)有此, 遊人到此合徘徊." 此『志』所未載也. 其左右又有平蠻諸碑, 皆<u>宋</u>人年月. 由門東向入, 輒橫裂而分南北, 若‘丁’字形. 南向忽明透山腹, 數丈而出後門, 此亦後門之最南者也; 北向內分兩岐, 直北遙望有光, 若明若暗; 東北懸崖而上, 累碎石垣橫截之. 乃先從直北透腋平入, 其下有深窅, 循其上若踐棧道焉. 數丈, 北抵透明處, 則有門西闢在五丈之下, 而此則北門之上層也. 其前列柱生棱, 飛崖下懸, 與下洞若隔. 從隙間俯窺下洞, 洞底平直; 從履下深入, 洞前明敞, 恍然一堂皇焉. 上層逾隘北轉, 昏黑不能入. 乃從故道南還, 復出南門, 索炬於北巖, 復入. 北至分岐處, 乃東北逾石垣而下, 其內寬宏窈窕, 上高下平; 數轉約二十丈而透出東門, 則後門之中也. 其前猶壘石爲門, 置竈積薪, 乃土人之樵而食息者. 崖旁有遺粟, 則戊午避盜者之所藏. 門內五丈, 有岐東南去, 轉而西南, 共十餘丈而窮.

中門在南門北數十步, 與南門只隔一崖, 上下懸絶, 叢箐密翳, 須下而復上. 搜剔久之, 乃得其門. 亟覓炬索火於北巖, 由門東入, 其後壁之上, 卽南來之上層也. 從其下入峽, 峽窮, 攀而上, 其南卽上層北轉處, 向所瞰昏黑不能下者也, 而援側坂可通焉. 其東直進又五六丈, 有穴穿而下, 以大石窒而塞之, 卽北洞交通之會, 而爲人所中斷者也. 大抵北洞後通之門一, 南洞後通之門二, 而中洞則南通南洞之上層, 北通北洞之奧窟. 是山東西南三面無不貫徹, 惟北山不通, 而頂有蚺蛇洞另闢一境云.

蚺蛇洞在龍隱山北絶頂. 由山麓逐其東北一里, 溪水從兩山峽中破壁西北來, 水石交和, 漱空倒影, 曳翠成聲, 自成一壑, 幽趣窈然. 渡水, 共一里, 南向攀崖而上, 兩崖如削瓜倒垂, 中凹若剖, 突石累累. 緣之上躋, 兩旁佳木叢藤, 蒙密搖颺, 時度馨颺. 上一里, 則洞門穹然北向, 正與郡城相對; 前有土山當其中, 障溪西北去, 而環麓成塢者也. 門之中, 石柱玲瓏綴疊, 前浮爲臺, 其東闢洞空朗, 多外透之竇. 東崖旣窮, 轉竅南入, 始昏黑, 須炬入, 數丈無復旁竅, 乃出. 仰眺東崖之上, 復有重龕. 攀崖上躋, 則外龕甚大, 內龕又重綴其上. 坐內龕, 前對外龕之北, 有竇一圓恰當其中, 若明鏡之照焉. 此洞極幽極爽, 可憩可棲, 惜無滴瀝, 奈艱於遠汲何!

盧僧洞在龍隱北洞之旁, 去北數十步卽是. 其門亦西向而甚隘, 今有葬穴於中者, 可笑也. 旣入, 中闢一室, 從東北攀隙上, 又得一小室, 其東北奧上懸垂蓋, 下聳圓筍, 若人之首, 卽指以爲盧僧者也. 昔旴江張自明候選都門,[2] 遇一僧曰:"君當得宜州, 至時幸毋相忘." 問:"何以知之?" 曰:"以數測之." 問:"居何處?" 曰:"南山." 因以香一枝畀之, 曰:"依此香覓找, 卽知所在." 後果得宜, 抵南山訪之, 皆曰:"僧已久去, 不知所向矣." 張乃出香蒸之, 其煙直入此洞, 隨之入, 遂與盧遇. 余以爲所遇者, 卽此石之似僧者耳. 或又謂:"盧僧自洞出迎, 飲以茶. 茶中有鼻注,[3] 張不能飲, 侍者飲之,輒飛騰去. 張遂憤而死, 忽有風吹其棺, 葬九龍洞石間. 其棺數十年前猶露一角, 今則石合而週之矣." 其說甚怪, 不足信也. (按張自明以辭曹[4]攝宜州事, 號丹霞, 曾建黃文節祠、龍溪書院, 興學右文, 惠政於民甚厚. 今書院圖碑刻猶存, 而『統志』不載, 可謂失人. 至土人盛稱其怪誕, 又不免誣賢矣.)

九龍潭在郡城西南五里平崗之上, 有潭一泓, 深窅無底, 而匯水常溢, 北流成溪. 九龍洞石山在其南, 張自明禱雨有應, 請封典焉. 石山之北, 有巖北向, 前有石屏其中, 若樹塞門. 由西隙入, 其內闢爲巨室, 而不甚高. 後復有石柱一圍, 當洞之中, 前立穹碑, 曰'郡守張自明墓'. (此嘉靖間郡守所立.) 此實石也, 何以墓爲? 從墓東隙秉炬南入, 又南則狹隘止容一人, 愈下愈卑, 不容入矣. 仍出洞門, 有一碑臥其前, 中篆 "紫華丹臺" 四大字, 甚古. 兩旁題詩一絕, 左行曰: "百尺長兮手獨提, 金烏玉兔[5]兩東西." 右行止存一句曰: "成言[6]一了閒遊戲," 及下句一'赤'字, 以下則碑碎無可覓矣. 其字乃行草,[7] 而極其遒活之妙, 必宋人筆. 惜其碑已碎, 并失題者姓名, 爲可恨! 巖之西下又有一峽門, 南入甚深而隘, 秉炬入, 十餘丈而止. 底多丸石如丹, 第其色黃, 不若向武者瑩白耳. 東下又有一覆壁, 橫拓甚廣而平. 倚杖北眺, 當與羲皇[8]不遠. [去巖東北四里, 石陣排列, 自西而東如揷屏, 直至於香山寺前, 俗稱爲'鐵索繫孤舟'云.] 余覽罷, 卽從北行, 東渡龍潭北流之澗, 東北三里而抵香山寺. 寺僧言: "九龍洞甚深, 須易數炬; 此洞猶丹霞墓, 非九龍巖也."

會仙山在龍江之北, 南面正臨郡城, 渡江半里, 卽抵其麓. 其山盤崖峻疊, 東西南三面俱無可上, 惟北面山腋間可拾級而登. 路從西麓北向行, 抵山西北隅, 乃東向上躋. 第一層, 岐而南爲百子巖; 第二層, 岐而南爲雪花洞, 岐而北爲百丈深井巖; 直東上嶺脊, 轉而南爲絕頂. 此皆西北面之勝也. 從東麓北向上, 直抵絕壁之下, 最東北隅者, 爲丹流閣, 又循崖而西爲東觀, 又西爲白龍洞, 又西爲中觀, 又西爲西觀. 此皆東南面之勝也. 東南之勝在絕壁下, 而中觀當正南之中; 西北之勝在絕頂上, 而玄帝殿踞正南之極; 而直北之深井, 則上自山巓, 下徹山底, 中闢奧穴, 獨當一面焉.

百子巖在會仙山西崖之半, 其門西向. 由下門入三丈餘, 梯空而上, 上夏疊爲洞, 若樓閣然, 前門復出下門之上. 洞雖不深崇, 而闢爲兩重, 自覺靈幻. 內置送子大士, 故名. 是山石色皆靑黝, 而洞石獨赭. 南又一洞, 與上層并列, 已靑石矣.

雪花洞在會仙山西崖, 乃百子之上, 而絶頂之側也. 其洞西北向, 前有庵奉觀音大士. 側疊石爲臺; 置室其上, 則釋子所棲也. 由大士龕後秉炬入, 門頗不宏; 漸入漸崇拓, 有石柱石門; 宛轉數曲, 復漸狹; 其下石始崎嶔, 非復平底矣. 越一小潭, 其內南轉而路遂窮. 洞在最高處, 而能窈窕深入, 石柱之端, 垂水滴瀝不絶, 僧以器承之, 足以供衆, 不煩遠汲, 故此處獨有僧棲. 余酌水飲之, 甘洌不減惠泉也. 夜宿洞側臺上, 三面陡臨絶壑, 覺灝氣上通帝座.

絶頂中懸霄漢, 江流如帶橫於下, 郡城如棋局布其前, 東界則靑鳥山, 西界則天門拜相山, 俱自北而南, 分擁左右, 若張兩翼. 而宜山則近在西腋, 以其卑小宜衆, 則此山之巖巖壓衆可知矣. 峰頂有玄帝殿, 頗巨而無居者. 殿後有片石凌空, 若鼓翼張喙者然. (按張自明龍溪書院圖, 絶頂有齊雲亭, 卽此)

深井在絶頂之北, 與雪花洞平列. 路由二天門東北行, 忽從山頂中陷而下, 週迴大數十丈, 深且百丈. 四面俱嶄削下嵌, 密樹擁垂, 古藤虯結, 下瞰不見其底, 獨南面石崖自山巓直剖而下. 下有洞, 其門北向, 高穹上及崖半, 其內下平中遠, 反可斜矚. 蓋洞上崖削無片隙, 樹莫能緣也. 崖之西北峰頭, 有石橫突窅中, 踞其上, 正與洞門對. 傍又有平石一方如砥, 是曰棋枰石, 言仙自洞下出, 升峰頭而弈也. 余晚停杖雪花洞, 有書生鮑姓者引至橫突石上, 俯瞰旁矚, 心目俱動. 忽幽風度隙, 蘭氣襲人, 奚啻兩翅欲飛, 更覺通體換骨矣, 安得百丈靑絲懸轆轤而垂之下也! 僧言其洞直通山南, 穿江底而出南山. 通山南之說有之, 若云穿江別度, 則臆說也.

中觀在會仙山南崖之下. 緣石坡而上, 至此則轟崖削立. 前有三淸殿, 已圮. 上有玄帝像, 倚崖綴石而奉之. 像後卽洞門, 南向. 篝燈而入, 歷一室, 輒後崖前起. 攀而上, 復得龕一圓, 可以趺坐, 不甚深. 其東崖上大書有 "四遇亭" 三字. 循崖而東三百步, 得白龍巖.

白龍洞在中觀之東危崖下, [洞南向.] 入門卽西行, 秉炬漸轉西北, 其底平坦, 愈入愈崇宏; 二十丈之內, 有石柱中懸, 長撐洞頂, 極爲偉麗. 其內有岐東上, 而西北仍平, 入已, 愈開拓. 中有白石一圓, 高三尺, 尖圓平整, 極似羅築[9]而成者, 其爲仙塚無疑. 塚後有巨石中亘, 四旁愈擴. 穿隙而入, 其內石柱更多. 北入數丈, 過一隘, 又數丈, 石壁忽湧起, 如蓮下垂, 而下無旁竇可入. 望其上復窅然深黑, 然離地三四丈, 無級以登. 乃從故道出, 仍過白石塚至東上之岐, 攀躋而上. 其石高下成級, 入數丈, 石柱夾而成門. 逾門脊東下, 其處深而擴, 底平而多碎石漫其中. 漸轉而北, 恐火炬不給, 乃返步由故道出. 余游是洞, 以雲臥閣僧爲導, 取芻洞口, 未及束炬, 故初入至白石塚而出; 再取芻入, 至石壁高懸, 無級以登而出; 三取芻入, 從東岐逾隘下深底, 將北轉而出. 三出皆以散草易爇, 不能持久也. 洞口有劉棐詩一絶, 甚佳, 上刻'白龍洞'三大字.

東觀在白龍洞東北二百餘步, 前有三茅眞人殿, 殿後穹巖覆空, 其門南向, 中如堂皇, 亦置金仙像. 東西俱有奧室, 東奧下而窅黑, 西奧上而通明. 巖前大書'雲深'二字, 國初彭揮使筆也. 殿西有洞高穹, 其門東向. 門之南偏, 有石筍高二丈餘, 鐫爲立佛, 東向洞外; 門之北偏, 有石屛高三丈餘, 鐫爲坐佛, 西向洞中. 其洞崇峻崆峒, 西入數丈, 忽下墜深坑, 上嵌危石, 洞轉北入, 益深益宏. 蓋下陷之坑, 透石北轉於下, 上穹之洞, 凌石北轉於上, 中皆欹嵌之石, 橫跨側偃, 架則爲梁, 空則爲淵, 彼此間阻, 不能逾涉, 故無深入之路, 第一望杳黑而已. 是洞有題崖者, 亦曰'白龍', 又曰'白龍雙洞', 乃知洞原有二, 前之所入乃西洞, 此乃東洞也. 西洞路平可行, 此洞石嵌, 無容著足, 其深遠皆不可測. 洞門題刻頗多, 然無宋人筆, 最多者皆永樂間題, 有永樂四年廬陵郭子廬僉憲[10]『小記』云: "此乃陸仙翁休服修煉處, 石牀、丹竈、仙桃、玉井猶存." 按『百粤風土志』, 仙翁又名禹臣, 唐時人, 豈名與字之不同耶? 洞兩旁龕竇甚多, 皆昔人趺坐之所. 殿東有小室, 亦俱就圮.

丹流閣在東觀東北二百餘步, 其上危崖至此一折矣. 崖前有小閣兩重,

皆就圮. 後閣中置文昌司命像. 閣西有洞西入, 其門東向, 甚高. 門之內, 有
石夾聳成關, 架小廬其上, 亦甚幽爽, 皆昔人棲眞之處也. 由洞內西入數十
丈, 漸隘而北轉, 路亦漸黑, 似無深入處, 遂不及篝燈. 閣北上崖裂折, 下嶺
倒隆, 北路遂盡, 此中觀東北之勝也. (此處廬閣處處可棲, 今俱洞敞, 無一人居,
以艱於水也. 諸洞惟雪花有滴瀝.)

西觀在中觀西三百餘步危崖之上, 上下皆石壁懸亘. 後有洞, 亦南向. 余
至中觀, 仰眺不見, 遂折而東行; 旣下山麓, 始迴睇見之, 不及復往矣. [聞會
仙山西南層崖上, 又有仙姑巖, 由西南山麓攀躋上, 當在西觀上層, 雪花、
百子巖南崖, 無正道也.] 此中觀西崖之勝也.

宜山在會仙山之西, 龍江之北. 其東又有小石一支並起, 曰小宜山. 二山
孤懸衆峰之間, 按『志』以其小而卑, 宜於衆, 故名. 舊宜山縣在江南岸、西
竺寺西, 正與此山相對. 或又稱古宜山縣在江北, 豈卽在此山下耶? 縣今爲
附郭矣.

多靈山最高聳. 其上四時皆春, 瑤花仙果, 不絶於樹. 登其巓, 四望無與
障者. 其山在郡城西南九十里, 永順司都宗勝之境, 乃龍江西南, 都泥江東
北, 二江中分之脊也. 其來脈當自南丹分枝南下, 結爲此山; 東行至靑塘之
南, 過脊爲石壁堡山; 又東走而環於柳江之南, 爲穿山驛諸山; 而東盡於武
宣之西南境, 柳、都二江交會之間.

臥雲閣在龍江北半里, 周氏之別墅也. 周氏兄弟五人, 俱發雋, (有五桂坊
區.) 營園於此, 名金谷. 今已殘落, 寂無一人. 惟閣三楹猶整潔, 前後以樹掩
映可愛. 主人已舍爲玉皇閣, 而中未有像, 適一老僧自雪花分來守此, 余同
徜徉於中. 其西南臨江, 又有觀音閣, 頗勝而有主者, 余不及登.

---

1) 소창(蘇閶)은 강소성 소주(蘇州)를 가리킨다.
2) 도문(都門)은 원래 도중리문(都中里門)인데, 후에 수도를 흔히 도문이라 일컫는다.
3) 남방민족에게는 음식을 마실 때 입으로 마시는 것이 아니라 코로 마시는 습속이 있
   는데, 비주(鼻注)는 코로 마실 때 사용하는 빨대와 같은 것이다.
4) 서진(西晉)의 개국공신인 양호(羊祜)는 양양(襄陽) 도독으로 부임하여 크게 민심을

얻었다. 그가 세상을 떠난 후 양양의 백성들은 그의 이름을 피하여 호조(戶曹)를 사
조(辭曹)라 일컬었다. 호(戶)와 호(祜)는 음이 같다.
5) 금오(金烏)는 해의 별칭이고, 옥토(玉兔)는 달의 별칭이다.
6) 성언(成言)은 '약속한 말'을 의미한다.
7) 행초(行草)는 해서(楷書)와 초서(草書) 사이의 서체로서, 초서의 필법이 해서보다 많
은 서체를 가리킨다.
8) 희황(羲皇)은 전설 속의 복희씨(伏羲氏)를 가리킨다.
9) 나축(羅築)은 '일렬로 줄지어 건물을 지음'을 의미한다.
10) 첨헌(僉憲)은 첨도어사(僉都御使)의 별칭이다. 예전에는 어사를 헌대(憲臺)라 일컬었
는데, 명대에 도찰원에 좌우 첨도어사를 두었기에 첨헌이라 일컬었다.

初十日 晨起飯於<u>香山寺</u>. 雲氣勃勃未已, 遂別慧庵行, 西[取<u>南丹</u>道去.] 隨
<u>龍溪</u>半里, 逾其北, 卽西門外街之盡處也. 又半里, 見又一溪反自西來, 乃
<u>九龍</u>之流散諸田墅, 北經<u>西道堂</u>之前東折而來. <u>龍溪</u>又西流而合, 兩水合
於西街盡處, 卽從路下北入石穴而注於江. 又半里, 過<u>西道堂</u>, 又西五里,
過前<u>小觀</u>還所過石橋架於石墅間者, 其水乃<u>小觀</u>所出之支也. 過橋, 西南
有岐, 卽前<u>小觀</u>所來大路, 從橋西直行, 乃<u>懷遠</u>大道也. 直西行又三里, 望
見西北江流從北山下一曲, 蓋自郡西來, 皆循江南岸行, 而江深不可見, 至
是一曲, 始得而見之. 江北岸之山, 自<u>宜山</u>之西連峰至此, 突而西盡, 曰<u>雞</u>
<u>鳴山</u>. 其西之連峰, 又從<u>雞鳴</u>後環而去者也. 憶前從<u>小觀</u>來, 誤涉水畦; 旣
得大道後, 卽涉一石墅, 有石架墅上, 其下流水潺潺, 深不可晰. 又東二里,
復過一石墅, 其架石亦如之. 今所過止東墅石橋一所, 其西墅者, 路已出其
北, 橋應在其南, 但橋下北注之水, 不知竟從何出, 豈亦入穴而不可睹耶?
向疑二橋之水, 一爲<u>小觀</u>, 一爲<u>九龍</u>, 以今觀之, 當俱爲<u>小觀</u>, 非<u>九龍</u>也. 於
是兩界石山俱漸轉西北. 從中塢行, 又十里, 有山中峙於兩界之間, 曰<u>獨山</u>,
峭削孤聳, 亦獨秀之流也. <u>獨山</u>南有村數十家, 在南山下, 曰<u>中火鋪</u>. 又西
北一里逾土崗, 復望見西北大江一曲, 自西而東. 又西北一里, 直逼南界石
山而行. 路北則土阜高下, 江北復石峰蜿蜒, 路瀕南峰, 江瀕北峰, 而土山
盤界其間, 復不見江焉. 是時山雨大至, 如傾盆倒峽, 溪流之北入江者, 聲
不絶也. 又五里, 兩界之中, 又起石峰一支, 路遂界其北, 江遂界其南. 雨雖

漸止, 而泥滑不堪著足, 行甚蹇也. 又三里, 轉南界石嘴, 有泉一泓, 獨止石
窞間, 甚澄碧. 其西有巖北向, 前有大石屏門而峙, 洞深五丈, 中高外閟, 後
壁如蓮花, 葉蕊層層相疊, 而綴隙扁狹, 可窺而不可入焉. 又西北二里, 南
山後遜外攢, 中開一宕, 北向數家倚之, 曰大峒堡. 入而炊於欄, 問: "洞何
在?" 曰: "在南山之背. 從堡後南入峽, 尙三四里而至, 一曰大洞, 一曰天門
洞, 有楚岷開墾其內焉." 蓋自堡北望之, 則南峰迴環如玦, 入至堡後, 又如
蓮瓣自裂, 可披而入也. 過大洞堡, 升降陂陀, 又十里, 逾土山而下, 則江流
自南而北橫天塹焉. 其西岸卽爲懷遠鎭. 時隨夫挑擔不勝重, 匍匐不前, 待
久之而後渡. 江闊牛於慶遠, 乃懷遠鎭之南江也. (其江自荔波來, 至河池州東境
爲金城江, 又南至東江合思恩縣西來水, 南抵永順北境入山穴中, 暗伏屈曲數里, 而東出
于永泰里, 又東北至中里, 經屛風而東, 黃村、都田之水入焉. 又東北過此, 又北而東五
里, 則北江自西北來合, [爲龍江焉.] 前謂自屛風山入穴者, 訛也. 屛風未嘗流穴中, 入穴
處在永順司、永泰里之間, 土人亦放巨板浮穴中下. 由是觀之, 永順司有三大流焉. 此爲
北支; 而司北五里者, 又爲都泥北支; 司南與思恩府九司隔界者, 爲都泥南支. 八峒、石
壁之水, 入金城下流可知.) 懷遠鎭在江之西岸, 其北尙有北江, 自思恩縣北總
州來, 與南江合於懷遠之下流, 舟溯南江至懷遠而止. (其上則灘高水淺, 不能
上矣. 北江通小舟, 三四日至總州.) 是晚宿懷遠鎭之保正家, 而送夫之取於堡中
者, 尙在其西土山上. 蓋是處民供府縣, 而軍送武差.

　　十一日 晨起, 保正以二夫送至安遠堡換兵夫, 久之後行. 於是石山遙列,
或斷或續, 中俱土山盤錯矣. 西北五里, 上土山, 轉而北, 已乃復西北升降
坡隴, 每有小水, 皆北流. 共二十里, 過中火鋪, 又西北三里, 爲謝表堡. 其
堡當土山夾中, 一阜孤懸, 惟前面可上, 後乃匯水山谷, 浸麓爲塘, 東西兩
腋, 亦水環之. 堡在山上, 數家而已. 候夫久而行. 又北逾一嶺, 五里, 有數
十家在東山下, 曰舊軍. 時已過午, 貰酒一壺, 酌於路隅石上. 石間有小水
亂[流]. 其南一穴伏石窞下, 噴流而出, 獨淸冽殊甚. 又西北, 塢中皆成平
疇, 望見西北石山橫列於前, 共八里, 循南界石峰之麓, 於是與西北石山又

夾而成東西塢. 路由其中, 轉向西行, 逾一橫亘土脊, 則此小水之分界也. 由此西望, 則羊角山灣豎於兩界之中, 此𠮩石[1]之最大者也. 又西二里, 抵德勝鎮之東營. 時尙下午, 候營目不至, 遂自炊而食. 旣飯, 欲往河池所, 問相去尙五里. 問韋家山、(街南金剛山.) 袁家山、(街北獅子洞.) 蓮花塘, 諸俱在德勝. 遂散步鎮間, 還宿於東營. 是日下午已霽, 余以爲久晴兆; 及中夜, 雨復作.

---

1) 서진(西晉)의 갈홍(葛洪)이 지은 『신선전(神仙傳)』에 다음과 같은 이야기가 실려 있다. 황초평(黃初平)이 양을 치다가 어느 도사에게 이끌려 금화산(金華山)의 석실로 갔다가 40여년간 돌아오지 않았다. 그의 형인 초기(初起)가 동생을 찾아가 양이 어디 있는지 묻자, 산의 동쪽에 있다고 했다. 형이 가보았지만 흰 돌만 보일 뿐 양은 보이지 않았다. 그러자 동생은 "양이 있는데 형에게는 보이지 않을 뿐이다"라고 말하면서, "이려! 쯧쯧! 양아 일어나라!"고 외치자, 흰 돌이 일어나 수만 마리의 양으로 변했다. 여기에서 질석(𠮩石)은 양 모양의 바위를 가리킨다.

十二日 晨起, 飯畢而雨不止. 令顧奴押營夫擔行李, 先往德勝西營. 余入德勝東巷門, 一里, 折而北, 半里, 抵北山下. (袁家山.) 過觀音庵, 不入, 由庵左自庵登山. 有洞在山椒, 其門南向, 高約五丈, 後有巨柱中屛, 穿東西隙, 俱可入, 則稍下而暗. 余先讀觀音庵碑, 云庵後爲獅子洞, 故知此洞爲獅子. 又聞之土人云: "袁家山有洞, 深透山後." 窺此洞深杳, 亦必此山. 時洞外雨潺潺, 山頂有玉皇閣, 欲上索炬入洞, 而閣僧適下山, 其中無人. 乃令隨夫(王貴)下觀音庵索炬, 余持傘登山. 石磴曲綴石崖間, 甚峻, 數曲而上, 則閣上爲僧所局, 閣下置薪可爲炬. 余亟取之, 投崖下. 歷崖兩層, 見兩僧在洞口, 余疑爲上玉皇閣僧也. 及至, 則隨夫亦在焉. 僧乃觀音庵者, 一曰禪二, 一曰映玉, 乃奉主僧滿室命以茶來迎, 且導余入洞者. 遂同之, 更取前投崖下薪, 多束炬入. 遂由屛柱東隙, 又北進數丈, 則洞遂高拓, 中有擎天柱、犀牛望月、鶯嘴、石船諸名狀. 更東折數丈, 則北面有光熠熠自上倒影, 以爲此出洞之所也; 然東去尙有道杳黑, 乃益張炬東覓之, 又約五丈而止. 乃仍出北去, 向明而投, 抵其下, 則懸石嶒岨, 光透其上, 如數月幷引.

余疑, 將攀石以登, 忽有平峽繞其左而轉, 遂北透出, 其門北向, 又在前所望透明之下也. 出洞, 南向攀叢崖而上, 則石箬攢沓, 如從蓮花簇瓣上行, 緣透明穴外過, 又如垂簾隔幕也. 南向上山頂, 遂從玉皇閣後入, 則閣僧已歸. 登閣憑眺, 則德勝千家鱗次, 衆峰排簇, 盡在目中也. 仍從二導僧下山, [折磴石崖間, 凡數曲下, 出] 過獅子洞前, 下入觀音庵, 謝滿室而別.

　　遂出, 南半里, 過德勝街, (其街東、西二里餘.) 街方墟集爲市. 雨中截街而南, 又半里抵韋家山. 從山之西麓攀級而登, 崖懸峽轉, 有樹倒垂其上, 如虯龍舞空. 上有別柯, 從巖門橫架巨樹之杪, 合而爲一, 同爲糾連翔墜之勢. 其橫架處, 獨枝體穿漏, 刌空剔竅, 似雕鏤成之者. 巖門在上下削崖間, 其門西向, 前瞰樹杪, 就隘爲門. 前有小臺, 石橫臥崖端, 若欄之護險. 再上, 有觀音閣當洞門. 由其右入洞, 洞分兩支: 一從閣後東向入, 轉而南, 遂暗, 秉炬窮之, 五丈而止, 無他竅; 一從閣東向入, 下一級, 轉而北, 亦暗, 秉炬窮之, 十丈而止, 亦無他竅也. 大抵此洞雖嵌空, 而實無深入處, 不若獅子洞之直透山後. 然獅子勝在中通, 而此洞勝在外嵌, 憑虛臨深, 上下削崖, 離披[1]掩映, 此爲勝絕矣. 觀音閣之左爲僧臥龕, 上下皆峭巖, 僧以竹扉外障; 而南盡處餘隙丈餘, 亦若臺榭空懸, 僧亦將并障. 余勸其橫木於前, 欄而不障以臨眺, 僧從之. 此僧本停錫未幾, 傳聞此洞亦深透於後, 正欲一窮, 余以錢畀之, 令多置火炬以從, 其僧欣然. 時有廣東客二人聞之, 亦追隨入. 及入而遍索, 竟無深透之穴, 乃止. 洞門下懸級之端, 亦有一門, 入之深不過四丈, 而又甚狹, 遂下山, 山下雨猶潺潺也. 仍半里, 出德勝街之中, 隨街西向行, 過分司前. (向有二府, 今裁革. 以河池州同攝鎮事.) 又一里, 出德勝西街門, 又西一里, 有營在路北, 是爲德勝營. 往問行李, 又挑而送至河池所矣. 仍出至大路, 稍西, 遂從岐南過一小溪. 半里, 平原中亂石叢簇, [分裂不一,] 中有瀦水一泓, [澄無片草,] 石尖之上, 亦有跨樹盤絡, 如香山寺前狀. [石片更稠合, 間以潭渚, 尤奇.] 潭西又有一石峽, 內亦瀦水, 想下與潭通. 其上則石分峽轉, 不一其勝也. 其南有石獨高而巨, 僧結茅於上, 是爲蓮花庵, 亦如香山寺前之梵室. [門就石隙, 東西北俱小流環之, 地較香山幽麗特絶.] 但僧就峽壁間畜豬聚穢, 不免唐突[2]靈區耳. 峽水之西, 又有古廟三楹, 局而無人. 前有庵已半圯, 有木几、巨凳滿其內, 而竟無棲守. 石虚雲冷, 爲之憮然, 乃返.

北出大路, 又西過一石樑, 其下水頗小, 自北而南, 又東環蓮花庵之東, 又西繞其前而南去, 此乃南入南江之流也. 又西經一古臺門, 則路但磚甃, 而旁舍寥落, 不若德勝矣. 又西一里, 入河池所東門. 所有磚城, 中開四門, 而所署傾盡, 居舍無幾, 則戊午歲凶, 爲寇所焚劫, 蕩爲草莽也. (德勝鎭皆客民, 偏東蘭那地土兵守禦, 得保無虞, 而此城軍士, 反不能禦, 而受燹) 擔停於所西軍舍, 穢陋不堪. 乃易衣履至東街叩杜實徵, 不在舍. 返寓, 之東門, 實徵引至其書室, 則所土阜上福山庵後楹也. 庵僧窮甚, 無薪以炊, 仍炊於軍家, 移食於庵, 并行李移入. 下午, 令顧僕及隨夫, 以書及軍符白管所揮使劉君, 適他出, 抵暮歸曰: "當卽奉叩, 以晚, 須凌晨至也."(所城與所後福山寺, 皆永樂[3]中中使雷春所創, 乃往孟英山開礦者.)

---

1) 리피(離披)는 흩어져 드리워지거나 나뉘어 떨어져 있는 모양을 가리킨다.
2) 당돌(唐突)은 '더럽히다, 범하다'의 의미이다.
3) 영락(永樂) 연간은 1403년부터 1424년까지이다.

十三日 晨起欲謁劉君, 方往市覓束, 而劉已先至. (劉名弘勛, 號夢子.) 饋程甚腆, 余止收其米肉二種. 已而束至, 乃答拜其署, 乃新覆茅成之者. 商所適道, 劉君曰: "南丹路大而遠, 第土官家亂, (九年[1]冬, 土官莫佌[2]因母誕, 其弟婦入賀, 奸之, 乃第三弟妻也. 於是與第四弟皆不平, 同作亂. 佌遁於那地. 後下司卽獨山之爛土司, 向爲南丹所苦, 十年九月間, 亦乘机報憤, 其地大亂. 兩弟藉下司萬人圍南丹, 佌以那地兵來援, 其三弟走思恩縣, 四弟走上司, 佌乃返州治. 十二月, 收本州兵, 執三弟于思恩而囚之. 今年春, 郡遣戚指揮往其州, 與之調解, 三弟得不死, 而四弟之在上司者, 猶各眈眈也.) 下司路不通; 由荔波行, 路近而山險, 瑤僮卽時出沒. 思恩西界有河背嶺, 極高峻, 爲畏途, 竟日無人, 西抵茅濫而後入荔波境, 始可起夫去. 但此路須衆人, 乃行." 先是, 戚指揮以護送牌惠余, 曰: "如由荔波, 令目軍房玉潔送." 蓋荔波諸土蠻素慴服於戚, 而房乃其影, 嘗包送客貨往來. 劉君命房至, 親諭之送, 房唯唯, 而實無行意, 將以索重賄也.

從署中望北山巖, 如屛端嵌一粟. 旣出欲游北山, 有王君以束來拜, (名冕, 號憲周.) 且爲劉君致留款意. 已(而)劉君以束來招, 余乃不游北巖而酌於劉署. 同酌者爲王憲周、杜實徵及實徵之兄杜體乾, 皆河池所學生也. 曾生獨後至. 席間實徵言其岳陳夢熊將往南丹, 曰 : "此地獨虬夫難, 若同之行, 當無宵人之儆." 劉君命童子往招之, 不至. 余持兩端, 心惑焉.

---

1) 여기에서의 9년은 숭정(崇禎) 9년인 1635년을 가리킨다.
2) 남단주의 토사인 '莫伋'은 원본에 '莫極'으로 되어 있으나, 건륭본 『검유일기(黔遊日記)』3월 28일 및 가경(嘉慶) 연간의 『광서통지(廣西通志)・토사지(土司志)』에 근거하여 고쳤다.

十四日 以月忌, 姑緩陳君行. 余卜之, 則南丹吉而荔波有阻. 及再占, 又取荔波. 余惑終不解. 乃出北門, 爲北山之遊. 北山者, 在城北一里餘; 拾級而上者, 亦幾一里. 削崖三層, 而置佛宇於二層之上、上層之下. 出北門, 先由平墅行, 不半里, 有亂石聳立路隅, 爲門爲標, 爲屛爲梁, 爲筍爲芝, 奇秀不一, 更巧於蓮花塘、香山寺者. 又北幾一里, 北向陟山, 危磴倚雲崖而上, 曲折亦幾一里. 進隘門, 有殿宇三楹, 僧以索食先下掩其扉, 自下望之, 以爲不得入矣, 及排之, 則掩而不局也. 入其中, 上扁爲'雲深閣', 右扁有記一篇, 乃春元[1]董其英者, (卽所中人.) 言嘗讀書此中, 覓閣東脊石, 爲置茅亭. 今從庵來, 覓亭址, 不可得. 而庵之西, 凌削崖而去, 上下皆絶壁, 而絲路若痕. 已從絶壁下匯水一坎, 乃鑿堰而壅, 壅者有滴瀝, 從倒崖垂下匯之, 以供晨夕而已. 庵無他奇異, 惟臨深憑遠, 眺擘甚遙. 南望多靈山在第二重石峰之外, 正當庵前; 西之羊角山, 東之韋家山, 則庵下東西兩標也.

徙倚久之, 仍下山至所城北門外, 東循大路行. 已岐而東北, 共一里, 入壽山寺. 亂石一區, 水縱橫匯其中, 從石巓構室三四處, 以奉神佛, 高下不一. 先從石端得室一楹, 中置金仙. 其西則石隙南北橫墜, 澄流瀦焉, 若鴻溝之界者. 以石板爲橋, 渡而西, 有側石一隊, 亦南北屛列, 其上下有穴如門. 又穿而西, 有庵北向, 前匯爲塘, 亦石所擁而成者. 庵後聳石獨高, 上有室三楹, 中置一像, 衣冠偉然, 一老人指爲張總爺, 而所中諸生皆謂之文昌像. 余於福山寺閱「河陽八景詩」, 有征蠻將軍張澡「跋」, 謂得之壽山蘚石間, 乃萬曆戊子閱師過此, 則此像爲張君無疑. 以無文記, 後生莫識, 遂以文昌事之, 而不知爲張也. 憑弔旣久, 西南一里, 入所城東門, 返福山寓. 令奴子買鹽覓夫於德勝, 爲明日行計. 余作記寓中. 已而杜實徵同其岳陳生至, 爲余覓夫, 決明日同爲南丹行. 是日午後霽, 至晚而碧空如洗, 冰輪[2]東上, 神思躍然.

---

1) 명대의 과거제도에 따르면, 회시(會試)는 3년에 한 차례 북경에서 예부의 주관 아래
실시되었으며, 시험은 봄 2월에 실시되었기에 흔히 춘위(春闈)라고 일컬어졌다. 회시
의 합격자는 공사(貢士)라 일컬었으며, 이 가운데 장원은 춘원(春元)이라 일컬어졌다.
2) 빙륜(冰輪)은 달을 의미한다.

十五日 晨起, 天色如洗, 亟飯而行. 劉君來送, 復往謝之, 遂同杜實徵同至其岳陳處候之. 出北門, 卽西向行. 涉一澗, 七里, 過羊角山之北, 候換夫於西村, 竟不至. 久之遂南逾土崗, 望西峰環轉處, 有洞在山巓, 東南向, 其門甚巨, 疑卽所謂新巖者. 土崗之南, 山又分東西二方, 由其塢中南向行, 五里, 漸見路左小水唧唧行, 已而有小水從西北石山下來合. 涉北來水循之, 又南二里, 爲都街村, 有數家在西山之麓. (至此皆爲僮賊之窟所, 稱'西巢'也, 始不得夫.) 又南二里, 循溪入土山峽中, 其峽甚逼. 又一里半, 轉而東, 又一里半, 溪乃南去, 路西逾土坳, 始出險, 所謂都街隘也. 隘之中, 草木虧蔽, 爲盜賊藪. 數日前猶御人其間, 余得掉臂[1]而過, 甚幸也. 下坳西行三里, 有茅舍一楹在山北, 爲稅司. (乃署德勝者, 委本處頭目掌之.) 其西一里卽爲落索村, 都街之流又西轉至此, 由村南入峽去, 路從村後北陟山. [都街, 落索, 皆盜賊藪] 西北二里半, 過石下, 有巨石蹲路北, 上有榕緣絡之. 又西一里, 有巨洞在路右山之半, 其門東南向, 而高懸殊甚, 望之神飛. 適擔夫停擔於下,余急賈勇北向攀崖, 茅塞無路. 諸人呼於下, 余益奮而上, 遂凌藤棘, 抵其下, 前亦多棕竹, 頗巨. 洞門甚高, 內甚爽豁, 深十丈而止. 右有小竇, 甚隘而中空, 不識可蛇伏而入否? 洞前有石, 分兩岐倒垂其頂. 余方獨憩, 以陳君候余於下, 遂返. 又西二里, 宿於馬草塘之北村. 其村在北峰之麓, 村西有江自北峽來, 穿西峽而去, 卽東江之上流也. 村氓茅欄甚巨, 而下俱板鋪, 前架竹爲臺. 主人出茅濾酒勸客. 陳君曰: "此皆賊子也." 是夜, 月從東山出, 明潔如洗. 自入春來, 曉旭宵輪, 竟晨夕無纖翳, 惟此日見之.

---

1) 도비(掉臂)는 활개를 치며 유유자적 가는 모습을 가리킨다.

十六日 晨起, 微雲薄翳, 已不如昨宵之明徹矣. 飯後, 南踰土阜而下, 是爲馬草塘. 東西俱有峰夾之, 塘獨低而窪, 眞萑苻¹⁾之藪也. 二里, 越而南, 又西三里, 有江自北而南, 深嵌危崖間, 所謂東江也. 其南有數家在崗塢間, 泊舟於下, 呼之不爲渡, 乃自取其舟渡而西. 其江大數丈, 而深不測, 再南下數里, 卽與金城江合而入石穴中, 透出永泰里, 而下懷遠鎭爲南江者也. 由江西岸北行半里, 轉而西下又四里半, 爲界牌村, 是爲宜山縣、河池州界. 村之東南有山中懸, 卽東江西北岸之山也. 山之南, 有塢豁然東南去, 則金城之江已在南山之北, 向此隙東注而下, 與東江合者, 第此處猶未之見耳. 又西二里, 有山在路北, 峭崖屛削, 上多紋理, 虯幹緣之, 掩映間有若兜胄, 有若戈矛, 土人指爲南丹莫氏之祖掛盔甲所成者, 乃附會形似而言也. 又西一里, 路北有石聳出峰頭, 薄若片雲擎空, 上有歧角之物, 土人指爲犀牛, 而不知犀乃獨角也. 又西一里爲大灣村, 村在北山之麓. 村東有窪巖, 有水自北山石穴南出, 流宕底三丈餘, 復南入地穴而注於江. 又西則路出臨江北岸, 溯之西行一里, 其江自西南來, 北流至此, 折而東去. 路從折處直西行, 一里, 過一小石樑, 其下亂石嵯峨, 而涸無滴水. 其南有村在南山之麓, 爲橋步村. 又西三里, 有江自北而南, 其闊十丈餘, 其深與東江幷, 乃自荔波來者, 其源當亦出於黔南, 是爲金城渡. 渡北之西岸, 有水懸崖,

平瀉一二丈, 聲轟如雷, 東注大江, 則官村南來之水也. 大江南去, 轉而東
過大灣, 與東江合, 又南抵南巢, (賊窟也, 在永順北) 而搗入石穴數里, 而出於
永泰里以下懷遠者也. 時渡舟在江西岸, 候久之, 乃至. 登西岸, 復西向行,
則山迴壑轉, 始爲峒而不爲峽. 三里, 有小溪自南而北, 溯溪南行半里, 有
梁跨其上, 甚高整, 是爲南橋. 越橋西半里, 其塢乃西南轉, 有村在路右, 是
爲壘街. 又西南三里, 山幛轉拓, 有村在西南山麓, 曰官村. 路折而南, 溯溪
西一里, 過官村前. 又南一里, 循西山南嘴轉入西峽, 半里, 有巨石峙北山
之麓, 老榕偃蓋其上, 爲行者憩息之所. 又西一里, 北山復起石巖, 其色黃
白煥然, 與前所過諸山異. (石山自三里來, 所見皆青白爲章, 其赭黃一種, 自柳州仙
弈南見後, 久未之睹矣.) 又西半里, 有村在北山麓, 是爲鬼巖村, 入登其欄而憩
焉, 於是村始見瓦欄. 蓋德勝間用瓦而非欄, 河池所無欄而皆茅覆, 河池以
西則諸欄無非茅覆者, 獨此村用瓦. 主人韋姓, 其老者已醉, 而少者頗賢,
出醇醪醉客, 以糟[2]芹爲案. 山家清供, 不意諸蠻中得之, 亦一奇也. 是日晝
陰, 而夜月甚皎.

---

1) 추부(萑苻)는 도적을 가리킨다.
2) 조(糟)는 술이나 지게미로 절인 음식을 가리킨다.

十七日 及明而飯, 南向行. 半里, 得東來大路, 有塢直南而去, 墟當其中,
是爲鬼巖墟. 復西向循南山北麓行, 又西里餘, 有巖在南山之半, 其門西北
向, 即鬼巖矣. 洞中遙望杳黑, 土人祀神像於其間, 故謂之'鬼'. 從其下西登
坳, 石級頗整. 共一里, 逾坳西下, 自是石土二山交錯, 而石亦有土矣. 兩界
山[1]又南北成塢, 有細流虢虢流塢中, 南向而去, 即東迴北轉而繞於官村之
前者也. 既下, 溯細流北行塢中一里, 則兩界山又轉爲東西向. 仍溯細流西
向行三里, 有石堰細流之上, 疑即所謂丁闌堰. 上瀦流一方, 瀉堰隙東下,
是爲濫觴之始, 而源實出於都明嶺之東麓. 渡堰而南, 循南山麓西行, 又二
里, 過盧塘村. 蓋南北兩界山夾持成塢, 塢底平窪, 旱則涸, 漲則成塘, 有村

在北山下, 路循塘南行. 又一里, 復有堰當上流, 又越之西二里, 乃復上土嶺半里, 逾嶺坳而西下又半里, 有泉一泓出路左石穴, 西向汩汩, 無漲涸, 亦無停息, 勻而飲之, 甘冽殊甚. 出穴卽墜石穴而下, 虢虢有聲. 其處山猶東西成塢. 循北界山隨流東下三里, 有村在南山下, 曰都明村. 村後南山旣盡, 有峽南去, 則那地州道也; 而河池之道, 則西北行土隴間. 又二里, 渡石樑而西, 橋下水北流, 當亦東北入金城上流者. 其源則一東自都明嶺之石穴, 一南自下河嶺北來, 二流合而成澗者也. 又西北四里, 陟一土崗. 由崗上又西北二里, 有兩三家在北阜下, 爲乾照村, 炊湯飯於其欄. 遂從村側北上土嶺, 由嶺畔北行共三里, 下至西麓, 有大溪自南而北, 卽所謂河池江也. 江底頗巨, 皆碎石平鋪, 而無滴瀝. 橫渡登西岸, 北望則石峰迴合, 卽有流亦無出處, 不知此流漲時從何而出? 蓋北卓立之峰, 其下有洞, 門南向, 當卽江水透入之處也. 其處南北兩界又俱石山排列, 江形西自河池州之南, 東向至此, 折而北搗入山. 又西循枯江北岸行一里, 則江底砂石, 間有細流淙淙矣. 又西七里, 入河池州之東門. 州城乃土牆, 上覆以茅, 城中居民凋蔽, 但草茅而無瓦舍. 其山南北對峙, 中成東西塢, 而大溪橫其中, 東至乾照後土山, 亘截爲前門溪, 轉而北, 入石穴; 西至大山嶺石脊, 爲後鑰水之所從發者也. 抵州纔過午, 穿州出西門, 寓茅舍中. 以陸柬馬符索騎於州尊蕭. (來鳳, 東粵人.) 蕭公卽爲發票, 取夫騎各二, 不少羈²﹚焉.

---

1) '兩界山'은 원래 '西界山'이라 되어 있으나, 아래의 문맥에 따라 고쳤다.
2) 기(羈)는 '시간을 질질 끌다'를 의미한다.

十八日 晨餐後得二騎差役, 卽以馬夫二名作挑夫影射.¹﹚ 旣而蕭公復以脤儀來貺,²﹚ 余受其筍脯, 而盡璧³﹚其餘. 入城買帖作謝柬, 久乃得之, 行已上午矣. 西向山塢行三里, 有溪自北山南流, 合於西來大溪. 乃渡北溯大溪北岸行, 又七里, 有村在南山之塢, 有瓦室焉, 名楊村. (楊姓者有巨力, 能保護此村.) 循北山麓行, 又二里, 有飛石覆空而出, 平壓行人之上. 已而上危級, 見級外倚深坑, 內有懸穴, 中空下陷, 洪流溢其底焉. 旣上, 從山半行, 遂循崖北轉, 又成南北之峽, 山湊而爲東西兩界矣. 循東崖溯流上, 升陟三里, 渡溪而北, 逾一坡而下, 見東峽石壁危削, 上有穹巖, 下有駢峽, 但聞水聲喧甚, 以爲自墮峽而下也, 而旁眺不見影. 稍前, 則溪水猶自北來, 復渡之. 循溪東行峽中, 三里, 水窮峽盡. 北上嶺一里, 又從嶺頭行一里, 出兩山坳間, 有石垣兩重, 屬兩峰之左右, 是爲<u>大山嶺</u>, <u>河池</u>, <u>南丹</u>之界也. 逾嶺北下, 遂爲<u>丹州</u>境. 轉而西二里, 渡小水, 其水南去. 復西南逾一嶺, 復與水遇, 隨之西北行, 共三里, 復渡水, 水匯於石壁下, 遂就之而飯. 又隨水出峽, 西二里, 山勢漸開, 近山皆變石爲土, 南山下有茅一二楹矣. 隨小水西行三里, 漸轉而北, 土山塢盡, 西山隴間有數十家倚之, 是爲<u>土寨關</u>, 則<u>南丹</u>土稅之鑰也. 路在東山之麓, 遂北上土嶺. 其東來之水, 似無北流之隙, 惟西北有巨山懸削, 想亦從其下入穴以注<u>大江</u>, 而下<u>金城</u>, <u>東江</u>者, 未親晰也. 北下土嶺, 其塢中小水亦自東而注西南, 似亦逼懸削巨山而去. 於是復西北上嶺, 升陟共五里, 轉出嶺頭, 始有巨塢西北去, 路從其西山嶺半行, 又五里曰<u>百步村</u>. 茅舍數家在西山隴上, 皆江右人, 爲行李居停者. 時錫賈擔夫三百餘人, 占室已滿, 無可托足, 遂北向下隴前西北塢中. 水至是轉而西南去, 有木梁架其上, 覆以亭, 亦此中所僅見者. 度梁而上隴, 其塢遂轉東西. 於是西向行五里, 有四五家在南山隴間, 曰<u>巖田村</u>. 中有瓦欄三楹頗巨, 亟投之, 則老嫗幼孩, 室如懸罄,[4] 而上瓦下板, 俱多破孔裂痕. 蓋此乃巨目家, 前州亂時, 爲賊所攻掠而破, 遺此老稚, 久避他鄕, 而始歸故土者. 久之覓得一鍋, 僅炊粥爲餐, 遂席板而臥.

---

1) 영사(影射)는 '빗대어 만들다'를 의미하는데, 여기에서는 마부를 짐꾼처럼 부려 먹는다는 뜻이다.
2) 황(貺)은 '주다, 하사하다'를 의미한다.
3) 벽(壁)은 '벽(辟)' 혹은 '피(避)'와 통하며, 여기에서는 '피하여 받지 않다'는 뜻이다.
4) 현경(懸罄)은 속에 아무 것도 없이 텅빈 채 빈궁함을 의미한다.

十九日 平明起, 炊飯而行. 細雨霏霏. 西向行土山間, 三上三下共十里. 有水自東北注西南, 深不及膝, 闊約五六丈, 是爲大江. 其源發於西北叢山壑中, 南流東轉而至永順界, 合東江下流者也. 渡江, 又西逾一嶺, 共五里, 轉下一塢. 其塢中有一水東南去, 溯之行, 其水曲折塢中, 屢涉之, 俄頃數十次. 共三里, 有水一支自西北來, 一支自正西來, 遂轉而向西溯之. 又半里, 有村在北山之麓, 其名曰金村, 乃是站之當鑪者. [其地西往錫坑止十五里, 西北去南丹州五十里.] 入其欄, 頭目方往百步墟, 乃坐而待之. 雨時灑時止. 陳夢熊從此入錫坑, 遂別去. 余候頭目, 抵晚始歸.

二十日 晨起, 雨霏霏. 飯而候夫, 久之乃紮竹爲輿, 止得其一, 而少其一, 上午始行. 雨中遂東北逾土山, 一里餘, 越其脊, 乃西北下, 深茅沒徑. 又里許, 穿翳而降至塢底, 則有小水自南而北, 大路亦自南隨之, 則錫坑道也. 從之北一里, 又有一水自西南來, 二水合而東北去, 水東有村在東山下, 是曰雷家村, 山峽稍開. 又一里, 遂轉而爲東西塢, 有大溪自西而來, 合南來小溪, 東去卽南轉而爲大江者也. 於是溯溪南上山北行, 西向升陟共十里, 有茅數楹在南山之牛, 曰灰羅廠, 皆出錫之所也. 由其下又西一里, 其塢西盡, 有土山橫其中, 一小水自西北, 一大水自西南, 二水合於橫嶺之下. 於是涉小水西上橫嶺, 嶺東路旁有智井種種, 深數丈, 而圓僅如井大, 似鑿掘而成者, 卽錫穴也. 逾嶺西下共四里, 又與前西南來大溪遇. 其溪方北曲而南, 遂絕流而西, 其峽復東西開. 溯溪行其中, 屢左右涉之, 四里爲西楞村, 又一水自西北來入, 路從大溪南岸行. 又一里, 路左有岐逾嶺而南, 想往錫坑道也. 又西, 有溪自南峽來合, 其溪亦巨, 與西來之溪等. 於是又橫涉南溪口, 仍溯西來溪南岸行. 又五里, 有村在南山, 曰大徐村. 村之西, 其峽復開, 田始連塍, 水盤折其中. 又屢涉之, 四里, 直抵西山下. 溯流轉而北, 一里, 乃涉水上西山. 初上甚峻, 望北塢山環壑盡, 瀑流從山腋懸空直噴, 界群碧間, 如玉龍百丈. 粵西皆石山森幻, [故懸水最艱,] 惟此景獨見. 憶前自全之打狗嶺亦北望見之, 至此已迂迴數千里, 涉歷經年, 忽於此得睹, 亦汗漫[1]中一奇遇也. 西向援土級而上, 瞻顧一里而不能釋, 已而漸逾嶺南, 始不復見. 又迤邐循北峰而西上者二里, 逾一脊, 脊北路隅是爲打錫關, 乃錫賈自錫坑而來者. 昔於此徵稅, 有居舍, 自去年亂後被燹, 遂無居人. 由此西下半裹, 卽有塹當峽之西, 遂轉而北, 山夾成峽. 又下半里, 水始成澗北去, 隨之又半里, 渡澗西, 緣崖北行一里半, 出峽. 前峽又自東北向西南, 乃循崖轉而西南行, 雨大至. 旣而復屢涉此澗, 澗乃南去, 路乃西逾山坳. 共二里, 復行塢間, 半里, 循北山之崖, 前澗復自南來, 涉之. 西北行又半里, 又一溪自南峽來, 其水頗大, 與前澗合而北, 橫堰而瀦之. 從堰西向北行, 又一里而渡<u>南丹</u>之<u>南橋</u>, 暮雨如注, 雷電交作, 急覓逆旅而稅駕焉.

<u>南丹</u>之水北流經州治東. 其山東西分界, 州治在西山下. 其東有街, 南北依溪而列. 中有一街西入, 大石坊跨其前, 曰: '攄忠報國, 崇整精微.' 粵省所未見者. 由坊下進街西行, 街盡, 又入一石卷門. 門內有<u>關帝廟</u>, 西向, 前亦有坊. 其西卽巨塘匯水, 南北各有峰, 自西山環臂而前, 塘水直浸其麓. 塘中有堤, 東西長亘數丈, 兩端各架木爲橋, 而亭其上. 越西橋, 又西過一廢苑, 則州治在西南小石峰下. 其門北向, 前亦有石坊, 而四圍土牆不甚崇整, 此下署也. 州官所居, 則在囤上. 囤上者, 卽署後小石峰之巔. 路由署中登, 乃<u>莫</u>公因家難後移此以避不測者. 蓋西界群峰蜿蜒, 其南北兩支東突者, 旣若左右臂, 又有一支中下特起爲石峰, 而下署倚之, 囤結於上, 三面峭削, 惟南面有坳可登. 囤之後復起小峰, 與囤中連若馬鞍, 其後與崇山幷夾爲深坑, 其下有小水東南出而注於大溪, 此署左第一層界水也.

<u>囤山</u>之北, 其山西斷, 有洞裂山下. 其門東南向, 正與<u>囤山</u>對. 門頂甚平, 亦有圓柱倒垂. 門之中卽有二巨石危踞, 中開一峽僅尺許, 北入三四丈, 折而西, 稍下, 則西巨石之後也. 與洞後壁北距丈餘, 西深二丈餘, 窅黑無可見, 不識有旁竇否? 西巨石之上, 其面高下不一, 皆若臺榭可棲, 第四壁懸絶, 俱無級可登. 東石亦然, 第後卽聯綴於洞壁, 無後繞之隙, 而石臺之前, 有石柱上聳接於洞頂, 爲異西石耳. 西石之西, 又有小隙穹石, 而北峽中架梯一兩層, 卽可登石上, 由西石跨石二尺, 卽可達東石之端, 惜此中人不知

點綴耳. 由巖前北向行半里, 其山又開東西塢, 循西山嘴轉而西行, 又有水自西峽來, 東北向而入大溪, 卽淸水塘之下流也. 溯之西行, 又半里, 渡一橋亭. 橋南有石崖障流, 內匯水一池, 昔水從橋下出, 今搗崖根而東, 不北由橋下矣. 渡橋稍西, 逾一崗, 卽淸水塘. 塘南北兩山成夾, 中開東西塢, 西則大山屏其後, 東卽石崖所障水口也. 寺在其中, 東向而立. 入門卽爲方塘, 四週石砌, 匯水於中, 不深而甚澈. 前層架閣塘中, 閣後越塘又中亘一亭, 亭南北塘中, 復供石於水, 兩旁各架閣於塘爲左右廂. 亭西則玉皇閣也, 亦從塘中甃石爲基, 而中通水道者. 閣下位眞武, 上位玉皇, 而眞武之後, 又從塘中架閣一層, 下跨水上, 爲棲憩之所, 上與玉皇閣聯架爲一, 置三世佛焉. 佛後有窗, 可平眺西峰, 下瞰塘水亹亹[2]從地中溢起. 塘之外, 皆有垣周之, 層樓疊閣, 俱架於水中, 而佛像皆整麗, 亦粵西所未見. 惜乎中無一僧, 水空雲冷, 惟聞啣啣溪聲而已. 寺爲天啓七年莫公伋所建, 前年以譖, 鞭殺僧, 遂無居者. 寺南有溪自西南腋中來, 卽由寺前東去者. 寺北有大道西向逾嶺去, 是通巴鵝而達平洲者. 寺前水東去, 經石崖水口, 又東出而注大溪, 此署左第二重界水也.

署右第一重界水, 卽前來所涉堰上南峽之流, 第二重卽打錫關東來之澗, 二水合爲大溪而經州前.

---

1) 한만(汗漫)은 '끝없이 넓고 가없이 아득함'을 의미한다.
2) 미미(亹亹)는 '쉬지 않고 힘쓰는 모양, 물이 흐르는 모양'을 가리킨다.

二十一日 平明起, 天已大霽, 以陸公書投莫. 莫在囦, 不及往叩, 以名柬去, 余乃候飯於寓中. 旣午, 散步東街, 渡塘堤, 經州治前, 而西循囦山北壁下行, 共一里, 入北山南向石洞. 又從洞前西北行半里, 轉而西南又半里, 渡橋亭, 入淸水塘, 返寓已下午. 莫公饋米肉與酒, 熟而酌之. 迨晩霽甚.

二十二日 五更頗寒, 迨起而雲氣復翳. 站人言夫將至, 可亟炊飯. 旣飯而

夫仍不齊. 先是, 余無以爲贄,[1] 以晶章二枚幷入饋, (此晶乃漳中署中所得, 瑩
澈殊甚.) 豈一幷收入後, 竟無迴音. 余索帖再三, 諸人俱互相推委, 若冀余行
卽已者. 余不得已, 往叩掌案劉, 爲言其故. 劉曰: "昨誤以爲銀硃薄物, 竟
漫置之, 不意其爲寶物也, 當卽入言. 但斯時未起, 須緩一日程可耳." 余不
得已, 從之. (昨諸人竟私置于外, 故不得回東, 至是然後入白也.) 候至更餘, 劉猶在
囤未歸, 乃悶悶臥.

　銀、錫二廠, 在南丹州東南四十里, 在金村西十五里, 其南去那地州亦
四十里. 其地[廠有三：] 曰新州, 屬南丹; 曰高峰, 屬河池州; 曰中坑, 屬那
地. 皆産銀、錫. 三地相間僅一二里, 皆客省客賈所集. 按『志』有高峰砦,
卽此高峰之廠, 獨屬河池, 而其地實錯於南丹、那地之間, 達州必由南丹
境. 想以礦穴所在, 故三分其地也. (銀、錫掘井取砂, 如米粒, 水淘火煉而後得之.
銀砂三十斤可得銀二錢, 錫砂所得則易.) 又有灰羅廠, 止産錫. (在南丹東南三十又
五里, 卽余昨所經.) 有孟英山, (在南丹西五十里, 芒場相近.) 止産銀. (永樂中遺中使
雷春開礦于此, 今所出甚微, 不及新州矣. 雷春至孟英時, 河池所城是其所築.)

---

　1) 지(贄)는 남을 만날 때 가져가는 예물을 가리킨다.

二十三日 候夫不至, 總站徐曰 "以昨禮未酬, 尙須待一日." 余求去不得,
惟悶悶偃坐而已. 至午後, 始以兩晶章還余, 而損其一, 餘五色, 則爲諸人
乾沒矣. 是日午間雷雨, 晚大霽.

　由銀、錫廠而南, 兩日程至涯洞, 有大江自西而東, 爲那地、東蘭二州
界, 其渡處名河水渡, 卽都泥江也. 其上流來自泗城界, 其下流東歷永順土
司, 北五里, 卽下石堰, 爲羅木渡者也.

　南丹東八十餘里抵大山嶺, 爲河池州界; 東南四十里過新州, 爲那地州
界; 西三日程約一百五十里抵巴鵝, 北爲平洲四寨界, 西爲泗城州界; 西北
二日程約一百里過六寨, 爲獨山下司界; 東北日半程約七十里抵東界, 爲
荔波縣界.

南丹米肉諸物價俱兩倍於他處. (米俱自獨山、德勝諸處來.) 惟銀賤而甚低,
(所用者止對冲七成.) 其等甚大, 中國銀不堪使也. 龍眼樹至此無. (德勝甚多.)

二十四日 晨起, 陰雲四合, 是日爲立夏. 飯而待夫, 久不至, 上午止得四名,
二名猶未至. 余不能待, 以二名擔行李, 以二名肩輿行. 出街北, 直北行山
塢間, 一里半, 大溪向東北去, 路折而西北, 逾土嶺. 二里半, 逾嶺西下, 有
水自東南來, 北向而去, 渡之南行. 於是石峰復出, 或迴合, 或逼仄, 高樹密
枝, 蒙翳深倩, 時午日漸霽, 如行綠幄中. 已溯峽西入, 惟聞水聲潺潺, 而翳
密不辨其從出, 想亦必東向之流, 然石路甚大, 不若州東皆從草莽中行也.
共三里, 有石峰中立於兩山峽間, 高銳逾於衆, 而兩旁夾壁反隘, 益覺崢嶸.
由其南夾西透, 又陟嶺一里, 西南逾脊, 其南卽深坑下墜, 亦如嶺北者之密
翳沉碧也. 由嶺上西循北峰, 又逾脊西下, 共里餘, 由兩山夾中西出, 曰<u>夾
山關</u>. 夾西卽有數家倚北峰下, 其後削崖如屛, 前則新篁密箐, 路從其下行.
忽北山之麓, 石崖飛架, 有小水自西來, 漱石崖之脚, 北入石洞中. 洞門南
向, 在浮崖之東村後危崖之下, 水自南搗入, 當亦透北山而泄於南丹下流
者也. 由浮崖下溯細流西行, 其內復迴田一墊, 南麓又有村數十家. 又西三
里, 逾土山下, 西北又一里, 有水自西南土峽中來, 東抵石崖下, 轉而北去,
路亦渡水而北. 二里, 水由東北塢中去, 由小岐西北升陟, 岡阜高下, 共四
里, 乃下嶺. 又西南轉入山塢, 爲<u>彝州村</u>, 日已下午矣. 炊而易騎, 由塢中隨
細流東北行. 一里, 涉溪, 又一里, 逾坳乃轉西北, 細流在山峽中, 亦西北轉.
已北渡一峽, 復北上山, 緣西山之半行, 共二里, 峰頭石路甚崎嶔, 其下峽
中水亦自南而北, 又有一東來小水湊合於其下而北去. 又北行逾嶺而下,
則峽中匯水甚深, 想卽前水之轉而西也. 渡之, 循澗北行, 有堰截澗中, 故
其東水及馬腹耳. 共一里, 又有小水自西土峽來, 合而東去. 從其合處仍渡
而北, 則東來大路復至是會, 乃循之西北上嶺. 一里, 逾土山隘, 則北面石
山屛立而東, 路循南界土山西北行, 兩界之中復有田塍, 東西開塢, 有小水
界其中, 亦東向去. 又西二里餘, 塢南北山下俱有村, 多瓦舍, 曰<u>欄路村</u>. 大

路直西向山隙去, 從岐北向渡溪, 一里, 踰北界石山北下, 轉西行半里, 宿於蠟北村.

二十五日 昧爽, 由蠟北村稍西復北向入峽中. 半里, 逾小脊北下, 半里, 抵尖高峰下. 其處另成一峒, 有一二茅舍倚尖峰下. 竟峒東北行二里, 有村在西山之麓, 曰肯村. 又北半里, 有洞在西小山坑中, 其門東南向, 外層甚敝, 中壁如屏, 又闢內門甚深. 路由東山崖上行, 隔塢對望之, 藤蘿蔂掛, 中有水自洞門潺潺出, 前成澗南流西折去. 又東北半里, 逾嶺脊, 頗峻. 東西峰俱石崖, 而此脊獨土. 逾之東北下一里, 又成一峒, 曰街旁村. 送者欲換夫騎, 而居人不承, 強送者復前. 於是西北登嶺, 嶺上下多倚崖隨墊之舍. 一里, 逾嶺下而復上, 又西北二里, 復逾嶺西轉北向行, 有村在東山之半, 甚眾. 循之北行二里, 有尖山豎東峰之上, 甚銳, 下有瓦房, 環籬迴堵, 頗不似諸村落. 其西界有山高聳, 冠於諸峰, 此始爲南下多靈兩江(都泥、龍江.)分界之脊, 與所行東峰對夾成塢. 中開大墊, 自南而北, 即前欄路村西行大道, 轉而爲此塢者也. 塢中土山之上, 叢樹蓊蔥, 居室鱗次. 與此村東西相對者曰芒場, 此大道所經者; 余以站騎就村相換, 故就此小道. 然村夫沿門求代, 彼皆不承, 屢前屢止, 強之不行. 方無可奈何, 適有一少年懸劍插箭至, 促其速行, 則南丹莫君所遣令箭送余者, 始得復前. 又北逾一嶺, 又北一里, 飯於壁坳村. 數家在東峰之半, 前多踞石排列, 置廬其間, 實爲選勝, 而土人莫之知也. 既飯, 易騎至而無鞍, 乃令二夫先以擔行, 站夫再往芒場覓鞍; 久之仍不得, 乃伐竹縛輿; 輿成而候夫; 又久之馬至, 已下午矣, 乃西向行. 先是, 壁坳站夫言: "西北石山嵯峨, 其下有村曰蠻王, 此峰亦曰蠻王峰." 乃望之西行, 越一土阜西下, 共二里, 有澗自南而北, 逾澗又北上嶺, 逾土山二重, 共一里, 下至土峽中, 有小水自北而南, 溯之北上一里, 直抵蠻王峰下. 其岅嵊駢聳, 最西南峰頂有石曲起, 反躬北向, 上復直豎如首, 豈卽所謂'蠻王'者耶? 時顧僕押夫擔在蠻王村, 尚隔一夾, 呼余直西從大道, 彼亦從村押夫來. 半里, 會於峰之西, 乃轉而循峰西夾北向行. 其夾會水於中.

北上半里, 夾中猶土田, 而水已北注, 是爲北來山脊, 至蠻王而西渡南下, 峙爲芒場西最高之峰, 以至多靈, 爲都泥、金城兩江之界者也. 北隨水行半里, 其水西向去, 路西北又半里, 逾嶺而下半里, 西南山界擴然, 北界石山之脊自西而東, 有尖峰豎其上, 環其西南爲大壑, 田隴高下, 諸廬舍倚其東北尖峰下. 又里許, 登其欄曰郊嵐村, 又名頭水站, 有水自東北脊間出, 爲都泥旁支之上流, 此'頭'名所由起也. 村人以酒食獻, 餐之, 易騎行. 西北一里半, 有路逾北夾而去, 乃導者由岐西出峰南. 又半里, 復易夫, 始知其爲小路就村也. 又西一里, 雷雨大至, 俄頃而過. 又西一里, 登一堡, 導者欲易騎, 其人不從, 只易夫而行. 乃挾峰北轉, 越嶺而下. 又西南墜, 共二里, 渡一澗, 又西北行一里, 始與東來大道合. 復西北逾嶺三里, 望北山石脊嵯峨, 諸廬舍倚其上, 而尙隔一壑. 又西, 大道西去, 由岐北轉, 從北山下東向行, 一里, 上抵飄渺村. 其村倚山半, 南向, 東有尖峰高揷嶺頭, 西有危崖斜騫崗上. 村前平墜爲壑, 田隴盤錯, 自上望之, 壑中諸隴皆四週環塍, 高下旋疊, 極似堆漆雕紋. 蓋自蠻王峰西渡脊而北, 至此, 水皆西南入都泥, 壑皆耕犁無隙, 居人亦甚稠, 所稱巴坪哨, 亦一方之沃壤也. 是晚, 雨後卽霽甚.

二十六日 晨起, 飯而候騎, 命夫先擔行; 待久之, 乃得騎. 由西峰突崖下西向行, 二里, 逾嶺西北下塢中. 其塢東西開夾, 中底甚平, 東匯堰爲塘, 溯之西行, 塘盡而成草窪. 共西半里, 有墟場在路隅, 曰巴平場. 其西有深夾自西北來, 爲此東西夾上流, 場乃挾右而轉者. 路度夾而西, 復上嶺, 半里, 逾脊西下, 於是成南夾. 路轉北行半里, 夾仍東西轉, 路又西向半里, 此夾中皆平底草蔓, 似可爲田. 於是復西逾隘脊, 其脊止高丈許, 脊東卽所行草壑, 脊西則水溢成溪. 隨溪西行半里, 渡, 從北山下行, 過一坳, 有三四家倚之. 又西半里, 大路直西去, 以就村覓夫故, 又南由岐涉溪逾南坳, 共一里, 得村於南塢中, 曰潭瑣. 居村頗盛, 山轉中環, 又成一峒. 又飯而候夫, 久乃得之. 下山半里, 由西北峽出, 卽前西流之溪矣. 由溪南西行半里, 溪轉而北, 路亦隨之. 於是山開東西兩界: 東界山皆自東而西突, 凡五六峰, 西面皆平剖下墜, 排列而北, 若'五老'西向; 西界山則土峰蜿蜒, 與東界對列成峽, 澗由其中北向去. 從澗西循西山東麓北行半里, 有小水東注於澗, 渡之又北一里半, 抵一嶺, 澗折而東去, 路乃北逾嶺. 一里, 則大路自東來合. 又東一里, 有澗亦東注, 渡之北, 又一里, 有水一泓, 在路側樹根下石隙間, 清冽殊異. 又北一里, 又有水自西北峽中來, 東出與石泓北流之水合, 似透東北峽而去, 路溯西北峽而入. 其峽灣環, 北自<u>東序</u>(六寨之一.)南來, 是名<u>羊角衝</u>, 爲此中伏莽之徒所公行無憚處. 輿夫指路側偃草, 爲數日前殺人之區, 過之惻然. 入峽一里, 東眺已逼東界突山下. 又北則突山旣盡, 其塢大開. 東望一峰尖迴而起, 中空如合掌, 懸架於衆峰之間, 空明下透, 其上合處僅徒楨之湊, 千尺白雲, 東映危峰腋間, 正如<u>吳門</u>[1]匹練, 香爐瀑雪, 不復辨其爲山爲雲也. 自<u>桂林</u>來, 所見穿山甚多, 雖高下不一, 內外交透, 若此剜空環翠者, 得未曾有. 此地極<u>粵西</u>第一窮徼, 亦得此第一奇勝, 不負數日走磨牙吮血[2]之區也. 又北一里, 有村懸西峰石坡上, 曰<u>東序村</u>, 乃六寨極南之首村也. 縛輿換夫. 東北二里, 復換夫. 西北逾一嶺而下, 共一里半, 有場曰<u>六寨場</u>. 轉北而東又半里, 有溪自東來, 獨木橋渡其北. 一里, 有石峰中懸兩峽間, 前有數十家倚之, 是爲<u>六寨哨</u>. (所稱'六寨'者, 南自東序, 北抵六寨哨, 中有寨六.) 縛輿換夫, 從東峽北行一里, 轉而西入峽. 其水東流, 溯之入又一里餘, 大路直西逾隘, 由岐西北就村半里, 得<u>渾村</u>, 在北村下. 頭目<u>韋</u>姓出帖呈覽, 以忠勇免差者. 余諭之送, 其人出酒肉餉, 以騎送余. 其地北有崇崖, 有洞, 門西南向, 高懸崖上; 南有絶壁, 有洞, 門東北向, 深透壁間. 從小路下西坡, 交大路而南, 二里, 抵南洞之前. 循石壁西, 又一里, 轉入南山峽中, 東南入塢, 有村曰<u>銀村</u>. 待夫久之, 晚而縛輿, 昏黑就道. 西北循山出峽, 轉而西, 共三里, 宿於<u>晚宛南村</u>.

---

1) 오문(吳門)은 강소성 소주(蘇州)를 가리킨다.
2) 마아연혈(磨牙吮血)은 야수처럼 사람 죽이기를 즐기는 것을 의미한다.

二十七日 晨起, 不及飯, 村人輿就卽行. 循西山而北, 石壑中漸有水東自渾村西麓來, 流而成溪. 半里, 渡溪北行, 半里, 有村在西山下, 溪流環其前, 村東向臨之, 爲晚宛中村, 其長又半里. 路隔溪, 隨之北又一里, 渡橋而西, 飯於晚宛北村. 換夫東渡橋, 遂東北行一里半, 踰東崗, 有村在崗北懸阜上. 又換夫, 北下崗, 渡一澗, 復一里半, 北上一崗, 是爲岜(土音作'壁')歹村, 乃丹州極北之寨也. (六寨北至岜歹, 西至巴鵝, 昔皆泗城州所屬之地, 去泗城遠, 故後爲丹州所占. 三年前上疏淸界, 當亦在其中.) [由此西去兩日程, 曰羅猴, 爲泗城東北境, 都泥上流所經也.] 飯而換馬, 北下阜, 過一澗, 於是北上崗隴, 漸踰坳而北, 三上三下. 塢中俱荒蕪, 無復耕塍, 其水皆西南流, 故知東北卽大山之脊矣. 共五里, 爲山界, 土人指以爲與貴州下司分界處, 此不特南丹北盡, 實粤西西北盡處也.

逾脊北下, 水猶西南流. 又從嶺北再升一土嶺, 共一里, 北出石山之隘, 是爲艱坪嶺. 石骨稜削, 對峙爲門, 是爲南北二水分界. 北下一里, 石路嶙峋, 草木蒙密, 馬足躍石齒間, 無可著蹄處, 正伏莽者弄兵之窟, 余得掉臂而過, 亦幸矣哉! 旣下, 西向行峽中, 水似西流, 而似無出處. 一里, 始復睹塍田. 又西半里, 轉而北, 峽中塍乃大闢. 又北一里, 有村在西塢, 曰由彝村, 是爲下司東南第一村, 亦貴省東南第一村也. 南丹送騎及令箭牢子[1]辭去. 待夫甚久, 擔先去, 暮, 騎至. 西北二里至山寨, 又逾嶺涉澗, 越數村, 夜行八里而抵下司, 俱閉戶莫啓. 久之, 得一家啓戶人, 臥地無草, 遍覓之, 得薪一束, 不飯而臥.

---

1) 뇌자(牢子)는 옥졸을 의미하며, 넓게는 아전을 가리키기도 한다.